dtv
premium

ILKKA
REMES

TÖDLICHER SOG

Thriller

Aus dem Finnischen
von Stefan Moster

Deutscher Taschenbuch Verlag

Von Ilkka Remes
sind im Deutschen Taschenbuch Verlag erschienen:
Ewige Nacht (20939)
Das Hiroshima-Tor (21044)
Hochzeitsflug (21117)
Höllensturz (24572)
Blutglocke (24605)
Die Geiseln (24638)
Das Erbe des Bösen (24666)

Deutsche Erstausgabe
Februar 2010
Deutscher Taschenbuch Verlag GmbH & Co. KG,
München

Titel der finnischen Originalausgabe:
›Pyörre‹ (Werner Söderström, Helsinki 2008)

Umschlagkonzept: Balk & Brumshagen
Umschlaggestaltung: Lisa Helm unter
Verwendung eines Fotos von
plainpicture/Design Pics
Satz: Fotosatz Amann, Aichstetten
Gesetzt aus der Aldus 10,75/12,75·
Druck und Bindung: CPI – Ebner & Spiegel, Ulm
Gedruckt auf säurefreiem, chlorfrei gebleichtem Papier
Printed in Germany · ISBN 978-3-423-24760-3

ERSTER TEIL

PROLOG

Tero Airas gab seinem Sohn einen Klaps auf die Schulter, so wie er es in den letzten zwölf Jahren vor jedem Start getan hatte. Aus dem schmächtigen kleinen Jungen war inzwischen allerdings ein kräftiger Mann mit breiten Schultern unter dem Rennanzug geworden. Und heute lag auf diesen Schultern ein größerer Druck als je zuvor.

»Ich werde mir keinen Schnitzer erlauben«, sagte Roni. »Aber wenn das Auto nicht mitspielt, musst du Marcus schwindlig reden.«

Ronis strahlend blaue Augen im Sehschlitz der Sturmhaube waren ernster als sonst. Tero erkannte darin die gleiche Ekstase wie im Jahr 1995, als er seinen Sohn zum ersten Mal zu einer Formel-1-Rennstrecke mitgenommen hatte – zu genau der Strecke, auf der sie jetzt standen. Damals hatten sie Mika Häkkinen bejubelt, der mit seinem McLaren auf den zweiten Platz gefahren war.

»Mach dir keine Sorgen, das Auto wird halten.« Tero musste fast schreien, denn eine Redeflut wie Maschinengewehrsalven aus den Lautsprechern versuchte, die Zuschauer vor dem Start in Stimmung zu bringen. Riesige elektrische Anzeigetafeln ließen abwechselnd spärlich bekleidete, lächelnde Mädchen und Motorölreklame aufleuchten. Ein brodelndes Menschenmeer füllte die Haupttribüne des Autodromo Nazionale in Monza, und Banderolen und Fahnen in unterschiedlichen Farben wurden geschwenkt: Super Nova, Trident Racing, DAMS, Durango, Piquet Sports.

»Nimm die erste Kurve ganz ruhig«, riet Tero.

»Schon gut, gib dir keine Mühe.« Roni schnappte sich Handschuhe und Helm.

»Du weißt, was ich meine. Einen Crash können wir uns jetzt nicht leisten.«

»Du redest wie die Mutter des Kampffliegers, die ihrem Sohn vor dem Krieg sagt: Flieg immer schön langsam und nicht zu hoch.«

Tero lächelte, weil er spürte, dass sein Sohn der Verantwortung und dem Druck standhielt. Roni hatte genau die Einstellung, die jetzt nötig war.

»Du weißt selbst, dass die Entscheidung heute am Start fällt«, sagte Roni, bevor er sich auf den Weg zur Startzone machte, wo sein Auto mit eingepackten Reifen wartete.

Teros Anspannung wurde langsam unerträglich. Gleich würde sich herausstellen, ob mit den Autorennen ein für alle Mal Schluss sein sollte oder ob sich noch eine Chance ergeben würde, das zu erreichen, was sie seit Jahren mit ganzem Herzen wünschten.

Tero blickte zum Himmel und sah eine große dunkle Wolke über der Haupttribüne aufziehen.

Das hat nicht unbedingt etwas zu bedeuten, dachte er. Er war ja nicht abergläubisch …

»Jason, was hältst du von der Wolke dort?«, fragte er den britischen Chefmechaniker, der in den Boxen etwas auf seinem Laptop tippte. Den großen Kopfhörer hatte er abgesetzt und um den Hals gehängt. Die Augen nahm er nicht vom Bildschirm, aber er hob den Daumen. »Keine Sorge. Diese Wolke ist ein *lonely rider*. Die Regenwahrscheinlichkeit liegt unter zehn Prozent. Roni und die Slicks regeln den Rest.«

Wollen wir es hoffen, dachte Tero und ging auf die Treppe zu. In der GP2-Serie wurden vor allem die Fähigkeiten der Fahrer auf die Probe gestellt. Sämtliche Autos hatten gleiche Chassis, Motoren und Reifen, es gab keinerlei Hilfssysteme, die das Fahren erleichterten, keinen Fahrstabilisator, keine Automatikschaltung, keine Startkontrolle. Und weil in der GP2 speziell die

Fahrer getestet wurden, führte aus dieser Serie ein direkter Weg in die Formel 1. Hamilton, Rosberg und Kovalainen hatten von hier aus den Aufstieg geschafft, und Roni würde das auch gelingen – falls Marcus Grotenfelt es ihm gestattete.

Tero eilte eine Etage nach oben und blieb vor dem Raum stehen, der für Ronis Rennstall reserviert war. Er atmete tief durch und nahm Haltung an. Während Roni seinen Part auf der Strecke erledigte, erfüllte er, Tero, seine Aufgabe vor dem Monitor.

Er zwang sich zu einem lässigen Lächeln und trat ein. Vor dem großen Bildschirm standen nervöse Leute vom Stall und einige geladene VIPs. Teros Blick fand den braun gebrannten, fünfzigjährigen Marcus Grotenfelt, der mit einem Cognacglas in der Hand auf einer schwarzen Ledercouch saß: Ronis wichtigster Sponsor, strotzend vor Charisma der Sorte ›*hardboiled*‹. Der gebürtige Schwede hatte sich die blonden Haare auf Millimeterlänge stutzen lassen, seine Augenbrauen waren ebenfalls blond. Der muskulöse Oberkörper steckte in einem engen weißen T-Shirt und einem schwarzen Sakko.

Marcus hielt nicht nur einen Cognacschwenker, sondern auch Ronis Zukunft in der Hand; der Gesamtsieg in der Serie war bereits außer Reichweite, jetzt wurde um das Geld gekämpft, das die Chance bot, sich auch in der nächsten Saison zu präsentieren. Marcus war ein Scheckheft auf zwei Beinen, ein rennsportverrückter Geschäftsmann, der es an der spanischen Sonnenküste mit Immobiliengeschäften zu einem Vermögen gebracht hatte.

»Tero, komm, setz dich. Oder bist du zu aufgeregt?«

»Es besteht kein Grund zur Aufregung. Roni wird das Ding schon schaukeln. Wir haben aus den Erfahrungen am Hungaro-Ring gelernt.«

Tero nahm sich einen Orangensaft und schaute aufmerksam auf den Monitor. Die Autos begaben sich gerade in die Aufwärmrunde. Er blickte kurz aus dem Fenster, als wollte er sich versichern, dass sich Ronis Fahrzeug auch tatsächlich von der Startposition aus in Bewegung gesetzt hatte.

Marcus' Handy klingelte. Tero bemerkte, dass die Gesichtszüge des Schweden ernst wurden und er das Gespräch sichtlich angespannt entgegennahm.

Marcus hielt sich mit dem Finger ein Ohr zu, um besser zu hören. Er ging ans hintere Ende des Raums, möglichst weit weg von den anderen Anwesenden, und wandte ihnen den Rücken zu.

Die Verbindung war schlecht, und der Chinese sprach Englisch mit extrem starkem Akzent. Das Wichtigste wurde trotzdem deutlich: Das Treffen würde stattfinden. Immerhin so viel Vertrauen hatten sie also in ihn. Und das war bei solchen Leuten eine ganze Menge.

Aus dem Augenwinkel sah Marcus, dass Callaghan den Raum betrat.

Tero fiel auf, wie erleichtert Marcus wirkte, nachdem das Telefonat, das offenbar niemand hatte hören sollen, beendet war. Marcus eilte aus der hintersten Ecke des Raums zurück und rief schon aus mehreren Metern Entfernung: »Tero, ich möchte dir jemanden vorstellen.«

Tero blickte sich um und erschrak: Dort stand Tim Callaghan, der Talentscout von McLaren.

»Hallo Marcus«, sagte der Mann.

Tero versuchte erst gar nicht, seine Überraschung zu verbergen. Marcus stellte ihn dem Briten vor, und dieser sagte: »Ich gratuliere Ihnen. Sie haben einen talentierten Sohn.«

Tero bedankte sich für das Kompliment und spürte, dass er rot wurde wie ein Schuljunge.

»Aber ihr habt den falschen Namen. Häkkinen, Räikkönen, Kovalainen ... müsste es nicht Airas*nen* heißen?«

»Das sind alles *icemen*«, sagte Marcus und reichte Callaghan den Orangensaft, um den dieser gebeten hatte.

Die Männer stellten sich so, dass sie die Autos, die nun wieder ihre Startpositionen einnahmen, gleichzeitig durch das Fenster und auf dem Monitor sehen konnten.

»Roni startet aus der zweiten Reihe«, sagte Marcus. »Aber zum Glück innen.«

Tero nickte gefügig. Marcus tat immer so, als wüsste er alles über den Rennsport, ganz gleich, wer in seiner Nähe stand.

Jetzt konzentrieren, beschwor Tero innerlich ein ums andere Mal.

Das erste rote Licht leuchtete auf.

Teros Puls beschleunigte, seine Hände fingen an zu zittern. Es war schwierig, das Saftglas zu halten, ohne etwas zu verschütten.

Die zweite rote Lampe.

»Roni sollte versuchen, schon in der ersten Kurve innen vorbeizukommen«, sagte Callaghan. Tero konnte sich kaum vorstellen, dass der Brite tatsächlich so sehr an Roni interessiert war.

Die dritte Lampe.

Tero zwang sich hinzusehen, auch wenn er am liebsten die Augen geschlossen hätte. Wenn Roni dem Druck standhielt, musste das seinem Vater auch gelingen. Aber Roni ahnte nicht, dass noch viel mehr auf dem Spiel stand, als er hoffte.

Die vierte Lampe.

Das Aufheulen der Motoren betäubte die Ohren, auf der Tribüne wurden wie wild die Fahnen und Banderolen geschwenkt. Die Stimme des Kommentators aus den Lautsprechern ging in den Rufen der Zuschauer und dem Dröhnen der fünfhundertachtzig-PS-starken V8-Motoren unter.

Alle fünf roten Lichter brannten.

In Teros Augen schienen sie eine Ewigkeit zu leuchten. Marcus sagte etwas zu ihm, aber Tero hörte nichts, sondern starrte wie versteinert auf den Bildschirm.

Endlich gingen die Lampen aus, und die Autos setzten sich in Bewegung. Es sah quälend langsam aus. Tero kam sich vor, als betrachte er einen Stummfilm in Zeitlupe.

Plötzlich gingen ihm mit einem Schlag die Ohren auf, und

das unglaublich grelle Heulen der Motoren durchdrang die Trommelfelle.

»Roni hat einen guten Start«, hörte er Callaghan sagen. Er selbst hatte keine Vorstellung von dem, was auf der Strecke passierte.

»Er versucht, vor der Kurve vorbeizukommen«, rief Marcus begeistert.

Tero verfolgte auf dem Monitor, wie sich die Autos bei der Einfahrt zur ersten Kurve in einem Pulk drängten.

»Ob das gut geht …«, sagte jemand.

Im selben Augenblick sah man, wie im Gedränge ein Fahrzeug auf ein anderes auffuhr, hochkant in die Luft schoss, sich im Flug um die eigene Achse drehte und auf anderen Fahrzeugen aufschlug.

Einige Anwesende im Raum schrien auf.

»Wer war das?«, fragte jemand.

EINE WOCHE SPÄTER

1

Roni keuchte. Er sah und hörte nichts, alles um ihn herum wurde von rot glühender Wut erstickt. Er löste die zitternden Hände von Julias Hals und starrte auf ihre geschlossenen Augen.

»Julia?«, flüsterte er außer Atem.

Sie rührte sich nicht.

»Mach keinen Blödsinn«, sagte Roni und griff nach ihrem Kinn. Der Kopf fiel schlaff zur Seite. Am Hals zeichneten sich dunkle Flecken ab.

»Steh auf!«, befahl Roni und zog einen Handschuh aus. »Hast du mich verstanden? Lass den Unsinn …«

Er hob Julias Hand an. Auch sie war schlaff.

Roni schnellte hoch. Panik ergriff ihn. Sein Blick floh vor dem auf der Erde liegenden Mädchen und heftete sich auf die Straßenlaterne, die weiter vorne in der Dunkelheit leuchtete. Durch den Tränenfilm auf Ronis Augen verschwamm der Lichtfleck, weitete sich allmählich und strahlte die Zweige der Fichten, das Moos und Ronis Schuhe an, die sich im Schrittrhythmus vorwärtsbewegten, Ästen und Steinen ausweichend, bis sie den Nadelteppich auf dem Waldweg unter sich hatten.

Das Dröhnen eines landenden Flugzeugs drang wie aus einer anderen Welt in Ronis Bewusstsein und überlagerte das Rauschen des Blutes in den Ohren. Hinter einer niedrigen Fichte blieb er stehen. Sein Atem dampfte in der feuchten Luft.

Plötzlich fuhr er herum und rannte in Richtung der Stelle zurück, wo Julia lag, aber schon nach wenigen Schritten blieb er stehen.

Jemand hockte neben Julia.

Roni ging in Deckung. Der Unbekannte, der sich dort über Julia beugte, würde ihr helfen, falls sie sich nicht verstellt hatte … Roni machte erneut kehrt. Der Waldweg lag ruhig vor ihm, der Nadelteppich gab unter den Füßen nach, das Gehen verursachte keinerlei Geräusch.

Nach einer Weile blieb er stehen. Rauschende Stille umgab ihn. Sollte er doch umkehren und nach Julia sehen? Was würde er zu dem Unbekannten sagen, der sie gefunden hatte? Roni spürte, wie er weiche Knie bekam, zwang sich aber, weiterzugehen.

Eine einsame Laterne beleuchtete den Parkplatz. Direkt unter ihr stand Ronis Audi TT. Er setzte sich ans Steuer und spürte die Kontrolle zu einem gewissen Grad zurückkehren. Das Auto war sein Revier; wenn er im Auto saß, hatte er sich und alles andere im Griff. Er zog auch den anderen Handschuh aus, legte beide auf den Beifahrersitz und ließ den Motor an. Die Federung schluckte sämtliche Schlaglöcher der schmalen Straße, und Roni musste sich beherrschen, dass er nicht zu sehr beschleunigte.

Er warf einen kurzen Blick in den Rückspiegel und erschrak. Auf seiner Wange war eine lange Schramme zu erkennen. Ohne anzuhalten, bog er an der nächsten Kreuzung in die Kurjentie ein, gab dort auf glattem Asphalt Gas und startete mit einem Knopfdruck am Lenkrad die eingelegte CD. Ein massiver, dunkler Soundteppich drang aus den Boxen: Musik von HIM. Roni atmete tief durch und versuchte, seinen angespannten Körper zu lockern.

Endlich erreichte er die Auffahrt zum Ring 3. Kein einziges Fahrzeug war ihm bislang entgegengekommen. Jetzt beschleunigte er mit minimalem Druck aufs Gaspedal, zog an einem alten Nissan vorbei und überholte beim selben Vorgang noch zwei weitere Autos. Die Umdrehungen des starken Motors gaben ihm nach und nach die Selbstsicherheit zurück.

Dann schien plötzlich Julias bleiches Gesicht vor ihm auf. Er wischte es jäh zur Seite und zwang sich, stattdessen an das Siegerpodest von Monza zu denken. Es schien einer anderen Welt anzugehören, obwohl er erst vor einer Woche darauf gestanden hatte.

Roni befürchtete die ganze Zeit, dass ihm ein Krankenwagen entgegenkäme. Aber nein. Julia hat sich nur verstellt, redete er sich ein und überprüfte, ob sein Telefon eingeschaltet war, denn bestimmt würde sie ihn bald anrufen.

Auf der Autobahn in Richtung Helsinki nahm der Verkehr zu. Roni fuhr nach wenigen Kilometern auf den Ring 1, den er bei der Abfahrt Vartiokylä wieder verließ. Die alte Wohnsiedlung schlummerte in der feuchten Herbstnacht. In der Kärsämöntie fuhr Roni auf das Grundstück eines großen, etwas heruntergekommenen Holzhauses, hielt neben dem antiken Aston Martin seines Vaters an und stellte den Motor ab. Dann atmete er tief durch.

Auf dem Weg zum Haus machte er einen Bogen um die Pfützen im ungepflasterten Hof. Die Haustür ließ sich nur mit einem energischen Ruck öffnen, denn sie war am oberen Rand durch die Feuchtigkeit aufgequollen. Roni hoffte, in sein Zimmer zu kommen, ohne dass sein Vater ihn sah. Er zog im dunkel getäfelten Windfang seine schmutzigen Schuhe und den Anorak aus und wäre fast über das funkelnagelneue Mountainbike seines Vaters gestolpert.

Im Flur roch es nach stark gewürztem Essen, und dann erschien auch schon die sehnige Gestalt seines Vaters in der Küchentür.

»Du kommst genau rechtzeitig zum Abendessen.«

»Ich hab keinen Hunger«, sagte Roni und ging auf sein Zimmer zu.

»Schau dir wenigstens an, was es gibt!«

Der Übereifer seines Vaters ging Roni unendlich auf die Nerven; der Mann kapierte einfach nicht, wann es besser war, den Mund zu halten und andere Leute nicht mit seiner notorisch guten Laune zu malträtieren. Trotzdem warf Roni einen Blick in das gedämpfte Licht der Küche mit den vollgestellten offenen Regalen und den vielen an Haken hängenden Töpfen. Der Tisch war lächerlich festlich gedeckt. In der Mitte stand der alte silberne Sektkübel, den der Vater zu einem Spottpreis ersteigert hatte, als das Savoy-Hotel in London saniert worden war. Zu allem Überfluss ragte noch eine Flasche Moët aus dem Kübel.

»Hat Marcus angerufen?«

Sein Vater nickte. Auf seinem Gesicht prickelte unverhohlene Freude. »Du errätst bestimmt, was er gesagt hat?«

Roni zwang sich zu einem Lächeln und hörte sich die wortreiche Schilderung des Telefonats mit Marcus an. Die weitere Finanzierung war gesichert, aber damit nicht genug: Callaghan hatte am Tag zuvor noch einmal bei Marcus angerufen und Ronis Leistung in Monza vorbehaltlos gepriesen. An jedem anderen Tag wäre Roni deswegen in Jubel ausgebrochen – sehr beherrscht zwar, wie es seiner Art entsprach, aber dennoch.

Jetzt blickte er lediglich verstohlen auf seine schmutzigen Knie und setzte sich schnell an den Tisch, damit sein Vater nicht auf die Erdreste an der Hose aufmerksam wurde. Aber er hätte sie wahrscheinlich ohnehin nicht bemerkt, denn er war ganz in seinem Element: Tero sprudelte wie der Champagner in seinem Glas.

Roni zwang sich zu essen, auch wenn ihm das zunächst unmöglich schien. Während der Mahlzeit gingen sie das gesamte Herbstprogramm durch, bis der Vater sich begeistert in ein anderes Thema verirrte und von einem Mechaniker in Monza erzählte, der ein Nachkomme des mächtigen Geschlechts der Medici sei. Er habe sich gut in der Geschichte seiner Familie ausgekannt und versprochen, Tero bei Gelegenheit die familieneigene Kunstsammlung zu zeigen. Die Rennen seines Sohnes standen für Ronis Vater an erster Stelle, aber an zweiter Stelle kamen die vielen Möglichkeiten, die sich bei den Reisen zu den Rennen boten, in den alten Städten Mittel- und Südeuropas durch Antiquitätenläden zu streifen.

Roni mochte nicht einmal so tun, als interessiere er sich für das Gerede seines Vaters, was an sich nichts Außergewöhnliches war. Doch etwas an seinem Verhalten machte Tero stutzig: »Was ist los mit dir?«

»Wieso?«, gab Roni knapp zurück und schob sich mit Gewalt das letzte Stück Steak in den Mund.

»Bedrückt dich etwas?«

»Nein. Ich bin nur müde.« Roni stand auf. »Ich geh schlafen.«

»Was hast du da an der Wange?«

»Nichts. Ist bloß eine Schramme.«

Der Vater musterte ihn forschend, stellte aber keine weiteren Fragen.

Roni schloss die Tür seines Zimmers hinter sich und zog die Jeans aus. Er warf sie in den Wäschekorb neben der Tür und nahm eine Jogginghose aus dem Schrank.

Das Zimmer war mit einem kitschigen Rosenmuster tapeziert, und in ihm herrschte perfekte Ordnung: neben den abgenutzten Möbeln ein paar Hefter, einige Sammelboxen aus Pappe und ein Poster aus Ronda, das einen Stierkämpfer zeigte. Auf dem alten Korkboden lag ein Flickenteppich, und in der Ecke stand ein nachgedunkelter Kachelofen. Die zwei großen Koffer daneben waren leichte Kohlenfasermodelle von Delsey.

Roni nahm sein Handy und wählte Julias Nummer, aber sie meldete sich nicht. Er ließ sich in den Sessel fallen, setzte sich den Xbox-Kopfhörer auf, startete das bereits eingelegte Formel-1-Spiel und nahm rasende Fahrt auf.

Tero schaltete die Spülmaschine ein, trank sein Champagnerglas leer und faltete die gelb-grüne Provence-Tischdecke zusammen.

Er fragte sich, warum Roni trotz des Anrufs von Marcus so niedergeschlagen und unruhig war. Bedrückte ihn das Schicksal des Deutschen, der sich bei der Karambolage nach dem Start in Monza verletzt hatte? Sie hatten darüber gesprochen, aber vielleicht nicht ausführlich genug. Die Risiken waren Tero ein

Grauen; manchmal fragte er sich, ob es ein Fehler gewesen war, Roni in eine so gefährliche Disziplin zu lotsen. Belastete den Jungen das Risiko mehr, als er, Tero, bisher geglaubt hatte? Roni zeigte seine Gefühle nur selten, aber normalerweise war er besserer Laune, sogar nach bitteren Misserfolgen – von denen es bereits mehr als genug gegeben hatte.

Die hatten sie noch immer überstanden. Sie waren Kämpfer, zäh und erfinderisch, und das wurde am Ende belohnt. *Alles ist möglich*. Diesen Satz hatte Tero schon als Kind unzählige Male aus dem Mund seines eigenen Vaters gehört. Und damals schien auch tatsächlich alles möglich gewesen zu sein: Teros Vater, Jaakko Airas, besaß ein Ingenieurbüro, das auf Zellulose- und Papierfabrikprojekte spezialisiert war, und akquirierte auf der ganzen Welt Kunden, sogar in Südamerika. Das könne nicht gut gehen, die kulturellen Unterschiede zwischen den Kontinenten seien zu groß, da käme ein Finne nicht zurecht, hatte man ihm gesagt. Aber der charismatische Mann wusste seine Kunden mit Charme zu überzeugen. Er war Diplomingenieur, doch von anderem Schlag als viele seiner eher vorsichtigen Kollegen. In ihm steckte etwas von einem Renaissance-Menschen, von einem Kosmopoliten und Bohemien, dem das Geld nur so zufloss.

Leider war ihm das Geld nicht nur zu-, sondern auch davongeflossen … Zu Teros Kindheit in den frühen Siebzigerjahren hatten Skiurlaube in der Schweiz, lange Segeltörns in den finnischen Schären, Dienstbotenservice in der Luxusvilla in Helsinkis Top-Wohnlage Kuusisaari und Jagdsafaris auf den riesigen Ländereien von Geschäftspartnern in Brasilien gehört. Die Mutter war gestorben, als Tero vier Jahre alt war, und sein Vater hatte nie wieder geheiratet. Er hatte Tero so oft mit auf Reisen genommen, dass der Rektor seiner Schule sich gezwungen sah, ihm einen Verweis wegen zu häufigen Fehlens zu erteilen. Aber sein Vater redete den Rektor schwindlig mit seinen Schilderungen von all den Dingen, die Tero bei seinen Besuchen in Machu Picchu, im Louvre und im Prado lernte.

Nachdenklich ging Tero ins Wohnzimmer und blieb dort vor der Vitrine aus dem frühen 19. Jahrhundert stehen, die er einem Uhrmacher in Lyon abgekauft hatte. Sein Vater hatte ihm einen einzigen Gegenstand vererbt, und dieser befand sich auf seinem Ehrenplatz in dieser Vitrine. Tero erinnerte sich an den Abend, an dem sein Vater müde und betrunken vom Flughafen gekommen war und ein äußerst geheimnisvolles Bündel aus dem Koffer genommen hatte. Es enthielt ein Messer mit Perlmuttgriff, angeblich ein besonderer Schatz. Maya-Priester hatten es bei religiösen Zeremonien auf den obersten Stufen der Tempel benutzt und die Schneide geradewegs ins Herz ihrer Menschenopfer gestoßen. Tero hatte nie herausfinden können, ob der Gegenstand tatsächlich echt war, auf jeden Fall stellte er eine kostbare Erinnerung an die guten Zeiten seines Vaters dar – als noch alles möglich zu sein schien.

Tero hatte beharrlich versucht, diesen Leitsatz auch auf sein eigenes Leben anzuwenden, obwohl ihm das aufgrund des Schicksals seines Vaters und allem, was für ihn, den Sohn, daraus gefolgt war, nicht immer leichtfiel. Dennoch war Tero nicht verbittert. Bis ins Alter von vierzehn Jahren hatte er eine in jeder Hinsicht glückliche Kindheit verleben dürfen.

2

»Sie ist immer noch nicht da«, sagte Kimmo Leivo und kroch wieder zu seiner Frau Sirje in ihrer Dreizimmerwohnung in der Satulakuja in Vantaa ins Bett.

Sirje seufzte schläfrig. »Julia ist siebzehn. In dem Alter kann man nicht von ihr erwarten, dass sie immer auf die Minute pünktlich ist.« Wenn Sirje sprach, klang ein ganz leichter, heller estnischer Akzent durch.

»Sie hätte Bescheid gesagt, wenn sie vorgehabt hätte, länger wegzubleiben.«

»Ruf sie an.«

»Das hab ich schon. Sie meldet sich nicht.«

Sirje stützte sich in ihrem geblümten Baumwollnachthemd auf den Ellbogen. Sie war fast zehn Jahre jünger als Kimmo und sah ungeschminkt beinahe jugendlich aus. »Wie spät ist es?«

»Zehn nach zwölf.« Kimmo setzte sich auf den Bettrand. »Wenn Wochenende wäre, würde ich mir keine Gedanken machen.«

Er wählte erneut Julias Nummer. Nach sieben Klingelzeichen sprang der Anrufbeantworter an: »*Hi, hier ist Julias Mailbox, hinterlass mir bitte eine Nachricht.*«

Der Klang der vertrauten Stimme beunruhigte Kimmo erst recht. Er unterbrach die Verbindung und stand vom Bett auf.

»Wo willst du hin?«, rief Sirje ihm nach.

Kimmo antwortete nicht. Durch die Jalousie fiel ein schwacher Lichtschein ins Wohnzimmer. Auf dem Balkon zeichneten sich die Umrisse der abgedeckten Gartenmöbel ab. Die Standby-Leuchten von Fernseher, Videorekorder und DVD-Player glommen in der Dunkelheit. In den Regalen standen Hunderte von VHS-Kassetten und DVDs, viele davon mit Robert de Niro, Kimmos größtem Idol.

Er stellte sich vor die Balkontür. Im Haus gegenüber brannte in vielen Fenstern noch Licht, obwohl die Leute dort morgens früh zur Arbeit mussten. Auf der anderen Seite wohnten mehr Ausländer und Arbeitslose, die ihren Tag- und Nachtrhythmus wählen konnten, wie sie wollten. Kimmo kannte das Wohnviertel im Vantaaer Stadtteil Hakunila wie seine Westentasche. Er war als pubertierender Junge Mitte der Siebzigerjahre mit seinen Eltern von Kuopio hierhergezogen. Sein Vater war Zimmermann gewesen, seine Mutter Hilfsschwester.

Er öffnete die Tür zu Julias Zimmer. Milder Parfumduft wehte ihm entgegen. Normalerweise betrat er nicht einfach so das Reich seiner Tochter, weshalb er sich unbehaglich fühlte, als er sich jetzt umsah. Die Mini-Stereoanlage auf dem Tisch leuchtete mit ihren LED-Lämpchen so bunt wie ein Christbaum. Auf dem Poster vom letzten Spanien-Urlaub lud das klare Mittelmeer zum Baden ein und bildete den größtmöglichen Kontrast zu der feuchtkalten Finsternis vor dem Fenster.

Kimmo machte Licht im Flur und suchte im Speicher seines Handys nach der Nummer von Julias Freundin Jenni. Die beiden Mädchen waren seit der Grundschule unzertrennlich; viele, vielleicht sogar Hunderte Male hatte Kimmo die beiden irgendwo hingefahren oder abgeholt.

Jenni meldete sich sofort, wach und neugierig. »Hallo Kimmo, was gibt's?«

»Entschuldige, dass ich dich um diese Zeit störe …«

»Macht nichts, ich lern für Geschichte. Wieder mal im letzten Moment.«

Ihre Antwort war für Kimmo wie ein Schlag ins Gesicht: Julia war also nicht bei Jenni.

»Hast du etwas von Julia gehört? Sie ist immer noch nicht zu Hause. Und sie geht nichts ans Handy.«

»Nicht zu Hause?«

Jennis erstaunter Tonfall bereitete Kimmo eine Gänsehaut.

»Julia ist so um acht vom Einkaufszentrum weg«, sagte Jenni. »Sie wollte noch wo vorbeigehen und dann nach Hause.«

»Wo vorbei?«

Kurzes Schweigen.

»Irgendwo halt. Ich weiß es nicht. Aber du brauchst nicht nervös zu werden. Wenn jemand auf sich aufpassen kann, dann Julia. Ich telefoniere ein bisschen rum und sag dir dann Bescheid, wenn ich was höre. Kannst ruhig schlafen gehen.«

Jenni klang munter. Eine Spur zu munter.

3

Ronis Handy hatte gerade einmal geklingelt, da schnappte er es sich schon vom Nachttisch. Auf dem Display stand JENNI.

»Hi«, sagte er, so ruhig er konnte.

»Hast du schon gehört?«, fragte Jenni mit schriller, fremder Stimme.

»Was gehört?«

Stille.

»*Was gehört?*«

»Julia … Julia ist tot.«

Roni holte so tief und so schnell Luft, dass man ein röchelndes Geräusch aus seiner Kehle hörte.

»Tot? Wie das denn?«

»Sie ist … umgebracht worden.« Jennis Stimme brach. »Ein Typ, der von einer Fete kam und die Abkürzung durch den Wald nahm, hat sie gefunden. Neben dem Weg.«

»Oh, mein Gott …«

»Ich ruf die anderen an«, sagte Jenni mit tränenerstickter Stimme.

Roni legte das Telefon aus der Hand und setzte sich wacklig auf den Bettrand. Panik erfasste ihn und ließ sein Herz hämmern wie verrückt. Vor sich sah er Julias bleiches Gesicht.

Langsam stand er auf und nahm die Jeans aus dem Wäschekorb. Der Anblick der Flecken auf den Knien ließ seine Hände zittern. Mit der Hose in der Hand öffnete er langsam die Tür, ging zum Bad und warf einen vorsichtigen Blick ins Wohnzimmer. Sein Vater schlief auf dem alten, weinroten Diwan; im Fernseher lief ein spanischer Schwarzweißfilm. Auf dem Boden neben dem Diwan lagen eine Hantel und ein Wörterbuch. Das war typisch für Vater: Er versuchte immer, mehrere Dinge gleichzeitig zu tun.

Im Bad stand ebenfalls ein Wäschekorb. Dort steckte Roni die Jeans hinein und legte andere Wäschestücke darüber. Dann wusch er sich das Gesicht mit eiskaltem Wasser. Die Schramme auf der Wange rötete sich leicht. Hatte ihn Julia gekratzt? Nein, die Schramme musste von einem Zweig stammen ... Auch Julia hatte Handschuhe getragen, orange Wollhandschuhe, unter ihren Fingernägeln konnten also keine Hautpartikel von ihm zurückgeblieben sein, keine DNA-Spuren ... Und die Haare? Roni hatte sie am Abend mit Gel und dem Fön ein wenig gestylt, aber jetzt waren sie auf die falsche Art durcheinander. Hatte Julia daran gezogen? Roni versuchte sich die Ereignisse ins Gedächtnis zu rufen. Nein, Julia hatte seine Haare nicht angefasst, wahrscheinlich war er später selbst mit den Händen hindurchgefahren.

Er erschrak über seine Gedanken. Und ganz plötzlich musste er sich übergeben, in die Kloschüssel, zunächst einmal, dann immer wieder.

Er bereute aus vollem Herzen, nicht zu Julia zurückgekehrt zu sein, auch wenn schon jemand bei ihr gewesen war. Er hätte außerdem zur Polizei gehen und berichten müssen, was passiert war. Aber zuvor hätte er sich selbst Klarheit verschaffen sollen ...

Er spülte den Mund aus und ging in sein Zimmer zurück, wobei er sich an der Wand abstützen musste. Als er am Wohnzimmer vorbeigehen wollte, rief sein Vater: »Hast du was mit dem Magen? Es liegt doch hoffentlich nicht am Essen ...«

»Nein, nein, es ist nichts.«

Roni ging weiter, aber sein Vater sagte energisch: »Komm her!«

Roni blieb stehen und holte langsam Luft. Dann drehte er sich um und ging ins Wohnzimmer.

»Was ist eigentlich mit dir los?«, fragte sein Vater besorgt.

Roni antwortete nicht. Er redete allgemein nicht viel, aber Tero kannte ihn genau und wusste sein Verhalten zu deuten.

»Setz dich. Oder ist dir immer noch schlecht?«

Roni setzte sich aufs Sofa, ohne seinem Vater in die Augen zu schauen.

»Hast du tagsüber etwas Schlechtes gegessen?«

»Bei mir ist alles in Ordnung«, entgegnete Roni leise.

»Gibt es etwas, das ich wissen sollte?«

Sein Vater durchschaute ihn. Sie waren sein ganzes Leben lang zusammengewesen, beinahe wie siamesische Zwillinge.

Roni starrte auf das Foto im Bücherregal, auf dem er als Sechsjähriger am Steuer eines Karting-Autos saß, mit ernstem, grimmigem Gesicht. Sein Vater stand daneben, mit abstehenden Haaren, lachend.

Roni räusperte sich, brachte aber kein Wort heraus. Er wusste, dass sein wortloses Starren seltsam wirken musste, konnte aber nichts daran ändern.

»Willst du mit mir über die Schramme reden?«, fragte der Vater mit einer Kopfbewegung zu seiner Wange.

Roni änderte die Haltung. »Ich habe einen Strafzettel gekriegt.«

»Einen Strafzettel? Wie viel warst du zu schnell?«

»Sechsundachtzig in der Siebzigerzone. Auf dem Ostzubringer bei Roihuvuori. Ich wusste nicht, was ich als Jahreseinkommen angeben sollte.«

»Was hast du gesagt?«

»Dreißigtausend.«

»Macht nichts. Zwanzig hätten genügt. Hat der Polizist dich erkannt?«, fragte der Vater und zwinkerte müde.

»Es war eine Frau. Guckt wahrscheinlich keine Autorennen.«

Roni sah, dass seinem Vater die Geschichte nicht gefiel, auch wenn er kein Aufhebens darum machte.

»Die Sponsoren mögen es nicht, wenn die Zeitungen über Bußgelder berichten«, fuhr Roni selbst fort. »Zum Glück interessieren sie sich nicht für mich.«

»Noch nicht. Aber du hättest es mir gleich erzählen sollen. Solche Dinge darf man nicht für sich behalten. Die kommen sowieso heraus. Lass uns schlafen gehen. Ist dir noch schlecht?« Der Vater machte Anstalten aufzustehen.

Roni blieb sitzen. »Ich hatte Streit mit Julia. Sie ist auf mich losgegangen. Da bin ich ausgerastet. Ich hab sie gewürgt und … und …«

Da brach Ronis Stimme. Sein Vater erstarrte in grotesker Haltung, aber mit todernster Miene.

»Julia ist auf der Erde liegen geblieben … bewusstlos …«

Tero starrte seinem Sohn ins kreidebleiche Gesicht. Der starrte aus glasigen Augen zurück.

Er beugte sich über Roni und flüsterte: »Bewusstlos? Was redest du da? *Was* willst du mir da sagen?«

Roni musste sich Mühe geben, um überhaupt sprechen zu können. »Hörst du mir nicht zu? Wir hatten Streit und … und Julia ist scheinbar bewusstlos auf der Erde liegen geblieben. Ich hab geglaubt, sie tut nur so. Aber so war es nicht …«

»Was hast du getan? Einen Krankenwagen gerufen?«

Roni starrte vor sich hin, als hätte er die Frage nicht gehört.

»*Hast du mich verstanden? Was hast du getan?*«

»Ich bin weggelaufen … Ich hatte Angst …«

»Hast du sie danach noch mal angerufen?«, fragte Tero aufgeregt, die Antwort seines Sohnes fürchtend. »Hast du dich versichert, dass sie in Ordnung ist?«

Roni schüttelte langsam den Kopf.

»Wir müssen hin und dafür sorgen, dass sie nach Hause kommt. Jetzt sofort!«

»Jenni hat mich gerade angerufen. Julia ist tot.«

4

Tero starrte seinen Sohn an und ließ sich neben ihn aufs Sofa fallen, unfähig, etwas zu sagen oder zu denken.

»Es war ein Versehen«, sagte Roni mit zitternder Stimme.

»Was?« Tero konnte den Blick nicht von seinem Sohn abwenden. »Was war ein Versehen?«

»Ich bin ausgerastet ... Das hab ich doch schon gesagt! Ich hab sie gewürgt ... Aber davon stirbt man nicht, da kann einer sagen, was er will! Jemand anders hat es getan, der Unbekannte, der bei ihr war ... irgendwelche Leute.«

Tero räusperte sich und wollte etwas sagen, aber seine Stimmbänder gehorchten ihm nicht. Er räusperte sich noch einmal, dann bat er kaum hörbar: »Erzähl mir alles. *Alles.*«

Roni rührte sich nicht.

»Hast du verstanden?!« Tero schlug sich mit den Händen so fest auf die Knie, dass die Handflächen schmerzten. Er erschrak selbst, denn er wurde sonst so gut wie nie laut.

Roni fing an zu sprechen, stockend, mit zitternder Stimme. »Zuerst fuhren wir in Hakunila herum. Dann stiegen wir aus und gingen im Wald spazieren. Wir bekamen Streit. Sie ging auf mich los, und das machte mich wütend ...«

»Nimmst du immer noch ... das Zeug?«

Roni schluchzte und nickte.

»Ich habe es dir doch verboten!«

Ronis Blick hellte sich ein wenig auf. »Diese Mittel verursachen Wutausbrüche, das ist dir doch auch aufgefallen«, sagte Roni nun etwas lauter und deutlicher.

»Und ich habe dir befohlen, sie nicht mehr zu nehmen«, erwiderte Tero und legte Roni den Arm um die Schulter – und um den kräftigen, muskulösen Nacken, der unzählige Kurven und Beschleunigungen aushalten musste …

»Niemand stirbt wegen so etwas. Nicht mal ein Vogel stirbt von so einem bisschen Würgen …«

»Warum, um Himmels willen, bist du weggerannt? Obwohl du gesehen hast, dass Julia ohnmächtig war.«

»Ich bin in Panik geraten. Ich hatte Angst, die Polizei würde mir die Schuld geben, auch wenn Julia zuerst auf mich losgegangen war. Und als ich zurücklief, war schon jemand bei ihr. Um ihr zu helfen, dachte ich. Ich schämte mich, ich wollte nicht gesehen werden. Aber der Unbekannte hat Julia umgebracht, eine andere Erklärung gibt es nicht … Was soll ich jetzt tun?«

»Was du tun sollst …« Tero sah sich nicht in der Lage, seine Gedanken zu ordnen. War es möglich, dass der Fluch, der auf ihm selbst lastete, auf Roni übergegangen war? Er wehrte den Gedanken sofort rigoros ab. War es stattdessen denkbar, dass die Steroide, die Roni zur Stärkung der Nackenmuskulatur nahm, einen so wahnsinnigen Wutausbruch ausgelöst hatten? Der Arzt, der ihn betreute, Herkko Tyni, hatte bei Roni keine eindeutigen Gemütsveränderungen oder Aggressionsschübe erkennen können, aber trotzdem hatte Tero seinem Sohn befohlen, mit der Einnahme der Substanzen aufzuhören.

Er stand auf. Kurz überlegte er, Herkko anzurufen, aber sein gesunder Menschenverstand wies den Gedanken zurück.

»Wir gehen zur Polizei«, sagte er. »Dort erzählst du von vorne bis hinten, was passiert ist.«

Roni nickte, fast erleichtert. »Jetzt gleich?«

»Sofort.«

Sie gingen in den Flur.

»Beschreib mir alles noch einmal, aber ganz genau«, verlangte Tero, während er seine Jacke anzog. Er hörte seine eigene Stimme wie die eines fremden Menschen, seine Bewegungen waren die eines anderen, er wusste nicht, was er tat, aber dennoch handelte er.

»Wir bekamen Streit …«

»Weswegen?«

»Was spielt das für eine Rolle?«, schnaubte Roni und zog die Schuhe an.

»Ich habe doch gesagt, ich will *alles* hören.« Tero gab sich Mühe, einen Wutausbruch zu unterdrücken.

»Julia hat mir gedroht. Sie hat damit gedroht, zu enthüllen, dass ich Steroide nehme.«

Tero hielt in seinen Bewegungen inne. »Woher wusste sie davon?«

Roni seufzte schwer. »Ich hatte es ihr erzählt. Vor langer Zeit. Aber jetzt kam es wieder zur Sprache.«

Tero starrte Roni bestürzt an. »Julia hat dich erpresst, weil du sie verlassen wolltest. War es so? Sie drohte damit, dich des Gebrauchs von Steroiden zu bezichtigen?«

»Ich hab sie gefragt, ob sie wirklich alles kaputt machen will, was ich mir zwölf Jahre lang aufgebaut habe.« Tränen traten in Ronis Augen, und seine Stimme stockte. »Sie hat gesagt, ja. Ich wär ihr egal, weil sie ja auch mir egal wäre. Da bin ich weg, aber sie ist mir hinterhergerannt … hat sich auf mich gestürzt und mich geschlagen …«

Teros Blick wanderte von Ronis feuchten Augen zur Schramme auf der Wange.

»Die ist von einem Zweig«, sagte Roni. »Und dann bin ich eben auch ausgerastet. Ich hab sie auf den Boden gedrückt und sie am Hals gepackt, aber sie hat immer weiter auf mich eingeschlagen … und ich hab immer fester zugedrückt …«

»Du hast in Notwehr gehandelt«, sagte Tero, aber es klang auch in seinen eigenen Ohren überzogen. Er konnte nicht verhindern, dass sich ihm erneut schmerzliche Erinnerungen aufdrängten, Bilder aus seinem eigenen Leben, die er normalerweise zu verdrängen wusste. »Du hast sie im bewusstlosen Zustand liegen lassen – das wird man wahrscheinlich als unterlassene Hilfeleistung deklarieren und natürlich als schwere Körperverletzung. Hast du noch mehr Spuren an dir, außer der Schramme da?«

»Ich weiß nicht ... wahrscheinlich schon ...«

»Zieh Hemd und Pulli aus!«

Roni gehorchte unverzüglich und stand kurz darauf mit nacktem Oberkörper da. Tero drehte ihn um.

»Wo?«

Roni schaute auf seine Arme und Seiten. »Überall. Aber es waren natürlich keine harten Schläge.«

Tero führte Roni ein paar Schritte zur Seite, an eine Stelle im Flur, auf die mehr Licht fiel, aber er konnte keine sichtbaren Spuren entdecken.

»Wie stark hat Julia zugeschlagen?«, fragte er mit festem Blick in Ronis Augen. Gleichzeitig zog er seine Handschuhe an. »So?«

Er versetzte Roni einen leichten Knuff in die Rippen.

»Oder so?«

Er schlug weiter zu, immer fester, auf verschiedene Stellen.

»Noch härter«, sagte Roni und sog hörbar Luft durch die Nase ein.

Tero schlug seinem Sohn auf den Brustkorb, in den Magen und packte ihn grob an den Armen. Roni ließ alles über sich ergehen wie ein lebloser Sandsack.

Mit einem Mal ließ Tero mitten im Schlag von ihm ab. War er verrückt geworden? *Was machte er hier eigentlich?*

»Was ist?«, fragte Roni außer Atem.

»Das ist nicht richtig«, keuchte Tero und rang um Fassung. »Nicht vernünftig. Zieh dich an.«

Roni zog T-Shirt und Pulli wieder an und warf sich die Jacke über.

Einen Moment lang sahen sich Vater und Sohn in die Augen, bis Tero sich einen Ruck gab und die Haustür öffnete. Durch den Bewegungsmelder sprang die helle Halogenlampe an und beleuchtete das regennasse Grundstück. Tero ging auf seinen Aston Martin zu.

»Warum hast du Julia von den Steroiden erzählt?«, fragte er beim Einsteigen.

»Ich wollte mit jemandem darüber reden. Und damals glaubte ich, dass ich ihr vertrauen könnte.«

Tero ließ den Motor an und fuhr los. Er steuerte das Ostzentrum an, wo sich das nächste Polizeirevier befand. Er hatte dort selbst einst mehrere Monate gearbeitet, vor langer Zeit, in einem anderen Leben.

»Soll ich der Polizei etwas über die Steroide sagen?«, fragte Roni.

Stille breitete sich zwischen ihnen aus, die schließlich von Tero unterbrochen wurde. »Solche Dinge landen immer irgendwann in der Zeitung. Das wäre das Ende deiner Karriere.«

»Ist die nach einem Gerichtsurteil nicht sowieso vorbei?«

Tero umklammerte das abgegriffene Kirschholzlenkrad und hielt den Blick fest auf den Asphalt im Scheinwerferlicht gerichtet. Er bremste und fuhr an einer Bushaltestelle an den Straßenrand.

Eine Weile starrten beide wortlos vor sich hin.

»Du hast Valtteri vor dem Gefängnis gerettet, bist aber bereit, mich hineinzustecken«, sagte Roni dann. »Obwohl ich unter dem Einfluss von Steroiden gehandelt habe. Glaubst du, mir wäre das ohne Hormone passiert?«

Tero antwortete nicht.

»Natürlich nicht. Bald kommen die Tests in Jerez«, redete Roni weiter. In seine Stimme schlich sich ein flehender Tonfall. »Lass uns doch erst mal abwarten.«

Tero biss die Zähne zusammen. Er hatte in der Tat vor vier Jahren seinen Stiefsohn vor einem Hafturteil bewahrt. Nächtelang hatte er damals mit Heli über das Schicksal des drogensüchtigen Valtteri diskutiert. Was sollten Eltern tun, wenn ihr Kind ein Verbrechen beging? Sollten sie ihm bis zum Ende Schutz und Stütze sein, auch wenn die ganze übrige Welt es fallen ließ?

Und wenn ein Kind ein Verbrechen beging, nachdem es unter Anleitung seines Vaters Hormone geschluckt hatte, die nachweislich aggressives Verhalten und Gemütsschwankungen auslösten? Gehörte dann nicht auch der Vater ins Gefängnis?

Tero überlegte, was die Jurabücher, die er einst hatte lesen müssen, zu so einem Fall gesagt hatten. Noch wichtiger war, was die Rechtsphilosophie sagte. Nichts natürlich. Er musste sich auf seine Intuition verlassen, auf seine eigene Auffassung von Recht.

Was Jerez betraf, so verstand er Roni vollkommen. Seit in dem Jungen die Begeisterung für die Rennstrecke entfacht war, wollte er schneller fahren als die anderen. In den zurückliegenden fünf Jahren hatte er das größtmögliche Ziel verfolgt. Und jetzt, endlich, schien es erstmals absolut realistisch zu sein, es tatsächlich in die Formel 1 zu schaffen. Allein der Gedanke, dass Roni sich davon verabschieden sollte, war ganz und gar unmöglich. Es ging nicht um ein Jahresgehalt von mehreren Millionen Euro, sondern um etwas wesentlich Substanzielleres. Mit keinem Geld der Welt konnte man messen, was Roni in seine Karriere investiert hatte, all die Anstrengung, Hartnäckigkeit, Opferbereitschaft.

Aber ebenso unmöglich wäre es, seinem eigenen Sohn zu suggerieren, man könne nach einem schlimmen Verbrechen ohne Strafe davonkommen.

Bei diesem Thema war Tero Experte.

»Die Polizei wird bald vor unserer Haustür stehen«, hörte er sich unsicher sagen. »Es ist besser, wenn wir uns zuerst melden …«

»Warum sollte die Polizei bei uns auftauchen? Sie wird gar nicht auf die Idee kommen. Ich hatte Handschuhe an. Niemand hat Julia und mich gesehen. Sie kriegen mich nicht dran, wenn ich nicht selbst hingehe.«

Tero musste sich eingestehen, dass es ihn erleichterte, Roni so reden zu hören. Zwar erschrak er über seine Erleichterung, aber er konnte nichts dafür. Zumal das Verbrechen – so unbeschreiblich grausam es auch war – zumindest teilweise eben auf das Konto der Hormone ging.

Roni schaute seinen Vater an, dessen Gesicht im Schein der Innenbeleuchtung allmählich wieder normale Farbe annahm. Der Ausdruck war jedoch ernster als je zuvor.

»Und die Person, die Julia gefunden hat?«, fragte Tero mit schmalen Lippen. »Vielleicht war sie schon vorher in der Nähe und hat dich gesehen?«

»Nein. Sie kam erst, als ich weg war.«

»Wo sind deine Handschuhe? Die müssen wir vernichten.«

Bei diesem Satz stiegen Roni Tränen der Erleichterung in die Augen. Er hatte gewusst, dass es richtig war, die Hormone anzusprechen.

Sein Vater legte den ersten Gang ein, trat aufs Gas und wendete.

Da war es mit Ronis Selbstbeherrschung vorbei. Er schluchzte haltlos. Durch das Reden war ihm etwas von seiner Last genommen worden, und die Nähe und das Mitgefühl seines Vaters ließen schließlich alle Dämme brechen.

Sein Vater legte ihm die Hand auf die Schulter. »Du hast in Notwehr gehandelt. Aber das können wir der Polizei nicht beweisen.«

Sie bogen wieder auf das Grundstück ihres Hauses ein.

»Wo sind die Handschuhe?«

»Im Auto.«

»Jemand kann dein Auto gesehen haben. Ein Audi TT mit spanischem Nummernschild wirkt hier wie ein Ausrufezeichen.«

»Mir ist niemand entgegengekommen, als ich wegfuhr.«

»Der Unbekannte, der Julia gefunden hat, kann den Wagen auf dem Parkplatz gesehen haben.«

»Jenni hat gesagt, der Mann, der Julia fand, hätte auf dem Heimweg von einer Fete die Abkürzung durch den Wald genommen. Er ist also nicht am Parkplatz vorbeigekommen.«

»Gut«, sagte der Vater und stieg aus.

Roni folgte ihm.

»Ist der Parkplatz asphaltiert?«, flüsterte Tero, obwohl niemand in der Nähe war.

»Natürlich nicht. Wieso?«

»Überleg doch mal«, erwiderte der Vater und blieb neben Ronis Audi stehen. »Was bleibt da im Sand und in den Pfützen zurück? Und wie viele in Finnland fahren solche Reifen?«

Er deutete auf die Bridgestone Tornados auf den Felgen des Audi TT.

»Wir müssen die Reifen wechseln«, sagte Tero, noch immer flüsternd. »Sofort.«

5

Der blonde, braun gebrannte Mann zog zuerst die kugelsichere Weste und anschließend Hemd und Sakko an. Dann nahm er die DVD aus dem Tresor, steckte sie in die Innentasche seiner Jacke und ging die breite Marmortreppe in den Keller hinunter.

Marcus Grotenfelt schaute kurz auf das Schlüsselbrett. Die Schlüsselanhänger aus Leder und Metall zeigten bunte Symbole: ein Pferd, das sich auf die Hinterbeine stellte, einen dreizackigen Stern in einem Kreis, ein stilisiertes B und die nüchterne Buchstabenfolge SAAB.

Er griff nach dem Saab-Schlüssel, denn das schwarze Auto, Baujahr 1996, war das älteste und erregte am wenigsten Aufsehen. Es war sorgfältig gewachst, aber sein Alter machte sich trotzdem in der schon etwas matten Lackierung bemerkbar. Die wenigsten Leute ahnten allerdings, dass dieses Sondermodell von Saab hinsichtlich seines Leistungsvermögens durchaus die Hülle eines Sportwagens verdient hätte.

Mit einem tiefen Brummen sprang der Motor an, und der Qualm aus zwei Auspuffrohren färbte die Luft in der Garage bläulich, bevor ein Sensor den effektiven Spezialsauger in Betrieb setzte. Das breite Tor öffnete sich lautlos. Weit unten schimmerte das Mittelmeer im Mondlicht, und am Ufer leuchteten die Lichter von Marbella. Durch das gewellte Rasengrundstück führte eine leicht geschlängelte Ausfahrt, gesäumt von Palmen, Oleander und Magnolien. Der Saab glitt schnurrend zum Tor. Tropfen aus der Wasserfontäne des Springbrunnens glitzerten im Licht der Scheinwerfer.

Das Tor öffnete sich, und Marcus fuhr auf die Calle de Triguero hinaus. Mit einem Blick in den Spiegel versicherte er sich, dass das Tor sich hinter ihm wieder schloss. Seit dem Telefonat mit dem Chinesen stand er bis zu einem gewissen Grad unter Beobachtung, das wusste er, und diese Vorstellung setzte ihn unter Spannung. Sein Leben lang hatte er mit dem KGB, der CIA, dem Mossad und zahlreichen anderen einschlägigen Organisationen zu tun gehabt, aber nie mit chinesischen. Und das Unbekannte machte Angst, sogar ihm. Aber das war nur ein gutes Zeichen.

Teros Finger zitterten so sehr, dass sie kaum die Tasten trafen. Er saß im Schein der Schreibtischlampe am Computer.

Sie hatten damals mit den Hormonen begonnen, weil mangelnde Muskulatur eben nicht durch Reflexe und Reaktionsvermögen kompensiert werden konnten. Mit Hormonen musste man zwar vorsichtig sein, aber Herkko Tyni kannte sich mit den Substanzen aus.

Tero klickte die Seiten der finnischen Antidopingkommission an. Schon vor Monaten hatte er etwas über die Auswirkungen von Steroiden auf die Gemütsverfassung gelesen, jetzt ging er dem Thema noch einmal auf den Grund. Mit pochendem Herzen las er die Zeilen.

Bei etwa dreißig Prozent der Personen, die anabole Steroide in Überdosis nehmen, treten Aggressivität, Feindseligkeit und Gereiztheit auf. Mehreren Fallstudien zufolge schwächen die Hormone die Impulskontrolle. So sind beispielsweise Fälle beschrieben worden, in denen Personen, die bis dato psychisch ausgeglichen waren, nach Beginn der Hormonkur gewalttätig wurden und ein Tötungsdelikt im Affekt begingen.

Tero verließ die Website und entfernte sie aus dem Browserspeicher.

Er lehnte sich zurück. Der Text kam ihm erschreckend bekannt vor. Er traf nicht nur auf Hormone zu. Aggressivität, Feindseligkeit, Gereiztheit … schwächen die Impulskontrolle … wurden gewalttätig und begingen ein Tötungsdelikt im Affekt …

Tero atmete tief durch. Mit seinen Genen und mit den Genen seines Vaters hatte er jetzt womöglich seinen Sohn ins Verderben gestürzt.

6

Roni legte das Telefon zur Seite und blickte nachdenklich aus dem Fenster in den verregneten Garten. Jason hatte angerufen – Sebastian, der Deutsche, der sich bei der Kollision in Monza verletzt hatte, war zu Bewusstsein gekommen und hatte das Schlimmste überstanden.

Zum Glück.

Roni griff nach dem Lenker der Spielekonsole und setzte das Rennen mit scharfen, exakten Lenkbewegungen fort. Aus den Lautsprechern drang das grelle Sirren der Motoren, die Strecke huschte als grauer Teppich unter dem Fahrzeug hindurch.

In der Nacht hatte Roni nicht eine Sekunde geschlafen. Sein Vater war vor einer halben Stunde zu einem schon lange vereinbarten Termin in die Firma gefahren.

Roni hatte überlegt, ob er seinem Vater alles erzählen sollte oder nicht, und war zu dem Ergebnis gekommen, dass das auf keinen Fall ratsam war. Je stärker der Schwerpunkt auf der hormonellen Aggression lag, umso mehr Schuld empfand sein Vater selbst. Und umgekehrt: Je mehr andere Gründe auftauchten, umso bedeutsamer wurden Ronis eigene Entscheidungen.

Er musste sich einfach auf die Hauptsache konzentrieren: Ohne die Steroide wäre er niemals in so haltlose Wut geraten, dass er einen Menschen tötete.

Das Telefondisplay leuchtete auf. JENNI.

Roni nahm den Fuß vom Gas, hängte sich den Kopfhörer um den Hals und meldete sich.

»Die Polizei will mit Julias Freunden sprechen«, sagte Jenni.

»Ich habe ihnen die Nummern von Dani, Heljä, Mirre und dir gegeben und noch ein paar andere Namen und Nummern.«

»Gut«, sagte Roni gedämpft.

»Kommst du zu uns?«

»Ja, ja. Irgendwann demnächst. Hat die Polizei schon Informationen?«

»Was für Informationen?«

»Irgendwelche. Wie es passiert ist ...«

»Die verraten nichts. Aus ermittlungstechnischen Gründen. Frag sie selbst, sie werden sich bald bei dir melden.«

»Okay. Danke, dass du angerufen hast.«

Roni warf das Handy aufs Bett und trat vor den Spiegel. Er sah rot und blass zugleich aus, sein Blick war starr und verschreckt.

Er hätte am liebsten mit seinem Vater gesprochen. Und ihm alles erzählt.

Morgennebel umgab das Bürogebäude im Helsinkier Stadtteil Herttoniemi. Über dem Haupteingang stand in schmucklosen Buchstaben: HELSINKI SECURITY GROUP.

Ein dunkelgrüner Aston Martin DB6 mit spanischem Kennzeichen rollte auf den Parkplatz der Sicherheitsfirma. Der teilweise restaurierte Sportwagen fand zwischen all den Nissans und Opels noch eine freie Parkbucht, in die er exakt mittig hineinstieß. Fünf Millimeter vor der Betonwand kam der verchromte Kühlergrill zum Stehen.

Tero stieg aus dem niedrigen Wagen. Er hätte den Termin verschieben können, aber er wollte keinerlei Abweichung von der Normalität.

In den frühen Morgenstunden war ihm eines endgültig klar geworden: Roni hatte sich einer entsetzlichen Tat schuldig gemacht. Und die Hormonkur, die er auf den Vorschlag seines Vaters hin begonnen hatte, war dabei ausschlaggebend gewesen. Wenigstens zum Teil. Der Junge musste sich die Folgen seiner Tat bewusst machen; wenn er das Verbrechen nicht sühnte, würde es ihn bis ins Grab verfolgen. Roni musste begreifen, dass auf ein Verbrechen die Strafe zu folgen hatte, mit der man vor sich selbst und der Gesellschaft büßte.

Andererseits bestand für Tero kein Zweifel daran, dass Roni die nächsten Jahre nicht im Gefängnis, sondern am Steuer eines Rennautos sitzen würde – genauer gesagt am Lenkrad eines Formel-1-Boliden.

Blieb also nur eine außergewöhnliche Lösung, die aber die einzig richtige zu sein schien: Roni sollte erreichen, was auf der Rennstrecke zu erreichen war, und seine Strafe erst danach absitzen. Sollte er eben mit dreißig ins Gefängnis gehen.

Tero drehte und wendete die Idee im Kopf hin und her. Was würde Roni davon halten?

Nein, Ronis Meinung war in dieser Situation nicht entscheidend. Er durfte von dem Plan gar nichts wissen; man konnte und sollte nicht jahrelang auf ein Urteil warten, es musste überraschend kommen. Aber funktionierte so ein Plan tatsächlich? Oder war er bloß Selbstbetrug?

»Tero, wie geht's?«, fragte ein junger Wachmann in der Eingangshalle. »Hast du schon gehört, was mit Kimmos Tochter ...«

»Hab ich. Schrecklicher Fall. Hoffentlich schnappen sie den Täter wenigstens ...«

Tero ging schnell weiter zum Aufzug.

»Wie lange ist Roni noch im Land? Wär schön, ihn mal wieder zu sehen«, rief ihm der Wachmann hinterher.

»Ich weiß nicht, kann sein, dass er schon morgen zurückfliegt.«

Oben klopfte Tero energisch an die Tür mit dem Schild HAARANEN, JARI – GESCHÄFTSFÜHRER.

Haaranen wollte einige Kundenverträge durchgehen. Tero hatte Haaranen, als er ihm die Firma verkaufte, versprochen, ihm ein halbes Jahr lang hilfreich zur Seite zu stehen. Der neue Geschäftsführer war das genaue Gegenteil von Tero: ruhig und überlegt, ein typischer Mann von der finnischen Westküste. Ernst nickte er Tero zu.

Bevor einer von beiden etwas sagen konnte, stand Haaranen auf und blickte aus dem Fenster.

»O nein.«

Tero schaute hinaus. Auf dem Parkplatz stieg ein großer, breitschultriger Mann mit langem Nackenhaar aus einem alten Ford Mondeo: Kimmo Leivo. Julias Vater. Sein Gesicht war grau.

»Was will der denn hier?«, fragte Tero überrascht. »Nach so einem Ereignis?«

»Er ist vollkommen außer sich. Das Mädchen war sein Augenstern.« Haaranen ging zur Tür. »In so einer Situation denkt ein Mensch nicht vernünftig.«

Tero war unangenehm zumute. Er starrte nach draußen, wo Kimmo mit hängenden Schultern den Parkplatz überquerte. Er war ein schwieriger, jähzorniger Typ, das wussten alle, und ganz besonders gut wusste es Tero.

Wenn er sich auch nur vorstellte, er hätte an Kimmos Stelle sein Kind durch ein Gewaltverbrechen verloren … Entschlossen konzentrierte er sich darauf, alle Gedanken abzuwehren, die ihn dazu verleiten konnten, die Tragödie aus Kimmos Perspektive zu sehen. Nur so war er fähig, einigermaßen stabil zu bleiben.

Mit leicht zitternden Knien ging Tero in die Eingangshalle und sah, wie Haaranen eine Hand auf Kimmos Schulter legte.

Tero verlangsamte den Schritt und blieb stehen. Kimmo bemerkte ihn.

»Tero, du bist auch hier. Ich hab dein Auto gesehen …«

Tero ging auf Kimmo zu und umarmte ihn. »Es ist so schrecklich … Ich weiß nicht, was ich sagen soll …« Seine Stimme versagte, er musste husten. »Wenn es irgendetwas gibt, das ich für dich tun kann, egal was …«

Kimmo stand bis zu einem gewissen Grad noch immer unter Schock. Äußerlich wirkte er vollkommen ruhig, ja geradezu gefühllos.

»Es gibt nichts mehr, was man tun könnte. Außer mitzuhelfen, dass der Mörder gefunden wird.« Kimmos Stimme wurde beim Sprechen fester, und sein Körper straffte sich ein wenig. »Wenn das Schwein gefunden wird, soll es genauso sterben wie Julia«, sagte er langsam, mit furchterregendem Glanz in den Augen.

Tero war nicht fähig, etwas zu erwidern, sein Gehirn wollte einfach nicht funktionieren.

»Rache bringt nur noch mehr Kummer mit sich«, sagte Haaranen besänftigend. »Deshalb gibt es Gerichte.«

»Ach ja? Ich habe das Gefühl, als gäbe es in Finnland die Gerichte nur, damit so ein Typ nach zwei, drei Jahren wieder als freier Mann aus dem Gefängnis spaziert.« Kimmos Blick wirkte wie glasiert. »Aber dieser Typ wird nicht so leicht davonkommen. Garantiert nicht.«

7

Tero setzte den Blinker und bog in seine Straße ein. Er musste alle Willenskraft zusammennehmen, um ruhig zu bleiben. Er hatte sich für eine Linie entschieden, jetzt musste er den gewählten Weg beibehalten. Etwas anderes kam nicht mehr infrage.

Dennoch übersah er nicht die groteske Ironie, die in all dem lag. Immerfort hatte er nach Gleichgewicht in seinem Leben gesucht: Er hatte sich Bildung angeeignet, hatte versucht, seine Wissbegierde zu befriedigen, hatte sich mit dem Denken von Philosophen und großen Männern der Geschichte vertraut gemacht und gleichzeitig versucht, durch physisches Training und richtige Ernährung auch für einen gesunden Körper zu sorgen. Er hatte Harmonie und Balance angestrebt, war aber trotzdem ständig gescheitert: die Tragödie seines Vaters, die schweren Fehler seiner Teenagerjahre, die Katastrophe, die seiner Polizeilaufbahn ein Ende gesetzt hatte, Valtteris Schicksal, die Scheidung von Heli ... und jetzt das Schrecklichste von allem.

Wieder ließ er sich die Möglichkeit durch den Kopf gehen, Ronis Strafe aufzuschieben. Diese Variante würde auch ihn unmittelbar betreffen, denn er wäre dann an der Vertuschung des Verbrechens beteiligt. Wäre er denn selbst bereit, in zehn Jahren ins Gefängnis zu gehen? Mit fünfundfünfzig? In einem Alter, in dem man sich ohnehin allmählich der Begrenztheit seiner Zeit bewusst wird?

Ja. Wenn Roni seine Strafe verbüßte, dann würde er das selbstverständlich auch tun.

Aber was hieß das konkret? Wenn Roni mit dreißig Jahren

und vielleicht sogar als mehrfacher Formel-1-Weltmeister gestehen würde, sich in seiner Jugend einer fahrlässigen Tötung, vielleicht sogar des Totschlags schuldig gemacht zu haben … Dann würde die halbe Welt die Scham und Demütigung mit ihm teilen; Millionen von Menschen würden über den Vorfall diskutieren … Wie schrecklich wäre die Situation dann eigentlich? Man konnte sich das aus der jetzigen Perspektive einfach nicht vorstellen.

Plötzlich fuhr Tero zusammen, weil ihm ein neuer Gedanke durch den Kopf schoss: Fahrlässige Tötung und Totschlag waren Delikte, die verjährten. Mord verjährte nie, aber darum handelte es sich nicht, denn die Tat war nicht geplant gewesen. Tero versuchte, sich ins Gedächtnis zu rufen, was im Strafrecht stand. Die Höchststrafe für Totschlag betrug mehr als acht Jahre, weshalb die Verjährungsfrist bei zwanzig Jahren lag. Roni würde sie mit vierzig überschreiten. Falls aber Julia ihn zuerst angegriffen hatte, könnte der Fall als fahrlässige Tötung gewertet werden. Wie sah die Strafskala da aus? Als junger Polizist hatte Tero nebenher zwei Jahre Jura studiert, aber das war lange her.

Warum beschäftigte er sich überhaupt mit Verjährungsfristen? Anscheinend versuchte er mit allen Mitteln, gegen seine eigene Ansicht von der Unvermeidlichkeit von Strafe zu argumentieren und verzweifelt einen Ausweg aus der ganzen Situation zu finden.

Das Telefon riss ihn aus seinen Gedanken. Marcus rief aus Spanien an, voller Eifer und absolut sicher, dass McLaren tatsächlich echtes Interesse an Roni hatte.

Roni betrachtete die Reifen an seinem Audi, gebrauchte Winterreifen von Michelin, die er in der Nacht zusammen mit seinem Vater gegen die Bridgestones getauscht hatte. Die feuchte, kühle Luft ließ ihn zittern.

Hinter der Weißdornhecke näherte sich die antike Schrottkiste seines Vaters, kurz darauf rollte sie aufs Grundstück. Der Vater parkte vor dem heruntergekommenen roten Schuppen, stieg aber nicht aus, sondern telefonierte im Wagen weiter. Seiner Mimik nach ging es nicht um etwas Ernstes.

Am Vortag hatte der Vater Ronis Jeans sowie die Jacke und die Handschuhe weggebracht. Roni hatte wissen wollen, wohin, aber der Vater hatte es ihm nicht verraten. Besser, wenn du es nicht weißt, hatte er gesagt. Nach dem Gespräch mit Jenni hatte Roni sein Handy ausgeschaltet. Er hatte kein Wort mit der Polizei reden wollen, bevor er sich mit seinem Vater unterhalten hatte. In der Nacht hatten sie dann alles besprochen, aber Roni war so durcheinander gewesen, dass er sich nicht mehr genau an jede Einzelheit erinnern konnte.

Sein Vater würde ihm ein Alibi verschaffen. Ein todsicheres Alibi. Helsinki Security bot seit vielen Jahren auch einen Detektivservice an. Ein Profi der Sicherheitsbranche und ehemaliger Polizist kannte sich mit diesen Dingen aus. Oder etwa doch nicht? Der Vater hatte nie über seine Zeit bei der Polizei gesprochen, es musste damals irgendetwas Seltsames vorgefallen sein, aber Roni wusste nicht, was. Vielleicht war seinem Vater selbst oder dessen Boss klar geworden, dass ein Weichei sich nicht für die Polizeiarbeit eignete.

Ronis Vater hatte eine harte und schwere Kindheit gehabt, aus der er etwas in sich trug, mit dem er immer noch nicht zurechtkam, eine merkwürdige Schwäche, die ihn bis zu einem gewissen Grad in Ronis Augen unweigerlich zum Loser machte. Manchmal hatte sich Roni für seinen Vater geradezu geschämt, wenn der im Boxenbereich gesessen und die Nase in ein Buch gesteckt hatte. Die italienische Sprache, die Geschichte der großen Entdeckungsreisen und die Biografien bedeutender Wissenschaftler waren die Objekte seiner jüngsten Begeisterung. Roni wusste, dass sein Vater ihm zeigen wollte, dass es im Leben mehr gab als Rennautos. Von allen Formel-1-Fahrern bewunderte der Vater am meisten James Hunt, den charismatischen Briten, der Klavier und Tennis gespielt und den gesamten Formel-1-Zirkus mit einem Funken Ironie betrachtet hatte.

Schade nur, dass die Bemühungen des Vaters sinnlos waren.

Er konnte einem richtig leidtun. Roni konzentrierte sich auf das Wesentliche.

Nachdem er sein Gespräch beendet hatte, stieg der Vater schnell und sichtlich nervös aus seiner britischen Kostbarkeit auf vier Rädern. Es sah kein bisschen so aus, als hätte er die Lage unter Kontrolle. Enttäuschung, Sorge und ungebremster Zorn erfüllten Roni.

»Wer war das?«, fragte er.

»Marcus. Wir reden später darüber.«

Der Vater machte eine scharfe Kopfbewegung in Richtung Tür. Sie gingen hinein und blieben im Flur stehen.

»Haben sie schon angerufen?«, fragte der Vater beinahe flüsternd.

»Wer?«

»Die Polizei«, zischte der Vater.

Teros Jovialität und Sicherheit waren dahin. An ihre Stelle waren Anspannung und Nervosität getreten. Roni wurde selbst immer unruhiger.

»Woher soll ich das wissen, ich habe das Handy ausgeschaltet.«

»Gut.« Das schien den Vater zu beruhigen, er berührte Roni am Arm, als wollte er sich für seine Gereiztheit entschuldigen. Sie gingen ins Wohnzimmer und setzten sich dicht nebeneinander auf die Couch.

»Weißt du noch, was wir letzte Nacht ausgemacht haben?«, fragte der Vater leise.

»Vielleicht nicht mehr alles.«

»Wir gehen es noch einmal durch. Du bist gegen sechs Uhr nach Hause gekommen und danach nicht mehr weggegangen. Wir haben gut gegessen und uns noch einmal das Rennen in Monza auf Video angeschaut. Dann haben wir bis um eins ferngesehen. Nach dem Film ›Der Marathonmann‹ bist du schlafen gegangen. In der Nacht hat dich Jennis Anruf geweckt. Anschließend hast du geschlafen bis um acht Uhr am nächsten Morgen.«

Roni nickte erleichtert. Sein Vater sprach wieder entschlossen und ruhig, wie früher, wenn er ihn auf ein Rennen vorbereitet hatte.

»Denk daran, nur dann etwas zu sagen, wenn die Polizei dich fragt. Jedes einzelne Wort aus eigenem Antrieb kann zu Komplikationen führen. Alle werden Verständnis haben, wenn du vor Erschütterung wortkarg bist.«

Roni merkte, wie wichtig es für seinen Vater war, dass sie das Ganze heil überstanden. *Sie beide,* dachte er erleichtert.

»Kimmo war in der Firma«, fuhr der Vater fort, nun wieder angespannter.

»Wie war er … was …«

»Er stand unter Schock, natürlich. Das war nicht unser Kimmo, das war der Kimmo von früher.«

»Was meinst du damit?«

»Nichts. Kimmo ist Kimmo. Hüte dich vor ihm. Er ist … unberechenbar. Schon immer gewesen. Hätte ich ihn damals nicht eingestellt, hätte er sein Leben bestimmt nicht in Ordnung bringen können. Es gibt nicht viele, die einen ehemaligen Knastbruder beschäftigen.«

Toomas Ehaver war ein ordentlich angezogener, intelligent wirkender und gut aussehender Mann, aber für Kimmo wirkte der Bruder seiner Frau Sirje wie ein gefährlicher, dubioser Handlanger der osteuropäischen Mafia. Und das war jetzt auch gut so.

»Wie kann das möglich sein?«, fragte Toomas und starrte aus dem Fenster in die Ferne. Er sprach eine Spur schlechter Finnisch als seine Schwester.

»Ich warte die ganze Zeit darauf, dass ich aus diesem Albtraum erwache«, sagte Kimmo. Er rieb sich das unrasierte Gesicht und die brennenden Augen. Den Schock und die Trauer betäubte er, indem er sich zwanghaft an den Gedanken klammerte, den Mörder zu finden. Sirje war bei ihrer besten Freundin in Hakunila.

Toomas seufzte schwer, dann fing er an, in seiner Küche im Stadtteil Herttoniemenranta Kaffee in den Filter zu schaufeln.

Kimmo war bislang nur einmal bei Toomas gewesen. Damals hatte er noch in einer Einzimmerwohnung in Kontula zur Miete gewohnt. Die Dreizimmerwohnung in Herttoniemenranta nun war seine eigene, und Kimmo wusste ebenso wenig wie Sirje, wie Toomas das Geld dafür hatte aufbringen können. Toomas arbeitete als »Logistikchef« bei einer kleinen Firma in Espoo, die einem reichen Russen gehörte. Was er dort tatsächlich tat, darüber wurde nicht näher gesprochen. Seinen eigenen Worten zufolge kümmerte er sich um Logistik und Transport.

»Hat die Polizei eine Vermutung, wer der Täter sein könnte?«, fragte Toomas.

»Die Polizei redet nicht mit mir über ihre Vermutungen. Ich bin ja bloß der Vater des Opfers«, gab Kimmo verbittert zurück.

»Sie werden den Typen bald schnappen«, sagte Toomas und setzte sich Kimmo gegenüber an den Tisch. Sogar Trost von ihm tat jetzt gut.

»Und dann?«, fragte Kimmo.

»Wieso?«

»Was passiert, wenn sie den Scheißkerl geschnappt haben? Was kommt dann?«

»Du meinst das Gerichtsverfahren …«

»Nicht zu verwechseln mit Gerechtigkeit. Die Polizei hat schon zu verstehen gegeben, dass das Ganze unter der Überschrift Totschlag laufen könnte. Was heißt das für den Täter? Ein paar Jahre. Und davon wird ihm dann noch die Hälfte erlassen.« Kimmo sah Toomas in die Augen und senkte die Stimme. »Hast du noch … Kontakte?«

»Was für Kontakte?«

»Du weißt schon, was ich meine.«

Toomas änderte seine Sitzhaltung und spielte mit dem Löffel.

»Antworte! Julia war dein Patenkind.«

Toomas nickte. Seine Augen wurden feucht.

»Weißt du noch?«, flüsterte er. »Sirje war gerade aus dem Krankenhaus gekommen, und ich besuchte euch, um mir die Kleine anzusehen. Ich brachte ein Mützchen mit …«

Kimmo nickte und musste ebenfalls gegen die Tränen ankämpfen.

»Ich hatte nie zuvor ein Baby auf dem Arm gehalten, bis zu Julias Taufe«, redete Toomas mit zitternder Stimme weiter.

»Und jetzt wirst du ihren Sarg tragen müssen«, sagte Kimmo zähneknirschend.

»Ich will dabei sein, wenn der Mörder vor Gericht steht. Ich will ihm in die Augen sehen.«

»Dann ist es zu spät.«

»Was ist dann zu spät?«

»Der Fall muss vorher erledigt werden.« Plötzlich war alle Rührung aus Kimmos Stimme gewichen, sie klang jetzt klar und entschlossen. »Beim Gerichtsverfahren und danach kommt man an den Mörder nicht mehr heran.«

Toomas wurde hellhörig. Er musterte Kimmo aufmerksamer als zuvor. »Was muss erledigt werden? Die Rache?«

»Rache ist das falsche Wort. In Amerika bekäme er, was er verdient, dort würde er auf dem elektrischen Stuhl landen. Aber nicht bei uns. Hier gibt es kein Recht. Hier muss man das Recht selbst ausüben. Oder?«

Toomas zögerte, sagte aber: »Ja, klar.«

Eine Weile schwiegen sie, bis Toomas die Stille brach. »Aber wer das Recht ausübt, kann selbst vor Gericht kommen.«

»Nur wenn er pfuscht und erwischt wird.«

Kimmo schaute Toomas an und sagte: »Nehmen wir an, einer von deinen Kontakten aus Estland oder aus dem Osten kommt hierher, erledigt den Fall und kehrt dorthin zurück, wo er hergekommen ist. Welche Möglichkeiten hat die finnische Polizei dann, ihn zu schnappen?«

»Von welchen ›Kontakten‹ redest du die ganze Zeit?«

»Tu nicht so«, sagte Kimmo müde. »Kümmerst du dich darum? Es ist das Letzte, was du für deine Patentochter tun kannst.

Ich besorge eine Waffe, über die niemand dem Täter auf die Spur kommen wird.«

Toomas musterte Kimmo lange schweigend. Schließlich sagte er: »Ich habe keine solchen Kontakte. Eventuell kenne ich jemanden, der sie hat, aber ich selbst habe keine. Wenn du nur wüsstest, wie langweilig meine Arbeit ist.«

8

Kimmo Leivo schaute dem Polizisten in die Augen. Sie saßen in der Wohnung der Leivos im Vantaaer Stadtteil Hakunila, die Lilien auf dem Tisch und die anderen im Zimmer verteilten Blumensträuße dufteten.

Kimmo war müde und verwirrt, zugleich jedoch voller Wissensdurst, aber der Polizist hatte nur spärliche Neuigkeiten zu erzählen. Stattdessen stellte er Kimmo eine Menge Fragen – einige davon waren ausgesprochen dumm und kränkend.

»Was hat die Herkunft meiner Frau mit all dem zu tun?«, fragte Kimmo.

»Nichts. Ich frage nur …«

»Die Mutter meiner Tochter ist Estin, stimmt, aber macht das den Mord irgendwie verständlicher?«

Das Mitgefühl verschwand nicht aus dem Gesicht des Kriminalbeamten, der sich mit dem Namen Sami Rahnasto vorgestellt hatte. »Es geht hier natürlich nicht um Nationalitäten. Wir werden alles tun, um die Person zu finden, die Ihre Tochter getötet hat. Dafür müssen wir alle möglichen Aspekte berücksichtigen. Aber ich lasse Sie jetzt in Ruhe.«

»Nein, machen wir weiter, gerade jetzt«, sagte Kimmo, wobei er sich nur mühevoll beherrschen konnte. »Warum fragen Sie nach Sirje? Was hat meine Frau mit dem Mord an meiner Tochter zu tun?«

»Wie gesagt, ich versuche mir ein Bild vom Hintergrund einer jungen Frau zu machen, die getötet worden ist. Die Tatsache, dass ihre Mutter Estin ist, kann für die Suche nach dem Täter von Bedeutung sein oder eben nicht. Der Täter kann das

Opfer gekannt haben, deshalb verschaffen wir uns als Erstes einen Eindruck von der Familie und dem engeren Bekanntenkreis des Opfers.«

Rahnastos ruhige, feste Stimme beschwichtigte Kimmo ein wenig. Der Polizist machte einen beharrlichen und professionellen Eindruck, das war gut.

»Ich verstehe«, sagte Kimmo leise. »Es ist nur unangenehm, in Dingen herumzustochern, die der Vergangenheit angehören.«

»Wir versuchen derzeit unter anderem, eine Vorstellung davon zu entwickeln, in welchen Kreisen sich Julia bewegt hat. Hatte sie einen Freund?«

»Soweit ich weiß, nicht. Im Frühjahr war da mal was, aber jetzt nicht mehr.«

»Kennen Sie den Namen? Gab es andere?«

»Roni. Roni Airas. Aber ich glaube nicht …«

»Das ist alles reine Routine. Und andere Personen, mit denen sie zu tun hatte? Gab es da jemanden mit kriminellem Hintergrund?«

Rahnastos Blick war freundlich und überzeugend.

Kimmo seufzte tief. »Falls Sie meinen, ob Julia etwas mit Sirjes Bruder und dessen Freunden zu tun hatte, dann sage ich: nein. Und Punkt.«

Rahnasto reagierte auf die kategorische Aussage in keiner Weise. Stattdessen stand er auf.

»Gut. Ich schätze es sehr, dass Sie bereit waren, in der jetzigen Situation mit mir zu sprechen. Mit Ihrer Frau werde ich einige Worte wechseln, sobald sie dazu in der Lage ist.«

»Sirje ist vollkommen außer sich.« Kimmo stand ebenfalls auf. »Aber wir antworten trotzdem auf jede Frage. Wir sind zu allem bereit, was dazu beiträgt, den Mörder zu finden.«

»Darf ich einen Blick in Julias Zimmer werfen?«

»Selbstverständlich.«

Rahnasto ging in Julias Zimmer und sah sich um. Es war das typische Zimmer einer siebzehnjährigen Gymnasiastin: Poster an den Wänden, viel Krimskrams in den Regalen, Bücher, eine Handtasche neben dem Bett, ein großer tragbarer CD-Spieler auf dem Tisch.

Die Vorstellung, dass die Bewohnerin sich nie mehr nach der Schule hierher zurückziehen würde, war unfassbar traurig. An den gewaltsamen Tod eines jungen Menschen gewöhnte man sich nie, auch wenn solche Fälle immer häufiger wurden.

Nach wenigen Minuten merkte Rahnasto, dass der erste Eindruck trog. Hier hatte möglicherweise gar keine Durchschnittsgymnasiastin gewohnt. Im Regal standen in friedlicher Eintracht Biografien von Rock-Legenden mit beträchtlichem Drogenkonsum neben Büchern zum Thema Globalisierung. Das vermittelte ein widersprüchliches Bild von Julia: Einerseits war sie cool, wie es sich nach außen hin gehörte, andererseits eine neugierige Leseratte. Besonders sprang Rahnasto das Buch ins Auge, das aufgeschlagen auf dem Nachttisch lag. Es enthielt Bilder vom New Yorker World Trade Center und schilderte detailliert die Merkwürdigkeiten, die sich angeblich mit den Ereignissen des 11. September verbanden.

Neben den Postern waren mit Reißnägeln zwei Zeitungsausschnitte an der Wand befestigt. Der eine stellte das antireligiöse Buch von Richard Dawkins vor, der andere zeigte das Bild eines Rennfahrers. Rahnasto beugte sich vor, um die Bildunterschrift zu lesen:

Roni Airas als Zweitplatzierter auf dem Podest in Monza. Der Neunzehnjährige gilt in der nächsten Saison als Favorit für die Meisterschaft in der GP2-Klasse, die von Bernie Ecclestone und Flavio Briatore als Trainingsklasse und Durchgangsstation für die Formel 1 erfunden wurde.

Der Fahrer auf dem Bild sah jünger aus, als er war.

Rahnasto zog Latexhandschuhe an und untersuchte das Zimmer genauer. Er hörte, wie draußen die Wohnungstür geöffnet wurde, und dann die Stimmen einer Frau und eines

Mannes, gefolgt von Schritten in der Wohnung und lautem Schluchzen.

Rahnasto öffnete den begehbaren Kleiderschrank. Dort standen weitere Bücher im Regal, darunter welche über den Mord an Olof Palme, über die U-Boot-Jagd der Schweden, über den Untergang der *Estonia* und den Abschuss eines DC-3-Aufklärungsflugzeugs. Die Bücher stammten aus der Stadtbibliothek Stockholm und waren anscheinend per Fernleihe bestellt worden.

Neugierig nahm Rahnasto den Schrank genauer unter die Lupe.

Kimmo umklammerte den Brief, den er aus dem Briefkasten geholt hatte. Sirje war nach Hause gekommen und drückte sich fest an ihn. Sie weinte.

Nebeneinander gingen sie ins Wohnzimmer, vorbei an der geschlossenen Tür von Julias Zimmer. Kimmo strich den zerknitterten Brief auf dem Couchtisch glatt. Es war ein normales Werbeschreiben, aber adressiert an Julia Leivo.

Julia hatte immer verboten, die Reklame ungelesen wegzuwerfen.

Auf dem Tisch lag außerdem ein Blatt Papier mit der Telefonnummer einer Hilfsorganisation für die Angehörigen von Verbrechensopfern. Sirje hatte dort lange mit einer Frau gesprochen, die ihren Sohn durch eine Gewalttat verloren hatte.

Kimmo hingegen hatte das Gefühl, mit niemandem über seinen Schmerz reden zu können, nicht einmal mit Sirje. Irgendwo müsste er Kraft, Hoffnung, Licht schöpfen … aber wo? Es gab ja nicht einmal ein zweites Kind.

Es hatte nur Julia gegeben.

Er musste sich mit dem abfinden, was noch übrig war: nichts. Er musste sich mit dem Nichts abfinden.

Dann fuhr er zusammen. »Was tut er jetzt?«, flüsterte er.

»Der Polizist? Du hast doch gesagt, er sieht sich Julias Zimmer an.«

»Ich meine den Mörder. Was tut er jetzt, in diesem Moment? Wo ist er? Was macht er?« Kimmo ballte die Fäuste.

»Du musst von deinem Hass loskommen …«

Die Tür von Julias Zimmer ging auf, und Rahnasto trat noch ernster und empathischer als zuvor ins Wohnzimmer. Er stellte sich Sirje vor und sprach ihr sein Beileid aus, konnte ihr aber nicht die Hand geben. Er trug noch die Latexhandschuhe und hielt einen weißen Briefumschlag zwischen den Fingern.

»Wissen Sie über Julias Geldangelegenheiten Bescheid?«, fragte er.

»Welche Geldangelegenheiten?«, wunderte sich Sirje.

Kimmo starrte auf das Kuvert in Rahnastos Hand.

»Haben Sie eine Vorstellung davon, warum Julia unter dem untersten Regalfach in ihrem Schrank siebentausendvierhundertsechzig Euro versteckt hatte? Oder wo sie das Geld herhatte?«

Kimmo und Sirje sahen einander bestürzt an.

9

Tero ging angespannt die betonierte Kellertreppe hinunter. Die laute Musik, die als undeutliche Kakophonie heraufdrang, ärgerte ihn.

Als Roni klein war, hatte er im Keller eine Werkstatt gehabt, wo er alles Mögliche gebastelt und gebaut hatte. Tero war Ronis Kindheit oftmals im Geiste durchgegangen, aber von Gewalt war der Junge immerhin verschont geblieben. Tero konnte sich nicht erinnern, dass Roni jemals auch nur eine Kopfnuss von ihm bekommen hätte, von einer Abreibung ganz zu schweigen. Seit er in seiner eigenen Jugend auf die falsche Bahn geraten war, verabscheute Tero jegliche Gewalt. Und bei seiner Arbeit hatte er so viel davon gesehen, dass er nicht einmal Lust hatte, Filme anzuschauen, in denen Blut floss. Er hätte auch nicht gewollt, dass Roni sich so etwas ansah, aber natürlich hatte es der Junge trotzdem getan und außerdem viel zu oft Ballerspiele am Computer gespielt. Aber das taten alle Kinder. Tero hatte versucht, auf den vorgeschriebenen Altersgrenzen zu bestehen, doch das war ein aussichtsloser Kampf gewesen, da sich die Eltern einiger Freunde kein bisschen darum geschert hatten.

Tero dachte ungern an das eine Mal zurück, als Roni – im Alter von vielleicht zwölf Jahren – mit seinem Freund in ein Kriegsspiel vertieft gewesen war und plötzlich geschrien hatte, dass einem das Blut in den Adern gefror: »Ich knall dich ab! Ich schieß dir den Kopf vom Hals!«

Damals hatte Tero eingegriffen, den Computer ausgeschaltet und die Jungen aus dem Haus gejagt, damit sie draußen gegen einen Ball traten. Das Spiel, das sie von einem Klassenkameraden ausgeliehen hatten, musste auf der Stelle zurückgebracht werden. Und dann war da noch Ronis zuweilen manische Konzentration auf eine einzige Sache ... Das war Tero manchmal seltsam vorgekommen. Er selbst hatte schon als Kind von seinem Vater gelernt, dass eine breite Allgemeinbildung viel wertvoller war als Spezialwissen in einem winzigen Teilbereich des Lebens. Auch das spätere Schicksal seines Vaters hatte diese Auffassung nicht schmälern können, obwohl sie bei Tero während seiner Schwierigkeiten als Jugendlicher kurzzeitig in Vergessenheit geraten war. Und auch danach noch ... Hätte er nur Zeit gehabt, sich wie sein Vater viel eingehender mit Geschichte, Philosophie, Kunst und Kultur zu beschäftigen ... Aber die Firma und die Familie hatten immer so viel Zeit und Aufmerksamkeit in Anspruch genommen, dass alle Gedanken an eine Allgemeinbildung, die ihn wenigstens selbst zufriedenstellen würde, nur noch ferne Träume waren: wenn er die Firma einmal verkaufen würde, wenn Roni mal auf eigenen Füßen stünde ...

Und was hatte er dafür getan, Roni auf den Weg der Bildung zu führen? Der Junge war mit Scheuklappen durch die Gegend gerannt, vom Kart zu immer schnelleren Autos. Und natürlich hatte Tero seinen Sohn fördern wollen, damit dieser das Gefühl hatte, erfolgreich zu sein. In der Schule war Roni trotz seiner Leidenschaft für das Hobby einigermaßen gut über die Runden gekommen, aber er war immer ein mehr oder weniger verschlossener Sonderling gewesen, aus dessen Gedankenwelt und Gefühlsleben man nicht so recht schlau wurde. War er überhaupt zur Empathie fähig? War er in der Lage, Gutes zu tun? Konnte er Gut und Böse unterscheiden, wie man es von einem normalen Menschen erwartete? Der Junge hatte so gut wie nie über seine persönlichen Angelegenheiten gesprochen, ganz gleich, wie ernsthaft Tero danach gefragt hatte. Vor allem in dessen Pubertät hatte er das Gefühl gehabt, den echten Kontakt zu Roni verloren zu haben und nie wiederzufinden. Von den beiden Jungen war Valtteri viel offener und redseliger gewesen.

Das hatte er wohl von seinem Vater geerbt, dem Förster aus Kuopio, der Jugendliebe seiner Mutter Heli.

Teros Gedanken wanderten in Ronis frühe Kindheit zurück. War er damals fähig gewesen, dem Jungen genügend Geborgenheit zu geben? Er erinnerte sich, wie er selbst als kleiner Junge im Flugzeug gesessen und Angst vor einem Absturz gehabt hatte. Sein Vater hatte ihn auf den Schoß genommen und ihm die weißen Wolken unter ihnen gezeigt, die wie schwebende Wattebäusche über den Feldern ausgesehen hatten. Bei dem Anblick hatte sich ihm der Magen zusammengekrampft, aber auf dem Schoß seines Vaters hatte er sich vollkommen sicher gefühlt. Hatte er selbst Roni jemals ein solches Gefühl vermitteln können? Ja, das hatte er, wagte sich Tero aufrichtig zu sagen.

Tero blieb vor der Tür zum Kaminzimmer im Keller stehen. Neben der Musik drang das klingende Metallgeräusch von Hanteln und Gewichten nach draußen.

Roni spürte, wie ihm Schweißperlen über die Stirn rannen. Er stemmte Gewichte, während Rammstein aus den Lautsprechern dröhnte. An den nachgedunkelten Wandpaneelen hing das rote Wappen der Provinz Viipuri. Durch das Kellerfenster sah man, dass der Mittwochnachmittag bereits in den Abend überging.

Schließlich setzte Roni die Hantel ab und nahm das Kopfband. Schon lange widmete er dem Stärken der Nackenmuskeln seine besondere Aufmerksamkeit.

Die Tür ging auf, und sein Vater kam herein. »Wie läuft's?«, fragte er düster und schaltete die Musik aus.

Roni begnügte sich mit einem Brummen. Er sah, wie sein Vater ständig darum kämpfen musste, nicht die Nerven zu verlieren.

»Ich habe dir einen Flug nach Malaga gebucht«, sagte Tero.

»Für wann?«

»Für Freitag. Es ist besser, wenn du ein bisschen Abstand gewinnst. Vorher kannst du in aller Ruhe mit der Polizei reden.

Aber dann wirst du in Spanien gebraucht. Ich habe Marcus angerufen, er bittet dich, ihn zu besuchen.«

»Er bittet mich? Mir hat er nichts gesagt …«

Der Vater zwinkerte Roni zu, was kein bisschen zu seiner ernsten Miene passte. »Ich habe ihm ein wenig auf die Sprünge geholfen. Ihr könnt euch einfach kurz treffen.«

»Du hast Marcus gegenüber Andeutungen gemacht …«

»Ich habe überhaupt nichts angedeutet, natürlich nicht. Außerdem kann man sich auf den Mann verlassen. Ich habe ihm lediglich gesagt, dass du ein bisschen Urlaub gebrauchen kannst. Und das stimmt ja auch.«

»Urlaub gebrauchen?« Roni konnte sich kaum noch beherrschen. »Wer braucht hier Urlaub?! Kapierst du nicht, wie leicht so was der Polizei zu Ohren kommen kann? Du sollst einfach den Mund halten, endlich einmal!«

Da klingelte Ronis Handy. Der Anruf kam von einer Nummer, die er nicht kannte, mit der Vorwahl 09 für Helsinki. Er zögerte.

»Melde dich«, sagte sein Vater ruhig.

Roni meldete sich mit seinem Vornamen.

Kriminalhauptmeister Rahnasto stellte sich vor und erklärte: »Ich rufe wegen des Todesfalls Julia Leivo an. Stimmt es, dass Sie sie gekannt haben?«

Roni spürte, wie seine Kehle trocken wurde. »Stimmt«, sagte er und war sicher, dass es merkwürdig geklungen hatte. Aber wäre das nicht bei jedem anderen auch der Fall gewesen, dessen ehemalige Freundin umgebracht worden war?

»Wäre es Ihnen recht, wenn ich später bei Ihnen vorbeikomme?«

»Natürlich. Wir sind zu Hause.«

Roni legte das Telefon aus der Hand und schaute seinen Vater an. »Die Polizei kommt hierher.«

»Gut.« Die besorgte Miene des Vaters stand wieder im totalen Kontrast zu dem Wort, das er ausgesprochen hatte. »Ein Polizist kommt her, stellt seine Fragen und geht wieder. Das war's.«

»Ach ja? Das war's? Damit gibt sich die Polizei zufrieden?«, fuhr Roni ihn an. Er ging im Fitnessraum hin und her. »Machen wir uns nichts vor. Die Polizei sucht so lange, bis sie den Schuldigen gefunden hat. Da kann ich genauso gut auch gleich die Wahrheit sagen … Und du auch. Über die Hormone.«

Roni hatte keinen Moment daran gedacht, das wirklich zu tun – höchstens als er in der Nacht wach gelegen hatte, war ihm diese Option kurz eingefallen –, aber er wollte seinen Vater testen.

Dieser trat vor ihn hin. »Nicht jetzt. Wo sind deine Nerven, jetzt, wo du sie brauchst? Du musst dich genauso zusammenreißen wie im Cockpit.«

Der verzweifelte Unterton seines Vaters ärgerte Roni. Aber noch mehr wunderte er sich über die Worte seines Vaters. *Nicht jetzt.* Als würde die Stunde des Geständnisses irgendwann später kommen.

Roni sog tief Luft ein und stieß sie langsam wieder aus. »Meine Nerven werden halten. Deine hoffentlich auch.«

10

Kimmos Hand fühlte die glatte Oberfläche der Plastiktüte und darunter das kalte Metall der Waffe. Er zog die Tüte unter dem Holzboden des Plumpsklos heraus und ging ein paar Schritte weiter, um tief die frische Luft einzuatmen.

Es war erst fünf Uhr am Nachmittag, aber schon stockfinster. Vom Ufer her hörte man ein leises Rascheln, weil der Herbstwind durchs Schilf strich. Im Fenster des Sommerhauses hatte Sirje eine Kerze angezündet.

Kimmo ging durch die kalte, feuchte Abendluft zum Auto. Plötzlich wurden seine Schritte langsamer, und Tränen brannten in seinen Augen. Seine Schultern bebten, als sich all der Schmerz und die ganze Trauer ungehemmt entluden. Es war, als hätte er das Weinen vergessen gehabt, als wäre der Schmerz bisher zu schrecklich gewesen … Großer Gott … Der Mensch ist nicht dafür geschaffen, so etwas auszuhalten …

Er umklammerte die Pistole und ließ die heftigen Wellen der Trauer und Verzweiflung kommen, bis sie nach und nach schwächer wurden.

Dann wischte er sich mit dem Ärmel über die Augen und blickte nachdenklich auf die Beretta. Für die Dienstpistole der Helsinki Security hatte er einen Waffenschein, aber die Beretta war nirgendwo registriert. Er besaß sie schon seit mehr als fünfundzwanzig Jahren. Ein Klassenkamerad aus der Berufsschule hatte sie ihm zum Kauf angeboten, und er hatte ohne groß nachzudenken zugeschlagen. Das bloße Wissen um das Vorhandensein der Beretta hatte ihm damals die ersehnte Selbstsicherheit gegeben und dazu einen Hauch von der Welt der echten Männer, wie man sie im Kino sehen konnte, in sein Leben gebracht.

Er versteckte die Beretta in der Felge des Ersatzrads, das im Kofferraumboden eingelassen war, und ging ans Ufer. Sirje saß mit aufgestelltem Kragen auf der Terrasse des Sommerhauses und blickte durch die kahlen Birkenzweige hindurch auf den See. Der kalte Wind trieb schwärzliche Wolken über den Himmel.

Ganz langsam ging Kimmo die Stufen zur Terrasse hinauf.

»Was machst du eigentlich die ganze Zeit?«, fragte Sirje. Ihre Stimme war vom vielen Weinen heiser geworden.

Kimmo antwortete nicht. Er hatte vorgeschlagen, zum Sommerhaus zu fahren, damit sie einfach ein wenig aus der Wohnung herauskamen.

Er ging ins Haus. Die Kerze und das flackernde Feuer im Kamin sorgten für Licht in der kleinen Wohnküche. Er schaute auf das abgenutzte Sofa mit Kiefernholzrahmen, auf dem zwei selbst gemachte Stoffpuppen saßen. In den letzten Jahren war Julia nicht mehr besonders von den Aufenthalten im Sommerhaus begeistert gewesen, aber als kleines Mädchen hatte sie viele Wochen mit Sirje dort verbracht, während Kimmo arbeitete.

Er ging wieder auf die Terrasse und setzte sich neben Sirje, den Blick auf den schwarzen See gerichtet.

»Ich wollte Toomas noch einmal besuchen, aber er war nicht zu Hause«, sagte er. »Oder er hat mir nicht aufgemacht.«

»Warum erzählst du mir das erst jetzt? Warum hätte dich Toomas nicht in die Wohnung lassen sollen?«

»Das weiß ich nicht. Vielleicht aus demselben Grund, aus dem er mich nicht zurückruft, obwohl ich ihn darum gebeten habe.«

»Vielleicht gefällt ihm dein Vorschlag nicht, sich zum Richter aufzuspielen.«

Kimmo schwieg eine Weile, dann stellte er fest: »Toomas traut sich nicht, mit mir zu reden. Und mit dir auch nicht.«

»Traut sich nicht? Was meinst du damit?«

»Ich meine das Geld.«

Allein die Erwähnung des Geldes, das in Julias Zimmer gefunden worden war, verdüsterte die Stimmung zusätzlich.

»Ich glaube, dass Toomas davon weiß, aber nicht darüber sprechen will«, sagte Kimmo.

»Was soll Toomas darüber wissen?«, fragte Sirje, die ihren Bruder verteidigen wollte.

Kimmo nahm ihre Hand und drückte sie fest. »Wenn er davon weiß, weiß er vielleicht auch etwas, das mit dem Mord zu tun hat.«

Sirje riss ihre Hand los. »Willst du damit andeuten, dass …«

»Ich meine nicht, dass Toomas direkt etwas mit der Sache zu tun hätte. Aber wenn Julia sich auf etwas eingelassen hat, bei dem größere Geldsummen im Spiel waren … und wenn der Mord mit diesen Dingen zu tun hat, dann haben wir allen Grund, uns anzuhören, was Toomas dazu zu sagen hat. Oder reden wir lieber mit der Polizei?«

Sirje zog das Handy aus der Manteltasche. »Wir fragen Toomas. Wir spekulieren nicht, sondern fragen ihn direkt.«

Das Display leuchtete grün auf. Sirje wählte die Nummer von Toomas und drückte auf den Knopf mit dem Hörersymbol.

»Sag am Telefon nichts. Sag nur, dass du dich mit ihm treffen willst. Bald.«

Kimmo war zufrieden, dass er Sirje überhaupt zum Anrufen hatte bewegen können. Sirjes Verhältnis zu ihrem Bruder war wegen dessen dubioser Machenschaften ziemlich abgekühlt.

»Er meldet sich nicht.«

»Hinterlass ihm eine Nachricht auf dem Anrufbeantworter.«

Sirje wartete einen Moment mit dem Handy am Ohr, dann sagte sie auf Estnisch: »Sirje hier. Ruf mich zurück, es ist dringend.«

Das leicht hügelige, kahle, steinige Gelände sah der Oberfläche eines fremden Planeten täuschend ähnlich. Über der offenen Landschaft wölbte sich ein heller Vollmondhimmel. Die nächstgelegene Stadt, Morón de la Frontera, lag vierzig Kilometer entfernt.

Auf der kurvenreichen Straße leuchteten die Scheinwerfer eines einzelnen Autos. Der relativ alte schwarze Saab passierte mit hoher Geschwindigkeit die Anhöhe El Cabril. Dahinter lag ein zu Francos Zeiten gebauter Militärflughafen, den vor zehn Jahren eine Immobilienfirma aus Estepona gekauft hatte.

Vor der Zufahrt hielt der Saab an. Obwohl der Maschendrahtzaun, der das Gelände umgab, und die Torpfosten rostig aussahen, öffnete sich das Tor dank eines gut geölten Mechanismus lautlos.

Sobald er auf das Privatgelände gekommen war, konnte es sich Marcus Grotenfelt nicht mehr verkneifen, ein wenig mit dem Temperament des Turbos zu spielen. Er trat aufs Gas und ließ den Pferdestärken für einen kurzen Moment freien Lauf. Das milderte auch ein wenig seine Anspannung. Das bevorstehende Treffen hatte entscheidende Bedeutung.

Die technischen Zeichnungen auf der DVD hatten die Chinesen überzeugt. Marcus selbst verstand nichts von integrierten Schaltkreisen und sonstigem elektronischem Zeug, aber er verließ sich zu hundert Prozent auf die schwedischen Ingenieure.

Das barackenartige Flugplatzgebäude war viel zu schnell erreicht, Marcus musste bremsen und schlängelte sich zwischen zwei geparkten Autos auf die Start- und Landebahn. Er hielt das Lenkrad fest umklammert, als die Tachonadel flott auf zweihundert Stundenkilometer kletterte.

Während er wieder einmal die Leistung der schwedischen Autohersteller bewunderte, klingelte sein Telefon.

»Runter von der Landebahn, sie kommen früher als angekündigt«, sagte der Anrufer besorgt, aber dennoch respektvoll.

»Wann?«

»Jetzt! Sie müssen sonst wieder hochziehen.«

Erst da sah Marcus im Rückspiegel am östlichen Himmel helle Landeschweinwerfer aufleuchten. Nun erschrak er selbst, trat noch mehr aufs Gas und steuerte die Baracke an.

Der Learjet landete fast im selben Moment, in dem Marcus vor der Baracke parkte. Er ging an dem Gebäude vorbei zur Landebahn, wo die Motorbremse der ankommenden Maschine aufheulte.

Als er das Fenster der Baracke passierte, winkte Marcus dem Mann im Neonlicht zu, der ihn gerade von der Landebahn gescheucht hatte.

Auf die kugelsichere Weste hatte Marcus diesmal verzichtet, es gab keine Zweifel mehr, dass die Chinesen diejenigen waren, als die sie sich ausgaben. Allmählich baute sich Vertrauen auf, und zwar auf beiden Seiten.

Enthusiasmus und Zufriedenheit beschleunigten seine Schritte.

»Das habe ich in ihrem Zimmer gefunden«, sagte Kriminalhauptmeister Sami Rahnasto und legte eine Plastiktüte, die einen zusammengefalteten Briefumschlag enthielt, auf den Tisch. »Er war mit Tape an der Unterseite des untersten Regalfachs im Kleiderschrank befestigt. Scheine zu fünfhundert, hundert und fünfzig Euro. Insgesamt siebentausendvierhundertsechzig Euro.«

Die übrigen Mitglieder des Ermittlungsteams schauten auf den weißen, abgegriffenen Umschlag, der nicht beschriftet war.

Von wem hatte Julia Leivo das Geld bekommen und wofür? Warum hatte sie es versteckt und vor allen verheimlicht? Oder hatte sie das gar nicht? Wussten ihre Eltern davon und wollten es aus irgendeinem Grund nicht zugeben?

Rahnasto blätterte die Fotos von der Stelle durch, an der Julia Leivos Leiche gefunden worden war.

»Knapp einen Kilometer entfernt ist vor zwei Tagen ein Spanner gesehen worden«, sagte einer der Polizisten. »Hat wahrscheinlich aber nichts mit dem Fall zu tun.«

»Wieso nicht?«, fragte Rahnasto.

»Der Kerl hat angeblich in die waldseitigen Fenster der Reihenhäuser in der Sarkakuja gelinst. Aber Julia Leivo ist keine sexuelle Gewalt zugefügt worden.«

Rahnasto warf den Stoß Fotos auf den Tisch. »Was für ein Mädchen war diese Julia Leivo?«

»Wirkt wie eine helle Gymnasiastin, jedenfalls nach dem Bild, das die Freundinnen von ihr vermitteln. Aber ihr estnischer Onkel, Toomas Ehaver, ist bei der Sicherheitspolizei registriert.«

Bei dieser Information wurden die ermatteten Gesichter sofort munter.

»Fragt mich nicht, warum. Ich habe bei der SiPo angerufen, aber angeblich besteht da kein Zusammenhang mit unserem Fall.«

»Warum war Julia überhaupt auf dem Waldweg?«

»Keine Ahnung. Sie ist um sieben Uhr bei ihrer besten Freundin weggegangen und hat gesagt, sie gehe nach Hause. Eine andere Klassenkameradin sagt, Julia habe ihr tagsüber erzählt, sie wolle sich am Abend mit ihrem Exfreund treffen. Der Junge heißt Roni Airas.«

Rahnasto warf einen Blick auf die Namensliste. »Ein Bild von Airas hängt immer noch im Zimmer des Mädchens an der Wand.«

»Künftiger Formel-1-Fahrer, sagt jedenfalls Jorma.«

Polizeihauptmeister Jorma Keränen war ein legendärer Motorsportkenner.

»Kimmo Leivo arbeitet bei der ehemaligen Firma von Tero Airas. Helsinki Security. Schick bloß nicht Jorma dorthin, da bleiben die Ermittlungen auf der Rennstrecke.«

Kimmo fuhr zusammen, als Sirjes Handy klingelte. Sie wurde normalerweise selten angerufen. Gerade lenkte Kimmo den Wagen von Vihti, wo das Sommerhaus stand, auf die Fernstraße 2 in Richtung Helsinki.

»Wer ist es?«, fragte er, nachdem Sirje das Telefon aus der Tasche gezogen hatte.

»Unbekannte Nummer«, sagte sie. »Soll ich antworten?«

»Natürlich.«

Kimmos Griff um das Lenkrad wurde fester, als Sirje anfing, Estnisch zu reden.

Toomas.

Das Gespräch war kurz und lakonisch. Sirje legte das Telefon in den Schoß und sagte: »Ich treffe ihn in einer Stunde.«

»Wo?«

»Im Einkaufszentrum Jumbo.«

»Warum nicht bei uns? Oder bei ihm?«

»Das weiß ich nicht.«

Sie schwiegen. Mitten auf einem gepflügten Acker neben der Straße leuchtete eine angestrahlte Reklametafel.

»Du glaubst doch nicht im Ernst, dass Toomas etwas mit Julias Geld zu tun haben könnte«, sagte Sirje nach einiger Zeit ängstlich. »Oder das Geld mit dem Mord …«

»Ich glaube gar nichts. Aber es wird sich alles klären. Wir werden jeden Stein umdrehen.«

11

Vom Wohnzimmerfenster aus sah Roni zu, wie der Ford Mondeo jenseits der Weißdornhecke die hell erleuchtete Straße entlangfuhr und dann auf das schwächer illuminierte Grundstück einbog. Roni holte tief Luft und nahm Haltung an, als würde er gleich in einen Rennwagen steigen.

»Na, dann«, sagte sein Vater hinter ihm und räusperte sich.

Aus dem Zivilfahrzeug stieg ein blonder Mann in Jeans und Lederjacke und ging zielstrebig auf die Haustür zu.

Roni ließ den Polizisten an der Tür klingeln, dann öffnete er.

Der Mann stellte sich als Kriminalhauptmeister Sami Rahnasto vor. Er machte einen freundlichen Eindruck. Roni führte ihn ins Wohnzimmer, wo er auch Ronis Vater die Hand gab.

»Eine unglaubliche Geschichte«, seufzte der Vater. »Absolut unfassbar …«

Roni warf ihm einen scharfen Blick zu. Jede gespielte Geste war ein Risiko und konnte zu einer kleinen Übertreibung werden, die sofort unnötige Aufmerksamkeit erregte – sein Vater hatte ihn davor gewarnt, und jetzt fing er selbst an, dümmlich zu lamentieren.

»So ist das heute«, sagte Rahnasto, während er Platz nahm. »Junge Menschen werden Opfer von Gewaltverbrechen.«

»Ich lasse euch allein, dann könnt ihr in Ruhe reden. Ich bin im Büro, falls Sie Fragen an mich haben, ich kenne Julias Vater, er arbeitet in meiner ehemaligen Firma.«

Rahnasto nickte und richtete den Blick auf Roni. »Ich habe gehört, dass Sie im Frühling eine Zeit lang mit Julia zusammen waren.«

Roni nickte. »Wir sind ins Kino gegangen und so.« Eine plötzliche Panik befiel ihn, er war nicht mehr fähig, Rahnasto in die Augen zu schauen. Merkte der Mann etwas? Schließlich hatte er als Polizist ständig mit Kriminellen zu tun.

»Nichts Ernstes«, fuhr Roni fort und zwang sich, Rahnasto anzusehen. »Ich war viel unterwegs. Zeitweise wohne ich ja in Spanien.«

»Sie haben versucht, Julia um Mitternacht anzurufen. Warum?«

»Ich wollte einfach … mit ihr reden.«

»Worüber?«

»Wie es ihr geht.«

»So spät?«

»Sie schläft um diese Zeit noch nicht.«

»Wo waren Sie, als Sie versucht haben, sie anzurufen?«

»Zu Hause.« Roni antwortete ohne Zögern und mit geradem Blick.

»Sie haben ihre Beziehung also in irgendeiner Form fortgesetzt?«

Roni schüttelte den Kopf. »Es war schon im Sommer aus.«

»War Julia mal in Spanien?«

»Ja. Aber dort haben wir uns nur zweimal kurz getroffen.«

»Wann haben Sie Julia zuletzt gesehen?«

Roni hatte mit der Frage gerechnet und sich darauf sorgfältig vorbereitet. Trotzdem hatte er Angst, rot zu werden oder auf andere Weise zu verraten, dass er log.

»Am Sonntag in der Stadt«, sagte er ruhig. »Flüchtig. Im Forum, bei Hesburger.«

»Eine Freundin von Julia hat ausgesagt, Julia hätte sich für gestern Abend mit Ihnen verabredet.«

»Wir wollten uns treffen, aber ich habe abgesagt. Mein Vater hatte ein anderes Programm für mich vorgesehen. Ich wollte Julia noch mal anrufen, um mich zu versichern, dass sie nicht sauer war.«

Roni schaute dem Polizisten unverwandt in die Augen. Er

stellte fest, dass ihm das Lügen leichter fiel, als er befürchtet hatte.

»Warum haben Sie das vorhin nicht gesagt, als ich nach dem Anruf gefragt habe?«

»Ich habe nicht gedacht, dass es wichtig ist.«

»Die Beurteilung, was wichtig ist und was nicht, können Sie mir überlassen. Erzählen Sie, was Sie wissen. Haben Sie eine Ahnung, ob Julia mit jemandem Schwierigkeiten hatte? Oder Probleme wegen irgendetwas?«

Roni schüttelte den Kopf.

Die restlichen Fragen hatten Routinecharakter, und es fiel Roni nicht schwer, darauf zu antworten.

Schließlich sagte Rahnasto: »Ich würde gern noch ein paar Worte mit Ihrem Vater wechseln.«

Erleichtert führte Roni den Polizisten in das Büro seines Vaters. Die Tür wurde von innen zugezogen, Roni blieb davor stehen und lauschte. Er wusste aus Erfahrung, dass man jedes Wort hören konnte.

»Sie kennen also Kimmo und Sirje Leivo schon länger?«, fragte Rahnasto den Vater.

»Ich habe Kimmo vor rund zehn Jahren in meiner Sicherheitsfirma eingestellt. Sirje kenne ich nicht sonderlich gut. Wir sind nicht privat befreundet.«

»Ist Julia manchmal hier gewesen, als sie noch mit Ihrem Sohn zusammen war?«

»Ein paarmal. Aber ich glaube nicht, dass man sagen kann, sie wären richtig zusammen gewesen. Im Frühling kann Roni immer nur selten in Finnland sein. Seit einigen Jahren haben wir eine Basis in Spanien, von der aus wir zu den Rennen fahren.«

»Können Sie mir etwas über Sirje Leivo und ihren Hintergrund erzählen?«

»Wie gesagt, ich kenne nur Kimmo etwas besser. Von Sirje habe ich ein ziemlich neutrales Bild.«

»Danke. Wir bleiben am Ball und melden uns, wenn Fragen auftauchen.«

Rasch verschwand Roni von der Tür. Er drehte eine Runde im Wohnzimmer und kam von dort seiner Meinung nach ganz natürlich auf Rahnasto zu.

Der Polizist verabschiedete sich von ihm mit den gleichen Worten, die er auch seinem Vater gesagt hatte, und Roni brachte den Mann hinaus. Dabei hatte er das Gefühl, noch einmal Julias Schicksal zur Sprache bringen zu müssen.

Als Rahnasto die Wagentür öffnete, sagte Roni: »Versuchen Sie den Mörder zu schnappen.« Seine Stimme klang heiser und kummervoll, und zwar genau in der richtigen Mischung.

»Wir werden unser Bestes geben. Außerdem liegt bei solchen Fällen die Aufklärungsquote praktisch bei hundert Prozent.«

Roni nickte.

Langsam, aber mit bedrohlicher Sicherheit drang der Satz des Polizisten in sein Bewusstsein.

12

Sirje saß nervös am Tisch eines Cafés im Einkaufszentrum Jumbo. Ihre Augen waren gerötet, die Hände zitterten. Kimmos Hassgefühle gegen den Mörder hatten auch sie angesteckt – kurzfristig war dadurch die Verzweiflung gewichen. Der Hass lenkte von der Trauer ab und war leichter zu ertragen.

Es war kurz vor acht Uhr, und ein Teil der Läden machte bereits Anstalten, zu schließen. Kimmos Gedanke, es könnte eine Verbindung zwischen Toomas und dem bei Julia entdeckten Geld bestehen, belastete Sirje immer mehr. Das war eine sehr weit hergeholte Theorie. Toomas war mit seinem Patenkind gelegentlich im Kino gewesen, hatte sie manchmal irgendwo hingefahren oder abgeholt und sie im Urlaub mal nach Stockholm und sogar nach Spanien mitgenommen. Auch in Tallinn war Julia mehrmals mit ihm gewesen, obwohl sie dort gar keine engeren Verwandten mehr hatten. Sirje selbst fuhr so gut wie nie in ihre frühere Heimat, zuletzt war sie vor Weihnachten dort gewesen, bei der Beerdigung einer Tante. Auf demselben Friedhof, auf dem vor vierzehn Jahren die Eltern von Sirje und Toomas beerdigt worden waren, zusammen mit vielen anderen, die beim Untergang der *Estonia* ums Leben gekommen waren.

Toomas kam mit ernster Miene anmarschiert. In seinem gut sitzenden Anzug sah er wie ein Mann von Welt aus. Eine Duftwolke von teurem Parfum umgab ihn. Gleich nachdem er von Julias Tod erfahren hatte, war er bei Sirje und Kimmo gewesen, aber Sirje hatte seine Anwesenheit vor Schmerz kaum wahrgenommen.

»Wir geht es dir?« Toomas umarmte seine Schwester.

»So einigermaßen.« Sirje setzte sich wieder und schnäuzte sich in ein Papiertaschentuch, das sie dann in der Hand behielt.

»Besser als Kimmo?«

»Was meinst du damit?«

»Du weißt genau, was ich damit meine. Er ist nicht mehr er selbst.«

Sirje antwortete nicht. Toomas würde bald erahnen, dass Kimmo sie geschickt hatte.

»Wir waren im Bestattungsinstitut«, sagte sie. »Wir haben einen Sarg ausgesucht.«

Toomas biss sich auf die Unterlippe. Seine Augen wurden feucht, und er legte seine Hand auf Sirjes.

»Möchtest du einen Kaffee?«, fragte Sirje mit so ruhiger Stimme, dass es unnatürlich klang.

»Nein danke. Ich habe nicht viel Zeit.«

»Dann lass uns direkt zur Sache kommen. Hat Julia von dir Geld erhalten?«

Toomas' Miene veränderte sich nicht. »Warum hätte sie?«

»Das weiß ich nicht. Das frage ich ja dich.«

»Wie kommst du auf so etwas? Durch Kimmo?«

»Ich habe das Geld mit eigenen Augen gesehen. Hast du etwas damit zu tun?«

Toomas seufzte. »Ich will nicht darüber reden.«

Sirje drückte seine Hand. »Du weißt also von dem Geld? Rede mit mir … Sag mir alles, das kann der Polizei helfen!«

Toomas sah seine Schwester lange aus seinen braunen Augen an.

Plötzlich ließ sie seine Hand abrupt los, als hätte sie einen elektrischen Schlag bekommen. »Ach, so ist das … du hast … Weißt du etwas, das …«

»Nein! Beruhige dich. Das Geld hat mit dem Mord überhaupt nichts zu tun.«

»Du willst nicht darüber reden, weil du Angst vor der Polizei hast?«

»Das Geld hat nichts mit dem Mord zu tun. Ich schwöre es. Reden wir nicht darüber. Die Polizei braucht davon nichts zu wissen. Es hat nichts mit dem Fall zu tun. Und ich habe keine Angst vor der Polizei. Ich habe nichts Böses getan.«

»Die Polizei weiß natürlich längst von dem Geld«, sagte Sirje wütend. »Ein Polizist hat es ja überhaupt erst in Julias Zimmer gefunden. Er hat sich sehr dafür interessiert und wollte von uns wissen, wo Julia es hergehabt haben könnte.«

»Habt ihr etwas von mir gesagt?«

»Nein. Noch nicht.«

Toomas' Miene verdüsterte sich. »Das klingt wie eine Drohung.«

»Ist mir egal, wie es klingt. Kimmo und ich haben nichts zu verlieren. Wir wollen nur, dass der Mörder geschnappt wird.«

»Ich muss da ein paar Dinge klären. Ich rufe dich so bald wie möglich an«, sagte Toomas und verschwand so eilig, wie er gekommen war.

Während Kimmo in der Tiefgarage des Einkaufszentrums Jumbo wartete, nickte er immer wieder ein, den Kopf auf das Lenkrad gestützt. Er war müde, zu müde, um nachts ruhig und tief schlafen zu können. Dennoch wollte er keine Schlaftabletten nehmen, denn er befürchtete, sie könnten auch seine Entschlossenheit dämpfen, die durch den Schlafmangel hingegen zu wachsen schien.

Er hatte eine Absicht und ein Ziel, alles andere spielte keine Rolle. Aber was käme danach? Wenn Julias Mörder bekommen hätte, was er verdiente?

Kimmo schreckte auf, als Sirje in den Wagen stieg – sehr traurig und ernst.

»Toomas weiß etwas von dem Geld«, sagte sie zögernd.

Kimmo spürte, wie sich alle seine Muskeln anspannten.

»Er war nicht bereit, etwas dazu zu sagen«, fuhr Sirje fort. »Aber er hat versprochen, ein paar Dinge zu klären und mich dann anzurufen.«

»Dieser verdammte Mafioso«, zischte Kimmo.

Sirje schwieg, die Handtasche fest an sich gedrückt.

»Entschuldige«, sagte Kimmo.

»Hören wir uns erst an, was er zu sagen hat. Ich glaube nicht, dass seine Geschäfte etwas mit dem Mord zu tun haben.«

»Das würde auch gerade noch fehlen!«

Kimmo sah in der neuen Lage immerhin einen kleinen Vorteil: Er hatte Toomas nun in der Hand. Die Wahrscheinlichkeit wuchs, dass sein Schwager sich gemäß seinem Willen um den Mörder kümmern würde.

Kimmos Gedanken wanderten zu der Pistole, die nach wie vor im Reserverad versteckt war.

Julias Mörder würde bekommen, was er verdiente. Und ein bisschen mehr dazu.

Kriminalhauptmeister Rahnasto saß bei Jenni Kivelä, einer von Julias besten Freundinnen, in der Küche. Er stellte präzise Fragen nach Julia, und Jenni war etwas misstrauisch.

»Sie war manchmal schon ein bisschen … unruhig«, sagte sie. »Mehr als normal, meine ich.«

»Fühlte sie sich irgendwie bedroht?«

Jenni zuckte mit den Schultern. »Weiß ich nicht. Ich glaub nicht.«

»Ist Ihnen an ihrem Verhalten irgendetwas aufgefallen?«

Jenni seufzte. »Manchmal hatte sie ziemlich viel Geld. Dann sagte sie einfach, komm, Jenni, wir gehen ins Kino, oder wir gehen shoppen … aber dann hatte sie doch keine Lust, was zu kaufen.«

»Wie eng war Julia mit Roni befreundet?«

Jenni zögerte ein wenig. »Sie waren halt ganz normal zusammen.«

»Wie lange?«

»Ein paar Monate. Aber sie haben sich auch danach noch ab und zu getroffen. Julia war ein bisschen geheimnisvoll, was Roni betraf.«

»Inwiefern geheimnisvoll?«

»Sie hat nicht so wahnsinnig viel über ihn geredet. Nicht mal, wenn sie ein Date hatten. Julia spielte gern mal die Geheimnisvolle. In vielen Dingen. Ich dachte, lass sie halt, obwohl es manchmal schon genervt hat, weil es ja eigentlich gar nichts Geheimnisvolles gab. Dachte ich jedenfalls.«

»Hatte sie vielleicht nicht nur bezüglich Roni etwas zu verheimlichen?«

Jenni zuckte mit den Schultern. »Sie hat mit ihrem Onkel Reisen unternommen. Nach Spanien. Und nach Schweden.«

Rahnasto wartete auf eine Fortsetzung, aber entweder wollte Jenni nicht weiterreden, oder sie wusste nicht mehr zu sagen.

13

Im Schein des Hoflichts pflückte Roni feuchte Blätter von der Metallic-Lackierung seines Autos. Er war nervös. Kalter Nieselregen hatte eingesetzt, aber er kümmerte sich nicht darum, sondern ließ sich die Tropfen aufs Gesicht fallen.

Unvermittelt drückte er den Knopf auf dem Autoschlüssel, die Zentralverriegelung schnappte auf. Er setzte sich ans Steuer, fuhr rückwärts auf die Straße und dann in Richtung Ring 1. Seine Mutter wohnte im Stadtteil Myllypuro, dorthin wollte er. Vor seiner Abreise nach Spanien wollte er sie sehen, ganz gleich, was sein Vater davon hielt.

Roni hatte immer gewusst, dass er mehr seiner Mutter als seinem Vater ähnelte, auch wenn dieser stets das Gegenteil behauptete. Verwandte, die Tero einen Gefallen tun wollten, sagten gern, Roni sei »ganz der Vater«, weil das Musik in dessen Ohren war – auch wenn er selbst die Wahrheit kannte. Manchmal hatte Roni sogar das Gefühl, sein Vater wäre eifersüchtig auf seine Mutter. Eines der schlimmsten Dinge, die er seinem Vater antun konnte, war, sich an den Rockschoß seiner Mutter zu hängen, wo er doch nach Meinung des Vaters auf eigenen Beinen stehen oder es wenigstens versuchen sollte.

Zehn Minuten später klingelte er an der Tür. Seine Mutter öffnete und war freudig überrascht.

»Du!«

Sie nahm ihn in den Arm, er spürte die weiche Kaschmirwolle ihres Pullovers. Sogleich bekam er einen Kloß im Hals. Würde sie ihn auch umarmen, wenn sie wüsste, was er getan hatte?

Der Gedanke verflog, als Roni die Alkoholfahne unter dem Parfum seiner Mutter roch. Enttäuscht und fast gewaltsam löste er sich aus der Umarmung.

Sie richtete sich erstaunt die blonden Haare und zeigte, dass sie seine Reaktion zu deuten wusste. Roni hielt seine Zunge im Zaum und ging durch den Flur. Die Wohnung war gemütlich, alles war sauber und ordentlich. Einen großen Teil des Wohnzimmers nahm das Klavier ein. Einen Barschrank gab es nicht, und es war auch sonst nichts erkennbar, was auf den Alkoholkonsum seiner Mutter hindeutete. Sie war immer geschickt darin gewesen, ihre Trinkgewohnheiten zu verheimlichen.

»Gerade habe ich das mit Julia gehört ... Das ist ja schrecklich ...«

Sie ging auf Roni zu, um ihn zu trösten, aber er wich ihr aus. »Reden wir nicht davon. Ich ... möchte nicht darüber reden.«

»Ich verstehe.« Es war nur zu offensichtlich, dass sie gerne darüber gesprochen hätte, aber sie zwang sich, eine fröhlichere Miene aufzusetzen. »Heute habe ich etwas über dich in der Zeitung gelesen«, sagte sie mit einer Mischung aus Stichelei und Stolz. »Angeblich wirst du der nächste Finne in der Formel 1 sein.«

Roni seufzte. Mit beiden Händen in den Taschen stand er am Fenster und sah hinaus. »Die Frage ist nur, wann das passieren wird. Alles geht so langsam und zäh.«

»Du kommst genau richtig. Ich habe eine Pizza im Ofen.«

Roni setzte sich auf die Couch, auf der eine bunte Patchworkdecke als Überwurf lag. Er registrierte den forschenden Blick seiner Mutter. Merkte sie etwas?

Plötzlich wäre er am liebsten gleich wieder verschwunden. »Ich habe gerade gegessen. Ich wollte nur kurz vorbeischauen ...«

»Sie ist gleich fertig. Mit Thunfisch und Krabben.«

»Wie geht's dir denn so?«, fragte Roni.

»Ganz gut. Gestern war ich mit Mari aus, du kannst dich sicher noch an sie erinnern ...«

Du brauchst gar nicht erst nach Ausreden für deine Fahne zu suchen, hätte Roni sagen mögen, aber er begnügte sich mit einem Nicken.

»Jarkko und ich wollen für ein langes Wochenende nach Prag fahren.«

»Schöne Stadt.« Roni gab sich Mühe, möglichst natürlich zu klingen. Er kam mit dem derzeitigen Freund seiner Mutter nicht klar. Der Mann machte nicht einmal den Versuch, die Mutter vom Alkohol fernzuhalten.

»Und du?«, fragte sie, »wie geht es dir denn … ich meine eigentlich?«

Ihr Tonfall ließ Roni auf der Hut sein.

»Was heißt *eigentlich*? Es geht mir ganz gut, eigentlich und uneigentlich.«

»Lass uns in die Küche gehen. Ich hol die Pizza aus dem Ofen.«

Roni ließ sie vorgehen. Er blieb noch im Wohnzimmer, um sich das gerahmte Foto an der Wand anzuschauen. Er war darauf neun Jahre alt und saß auf einem Fahrrad. Seine Mutter stand neben ihm. Bilder mit Autos hatte sie nie gemocht. Auf einem anderen Foto standen Roni und Valtteri mit Angeln in der Hand am Fluss.

»Hast du etwas von Valtteri gehört?«, fragte die Mutter vorsichtig. Sie war aus der Küche gekommen und lehnte im Türrahmen.

Roni schüttelte den Kopf. Alles Energische war nun aus dem Gesicht seiner Mutter gewichen. Es sah aus, als wären auch ihre Schultern eingesunken, als sie nach Valtteri fragte. Eine Weile standen sie schweigend vor dem Bild. Einer der beiden Menschen, die darauf zu sehen waren, existierte nicht mehr. Es gab nur noch den fremden jungen Mann, in den sich Ronis Halbbruder inzwischen verwandelt hatte.

Auf einmal verspürte Roni ein unwiderstehliches Bedürfnis, zu reden. Bis in alle Einzelheiten wollte er seiner Mutter alles erzählen, den ganzen Schmutz loswerden. Er begriff, dass er nicht alles bis ans Ende seines Lebens für sich behalten konnte. Manchmal hatte er sich über Fälle gewundert, in denen jemand, der ein Verbrechen begangen hatte, nach vielen Jahren zur Polizei ging und ein Geständnis ablegte. Jetzt wunderte er sich nicht mehr darüber.

Im Schein des Hoflichts prasselte der Regen in die Pfützen. Tero schloss den Aston Martin ab und eilte ins Haus. Im Flur zog er seinen nassen Mantel aus und schüttelte ihn.

»Roni!«

Er ging zu Ronis Zimmer und klopfte energisch an.

Keine Reaktion.

Er öffnete die Tür. Das Zimmer war leer. Wo war Roni hingegangen? In dieser Situation hätte er besser daheim bleiben sollen oder wenigstens mitteilen, wo er hinging.

Das Zimmer war so tadellos aufgeräumt wie immer, es war viel ordentlicher als Teros Zimmer. Jemand hatte Roni einmal als fast schon unnatürlich sauber und ordentlich bezeichnet.

Tero war mittlerweile dazu übergegangen, Ronis Tat aktiv zu verdrängen. Er wollte nicht über die Gründe nachdenken, über gar nichts, was ihn ernsthaft dazu veranlassen würde, sich zu fragen, was für ein Mensch Roni war – zu was für einem Menschen er, Tero, ihn erzogen hatte. Und vor allem: inwieweit der Junge die Gene seines Vaters und seines Großvaters geerbt hatte …

Ebenso wenig wollte Tero darüber nachdenken, warum er bereit war, dafür zu sorgen, dass Roni Gericht und Gefängnis erspart blieben – jedenfalls vorläufig. Wollten nicht alle Eltern das Beste für ihre Kinder? Was aber war in einer solchen Situation das Beste?

Jedenfalls war der Schutz der Nachkommen schon in die Gene eingeschrieben, wurde behauptet, auch wenn Tero selbst als junger Mensch das Gegenteil erfahren hatte. Die Biologie siegte über die gesellschaftlichen Regeln, das wusste er.

Ohne Steroide hätte Roni Julia nicht umgebracht. Die Hormone aber hatte er widerwillig eingenommen. Zumindest am

Anfang. Ein Gericht würde herausfinden müssen, in welchem Maß die psychischen Nebenwirkungen des Präparats auf die Tat Einfluss genommen hatten. Für die Hormonkur würde Tero die gesamte moralische und juristische Verantwortung auf sich nehmen.

Tief in seinem Innern gestand sich Tero aber dennoch ein, dass man den Steroiden auch keine zu große Bedeutung zumessen durfte. Und so schaute er sich nun in Ronis Zimmer genauer um. Millionen Menschen nahmen Steroide, ohne dass sie in einem Wutanfall jemanden umbrachten …

Tero öffnete aufs Geratewohl die Schreibtischschubladen. Früher oder später würde vielleicht auch die Polizei das Zimmer durchsuchen, und dann durfte sie nichts finden. Er begann, den Inhalt der Schubladen systematisch unter die Lupe zu nehmen. Nie zuvor hatte er in Ronis Sachen gewühlt, aber jetzt kam es ihm ganz selbstverständlich vor.

Er blätterte einen Kalender durch, in den gelbe Merkzettel eingeklebt waren. Er schaute auch unter die Schreibunterlage, untersuchte den Kleiderschrank und zog die Schubladen der Kommode auf. Sogar unter der Matratze und zwischen den Büchern im Regal sah er nach. Auch die Seitenfächer der Reisetasche ließ er nicht aus.

Darin steckten diverse Papiere und Quittungen. Tero warf nur einen flüchtigen Blick darauf, aber ein Zettel ließ ihn innehalten.

Roni hatte darauf zwei Ziffernfolgen notiert. Die kürzere der beiden enthielt auch Buchstaben. Er wollte den Zettel schon wieder zurückstecken, sah ihn sich aber dann noch einmal nachdenklich an.

Die Nummer kam ihm bekannt vor. Es war eine Kontonummer – genauer gesagt, eine österreichische Kontonummer.

Auch Tero hatte ein Konto in Wien. Wahrscheinlich hatte Roni deswegen gerade bei einer österreichischen Bank ein Konto eröffnet, in einem Land, in dem das Bankgeheimnis noch in Kraft war.

Aber warum nur hatte er sich ein Konto eingerichtet, ohne seinem Vater etwas davon zu sagen? War das überhaupt Ronis Konto? Warum sollte er die Kontonummer einer anderen Person mit sich herumtragen? Was würde die Polizei von so etwas halten?

Tero nahm einen Stift zur Hand, schrieb die Nummer ab und schob den Zettel dorthin zurück, wo er ihn hervorgezogen hatte.

Anschließend rief er Roni auf dem Handy an, aber der Junge meldete sich nicht.

Tero versuchte es sofort noch einmal. Keine Antwort. Beim dritten Mal nahm Roni den Anruf verärgert an.

»Was ist?«

»Wo bist du?«

Kurzes Zögern.

»Warum fragst du? Was gibt's so Dringendes?«

»*Wo bist du?*«

»Was geht dich das an?«, schnauzte Roni und legte auf.

Tero lief ein kalter Schauer über den Rücken. Nicht wegen Ronis Benehmen, sondern wegen des Flüsterns, das er im Hintergrund gehört hatte.

»*Wer ist das?*«

Das war die Stimme von Heli gewesen.

Tero eilte in den Flur und warf sich den Mantel über. Draußen trampelte er beim Rennen in eine Pfütze und fluchte laut über seine nassen Hosenbeine. Während er den Wagen startete, drückte er auf die Kurzwahltaste seines Handys und rief erneut Roni an.

»Was denn noch?«, fragte dieser schroff.

»Hör zu«, sagte Tero, während er rückwärts auf die Straße fuhr. »Du erzählst doch niemandem etwas Unüberlegtes?«

Wieder drückte Roni das Gespräch einfach weg.

14

»Was will dein Vater von dir?«, fragte die Mutter am Küchentisch.

»Nichts. Ich weiß nicht.« Mechanisch schob sich Roni die Pizza in den Mund. Was war in seinen Vater gefahren? War etwas passiert?

Plötzlich überkam Roni das Gefühl, die Polizei könnte jeden Moment auftauchen und ihn mitnehmen. Wie lange konnte man mit so einem Gefühl leben? Jahrelang? Den Rest seines Lebens? Sein Vater behauptete, in Spanien würde es in Vergessenheit geraten, aber da täuschte er sich. Es gab Dinge, die konnte man nicht vergessen.

»Sag mir, was du auf dem Herzen hast«, ermunterte ihn die Mutter.

Roni lachte kurz auf. »Was soll ich auf dem Herzen haben?«

Seine Mutter blieb ernst. »Vielleicht wäre es besser, wenn du doch über Julia reden würdest.«

Roni erschrak beinahe, bis ihm einfiel, dass er selbst darum gebeten hatte, nicht über den Fall zu sprechen.

Er konnte nicht anders als seufzen.

»Weißt du etwas, das mit dem Mord zu tun hat?«

Roni merkte, wie er rot wurde. Diese Reaktion entsetzte ihn mehr als die Frage seiner Mutter – würde er auch bei der Polizei rot werden, wenn man ihn das nächste Mal befragte?

»Wie sollte ich etwas über den Mord an Julia wissen?«

»Hast du etwas gehört? Du erinnerst dich bestimmt, was ich damals gleich am Anfang über Julia gesagt habe. Nettes Mädchen, aber nicht unbedingt so, wie es auf den ersten Blick scheint.«

Roni nickte. Er erinnerte sich an den Kommentar seiner Mutter. Auch Kimmo gegenüber war sie stets misstrauisch gewesen.

»Ich hab die Freunde von früher lange nicht gesehen. Bloß Jenni ein paarmal. Von Julia weiß ich nichts.«

»Dir ist doch klar, dass du zur Polizei gehen musst, wenn du auch nur das Geringste weißt, das bei den Ermittlungen helfen kann?«

»Natürlich.«

Roni sah seiner Mutter in die Augen. Er wollte mit jemandem reden, er musste mit jemandem reden, irgendwann ... Mit seinem Vater konnte er das nicht richtig tun. Sein Vater verdrängte alles, er hielt seine Gefühle unter Verschluss und handelte wie ein Roboter. Das musste irgendwie mit seiner eigenen Jugend zu tun haben, aber darüber redete er nie.

»Kann sein, dass du recht hattest, was Julia anging«, sagte Roni schließlich mit leicht zitternder Stimme.

Seine Mutter erwiderte nichts, sondern wartete, dass er weitersprach.

Roni merkte, wie seine Augen feucht wurden. Beherrsch dich, sagte er sich innerlich. Andererseits wäre es nicht gefährlich, zu heulen. Seine Mutter hätte Verständnis dafür. Seltsamer wäre es, wenn er nicht auf Julias Tod reagieren würde.

»Du weißt, dass du mit mir über alles reden kannst.«

Roni nickte, jetzt mit noch größerem Kloß im Hals. Es stimmte, er hatte immer mit seiner Mutter über alles reden können. Man konnte ihr vertrauen. Sie war sogar zu vertrauensselig. Als Valtteri an die falschen Freunde geraten war, hatte seine Mutter das als Erste gewusst. Sie hätte etwas unternehmen und womöglich die ganze Tragödie verhindern können, aber sie hatte ihrem Sohn gegenüber loyal sein wollen und darum vor dem Vater alle Probleme verheimlicht.

Das hätte sie nicht tun sollen. Zumindest in den ersten Jahren hatte sie sich schuldig gefühlt, doch nicht genug, jedenfalls nach Meinung des Vaters. Die Scheidung der beiden hatte direkt mit Valtteri zu tun gehabt. Innerhalb der Familie galt dies wenigstens als der offizielle Grund. Über andere mögliche Gründe hatte sich Roni nicht den Kopf zerbrechen wollen. Es hatte ihm genügt, dass sein Vater ihn bedingungslos im Motorsport unterstützt hatte und seine Mutter immer bereit gewesen war, ihm zuzuhören und Verständnis entgegenzubringen, wenn das Verhältnis zu seinem Vater gerade mal angespannt war.

»Was meinst du damit«, fragte die Mutter, »dass ich recht hatte, was Julia angeht? Rede mit mir! Auch wenn du nicht mit der Polizei sprechen willst.«

Diese Worte trafen ihn, obwohl er wusste, dass seine Mutter sie anders gemeint hatte, als sie in seinen Ohren klangen.

»Hat es etwas mit Julias Onkel zu tun?«, fragte die Mutter weiter. »Weißt du irgendetwas über die Esten?«

»Ich weiß nichts über den Mord an Julia, das habe ich doch schon gesagt. Aber Julia hat versucht …« Seine Stimme brach, und er fing an, heftig zu schluchzen.

Da läutete es an der Tür.

Die Mutter fuhr zusammen. »Wer kann das sein?«

Roni stand auf, riss sich etwas Küchenpapier von der Rolle und schnäuzte sich.

Seine Mutter öffnete die Wohnungstür. »Was willst du denn hier?«

»Ich komme, um Roni abzuholen«, sagte die Stimme des Vaters in der Diele.

Tero roch die Alkoholfahne sofort. Niemand ahnte, wie sehr er diesen Geruch hasste, er berührte einen empfindlichen Nerv und löste blinde Wut in ihm aus.

»Du bist gekommen, um Roni abzuholen?«, fragte Heli schnippisch und blockierte die Türöffnung. »Warum?«

Tero schaute seiner Exfrau in die Augen und versuchte, die Ruhe zu bewahren. Sie waren einen langen Weg zusammen gegangen, aber als Valtteris Probleme Heli dazu verleitet hatten, immer öfter zur Flasche zu greifen – »bloß ein Glas zum Essen« – war die schiere Verzweiflung über ihn gekommen.

Und das Entsetzen. Heli hatte nicht das geringste Verständnis für seine Reaktion gehabt, und Tero hatte nicht einmal da mit ihr über die Last, die er als junger Mensch aufgebürdet bekommen hatte, reden können. Er hatte alles versucht, aber die Ehe war zum Scheitern verurteilt gewesen.

»Lass mich rein«, sagte Tero kühl.

»Roni ist bei mir zu Besuch. Du kannst nicht einfach hier eindringen …«

»Lass mich rein«, wiederholte Tero eine Spur nachdrücklicher und griff behutsam nach Helis Arm, damit sie zur Seite trat.

Rasch trocknete sich Roni die Augen. Er hörte die Stimme seines Vaters in der Diele und erkannte den Tonfall: Gleich würde er explodieren, und zwar schlimm. Vor allem, wenn ihm die Fahne der Mutter auffiel – was mit Sicherheit der Fall war. Sein Instinkt war in diesen Dingen untrüglich.

Roni kam sich vor wie ein Schüler, der vom Rektor beim Rauchen erwischt worden ist.

»Fass mich nicht an«, rief seine Mutter unnötig dramatisch, als sein Vater zielstrebig an ihr vorbei in die Küche marschierte.

»Wir gehen.«

Die Stimme des Vaters klang weder wütend noch freundlich. Sie war einfach sachlich.

Roni ging an ihm vorbei in die Diele und zog sich die Jacke über. Seine Mutter schaute ihn fragend an, sagte aber nichts. Konflikte vor seinen Augen hatte sie schon immer zu vermeiden versucht. Aber wenn sie mit dem Vater allein gewesen war – oder geglaubt hatte, es zu sein –, hatte sie alle Zurückhaltung aufgegeben.

»Komm ein andermal wieder«, sagte sie zu Roni, als er hinter seinem Vater die Wohnung verließ.

Im Treppenhaus hatte Roni Mühe, mit seinem Vater Schritt zu halten.

»Was ist los?«, fragte er draußen, als sie den Audi erreicht hatten.

»Wir unterhalten uns zu Hause. Oder hast du schon mit deiner Mutter geredet?«

»Nein … Was meinst du überhaupt?«

»Du weißt genau, was ich meine.«

Der Vater ging zu seinem eigenen Wagen. Was war nur mit ihm los? Er wirkte weder wütend noch aufgeregt, und genau das beunruhigte Roni.

Sie fuhren hintereinander her nach Hause. Roni fragte sich, ob er seiner Mutter alles erzählt hätte, wenn sein Vater nicht hereingeplatzt wäre. Nein, sicherlich nicht alles.

Wie hätte sie reagiert?

Roni wollte es sich gar nicht erst vorstellen. Daheim parkte er neben seinem Vater und stieg gleichzeitig mit ihm aus. Ohne ein Wort zu wechseln, gingen sie ins Haus.

Kaum fiel die Tür hinter ihnen ins Schloss, blieb der Vater so abrupt stehen, dass Roni fast gegen ihn geprallt wäre.

»Warum bist du zu deiner Mutter gefahren?«

»Es wäre merkwürdiger gewesen, wenn ich nicht hingegangen wäre.«

Die Antwort schien den Vater zufriedenzustellen. »Was hast du ihr erzählt?«

»Nichts. Glaub mir das endlich.«

»Ich muss es wissen. Wort für Wort.«

Roni berichtete alles. Als er fertig war, sah ihn sein Vater seltsam ernst an.

»Was ist das hier?«, fragte er seinen Sohn und hielt ihm einen Zettel vor die Nase.

Roni schnappte sich das Stück Papier. »Wieso? Was machst du dich deswegen so verrückt?«

»Was für ein Konto ist das? Wem gehört es?«

»Mir. Warum, verdammt noch mal, wühlst du in meinen Sachen?« Roni schrie beinahe.

»Warum hast du ein Konto in Wien eröffnet? Was für Gelder sind da drauf?«

»Ist das hier ein Verhör oder was?«

»Nein. Aber bald wirst du beim Polizeiverhör die gleichen Fragen beantworten müssen. Ich habe mich zu dir ins selbe Boot gesetzt, darum muss ich alles wissen. *Alles*. Verstehst du? Du kannst es dir absolut nicht leisten, hier die Primadonna zu spielen!«

Roni kochte noch immer vor Zorn, aber er begriff, dass sein Vater recht hatte. Natürlich. Sein Vater musste alles wissen. Wie sollte er sonst retten, was noch zu retten war. Und nun schämte sich Roni auf einmal. Zuerst hatte er seinen Vater in etwas Schlimmes hineingezogen und ihm dann wichtige Dinge verschwiegen.

»Der Typ in Marbella, von dem Herkko die Steroide für mich gekauft hat«, sagte er seufzend, »er hat mich angerufen. Wollte sich mit mir treffen.«

Das Gesicht des Vaters war wie versteinert, aber die Augen flackerten gefährlich. »Ja?«

»Wir haben uns einmal getroffen. Er wollte wissen, ob ich ein bisschen was verdienen möchte. Indem ich jemandem in Finnland Hormone der Spitzenklasse verkaufe. Ich habe gesagt, ich verdiene nur Geld, indem ich Auto fahre. Aber ich wüsste vielleicht jemanden, der daran interessiert sein könnte, die Präparate zu kaufen.«

Der Vater sah ihn bestürzt an. »Das kann doch nicht wahr sein! Du hast ihn an Julias Onkel vermittelt?«

»Wie kommst du darauf? Kennst du Toomas?«

»Es ist keine Ehre, ihn zu kennen. Aber ich weiß, wer er ist. Was hast du dir eigentlich dabei gedacht? Verdammt noch mal, habe ich dich zu einem solchen Idioten erzogen?«

Der Vater sah aus, als würde er jeden Moment vor Zorn und Enttäuschung in Tränen ausbrechen. »Nur ein totaler Blödmann riskiert alles, indem er sich auf so etwas einlässt. Hast du dafür Geld bekommen? Hattest du etwa nicht genug?«

»Es ging nicht um meine Finanzen. Es ging um Julia. Ich wollte ihr helfen. Sie litt unter chronischem Geldmangel.«

»Und so hat sie von deinen Hormonen erfahren. Du hättest

mir gleich die Wahrheit sagen sollen … Wie viel Geld ist auf dem Konto in Österreich?«

»Ein paar tausend Euro.«

Als Roni die verzweifelte Miene seines Vaters sah, hätte er um ein Haar wieder angefangen zu heulen.

15

Tero beschleunigte auf der Zufahrt zum Auslandsterminal am Flughafen Helsinki-Vantaa. Der Morgenverkehr war lebhaft, ein Taxi nach dem anderen setzte Fluggäste vor den Eingängen ab.

»Wenn du ankommst, kaufst du dir sicherheitshalber eine Prepaid-Karte und setzt sie in dein altes Handy ein«, sagte Tero. »Ich kaufe mir hier auch eine. Sicherheitshalber halten wir nur darüber Kontakt.«

»Nein, nicht ausschließlich«, sagte Roni. »Die normalen Anschlüsse benutzen wir für die normalen Sachen. Es wäre seltsam, wenn wir plötzlich überhaupt nicht mehr telefonieren würden.«

Tero verzog die Lippen zu einer Art Lächeln. »Gut gedacht. Und in Spanien vernichtest du alles, was mit …«

»Natürlich. Hör schon auf. Ich bin nicht blöd.«

Ach nein?, dachte Tero. Ronis Steroid-Geschäfte waren so idiotisch und riskant, dass ihm allein der Gedanke daran einen Schauer über den Rücken jagte. Was wäre zum Beispiel passiert, wenn es genau in dem Moment herausgekommen wäre, in dem sie mit Formel-1-Ställen verhandelten?

»Du musst das Haus so genau überprüfen wie ein Polizist bei einer Hausdurchsuchung«, sagte Tero, während er das Tempo drosselte und einen freien Halteplatz suchte. »Auf keinem einzigen Zettel darf auch nur ein einziges Wort oder eine einzige Nummer stehen.«

»Wie oft muss ich dir noch sagen, dass da nichts ist, was mit diesen Geschäften zu tun hat.«

»Aber unsere ganze Vorsicht nützt nichts, wenn Toomas es für klug hält, der Polizei von Julias Machenschaften zu erzählen.«

»Toomas wird darüber nicht reden. Auf keinen Fall. Warum sollte er sich selbst verraten?«

Tero hielt an, und Roni stieg rasch aus. Tero folgte ihm und öffnete den Kofferraum, damit Roni sein Gepäck herausnehmen konnte.

»Sobald du in der Luft bist, hörst du auf, dir über alles, was in Finnland passiert, den Kopf zu zerbrechen. Ich bringe hier die Dinge in Ordnung und komme dann nach. Vielleicht schon übermorgen.«

»Du musst nichts überstürzen. Ich komme auch allein klar«, erwiderte Roni mit einem Tonfall, den Tero nicht deuten konnte.

Dann marschierte Roni mit seinem Gepäck zum Eingang des Terminals.

Sami Rahnasto sah sich die an der Wand befestigten Digitalaufnahmen an. Sie zeigten die Stelle im Wald, an der Julia Leivo aufgefunden worden war. Vom Blitzlicht grell angestrahlt lag das Mädchen neben einer Kiefer auf der Erde. Zweige von Blaubeersträuchern bedeckten die Leiche zum Teil.

»Aufgrund von Julias Telefondaten haben wir ein paar zeitliche Präzisierungen vornehmen können«, sagte einer der Ermittler. »Sie hatte um 22.18 Uhr in der Nähe des Busbahnhofs in der Innenstadt ihre Freundin angerufen. Die infrage kommenden Videobänder vom Busbahnhof werden gerade herausgesucht. Wenn wir Glück haben, sehen wir das Mädchen darauf mit einer anderen Person.«

»Sonst etwas auf der Telefonliste?«

»Der unbeantwortete Anruf um Mitternacht von Roni Airas' Anschluss. Insgesamt hauptsächlich Anrufe zu Hause und bei Freunden. Ziemlich oft auch bei ihrem estnischen Onkel. Ein paar außergewöhnliche Telefonate: zum schwedischen Zoll und zur finnischen Zentralstelle für Unfalluntersuchung. Die lassen sich durch das Material erklären, das im Computer des Opfers gefunden wurde. Sie hat sich sehr detailliert mit dem Untergang der *Estonia* beschäftigt, bei dem ihre Großeltern mütterlicherseits ums Leben gekommen sind. Ihr Onkel, Toomas Ehaver, arbeitet bei einer Firma namens Targa Trading, die einem russischen Waffenhändler gehört. Vielleicht haben die Informationen der Sicherheitspolizei über Ehaver damit zu tun.«

»Gibt es irgendwelche Gründe, den Onkel genauer unter die Lupe zu nehmen?«, fragte Rahnasto.

»Jedenfalls nicht im Moment.«

»Wir müssen versuchen, Augenzeugen von diesem Straßenabschnitt ausfindig zu machen«, sagte Rahnasto und klopfte mit einem Stift beim Stadtteil Hakunila auf den Straßenplan. »Irgendwie habe ich das Gefühl, als wäre sie dort nicht zu Fuß entlanggegangen, sondern mit dem Auto gefahren.«

»Oder auf einem Moped oder Motorrad«, fügte einer der Ermittler hinzu. »Übrigens haben wir auf dem Parkplatz frische Reifenspuren in der feuchten Erde nehmen können. Der Gipsabdruck ist hervorragend. Ziemlich seltenes Profil, wie wir gerade aus Deutschland erfahren haben. Bridgestone Tornado. Wird in Finnland gar nicht verkauft. Ein Reifen der Geschwindigkeitsklasse H. Wir dachten, wir überprüfen sicherheitshalber, was für Reifen das Auto von Roni Airas hat.«

»Ich würde gern noch einmal mit diesem Roni sprechen.«

»Der junge Airas ist in Spanien.«

»Sein Vater auch?«

»Derzeit nicht.«

Rahnasto überlegte kurz. »Dann fahre ich zum Vater. Gibst du mir den Bericht mit den Reifen?«

Eine Stunde später fuhr Rahnasto zum zweiten Mal auf das Grundstück der Airas' in Vartiokylä. Das alte Holzhaus stand an einer ruhigen Stelle am Waldrand. Der Garten war ungepflegt, und das Haus hätte einen neuen Anstrich vertragen können. Rahnasto hielt vor einem Nebengebäude an, neben einem alten Sportwagen.

Tero Airas kam aus dem Haus und schaffte es, fast verdächtig erfreut über den Besucher zu wirken. Nachdem sie sich begrüßt hatten, beschloss Rahnasto, direkt zur Sache zu kommen.

»Wie lange wird Roni in Spanien bleiben?«

»Er wohnt dort. Die meiste Zeit verbringt er in Spanien. Vielleicht kommt er zu Weihnachten nach Finnland. Ich wollte morgen auch hinfliegen.«

»Kommt er nicht zu Julias Beerdigung?«

»Ich glaube nicht.«

Rahnasto merkte, dass bei Airas die Anspannung etwas zunahm, aber das war verständlich. Die Polizei hatte eine entsprechende Wirkung auf die Menschen.

»Welches Auto fährt Roni, wenn er in Finnland ist?«

»Das ist verschieden. Meines hier zum Beispiel.« Airas machte eine Kopfbewegung zu dem dunkelgrünen Aston Martin.

»Hat er kein eigenes Auto?«, fragte Rahnasto, obwohl er sich längst alle Daten über Ronis Audi TT, Baujahr 1999, beschafft hatte.

»Doch, hat er. Aber das benutzt er nicht so oft. Verbraucht wahnsinnig viel Sprit.«

»Ich möchte es trotzdem sehen.«

Airas ging auf die Garage zu und grub dabei in der Hosentasche nach den Schlüsseln. Hinter den Torflügeln kam ein roter, sorgfältig gewachster Audi TT zum Vorschein.

Tero beobachtete Rahnasto. Er hatte alle Mühe, seine Nervosität zu verbergen, auch wenn er die Situation mehrmals zuvor im Geiste durchgespielt hatte.

Rahnasto trat neben den Audi und blickte hinein. Das Schweigen behagte Tero nicht, aber er hütete sich, die Stille mit leerem Gerede zu füllen. Jedes ausgesprochene Wort konnte eines zu viel sein, genau das hatte er Roni eingeschärft. Gleiches galt auch für weit fortgeschrittene geschäftliche Verhandlungen. Schweigen wirkte effektiver als das Gerede über Nichtigkeiten.

»Eine echte Schönheit«, sagte Rahnasto.

Tero begriff nicht, was der Polizist meinte, bis er merkte, dass der Mann den Jaguar XK 150 aus dem Jahr 1958 im hinteren Teil der Garage entdeckt hatte.

»Daran gibt es noch viel zu tun«, sagte Tero und lächelte.

»Sieht aus, als wäre überhaupt kein Rost dran. Wo haben Sie den gefunden?«

»In St. Raphael in Südfrankreich. Trockenes Klima.«

Rahnasto richtete den Blick auf die Reifen des Audi.

Das war jetzt der entscheidende Moment.

In aller Ruhe las Rahnasto den Markennamen von einem Reifen ab. Michelin.

Tero bereitete sich darauf vor, eine Frage zu beantworten.

»Wie lange sind die schon drauf?«

»Ich bin nicht sicher«, antwortete Tero so spontan wie möglich. »Da müsste ich Roni fragen.«

»Haben Sie auf einem Ihrer Autos schon mal Bridgestone Tornados draufgehabt?«

Tero tat so, als überlegte er kurz. »Roni kümmert sich selbst um die Reifen, aber es könnte schon sein.« Es wäre sinnlos, zu leugnen. Die Polizei käme ohnehin dahinter, wenn sie nur wollte.

»Hat Roni am Montagabend den Audi gefahren?«

»Nicht am Abend. Er kam so gegen sechs nach Hause.«

Tero wollte schon die Geschichte von dem gemeinsam verbrachten Abend und dem Video erzählen, beherrschte sich aber. Danach war er nicht gefragt worden.

»War außer Ihnen beiden sonst noch jemand da? Jemand aus der Familie?«

Tero begnügte sich damit, den Kopf zu schütteln. Er überlegte, ob er die Scheidung erwähnen sollte, schwieg aber. Auch das gehörte nicht hierher.

»Wo sind die Bridgestone-Reifen jetzt?«

»Alle Reifen sind im Schuppen.«

»Dürfte ich einen Blick darauf werfen?«

Die Frage war so gestellt, dass sie nur eine Antwort zuließ.

Tero ging zum Schuppen. Der Reifenwechsel war eine überstürzte, sinnlose und gefährliche Operation gewesen, die mehr Ärger als Nutzen einbrachte.

Er wusste, dass es natürlicher gewesen wäre, zu fragen, worum es ging, aber dann hätte er sich auf dünnes Eis begeben. Er hatte Angst, den falschen Ton anzuschlagen oder missverständliche Formulierungen zu benutzen, darum war es besser, den Mund zu halten.

Im Schuppen war es warm. Tero drückte den Lichtschalter. Auf dem Boden waren drei Sätze Reifen mit Felgen aufgestapelt, ganz außen die Bridgestones. An Haken an der Wand hing das ultraleichte BH-Speedroom-Fahrrad, das Tero schon längst wieder nach Spanien hatte zurückbringen wollen. Die Vorstellung von sorgloser Freiheit im Sattel des Fahrrads unter blauem Himmel erschien ihm nun wie ein unerreichbarer Traum.

»Die haben noch reichlich Profil«, sagte Rahnasto. »Warum sind die nicht drauf?«

»Das müssten Sie Roni fragen. Aber soweit ich weiß, will er sie schonen und zuerst die Michelin runterfahren. Er möchte den Wagen im Frühling verkaufen.«

Rahnasto beugte sich über den obersten Reifen und sah ihn sich genau an. Er hob ihn an, und Teros Herz setzte kurz aus. Er war sich lächerlich vorgekommen, als er die Reifen mit dem Föhn getrocknet und den Heizkörper im Schuppen aufgedreht hatte, aber jetzt dankte er seinem Schöpfer dafür, dass er sich die Mühe gemacht hatte. Die Erde wäre tagelang feucht geblieben und hätte neue Fragen aufgeworfen – noch heiklere.

»Gibt es einen besonderen Grund, warum Ronis Reifen so interessant sind?«, fragte Tero vorsichtig.

Rahnasto antwortete nicht, sondern legte den Reifen wieder hin.

Er müsste die Frage wiederholen, sich noch mehr wundern, sonst würde sein Verhalten Misstrauen erwecken.

»Roni hat doch nichts mit dem Mord zu tun?«

»Wir ermitteln routinemäßig in verschiedene Richtungen.

Die Untersuchung von Reifenspuren gehört dazu. Als ehemaliger Polizist werden Sie das sicherlich verstehen.«

Tero erschrak, doch er nickte gelassen.

»Ich würde die Reifen gern mitnehmen. Wir werden sie uns etwas genauer ansehen.«

Die Angst, die in Tero nagte, wuchs, als Rahnasto die Reifen in sein Auto lud. Am liebsten hätte er sofort Roni in Malaga angerufen und ihn gewarnt. Aber es war sinnlos, den Jungen nervös zu machen. Und wenn später die Telefondaten überprüft würden, könnte der Anruf Verdacht erregen. Andererseits war es sicherlich verständlich, dass er nach dem Besuch des Polizisten mit seinem Sohn sprechen wollte. Wäre es nicht sogar unnatürlich, wenn er es nicht täte?

Rahnasto warf noch einen Blick auf das Holzhaus, das im Rückspiegel kleiner wurde, und rief dann sofort den Leiter der Ermittlungen an.

»Der alte Airas weiß mehr, als er sagt«, teilte er mit. »Meiner Meinung nach sollten wir Roni Airas vernehmen. Der Junge soll wieder nach Finnland zurückkommen.«

»Was hast du entdeckt?«, fragte der Ermittlungsleiter.

Rahnasto stattete kurz Bericht über seinen Besuch ab.

»Ich weiß nicht, wann und warum die Reifen gewechselt worden sind, aber wir werden das Profil mit dem Gipsabguss vergleichen.«

Rahnasto beendete das Gespräch und dachte nach. Tero Airas hatte eine außergewöhnliche Vergangenheit. Rahnasto hätte sich gerne eingehender damit beschäftigt, aber in den Polizeiregistern gab es nur spärliche Einträge. Airas' Laufbahn bei der Polizei hatte nicht lange gedauert, irgendetwas Außergewöhnliches war vorgefallen, und zwar in der Sonderkommission für organisierte Kriminalität. Wenn man mehr über den Mann erfahren wollte, musste man mit einem Kollegen sprechen, der Anfang der Achtzigerjahre mit ihm zu tun gehabt hatte.

16

Der einzige helle Punkt weit und breit war die Straßenlampe, vor der ein nackter Birkenast im Wind schwankte.

Kimmo trommelte mit dem Daumen auf das Lenkrad. Er hatte schlimme Vorahnungen, über die er nicht einmal mit Sirje reden wollte, die ausgestiegen war und draußen wartete.

Wo blieb Toomas? Und warum war ihm weder eine Wohnung noch irgendein Café als Treffpunkt recht gewesen? Waren sie hier überhaupt am richtigen Ort?

Ende der Joutsamontie, am Wendeplatz, hatte er gesagt. Eindeutige Angabe, eindeutige Stelle.

Es überraschte Kimmo nicht, dass Toomas' Machenschaften dubios waren, aber allein der geringste Hinweis, dass Julia irgendwie mit diesen Kreisen zu tun gehabt haben könnte, war so schockierend, dass ihm gründlich nachgegangen werden musste. Mit der Polizei würden sie sprechen, wenn sie wüssten, worum es ging und ob es überhaupt etwas zu reden gäbe. Man brauchte der Polizei nicht mutwillig eine andere Vorstellung von Julia zu vermitteln als die des unschuldigen Schulmädchens.

Im Rückspiegel blendeten Kimmo nun die Lichter eines Autos. Er stieg aus und machte den Reißverschluss seiner Jacke zu. Sirje kam zu ihm.

Ein 3er-BMW hielt neben ihnen an, der Motor wurde ausgeschaltet, und Toomas stieg aus.

»Entschuldigung, ich bin spät«, sagte er.

»Macht nichts«, entgegnete Sirje. »Hauptsache, du bist da.«

Kimmo sagte nichts.

»Ich habe versprochen zu reden. Und ich werde reden, weil Julia euer Kind war. Und meine Patentochter.«

In Toomas' Stimme klang echte Wärme mit. Das bewegte auch Kimmo. Er biss die Zähne zusammen und versuchte, die nötige innere Härte zu mobilisieren, um sich die unangenehmen Wahrheiten über seine verstorbene Tochter anhören zu können.

»Aber nur unter der Bedingung, dass ihr nichts davon an die Polizei weitergebt«, fuhr Toomas leise fort. »Sind wir uns da einig?«

»Am wichtigsten ist es, Julias Mörder zu schnappen«, antwortete Kimmo und räusperte sich. »Die Polizei muss alles dafür Notwendige erfahren.«

»Als wir uns zuletzt trafen, warst du der Meinung, dass die Polizei und die Gerichte den Mörder zu leicht davonkommen lassen werden. Und du wolltest stattdessen mich als Richter sehen.«

»Die Polizei brauchen wir, damit der Täter gefunden wird. Oder nicht? Falls wir sie dafür doch nicht brauchen, ist die Situation natürlich eine andere.«

»Ich lasse bei solchen Sachen nicht mit mir handeln. Entweder ihr versprecht mir, nichts der Polizei zu erzählen, oder ich fahre wieder. Die Entscheidung liegt bei euch.«

Kimmo warf nicht einmal einen Blick auf Sirje, die seine Hand genommen hatte und sie fest umklammert hielt.

»Ich habe es doch schon gesagt«, erwiderte er. »Das Wichtigste ist, dass Julias Mörder gefunden wird und das bekommt, was er verdient. Ich dachte eigentlich, das wäre auch für dich als Onkel die Hauptsache ...« Kimmo wurde unwillkürlich laut und musste sich mit aller Macht beherrschen, um nicht zu schreien, denn dann würde Toomas erst recht nichts mehr sagen. »Wenn wir durch deine Informationen den Mörder finden, brauchen wir die Polizei nicht.«

»Setzen wir uns ins Auto«, sagte Toomas.

Sie stiegen in den Ford der Leivos, Toomas und Sirje setzten sich auf die Rückbank, Kimmo ans Steuer.

»Julia hat mich einmal gefragt, ob ich im Fitnessstudio jemanden kenne, der qualitativ hochwertige Hormone bräuchte. Ich versuchte herauszufinden, was hinter ihrer Frage steckte. Ich habe sie auch gewarnt, aber sie hörte mir überhaupt nicht zu.«

Kimmo hatte alle Mühe, still zuzuhören. Warum hatte ihnen Toomas davon nicht früher erzählt? Falls er Julia in die Welt der Kriminalität hineingezogen hatte … Dann würde er dafür noch bezahlen, wenn das alles hier vorüber war.

»Ich wollte aus ihr herauskriegen, wo sie die Steroide der Spitzenklasse herhat, aber Julia verriet es mir nicht. Sie versuchte nur hartnäckig, sie mir zu verkaufen. Was ich natürlich ebenso hartnäckig ablehnte. Sie verbot mir, mit euch darüber zu reden, und ich versprach, nichts zu sagen.«

»Du hast nicht herausgefunden, woher sie das Zeug hatte?«

»Nein«, sagte Toomas, aber es klang in Kimmos Ohren nicht glaubwürdig.

»Was ist daran so geheim, dass die Polizei nichts davon erfahren darf?«, wollte Kimmo wissen.

»Begreifst du denn nicht?« Toomas' Tonfall wurde schärfer. »Allein die Tatsache, dass Julia mir Hormone angeboten hat – was vermittelt das der Polizei für ein Bild von Julia? Oder von mir?«

Kimmo stieg gleichzeitig mit Toomas und Sirje aus dem Wagen, und die beiden Männer gingen ein paar Schritte.

»Du musst wenigstens eine Vermutung haben, wer Julia in illegale Machenschaften hineingezogen haben könnte. Von irgendjemandem hat sie etwas gekauft, und irgendjemandem hat sie es weiterverkauft. Das Geld ist ja nicht aus dem Nichts in ihren Schrank gekommen.«

Toomas blieb abrupt stehen. »Ich soll eine Vermutung haben?«, fragte er kühl. »Ich soll Julias Umgang und Freunde kennen? Schaut doch mal in den Spiegel, vielleicht seht ihr da auch zwei Leute, die sie kennen. Oder wenigstens kennen sollten.«

»Hör auf, so mit mir zu reden«, zischte Kimmo, aber Toomas war bereits bei seinem BMW. Er stieg ein und fuhr mit energischem Tritt aufs Gaspedal davon.

Tero wachte von einem lauten Poltern im Wohnzimmer auf.

Er blickte auf die grünen Ziffern seines Radioweckers. 3:20.

Noch nie hatte er in Erwägung gezogen, sich eine Alarmanlage installieren zu lassen, weil es ihm eine überzogene Vorsichtsmaßnahme zu sein schien. Das hatte er bei Helsinki Security seinen Kunden natürlich nicht gesagt, unter denen auch viele Privatleute waren. Die Leute hatten Angst, obwohl es laut Statistik wenig Anlass dazu gab.

Tero ging zur Tür des Schlafzimmers und öffnete sie vorsichtig. Ein kurzer, dunkler Flur führte ins Wohnzimmer, wo die Stand-by-Lämpchen der Video- und Audio-Geräte leuchteten.

In der Ecke sah er die Bewegung einer dunklen Gestalt.

Einer Gestalt, die er kannte.

Eine Welle der Wut und der Enttäuschung überkam ihn.

»Valtteri«, brüllte er und drückte auf den Lichtschalter.

Der Mann huschte mit einer Tasche in der Hand zur Terrassentür. Valtteri war noch dünner geworden und hatte sich die Haare wachsen lassen. Tero rannte seinem Stiefsohn hinterher und sah, dass die Tür der Vitrine offen stand. Die Fächer waren leer, nur der Globus und der Kompass waren noch da.

»Du hast Fortschritte gemacht«, sagte Tero unter Aufbietung der letzten Reste von Selbstbeherrschung. »Du stiehlst jetzt richtig wertvolle Sachen. Besser wäre es gewesen, du hättest dich auch diesmal mit dem Fernseher zufriedengegeben, der ist jetzt flach und leichter zu tragen, verdammt noch mal … aber die Sachen aus der Vitrine gibst du mir zurück!«

Valtteri war halb zur Tür hinaus, als Tero ihn am Arm erwischte und wieder ins Zimmer zerrte. In Valtteris Augen lag ein gefühlloser Blick, die dürftigen Muskeln waren angespannt, und er keuchte heftig.

»Hast du mich verstanden?«, schrie Tero, drückte seinen Stiefsohn gegen die Wand, entriss ihm die Tasche und warf sie auf den Fußboden. »Das wievielte Haus ist das schon diese Nacht? Bist du auch bei deiner Mutter gewesen?«

Valtteri spuckte Tero ins Gesicht und versuchte sich loszureißen. Tero spuckte zurück.

Da hörte Valtteri, auf sich zu wehren, und Tero löste vorsichtig den Griff.

Im dem Moment befreite Valtteri seinen Arm, und noch bevor Tero die Situation erfassen konnte, war in Valtteris Hand ein Messer. Tero begriff, dass es das Messer mit dem Perlmuttgriff aus der Vitrine war, die Waffe, die sein Vater seinerzeit aus Südamerika mitgebracht hatte.

Tero bewegte sich rückwärts zur Terrassentür, mit elastischen Knien, den Oberkörper nach vorne gebeugt. Im Handumdrehen hatte sich die Situation geändert. Trotz aller Feindseligkeit hatte es bis vor wenigen Augenblicken zwischen ihm und Valtteri noch eine Art menschliches Band gegeben, aber das war nun gerissen.

»Lass mich gehen«, keuchte Valtteri und stach mit dem Messer nach Tero, sodass der einen Satz nach hinten machen musste, um nicht getroffen zu werden. Dabei schlug er mit dem Ellbogen gegen die Vitrine mit Ronis Pokalen. Die Glastür zersplitterte.

In dem Moment griff Tero mit einer schnellen Bewegung nach der Hand, in der Valtteri das Messer hielt. Mehr zufällig als durch eine Reaktion gelenkt, zog Valtteri die Hand zurück, und die Klinge schnitt in Teros Arm. Das stoppte Tero, und Valtteri konnte durch die Terrassentür entkommen.

Schwer fluchend drückte Tero die Hand auf die Wunde und rannte ins Bad. Dort presste er Toilettenpapier darauf, das sich im Nu rot färbte, und erst jetzt setzte der Schock ein. Die Wunde hätte ebenso gut in der Herzgegend sein können, dann würde er jetzt tot im Wohnzimmer liegen. Das wäre zu grotesk gewesen: Das kostbare Stück, das ihm sein Vater einst mitgebracht hatte, hätte anstelle eines Maya-Opfers den eigenen Sohn getötet.

Tero schlang bahnenweise Mullbinden um den Arm und zog so fest wie möglich an. Wenn er das Beste für Valtteri tun wollte, würde er ihn bei der Polizei anzeigen. Er wusste, dass er dem

Jungen einen Bärendienst erwiesen hatte, als er ihn vor vier Jahren vor einer Gerichtsverhandlung bewahrt hatte, nachdem er gemeinsam mit anderen Drogenabhängigen jemanden zusammengeschlagen hatte. Zwar gab es auch im Gefängnis Drogen, aber die bekam man nicht ohne Geld, weshalb der Konsum automatisch geringer geworden wäre. Auch Heli hatte seine Entscheidung damals bedauert …

Plötzlich vergaß Tero die Wunde an seinem Arm. Er starrte sein Gesicht im Spiegel an.

Ihm kam ein Gedanke, der ihn bis ins Mark erschaudern ließ, ihn zugleich aber mehr erleichterte als jeder andere.

Es war ein wahnsinniger, unmöglicher Gedanke, aber Tero war felsenfest davon überzeugt, ihn in die Tat umsetzen zu können.

17

Kimmo wurde um sechs Uhr wach, obwohl er erst nach drei eingeschlafen war. Er stand auf und musste gegen starke Übelkeit ankämpfen. Sirje hatte Schlaftabletten genommen.

Draußen war es dunkel und herbstlich feucht. Hakunila schlief noch. Kimmo setzte Kaffee auf und ließ sich im Wohnzimmer auf der Couch nieder. Die Zeitung war bereits gekommen und lag in der Diele auf der Fußmatte unter dem Briefschlitz, aber Kimmo interessierte sich nicht dafür, was sonst noch auf der Welt passierte. Es würde ihn auch nie mehr interessieren. Über Julias Fall wurde sowieso nichts mehr geschrieben, nur die Boulevardblätter berichteten noch in kurzen Meldungen über die Ermittlungen.

War es möglich, dass sie dabei etwas über den Handel mit den Hormonen herausfanden? Was dann? Kimmo konnte sich die Schlagzeilen lebhaft vorstellen.

Er nahm das Blatt Papier zur Hand, auf dem er in der Nacht die Namen von Julias Freundinnen notiert hatte. Eine von ihnen wusste bestimmt etwas von den Steroid-Geschäften. Allerdings würde sich das eventuell herumsprechen, wenn er Erkundigungen einholte.

Kimmo ging zum hundertsten Mal in Julias Zimmer, doch allein schon der Anblick ihrer Bücher deprimierte ihn ein ums andere Mal. Seine Tochter hatte sich für Sachen interessiert, die er selbst beim Zeitunglesen übersprang. Manchmal hatte er es bedauert, nicht mit Julia über das reden zu können, was sie begeisterte. Zum Glück hatten sie beide Musik und Filme geliebt und darüber oft und viel gesprochen.

Seit dem Treffen mit Toomas versuchte Kimmo einen Hinweis darauf zu finden, wer Julia in die illegalen Machenschaften hineingezogen hatte. Denn der Mord musste etwas damit zu tun haben, da war sich Kimmo sicher.

Wieder richtete sich seine Aufmerksamkeit auf den Zeitungsausschnitt an der Wand. Er musste mit Roni sprechen, beschloss Kimmo. Im Lauf der Jahre hatte er ihn ein paarmal gesehen, vor allem zu der Zeit, als er mit Julia zusammen gewesen war, hatte sich der Junge hin und wieder bei ihnen blicken lassen. Vielleicht wusste er etwas.

Im Citymarket beim Ostzentrum warf Tero gelbe Putzhandschuhe in den Einkaufswagen.

Er war nervös, aber nicht so nervös wie zuvor. Der Reifenwechsel war ein grober Fehler gewesen, aber er würde aus diesem Fehler etwas machen, das seine Glaubwürdigkeit sogar noch stärkte.

Von nun an würde die Polizei ein Puzzle zusammensetzen, das er Teil für Teil entworfen hatte.

Intuitiv blickte er sich um. So früh am Tag waren noch nicht viele Leute beim Einkaufen.

Der Schnitt am Arm schmerzte, es hatte ihn ernsthafte Mühe gekostet, die Blutung zu stillen. Wahrscheinlich hätte man die Wunde sogar nähen müssen.

Plötzlich plagte ihn die Vorstellung, dass jede seiner Bewegungen von einer Überwachungskamera festgehalten wurde, obwohl er sich mit Überwachungssystemen auskannte und wusste, dass der Gedanke an eine Totalüberwachung paranoid war. Wenn nichts Außergewöhnliches passierte, wurden die Aufnahmen der Kameras in regelmäßigen Abständen überspielt.

Die Gummihandschuhe benötigte Tero, um die Felgen seines Autos zu reinigen. Jedenfalls würde er das sagen, falls ihn jemand danach fragte. Er wollte die Felgen tatsächlich säubern, weshalb die Erklärung glaubwürdig war. Als weitere Requisiten legte er eine Flasche Reinigungsmittel und eine Packung Schaumwolle in den Wagen.

Seine Gedanken waren bereits mit der Frage beschäftigt, wie er in Valtteris Wohnung hineinkäme.

Im Boxenbereich der Rennstrecke von Jerez zog sich Roni den roten Rennoverall über. Auf der VIP-Tribüne saßen mehrere Tausend Menschen, und die Stimmung glich der bei einem Grand Prix, obwohl lediglich die gemeinsamen Testfahrten aller GP2-Rennställe bevorstanden. Aber auch da waren die Starts spannend, auch da wurde taktiert, und die Boxenstopps sorgten für zusätzliche Dramatik.

Roni trat an das große Fenster. Unter ihm rannten die Mechaniker zwischen den Autos hin und her und nahmen letzte Feinabstimmungen vor. Zwei Frauen in besonders farbenprächtigen PR-Overalls gingen ihnen eilig aus dem Weg.

Roni blickte auf die Uhr. Noch vier Minuten.

Warum hatte sein Vater ihm befohlen, auf die Sekunde genau zu einer bestimmten Zeit anzurufen?

Langsam zog er den Reißverschluss bis zum Hals zu, nahm die Handschuhe und klemmte sich den Helm unter den Arm.

Plötzlich hielt er inne. Er ging wieder ans Fenster und drückte das Gesicht an die Scheibe.

Ein Tropfen.

Und gleich daneben ein zweiter.

In der Box unten standen die Aktivitäten still. Alle schauten zum Himmel.

Roni drehte sich um und blickte dem großen, braun gebrannten Mann ins Gesicht, der zur Tür hereingekommen war.

Was wollte Marcus Grotenfelt hier?

»Marcus«, sagte Roni überrascht.

»Grüß dich, Roni. Ich wollte dir nur viel Erfolg für den Test wünschen.«

»Danke«, sagte Roni. Er meinte, aus Marcus' Stimme etwas

Geheimnisvolles heraushören zu können, und hakte daher nach: »Ist das heute irgendwie ein spezieller Termin für dich?«

Ronis Handy, das auf der Umkleidebank lag, fing an zu klingeln.

»Ich halte immer Augen und Ohren offen«, entgegnete Marcus.

Roni nickte ernst. Sein Telefon klingelte hartnäckig weiter.

»Viel Glück«, sagte Marcus und wandte sich ab. »Jemand scheint dringend mit dir sprechen zu wollen«, meinte er noch mit einer Kopfbewegung zum Handy, bevor er durch die Tür verschwand.

Leicht irritiert griff Roni nach seinem Handy. Er war klar, dass Marcus nicht zufällig hier war. Hatte er einen Sponsor dabei?

Roni registrierte die finnische Nummer auf dem Display: ein Festnetzanschluss in Helsinki.

Er zögerte kurz, meldete sich dann aber doch.

Es war Kimmo. Ronis Puls lief ohnehin bereits auf Hochtouren, aber jetzt beschleunigte er in den roten Bereich hinein.

»Wie geht's?«, fragte Kimmo mit heiserer Stimme.

Sein Ton war weder freundlich noch unfreundlich.

Roni sah aus dem Fenster. Es regnete mittlerweile in Strömen.

»Ganz gut, ich teste gerade das Auto.« Er blickte auf die Uhr, verließ den Raum und eilte die Treppe hinunter. Sein Vater erwartete, dass er in genau drei Minuten seine Mutter anrief. Bis dahin musste er das Gespräch mit Kimmo höflich beendet haben.

»Ich rufe dich später zurück«, sagte er. »Ich muss auf die Strecke.«

Roni legte auf und umklammerte nervös das Handy. Er öffnete die Tür zur Boxengarage und ging im Motorenlärm zwischen den Mechanikern hindurch zu seinem Auto, das man im Idealfall in 6,7 Sekunden von null auf zweihundert beschleunigen konnte. Das würde er heute tun. Er würde es Marcus zeigen. Wenn der wüsste, unter welcher Nervenanspannung Roni auf die Strecke ging.

»Wo bist du gewesen?«, fragte Jason.

Auch die anderen Mechaniker drehten sich nach ihm um.

»Einen Moment noch.« Roni ging zur Seite und blickte erneut auf die Uhr. Noch fünfzig Sekunden. Er rief die Nummer aus der Telefonliste des Handys auf.

Tero sah angespannt auf die Uhr und drückte dann die Klingel von Helis Tür. Eine Stunde zuvor hatte er mit seiner Exfrau am Telefon gesprochen.

Heli begrüßte ihn munter, aber mit einer gewissen Zurückhaltung.

Tero erwiderte den Gruß und versuchte erst gar nicht, sich anders zu geben, als er war: gestresst und schlecht gelaunt. Die Wunde schmerzte, und er fragte sich mittlerweile ernsthaft, ob er damit zum Arzt gehen sollte. Sie durfte sich unter keinen Umständen vor dem Flug nach Spanien entzünden. Aber ein Arzt würde Fragen stellen, auf die Tero keine Antworten erfinden mochte.

Er folgte Heli in die Wohnung und sah sich dabei unauffällig um. Ja, er hatte sich richtig erinnert: Das Telefon stand im Schlafzimmer neben dem PC.

»Hast du Valtteri in letzter Zeit mal gesehen?«, fragte Tero.

»Was willst du denn mit dieser Information?«, fragte Heli zurück.

»Ich frag ja nur.«

»Wie läuft es bei euch in Spanien?«

»Besser als erwartet.«

Heli seufzte, ohne dass Tero zu deuten wusste, warum.

»Hier«, sagte er nach einer Weile peinlichen Schweigens und reichte Heli die Vollmacht, die sie unterschreiben musste, damit er das noch verbliebene gemeinsame Effektenkonto auflösen konnte. Erst nach langem Nachdenken war es ihm überhaupt gelungen, einen Scheingrund für seinen Besuch zu finden.

Exakt zur vereinbarten Zeit klingelte das Telefon im Schlafzimmer. Roni hatte ständig mit Zehntel- und Hundertstelsekunden zu tun, weshalb exakte Pünktlichkeit für ihn kein Problem darstellte. Von Valtteris nächtlichem Besuch und von der Verletzung durch das Messer hatte Tero nichts gesagt, sondern Roni nur gebeten, genau zu einer bestimmten Zeit seine Mutter anzurufen. Roni hatte den Grund wissen wollen, und Tero hatte versprochen, ihm später alles zu erklären.

Heli verschwand im Schlafzimmer, um den Hörer abzunehmen.

Sobald sie den Raum verlassen hatte, eilte Tero zur Kommode im Wohnzimmer und zog lautlos die oberste Schublade auf.

Erleichtert blickte er auf die Ansammlung von Schlüsseln, unter denen sich auch der zu Valtteris Wohnung befand. Tero hatte ihn schon einmal aus dieser Schublade genommen, damals, als sie Valtteri das alte Sofa aus dem Kaminzimmer gebracht hatten.

Tero steckte den Schlüssel ein, drückte die Schublade zu und konzentrierte sich ganz darauf, möglichst gelassen zu wirken.

Vierzig Minuten später stand Tero in einem Mietshaus des Helsinkier Stadtteils Vuosaari und schob den Schlüssel in die Tür zu Valtteris Wohnung.

Er hatte Angst, jemand könnte ihn sehen und dann Valtteri gegenüber etwas verlauten lassen. Nicht weniger Angst hatte er davor, Valtteri könnte zu Hause sein, obwohl er vorhin am Telefon zu Tero gesagt hatte, er sei gerade bei Freunden. Auf Valtteri konnte man sich nie verlassen, er war ein extrem talentierter Lügner und Manipulator. Das würde auch die Polizei noch merken – und das war alles andere als schlecht.

Tero öffnete die Tür und trat in aller Ruhe ein, so als beträte er die Wohnung mit Erlaubnis. Sobald er aber die Tür hinter sich geschlossen hatte, wurden seine Bewegungen hastig. Als Erstes versicherte er sich, dass niemand in der Wohnung war. Dann zog er die gelben Gummihandschuhe an.

Die Zweizimmerwohnung war in verheerendem Zustand: überall Staub und Dreck, alle Sachen kreuz und quer durcheinander, die Spüle unter schmutzigem Geschirr begraben, an den Wänden stapelten sich Gratiszeitungen. Im Schlafzimmer lag nur eine Matratze. Bei Teros letztem Besuch hatte dort noch ein Bett gestanden, wo hatte Valtteri das hingeschafft? Wahrscheinlich für ein paar Scheine verkauft, um sich den nächsten Schuss setzen zu können.

Ein Fernseher und ein DVD-Player dominierten das Wohnzimmer. Auf der abgesessenen Velourscouch – es war die alte Couch aus dem ehemals gemeinsamen Kaminzimmer – lagen eine leere Chipstüte, eine Bierdose und zerknüllte Papiertaschentücher herum.

Tero ging ins Bad und wandte instinktiv den Blick von den eingetrockneten Spritzern am Waschbeckenrand ab.

Er zwang sich, ins Wohnzimmer zurückzugehen, und zog dabei das Foto von Julia aus der Tasche, das er in Ronis Album gefunden hatte. Es war ein kleines Bild, das offenbar in der Schule gemacht worden war. Julia trug darauf eine blaue Bluse und schaute direkt in die Kamera des Schulfotografen.

Tero schob das Foto zwischen den Kram in Valtteris Tischschublade. Dann schaute er sich noch einmal um, zog die Gummihandschuhe aus, steckte sie in die Tasche und verließ die Wohnung.

18

»Die Reifen sind identisch«, las der Kriminalbeamte laut aus dem Bericht der Spurensicherung vor. Er saß mit Rahnasto in einem karg möblierten Büro, in dem es nach abgestandenem Kaffee roch. »Die Abgüsse stimmen mit dem Profil von Airas' Reifen überein.«

Rahnasto warf ihm von der anderen Seite des Tisches einen kurzen Blick zu. »Der Fall ist also eindeutig. Und was die Reifen betrifft, mit denen der Audi jetzt fährt, so deutet die Sauberkeit der Schrauben darauf hin, dass die Felgen erst vor sehr kurzer Zeit angebracht worden sind. Jedenfalls ist mit ihnen noch nicht gefahren worden. Ich glaube, es ist an der Zeit, Roni Airas anzurufen«, sagte Rahnasto.

Die Sonne stand hell über dem Mittelmeer. Roni ging barfuß vom gefliesten Patio ins Wohnzimmer, als das Handy in der Tasche seiner Shorts klingelte.

»Unbekannte Nummer«, teilte das Display mit. Roni durchlief ein Schauer, aber er riss sich zusammen. »Hallo?«

»Spreche ich mit Roni Matias Airas?«

Der bedrohlich offizielle Tonfall löste bei Roni sofort Herzklopfen aus. »Ja.«

»Hier ist Kriminalhauptmeister Rahnasto aus Helsinki, guten Morgen.«

»Guten Morgen«, antwortete irgendein Bestandteil von Roni mechanisch. Ein anderer Teil igelte sich ebenso automatisch in Verteidigungsstellung ein.

»Ist es in Spanien um diese Tageszeit schon warm?«

Roni glaubte, eine kleine Gemeinheit aus der Frage herauszuhören, zwang sich aber, seiner Einbildungskraft nicht freien Lauf zu lassen. Er musste vernünftig sein und die Ruhe bewahren wie kurz vor einem Start.

»Man kann nicht klagen.«

»Sie erraten sicherlich, warum ich anrufe?«

Der Ton war äußerst unangenehm. Roni hatte sich das Bedrohliche in der Stimme nicht eingebildet.

»Hat sich im Zusammenhang mit dem Mord an Julia etwas Neues ergeben?«, fragte er.

»Das würden wir gerne Sie fragen. Könnten Sie bis morgen hierherkommen?«

»Nach Helsinki? Bis morgen?«

Ronis Herz hämmerte. Er merkte, dass er die ganze Zeit im Kreis herumlief. »Wozu?«

»Zum Verhör.«

»Zum Verhör weswegen?«

»Wegen des Todesfalls Julia Leivo.«

»Das kann nicht Ihr Ernst sein ...«

»Kommen Sie zu uns, oder müssen wir zu Ihnen kommen?«

»Ich komme. Dann wird das ein für allemal geklärt«, sagte Roni und war über sich selbst erstaunt: Er klang echt überrascht, verärgert – und unschuldig.

Sein Vater sagte immer, Roni finge erst an zu glänzen, wenn es eng würde. Enger als jetzt konnte es kaum werden.

»Wann können Sie hier in Pasila auf dem Präsidium sein?«

»Ich muss zuerst nachschauen, was es für Flüge gibt. Wo kann ich anrufen und Bescheid sagen?«

Der Polizist nannte ihm seine Telefonnummer, und Roni legte auf.

Einen Moment lang blieb er mitten im Wohnzimmer stehen.

Dann nahm er sein altes Motorola mit der Prepaid-Karte vom Tisch und wählte die anonyme Nummer seines Vaters.

»Die Polizei hat mich angerufen«, sagte er ruhig. »Ich soll als Tatverdächtiger zum Verhör kommen.«

»Was hast du gesagt?«

»Ich habe gesagt, ich komme morgen, damit das Ganze endgültig geklärt wird.«

»Gut. Das heißt, dass ich hier Tempo machen muss ... bei den anderen Sachen.« Die Stimme des Vaters schien leicht zu zittern.

»Was hast du vor?«

»Das brauchst du nicht zu wissen. Du beantwortest morgen einfach die Fragen der Polizei.«

»Verdammt«, fluchte Kimmo, als er zu Hause in der Diele den Reißverschluss seiner Jacke aufzog.

»Was ist?«, fragte Sirje.

Kimmo bückte sich ächzend, um die Schuhe auszuziehen, ging dann ins Wohnzimmer und ließ sich auf die Couch fallen.

Sirje lief hin und her und wurde immer unruhiger. »Was hat Jenni gesagt? Hast du etwas herausgefunden?«

Kimmo seufzte, als müsste er alle Kraft zusammennehmen, um überhaupt sprechen zu können.

»Darauf hätten wir längst kommen müssen«, sagte er. »Roni Airas!«

Sirje wirkte überrascht. »Was ist mit Roni?«

Kimmo antwortete nicht, sondern starrte nur vor sich hin.

»Das kann nicht dein Ernst sein«, sagte Sirje.

»Roni hat zu Hause einen Kraftraum.«

»Aber ... trotzdem kann er doch nicht ...«

»Von Roni hat Julia die Hormone bekommen. Jenni hat da alles Mögliche angedeutet ... auch über die Beziehung.«

»Was denn zum Beispiel?«

»Es war im Frühling aus zwischen den beiden, aber sie haben sich trotzdem noch getroffen. Jenni sagt, sie hätten mehrmals Streit gehabt.«

»Worüber?«

»Das wusste sie nicht«, sagte Kimmo düster. »Vielleicht wegen Geld. Oder sie waren sich über den Verkauf der Hormone uneinig. Vor allem stellt sich die Frage, wohin die Streiterei geführt hat.«

Sirje starrte ihn ungläubig an.

»Roni hat kaum eine Reaktion gezeigt, als Jenni mit ihm sprach … Er war gar nicht schockiert …«

»Jenni hat das alles doch bestimmt auch der Polizei erzählt?«

»Wohl nicht … Zum Glück.«

Sirje musste die neue Information zunächst verdauen. »Sollen wir die Polizei anrufen?«

»Noch nicht«, sagte Kimmo. »Ich will zuerst mit ein paar anderen Leuten reden.«

»Aber dann rufen wir an, oder? Das ist Sache der Polizei, nicht unsere Sache.«

»Ach ja? Geht das die Polizei mehr an als uns? Hat das vielleicht nichts mit uns zu tun?« Kimmo wurde laut, dann beruhigte er sich ein wenig, fuhr aber weiterhin zornig fort: »Sag nie wieder, der Mord an Julia wäre nicht meine Sache! Es gibt nichts, was mich mehr angeht.«

19

Auf dem Weg zum Kurzzeitparkplatz des Flughafens hörte sich Tero zunächst Ronis leidenschaftslosen Bericht über seine hervorragenden Rundenzeiten an. Besonders aufmerksam wurde er, als die Rede auf die überschwängliche Zuversicht von Marcus Grotenfelt kam.

Dass Marcus in Jerez aufgetaucht war, überraschte Tero – und zwar positiv. Unter anderen Umständen hätte er die Tatsache inbrünstig analysiert, aber jetzt standen andere Dinge im Vordergrund.

»Wusstest du eigentlich, dass Marcus nach Finnland kommt?«, fragte Roni.

»Nein. Warum hat er mir davon nichts gesagt?«

»Geschäftsreise, angeblich. Eine Stippvisite bloß. Hat nichts mit Autorennen zu tun.«

Sobald sie im Wagen saßen, fragte Roni gepresst: »Was hat die Polizei herausgefunden? Sie müssen doch irgendwas Konkretes haben.«

»Zumindest haben sie die Reifenspuren vom Waldparkplatz. Vielleicht hat auch ein Zeuge deinen Wagen in der Nähe gesehen«, antwortete Tero und schnallte sich an.

»Es wäre gut, wenn man das ein bisschen genauer wüsste.«

»Gehen wir von der schlimmsten Variante aus. Das Auto ist gesehen worden, aber nicht der Fahrer. Wärst du am Steuer erkannt worden, würden sie ganz anders vorgehen.« Tero ließ den Wagen an und fuhr los.

»Wenn das Auto gesehen worden ist, kann ich nicht abstreiten, dass ich auch dringesessen bin.«

»Doch, das kannst du«, sagte Tero und beschleunigte. »Du musst es abstreiten. Weil du nicht dort warst. Du warst zu Hause. Du hast auch bei anderen Gelegenheiten schon Valtteri dein Auto geliehen.«

Roni starrte ihn ungläubig an und sagte: »Das haut nicht hin.«

»Warum nicht?«

»Warum sollte die Polizei glauben, dass Valtteri mit meinem Auto in der Nähe des Tatorts unterwegs war?«

»Ich habe da ein paar Dinge eingefädelt. Du musst dich darum nicht weiter kümmern.«

Tero hatte Valtteris Schlüssel zu Heli zurückgebracht. Das war relativ glatt gelaufen. Er hatte Heli dazu gebracht, nach Ronis alten Kart-Fotos zu suchen, und bei der Gelegenheit den Schlüssel wieder in die Kommode gelegt.

»Und die Reifen?«, fragte Roni. »Wie willst du das erklären?«

»Ich habe sie gewechselt. Nachts. Als Valtteri nach Hause kam und mir klar wurde, was passiert ist.«

Roni ließ sich kurz durch den Kopf gehen, was er da gerade gehört hatte. Dann murmelte er: »Obwohl du der Polizei schon eine andere Version über die Reifen aufgetischt hast …«

»Ich wollte Valtteri schützen. Und will es immer noch. Aber bald kann ich es nicht mehr. Sie sollen sich selbst ein realistisches Bild von ihm verschaffen.«

Es wurde still im Wagen. An der Ampel vor der Zufahrt zum Ring 3 musste Tero anhalten.

»Die Vorderbremsen vibrieren«, sagte er, um die Stille zu unterbrechen.

Erst da bemerkte Roni den Verband am Unterarm seines Vaters. »Was ist mit deinem Arm passiert?«

»Eine Scherbe.«

»Was für eine Scherbe?«

»Glas«, sagte Tero und gab Gas, als die Ampel auf Grün sprang. »Ich habe aus Versehen die Vitrinentür kaputt gemacht.«

»Was …«

»Valtteri war bei uns«, sagte Tero matt. »Auf nächtlichem Besuch. Mit einer Tasche.«

Roni richtete den Blick mit versteinerter Miene auf die Straße.

»Diesmal wollte er meine Vitrine leer räumen«, fuhr Tero fort, ohne einen Hehl aus seiner Verbitterung zu machen. »Es hätte auch schlimmer kommen können. Er hat nämlich mit dem Perlmuttmesser herumgefuchtelt. Rate mal, was ich dachte, nachdem er abgehauen war?«

»Ich kann es mir denken.«

»Das glaube ich kaum. Ich dachte nämlich, dass ich es bereue, ihn damals vor dem Gefängnis bewahrt zu haben. Dort hätte er hingehört. Aus vielen Gründen. Verstehst du?«

»Ich verstehe.«

»Tatsächlich? Ich will damit sagen, dass Valtteri ins Gefängnis gehört und nicht du.«

Tero fuhr auf den Autobahnring.

»Die Polizei gibt nicht auf, bevor sie Julias Mörder gefasst hat«, fuhr er fort. »Wir sind erst dann sicher, wenn der Täter hinter Schloss und Riegel sitzt – wenn Valtteri dort ist, wo er schon seit Jahren sein müsste.«

Roni fiel es sichtlich schwer, alldem zu folgen. »Das klappt nicht. Die Polizei untersucht Partikel und die DNA und was weiß ich noch alles. Und die Alibis werden überprüft, und …«

»Ich habe doch schon gesagt, du sollst dir über die Einzelheiten nicht den Kopf zerbrechen. Ich war gestern bei einem Kumpel von Valtteri. Valtteri war am Montagabend allein unterwegs. Und dort, wo er verkehrt, kriegt man keine zuverlässigen Alibis.«

Teros Stimme wurde immer leiser. »Und dann habe ich ein paar Sachen arrangiert, von denen du nichts wissen musst. Du lebst weiter wie bisher. Die Polizei ermittelt. Wenn sich herausstellt, dass Valtteri ein Alibi hat, dann hat er eben eines. Dann denken wir uns etwas anderes aus. Wir sind nicht dumm, und wir wissen uns auch zu helfen.« Tero lachte gezwungen. Sein Versuch, die Stimmung zu lockern, funktionierte absolut nicht.

Das helle Backsteingebäude des Polizeipräsidiums in Helsinki-Pasila wurde von der kühlen Herbstsonne angestrahlt. Tero hielt unweit vom Haupteingang.

»Ich warte hier«, sagte er.

»Ist nicht nötig, das kann dauern.«

»Nun geh schon. Ich warte.«

»Ich will nicht, dass du wartest. Fahr nach Hause, ich nehme mir ein Taxi.«

Roni schlug die Tür zu und blieb stehen. Es dauerte einige Sekunden, bis sein Vater anfuhr.

Dann erst ging Roni auf den Eingang zu. Er versuchte, die wahnsinnige Idee seines Vaters zu verdauen.

Er wusste, dass es kein Vorschlag war. Es war ein Entschluss.

Roni spürte, dass er sich eigentlich dagegen auflehnen müsste, aber er hatte nicht die Kraft dazu. Sein Vater musste nun tun, was er für das Klügste hielt, er selbst würde sich nicht einmischen.

In dem Moment, in dem Roni die Tür öffnete, registrierte er, wie die Selbstsicherheit in ihm aufstieg – jetzt, da er mit dem Rücken zur Wand stand. Wie auf der Strecke: Die schnellsten Runden fuhr er, wenn er sich absolut keinen Zeitverlust erlauben konnte.

Er hatte plötzlich keine Angst mehr, vor den Polizisten rot zu werden oder von vornherein wie der Schuldige zu wirken. Stattdessen würde er sich schockiert und traurig über Julias Schicksal geben und sich erschüttert darüber zeigen, dass man ausgerechnet ihn verdächtigte, etwas mit ihrem Tod zu tun zu haben.

Den Anweisungen gemäß meldete er sich bei dem Beamten an der Pforte.

»Vernehmungsraum 2.«

Vor der Tür des genannten Raums spürte er einen kleinen Knacks in seiner Selbstsicherheit, aber er ließ nicht zu, dass er größer wurde.

Energisch klopfte er an die graue Tür, worauf drinnen noch energischer »Herein!« gerufen wurde.

In dem engen Raum standen einige Stühle und ein Schreibtisch, an dem Rahnasto saß und etwas auf dem Computer schrieb. Am Kleiderhaken hing eine graue Jacke.

Roni sagte: »Guten Tag, ich bin hierherbestellt worden.«

»Setzen Sie sich«, brummte Rahnasto.

Roni nahm am Tisch Platz. Rahnasto schrieb etwas von einem Blatt Papier ab, mit zwei Fingern, aber unglaublich schnell.

Roni wartete und wartete. War das hier eine Art Taktik?

Es war warm im Raum, weshalb er seine Jacke auszog und über den Stuhl hängte.

Schließlich machte Rahnasto theatralisch den letzten Punkt, steckte die Unterlagen in eine Mappe und legte sie zur Seite.

»Schön, dass Sie bereit waren, aus der Wärme des Südens zu uns zu kommen.« Es war unmöglich, den Tonfall des Mannes zu deuten.

»Ich möchte alles von Grund auf klären. Es ist total verrückt, mich mit dem Tod von Julia in Verbindung zu bringen.«

»Gut. Klären wir alles. Sie werden sicher verstehen, dass Sie jetzt bei der Wahrheit bleiben müssen.«

Rahnasto schaltete das Aufnahmegerät ein, diktierte das Datum und den Pflichtvorspann und bat Roni dann, genau zu erzählen, was er am Abend des Verbrechens getan hatte. Roni zählte die Abläufe auf, ohne die belanglosesten Routinevorgänge zu vergessen. Tatsächlich war der Polizist gerade an ihnen besonders interessiert.

»Gegen sechs kam ich nach Hause. Mein Vater hatte gekocht, und wir aßen zusammen. Anschließend sahen wir uns die Videoaufzeichnung vom Rennen in Monza an.«

»Wie lange?«

»Bis zu den Nachrichten. Danach schauten wir einen Film auf DVD.«

»Was für einen?«

»›Der Marathonmann‹.«

»Waren Sie während des ganzen Films zusammen mit Ihrem Vater im Wohnzimmer?«

»Vielleicht war ich mal kurz am Kühlschrank oder so.«

»Haben Sie in der Gegenwart Ihres Vaters versucht, Julia anzurufen?«

»Nein. Dafür bin ich in mein Zimmer gegangen.«

»Warum wollten Sie Julia anrufen?«

»Ich hatte vorher unser Treffen abgesagt. Ich wollte mich versichern, dass sie nicht sauer war.«

»Und wo stand Ihr Auto zu der Zeit?«

Jetzt ging es allmählich zur Sache. Roni räusperte sich und sagte bewusst angespannter als zuvor: »In der Garage.«

»Und wo lagen die Schlüssel?«

»Im Flur.«

»Sie sind den ganzen Abend nicht mit dem Auto gefahren?«

»Nein.«

»Was haben Sie nach dem Film gemacht?«

»Ich hab auf Eurosport ein bisschen Golf geguckt, und dann bin ich schlafen gegangen.«

»Haben Sie in letzter Zeit mal Ihren Wagen an jemanden verliehen?«

»Nicht in letzter Zeit. Aber mein Stiefbruder ist damit ab und zu gefahren.«

Das stimmte. Valtteri war damit einmal gefahren beziehungsweise zweimal, wie Roni damals selbst gesagt hatte: zum ersten und zum letzten Mal.

»Ihr Stiefbruder Valtteri?«, versicherte sich Rahnasto.

Roni nickte. Der Mann hatte seine Hausaufgaben gemacht.

»Wo war Valtteri an jenem Abend?«

»Ich weiß nicht, was er treibt. Bei uns war er jedenfalls nicht.«

»Könnte es sein, dass Valtteri sich an dem betreffenden Abend Ihr Auto geliehen hatte, ohne dass Sie es merkten?«

»Möglich wäre das schon.«

»Wer außer Ihrem Stiefbruder hätte den Wagen noch benutzen können?«

»Weiß ich nicht. Er ist der Einzige, der einen Schlüssel zu unserem Haus hat.«

Das war gelogen – gerade Valtteri hatte keinen Schlüssel. Er hatte mal einen gehabt, aber dann waren sie gezwungen gewesen, die Schlösser auszutauschen.

»Kannten Valtteri und Julia sich?«

»Soweit ich weiß, nicht. Jedenfalls nicht gut. Ein-, zweimal haben sie sich wahrscheinlich bei uns gesehen.«

Der Polizist setzte sich aufrecht hin.

»Wann haben Sie an Ihrem Wagen die Reifen gewechselt? Die Bridgestone-Reifen runter, die Michelin-Winterreifen drauf?«

Roni rutschte bewusst nervös auf dem Stuhl hin und her. Er war die Antworten mehrmals mit seinem Vater durchgegangen. »Ich sollte jetzt vielleicht die Wahrheit sagen ...«

»Aber unbedingt.«

»Ich habe die Reifen nicht gewechselt.«

»Wer dann?«

Roni seufzte. »Mein Vater.«

»Warum?«

»Das weiß ich nicht. Fragen Sie ihn selbst.«

»Wann ist Ihnen aufgefallen, dass die Reifen gewechselt worden sind?«

»Am Dienstag. Ich bin zum Ostzentrum gefahren und habe sofort gemerkt, dass der Wagen anders auf der Straße lag. Ich habe sogar angehalten und nachgesehen.«

»Wie haben Sie reagiert? Haben Sie sich gewundert?«

»Natürlich. Ich habe meinen Vater angerufen und ihn gefragt, was da passiert ist.«

»Was hat er geantwortet?«

»Er hat gesagt, ich soll keine Fragen stellen. Die Winterreifen wären sowieso bald nötig.«

»Und damit haben Sie sich zufriedengegeben?«

Roni nickte.

Rahnasto stellte weitere detaillierte Fragen, auf die Roni erschöpfend und ganz natürlich antwortete, jedenfalls seiner eigenen Meinung nach.

Tero rechte im Garten Blätter zusammen und wartete darauf, dass Roni mit dem Taxi vom Polizeipräsidium nach Hause kam.

Als hätten sie nicht schon genug Sorgen, dachte Tero im Hinblick auf Ronis Bemerkung, Marcus käme nach Finnland. Tero fragte sich, warum Marcus deswegen keinen Kontakt zu ihm aufgenommen hatte.

Er nahm all seinen Mut zusammen, griff nach seinem Mobiltelefon und rief Marcus an. Er erreichte ihn am Flughafen von Malaga.

»Ich fliege nach Stockholm und von dort weiter nach Helsinki«, sagte Marcus mit seiner tiefen, weichen Stimme. Er klang leicht gereizt. »Nur eine kurze Geschäftsreise, leider werden wir uns nicht treffen können. Aber ich werde wahrscheinlich in absehbarer Zeit noch einmal kommen, dann schaffen wir es vielleicht irgendwie, in deinem Wochenendhaus in die Sauna zu gehen.«

Tero hörte das gern, denn von dem gemeinsamen Saunabesuch auf dem Land war bereits mehrmals die Rede gewesen.

Ein Taxi bog auf das Grundstück ein. Tero lehnte den Rechen an die Wand und sah zu, wie Roni zahlte und aus dem Wagen stieg.

»Wie ist es gelaufen?«

»Wir reden drinnen.«

Roni strahlte Unruhe aus.

»Und?«, fragte Tero ungeduldig, sobald sie die Tür hinter sich zugemacht hatten.

»Ich weiß es nicht.«

»Was heißt, du weißt es nicht? Du wirst doch …«

»Ich weiß es nicht!«

Ronis Schrei wurde von einem Poltern begleitet, weil er einen Schuh in die Ecke schleuderte.

Tero verstummte und sah seinem Sohn hinterher, der in die Küche marschierte, Wasser in ein Glas laufen ließ und es mit wenigen Schlucken austrank. Anschließend leerte er sofort ein zweites Glas.

Tero stand an der Küchentür und wartete.

Roni stellte das Glas auf die Spüle. »Immerhin haben sie mich nicht gleich eingesperrt.«

»Erzähl mir alles, solange du dich noch erinnerst. Jede Einzelheit. Kann sein, dass ich bald an die Reihe komme.«

»Du wirst bald drankommen. Sehr bald, glaub mir. Und Valtteri ebenfalls …«

Teros Handy klingelte, er zog es aus der Tasche und blickte aufs Display. Ein Festnetzanschluss in Helsinki. Nachdem er sich geräuspert hatte, meldete er sich mit vollem Namen.

Es wurde ein kurzes Gespräch: Kriminalhauptmeister Rahnasto lud ihn zur Vernehmung am nächsten Morgen um neun.

Tero legte das Telefon auf den Tisch und straffte die Schultern.

»Also dann«, sagte er sehr ruhig. »Wiederhole mir jeden einzelnen Satz, den du beim Verhör gesagt hast.«

Und Roni tat es, so genau er konnte, denn sie mussten ein einheitliches Bild von dem gemeinsam zu Hause verbrachten Abend geben. Und man konnte sich nicht allzu oft darauf berufen, sich an etwas nicht erinnern zu können.

Tero schaute den Beamten an, der ihn verhörte. Kriminalhauptmeister Rahnasto saß am Computer und schrieb trotz des laufenden Diktiergeräts offenbar die Antworten mit.

»Warum haben Sie eigentlich an Ronis Auto die Reifen gewechselt?«, fragte Rahnasto so beiläufig, als redete er über das Wetter. Der Mann ist gefährlich, stellte Tero bei sich fest.

Er senkte absichtlich den Blick und gab sich den Anschein einer kleinen Irritation. Er dachte etwas länger nach und räusperte sich dann: »Muss ich darauf antworten?«

»Haben Sie die Reifen gewechselt, weil Sie ihren Stiefsohn Valtteri decken wollten?«

Tero antwortete nicht.

»Wussten Sie, dass Valtteri sich Ronis Auto geborgt hatte?«

»Das ist jetzt nicht so leicht für mich«, sagte Tero leise.

»Das verstehe ich. Aber wir müssen den Sachverhalt klären. Auch wenn Sie dabei gezwungen sein sollten, Dinge zu sagen, die nicht zu Valtteris Vorteil sind. Auf lange Sicht ist es für alle das Beste, wenn der Fall gelöst wird.«

Tero hörte ernst und unruhig zu.

»Wir wissen von Valtteris Drogenproblemen. Sie können ihn nicht bis in alle Ewigkeit schützen. Es wird ohnehin alles herauskommen.«

Tero räusperte sich erneut. »Sie können nicht erwarten, dass ich gegen meinen Stiefsohn aussage.«

»Es geht nicht darum, gegen ihn auszusagen. Beantworten Sie einfach meine Fragen. Wir ziehen dann die Schlussfolgerungen. Warum haben Sie die Reifen gewechselt?«

Tero schwieg lange, bis er schließlich widerwillig murmelte: »Valtteri war anders als sonst, als er Ronis Wagen zurückbrachte. Irgendwie seltsam. Ich versuchte herauszufinden, was geschehen war. Ich bekam eine vage Vorstellung davon und …«

»Welche Vorstellung?«

»Darüber kann ich nicht so einfach sprechen. Aber Valtteri verschwand in verwirrtem Zustand, er stand unter Schock. Ich beschloss, die Reifen zu wechseln, weil mir klar war, dass sie ein seltenes Profil hatten und deswegen … ein Risiko für Valtteri darstellten.«

Das Ende des Satzes sprach er fast unhörbar leise aus.

»Ihr Stiefsohn gestand ihnen also seine Schuld an der Tat, als er nach Hause kam?«

Tero starrte vor sich hin. »Ja.«

Das Wort kam ihm nicht so leicht von den Lippen, wie er es erwartet hatte. Aber es kam, weil es kommen musste und es so für alle am besten war.

»Machen Sie sich keine Sorgen. Wir werden Ihre Aussagen gar nicht brauchen. Wir haben noch weitere Beweise.«

Tero versuchte seine Überraschung zu verbergen. »Welche Beweise?«, fragte er dennoch, schließlich war es natürlicher, die Frage sofort zu stellen. Später wäre es wesentlich schwieriger.

»Unter anderem eine SMS an das Opfer. Aus ermittlungstechnischen Gründen kann ich nicht ins Detail gehen.«

Teros Überraschung wuchs schlagartig weiter. Er befürchtete sogar, dass man ihm das ansah.

Was für eine SMS?

20

Toomas saß in seinem Büro bei Targa Trading in Espoo, einem von drei Geschäftsräumen, die in der unteren Etage eines großen Einfamilienhauses im Stadtteil Westend untergebracht waren.

Er war unruhig und konnte sich nicht konzentrieren, sondern horchte immer wieder aufmerksam nach oben. Die Tür hatte er bewusst offen gelassen, damit er die Schritte aus dem Obergeschoss nicht nur durch die Decke, sondern auch über das Treppenhaus hören konnte. Anatoli ging mit seinem Gast durchs Haus und kam eventuell auch ins Untergeschoss.

Als Toomas gesehen hatte, wer da vor der Firma aus dem Taxi stieg, war seine Neugier geweckt gewesen. Normalerweise lud Anatoli keine Kunden zu sich ein, sondern traf sie überall sonst auf der Welt. Nun aber war ein außergewöhnlich interessanter Gast aus Spanien eingetroffen: der Schwede Marcus Grotenfelt.

Da von oben nichts Besonderes zu hören war, zwang sich Toomas weiterzuarbeiten. Er schaute auf die eingescannte Bescheinigung, die als angehängte Datei mit einer E-Mail gekommen war. Auf dem mit Stempel und Unterschrift versehenen Dokument versicherte ein Vertreter der Regierung Ghanas, dass die zwölf Tonnen schwere Partie Kalaschnikow-Sturmgewehre, AGS-17-Granatwerfer und RPG-7-Panzerfäuste nur für den Gebrauch des eigenen Landes bestimmt waren. In der E-Mail wurde versprochen, die Papierversion des Dokumentes träfe innerhalb von zwei Tagen per DHL ein.

Alles schien in Ordnung zu sein. Die Bescheinigung des Endbenutzers war das wichtigste Dokument im internationalen Waffenhandel. Ohne dieses Papier wurden auf offiziellem Weg keine Waffen transferiert. Und offiziell war Anatoli Rybkins Geschäft. Nach außen hin war es legal in jeder Hinsicht, daran wurde trotz allem festgehalten. Der Schiffstransport von Rotterdam zum Hafen der ghanaischen Hauptstadt Accra würde nächste Woche abgehen.

Natürlich konnte sich Anatoli – und Toomas erst recht – nicht sicher sein, dass der Waffentransport nicht in irgendein Nachbarland Ghanas ging. Bewaffnete Konflikte gab es in Westafrika mehr als genug. Aber das war dann nicht mehr das Problem von Targa Trading.

Toomas gab den Druckbefehl und ging durch die helle Vorhalle zu dem Lagerraum, in dem der Drucker stand. Er kam an einer Sitzgruppe aus Leder und einem niedrigen Designtisch vorbei, unter dem ein Eisbärfell auf dem Industrieparkett lag. Den Nautilus-Lautsprechern, die zusammen so viel kosteten wie ein Mittelklassewagen, entströmte die ruhige Musik eines Cellokonzerts, aber Toomas schaltete die Anlage aus und blieb an der Treppe stehen, um zu lauschen.

Anatolis Stimme war tief und tragend, aber Worte konnte man keine verstehen. Die Männer gingen noch immer oben durch die Räume, jetzt aber in eine vielversprechende Richtung, und Toomas spitzte die Ohren, während er den Blick auf die verregnete Landschaft vor dem Panoramafenster heftete. Das Haus stand an einer exponierten Stelle auf einem Felsen, und man konnte zwischen gewundenen Kiefern hindurch weit aufs Meer hinausschauen. Rechts unten sah man ein Stück des asphaltierten Hofs, in dem die beiden Autos von Anatoli standen, der Range Rover und der kleine Alfa Romeo. Wieder einmal empfand Toomas den seltsamen Widerspruch zwischen der friedlichen Umgebung und der Tatsache, dass er hier für einen internationalen Waffenhändler arbeitete. In diesem Ambiente konnte man sich so etwas Hässliches wie Waffen absolut nicht vorstellen, und tatsächlich bekam Toomas die Ware, mit der Anatoli handelte, normalerweise auch gar nicht zu Gesicht. Um als Waffenhändler tätig zu sein, brauchte man nur ein Telefon, einen Computer und ein Bankkonto. Jeder konnte Waffen verkaufen und vermitteln, daran war nichts Illegales, solange sie nicht in Regionen geschafft wurden, für die ein internationales Einfuhrverbot galt.

Gute Beziehungen brauchte man hingegen, und von denen hatte Anatoli ausreichend. Nach dem Zusammenbruch der Sowjetunion hatte der ehemalige Offizier der Roten Armee sich die Lage zunutze zu machen gewusst. Er hatte begonnen, Waffen aus Russland in alle Welt zu verkaufen, und da er soliden Wohlstand schätzte, war er bald nach Finnland gezogen.

Von oben hörte man jetzt keine Stimmen mehr, und Toomas eilte zum Drucker. Er schob einen Hocker an eine bestimmte Stelle vor dem Regal, stellte sich darauf und konzentrierte sich auf die Stimmen, die durch das Ventil der Belüftungsanlage drangen.

Anatoli unterhielt sich in seinem Arbeitszimmer mit Marcus Grotenfelt. Toomas hatte einmal zufällig bemerkt, dass von dort alle Stimmen gut hörbar durch den Belüftungsschacht nach unten getragen wurden. Jetzt war Toomas speziell an dem interessiert, was Grotenfelt zu sagen hatte.

Er verharrte auf dem Hocker und blickte sich intuitiv nach allen Seiten um, obwohl er wusste, dass sonst niemand im Haus war. Um besser hören zu können, hielt er den Atem an. Das Gespräch wurde auf Englisch geführt. Es waren ganze Sätze zu verstehen.

Die Worte, die Toomas hörte, brachten das Herz in seiner Brust zum Hämmern, vor Aufregung musste er sich am Regal abstützen.

Vor einem Wohnblock im Helsinkier Stadtteil Vuosaari hielten zwei Polizeistreifen. Ihr Auftrag war klar: Festnahme von Valtteri Airas.

Bei grauem Himmel und Regen wirkten die geraden Reihen der Blocks mit Sozialwohnungen noch trostloser als sonst. Der Scheibenwischer sorgte für gute Sicht, und Polizeihauptmeister

Kuvaja, der den Einsatz leitete, fokussierte den Blick auf den Hauseingang 3 B.

Dabei kamen ihm die Informationen aus Valtteris Vorstrafenregister in den Sinn: Drogenbesitz, Diebstahl, Widerstand gegen die Staatsgewalt. Eine Gefängnisstrafe ohne Bewährung hatte er noch nicht bekommen, aber das war nur eine Frage der Zeit. Probleme dieser Art neigten dazu, sich zu häufen und schlimmer zu werden. Kuvaja machte sich das Bild eines unberechenbaren, gewalttätigen Drogenabhängigen, der jetzt unter dem Verdacht stand, Julia Leivo umgebracht zu haben.

Eine unangenehme Welle der Ungewissheit durchlief den Polizisten. Zwei Jahre zuvor hatte er bei einer routinemäßigen Festnahme eine Drogenspritze in den Arm bekommen und danach nervös auf das Resultat der Bluttests gewartet, die im schlimmsten Fall eine Ansteckung mit Hepatitis oder HIV ergeben hätten.

Kuvaja ging mit seinen Leuten an einem leeren Spielplatz vorbei, dessen Schaukeln aus irgendeinem Grund schon abmontiert und für den Winter eingelagert worden waren. Zwei kleine Jungen mit Mützen und Skateboards beobachteten aus einigem Abstand, wie die Polizisten im Eingang des Mietshauses verschwanden.

Kuvaja öffnete Valtteris Wohnungstür mit dem Schlüssel, den er bei der Hausmeisterfirma abgeholt hatte. Aus dem oberen Stockwerk hörte man einen heftigen Wortwechsel und Flüche.

In der Wohnung von Valtteri war niemand.

Gespannt drückte Toomas die Türklingel und trat einen Schritt zurück. Das Adrenalin ließ das Blut in seinen Ohren rauschen.

Der Plan war schnell entstanden, und ebenso schnell setzte Toomas ihn in die Tat um. Er hatte Jahre gewartet – jetzt würde er nicht einen Tag länger zögern.

Die Unterhaltung zwischen Anatoli und Grotenfelt, die er bei Targa Trading mitgehört hatte, klang noch immer in seinem Kopf nach.

Die Tür ging auf.

Roni sah ihn überrascht an.

»Was machst du denn hier?«, fauchte Roni. »Verschwinde. Ich melde mich später bei dir.«

Er wollte die Tür zumachen, aber Toomas schob den Fuß in den Türspalt.

In dem Moment erschien Ronis Vater hinter seinem Sohn. »Wer ist das?«

Er schaute zuerst Toomas und dann Roni an.

»Ich bin Julias Onkel. Toomas.«

Während er das sagte, trat Toomas über die Schwelle und schloss die Tür hinter sich.

»Was ....«

»Seid still und hört mir zu«, unterbrach Toomas sofort. Er nahm ein Mobiltelefon aus der Tasche und hielt es Roni und Tero vor die Nase. Dann drückte er eine Taste, und man hörte aus dem Lautsprecher die Stimme einer jungen Frau: Julia.

»*Toomas, ich treffe mich heute Abend spät noch mit Roni. Aber ich hab Angst davor, wie er reagiert. Wenn er wütend wird ... Es wäre schön, wenn du kommen könntest. Wir treffen uns um elf vor dem S-Market in Hakunila. Roni fährt einen roten Audi TT.*«

Toomas steckte das Telefon wieder ein.

»Du hast Julia umgebracht, Roni«, sagte er. »Und die Polizei wird sich für diese Aufnahme sehr interessieren.«

Teros Herz hämmerte so sehr, dass es schmerzte. Er starrte Toomas entsetzt an. Julias Worte hingen noch immer in der Luft.

Dann warf er einen kurzen Blick auf seinen Sohn, dessen Gesicht rot angelaufen war.

Tero versuchte sich zu fassen. Der Este hatte sie in der Hand, aber das durfte man sich nicht anmerken lassen. Er schaute Toomas fest in die Augen.

»Ich könnte direkt zur Polizei gehen«, sagte Toomas. »Aber es gäbe da eine Alternative.«

Er machte eine Pause und fuhr fort: »Der Anruf kam auf einen Prepaid-Anschluss, den man nicht bis zu mir zurückverfolgen kann. Ich fand die Nachricht erst heute, als ich die SIM-Karte in meinem Handy austauschte. Niemand muss von dem Anruf etwas wissen, wenn ich das nicht will.«

Roni und Tero sahen sich an.

»Was meinst du damit?«, fragte Roni kaum hörbar.

»Kimmo setzt mich unter Druck. Ich soll dafür sorgen, dass Julias Mörder gefunden und umgebracht wird. Ich bin also in gewisser Weise dein Beschützer. Ich spiele bei Kimmo auf Zeit.«

Schweigen machte sich im Flur des Holzhauses breit.

»Was willst du als Gegenleistung?«, fragte Tero schließlich.

»Wir haben einen gemeinsamen Bekannten in Spanien. Marcus Grotenfelt.«

»Was ist mit ihm?«, wollte Tero mit gezwungen ruhiger Stimme wissen.

»Er hat ein Schließfach in einer Bank in Lausanne. Bei der UBC Bank. Ich will, dass ihr den dazugehörigen Code herausfindet, danach das Schließfach leert und mir den Inhalt bringt.«

Tero lachte ungläubig auf. »Und wie soll das gehen?«

»Das ist euer Problem. Ich gebe euch drei Tage Zeit. Lausanne, UBC. Wenn ihr mir nicht den Inhalt des Schließfachs bringt, darf die Polizei sich Julias Nachricht anhören. Und Kimmo ebenfalls.«

21

»Verdammter Mist«, sagte Tero mit erstickter Stimme. Der Schock bereitete ihm Übelkeit.

Roni schloss langsam die Haustür hinter Toomas und ging mit schweren Schritten ins Wohnzimmer.

»Warum hast du nichts getan?«, fragte er schroff.

»Was getan? Was hätte ich denn tun können?«

»Du hättest ihm das Telefon abnehmen können. Er hat es dir doch vor die Nase gehalten. Und du hättest dem Kerl in die Fresse hauen können … Verdammter Feigling!« Ronis Stimme zitterte.

»Und was hätte das genützt? Die Nachricht ist beim Anbieter gespeichert, nicht im Telefon.«

»Du bist nie bereit, auch nur einen Finger zu rühren! Rennst weg, wenn man den Gegner am Kragen packen müsste. Wie hast du es bloß geschafft, eine Sicherheitsfirma zu gründen?«

»Gerade deshalb. Gewalt bringt einen auf dieser Welt gar nicht weiter. Sie macht alles nur schlimmer. Es hätte nichts genützt, wenn ich gegen Toomas handgreiflich geworden wäre«, sagte Tero ruhig, obwohl er am liebsten geschrien hätte. »Im Gegenteil. Außerdem habe ich in meinem Leben schon mehr als einen Gegner am Kragen gepackt …«

Er setzte sich auf die Couch und zwang sich zur Ruhe. Roni ließ sich in einen Sessel fallen.

»Was hat Julia gemeint?«, fragte Tero. »Was wollte sie dir erzählen?«

»Woher soll ich das wissen?«

»Und ob du das weißt!«

»Ich weiß es nicht.«

Tero nahm sich zusammen. »Woher kennen sich Toomas und Marcus?«

Roni zuckte mit den Schultern.

Tero schaute seinen Sohn lang und durchdringend an. Roni bemerkte den Blick, setzte sich aufrecht hin und seufzte tief.

»Vielleicht ist Toomas bei einer internationalen Verbrecherliga beteiligt, deren Tentakeln bis nach Spanien reichen. Es weiß ja jeder, dass Marcus nicht nur durch reinen Geschäftsinstinkt zu seinem Vermögen gekommen ist.«

»Weißt du etwas über Marcus' Geschäfte, das ich nicht weiß?«, fragte Tero.

»Nein. Aber ich frage mich bloß, was Toomas eigentlich von ihm will.«

»Wenn man einen Bank-Code haben möchte, dürfte eigentlich ziemlich klar sein, was man will.«

»Wir haben keine Möglichkeit, das Bankschließfach von Marcus in der Schweiz auszuräumen«, sagte Roni gequält.

Tero beugte sich näher zu seinem Sohn. »Nein? Sei nicht so pessimistisch. Natürlich haben wir die nötigen Mittel.«

Tero versuchte entschlossen zu klingen, obwohl er die Wahrheit kannte. Es war praktisch ausgeschlossen, Marcus' Depot zu leeren. Aber ebenso ausgeschlossen war es auch, Toomas zur Polizei gehen zu lassen.

»Selbst wenn wir durch irgendein Wunder den Nummerncode herausbekämen, woher wollen wir dann wissen, dass mich Toomas nicht trotzdem verrät … Zumindest bei Kimmo. Und vor dem Mann habe ich, ehrlich gesagt, Angst.«

Diese Angst war Ronis Stimme deutlich anzuhören.

Tero sah in den Augen seines Sohnes den erschrockenen Blick des kleinen Jungen, der auf die tröstenden Worte seines Vaters wartete. Er hätte Roni auch gerne etwas Beruhigendes gesagt, aber ihm fiel partout nichts ein. Es gab nichts, womit er ihn trösten konnte. Absolut nichts.

»Pack deine Sachen«, sagte er schließlich knapp. »Ich buche uns einen Flug für heute Abend. Wir fliegen zu Marcus.«

Roni sah ihn verblüfft an. »Du willst doch nicht behaupten, dass wir die Forderung von Toomas ernst nehmen?«

»Was für Möglichkeiten haben wir sonst?«, erwiderte Tero.

Toomas saß in seinem Auto wie auf glühenden Kohlen. Er war sicher, die richtige Entscheidung getroffen zu haben. Tero hatte keine andere Möglichkeit, als seiner Forderung nachzukommen – und zwar erfolgreich.

Seit Jahren versuchte Toomas, etwas über den Hintergrund von Marcus herauszufinden, aber das war extrem schwer. Praktisch unmöglich. Über den ehemaligen Arbeitsplatz des Mannes in Schweden waren nicht die geringsten Informationen greifbar.

Er fragte sich, was Tero und dessen Sohn für Möglichkeiten hatten, an den Code heranzukommen. Sie kannten Marcus gut und schon seit Langem. Und Not machte erfinderisch.

Oder würden sie es doch nicht wagen?

Die Unsicherheit gärte in Toomas. Er fand keine Ruhe, bis er zum Handy griff und Roni anrief.

»Was willst du noch?«, zischte der nervös.

»Ich wollte mich nur versichern, ob ihr auch verstanden habt, dass ich es ernst meine.«

»Wir sitzen im Taxi auf dem Weg zum Flughafen. Marbella ruft.«

»Gut«, antwortete Toomas und unterbrach die Verbindung.

Ein zufriedenes Lächeln machte sich auf seinem Gesicht breit.

»Gemütlich«, sagte Kriminalhauptmeister Rahnasto zu seinem Kollegen Norppa beim Betrachten der Küche von Valtteri, wo das schmutzige Geschirr auf der Spüle stinkende Stapel bildete.

Norppa öffnete den Kühlschrank. Er enthielt drei Flaschen Bier, ein hart gewordenes Stück Käse und eine halb aufgegessene Fertigpizza.

»Hier ist es ein bisschen interessanter«, rief Rahnasto von der Badtür aus.

»Kuvaja hat nicht übertrieben«, sagte er und trat zur Seite, damit Norppa einen Blick in das Bad werfen konnte.

Hinter dem Duschvorhang standen hoch und dicht gewachsene Cannabispflanzen.

»Ziemlich eindrucksvoll«, stellte Norppa fest.

Rahnasto war von der Zucht ganz und gar nicht überrascht, aber er erhoffte sich von der Hausdurchsuchung noch wesentlich wertvollere Funde. Etwas, das Valtteri unbestreitbar mit dem Mord an Julia Leivo in Verbindung bringen würde.

Sie setzten die Suche fort, und fünf Minuten später starrte Rahnasto auf ein Foto, das er zwischen allerlei Zeug in der Tischschublade gefunden hatte.

Julia.

Es handelte sich eindeutig um die Aufnahme eines Schulfotografen. Vor blauem Hintergrund blickte das Mädchen in die Kamera.

Warum besaß Valtteri Airas ein Foto von Julia? War er irgendwie auf das Mädchen fixiert? Hatte sie seine Annäherungsversuche abgewehrt? Bei der Obduktion hatten sich keinerlei Hinweise auf ein Sexualdelikt gefunden. Dennoch war die Möglichkeit eines Verbrechens aus Leidenschaft nicht auszuschließen, schon gar nicht, wenn es sich bei dem Opfer um ein so schönes Mädchen wie Julia handelte.

22

Tero ließ sich den warmen Wind vom Mittelmeer ins Gesicht wehen. Aber die Luft fühlte sich nicht so an wie früher. Nichts fühlte sich mehr an wie früher – und daran würde sich nie mehr etwas ändern, dachte Tero untröstlich.

Roni war pessimistisch, er glaubte nicht, dass sie Marcus' Schließfachcode herausfinden würden. Aber Tero wollte nicht schon vorab resignieren. Das konnten sie sich auch gar nicht leisten.

Er stand mit einem Glas Weißwein in der Hand auf der großen Terrasse einer luxuriösen spanischen Villa. Schon sein erster Besuch in Marcus' Villa in Marbella vor Jahren hatte bei Tero Erinnerungen aus der fernen Kindheit aufkommen lassen: In genau so einem Haus war er mit seinem Vater gewesen, nur dass es an der brasilianischen Küste gestanden hatte. Die Villa hatte einem Geschäftspartner seines Vaters gehört, und der Mann war ihnen mit Wärme und Gastfreundlichkeit begegnet, auch Tero, obwohl es damals sicherlich nicht üblich war, dass ein Vater seinen zehnjährigen Sohn auf Geschäftsreisen mitnahm.

Tero erinnerte sich noch genau, wie sein Vater am Abend mit dem Gastgeber im üppigen, warmen Garten in Lederstühlen saß, wie sie sich lebhaft und gestenreich im Licht der Lampions unterhielten – und ab und zu einen Schluck von den Getränken nahmen, die ein Dienstmädchen ihnen servierte. Schon damals hatte Tero Angst gehabt, dass der fremde Mann auf seinen Vater wütend werden könnte, denn wenn der Vater Alkohol getrunken hatte, wurde er anstrengend. Aber zu jener Zeit kannte Teros Vater noch seine Grenzen. Der Albtraum begann einige

Jahre später, als die Ölkrise dafür sorgte, dass es mit der Firma steil bergab ging. Die Abendmaschinen aus Frankfurt und London brachten einen immer stärker torkelnden Vater nach Hause, bei dem der Schlips lose herabhing und das Hemd aus der Hose gerutscht war. Die Aktentasche konnte er durchaus in dem Lokal vergessen haben, zu dem er auf dem Weg vom Flughafen nach Hause noch einen Abstecher gemacht hatte.

Die Verwandlung der Persönlichkeit des Mannes in ihr Gegenteil war unfassbar und beängstigend gewesen. Der intelligente, warmherzige und beschützende Vater war zu einem anstrengenden Übel geworden, das sich mitten in der Nacht bei seinem Sohn auf die Bettkante setzte und immer wieder mit denselben Geschichten anfing. Und wenn er betrunken war, ertrug der Vater nicht die geringste Kritik. Bei der kleinsten Kleinigkeit wurde er wütend. Und alles, was man zu ihm sagte, verstand er als Vorwurf. Da war es besser, einfach still zu sein. Das wusste auch seine Haushälterin Helena, die wohlweislich auf ihrem Zimmer blieb, wenn der Vater betrunken war.

Gelöbnisse der Besserung gab es mehr als genug, und eine Zeit lang glaubte Tero auch daran, bis er feststellen musste, dass kein einziges Versprechen eingehalten wurde. Schon damals beschloss Tero, dass er selbst nie so sein wollte. Sollte er jemals ein Kind haben, würde er kein gegebenes Versprechen unerfüllt lassen. Kein einziges. Nicht das geringste.

Der Konkurs der Firma besiegelte schließlich alles. Das Haus war als Sicherheit für die Kredite der Firma eingesetzt worden, die Wochenendvilla ebenso. Nichts blieb beim Alten, außer das Trinken des Vaters, und das wurde sogar noch schlimmer. Als Tero in der Pubertät war, brach endgültig alles um ihn herum zusammen. Aus dem Jetset-Kind, das die ganze Welt gesehen hatte, wurde ein Wohnblockjunge, der schnell die Gesetze der Straße zu lernen hatte: Er musste sich einen Platz unter den knallharten anderen Jungen erobern oder sich damit abfinden, gemobbt zu werden. Er erkämpfte sich seine Position, bezahlte dafür jedoch einen hohen Preis.

Das Gerangel der Gangs auf den Hinterhöfen war aber ein Kinderspiel gegenüber dem, was innerhalb der eigenen vier Wände passierte. Tero musste sich ständig um seinen massiv alkoholkranken Vater kümmern. Erschwerend kam hinzu, dass sich nun Saufkumpane aus der Gegend bei ihnen herumtrieben, vom freigebigen Charakter des Vaters angezogen wie Fliegen vom Kuhfladen. Tero versteckte das Haushaltsgeld, aber sein Vater war unglaublich geschickt darin, es ausfindig zu machen. In der Stadt schämte er sich für seinen Vater, und als der Vater das merkte, wurde er gegenüber sich selbst und seinem Sohn immer verbitterter.

Boxen, Gewichtheben und Laufen wurden für Tero zum Ventil. Das körperliche Training und sein scharfer Verstand halfen ihm, schnell in der Rangordnung der Straßengang aufzusteigen. Die Schlägereien wurden brutaler, die Diebstähle immer dreister. Auch bei den Saufkumpanen seines Vaters schlug er eine harte Linie ein. Wie er diese Männer hasste, ihr Gegröle in der Küche! Er selbst konnte nie Freunde mit nach Hause bringen, daher fühlte er sich zusehends wohler in der Stadt. Weil er ein kluger Kopf war, kam er in der Schule einigermaßen gut durch. Aber die Konflikte zwischen Vater und Sohn wuchsen, der Druck nahm zu, bis eines Tages nach der Schule alles aus dem Ruder lief.

In Gedanken versunken schaute Tero über die von weißen Steinsäulen getragene Balustrade und sah unten auf dem terracottafarbenen Pflaster im Schatten der Palmen einen roten Ferrari stehen. Marcus war ein eitler Mensch, der Autos und den Motorsport liebte. Und das war gut so.

Routiniert kippte Tero den Weißwein in den riesigen Übertopf eines Magnolienbaums auf der Terrasse. Dann ging er zu der bogenförmigen Türöffnung, zog den vom Wind leicht bewegten, seidendünnen weißen Vorhang zur Seite und trat ein.

Marcus saß im dezenten Sommerhemd auf der Couch, die Arme auf der Lehne ausgebreitet und ein Bein über das andere geschlagen. Die Strahlen der Nachmittagssonne, die durch die hölzerne Jalousie fielen, ließen seinen gebräunten, halb kahlen Kopf glänzen.

Auf seinem Gesicht lag ein breites Lächeln, während er sich mit Roni unterhielt. Zufrieden registrierte Tero, dass auch Marcus' viertes Glas schon fast leer war.

»Roni hat mir gerade erzählt, wie gut das Training gelaufen ist«, sagte Marcus und zwinkerte Roni zu, der im Sessel gegenüber saß. An der Wand hinter ihm hing ein großes, eingerahmtes Schwarzweißfoto, das einen Ferrari-Rennwagen aus den Fünfzigerjahren mit Alberto Ascari zeigte.

Tero lächelte zurück. Marcus' großer Traum war es, in der Formel 1 mitzumischen. Und durch Roni bot sich ihm endlich die Möglichkeit dazu.

»Alles ist ideal gelaufen. Roni ist für die Formel 1 noch besser bereit, als wir dachten«, sagte Tero und richtete einen strengen Blick auf seinen Sohn.

»Wenn Callaghan sich nicht in nächster Zeit meldet, würde ich mich sehr wundern«, sagte Marcus und wandte sich wieder Roni zu, mit noch breiterem Grinsen als zuvor. »Oder ist dir McLaren nicht gut genug?«

Roni begnügte sich mit einem Lächeln als Antwort.

»Es gibt da nur ein kleines Problem«, sagte Tero.

»Was für ein Problem?«, fragte Marcus, sofort hellwach. Sein Blick und seine Stimme verrieten die steigende Hilfsbereitschaft bei einem gehobenen Alkoholspiegel.

Tero seufzte. »Wie gesagt, sind wir gestern Abend in Marbella gelandet. Roni ist noch mit einem Freund weggegangen. Ich dachte, das hat sich der Junge verdient. Er ist spät nach Hause gekommen, und heute Morgen hat er mir dann erzählt, was passiert ist.«

»Nämlich?«, fragte Marcus, der sich interessiert nach vorne lehnte und dabei ganz leicht schwankte.

»Die beiden waren im Casino.«

»Ahaa«, lachte Marcus großspurig. »Wie viel hast du verloren?«, wollte er von Roni wissen.

»Achttausend Euro«, sagte Roni verlegen, ohne aufzublicken.

»Roni hat einen schweren Fehler gemacht«, sagte Tero. »Aber das war das erste und das letzte Mal. Stimmt's Roni?«

Roni nickte, den Blick noch immer zu Boden gerichtet.

»Das Geld muss heute bezahlt werden. Aber so schnell können wir von hier aus die Summe nicht aus Finnland beschaffen.«

Tero verstummte und wartete gespannt auf Marcus' Reaktion.

»Tero, sei nicht zu streng. Rennfahrer sind extreme Typen. Tempo und Risiko faszinieren sie. Ob Rennstrecken, Spieltische, Geschäftsleben oder Frauen, immer suchen sie das Risiko«, meinte Marcus selbstgefällig und trank sein Glas leer. »Das steckt in den Genen. Manche brauchen einfach das Adrenalin, das nur durch Risiken produziert wird, damit sie das Gefühl haben, am Leben zu sein.«

Tero nickte, als hätte er die große Weisheit von Marcus' Worten erkannt.

»Aber manche sollten sich besser auf die Rennstrecke konzentrieren und sich vom Spieltisch fernhalten«, sagte er.

»Das war das letzte Mal«, murmelte Roni. »Ich schwöre es.« Erwartungsvolle Stille machte sich im Raum breit.

»Achttausend?«, fragte Marcus und rappelte sich von der Couch hoch.

»Ja. Nur für ein paar Tage«, sagte Tero. Das Gefühl der Erleichterung brachte ihn fast zum Zittern. Sie hatten auf die richtige Karte gesetzt. So ein einmaliger Fall von Spielschulden beendete Marcus' Unterstützung nicht. Im Gegenteil. Die Episode belegte nur, wie viel Roni und Marcus charakterlich gemein hatten. Marcus war im Geschäftsleben Risiken eingegangen und reich geworden. Tero wusste, dass diese Geschäfte zumindest teilweise mit dubiosen Immobilienspekulationen in Marbella zu tun hatten. Darum hatte der Mann auch garantiert reichlich Bargeld im Tresor liegen. Und aller Wahrscheinlichkeit nach bewahrte er im selben Tresor auch seine Bankdaten auf.

Das Gefühl der Erleichterung wich rasch einer Anspannung, denn jetzt kam die anspruchsvollste und unsicherste Phase des Plans.

Nachdem er von draußen hereingekommen war, war Tero neben einer dunklen Holztür stehen geblieben, vor die Marcus nun trat. Der Schwede hielt den Finger über die Zahlentastatur des Schaltbretts für die Alarmanlage und zögerte einen Moment.

Tero hielt den Atem an. Marcus musste kurz über den Code nachdenken. Teros Herz pochte. Er hatte in seiner beruflichen Laufbahn zahllose unterschiedliche Alarmsysteme gesehen und benutzt. Marcus besaß ein DPS, das zur gehobenen Mittelklasse zählte.

Tero machte einen Schrägschritt nach vorne, damit Marcus' Schulter nicht die Sicht verdeckte. Konzentriere dich, sagte sich Tero innerlich. Konzentriere dich.

Marcus drückte langsam auf die Tasten.

9 … 2 … 5 … 6 …

Tero prägte sich die Zahlen ein. Er hatte den ganzen Vorabend mit Roni das Lesen von Ziffernfolgen geübt. Roni hatte Folgen von vier Ziffern auf seinem Telefon getippt, und Tero hatte versucht, sie aus einigen Metern Entfernung zu lesen.

Marcus öffnete die Tür und stieß sie hinter sich wieder zu. Tero hatte das Gefühl, sich in Zeitlupe zu bewegen, als er mit einem Satz zur Tür sprang. Unmittelbar bevor sie einschnappte, bekam er die Finger dazwischen.

Er spähte durch den Spalt und flüsterte Roni rasch den Code zu, den dieser auf einem kleinen Block notierte. Tero sah, wie Marcus an der gegenüberliegenden Wand vor dem Kamin stand und auf einen der Kaminsteine drückte, worauf dieser sich öffnete wie eine Klappe.

Dahinter befand sich der Tresor. Marcus hob erneut mit ausgestrecktem Finger die Hand und drückte etwas zögerlich die Tasten.

3 … 3 … 6 … 5 …

Die Tresortür schnappte auf, und Marcus steckte die Hand in den Safe.

Tero trat einen Schritt zur Seite und nahm von Roni Block und Stift in Empfang. Er schrieb den Code auf und begegnete dem Blick aus Ronis vor Anspannung geweiteten Augen.

»Stimmt das?«, hauchte Roni.

Tero nickte, obwohl ihn ein unangenehmes Gefühl beschlich. Der Abstand war zu groß gewesen, er hatte die letzte Ziffer nicht richtig gesehen.

Kimmo stand neben dem Haus, in dem Toomas wohnte, im Schatten des Unterstelldachs für die Mülltonnen. Seit über einer Stunde stand er schon dort, frierend, aber ruhig und entschlossen.

Er spürte das Gewicht der Beretta in seiner Tasche. Es sorgte dafür, dass er sich sicher und unruhig zugleich fühlte.

Toomas' Stellplatz war leer. Der Mann war schon immer gerne unterwegs gewesen. Wie konnten Geschwister nur so verschieden sein? Sirje fühlte sich zu Hause am wohlsten, sie brauchte nichts anderes als ein gutes Buch und eine Tasse Tee, vielleicht noch ein wenig Musik. Wahrscheinlich war Sirje in jüngeren Jahren genug durch die Gegend gerannt. Oder sogar zu viel.

Von der Straße leuchteten Autoscheinwerfer herüber. Kimmo trat noch einen Schritt weiter zurück.

Der 3er-BMW rollte auf den Stellplatz. Im schwachen Schein des Hoflichts stieg Toomas als dunkle Silhouette aus dem Wagen und eilte mit schnellen, scharfen Schritten auf den Eingang B zu.

»Toomas«, riet Kimmo und trat einen halben Schritt unter dem Dach hervor.

Toomas erschrak und blieb stehen. »Was tust du denn hier?«

»Komm her, wir müssen uns unterhalten«, sagte Kimmo.

»Nein, wir unterhalten uns jetzt nicht. Geh schlafen, wir reden morgen«, antwortete Toomas kühl.

Kimmo trat vor ihn hin, die Hand in der Tasche umfasste den Pistolengriff. »Es dauert nicht lange. Du beantwortest mir einfach eine Frage. Was weißt du über die Hormongeschäfte von Roni und Julia?«

Toomas lachte gezwungen auf. »Wie kommst du auf die Idee ...«

»Red keinen Scheiß!« Kimmo zog die Pistole aus der Tasche.

»Steck die Waffe weg! Wir reden im Auto.« Toomas schien etwas blass geworden zu sein.

»Du redest hier und jetzt.«

Toomas schwieg einen Moment, dann murmelte er: »Roni hat ein paarmal Wachstumshormone an Julia vermittelt.«

Kimmo schluckte. »Warum hast du mir das nicht vorher erzählt, du verdammter Mafioso ... Der Mord hat damit zu tun, stimmt's? Wir holen uns Roni, bevor die Polizei ihn sich schnappt.«

»Nein, wir brauchen vollkommene Sicherheit, bevor wir ... handeln können. Außerdem muss das Urteil so vollstreckt werden, dass niemand es als Vergeltungsmaßnahme erkennt. Lass zuerst die Polizei ihre Arbeit machen. Lass sie herausfinden, dass er wirklich der Mörder ist. Erst fragen, dann schlagen«, zischte Toomas.

Im selben Moment spürte Kimmo einen heftigen Schlag im Magen. Die Überraschung war vollkommen. Er rang nach Luft und krümmte sich. Toomas hielt ihn im Nacken gepackt und drückte ihn nach unten. »Auf mich richtet man keine Waffe. Nie mehr. Hast du verstanden?«, flüsterte er ihm ins Ohr.

»Ja«, ächzte Kimmo.

»Wir stehen auf derselben Seite. Du bist zu so etwas nicht fähig. Du bist bemitleidenswert. Überlass das mir.«

23

Wie Sterne funkelten die Lichter von Marbella in der blauvioletten Abenddämmerung. Die hellen Punkte zogen sich das hügelige Gelände bis zu den Bergen hinauf und wurden immer weniger. Die Bergkuppen lagen im Dunkeln, nur auf einem Gipfel leuchteten eine kleine Ansammlung von Lampen und die roten Lichter einer Antennenkonstruktion.

Über dem Meer war der Himmel klar, aber die Horizontlinie konnte man trotzdem nicht erkennen. Ein leichter, warmer Wind bewegte die Blätter der Magnolienbäume.

Tero und Roni parkten den Wagen an einem sanften Anstieg hundert Meter von Marcus' cremefarbener Villa entfernt. Das Haus wirkte leer, die Bogenfenster waren dunkel.

Während ihres nachmittäglichen Besuchs hatte Marcus erzählt, er gehe am Abend in den Autoclub von Marbella. Einmal hatte er Roni auch dorthin mitgenommen und seinen Schützling den honorigen Clubmitgliedern stolz als Zukunftshoffnung des Automobilsports vorgestellt.

Roni seufzte tief und schwer, wandte den Blick aber nicht von der Villa. Tero nahm sein Handy und wählte die Nummer von Marcus' Festnetzanschluss. Niemand ging an den Apparat.

Das Haus war leer.

»Du rufst mich sofort an, wenn du jemanden kommen siehst. Ich weiß nicht, was für ein Auto der Sicherheitsdienst fährt«, sagte Tero zu Roni und stieg aus.

»Na klar. Jetzt mach schon, Mann!«

Tero ging rasch auf das Haus zu und blickte sich dabei in alle Richtungen um. Ihm kamen wieder die Anfangsjahre von Helsinki Security in den Sinn – tagsüber Kunden akquirieren, nachts Streife fahren, wenn einer von den Wachleuten ersetzt werden musste. Eine gewisse Bedrohung lag immer über einer dunklen Stadt, aber man durfte der Angst nicht die Macht überlassen … Den Kontakt zu seinen ehemaligen Polizeikollegen hatte er nicht gehalten und sie auch nicht den zu ihm. Über die Ereignisse in der alten Farbenfabrik in Kerava wollte niemand mehr sprechen.

Tero blieb vor dem Fußgängereingang der Villa stehen, holte tief Luft und tippte den Code ein, den Marcus oben im Haus benutzt hatte.

9256.

Ein grünes Licht leuchtete auf, und das elektronische Schloss knackte. Tero atmete erleichtert auf, huschte rasch durch das Tor und machte es hinter sich zu. Niedrige Lampen erhellten den Garten, der von einem Bewässerungssystem grün gehalten wurde. Schnell legte Tero die zwanzig, dreißig Meter bis zur Haustür zurück. Dort war die gleiche Schaltfläche angebracht wie am Tor.

Auch die Tür ging problemlos auf. Von der dunklen Eingangshalle aus eilte Tero die Treppe nach oben und tastete sich an den Möbeln entlang zu der dunklen Tür neben der Terrassentür vor. Sie war verschlossen, ließ sich aber mit demselben Code öffnen wie die beiden Türen zuvor.

Durch die Außenbeleuchtung unter den Bäumen fiel ein grünlicher Schein ins Zimmer. In diesem Licht ging Tero auf den Kamin zu. Er drückte auf einen Stein, und der Mechanismus öffnete die Schutzklappe des Tresors.

Es war eine furchtbare Situation für Tero: Er war im Begriff, Ronis Sponsor zu bestehlen. Damit setzte er die Karriere seines Sohnes aufs Spiel. Allerdings war die ohnehin längst in Gefahr. Und wenn tatsächlich ein Platz für Roni bei McLaren frei würde, wäre es nicht schwer, neue Sponsoren anstelle von Marcus Grotenfelt zu finden.

Die Tasten mit den Ziffern leuchteten grünlich. Tero hob die

Hand und machte sich bereit, die zweite Ziffernfolge einzugeben.

In dem Moment vibrierte das Telefon in seiner Tasche.

Tero riss es heraus.

»Ja?«, flüsterte er.

»Marcus kommt zurück«, sagte Roni in Panik. »Fährt gerade auf die Einfahrt zu. Komm sofort raus da!«

Tero hörte von draußen das Grollen eines Motors. Er eilte ans Fenster und sah, wie sich vor dem Ferrari langsam das Tor öffnete.

»Bleib, wo du bist. Ich komme«, sagte Tero und schaltete das Handy aus.

Er eilte zum Tresor zurück und kämpfte dabei gegen die aufsteigende Panik. Mit angehaltenem Atem tippte er die Ziffern ein.

Ein leises Piepsen ertönte, und ein rotes Licht leuchtete auf.

Tero lief ein kalter Schauer über den Rücken. Ein lautloser Fluch entwich seinen Lippen.

Wie viele Fehlversuche würde das System zulassen, bevor der Alarm losging? Oder wurde die Sicherheitsfirma schon beim ersten Fehlversuch informiert?

Tero schloss die Augen und ging im Geiste noch einmal die Ziffernfolge durch. Der Fehler musste bei der letzten Nummer liegen, die er nicht genau gesehen hatte. Sie musste statt in der mittleren in der unteren Reihe liegen, es war also wohl die Acht und nicht die Fünf.

Tero tippte die neue Folge mit angehaltenem Atem ein: 3368.

Wieder das gedämpfte Piepsen und das rote Licht.

Draußen hörte man ein leichtes Poltern. Das Garagentor ging auf. Marcus würde jeden Moment das Haus betreten.

Die letzte Ziffer war also immer noch falsch. Die Zwei statt der Acht?

Er hörte, wie unten die Haustür aufging.

Tero hielt die Panik mit aller Macht im Zaum. Mit zitterndem Finger tippte er: 3362.

Der Tresor blieb verschlossen, und es liefen rote digitale Buchstaben über das Display in der Tür: LOCKED.

Tero erschrak und drückte auf den Stein am Kamin, damit der Tresor wieder unter seiner Abdeckung verschwand. Dann eilte Tero zur Tür. Er hörte bereits Schritte auf der Treppe. Marcus kam herauf.

Tero zog die Tür hinter sich zu und war mit einem Satz bei der Terrassentür, die er lautlos öffnete. Draußen stieg er über die Balustrade und ließ sich von der Balkonterrasse herab. Er hing am unteren Rand der Balustrade, schlang die Beine um eine dicke, weiße Säule, umfasste diese dann auch fest mit den Händen und ließ sich langsam nach unten gleiten, bis er sicher auf den Rasen springen konnte.

Unten angekommen, rollte er sich ab, um den Aufprall zu dämpfen, huschte auf die Straße und verlangsamte dort sofort seine Schritte. Sobald er die Wagentür öffnete, ließ Roni den Motor an, wendete um hundertachtzig Grad und fuhr in Richtung Calle des Balmes davon, weg von Marbella.

»Hast du die Nummer?«, fragte Roni.

Tero starrte schweigend auf die dunkle Bergkette im Süden. Auf der Straßenböschung wuchsen trockene Sträucher, und um die Werbetafeln an den Hängen der links aufragenden Berge stand dürre Vegetation.

»Nein«, sagte Tero schließlich. »Der Code zum Tresor war falsch.«

Roni trat aufs Gaspedal, und das Auto schoss auf der kurvenreichen Straße noch schneller vorwärts.

»Der ganze Versuch war von Anfang an bloß ein Strohhalm, an den wir uns geklammert haben«, sagte Roni.

»Wir müssen uns was anderes einfallen lassen.«

»Was anderes? Toomas will den Schließfachcode morgen haben.«

Tero antwortete nicht.

»Und wenn wir einfach weiterfahren und nie mehr nach Finnland zurückkehren?«, überlegte Roni.

»Flucht ist keine Lösung.«

Tero konnte Roni nicht sagen, dass er sein Verbrechen später büßen sollte, nach seiner Karriere. Aber jetzt, genau in diesem Moment, war es unumgänglich, Toomas' Forderung zu erfüllen. Denn nur dadurch konnten sie Roni sowohl Kimmo als auch die Polizei vom Leib halten.

»Kimmo bringt mich um«, sagte Roni düster. »Wenn ich nicht vorher ihn umbringe.«

Tero schaute seinen Sohn von der Seite an. Er suchte nach Anzeichen für einen Scherz, aber nichts an Ronis Miene deutete darauf hin. Das blanke Entsetzen überkam Tero. War Roni etwa doch geisteskrank? War sein Sohn womöglich ein kaltblütiger Killer?

In dem Moment grinste Roni seinen Vater nervös an.

»Das war nicht witzig«, fuhr Tero auf.

Roni richtete den Blick wieder auf die Straße. »Entschuldige. Ich ... ich hab einfach Angst. Dass wir da nicht rauskommen.«

»Toomas muss uns mehr Zeit geben.«

Roni machte sich erst gar nicht die Mühe, zu antworten.

Die Lichter der Supermärkte und Autohändler leuchteten gelblich in der Nacht. Hinter den Geschäftsgebäuden blinkte das Mittelmeer. Das Autothermometer zeigte zweiundzwanzig Grad.

Tero bemerkte, dass auf dem Handy in der Mittelkonsole das Display blinkte.

MARCUS stand dort.

Tero befürchtete das Schlimmste. Hatte Marcus ihn auf der Balkonterrasse gesehen? Oder gab es in der Villa doch Überwachungskameras, obwohl er und Roni keine gesehen hatten? Ein Kamerabeweis wäre unstrittig, und in dem Fall wäre Roni seinen Sponsor los. Oder noch schlimmer – falls Marcus an Geldwäsche oder anderen Dingen, die mit dem organisierten Verbrechen zu tun hatten, beteiligt war, würde man ihnen womöglich einen Killer auf den Hals hetzen. Einen mehr, dachte Tero bitter.

»Wer ist das?«, fragte Roni.

»Sei still«, schnauzte Tero ihn an und griff zum Telefon. Er versuchte, sich ernsthaft auf das Gespräch zu konzentrieren.

»Hallo, Tero. Sind die Schulden bezahlt?«

Marcus klang gut gelaunt. Tero entspannte sich sofort. Er blickte auf das Kuvert in der Ablage des Armaturenbretts, das voller Hundert- und Zweihundert-Euro-Scheine war.

»Danke, alles in Ordnung. Wir sind gerade auf dem Weg vom Casino nach Fuengirola. Vielen Dank noch mal. Du bekommst das Geld so schnell wie möglich zurück.«

»Nur keine Hektik. Ich habe gerade ein paar Geschäftstermine vereinbart. Schade, dass ihr hier seid, ich fliege nämlich morgen wieder nach Helsinki. Stockholm hänge ich dran, und in zwei Tagen komme ich über die Schweiz zurück.«

Die Gedanken schossen Tero kreuz und quer durch den Kopf.

»Ach ja?«, fragte er, vielleicht ein wenig zu eifrig. »Das passt eigentlich sehr gut, weil wir morgen früh auch nach Helsinki zurückfliegen.«

Roni blickte ihn scharf von der Seite an.

Marcus klang überrascht. »Ich hatte den Eindruck, dass ihr etwas länger hierbleiben wolltet.«

»Die Sache mit dem Casino hat unsere Pläne etwas durcheinandergebracht.«

»Das Geld hat keine Eile. Macht euch deswegen keinen Stress.«

»Ich schätze deine Großzügigkeit. Aber in Finnland sind noch ein paar andere Dinge unerledigt. Und ich möchte die Schulden so schnell wie möglich begleichen. Du bekommst dein Geld morgen in Helsinki.«

»Tero, du verstehst mich doch nicht falsch? Ich rufe nicht deswegen an …«

»Natürlich nicht. Aber wenn du schon mal in Finnland bist, dann musst du endlich in unserem Wochenendhaus in die Sauna kommen.«

»Darüber haben wir so oft geredet. Aber ich werde vermutlich keine Zeit dazu haben …«

»Es ist nicht weit von Helsinki«, sagte Tero, bemüht um einen heiteren Tonfall. »Wir heizen uns ordentlich ein, springen anschließend in den See und trinken eiskalten Wodka.«

»Und was ist mit *vasta*?«

Marcus sprach das finnische Wort für den Saunaquast so aus, wie Tero es ihm beigebracht hatte.

»Wir machen uns solche Peitschen, dass die Haut in Streifen runtergeht.«

»Klingt gut«, lachte Marcus. »Mein Flieger startet um 7.45 Uhr. Wir sind wahrscheinlich in derselben Maschine.«

»Wir fliegen über Amsterdam. Wie sieht dein Terminplan aus?«

»Ich habe eine Verabredung um neun Uhr am Abend.«

»Gut, dann bleiben uns mehrere Stunden. Ich rufe dich zurück und sage dir genau, wann wir dich vom Flughafen abholen können. Dann sparen wir Zeit.«

Tero beendete das Gespräch mit rotem Gesicht.

»Was ist?«, fragte Roni. »Was hast du vor?«

»Alles wird gut gehen«, versicherte Tero mehr sich selbst als Roni. »Alles wird gut.«

ZWEITER TEIL

24

Kriminalhauptmeister Rahnasto trat aus dem Aufzug und stellte sich innerlich auf die Begegnung mit den Eltern der toten Julia ein.

Er würde dabei einen Spagat zwischen zwei gegensätzlichen Anforderungen machen müssen: Einerseits durfte er keine Details der Ermittlungen preisgeben, andererseits musste er möglichst viel von dem erfahren, was Julias Eltern womöglich wussten. Aber normalerweise erfuhr man nur dann etwas, wenn man auch selbst etwas erzählte.

Er seufzte tief, bevor er sich einen Ruck gab und auf die Türklingel drückte.

Kimmo schaute besorgt auf seine Frau, als es läutete. Sirje war blass und müde, Kimmo hatte Mitleid mit ihr.

Er öffnete die Tür und ließ Rahnasto ein.

Der Polizist hatte eine Stunde zuvor angerufen und seinen Besuch angekündigt. An seiner Miene konnte man nicht ablesen, ob er gute oder schlechte Neuigkeiten mitbrachte.

»Wie kommen Sie mit den Ermittlungen voran?«, fragte Kimmo, sobald sie sich gesetzt hatten.

»Hat Julia jemals über Valtteri, Roni Airas' Stiefbruder, gesprochen?«, fragte Rahnasto.

Verdutzt warf Kimmo einen Blick auf Sirje, dann wieder auf Rahnasto. »Das muss ein Missverständnis sein. Ein schweres Missverständnis …«

»Es würde mir sehr helfen, wenn Sie meine Frage beantworteten.«

»Nein. Sie hat nur von Roni gesprochen«, sagte Kimmo gereizt. »Was veranlasst sie, diesen Valtteri zu verdächtigen?«

»Aus ermittlungstaktischen Gründen kann ich nicht ins Detail gehen. Aber Valtteri hatte sich am Tatabend das Auto seines Stiefbruders geliehen. Und am Tag vor der Tat hat er eine SMS an Julia geschickt.«

»Was für eine SMS?«, rief Kimmo beinahe.

»Eine Nachricht, die Julia warnen sollte.«

»Warnen?«, fragte Sirje, die aus ihrer Starre zu erwachen schien. »Wovor?«

»Das ist eben die Frage. Valtteri nimmt Drogen. Eventuell ist er auch in irgendeiner Form in den Handel mit Drogen involviert. Die Warnung könnte jedenfalls etwas damit zu tun haben. Andererseits …«

Rahnasto schien abzuwägen, was er als Nächstes sagen sollte.

»Ja?«, fragte Kimmo unruhig. »Was andererseits?«

Rahnasto zog etwas aus der Innentasche seiner Jacke.

Kimmo betrachtete das kleine Foto in dem Plastikbeutel, den Rahnasto in die Höhe hielt.

»Wissen Sie, wie Valtteri an dieses Bild gekommen ist?«

Kimmo starrte bestürzt auf das Foto seiner Tochter. Sirje brach in Tränen aus, stand auf und verschwand im Schlafzimmer.

Kimmo nahm das Bild in die Hand, das außergewöhnlich gut gelungen war. Besser konnte man Julia nicht treffen.

»Wo kann er das herhaben?«, fragte Rahnasto noch einmal.

»Keine Ahnung.« Kimmo bemerkte, wie seine Stimme vor Hass verzerrt war.

»Wann und wo ist das Bild gemacht worden?«, wollte Rahnasto wissen.

»Letztes Jahr in der Schule. Julia mochte es selbst. Wo haben Sie das her?«

»Wir haben es in der Wohnung von Valtteri gefunden.«

Sirje kam wieder ins Wohnzimmer zurück, nachdem sie sich einigermaßen gefasst hatte. »Julia hat diese Bilder nur ihren besten Freunden gegeben«, sagte sie mit zitternder Stimme.

»Und Valtteri hat Ihrer Einschätzung nach nicht dazugehört?«

»Natürlich nicht«, sagte Sirje. »Vielleicht ist er durch Roni an das Bild gekommen. Roni könnte es durchaus gehabt haben ...«

Kimmo starrte noch immer unverwandt das Foto an. »Kann es sein ...« Er suchte gegen den aufsteigenden Zorn nach Worten. »Kann es sein, dass Valtteri auf Julia irgendwie ... fixiert war?«

»Vorläufig ist es schwierig, dazu etwas Genaueres zu sagen.« Rahnasto streckte die Hand in Kimmos Richtung aus. »Wir brauchen das Foto noch.«

Kimmo gab es langsam zurück. »Was hat dieser Valtteri beim Verhör gesagt?«

»Das bestärkt ja gerade unseren Verdacht: Wir haben noch immer keinen Kontakt zu ihm aufnehmen können. Er ist verschwunden.«

»Sie haben anscheinend handfeste Beweise gegen ihn?«, fragte Kimmo.

Rahnasto stand auf. »Sagen wir so: Wie es aussieht, können wir den Fall dem Staatsanwalt übergeben.«

Kimmo brachte Rahnasto zur Tür und fragte leise: »Hatte Julia auch etwas mit Drogen zu tun?«

»Das wissen wir noch nicht. Aber eventuell müssen wir uns darauf gefasst machen. Ich halte Sie auf dem Laufenden.«

Kimmo schloss langsam die Tür hinter dem Kriminalbeamten. Als er sich umdrehte, begegnete er dem untröstlichen Blick von Sirje, die in der Tür zum Wohnzimmer stand.

Kimmo ging zu ihr und nahm sie in den Arm.

»Dieser Scheißkerl«, sagte er mit bebender Stimme. »Ich bringe ihn um. Ich werde ihn finden und mit meinen eigenen Händen erwürgen.«

»Ich halte das alles nicht mehr aus.« Sirje fing an, hysterisch zu schluchzen, und befreite sich aus Kimmos Armen.

Kimmo blieb eine Weile reglos stehen, dann drehte er sich um und schlug wütend mit der Faust gegen die Wand.

25

Spanische und englische Durchsagen hallten durch den Terminal des Flughafens Malaga. Vor der großen Fensterfront war gerade erst die Sonne aufgegangen, aber die Passagiere ringsum sahen in Teros Augen bereits aus, als wären sie voll Energie. Er selbst saß müde an einem Tisch und schaute zu Roni auf, der vom WC kam und sich wieder hinter seine leere Kaffeetasse setzte.

»Woran denkst du?«, fragte Tero mit gespielter Munterkeit.

»Ich denke, dass Marcus vielleicht tatsächlich den Zahlencode des Bankschließfachs bei sich hat. Niemand verlässt sich bei so etwas auf sein Gedächtnis. Aber wenn er zum Beispiel einen Aktenkoffer mit Schloss hat? Oder wenn wir die Nummer nirgendwo finden?«

Tero seufzte. »Wir können nur hoffen.«

»Und wenn das nicht genügt? Dann müssen wir die Information mit Gewalt aus ihm herauspressen.«

»Was meinst du damit?«

Roni entgegnete nichts, sondern richtete den Blick auf eine Maschine, die gerade auf der Startbahn beschleunigte.

»Ich will solche Bemerkungen in Zukunft nicht mehr hören«, sagte Tero zornig. »Du weißt, was ich davon halte …«

Er wurde vom Klingeln des Handys in seiner Tasche unterbrochen.

Heli, stellte er überrascht fest.

Ihre Stimme war dünn und gespannt. »Die Polizei war gerade hier«, sagte sie, offenbar vollkommen aus der Fassung. »Sie suchen Valtteri …« Einen Moment lang konnte sie nicht weitersprechen. »Das ist so schrecklich. Sie haben ihn im Verdacht, Julia umgebracht zu haben …«

»Reg dich nicht auf«, sagte Tero mit einem Kloß im Hals.

»Hast du davon gewusst?«

»Die Polizei hat die Reifen von Ronis Audi mitgenommen. Sie stimmen mit Spuren in der Nähe des Tatorts überein. Valtteri hatte sich an dem betreffenden Abend den Wagen geliehen.«

Tero hörte Heli weinen und gab sich Mühe, seine eigenen Gefühle unter Kontrolle zu halten. Er drückte das Handy so fest wie möglich ans Ohr, damit Roni nichts vom Kummer seiner Mutter mitbekam. Aber Roni schien trotzdem etwas gehört zu haben. Er sprang auf und ging zur Selbstbedienungstheke des Cafés.

»Heli, beruhige dich jetzt. Du weißt, dass Valtteri sich früher oder später ins Verderben stürzt, wenn er so weitermacht. Das Gefängnis kann eine Chance für ihn sein. Vielleicht wäre es im Moment sogar das Beste für ihn. Er sitzt ein paar Jahre hinter Gittern und verliert dabei nichts. Im Gegenteil. Er kann einen neuen Anfang machen.«

»Wie kannst du so etwas sagen? Begreifst du nicht, dass Julia *tot* ist? Was haben wir falsch gemacht? Wie konnten wir so ein Ungeheuer großziehen, das einem anderen Menschen das Leben nimmt …«

»Wir haben nichts falsch gemacht. Kinder sind Individuen. Valtteri ist in falsche Gesellschaft geraten. Das war einfach Pech. Ohne Drogen wäre er in so etwas nicht hineingeschlittert …« Tero merkte, dass nun auch seine Stimme zitterte.

»Wie können zwei Jungen bloß so unterschiedlich sein? Mit dem einen hat man nur Kummer, mit dem anderen nur Freude.«

Tero schaute bedeutungsvoll auf Roni, der mit einem Sportgetränk in der Hand an den Tisch zurückkam.

»Und ich habe Angst, dass wir auch Roni verlieren. Bei jedem Rennen warte ich mit kaltem Herzen darauf, dass etwas passiert. Und wenn er eines Tages in der Formel 1 landet, wird der Druck entsetzlich groß sein.«

»Heli, es ist sein großer Traum. Es ist sein Leben. Wir können ihm das nicht wegnehmen.«

Heli seufzte. »Du passt doch gut auf ihn auf?«

»Darauf kannst du dich verlassen«, sagte Tero, den Blick noch immer auf Roni gerichtet.

»Wann kommt ihr nach Finnland?«

»Das weiß ich noch nicht. Roni hat wichtige Trainingstermine vor sich.«

»Sag ihm liebe Grüße.«

»Na klar.« Tero wollte das Gespräch beenden. Schnell. Er konnte das Groteske der Situation nicht mehr ertragen.

»Viele Grüße von deiner Mutter«, sagte er, nachdem er sein Handy ausgeschaltet hatte.

Roni schwieg. Nach einer Weile schaute er auf den Monitor mit den Abflugzeiten.

»Auch das noch«, sagte er gequält.

»Was?«, fragte Tero und drehte sich zur Anzeigetafel um.

»Der Start verzögert sich.«

Toomas spürte eine prickelnde Anspannung. Tero hatte am Telefon überzeugend geklungen – er glaubte tatsächlich, an diesem Abend in den Besitz von Marcus Grotenfelts Schließfachcode zu kommen.

Regen peitschte gegen die Panoramafenster, und der kräftige Wind vom Meer wirbelte auf dem Rasen die Ahornblätter auf. Toomas saß am Computer und versuchte, sich auf die Arbeit zu konzentrieren, aber das war schwer.

»Toomas«, rief es aus dem Vorraum.

Ein kleiner, durch reichlich Nahrungsaufnahme faltenlos gebliebener Mann von fünfzig Jahren erschien in der Tür: »Hast du heute Abend etwas vor?«

»Nichts Besonderes«, sagte Toomas. Er hatte vor langer Zeit schon gelernt, dass man Anatolis Anliegen am besten positiv begegnete, sofern es nur irgendwie möglich war.

»Grotenfelt möchte herkommen, nachdem er einen Besuch

im Wochenendhaus eines alten Freundes gemacht hat. Vielleicht könntest du ihn dort abholen. Es ist in Askola, irgendwo in der Nähe von Porvoo.«

Toomas versprach es, und Anatoli ging wieder eine Etage höher. Sie pflegten ein distanziertes und förmliches Verhältnis, und das war beiden recht.

26

Das Taxi hielt vor dem Alko-Laden im Vantaaer Stadtteil Tikkurila, nicht weit vom Flughafen entfernt. Tero und Roni stiegen aus und sprangen über Pfützen hinweg zum Eingang. Wegen einer technischen Störung hatte der Morgenflug von Malaga nach Amsterdam Verspätung gehabt, und sie hatten in Amsterdam in letzter Sekunde die Maschine nach Helsinki erwischt.

Zu allem Überfluss hatte Marcus per SMS vorgeschlagen, die Sauna-Session auf ein andermal zu verschieben. Tero hatte geantwortet, das käme nicht infrage, sie hätten schon Holz gehackt und gerade mit dem Heizen begonnen. Marcus müsse wenigstens für ein paar schnelle Aufgüsse vorbeikommen.

Beim Betreten des Ladens sagte Tero: »Du holst das Bier, ich den Schnaps.«

»Den wird Marcus bestimmt nicht anrühren, wenn er am Abend noch einen Geschäftstermin hat.«

»Marcus ist keiner, der ins Glas spuckt, ganz gleich in welcher Situation.«

Wenig später eilten sie zum Taxi zurück, dessen Fahrer den Kofferraum aufschnappen ließ, als er den Kasten Bier sah. Sobald sie wieder auf der Rückbank saßen, blickte Tero auf die Uhr. »Wenn wir nach Hause kommen, fahre ich sofort nach Askola und mache Feuer im Saunaofen. Du holst inzwischen Marcus vom Flughafen ab. Wir werden alles haarscharf schaffen.«

Tero beugte sich zum Fahrer nach vorne. »Wir legen fünfzig Euro drauf, wenn Sie die Höchstgeschwindigkeit überschreiten.«

Der Taxifahrer ließ sich das nicht zweimal sagen und trat aufs Gaspedal. Es hatte aufgehört zu regnen, aber die Autos ließen feuchte Wolken vom Asphalt aufstieben.

Zufrieden verfolgte Tero das lebhafte Gespräch zwischen Marcus und Roni in der heißen Sauna. Durch das kleine Fenster schien das schwache Licht des Herbsttages herein, hinter den Birken schimmerte die unbewegte Fläche des Sees Tiiläänjärvi.

»Carlo kennt einen Mechaniker von Williams und behauptet felsenfest, die ganze Spionagegeschichte wäre inszeniert gewesen«, sagte Roni.

»Der Leitung von McLaren vertraue ich mehr als der von Williams …«

Tero goss Marcus noch einen klaren Schnaps ein.

»Lass gut sein«, sagte der Schwede, wehrte aber nicht ab, sondern griff zum Glas. »Ihr Finnen seid verrückt … *Skål*!«

Roni trank keinen Alkohol – im Allgemeinen nicht und jetzt erst recht nicht. Sie hatten ausgemacht, dass er Marcus zur nächsten größeren Straße bringen sollte, wo ihn dann ein Mitarbeiter seines Geschäftspartners abholen und nach Helsinki fahren würde.

Marcus und Roni setzten ihr Gespräch über den Motorsport fort, und Tero sagte, er gehe noch etwas Bier holen. Er schlüpfte aus der Sauna, schloss sorgfältig die Tür und war mit wenigen Sätzen bei Marcus' Jacke, die im Vorraum am Haken hing. In der Tasche steckte ein Kalender mit Adressenverzeichnis. Rasch blätterte Tero die Seiten durch. Die Namen und Telefonnummern sagten ihm nichts, und er fand auch sonst nichts in dem Büchlein, das man als Schließfachcode hätte deuten können. Tero zog aus der anderen Tasche das Portemonnaie hervor und sah hastig dessen Inhalt durch.

Er hörte, wie in der Sauna geredet wurde. Auch das Zischen eines neuen Aufgusses war zu vernehmen. Schnell durchsuchte er die Taschen der Hose, die ordentlich über einem Stuhl hing, fand aber nur einen Schlüsselbund.

Teros Unruhe wuchs. Sogar Marcus' Schuhe nahm er genau unter die Lupe. Dann griff er nach dem Gürtel und prüfte, ob dieser innen eine mit Reißverschluss versehene Geheimtasche hatte, in der man ein Stück Papier verstecken konnte.

Nichts.

Hatte Marcus den Code also doch nicht dabei? Tero spürte, wie ihm flau wurde. Die Unterhaltung in der Sauna nahm an Lebhaftigkeit zu, inzwischen ging es um die Frage, warum aus Finnland ständig gute Rennfahrer kamen, aber aus Schweden nicht.

Teros Blick fiel nun auf den Kugelschreiber, der in dem Taschenkalender steckte und dicker war als gewöhnlich. Mehr spontan als in Folge einer Überlegung griff er nach dem Stift und schraubte ihn auf. Um die Miene herum war ein Papierstreifen gewickelt.

Tero öffnete ihn hastig. Auf dem Zettel standen Buchstaben und Zahlen: CHL6LUBCDC911963.

Vor Erleichterung knickten Teros Beine ein. »CH« stand aller Wahrscheinlichkeit nach für die Schweiz, »L« möglicherweise für Lausanne und »UBC« für die Bank, von der Toomas gesprochen hatte. Tero griff sich rasch einen anderen Stift und notierte den Code.

Plötzlich näherte sich Marcus' Stimme jenseits der Tür. »Jetzt halte ich es wirklich nicht mehr aus. Ich brauche frische Luft.«

Roni fragte Marcus etwas, und dieser hielt inne, um zu antworten.

Schnell schraubte Tero den Kuli wieder zu, steckte ihn in den Kalender und ließ diesen in die Jackentasche gleiten. Dann griff er nach den Bierflaschen.

»Gut, keinen Aufguss mehr«, hörte er Roni in der Sauna rufen. Das war das vereinbarte Zeichen. Tero wusste jetzt, dass sich Marcus nicht mehr in der heißen Sauna zurückhalten ließ.

Im selben Moment ging die Tür auf, und der Schwede taumelte heraus.

»Jetzt ist's genug«, schnaufte er.

Tero machte eine Flasche Bier auf. Marcus griff gierig danach und ließ sich dampfend auf eine Bank fallen.

Roni tauchte mit fragendem Blick in der Saunatür auf.

Tero nickte ihm heimlich zu und griff dann nach dem dicken Briefkuvert, in dem dieselben Scheine steckten, die Marcus ihnen in Marbella geliehen hatte.

»Danke, Marcus. Hiermit begleichen wir unsere Schulden.«

27

Nordöstlich von Askola steuerte Toomas leicht nervös den Alfa Romeo seines Chefs. Das Auto fuhr sich richtig gut, unter der Motorhaube schnurrte eine beeindruckende Portion Pferdestärken. Toomas setzte den Blinker und bremste ab, um vor einem ehemaligen Laden anzuhalten, wo er laut Anweisung Anatolis Geschäftspartner abholen sollte.

Vor dem kastenförmigen, mit Eternitplatten verkleideten Gebäude parkte ein alter Sportwagen, dem Roni gerade einen Koffer entnahm. Neben ihm stand Marcus Grotenfelt.

Toomas hielt bei dem Sportwagen an, stieg aus und nickte Roni zu, der überrascht war, ihn zu sehen.

Anschließend gab Toomas dem rotgesichtigen Grotenfelt die Hand, und Roni lud dessen Koffer in den Alfa Romeo.

Etwas mühsam nahm Grotenfelt auf dem Beifahrersitz Platz. »Roni, danke für die Sauna. Alles Weitere dann in Marbella.«

Toomas setzte sich ans Steuer und fuhr los. Sie mussten zunächst auf der schlecht ausgebauten Kreisstraße bis zur Fernstraße, dort ging es dann auf geradem Weg in Richtung Helsinki und Espoo weiter.

»Die spinnen, die Finnen«, seufzte Marcus. Er rief jemanden in Spanien an, und Toomas verstand nur vereinzelte Wörter hier und da.

Die Straße folgte dem Auf und Ab der hügeligen Waldlandschaft, es gab kaum Verkehr. Toomas bemerkte, dass sich von hinten Scheinwerfer näherten. Schon eine ganze Weile folgte ihnen ein Auto, und allmählich bereitete das Toomas Sorgen.

Die Straße wurde immer kurvenreicher. Toomas erhöhte stetig die Geschwindigkeit, aber die Lichter kamen trotzdem immer näher. Marcus konzentrierte sich auf sein Telefongespräch und bemerkte nichts.

Sie tauchten in ein Waldstück ein und kamen gleich danach auf eine längere Steigung.

Im dem Moment beschleunigte das Fahrzeug hinter ihnen, bis es fast auffuhr, der Fahrer schaltete das Fernlicht ein und blendete Toomas dadurch über den Rückspiegel.

Instinktiv erhöhte Toomas weiter das Tempo, musste aber sogleich wegen einer scharfen Kurve abbremsen. Und plötzlich sah er vor sich mitten auf der Straße einen Traktor stehen. Im Bruchteil einer Sekunde begriff er, dass er nichts mehr tun konnte. Dennoch trat er das Bremspedal bis zum Anschlag durch und versuchte, das Lenkrad herumzureißen. Unmittelbar vor dem Aufprall konnte er noch registrieren, dass anscheinend kein Fahrer in dem Traktor saß.

Toomas' Entsetzensschrei ging in einem ohrenbetäubenden Knall und dem lauten Knirschen von Blech und Eisen unter. Gleichzeitig explodierte vor seinen Augen eine weiße Wolke, in die er stürzte. Ein schneidender Schmerz durchfuhr ihn und mit ihm das Gefühl, von einem gewaltigen Druck zermalmt zu werden.

Nach und nach sickerten Geräusche aus der Dunkelheit. Der Schmerz und der Druck auf der Brust drangen mit immer größerer Macht in sein Bewusstsein ein. Er spürte etwas Feuchtes über sein Gesicht rinnen. Dann öffnete er die Augen und blinzelte ein paarmal.

Marcus Grotenfelt hing leblos neben ihm, die Augen geöffnet. Toomas versuchte, den Kopf zu drehen, aber er konnte ihn nicht bewegen. Die Schmerzen wurden unerträglich, Toomas konnte sich nicht mehr rühren, und er brachte kein Wort heraus. Er war in dem zusammengedrückten Auto eingequetscht.

Im Spiegel sah er eine Bewegung neben dem Fahrzeug. Ein großer Mann in dunklem Anorak blieb neben der Tür stehen. Toomas wollte um Hilfe rufen, aber er hatte keine Stimme. Er versuchte, durch Blinzeln die Aufmerksamkeit des Mannes zu wecken, aber dieser ging schon um das Wrack herum auf die Beifahrerseite. Gleich würde er durch das zersplitterte Seitenfenster greifen, Marcus Grotenfelts Tod feststellen und dann Toomas helfen.

Der Mann zog etwas aus der Tasche seines Anoraks.

Gummihandschuhe, stellte Toomas fest. Wofür brauchte er Gummihandschuhe? Der Mann betastete den toten Grotenfelt. Er fand dessen Portemonnaie und durchsuchte jedes Fach.

Für einen Augenblick wich bei Toomas der Schmerz dem Entsetzen. Dieser Mann würde nicht helfen. Und der Zusammenprall war kein Unfall.

Der Unbekannte hatte sorgfältig geschnittene graue Haare, und sein Gesicht schien einem etwa fünfzigjährigen Mann zu gehören. Unter dem Anorak trug er einen schwarzen Rollkragenpulli. Noch immer wühlte er in Grotenfelts Taschen und brachte schließlich einen Kugelschreiber zum Vorschein. Er schraubte ihn auf, zog einen dünnen Papierstreifen heraus und studierte ihn genau.

Toomas gab sich nun keine Mühe mehr, sich zu bewegen oder Laut zu geben, sondern war so still wie möglich. Er versuchte sogar, nicht zu atmen.

Der Mann hob schnell den Kopf. Toomas schloss die Augen. Hatte der andere seinen Blick bemerkt?

Da hörte man auf der Straße ein Fahrzeug näher kommen.

Reglos wartete Toomas eine Weile, dann öffnete er vorsichtig wieder die Augen. Der Mann war bereits dabei, im Dunkel des Waldes zu verschwinden.

Toomas hatte den Geschmack von Blut im Mund, und sein Blick trübte sich. Schließlich verlor er das Bewusstsein.

28

»Warum ruft Toomas nicht an?«, fragte Tero ungeduldig am Küchentisch. Vor ihm lag der Zettel mit der mühsam und riskant beschafften Ziffernfolge.

»Ruf du halt ihn an«, sagte Roni. »Es ist eine ganze Weile her, seit er Marcus in Askola abgeholt hat, am Steuer sitzt er bestimmt nicht mehr.«

Tero drehte sein Telefon in der Hand hin und her. »Toomas hat ausdrücklich gesagt, dass er uns anruft. Vielleicht ist Marcus immer noch in seiner Nähe, und er kann nicht reden. Wir warten ab.«

Eine Weile saßen sie schweigend da, bis Roni sagte: »Und was passiert, nachdem Toomas an das Schließfach herangekommen ist? Kann er mit seinen Komplizen dann nicht auf die Idee kommen, uns zum Schweigen zu bringen, wo wir doch alles wissen?«

»Das glaube ich nicht. Er weiß, dass wir garantiert den Mund halten werden. Aus gewissen Gründen.«

Tero starrte auf den Zettel in seiner Hand, und Roni redete weiter:

»Aber wenn es um irrsinnige Summen geht? Woher wollen wir wissen, in welchen dunklen Geschäften Marcus mitmischt ... Wenn er schon geschäftliche Beziehungen zu Toomas' Chef hat. Wenn Toomas und seine Kumpels das Depot leeren und etwas mitnehmen, das Millionen wert ist, kann es sein, dass uns deswegen bald auch finstere Gestalten aus dem Umfeld von Marcus auf den Fersen sind ...«

»Es hat keinen Sinn, so zu reden. Wir können nicht mehr tun, als Toomas den Schließfachcode zu geben und zu hoffen, dass er sein Wort hält. Außerdem haben wir das ein oder andere in der Hand. Wir können damit drohen, etwas zu verraten, wenn er nicht Wort halten will.«

Roni seufzte. Wieder kehrte Stille ein.

Tero sah auf die Uhr. »Ich rufe Marcus an und frage ihn, wie er die finnische Sauna überstanden hat. Wir versuchen, uns möglichst normal zu verhalten.«

Tero tippte Marcus' Nummer.

»Wer ist da?«, fragte am anderen Ende jemand auf Finnisch.

Tero erschrak. Das war nicht Marcus' Stimme.

»Hier spricht Polizeihauptmeister Simola. Wer sind Sie?«

Warum meldete sich ein finnischer Polizist an Marcus' Handy? War Marcus aus irgendwelchen Gründen verhaftet worden? Tero hätte am liebsten aufgelegt, aber man würde ihn als Anrufer identifizieren können, wenn man das für nötig hielte.

»Das ist doch die Nummer von Marcus Grotenfelt ...«

»Ja. Wer sind Sie?«

»Ich bin ein Freund von Marcus. Tero Airas.«

»Leider muss ich Ihnen sagen, dass ein Unfall passiert ist. Ein Zusammenstoß. Marcus Grotenfelt ist dabei ums Leben gekommen.«

Tero hielt sich mit einer Hand an der Tischkante fest. »Bei einem Zusammenstoß ums Leben gekommen«, wiederholte er verwirrt und starrte Roni an, dessen Augen sich weiteten.

»Haben Sie ihn gut gekannt?«

Warum wollte der Polizist so etwas wissen? Tero überlegte fieberhaft, ob es vernünftig wäre, von dem gemeinsamen Saunabesuch zu berichten. Der würde später ohnehin herauskommen, und dann wäre es verdächtig, wenn er ihn jetzt verschwiege.

»Er war heute Nachmittag in unserem Wochenendhaus in der Sauna. Was ist passiert?«

»Das Fahrzeug prallte auf einen Traktor, der defekt auf der Straße stand. Am Steuer des Wagens saß eine Person namens Toomas Ehaver. Kennen Sie den Mann?«

»Nein«, sagte Tero mit möglichst natürlichem Tonfall. »Ich kenne ihn nicht. Was ist mit ihm passiert?«

»Er lebt. Ist knapp davongekommen. Man hat ihn nach Helsinki in die Klinik gebracht. Es sieht aber wohl nicht sehr gut für ihn aus. Darf ich sicherheitshalber fragen, wie ich Sie erreichen kann?«

Tero hatte keine andere Wahl, als seine Telefonnummer zu nennen.

»Wir melden uns, falls sich Fragen ergeben. Mein Beileid für das Ableben Ihres Freundes.«

Tero legte das Telefon auf den Tisch und versuchte zu begreifen, was passiert war und was es für sie bedeutete.

»Ein Unfall«, sagte er leise zu Roni. »Marcus ist tot, und Toomas liegt im Krankenhaus.«

Roni holte mit blassem Gesicht Luft. »Solange Toomas aus dem Spiel ist, sitzt uns auch keiner im Nacken. Wie schwer er wohl verletzt ist?«

»Sehr schwer. Ist nicht gesagt, dass er überlebt.«

Roni richtete den Blick auf den Zettel und die darauf notierte Ziffernfolge.

Tero ahnte, was in seinem Sohn vorging. Er nahm den Zettel an sich, faltete ihn zusammen und steckte ihn ein.

»Was hast du damit vor?«, fragte Roni.

»Ich werde ihn Toomas bringen.«

»Und wenn er … nicht überlebt?«

»In dem Fall haben wir für den Inhalt des Bankschließfachs keine Verwendung mehr.«

Das war eine Lüge. Tero hatte vor, die Nummer aufzubewahren für den Fall, dass Toomas Komplizen hatte, die sich mit irgendwelchen Forderungen melden würden.

»Wir kehren so schnell wie möglich zum ursprünglichen Plan zurück. Die Polizei sucht nach Valtteri, du wirst hier nicht gebraucht.«

Roni nickte ernst.

29

Zuerst durchdrang ein Blutstropfen die Dunkelheit, dann ein zweiter, dann war der schwerverletzte Mann in dem Autowrack zu sehen.

Etwas bewegte sich. Er versuchte den Kopf zu heben. Sein Gesicht war zerschmettert worden, aber sein Mund schien sich zu bewegen. Man konnte von den Lippen die Bitte um Hilfe ablesen.

Plötzlich tauchte von irgendwoher eine Hand auf, packte den Mann am Kopf und drückte sein Gesicht in den aufgeblasenen Airbag.

Toomas' Atem ging schneller. Der Geruch von Desinfektionsmitteln drang in seine Nase. Er schnellte aus dem Albtraum hoch, ein heftiger Schmerz durchzuckte seinen Brustkorb.

Rasch kam eine weiß gekleidete Gestalt auf ihn zu und beruhigte ihn.

»Sie sind Opfer eines schlimmen Unfalls«, sagte eine weibliche Stimme. »Sie müssen sich ausruhen.«

Toomas sah ängstlich in die Richtung der Stimme und erkannte ein sanftes Gesicht. Die Frau berührte seine Schulter und seine Stirn und drückte ihn sacht, aber entschlossen ins Kissen zurück. Man hatte ihn an Kabel und Kanülen angeschlossen. Trotz des Schmerzes spannte Toomas seinen Körper an und wehrte sich mit aller Kraft. Er packte das Handgelenk der Frau und sah die verblüffte Miene in ihrem Gesicht.

Dann spürte Toomas wieder den Schmerz in der Brust. Er ließ los und fiel aufs Kissen zurück.

Erst da merkte er, dass hinter der Krankenschwester ein Mann stand – Tero Airas.

Im selben Augenblick kehrte alles in sein Gedächtnis zurück.

»Ihr Schwager wollte Sie sehen«, sagte die Schwester zu Toomas, und zu Tero fügte sie freundlich, aber entschieden hinzu: »Ganz kurz.«

Tero schaute erschüttert auf Toomas, der durch Schläuche und Kabel mit verschiedenen Messgeräten verbunden war. Auf dem Gesicht des Esten sah man außer einem Verband über dem Wangenknochen keine äußeren Verletzungen, sein Gesichtsausdruck war jedoch gequält und verwirrt. Aber Toomas war bei Bewusstsein, und das war die Hauptsache. Tero wollte seinen Teil der Abmachung erfüllen und dafür sorgen, dass auch Toomas seinen Teil erfüllte.

»Toomas, wie geht es dir?«, fragte er und versuchte aufmunternd zu klingen. »Ihr Esten seid zähe Burschen.«

Bevor Toomas etwas sagen konnte, hielt Tero ihm die geschlossene Hand hin. »Hier drin ist er. Du weißt sicher, wovon ich rede?«

»Das Gedächtnis habe ich zum Glück nicht verloren«, antwortete Toomas so leise, dass es fast im Rauschen der Krankenhauselektronik unterging. »Habt ihr ihn also herausgefunden?«

Tero beugte sich näher zu ihm hinab und flüsterte: »Ja. Und jetzt möchte ich, dass wir eine bestimmte Nachricht auf deiner Mailbox löschen.«

»Tero …« Eine seltsame Erregung trat in Toomas' Stimme. »Komm näher …«

Tero beugte sich ganz dicht über Toomas. Er nahm den Geruch eines Desinfektionsmittels und irgendeines Medikamentes wahr.

»Geh nach Lausanne. Lass dir das Schließfach zeigen. Bring den Inhalt hierher …«

»Ich will damit nichts zu tun haben«, sagte Tero strikt. »Das geht mich nichts an. Ich habe meinen Teil getan, und jetzt …«

»Du verstehst mich nicht. Das alles hat mit Julia zu tun. Roni hat sie nicht umgebracht, sondern *sie* haben es getan … Das weiß ich jetzt.«

»Wer *sie*?«, fragte Tero ungläubig.

»Wenn du den wirklichen Mörder finden willst, dann fahr nach Lausanne und bring mir den Inhalt des Schließfachs … Sprich mit niemandem darüber, auch nicht mit Roni. Sie schrecken vor nichts zurück …«

»Du halluzinierst. Du hattest einen Unfall. Marcus ist tot …«

»Marcus wurde umgebracht. Und man hat ihm den Code abgenommen. Ich muss den Inhalt des Bankdepots haben … bevor die Mörder von Marcus ihn in die Hände bekommen. Verstehst du?«

»Nein, das verstehe ich nicht. Absolut nicht.«

»Sei vorsichtig, wenn du nicht das Schicksal von Julia und Marcus teilen willst. Und wenn du Ronis Zukunft retten willst. Du gehst nur ans Bankschließfach und bringst mir den Inhalt, mehr nicht. Mehr brauchst du auch nicht zu wissen.«

Tero hörte an Toomas' Stimme, dass dieser es ernst meinte. Sehr ernst.

»Verzeihen Sie, aber er braucht jetzt seine Ruhe«, sagte die Schwester, die hinter Tero erschienen war.

Tero richtete sich langsam neben dem Bett auf. In der Faust hielt er den Zettel mit dem Schließfachcode der Schweizer Bank.

30

Die Sonne schien vom blauen Himmel auf Lausanne und ließ die schneebedeckten Gipfel hinter dem Genfer See leuchten.

Doch Tero schenkte der blendend schönen Landschaft nicht die geringste Beachtung, sondern musterte sich selbst im spiegelnden Schaufenster eines Uhrengeschäfts, richtete seine Krawatte und prüfte, ob der Anzug gut saß. Unter anderen Umständen hätte er sich die im Schaufenster ausgelegte alte Breitling näher angesehen, aber jetzt wandte er sich ab und ging über die Straße auf das mit dekorativen Steinmetzarbeiten verzierte Gebäude der UBC-Bank zu.

Er konnte nicht begreifen, was Toomas mit dem »wirklichen Mörder« gemeint hatte. Aber er wollte Toomas glauben, aus vollem Herzen. Allein der Gedanke, dass Roni gar nicht der Täter war, erfüllte ihn mit unfassbarer Freude und Hoffnung. Er hatte es für das Klügste gehalten, Toomas' Anweisung zu befolgen und Roni nicht zu sagen, was er vorhatte. Stattdessen hatte er ihm nur mitgeteilt, er helfe den ganzen Tag im Büro von Helsinki Security aus.

Vor der breiten Treppe blieb Tero stehen, um den mächtigen Eingang zu betrachten. Durch die Drehtür kamen Menschen heraus, deren Reichtum man an ihrem selbstsicheren Auftreten und ihrer ebenso dezenten wie eleganten Kleidung ablesen konnte.

Er umklammerte den Griff seines Aktenkoffers und ging ruhig, aber ohne zu zögern die Treppe hinauf. Die große gewölbeartige Halle atmete den Geist vergangener Zeiten, als Bankgeschäfte noch eine würdevolle Angelegenheit waren. Auch jetzt noch bewegten sich die Leute beherrscht und gemessenen

Schrittes. Der Steinboden glänzte, das Wachpersonal in Uniform hielt die Hände hinter dem Rücken verschränkt und beobachtete aufmerksam die Geschehnisse in der Halle.

Tero ging an einen Schalter und grüßte den Angestellten, der ihn durch seine Brille ansah, mit möglichst fester Stimme.

»Ich möchte gern an mein Depot«, sagte Tero und legte den Zettel mit dem Code auf die polierte Marmorfläche.

Der Mann nahm den Zettel in die Hand. »Einen Moment, bitte.«

Er tippte etwas in den Computer und lächelte dann diskret.

»Bitte sehr, hier entlang«, sagte er und ging zum anderen Ende der Halle voran. Dort ließ er Tero hinter die Absperrung kommen und bat ihn, ihm zu folgen. Sie gingen eine halbe Etage nach unten und kamen in den Schließfachbereich.

»Bitte warten Sie hier«, sagte der Bankangestellte und wies auf eine abgetrennte Ecke, in der ein Tisch und zwei Sessel standen. Es gab mehrere solcher mit Trennwänden geschaffenen Nischen.

Tero setzte sich und sah zu, wie der Angestellte die schwere Tür zum Tresorraum öffnete. Unruhig und ohne etwas wahrzunehmen blätterte Tero eine Broschüre durch, in der Anteile an exotisch wirkenden Anlagefonds offeriert wurden. Seine Gedanken waren bei dem, was Toomas gesagt hatte. Wer waren »sie«? Warum hatte jemand Julia umbringen wollen?

Der Angestellte kam mit einem Behälter aus Metall zurück. Tero konnte sich vor Neugier kaum beherrschen.

Diskret zog sich der Bankangestellte zurück.

An der Vorderseite des Metallkastens war eine kleine Zahlentastatur angebracht. Tero tippte den Code ein, und ein grünes Lämpchen im Deckel leuchtete auf.

Ohne einen Moment zu zögern, öffnete Tero den Behälter. Darin befand sich nichts weiter als ein dickes, aber leichtes Kuvert. Er verstaute den gepolsterten Umschlag in seinem Aktenkoffer, schloss den Behälter und stand auf. Er wollte den Umschlag öffnen. Sofort.

Zur gleichen Zeit erschien ein grauhaariger Mann mittleren Alters in der Schalterhalle der Bank. Wegen des schwarzen Rollkragenpullis unter dem Sakko und der ockerfarbenen Hose mochte man bei seinem Anblick an einen Architekten denken. In aufrechter Haltung trat der Mann zielstrebig an einen Schalter.

»Ich möchte gern an mein Depot«, sagte er auf Englisch.

Die Angestellte nahm den Zettel, den ihr der Mann reichte, und tippte die Nummer in den Computer. Verdutzt starrte sie auf den Bildschirm.

»Hier heißt es, dass dieses Depot gerade erst aufgesucht worden ist.«

»Was wollen Sie damit sagen?«

Die Frau las den Eintrag ihres Kollegen auf dem Bildschirm. Sie blickte auf und sah denselben Kollegen neben der Treppe zum Schließfachbereich einem Kunden im Anzug die Hand geben. In dem Moment begriff sie, dass sie einen Fehler gemacht hatte, aber es war schon zu spät: Der Mann vor ihr folgte ihrem Blick.

Er nahm den Zettel vom Schalter. »Ich komme später wieder.«

Der Kunde, der gerade am Depot gewesen war, verließ mit einem Aktenkoffer in der Hand die Bank. Der Grauhaarige folgte ihm mit forschen Schritten.

Tero eilte zu dem Renault Mégane Sport, den er am Flughafen in Genf gemietet und vor dem Uhrengeschäft geparkt hatte.

Er setzte sich ans Steuer, legte den Koffer auf den Sitz neben sich, beschloss aber, sich den Inhalt des Schließfachs erst im Hotel anzuschauen, das war sicherer. Was konnte in dem Umschlag so Wertvolles sein, dass Toomas es unbedingt in seinen Besitz bringen wollte?

Tero fuhr los. Als er die steile, gewundene Straße hinauffuhr, blickte er intuitiv in den Rückspiegel. Toomas hatte es ernst gemeint, als er vor »ihnen« gewarnt hatte – wer immer »sie« auch sein mochten.

Jonas Hellevig fuhr in seinem Mercedes-Kombi die steile gepflasterte Straße hinauf. Oben angelangt, bremste er abrupt. Der Renault war nirgendwo zu sehen.

Hellevig rieb sich das massive Kinn und analysierte rasch die Lage. Rechts war eine Einbahnstraße mit Wohnhäusern, geradeaus kam ein Parkplatz, also musste das Auto links abgebogen sein, in die Straße, die zum Ufer hinunterführte.

Fluchend lenkte Hellevig den Wagen nach links und raste die schmale Straße hinunter, dicht an den parkenden Autos vorbei.

Als er eine von hohen Mauern und cremefarbenen Gebäuden gesäumte Kreuzung erreichte, konnte er gerade noch sehen, wie der Mégane rechts die Straße hinauffuhr. Es war eine noch schmälere, gepflasterte und gewundene Einbahnstraße, in die nun auch Hellevig fluchend einbog.

Tero trat aufs Gaspedal und wechselte mit einer kontrollierten Lenkbewegung schnell die Spur.

Wieder blickte er in den Rückspiegel und sah, dass ein weinroter Mercedes-Kombi der C-Klasse ihm hartnäckig folgte. Wenn er sich nicht irrte, hatte er das Auto schon vor der Bank gesehen.

Tero konzentrierte sich auf die Straße. Die Einfahrt zum Hotel kam überraschend, beim ersten Mal wäre er fast daran vorbeigefahren.

Hellevig hielt den Blick auf den Mégane gerichtet, der einige Fahrzeuge vor ihm flink vorwärtskam.

Plötzlich setzte der Mégane-Fahrer den Blinker und scherte auf eine schmale Parkfläche aus, die zu einem etwas weiter oben am Hang liegenden Hotel gehörte. Hellevig bremste, musste aber vorbeifahren, damit ihn der Fahrer des anderen Wagens nicht sah. Er sah, dass der Mégane sich in eine enge Parkbucht zwängte.

Ein weiteres Mal verfluchte Hellevig die verwinkelten, hügeligen Straßen von Lausanne und beschleunigte, bis er abbiegen und auf einer Parallelstraße an den Anfang der Einbahnstraße zurückfahren konnte. Er musste einem Gelenkbus ausweichen, der seinen Strom durch flexible Bügel aus einer Oberleitung bezog. Sobald die Bahn frei war, fuhr Hellevig so schnell er konnte. Seine Handflächen waren feucht vor Schweiß.

Trotz der Anspannung konnte er nicht verhindern, dass seine Gedanken unablässig umherwanderten: Wer war der Mann, der am Depot gewesen war? In wessen Auftrag war er unterwegs? Hatte Marcus vor seinem Tod mit jemandem über den Inhalt des Schließfachs gesprochen? Oder hatte er eventuell jemandem Handlungsanweisungen für den Fall seines Todes gegeben?

In der Lobby des Hotels Regina wurde Tero freundlich von der jungen, dunkelhaarigen Frau an der Rezeption begrüßt. Tero erwiderte das Lächeln und bat auf Englisch um seinen Zimmerschlüssel. Vom Flughafen aus war er schnell in die Stadt gefahren, hatte sich den Anzug gekauft und ihn im Hotel hastig angezogen. In Jeans und alter Lederjacke hätte er sich bei dem Versuch, an das Bankdepot zu kommen, unsicher gefühlt.

Die Frau am Empfang reichte Tero den Schlüssel und wünschte ihm noch einen schönen Tag. Er eilte die mit Teppichboden belegte Treppe in den zweiten Stock hinauf, den Griff des Aktenkoffers fest umklammert.

In seinem Zimmer angelangt, zog Tero das Jackett aus und riss sich die Krawatte vom Hals. Dann öffnete er ungeduldig den Koffer und betrachtete den dicken, gepolsterten Umschlag.

Ohne weiter zu zögern, riss er ihn auf, schob die Hand hinein und betastete einen harten Gegenstand aus Plastik. Er zog ihn heraus.

Eine VHS-Kassette.

Tero schaute in das Kuvert hinein. Es enthielt einen weiteren Umschlag, dem er eine Fotokopie entnahm. Es war die Kopie eine Bankbelegs, auf dem eine Summe genannt wurde – 6,9 Millionen Schwedische Kronen – sowie ein Name: Anders Helström, Zentech AB.

Tero ließ sich verwirrt auf das Bett sinken. Inwiefern hatten diese Angaben etwas mit Julias Tod zu tun?

Nach mehreren knappen Ausweichmanövern bog Jonas Hellevig auf den Hotelparkplatz ein, wo der Mégane zum Glück immer noch stand. Hellevig ging zum Hotel hinauf. Das verwinkelte Gebäude erinnerte an ein Lebkuchenhaus, es musste aus dem 19. Jahrhundert stammen, hatte aber vor nicht langer Zeit einen neuen lehmroten Anstrich erhalten. Die Fensterläden leuchteten weiß, gelbe und blaue Blumen sorgten zusätzlich für frische Farben.

Sobald er die Lobby betrat, ließ Hellevig den Blick über die anwesenden Hotelgäste schweifen, aber der Mégane-Fahrer war nicht zu sehen. Schon im Wagen hatte Hellevig sich einen vorläufigen Plan zurechtgelegt, den er konkretisieren wollte, sobald er den Schauplatz in Augenschein genommen hatte.

Es konnte um Sekunden gehen. Er musste den Inhalt des Bankdepots in seinen Besitz bekommen, bevor der andere Mann sich damit vertraut machen konnte.

Als Erstes musste er die Zimmernummer des Mannes herausfinden. Er wich einer wild durcheinanderredenden Gruppe von Touristen aus, die sich mit ihrem Gepäck von der Rezeption zu den Aufzügen begab. Dann näherte er sich der dunkelhaarigen jungen Frau hinter der Theke. Sie lächelte ihn freundlich an.

Hellevig wusste, dass er mit ihrer Hilfsbereitschaft rechnen konnte; er war vom Aussehen her genau die Art Führungspersönlichkeit, die wohlhabend und entschlossen wirkte und überall gut bedient wurde. Die grauen Haare und die Furchen im Gesicht ließen ihn etwas älter erscheinen, als er mit einundfünfzig Jahren war, aber sein hochgewachsener, aufrechter Körper verriet Sportlichkeit und Selbstdisziplin, und das waren die sichersten Maßeinheiten des Erfolgs.

Tero warf einen Blick in das leere Konferenzzimmer des Hotels. Auf dem langen Tisch standen Flaschen mit Erfrischungsgetränken und Gläser gruppiert, an der Decke hing ein leise brummender Beamer, der auf eine Leinwand gerichtet war.

Kurz zuvor hatte Tero an der Rezeption angerufen und gefragt, wo es möglich wäre, sich eine VHS-Kassette anzusehen. Im Konferenzraum im dritten Stock gab es angeblich einen VHS-Recorder, aber dort würde in wenigen Minuten eine Besprechung stattfinden. Erst zwei Stunden später wäre der Raum wieder frei. Tero hatte beschlossen, trotzdem hinzugehen, um die Kassette wenigstens kurz zu sichten.

In einer Ecke des Raums, unter dem Fernseher, standen ein DVD-Spieler und ein VHS-Recorder. Tero legte die Kassette ein und blieb neugierig vor dem Bildschirm stehen.

Doch er sah nur Schwarz. Tero wollte gerade das Band vorspulen, als plötzlich etwas auf der Mattscheibe erschien. Er beugte sich näher heran, um zu erkennen, was es war. Er sah jedoch nur diffuses, grün durchsetztes Dunkel. Am unteren Bildrand stand ein Datum aus dem Jahr 1994, darunter lief die Uhrzeit mit.

Die Kamera schien sich merkwürdig langsam zu bewegen. Tero schüttelte frustriert und bitter enttäuscht den Kopf. Diese Kassette würde ihm und Roni kaum helfen. Hatte Toomas ihn bewusst getäuscht, indem er ihn in die Schweiz geschickt hatte?

In dem Moment begriff Tero, dass hier ein Taucher Filmaufnahmen machte. Der Lichtkegel glitt nun über eine glatte, helle Fläche unter Wasser, bis etwas Dunkles im Bild erschien.

Tero kniff die Augen zusammen und versuchte zu erfassen, was sich dort abzeichnete. Es waren schwarze Lettern. Aus schrägem Winkel nahmen die Buchstaben I und A Kontur an. Nach und nach erschienen weitere Buchstaben, bis das ganze Wort zu sehen war.

ESTONIA.

31

Tero erschrak. Er schaute erneut auf das Datum. 29.9.1994. 23.52 Uhr.

Ihm war unangenehm zumute. Warum, um Himmels willen, befand sich ein Videoband, das den Rumpf der gesunkenen *Estonia* zeigte, im Schließfach einer Schweizer Bank? Und warum hatte es sich im Besitz von Marcus Grotenfelt befunden?

Der seltsamste aller Zufälle kam Tero aber erst jetzt schlagartig in den Sinn: Julias Großeltern mütterlicherseits waren bei dem *Estonia*-Unglück ums Leben gekommen!

Nun waren Stimmen auf dem Gang vor dem Konferenzzimmer zu hören. Tero starrte auf den Bildschirm, wo der Taucher gerade ins Innere des Wracks vordrang. Tero erinnerte sich an den Morgen nach der Katastrophe; er hatte damals zu Hause am Fernseher gesessen, bevor er zur Arbeit gefahren war.

All die Jahre hatten sich um die *Estonia* alle möglichen Verschwörungstheorien gerankt. Konnte das Videoband damit etwas zu tun haben?

»Entschuldigung«, sagte an der Tür jemand auf Französisch.

Tero zuckte zusammen und drehte sich rasch um.

Ein Mann mit Lockenkopf und Anzug schaute herein. Hinter ihm standen weitere Leute. Tero begriff, dass sie den Konferenzraum gemietet hatten und nun in Anspruch nehmen wollten.

»Verzeihung, einen kleinen Moment noch«, sagte Tero auf Englisch und drückte auf die *Eject*-Taste des Videorecorders. Er griff nach der herausgleitenden Kassette und trat an den höflich lächelnden Konferenzteilnehmern vorbei auf den Gang. Im selben Moment, in dem er die erste Treppenstufe nach unten nahm, hielt der Lift in der Etage an.

Hellevig trat vom Lift auf den Gang und ging nach rechts zum Konferenzraum. Der Teppich dämpfte seine zielstrebigen Schritte. Er hatte die junge Frau am Empfang gefragt, ob es ein Zimmer mit VHS-Recorder gebe. Nein, so ein Gerät stehe nur im Konferenzraum, der allerdings für zwei Stunden belegt sei. Die Frau hatte noch erwähnt, dass sie das Gleiche gerade einem anderen Hotelgast mitgeteilt habe, der zufälligerweise dasselbe Anliegen gehabt habe.

Hellevig blieb vor dem Konferenzraum stehen. Von drinnen hörte man gedämpfte Stimmen. Ohne zu zögern, öffnete er die Tür. Die Köpfe der am Tisch Sitzenden wandten sich ihm zu. Hellevig ließ seinen Blick durch den Raum schweifen, bis er den Videorecorder in der Ecke registrierte.

»Entschuldigung«, sagte Hellevig auf Französisch und schloss die Tür wieder.

Er war erleichtert. Der Raum war besetzt, also hatte der andere Mann wahrscheinlich noch nicht gesehen, was auf der Kassette war.

In seinem Zimmer legte Tero die Kassette auf den Tisch und versuchte zu verstehen, was die Videoaufnahme bedeutete.

Inwiefern konnte Toomas' Behauptung, der Inhalt des Bankschließfachs hätte mit Julias Tod zu tun, zutreffen? Und warum hatte sich die Kassette in Marcus' Besitz befunden? Bevor er ins Ausland gegangen war, hatte Marcus – jedenfalls diversen Gerüchten zufolge – für die schwedische Armee gearbeitet.

Tero richtete den Blick auf die VHS-Kassette. Es musste sich um ein Missverständnis handeln. Toomas hatte etwas anderes im Schließfach vermutet. Julia konnte mit der Kassette nichts zu tun gehabt haben. Tero fragte sich, was er tun sollte. Die Kassette zur Polizei bringen? Wie sollte er dann erklären, dass sie bei ihm gelandet war?

Eine Kontaktaufnahme mit der Polizei schien die schlechteste aller Optionen zu sein. Eventuell wäre es möglich, die Kassette anonym an die *Estonia*-Untersuchungskommission zu schicken.

Tero sah auf die Uhr. Auf jeden Fall würde er sich in zwei Stunden das Band komplett anschauen, bevor er entschied, was er tun sollte. Er schaltete den Fernseher ein und griff nach der Fernbedienung sowie nach der drahtlosen Tastatur, die beide auf dem Apparat lagen. Auf dem blauen Bildschirm erschienen die Wahlmöglichkeiten: Info, TV, Pay-TV, Internet. Tero wählte das Letztere, bestätigte, die Internetverbindung gegen Gebühr herstellen zu wollen, öffnete die Google-Seite und suchte nach Informationen über den Untergang der *Estonia*.

Er überflog die Zeilen. Als das Schiff neu war, hatte es unter dem Namen *Viking Sally* zwischen Turku und Stockholm verkehrt. Nach einer wechselvollen Geschichte fuhr es später mit dem Namen *Estonia* zwischen Tallinn und Stockholm hin und her, bis es am 28. September 1994 etwa fünfunddreißig Kilometer vor der finnischen Insel Utö sank und achthundertzweiundfünzig Menschen mit in die Tiefe riss.

Je länger Tero über die Kassette und die ganze Situation nachdachte, umso mehr nahm seine Irritation zu. Er las die Basisinformationen über das Unglück. Die *Estonia* war am Unglückstag kurz nach neunzehn Uhr in Tallinn losgefahren, mit Kurs auf Stockholm. Auf dem Meer war der Wind stärker geworden. Nach ein Uhr hatten Mitglieder der Besatzung sowie mehrere Passagiere eine starke Explosion und ein schabendes Geräusch gehört und gespürt; gleichzeitig stoppte die Fahrt des Schiffes. Man hörte lautes Knallen und mehrere ungewöhnliche Schläge. Das Schiff neigte sich stark, und es war schwer, für viele sogar unmöglich, auf den engen Gängen und Treppen vorwärtszukommen. Viele waren in ihren Kabinen eingesperrt. Die Treppengeländer rissen unter dem Gewicht der Menschen, die an ihnen hingen, aus den Wänden. Nur die Stärksten, hauptsächlich junge Leute und Männer mittleren Alters, schafften es aufs Außendeck. Als das Schiff weiter kippte, kletterten die Leute über die Reling auf den seitlichen Rumpf des Schiffes. Um 01.42 Uhr verschwand die *Estonia* von den Radarschirmen der herbeigeeilten Schiffe, tauchte aber noch einmal kurz auf. Um 01.50 Uhr war das Radarbild endgültig verloren.

Es war bestürzend, einen solchen Text zu lesen. Die Vorstellung, welche Panik an Bord geherrscht haben musste, war einfach entsetzlich. Tero schüttelte die beklemmenden Fantasiebilder ab und las den Text zu Ende, demzufolge es den zu Hilfe geeilten Schiffen und Hubschraubern gelungen war, unter extremen Bedingungen hundertachtunddreißig Menschen aus dem Meer zu retten.

Tero kehrte zu den Suchergebnissen zurück und ging die Liste durch. Er öffnete einen Bericht, der die Arbeit der internationalen Untersuchungskommission scharf kritisierte. Der Text war ein einziger Angriff.

Unter einem anderen Link war die Rede von eventuellen Explosionen an Bord des Schiffes. In dem Zusammenhang wurde daran erinnert, dass man die sofort nach dem Unglück veröffentlichten Meldungen unbedingt beachten müsse, denn zu dem Zeitpunkt habe die Untersuchungskommission noch nicht das Monopol auf den einzig richtigen Blickwinkel gehabt. Tero wollte die Seite schon wieder schließen, klickte dann aber doch noch auf den Link zu einer Meldung der Tageszeitung *Helsingin Sanomat*, die zwei Tage nach dem Untergang des Schiffes veröffentlich worden war:

HS – Inland – 30.9.1994

Estline-Manager: »Aufprall und Explosion«

TALLINN – »Die *Estonia* sank durch Fremdeinwirkung: entweder durch eine Explosion oder durch einen Aufprall unter Wasser.« Johannes Johanson, der estnische Geschäftsführer der Schifffahrtslinie Estline, ist sich seiner Sache sicher.

»Anders ist das Geschehen nicht zu erklären. Eine Autofähre wie die *Estonia* kentert nicht, selbst dann nicht, wenn man alle Lkws auf einer Seite ihres Rumpfes stapelt«, sagt Johanson.

Am seltsamsten ist seiner Meinung die Tatsache, dass sich das Schiff innerhalb von fünf Minuten praktisch überschlug. Johanson hält die Aussagen einiger Überlebender für erstaunlich, die davon berichten, knapp unter der Wasseroberfläche etwas wie Untiefen gesehen zu haben. Untiefen aber gibt es in der Nähe der Unglücksstelle nicht.

Kapitän Alexander Gorbatschuk von der russischen Marine im Baltikum hat gegenüber der Nachrichtenagentur BNS erklärt, in der Region hätten sich zur fraglichen Zeit keine Schiffe oder U-Boote der russischen Marine aufgehalten.

Tero überflog weitere Überschriften und klickte einen Artikel über das Bekenntnis eines Zollbeamten an, der im März 2004 in einer investigativen Magazinsendung des schwedischen Fernsehens mit dem Titel »Auftrag: Kontrolle« aufgetreten war.

Der Mann hieß Lennart Henriksson, war inzwischen pensioniert und hatte zehn Jahre lang ein schlechtes Gewissen mit sich herumgetragen. Anlässlich der Gedenkfeier zum zehnten Jahrestag der *Estonia*-Katastrophe hatte er endlich reden wollen und Kontakt zu einem Redakteur der Sendung aufgenommen. Im September 1994 war Henriksson mit seinem Vorgesetzten zur Leitung der Zollbehörde bestellt worden. Dort sei ihnen der Befehl erteilt worden, ein bestimmtes Fahrzeug, das mit der *Estonia* in Schweden eintreffen sollte, nicht zu überprüfen. Henriksson war der Meinung, ihm sei damit praktisch befohlen worden, sich eines Dienstvergehens schuldig zu machen, aber er hatte den Befehl dennoch befolgt. Der Volvo-Kombi war vom Schiff gefahren, ohne überprüft zu werden. Allerdings hatte sich Henriksson den Namen des Fahrers und das Kennzeichen des Autos notiert. Die Firma Ericsson Access, die zum Ericsson-Konzern gehörte, hatte den Wagen gemietet. Der Name des Fahrers war aller Wahrscheinlichkeit nach gefälscht.

Ein größeres Fahrzeug, nämlich ein voll beladener Lieferwagen, wurde nur eine Woche vor dem Unglück ohne Kontrolle durch den Zoll gelassen. In einem Telefongespräch zwischen dem Zollbeamten und seinem Vorgesetzten, das vom Fernsehteam heimlich mitgeschnitten wurde, gab der Vorgesetzte zu, dass »auf Befehl der Streitkräfte« Material nach Schweden eingeführt worden sei. Einem Fernsehinterview hatte sich der Vorgesetzte jedoch verweigert.

Nach Henrikssons Enthüllung hatte den Schweden zum ersten Mal gedämmert, dass ihre Regierung gelogen und gezielt Tatsachen verheimlicht hatte. Der Schmuggel auf Staatsebene, der anfangs als Gerücht abgetan worden war, fand seine endgültige Bestätigung, als Henrikssons Geständnis die schwedische Regierung zwang, zu reagieren und Johan Hirschfeldt, den Präsidenten des Gerichtshofes, damit zu beauftragen, die Behauptungen über Geheimtransporte zu überprüfen. In seinem Bericht vom Januar 2005 bestätigte Hirschfeldt das Ganze, erklärte, er habe – zum ersten Mal in seiner Laufbahn – das gesamte Untersuchungsmaterial verbrannt, und deklarierte die Informationen über den Inhalt der Transporte für einen Zeitraum von siebzig Jahren als geheim.

Als Nächstes öffnete Tero ein Dossier, das der schwedische Parlamentsabgeordnete Lars Ångström angelegt hatte, als er eine neue Untersuchung forderte. Tero fiel ein Satz ins Auge, den er mehrmals las: *Unmittelbar nach dem Unglück waren heimlich Taucher im Wrack.*

Langsam wanderte sein Blick zu der schwarzen Kassette, die auf dem Tisch lag.

In dem Moment klopfte es scharf an der Tür. Tero erschrak so sehr, dass ihm fast die Tastatur unter den Händen auf den Boden gerutscht wäre.

»Wer ist da?«, fragte er.

»Zimmerservice«, antwortete eine männliche Stimme.

»Ich habe nichts bestellt.« Tero stand auf und behielt die Tür fest im Blick.

»Ich muss etwas an der Technik überprüfen, ich störe nur kurz.«

Der Tonfall des Mannes war nicht von untertäniger Höflichkeit, wie bei Hotelangestellten üblich, sondern eher fordernd und selbstsicher. Außerdem hatte seine Stimme einen sonoren Klang, der nicht der Vorstellung von Menschen in der Dienstleistungsbranche entsprach.

»Ich kann jetzt nicht. Aber das Zimmer wird bald frei, ich reise ab.«

Tero nahm die Kassette vom Tisch und steckte sie in den Umschlag.

»Wie gesagt, es dauert nur einen Moment.«

Tero dachte daran, wie verzweifelt Toomas den Inhalt des Schließfachs in seinen Besitz bekommen wollte. Und hatte er nicht gesagt, dass auch andere ebenso verzweifelt dahinterher waren? Und warum hatte Toomas ihn beschworen, den Besuch in der Bank sogar vor Roni zu verheimlichen?

Tero ging zur Tür. Leise schob er die Abdeckung des Türspions nach oben und versuchte auf den Gang zu spähen, sah aber bloß Dunkelheit. Nein, nicht ganz, denn am Rand der Linse waren Bewegung und ein Lichtschimmer zu erkennen.

Jemand hielt den Finger auf den Türspion.

32

Der Mann, der ins Zimmer wollte, gehörte nicht zum Hotelpersonal. Im Nu erkannte Tero, welche Ausmaße seine Probleme angenommen hatten.

Wieder klopfte es scharf an der Tür. »Bitte machen Sie auf.«

Toomas' Warnungen hallten in Teros Kopf wider. Der Inhalt des Schließfachs war für dessen Eigentümer eine Frage von Leben und Tod. Was pathetisch geklungen hatte, erhielt nun eine nüchterne, reale Bedeutung.

Jetzt hörte man mechanische, metallische Geräusche an der Tür. Für einen Moment erstarrte Tero vor Angst. Der Mann manipulierte das Schloss, obwohl er wusste, dass jemand im Zimmer war …

Tero schnappte sich sein Handy, begriff aber sogleich, dass es ihm nichts nützen würde.

Wieder knirschte das Schloss. Tero legte die Sicherheitskette vor. Kaum hatte er sie verankert, ging die Tür auf und wurde von der straff gespannten Kette auf Spaltbreite gehalten.

Tero schaute einem großen Mann mit verblüffend ernster, abweisender Miene ins Gesicht. Der Mann schien etwas älter als Tero selbst, trug einen schwarzen Rollkragenpulli und ein schwarzes Sakko.

Ohne zu zögern, drückte Tero die Tür zu und sprang in die Zimmermitte zurück. Erneut rasselte und knirschte das Schloss.

Tero stand mitten im Raum und gab sich Mühe, trotz der Panik vernünftig zu denken. Da wurde die Tür erneut aufgedrückt und die Sicherheitskette mit einem Ruck heftig gespannt und gleich darauf noch einmal.

Tero nahm das Kuvert, eilte zum Fenster, öffnete es schnell und schaute auf den kleinen, von einer Mauer eingefassten Hinterhof, in dem keine Autos, nicht einmal Müllbehälter standen. Er blickte zur Seite und sah ein weißes Regenrohr aus Blech.

An der Tür knirschte es Unheil verkündend metallisch. Tero schwang ein Bein nach draußen und registrierte, dass auf dem Fernsehbildschirm noch der Text über die Taucher bei der *Estonia* geöffnet war. Daran war jetzt nichts mehr zu ändern und auch nicht daran, dass der Aktenkoffer zurückblieb, der zum Glück nichts Wichtiges enthielt. Tero klammerte sich mit beiden Händen und mit den Füßen an das Regenrohr. Die einzelnen Elemente des Rohrs waren mit Draht verbunden, dessen scharfe Enden sich in seine Handflächen bohrten. Trotz des Schmerzes ließ er sich langsam nach unten rutschen.

Auf der Erde angekommen, hörte er etwas scharf und kurz an sich vorbeizischen. Er sprang zur Seite und schaute nach oben. Aus dem Zimmer seines Fensters lugte der Mann und richtete eine Waffe auf ihn.

Tero rannte mit wenigen Schritten zu einer Tür unter einem kleinen Vordach. Er drehte den Knauf, aber die Tür war verschlossen. Es war der einzige Ausweg aus dem ummauerten Hof.

Tero hämmerte gegen die Tür und stellte sich vor, wie der Mann mit der Waffe bereits die Treppe hinunterrannte. Er hob die Metallvase an, die als Aschenbecher auf der Erde stand, zerschlug damit unumwunden die Scheibe in der Tür und griff durch die Öffnung nach der Klinke.

Er schob sich in einen kleinen Vorraum, wobei er befürchtete, jeden Augenblick die Waffe und die abweisenden Augen des Schützen vor sich zu haben. Er rannte zur nächsten Tür. Sie öffnete sich, bevor er noch an die Klinke gegriffen hatte.

»Was ist hier …«

Tero stieß die Hotelangestellte zur Seite und rannte an ihr vorbei. Die Frau rief ihrer Kollegin etwas zu, Tero sah vor sich

Koffer und Reisetaschen und begriff, dass er sich im Gepäckraum hinter der Rezeption befand. Ohne sich um die Rufe der Rezeptionistin zu kümmern, rannte er an der Theke vorbei nach draußen, zog im Laufen die Schlüssel aus der Tasche und sprang in dem Moment in sein Auto, als der Mann mit den grauen Haaren aus dem Hoteleingang gelaufen kam.

Tero trat aufs Gas und fuhr hupend auf der schmalen gepflasterten Straße davon. Erst als er Lenkrad und Schaltknüppel umfasste, merkte er, dass seine Hände voller Blut waren.

Toomas wurde davon wach, dass mehrmals leise sein Name genannt wurde.

Er öffnete die Augen und sah einen Mann mit weißem Kittel und Brille neben dem Bett stehen und sich über ihn beugen.

»Gut, dass Sie wach sind. Wie fühlen Sie sich?«

Toomas hatte einen trockenen Mund. Mit einigen Sekunden Verzögerung antwortete er: »Ich bin müde …«

»Sie haben ein starkes Beruhigungsmittel bekommen.«

Der Arzt musterte ihn kritisch. Toomas schloss die Augen.

»Ich muss Sie etwas fragen«, sagte der Mann leise. »Warum haben Sie die Schwester gebeten, allen Leuten, die Sie erreichen wollen, mitzuteilen, Sie wären tot?«

Toomas hielt die Augen geschlossen und versuchte sich trotz der Erschöpfung zu konzentrieren. Bevor er antworten konnte, fuhr der Arzt fort: »Sie werden sicherlich verstehen, dass wir so auf keinen Fall vorgehen können. Wir können höchstens eine Informationssperre verhängen.«

»Ich möchte darum bitten, dass nur solche Besucher zu mir gelassen werden, die ich selbst eingeladen habe.«

»Das Pflegepersonal hat nicht die Möglichkeit, über die Besucher zu wachen. Wenn wir aber eine Informationssperre verhängen, weiß niemand, in welchem Zimmer Sie liegen. Warum machen Ihnen die Besucher Sorgen? Sind Sie sicher, dass Sie nicht mit der Polizei sprechen wollen?«

»Keine Polizei.« Die Augen noch immer geschlossen, leckte

sich Toomas die trockenen Lippen. Er nahm all seine Kräfte zusammen, um sich konzentrieren zu können. Er begriff, dass er sich in einer Lage befand, in der es nur schlechte Alternativen gab. Er musste die am wenigsten schlechte wählen.

»Die Polizei will mit Ihnen sprechen, weil Sie der Fahrer des Unfallautos waren und weil es sich um einen sehr schweren Unfall handelte«, sagte der Arzt.

»Der andere Mann im Auto ... Was ist mit ihm passiert?«

»Man hat an der Unfallstelle nichts mehr für ihn tun können, soweit wir wissen. Es tut mir leid.«

Obwohl der Inhalt des Satzes keine Überraschung war, tat es weh, ihn zu hören.

Toomas öffnete die Augen. Neben dem Bett war eine Schwester erschienen, dieselbe wie zuvor. Der Arzt entfernte sich.

Die Schwester richtete Toomas die Decke und fragte ihn, wie es ihm gehe.

»Ich möchte telefonieren.«

»Später, jetzt sollten Sie sich ausruhen und ...«

»Bringen Sie mir bitte ein Telefon.«

Die Schwester musterte ihn forschend und ging dann ein Telefon holen.

33

Auf dem Flughafen Genf trat Tero durch den Metalldetektor und nahm anschließend die Plastiktüte mit der VHS-Kassette vom Band. Den Briefumschlag hatte er zusammengefaltet in sein Portemonnaie gesteckt. Auf dem Flughafen-WC hatte er seine Wunden abgewaschen und mit Papierhandtüchern abgedeckt. Die Angestellten von der Fluggastkontrolle nahmen es argwöhnisch zur Kenntnis, wie Tero bemerkte.

Er ging auf ein Geschäft zu, um sich dort Pflaster zu kaufen. Mit seinem geschickten Fahrstil hatte er sich durch den Verkehr geschlängelt, bis er sicher war, den Mann mit der Waffe abgehängt zu haben. Aber es wäre für den anderen nicht schwer zu erraten, dass Tero zum Flughafen wollte, weshalb er auf der Hut sein musste und bei jedem grauhaarigen Mann unwillkürlich zusammenzuckte.

Tero wusch sich erneut auf dem WC die Hände und verpflasterte seine Wunden. Das Boarding hatte begonnen, er konnte direkt in die Maschine gehen. Auf seinem Platz im hinteren Teil der Maschine angekommen, blickte er stumm über die Sitzreihen hinweg. Er hatte das Gefühl, immer tiefer in eine düstere Sackgasse hineinzugeraten, aus der es kein Entkommen gab. Nichts kam ihm mehr real vor … und doch waren sein Entsetzen und seine Angst wirklicher als alles, was er seit langer Zeit erlebt hatte.

Die Stewardessen gingen auf dem Gang hin und her und schlossen die vollgestopften Gepäckablagen. Die Durchsage des Kapitäns teilte mit, alles sei zum Start bereit.

Teros Handy klingelte in dem Moment, als er es zur Hand

nehmen wollte, um es auszuschalten. Der Anruf kam von einem Festnetzanschluss in Helsinki.

»Hier ist Toomas«, sagte eine heisere Stimme.

Ruckartig richtete Tero sich auf.

»Hast du den Inhalt des Schließfachs?«

»Ja«, antwortete Tero, nun ebenfalls heiser.

»Eine Kassette und eine Art Bankbeleg?«

»Was hat die Kassette mit Julia zu tun?«

»Bring sie mir, dann sage ich es dir. Je weniger du bis dahin weißt, umso besser ist es.«

Toomas beendete das Gespräch. Eine Stewardess ging den Gang entlang und kontrollierte, ob alle Sicherheitsgurte geschlossen waren.

Tero zögerte kurz, dann rief er Roni in Helsinki an.

»Besorge irgendwo einen Videorecorder!«, befahl er.

»Was faselst du da?«

»Tu, was ich dir sage. Und hole mich um 14.50 Uhr am Flughafen ab«, fügte Tero noch hinzu, bevor er auflegte.

An der Kasse des S-Markets in Hakunila packte Sirje eine Packung Hackfleisch, einen Liter Milch, eine Paprika und ein Stück Käse in eine Plastiktüte. Dabei gab sie sich Mühe, die Augen von den Schlagzeilen der Boulevardblätter fernzuhalten, aber die Titel waren nicht zu übersehen: MÄDCHENMÖRDER NOCH IMMER AUF FREIEM FUSS. Kimmo hatte die Zeitungen schon am Morgen gekauft, über neue Erkenntnisse bei den Ermittlungen stand nichts darin. Sirje bezahlte und ging langsam in den Sprühregen hinaus.

Vor dem Supermarkt meldete sich das Handy in ihrer Jackentasche.

Es war eine Krankenschwester aus der Klinik Meilahti, in der Toomas lag. Sirje konnte ihren Schreck nicht verbergen.

»Keine Sorge. Ich wollte Ihnen nur sagen, dass Ihr Bruder zu Bewusstsein gekommen ist und sich wünscht, dass Sie ihn besuchen.«

Sirje entwich ein langer Seufzer der Erleichterung. »In welcher Verfassung ist er? Wird er bleibende Schäden davontragen?«

»Er hat eine Gehirnerschütterung und mehrere Brüche an den Beinen. Die Herzprobleme haben wir schon im Griff. Sein Brustkorb war einem ziemlich starken Druck ausgesetzt, weshalb wir die Funktion von Herz und Lunge genau beobachten. Aber er selbst ist der Meinung, schon wieder auf dem Weg der Besserung zu sein, und das ist ja auch sehr wichtig.«

»Danke für den Anruf, Sie können sich gar nicht vorstellen, wie glücklich ich bin«, sagte Sirje bewegt. »Richten Sie Toomas aus, dass ich sofort komme.«

Sirje eilte nach Hause. Im Aufzug wäre sie fast zusammengebrochen, für einen Moment war ihr ganz schwarz vor Augen.

»Ich muss essen, ich muss daran denken, etwas zu essen«, murmelte sie außer Atem vor sich hin. Sie wunderte sich selbst über ihre plötzliche Tatkraft. Als drängte die Sorge um Toomas alle Trauer in den Hintergrund. Anscheinend versuchte ihre Seele, sich vor dem Schlimmsten zu retten, indem sie sich auf das kleinere und fassbare Übel stützte. Egal, dachte Sirje. Hauptsache, ihre Handlungsfähigkeit war zurückgekehrt.

Sie stellte die Tüte in der Diele ab und rief: »Kimmo!«

Kimmo erschien besorgt in der Wohnzimmertür.

»Toomas ist bei Bewusstsein. Stell das Essen in den Kühlschrank, ich ziehe mich um.«

An der Shell-Tankstelle beim Ostzentrum ging Roni von der Zapfsäule zur Kasse. Vor den Flaschen mit dem Motoröl blieb er stehen, um einen Anruf entgegenzunehmen. Der Anrufer war Kriminalhauptmeister Rahnasto.

»Wir möchten uns noch einmal mit Ihnen über den Tod von Julia Leivo unterhalten. Könnten Sie heute gegen Abend aufs Präsidium in Pasila kommen?«

Roni erschrak. Er befürchtete, seine Stimme könnte zittern, darum versuchte er, zornig zu klingen.

»Da war ich schon. Worum geht's denn diesmal?«

»Es sind neue Erkenntnisse aufgetaucht, wegen denen wir Sie noch einmal vernehmen wollen. Kommen Sie um 19 Uhr hierher.«

Roni sagte, dass er kommen werde, und legte nervös auf. Was war passiert? Die schlimmsten Ahnungen bereiteten ihm eine Gänsehaut. Was hatte die Polizei Neues erfahren? Es hörte sich an, als richteten sich die Verdachtsmomente nun gegen ihn.

Anatoli Rybkin strich sich am Empfangsschalter des Krankenhauses Töölö über das runde, glatt rasierte Kinn. Nach den Informationen, die er telefonisch eingeholt hatte, wurden Unfallopfer zur Erstversorgung in diese Klinik im Helsinkier Stadtteil Töölö gebracht, aber der Pfleger am Empfang wusste nichts von einem Toomas Ehaver.

Anatoli rief seinen Partner an und schilderte die Lage. Das Ergebnis des kurzen Gesprächs war klar: Sie mussten weitersuchen.

Ungeduldig änderte Toomas in seinem Bett die Position. Die Schmerzmittel wirkten, seine Gedanken waren klar. So hatte er sich sorgfältig überlegen können, was er sagen würde.

Endlich ging die Tür auf, und die Schwester führte Sirje herein. Kimmo folgte ihr blass und müde.

»Na, wie geht es dir?« Sirje versuchte, munter zu klingen, aber ihr Gesicht verriet die Sorge und den Schrecken. Sie legte die Blumen auf den Nachttisch und ergriff Toomas' Hand.

»Du siehst gar nicht so schlimm aus, wie ich dachte«, sagte sie tapfer lächelnd.

»Bald bist du wieder auf dem Posten«, brummte Kimmo.

»Setzt euch.« Toomas' Stimme klang erschöpft, aber bestimmt.

Kimmo zog zwei Stühle neben das Bett.

»Kommt näher. Und hört genau zu.«

»Das Reden strengt dich an. Du solltest dich ausruhen und …«

»Nimm mein Portemonnaie aus der Schublade.«

Sirje zog die Schublade des Nachttischs auf und nahm eine schwarze Geldbörse heraus.

»Da ist ein Foto drin«, sagte Toomas.

Sirje zog ein zusammengefaltetes Blatt Papier mit der Kopie eines Fotos heraus. Auf dem Foto sah man die Beladung eines Schiffes – Autos und Männer auf der Bugrampe einer großen Fähre.

Sirje warf einen kurzen, überraschten Blick auf Toomas, der fragte: »Erkennst du darauf jemanden?«

Sirja sah sich erneut das Bild an.

»Vater«, flüsterte sie und schaute Toomas mit großen Augen an, durch und durch von Schreck ergriffen.

Kimmo nahm ihr das Bild aus der Hand.

»Das ist ein Bild von der Beladung der *Estonia*«, sagte Toomas leise. »Wegen der damaligen Ereignisse hat man versucht, mich umzubringen. Der Unfall war kein Unglück, sondern ein Mordversuch.«

»Was fantasierst du da?«, fragte Kimmo ungläubig.

Toomas sammelte noch einmal alle Kräfte.

»Und wegen der *Estonia* wurde auch Julia umgebracht«, sagte Toomas, ohne Sirje oder Kimmo dabei in die Augen schauen zu können.

34

Tero sah Roni sofort an, dass es Probleme gab. Stumm verließen sie die Ankunftshalle des Flughafens Helsinki-Vantaa und gingen auf den Kurzzeitparkplatz zu, wo Roni den Wagen stehen hatte. Es blies ein nasskalter Wind.

Erst als sie am Taxistand vorbei waren und niemand mehr in der Nähe war, fragte Roni: »Wo bist du gewesen? Was hast du mit deinen Händen gemacht?«

»Das erkläre ich dir später.« Tero blickte kurz auf seine Hände. Die Pflaster waren voll getrockneter Blutflecken. »Aber warum bist du so aufgeregt?«

»Sie wollen mich noch einmal verhören. Irgendetwas ist passiert.«

Ronis Stimme klang monoton und kalt. Was er sagte, löste in Tero ohnmächtige Verzweiflung aus, wie ein Roboter ging er neben Roni her, unfähig, etwas zu sagen.

Roni öffnete per Knopfdruck die Zentralverriegelung, und Tero setzte sich in den Wagen.

»Bald werden sie dich auch anrufen«, sagte Roni, als er den Motor anließ.

Prompt klingelte Teros Handy.

Tero tastete danach, zog es aus der Tasche und stellte sich darauf ein, die trockene Amtsstimme eines Polizeibeamten zu hören.

»Vielen Dank auch«, sagte Valtteri bitter.

Teros Herz fing an zu hämmern.

»Danke wofür?«, sagte er verwirrt. »Valtteri, wo bist du?«

»Der Reifenwechsel sollte wohl besonders clever sein«, fuhr

Valtteri höhnisch fort. »Aber ich habe Zeugen. Die haben der Polizei erzählt, dass ich mir kein Auto geliehen habe. Ich war nicht mal fahrtüchtig.«

Tero sagte nichts. Er fand einfach keine passenden Worte.

»Du hast versucht, alles so zu inszenieren, dass ich als der Schuldige dastehe. Weißt du, was ich von so einer Aktion halte? Oder die Polizei? Die interessiert sich nun ziemlich für dich. Und für Roni.«

»Es ist nicht so, wie es scheint. Ich habe immer alles für dich getan ...«

»Für mich getan!« Valtteri wurde laut. »Du hast versucht, mich als den Schuldigen hinzustellen! Dafür hätte ich jahrelang in den Knast kommen können ...«

»Ich weiß nicht, wovon du sprichst ... Komm zu uns, dann reden wir.«

»Du wolltest Roni retten, indem du mich opferst.«

»Bist du verrückt geworden?«

»Schade nur, dass es nicht geklappt hat. Ich habe der Polizei etliches über Roni und Julia erzählt. Unter anderem über ihre Hormongeschäfte.«

»Was zum Teufel ...«

»In meinen Kreisen hört man so manches. Ich habe versucht, Julia und Roni zu warnen. Hätte ich darüber vielleicht nicht mit der Polizei reden dürfen?«

»Was hast du getan?«, fragte Tero mit einer Stimme, in der sich Zorn und Wehklage mischten.

»Das Gleiche wie du. Ich zahle dir nur mit gleicher Münze zurück. Ach ja, dieses Telefongespräch wird übrigens von der Polizei aufgenommen.«

»Was?«

Es raschelte in der Leitung, dann hörte man die Stimme eines anderen Mannes. »Hier ist Kriminalhauptmeister Rahnasto. Ich möchte Sie bitten, zu uns nach Pasila zu kommen. Dann unterhalten wir uns ein bisschen ausführlicher.«

Tero starrte vor sich hin.

»Haben Sie gehört? Kommen Sie unverzüglich hierher. Oder ich schicke eine Streife …«

Tero legte auf.

Toomas sah, wie Sirje und Kimmo einander bestürzt anblickten. Kimmo schüttelte unmerklich den Kopf und sagte, an Toomas gerichtet: »Du musst dich jetzt ausruhen, wir reden morgen weiter …«

»Ich bin bei vollem Verstand.«

»Ach ja?«, fragte Kimmo mit erhobener Stimme und gab Sirje das Foto zurück. »Was meinst du dann damit? Dass Julias Tod mit dem Untergang der *Estonia* zu tun hat? Hat der Unfall deinen Kopf dermaßen durcheinandergebracht?«

»Sirje, hör mir zu«, bat Toomas, ohne auf Kimmo zu achten.

»Du hattest früher schon alle möglichen Verschwörungstheorien im Kopf«, sagte Sirje vorsichtig. »Du konntest den Tod von Mutter und Vater einfach nicht akzeptieren. Aber du kannst nicht so sehr durcheinander sein, dass du nun Julias Tod damit in Verbindung bringst …«

»Sei still und hör mir zu!« Toomas' Stimme brachte Sirje wie ein Peitschenhieb zum Schweigen. »Wollt ihr wissen, was mit Julia passiert ist, oder nicht?«, fragte er etwas ruhiger.

»Dann schieß schon los und spann uns nicht auf die Folter«, fuhr ihn Kimmo an.

Toomas versuchte sich zu beruhigen. Die Medikamente halfen gegen die Schmerzen des Körpers, aber nicht gegen die der Seele.

»Weiß er Bescheid?«, fragte er Sirje.

»Ungefähr. Aber er kennt nicht alle deine … Theorien.«

Toomas sammelte Kräfte. »Ich fange von vorne an. Ihr müsst jetzt alles wissen, beide.« Er holte tief Luft und sah abwechselnd Kimmo und seine Schwester an. »Kehren wir in die Herbstnacht im Jahr 1994 zurück … Ich befürchtete bereits das Schlimmste, als ich nach Mitternacht vom Untergang der *Estonia* erfuhr. Dennoch war es ein Schock, als ich hörte, dass unsere

Mutter ertrunken war. Immerhin sorgte es für ein bisschen Erleichterung, dass Vaters Name auf der vom Krankenhaus bestätigten Liste der Geretteten stand …«

Mit feuchten Augen nahm Sirje Toomas' Hand.

»Die Liste wurde erstellt, indem man jeden Geretteten nach seinen Personalien fragte«, fuhr Toomas fort, bemüht, seine Stimme einigermaßen ruhig zu halten. »Vaters Name stand auf der Liste, aber Vater ist nie nach Hause zurückgekommen. Obwohl andere Gerettete ihn gesehen hatten. Wie ist das möglich? Du hast das alles als Tatsache akzeptiert, Sirje, ich nicht. Schon gar nicht, als es mit den Gerüchten losging. Ich versuchte, an jede denkbare Information zu kommen, aber es war unmöglich …«

Toomas machte eine kurze Pause, dann sprach er weiter: »Eine offizielle, den internationalen Gepflogenheiten entsprechende Untersuchung des Unglücks ist nie gemacht worden. Im Gegenteil. Von Anfang an wurde versucht, alles Mögliche zu vertuschen. Das estnische Schiff sank in internationalen Gewässern, aber die Schweden hielten sich allein für berechtig, das Wrack zu untersuchen. Sie taten alles, um zu verhindern, dass irgendjemand anders an die Unglücksstelle kam. Der finnische Vertreter der Untersuchungskommission gab in der Öffentlichkeit falsche Koordinaten an. Die richtigen Koordinaten kannten nur die schwedische und die finnische Armee. Warum wurde so verfahren?«

»Die *Estonia* ist eine Zwangsvorstellung von dir geworden«, sagte Sirje.

Toomas versuchte, seine trockenen Lippen zu befeuchten. »Gibst du mir etwas Wasser, bitte.«

Noch bevor Sirje reagieren konnte, sprang Kimmo auf und griff nach dem Wasserglas auf dem Nachttisch. Rasch steckte er Toomas den Strohhalm in den Mund. Toomas sog daran, und Kimmo verfolgte ungeduldig, wie die Flüssigkeit durch das Röhrchen lief.

Dann stieß Toomas den Strohhalm mit der Zunge aus dem

Mund und fuhr fort: »Ja … Man muss wohl von einer Fixierung sprechen, wenn man mit aller Kraft etwas zu tun versucht, was die anderen für sinnlos und verrückt halten.«

»Lass uns jetzt nicht darüber reden«, bat Sirje gequält.

»Lass ihn doch«, sagte Kimmo ungeduldig.

»Genau auf diese Dinge kommen wir jetzt zu sprechen.« Toomas bezog Kraft aus Kimmos unverhohlenem Interesse und richtete seine Worte mehr an ihn als an seine Schwester. »Eine Person, die von diesen Dingen weiß, ist mein Chef Anatoli Rybkin. Er ist Waffenhändler.«

»Geht es also doch darum?«, fragte Sirje erschrocken.

»Targa Trading tut nichts Illegales. Und ich am allerwenigsten, ich organisiere nur die Transporte. Aber vor meiner Zeit, Anfang der Neunzigerjahre, hatte Anatoli von Tallinn aus dunkle Geschäfte zwischen Ost und West laufen. Es wurde gemunkelt, er sei in den illegalen Verkauf von russischer Militär- und Raumfahrttechnik verwickelt gewesen. Und ein Teil dieser Komponenten wurde mit der *Estonia* transportiert.«

Kimmo zog seinen Stuhl näher an Toomas heran und blickte kurz zu Sirje.

»Ich hatte die Hoffnung, Anatoli ausspionieren zu können, und deshalb den Job bei ihm angenommen. Vom Schicksal unserer Eltern habe ich ihm nichts gesagt. Zu Anatolis Geschäftspartnern gehörte auch ein gewisser Marcus Grotenfelt, ein schwedischer Geschäftsmann, der in Marbella lebt. In den Anfangsjahren versuchte ich, auf Firmenebene mit Grotenfelt in Kontakt zu kommen, aber Anatoli handhabte die geschäftlichen Kontakte zu dem Mann äußerst diskret. Und jetzt …« Toomas verstummte erneut für einen Moment. »Ich hatte Grotenfelt im Wagen und sollte ihn zu Anatoli bringen, als der Unfall passierte. Aber es war eben kein Unfall, sondern ein Anschlag. Grotenfelt wurde durch einen inszenierten Zusammenstoß ermordet.«

»Ermordet«, wiederholte Kimmo und starrte Toomas an.

»Grotenfelt war früher Beamter beim schwedischen Militärgeheimdienst MUST. Das habe ich jedenfalls gehört. Und ich habe den starken Verdacht, dass er und Anatoli an den Geheimtransporten, die mit der *Estonia* gemacht wurden, beteiligt waren. Alle Behauptungen über solche von Armee und Zoll durchgeführten Schmuggeltransporte wurden natürlich als Gerüchte abgetan, bis ein schwedischer Zollbeamter die Richtigkeit der Behauptungen bestätigte. Aber die schwedischen Behörden vertuschten das Ganze, auch wenn ich noch so oft dort anrief, Briefe schrieb und weitere Auskünfte forderte.«

»Ich konnte deine Fahrten nach Stockholm nie ernst nehmen«, sagte Sirje. »Du warst wütend auf die Schweden, und ich machte mir immer mehr Sorgen wegen deiner wahnsinnigen Verschwörungstheorien …«

Toomas nahm keine Notiz von Sirje, sondern sprach weiter: »Schließlich kam es im Frühling zu einer Wende. Ein alter Bekannter von unserem Vater nahm von Tallinn aus Kontakt zu mir auf. Er hatte gehört, dass ich über Vaters Schicksal forschte, und meldete sich, weil er im Hafen von Tallinn Chef des Wachdienstes gewesen war. Jetzt lag er wegen immer schlechter werdender Nierenfunktion im Krankenhaus und wollte sein Gewissen erleichtern. Er erzählte mir, er habe in seinem Wochenendhaus brisante Fotos versteckt. Ich holte mir die Fotos, und das hier ist eines davon.«

Sirje und Kimmo schauten sich erneut die Kopie des Fotos an, auf dem Toomas' und Sirjes Vater in einer reflektierenden Weste bei der Rampe zum Autodeck stand; er hielt Papiere in den Händen und kontrollierte offenbar den Ladevorgang. Er beugte sich zu der Seitenscheibe eines Autos hinunter und schien mit dem Fahrer zu sprechen.

»Seht ihr den Mann direkt neben der Laderampe?«

Dort stand ein blonder, mittelgroßer Mann.

»Das ist Marcus Grotenfelt. Schaut euch das Datum am unteren Bildrand an.«

27.9.1994, 18.13.44 Uhr.

»Hier wird die *Estonia* für ihre letzte Fahrt beladen«, sagte

Toomas heiser. Das Reden kostete ihn Kraft, auch wenn er keine Schmerzen hatte. »Neben Grotenfelt steht ein zweiter Beamter des schwedischen Militärgeheimdienstes …«

Dieser Mann war jünger, er hatte längere blonde Haare, eine außergewöhnlich kleine Nase und breite Lippen.

In dem Moment hörte man Schritte vor der Tür. Die Schwester kam herein.

»Der Patient braucht Ruhe, die Besuchszeit ist vorbei.«

»Einen Moment noch«, sagte Kimmo zu der Schwester.

»Nein, ich muss Sie bitten, jetzt zu gehen.«

»Nur noch einen ganz kleinen Augenblick, auf ein paar Minuten kommt es doch nicht an«, sagte Kimmo verärgert.

»Zwei Minuten«, sagte die Schwester ebenso gereizt. »Ich bin gleich wieder zurück.«

»Schnell«, trieb Kimmo seinen Schwager an. »Was hat Julia mit all dem zu tun?«

»Grotenfelt war vor einiger Zeit bei Anatoli in Espoo. Ich habe etwas von ihrem Gespräch mitgehört. Sie stritten sich. Grotenfelt sagte, er habe in seinem Bankdepot in Lausanne Beweismaterial liegen, das mit der *Estonia* zu tun habe. So wie ich es verstand, war das eine Art Lebensversicherung für ihn. Sirje …«

Toomas nahm alle Kraft zusammen, um zum schwierigsten Punkt zu kommen. »Du hast meinen Verdacht in Sachen *Estonia* immer als Spinnerei abgetan. Du hast mir nie geglaubt. Aber Julia wollte mir helfen. Sie wollte das Schicksal ihres Großvaters ergründen.«

Die Atmosphäre im Zimmer war nun wie elektrisch aufgeladen. Kimmo rückte noch näher an Toomas heran.

»Wie wollte sie das tun?«

Toomas machte eine Pause, bevor er fähig war, weiterzusprechen. »Julia war wahnsinnig interessiert an allem, was mit der *Estonia* zu tun hatte. Andere in ihrem Alter sehen sich ›Akte X‹ an, sie hat geheime Akten im realen Leben studiert. Aber zu dem Zeitpunkt war man mir schon auf der Spur, obwohl ich das noch nicht wusste …«

»Wer war dir auf der Spur?«

Toomas biss sich auf die Lippe und sammelte noch einmal Kräfte. Allmählich kehrte der Schmerz in die Beine und den ganzen Körper zurück.

»Diejenigen, die dafür sorgen wollen, dass die mit der *Estonia* durchgeführten Geheimtransporte nicht ans Tageslicht kommen. Das Foto …« Seine Stimme brach. »Ihr könnt euch nicht vorstellen, wie brisant es ist … Man sieht darauf zwei Mitarbeiter vom schwedischen Militärgeheimdienst MUST. Und höchstwahrscheinlich das Auto, mit dem etwas Geheimnisvolles auf das Schiff gebracht wird. Der MUST hat erfahren, dass in Tallinn Fotomaterial in Umlauf gekommen ist. Dort gibt es Leute, die von den Transporten wissen … Dieses Thema spaltet auch die Esten. Ich bin in Helsinki beschattet worden. Jedenfalls kam es mir so vor.«

Toomas' Stimme wurde schwächer, auch wenn er sich noch so sehr zwang, gelang es ihm nicht mehr, Kraft in sie zu legen. »Dann bekam Anatoli Besuch von einem Mann, der, wie ich es verstand, mit Marcus und der *Estonia* etwas zu tun hatte … Es war also was im Gange. Aber ich konnte ihnen nicht auf den Fersen bleiben, weil sie mich kannten. Julia …«

Toomas musste Atem schöpfen, bevor er weiterreden konnte.

»Was ist mit Julia?«, fragte Kimmo sofort. Seine düstere Miene machte Toomas Angst.

»Julia bot ihre Hilfe an … Meiner Aufforderung, sich aus diesen Dingen herauszuhalten, schenkte sie überhaupt kein Gehör. Und ich war nicht strikt genug zu ihr …«

»Was willst du damit sagen?« Kimmo wurde jetzt laut. Sirje starrte vor sich ins Leere.

Toomas holte erneut Luft. Er musste die Wahrheit erzählen, er musste dafür sorgen, dass etwas getan wurde …

»Julia sollte den Männern nur folgen, schauen, was da vor

sich ging. Sie rief mich an und sagte, die Männer seien in einer Lagerhalle in der Nähe von Anatolis Firma …«

Toomas sah, wie Kimmo und Sirje einander entsetzt anschauten. Er zwang sich weiterzureden, auch wenn er unmittelbar vor dem Zusammenbruch stand. »Ich befahl Julia, sich fernzuhalten, aber sie gehorchte mir nicht. Glaubt mir …«

»*Weiter!*«, sagte Kimmo.

»Ich fuhr hin und brachte sie nach Hause. Ich befahl ihr, sich aus der Sache herauszuhalten, es war alles viel zu gefährlich … Dann fuhr ich zu der Lagerhalle zurück. Dort schien es still zu sein. Einzubrechen konnte ich aber nicht riskieren, es gab sicher eine Alarmanlage …«

Der Schmerz wurde stärker, Toomas seufzte tief. »Am nächsten Tag rief ich Julia an und warnte sie erneut … Am Abend ging ich noch einmal zu der Halle, alles wirkte verlassen. Aber Julia ging auf eigene Faust ein weiteres Mal hin, da bin ich mir sicher. Ich rief sie an, und sie war sehr kurz angebunden …«

Toomas' Stimme brach, und sein Atem beschleunigte sich. »Julia war bei der Halle oder auf dem Weg dorthin. Und in derselben Nacht … Ich dachte, ich wäre paranoid. Ich konnte einfach nicht glauben, dass Julias Tod mit diesen Dingen zu tun haben sollte …«

Kimmo saß in extremer Anspannung da, mit beängstigend ausdruckslosem Gesicht. Er schien sich mit größter Anstrengung dazu zu zwingen, ruhig zu bleiben. »Was du da redest, klingt vollkommen wahnsinnig …«

»Als ich in dem Unfallauto eingeklemmt war, tauchte plötzlich ein Mann auf, den ich kannte … Ein früherer Besucher von Anatoli. Er durchsuchte Marcus Grotenfelts Taschen. Ich bin sicher, er suchte die Nummer des Schließfachs. Er wusste, dass Marcus Grotenfelt als Lebensversicherung etwas in dem Depot aufbewahrte, das …«

Toomas ballte die Fäuste, obwohl die Haut um die Nadel der Kanüle dabei schmerzhaft spannte. »Der Mann glaubte, ich wäre tot … Ich rührte mich nicht, und er bemerkte nicht, dass ich ihn sah. Wenn nicht Leute gekommen wären, hätte er geprüft, ob ich ebenfalls tot bin. Ich bin davon überzeugt, dass dieser Mann auch Julia getötet hat.«

Obwohl das Reden ihn erschöpfte, spürte Toomas bei allen Schmerzen auch Erleichterung. »Ich glaube nicht, dass Julia mir am Telefon alles erzählte, was sie bei der Lagerhalle sah. Sie befürchtete, ich könnte sie aufhalten … Sie *wusste*, ich würde versuchen, sie aufzuhalten …«

»Hör bloß mit deinen verdammten Rechtfertigungen auf«, fuhr Kimmo ihn an. »Warum hast du überhaupt zugelassen, dass Julia in so etwas hineingezogen wird …« Er schluckte seine Wut gewaltsam hinunter, stand auf und ging ans Fenster.

Sirje starrte Toomas an. »Warum hast du nicht früher darüber geredet?«

»Ich wollte nicht zugeben, dass ich Julia mit meinen *Estonia*-Recherchen in Gefahr gebracht hatte. Und noch weniger wollte ich mit der finnischen Polizei über Mitarbeiter des schwedischen Militärgeheimdienstes sprechen, die mir nachschleichen … Sie hätten mich als Wirrkopf abgestempelt. Die *Estonia*-Untersuchungskommission und die Medien haben den Menschen eingeschärft, dass alles, was nicht von den Mitgliedern der Kommission bestätigt ist, purer Blödsinn ist. Mir tut das unglaublich leid …«

Sirje starrte Toomas mit tränengefüllten Augen an. Toomas war nicht fähig, seine Schwester anzusehen, sondern richtete den Blick zur Decke und sagte: »Mithilfe von Tero Airas habe ich die Schließfachnummer herausgefunden. Er bringt den Inhalt des Fachs hierher. Das hilft uns entscheidend weiter bei der Enthüllung der Wahrheit im Fall *Estonia*, aber auch wegen Julia …«

Nun ging die Tür auf, und die Schwester kam herein, begleitet von dem Arzt, der Toomas behandelte.

»Die Besuchszeit ist jetzt zu Ende. Es tut mir leid, aber Sie müssen gehen«, sagte der Arzt streng.

Toomas nickte matt. »Ich möchte gerne noch etwas gegen die Schmerzen …«

Er richtete den Blick auf Sirje und sagte mühsam auf Estnisch: »Nimm meine Schlüssel aus der Nachttischschublade … Ich habe von einigen Fotos aus dem Hafen in Tallinn Kopien gemacht. Sie sind in meinem Auto unter dem Rücksitz versteckt. Holt sie da raus und hebt sie gut auf … Das Auto steht im Westend, in der Nähe von Targa Trading, auf der Straße. Tiiratie 8 ist die Adresse. Nimm auch den Schlüssel für meine Wohnung mit. Im Regal im Schlafzimmer stehen Ordner. Seht euch die an. Und nehmt ernst, was ihr darin findet.«

35

Tero betrachtete Roni, der den Wagen gerade in westliche Richtung auf den Ring 1 lenkte. Der Junge wirkte entschlossen, sein Gesicht war ernst, der scharfe Blick fest auf die Straße gerichtet. Was aber ging hinter der Fassade vor?

Tero hatte beschlossen, als Erstes zu Toomas ins Meilahti-Krankenhaus zu fahren, um zu hören, worum es bei der ganzen Geschichte eigentlich ging. Nach Hause wollten sie vorerst nicht, denn jetzt war nicht der geeignete Moment, auf Polizisten zu treffen.

»Du solltest etwas langsamer machen«, sagte Tero zu Roni, der ruckartig und aggressiv fuhr.

Widerwillig reduzierte Roni die Geschwindigkeit. »Was hast du der Polizei über Valtteri erzählt?«

Tero fühlte sich bei dem Thema unwohl und schuldig, am liebsten hätte er gar nicht darüber geredet. Roni musste aber Bescheid wissen. »Ich habe behauptet, er hätte sich an dem Abend, an dem Julia starb, dein Auto geborgt. Aber Valtteri behauptet, er hätte ein Alibi für die Zeit.«

»Wer glaubt den Behauptungen eines durchgeknallten Fixers?«

»Hoffentlich glaubt wenigstens niemand, was er über deine Steroidgeschäfte erzählt hat.«

»Wo warst du heute eigentlich? Wie kannst du in so einer Situation einfach verschwinden und mich allein lassen?«

Roni schien sofort das Thema wechseln zu wollen. Tero wog die Lage ab. Er konnte die Wahrheit nicht verschweigen, ganz gleich, mit welchen Konsequenzen Toomas drohte. Roni war die ganze Zeit bei ihm, es war besser, wenn der Junge die Wahrheit kannte. Falls ein Killer Tero auf den Fersen war, wäre Roni in noch größerer Gefahr, wenn er überhaupt nicht wüsste, worum es eigentlich ging.

»Laut Toomas befand sich im Bankschließfach von Marcus etwas, das mit Julias Tod zu tun hat. Ich bin nach Lausanne gefahren und habe eine VHS-Kassette und einen Briefumschlag aus dem Depot geholt.«

Roni warf ihm einen überraschten Blick zu, schaute aber gleich wieder auf die Straße.

»Im Hotel konnte ich den Anfang des Bandes ansehen«, sagte Tero. »Es sind Taucheraufnahmen von der *Estonia*.«

Roni schien verdutzt. »Von der Fähre?«

»Es war noch jemand hinter der Kassette her. Und dieser Jemand hat versucht, mir die Kassette mit Gewalt abzunehmen. Er war bereit, mich umzubringen.«

Roni wirkte ungläubig.

»Ich bin aus dem Hotelfenster geflohen, dabei hat er auf mich geschossen. Toomas hatte mich gewarnt. Wer den Inhalt des Schließfachs hat, dessen Leben ist nicht mehr viel wert, hat er gesagt. Er verbot mir sogar, mit dir darüber zu reden.«

Roni musste kurz verdauen, was er gehört hatte, dann fragte er: »Was war in dem Briefumschlag?«

»Die Kopie eines Bankbelegs.«

»Und was soll das alles mit Julia zu tun haben?«

»Bald werden wir es hören. Toomas soll uns alles erzählen, wenn er den Inhalt des Schließfachs haben will.«

Roni fiel es eindeutig schwer, zu glauben, was er erfahren hatte, aber er gab sich Mühe. Er fuhr auf die Hämeentie ab und weiter in Richtung Meilahti.

»Hatte Marcus etwas mit der *Estonia* zu tun? Was hat er überhaupt getrieben? Wo hatte er das ganze Geld her?«, fragte Roni.

»Da gibt es alle möglichen Gerüchte.«

»Dass er bei Immobiliengeschäften Geld gewaschen hat?«

»Ja.«

»Und woher stammte das Geld? Von der Mafia?«

»Marcus hat sicher auch alleine gute Geschäfte gemacht«, sagte Tero. »Er zog Mitte der Neunzigerjahre nach Spanien, da ging der heißeste Immobilienboom gerade erst los. Aber ursprünglich arbeitete er für die schwedische Armee. Gerüchten zufolge als eine Art Agent. Mit solchen Sprachkenntnissen und so einer Teflonschicht, wie man sie in dem Job erwirbt, kann man sicher auch in der freien Wirtschaft Erfolg haben. Und der schwedische Militärgeheimdienst schmuggelte russische Waffentechnologie der Spitzenklasse in den Westen. Auch mit der *Estonia*.«

»Ich glaube nicht an solche Geschichten.«

»Es besteht kein Zweifel daran. Die Transporte haben stattgefunden, das bestreitet niemand. Es existiert darüber eine Untersuchung durch den schwedischen Justizkanzler. Die Schweden hatten nur zunächst versucht, alles zu verheimlichen.«

»Willst du damit sagen, dass der Killer, der dich bedroht hat, ein Schwede sein könnte?«

»Ich will gar nichts sagen. Es ist sinnlos, wenn wir unsere Kräfte an neue Fragen verschwenden. Zuerst sollten wir die alten Probleme lösen.«

Sirje trat hinter Kimmo aus dem Lift in die Eingangshalle des Meilahti-Krankenhauses. Sie hatte Mühe, beim Tempo ihres Mannes mitzuhalten und dabei den vielen Patienten und Besuchern auszuweichen. Nach all dem, was Toomas erzählt hatte, war sie vollkommen verwirrt. Kimmo schien es nicht anders zu gehen. Sein unrasiertes Gesicht war unnatürlich rot, seine Bewegungen hektisch und unberechenbar.

Sirjes Blick fiel auf einen Mann in schwarzer Lederjacke, der auf die Treppe zuging. Irgendwie kam er ihr bekannt vor.

»Kimmo«, sagte sie schnell.

Kimmo blieb stehen und wandte sich ungeduldig zu ihr um.

»Der Mann da, der zur Treppe geht«, sagte Sirje.

»Welcher Mann?«

Sirje drehte sich um, aber vor der Treppe standen nur noch zwei ältere Frauen mit Blumensträußen.

»Wovon redest du?«

»Ich … ich meinte, ich hätte gerade einen von den Schweden gesehen, die auf Toomas' Foto waren. Kleine Nase, breite Lippen …«

»Hör zu«, seufzte Kimmo gequält und nahm zärtlich ihre Hand. »Wir versuchen jetzt, uns zu beruhigen und gemeinsam zu verstehen, was Toomas uns da erzählt hat. Lass uns nach Hause fahren. Dann essen wir etwas und reden in aller Ruhe. Einverstanden?«

Sirje nickte unsicher. Sie schaute noch einmal kurz zur Treppe, aber der Mann war nicht zu sehen.

Der in schwarze Lederjacke, Diesel-Jeans und Sneakers gekleidete Claus Steglitz stand auf dem Treppenabsatz und sah sich noch einmal auf dem Display seines Handys das Foto an. Es zeigte einen Mann auf einem Bürgersteig.

Toomas Ehaver stand unter dem Bild.

Steglitz prägte sich die Gesichtszüge des Mannes möglichst genau ein. Einen Irrtum konnte er sich nicht leisten. Er drückte mit dem Daumen eine Taste, und ein weiteres Bild erschien auf dem Display: Ein gut vierzig Jahre alter Mann stieg gerade in einen Renault Mégane. Das Foto war von Steglitz' Kollegen in Lausanne gemacht worden.

Tero Airas.

Der Inhalt des Schließfachs befand sich in diesem Moment höchstwahrscheinlich in den Händen einer dieser beiden Männer.

Steglitz stecke das Handy ein und strich sich die relativ langen Haare aus der Stirn. Er stopfte die iPod-Kopfhörer in die Innentasche seiner Jacke und spuckte den Kautabakpriem, den er unter der Oberlippe hatte, in den Abfalleimer. Dann ging er die restlichen Stufen hinauf, passierte den Empfangsschalter und hängte seine Jacke an die Garderobe. Anschließend ging er an wartenden Patienten vorbei auf eine Tür zu, auf der *Personal* stand.

Ohne auch nur einen Augenblick zu zögern, öffnete er die Tür. Dahinter tat sich ein Gang auf, dem er bis zum Ende folgte, wo er die nächste Tür aufmachte. In dem Raum saßen einige Krankenschwestern beim Kaffee und drehten sich zu dem Ankömmling um.

»Entschuldigung«, sagte Steglitz auf Englisch. Dabei warf er einen kurzen Blick auf die anderen Türen des Pausenraums, die aller Wahrscheinlichkeit dorthin führten, wo er hinwollte: in die Umkleideräume des Personals. Auf dem Rückweg probierte er im Gang einige weitere Türen aus – dahinter lagen Abstellräume und eine große Putzkammer mit einem Putzwagen darin.

Schließlich fand er, was er gesucht hatte: einen Raum, der an eine Kleiderkammer erinnerte und in dem mehrere Wäschewagen standen.

36

Tero klemmte die Plastiktüte mit der Kassette und dem Briefumschlag zwischen die Knie und desinfizierte sich an dem Automaten am Eingang die Hände, wie es auf dem Plakat vorgeschrieben wurde, auch wenn das wegen der Pflaster unmöglich war. Roni tat neben ihm das Gleiche.

»Wir hätten uns zuerst die Kassette ganz ansehen sollen«, flüsterte Roni.

»Keine Zeit. Jetzt ist es wichtiger, zu erfahren, welche Informationen Toomas hat. Er weiß wesentlich mehr, als er bis jetzt zugegeben hat.«

Sie gingen den Gang entlang und lasen die Nummern der Patientenzimmer. In Tero brannte die Neugier, aber es kam auch Angst dazu.

Vor Zimmer 6147 blieben sie stehen. Tero klopfte und trat ein. Toomas sah schlecht aus, wie er da im Bett lag, aber seine Stimme klang kräftig.

»Tero, du kannst dir nicht vorstellen, wie sehr ich auf dich gewartet habe.« Er versuchte, eine Hand zu heben.

Bevor Tero etwas sagen konnte, sprach Toomas mit Blick auf die Plastiktüte weiter: »Hast du die Kassette? Hast du sie dir schon ganz angeschaut?«

»Nein. Wir kommen direkt vom Flughafen.«

Roni rückte zwei Stühle für sich und seinen Vater neben das Bett, und sie setzten sich.

»Zeig mir den Bankbeleg«, bat Toomas.

»Alles zu seiner Zeit. Jetzt erzählst du uns zuerst, womit wir es hier eigentlich zu tun haben.«

»Wenn du den Anfang der Kassette gesehen hast, weißt du ja schon, dass es um den Untergang der *Estonia* geht. Und um das, was danach passiert ist«, sagte Toomas.

»Willst du behaupten, dass die *Estonia* gar nicht deshalb untergegangen ist, weil sich das Bugvisier löste?«

»Du solltest genauer zuhören … Ich habe gesagt, es geht um das, was *nach* dem Untergang der *Estonia* passiert ist. Der damalige schwedische Ministerpräsident Carl Bildt weiß nicht mehr, woher er von dem Sinken des Schiffes erfahren hat. Auch seine zwei engsten Mitarbeiter wissen das nicht mehr. In Wahrheit erinnert sich Bildt natürlich daran, aber er will es nicht zugeben. Warum nicht?«

Tero sah ein fanatisches Flackern in Toomas' Augen.

»Vielleicht, weil die Information vom Militärgeheimdienst MUST kam?«, fuhr Toomas leise fort. »Und warum wusste der MUST so gut über die *Estonia* Bescheid? Weil er mit dem Schiff russische Militärtechnologie in den Westen schmuggeln ließ. Man wusste, dass die Russen die Geheimtransporte in keinster Weise guthießen, darum bekamen die Schweden einen gehörigen Schreck, als das Schiff unterging. Man dachte natürlich, dass mehr als ein Unglück dahinterstecken könnte …«

Toomas unterbrach sich und holte Atem. Der Kontrast zwischen seinem blassen Gesicht und der Leidenschaft seiner Worte veranlasste Tero dazu, den Blick über die Etiketten der Infusionsbeutel schweifen zu lassen. Bekam er Morphium oder etwas Vergleichbares gegen die Schmerzen? Wie ernst sollte man seine Aussagen nehmen?

»Und selbst wenn nichts Dubioses hinter dem Untergang gesteckt hätte, mussten die Geheimtransporte vertuscht werden. Niemand durfte wissen, dass die schwedische Armee eine normale Personenfähre für Transporte der brisantesten Kategorie benutzte … Tausend Zivilisten dienten den Schweden als Schutzschild gegen die Russen, die die Transporte gerne verhindert hätten. Versteht ihr?«

Tero nickte und warf einen Blick auf Roni, der Toomas mit ungläubiger Miene zuhörte.

»Also beschlossen die Schweden sofort, die Aufmerksamkeit der Leute auf das Bugvisier und ›die technischen Gründe‹ zu lenken, obwohl es in diesem Stadium noch nicht den geringsten Hinweis in diese Richtung gab … Das Schiff lag seit vierzehn Stunden auf dem Meeresboden, da wusste der Ministerpräsident schon den Grund für das Unglück zu berichten, und zwar bevor es irgendeine Art von Untersuchung gegeben hatte: technische Mängel am Bugvisier und an der Rampe.«

Toomas änderte seine Position ein wenig, so gut das im Liegen ging.

»Seitdem ist die Visiertheorie die einzig gültige offizielle Wahrheit. Sie passt allen Beteiligten ins Konzept … den Behörden in Schweden und Estland, die für die Seetauglichkeit des Schiffes verantwortlich waren, der Reederei, den Angehörigen der Besatzung. Am besten aber passt ein ›technischer Grund‹ der Regierung und der Armee Schwedens ins Konzept.«

»Hat die Untersuchungskommission also deiner Meinung nach ein Gefälligkeitsgutachten abgegeben?«

»Die Kommission arbeitete mit den Informationen, die ihr von den Schweden zur Verfügung gestellt wurden«, seufzte Toomas. »Dabei hat die Kommission nicht die Untersuchungsmethoden befolgt, die von der internationalen Seefahrtsorganisation vorgeschrieben werden. Und die Zusammensetzung der Kommission entsprach nicht annähernd den Anforderungen neutraler Nachforschungen … So war der Vorsitzende der Kommission etwa zugleich Aufsichtsratsvorsitzender der Anteilseigner der *Estonia*. Von den anderen Mitgliedern ganz zu schweigen. Es ist kein Wunder, dass sich die Kommission in ihrem Abschlussbericht einzig und allein darauf konzentrierte, eine Theorie als die richtige zu beweisen. Alle Fakten, die die Visiertheorie stützen, wurden aufgenommen, alle Fakten, die dagegen sprachen, unberücksichtigt gelassen … Das einzig sichere Mittel, die Dinge zu klären … Ratet mal, ob es eingesetzt wurde?«

Entgegen seinem Willen fing Tero an, sich für Toomas' Bericht zu interessieren. Roni schien es ähnlich zu gehen, er hörte vollkommen reglos zu.

»Als die Pan-Am-Maschine damals explodierte und vor Lockerbie ins Meer stürzte, wurden über viertausendsechshundert Tauchgänge zu dem Wrack in vierzig Metern Tiefe unternommen. Die *Estonia* sank auf achtundfünfzig bis fündundachtzig Meter. Wie viele Tauchgänge wurden gemacht? Einer. Ein einziger offizieller Tauchgang, neun Wochen nach dem Sinken des Schiffes. Die Taucher, die daran beteiligt waren, wurden zu lebenslangem Stillschweigen verpflichtet. Warum?«

Tero wurde unruhig, als die Rede auf Taucher kam.

»Bei der Untersuchung der Pan-Am-Maschine wollte man das Wrack mit allen Mitteln erforschen. Bei der *Estonia* wollten die schwedischen Behörden die Untersuchung des Wracks mit allen Mitteln *verhindern*. Was ist der offizielle Grund dafür, dass sie das Wrack oder wenigstens die Opfer im Wrack nicht bergen ›konnten‹? Weil die Leichen in so schlechtem Zustand gewesen seien. Ein ausgesprochen seltsamer und unglaubwürdiger Grund. Etwas Besseres ist ihnen anscheinend nicht eingefallen …«

Da Toomas das Thema so wichtig war, schienen seine Kräfte zurückzukehren.

»Um auch andere als nur die eigenen Taucher vom Wrack fernzuhalten, beschloss der schwedische Staat gegen den Willen der Angehörigen, die Toten nicht zu bergen, obwohl das technisch möglich gewesen wäre. Die Opfer der vor Hawaii gesunkenen *Ehime Maru* wurden aus einer Tiefe von sechshundertsiebzig Metern geborgen … Da es keine Sachargumente gegen das Bergen der Ertrunkenen gab, mussten die schwedischen Behörden eine unwürdige und aggressive Kampagne starten, in der sie schilderten, in welcher Verfassung sich die Toten angeblich befanden und wie das Wrack stinken würde, wenn man es durch den Schärengürtel ans Festland transportierte.«

Toomas' Stimme bebte vor Verachtung gegen die Schweden.

»Die Angst vor weiteren Untersuchungen ließ die Schweden auf die Idee kommen, das Wrack mit Beton zu übergießen, angeblich um die Totenruhe zu sichern, zum ersten Mal in der Geschichte der Seefahrtskatastrophen. Sie haben es immerhin geschafft, Hunderte Tonnen Sand über das Schiff zu schütten ... Um etwas zu verbergen? Ein Loch im Rumpf?«

»Vergeuden wir keine Zeit mit Spekulationen ...«

»Erst auf die Forderungen der Bevölkerung hin wurde das wahnwitzige Betonprojekt abgebrochen. Nach wie vor könnte man jederzeit zu dem Wrack tauchen und es gründlich untersuchen, aber das wird nicht erlaubt. Gäbe es nichts zu verheimlichen, hätten längst neue Tauchgänge stattgefunden, um alle Spekulationen im Keim zu ersticken. Und die Schweigeverpflichtung der Taucher wäre aufgehoben worden.«

»Ich verstehe absolut nicht, worauf du hinauswillst«, sagte Tero ungeduldig. »Ich für meinen Teil sage, dass ich volles Vertrauen in die finnischen Unfallforscher habe.«

»Habe ich gesagt, dass ich ihnen nicht vertraue?«, fuhr Toomas ihn an. Sein Gesicht hatte wieder Farbe bekommen. »Bedauerlich und höchst seltsam ist es allerdings, dass kein einziger Finne bei dem einen offiziellen Tauchgang zum Wrack dabei gewesen ist. Warum nicht?« Toomas atmete aufgeregt. »Als zwei Personen, die über die *Estonia* schrieben, erwähnten, bei dem Tauchgang sei ein finnisches Mitglied der Kommission zugegen gewesen, verlangte das betreffende Mitglied in harschen Briefen die sofortige Korrektur dieser Aussage sowie eine Entschuldigung, gerade so, als wäre behauptet worden, der Mann wäre an schmutzigen Geschäften beteiligt gewesen.«

»Was meinst du damit?«

»Dass es kein Wunder ist, wenn die Finnen ihre Hände in Unschuld waschen wollen, sobald es um die einzige offizielle Tauchmaßnahme geht. Sie war auch einfach zu dubios ... Börje Stenström, ein Abteilungsleiter der schwedischen Seefahrtsbehörde, warf ein Stück von der Bodenverriegelung des Visiers ins Meer zurück, nachdem Taucher es losgeschweißt und an die

Oberfläche gebracht hatten. Weder die Untersuchungskommission noch eine sonstige Instanz mischte sich ein. Ist das Zerstören von Beweismitteln etwa kein Verbrechen? Gerade hinsichtlich der Visiertheorie wäre es von zentraler Bedeutung gewesen … Genau deswegen wurde das Teil ja auch weggeworfen, denn es hätte vermutlich Schlüsse nahegelegt, die der Theorie geschadet hätten …«

Noch bevor Tero etwas sagen konnte, fuhr Toomas fort: »Aber noch befremdlicher ist, dass die Taucher auf Deck 6 einen bestimmten Aktenkoffer suchten. Er wurde auch gefunden, und der betreffende Taucher buchstabierte den Namen darauf Buchstabe für Buchstabe … All das kann in den Originalquellen nachgelesen und -gehört werden. Der Schwede, der den Tauchgang leitete, gibt zu, dass dem Koffer besondere Beachtung geschenkt wurde, liefert dafür aber keine Erklärung. Ist das transparente Nachforschung? Oder warum hat man nicht wenigstens versucht, die Identität der Toten auf der Kommandobrücke anhand der Uniformen zu klären, obwohl es eine der Grundvoraussetzungen jeder Ursachenforschung bei Schiffsunglücken ist, herauszufinden, was auf der Brücke passiert ist und wer sich dort aufgehalten hat?«

Tero schüttelte ungläubig den Kopf, aber Toomas redete beharrlich weiter: »Ein finnisches Mitglied der Untersuchungskommission interessierte sich trotzdem so sehr für die Kommandobrücke, dass es sie ohne Wissen der Schweden mithilfe eines Tauchroboters untersuchen lassen wollte, und zwar im Zusammenhang mit der Ölentleerung des Wracks, die von der finnischen Umweltzentrale organisiert wurde. Außerdem sollte die Strahlung auf dem Autodeck gemessen werden. Doch technische Gründe verhinderten beide Vorhaben.«

Tero hob die Hand mit der Kassette in die Höhe. »Und das hier? Das Datum auf dem Tauchvideo ist der 1. Oktober …«

»Einige Taucher sind heimlich beim Wrack gewesen, vor dem offiziellen Tauchgang. Die Kassette hat höchstwahrscheinlich etwas damit zu tun.«

Nun mischte sich erstmals Roni ins Gespräch ein. »Wenn sie heimlich am Wrack waren – wieso weißt du dann davon?«

»Die Finnen filmten das Wrack vier Tage nach dem Untergang mit einer Roboterkamera. Später erkannte man durch die Aufnahmen, dass die Geländer an der Bugrampe abgeschweißt und bestimmte Stahltrossen von der Rampe gelöst worden waren. Da sie in Tallinn befestigt worden waren und man während der Fahrt nicht an sie herankommt, mussten Taucher sie nach dem Untergang losgemacht haben. Andere Möglichkeiten gab es nicht. Aber diese Beobachtung hat weder die Untersuchungskommission noch irgendeine Behörde interessiert. Sie hüteten die ›Totenruhe‹, aber es interessierte sie kein bisschen, dass jemand im Wrack gewesen war ... Natürlich nicht, weil sie selbst dort gewesen waren. Erst später forderten der schwedische Parlamentsabgeordnete Lars Ångström und der estnische Staatsanwalt Margus Kurm weitere Informationen zu dem geheimen Tauchgang ein. Es kann gut sein, dass diese Kassette Bilder vom Losschneiden der Geländer und Trossen enthält.«

Tero hörte aufmerksam zu. Falls Toomas' Behauptungen zutrafen, handelte es sich bei dem Videoband wirklich um hochbrisantes Material.

»Warum hätten die Taucher solche Arbeiten an dem Wrack vornehmen sollen?«

»Um die Rampe öffnen zu können. Um auf das Autodeck zu gelangen.«

»Welche Instanz hätte die geheimen Tauchgänge veranlassen sollen?«

»Die schwedische Armee. Der Abgeordnete Ångström hat eine Liste mit den Namen der Taucher zusammengestellt. Er hofft, dass ihre Schweigepflicht aufgehoben wird, aber bislang ist seinen Bitten nicht stattgegeben worden. Die Politik und die außenpolitischen Beziehungen wiegen schwerer als die gründliche Untersuchung einer Katastrophe, die achthundertfünfzig Menschenleben gekostet hat.«

Roni stieß Tero in die Seite und murmelte nervös: »Sollten wir nicht langsam mal auf den Punkt kommen?«

Toomas sah Roni zornig an. »Wir sind die ganze Zeit auf dem Punkt, du hast das nur noch nicht kapiert. Ich muss mir die Kassette hier irgendwo ansehen.«

»Nein, wir schauen sie uns zuerst an. Du kommst schon noch dazu«, sagte Tero. Er zog den Briefumschlag hervor und reichte Toomas die Fotokopie. »Und das hier? Eine Firma namens Zentech hat Millionen an einen Mann namens Anders Helström gezahlt. Was ist das?«

»Ich nehme an, dass es dabei auch um die geheimen Transporte der Schweden aus Russland geht. Militärelektronik und dergleichen. Ein Teil für den Transport in den Westen, ein Teil für den eigenen Gebrauch. Die Materialbeschaffung der schwedischen Streitkräfte orderte bei privaten Unternehmen Komponenten von russischen Düsenjägern, speziell Radartechnik. Diese kleinen Unternehmen besorgten die Teile über Beziehungen, Bestechung und Diebstahl. Mein Chef, Anatoli Rybkin, ist bei der Beschaffung und Vermittlung von Anfang an dabei gewesen. Er ist ehemaliger Major der Roten Armee und begann seine Zivilkarriere mit dem Verkauf von Waffen aus russischen Depots.«

Es fiel Tero schwer, zu begreifen, was er da hörte. Wie konnte der Albtraum, der mit Julias Tod begonnen hatte, plötzlich zu solchen Dimensionen anwachsen?

»Dann konzentrierte sich Anatoli auf Komponenten von MiG- und Suchoi-Kampfflugzeugen, für die in Schweden großes Interesse bestand, als dort das Jagdflugzeug Gripen entwickelt wurde. Euer Freund Marcus Grotenfelt arbeitete in den Reihen des Militärgeheimdienstes MUST, bis er auf die Gehaltsliste einer privaten Firma wechselte, die russische Waren an die Materialbeschaffung der schwedischen Armee vermittelt. Da werden beachtliche Summen bewegt.«

»Wenn du so gut über die schwedischen Angelegenheiten Bescheid weißt, warum bist du damit dann nicht an die Öffentlichkeit gegangen?«

Toomas seufzte, nun bereits sehr erschöpft. »Estland lag Anfang der Neunzigerjahre mitten auf einer besonders heißen Reibungsfläche zwischen Ost und West. Im Hafen von Tallinn wurde alles Mögliche umgeschlagen, von Drogen bis zu Militärtechnologie … Mein Vater bekam Schmiergelder dafür, dass er mithalf, die Geheimtransporte auf der *Estonia* einzufädeln. Damals wusste ich nicht, wo das Geld herkam. Ich weiß auch jetzt nicht alles, nicht annähernd. Nur das, was an die Öffentlichkeit gedrungen ist. Die Verträge mit den privaten Unternehmen wurden 2002 veröffentlicht. Kopien der Kontrakte wurden in schwedischen Zeitungen abgedruckt, nicht eine Zeile fehlte. Aber nichts geschah. Laut schwedischer Regierung hatte sich nichts ergeben, was neue Untersuchungen der Katastrophe hätte veranlassen können.«

»Aber dieser Beleg stammt nicht aus der Zeit der *Estonia*-Katastrophe, sondern von diesem Frühjahr.« Tero zeigte Toomas das Datum auf dem Bankbeleg.

Toomas wirkte unsicher. »Ich weiß nicht genau, worum es sich hierbei handelt. Aber ich weiß, dass Julias Schicksal mit all dem zu tun hat …«

Tero hörte erstaunt zu, wie Toomas von Julias Wunsch erzählte, das Schicksal ihres Großvaters zu ergründen, von dem Mann, der bei Anatoli gewesen war und dem sie bis zu der Lagerhalle in Espoo gefolgt war.

Toomas litt sichtlich, und seine Stimme wurde schwach. »Hätte ich begriffen, um was für große und gefährliche Dinge es sich da handelt, hätte ich Julia nie mit hineingezogen … Ich bin sicher, dass es Scheißkerle aus dem Umfeld dieser Geschichte sind, die Julia umgebracht haben«, flüsterte Toomas. »Und ich bin ebenfalls sicher, dass die Spuren nach Schweden führen.«

Tero bemerkte, dass Roni ihn aufgeregt anstarrte. »Vater, der Mann im Wald bei Julia, als ich zurückkam … Er hatte Julia nicht zufällig entdeckt, sondern kam, um sie zu töten. Genau wie ich am Anfang gesagt habe, erinnerst du dich?«

Tero nickte hastig. Das hatte Roni behauptet. In Tero regten sich einerseits Irritation und Zweifel, andererseits aber auch unglaubliche Erleichterung. Könnte das stimmen? Dann hätte sich Roni der Körperverletzung und der unterlassenen Hilfeleistung schuldig gemacht und eine geringe Strafe zu erwarten. Aber das war doch etwas ganz anderes als bei Totschlag. Toomas' Behauptung war wie ein Hoffnungsfunke in der Nacht, an den man noch nicht ganz zu glauben wagte. Dennoch spürte Tero neue Kraft und Energie in sich hineinströmen – er wollte unbedingt an Toomas' Darstellungen glauben. Sie müssten nur bewiesen werden.

Und er würde die Beweise beschaffen, und wenn es seine letzte Tat auf Erden wäre. Er griff nach der Kassette auf dem Nachttisch und fühlte zunehmende Gewissheit, damit die Rettung in Händen zu halten.

37

Steglitz ging in dem weißen Arztkittel, den er einem der Wäschewagen entnommen hatte, den Gang entlang.

Vor Zimmer 6147 blieb er stehen und wartete, bis zwei Krankenschwestern vorbeigegangen waren. Anschließend blickte er sich noch einmal nach allen Seiten um. Der Gang wurde von Neonröhren beleuchtet, es war niemand zu sehen.

Vorsichtig öffnete er die Tür einen Spaltbreit. Neben dem Patientenbett saßen zwei Männer, ein jüngerer und ein älterer. Das Bild des Älteren hatte Steglitz gerade auf dem Display seines Handys betrachtet.

Er sah, wie Tero Airas eine VHS-Kassette vom Nachttisch nahm, sie in ein Kuvert schob und dieses Kuvert in einer Plastiktüte verschwinden ließ.

Tero drehte sich instinktiv zur Tür um, die genau in dem Moment zufiel.

»Wer war das?«, fragte er Roni.

»Keine Ahnung. Wahrscheinlich hat sich jemand im Zimmer geirrt.«

Tero umklammerte die Plastiktüte. Vielleicht hatte eine Krankenschwester oder jemand anders vom Personal wieder kehrtgemacht, als sich zeigte, dass Toomas Besuch hatte.

»Könnte diese Videokassette etwas enthalten, was es sonst nirgendwo gibt?«, wollte Tero von Toomas wissen.

»Mit den Kassetten ist es ein einziges großes Chaos. Ein Beamter der schwedischen Seefahrtsbehörde hat zugegeben, dass Videomaterial manipuliert worden ist. Als Grund nannte er, die

Leichen sollten nicht gezeigt werden. Mit anderen Worten: Man vergriff sich an zentralem Beweismaterial für die Untersuchung einer Großkatastrophe, und niemand hat es verhindert. Die finnischen Mitglieder der Kommission verstanden anscheinend nicht einmal, dass es sich um Originalaufnahmen handelte. Und als das schwedische Zentrale Kriminallabor im Juni 2006 endlich die Kassetten zur Untersuchung anforderte, bedauerte ein Beamter, dass nicht alle Kassetten aufgefunden werden konnten. Ein Teil war ›auf mysteriöse Art verschwunden‹. Doch diese Kassette aus Lausanne gehört keineswegs zum offiziellen Material. Dem Datum nach wurde sie bei einem geheimen Tauchgang aufgenommen.«

Tero hatte den finnischen Behörden vertraut, aber die Fakten, die Toomas vortrug, ließen ihn nun zweifeln: Wenn mehr als achthundertfünfzig Menschen mit einem Schiff auf den Meeresboden sinken, veranlasst man dann eine öffentliche Untersuchung und taucht so oft zum Wrack hinunter, wie es nötig ist – oder schafft man ein Schutzschild der ›Totenruhe‹, hinter dem alle unangenehmen Fragen verborgen werden können?

Tero schaute Toomas an. »Was hat deiner Meinung nach denn die *Estonia* zum Sinken gebracht?«

»Ich weiß es nicht. Vielleicht bestand ein Teilgrund tatsächlich im Versagen des Visiers. Aber wodurch dieses ursprünglich verursacht wurde … Eine gewisse Richtung könnten die Aussagen der Geretteten vorgeben. Die hatten nämlich alle einen gemeinsamen Nenner: ein unnatürlich lautes, metallisch krachendes Geräusch, abrupter Stillstand, der die Menschen zu Boden schleuderte, schabende Geräusche und starkes Abkippen des Schiffes zur Seite. Wodurch kann so etwas ausgelöst werden?«

Tero wartete Toomas' eigene Antwort ab.

»Durch eine Explosion. Oder einen Zusammenprall. Dadurch könnte ein Loch im Rumpf entstanden sein, und das würde die Art und Weise erklären, in der das Schiff unterging. Die Kommission erwähnte kein Loch im Rumpf, obwohl die Vertreter der schwedischen Seefahrtsbehörde die Existenz eines solchen zugaben.«

»Wer sollte denn eine Personenfähre in die Luft sprengen? Ich glaube kein bisschen an solche Thesen.«

»Die Explosionen können auch nach dem Sinken ausgelöst worden sein, beim Versuch, die Rampe zum Autodeck zu öffnen, zum Beispiel. An einer Seite des Rumpfes ist auf der Höhe der Seitenverriegelung von Bugvisier und Rampe ein Loch. Auf der anderen Seite ist der Rumpf an der entsprechenden Stelle unbeschädigt, aber auf dem Bild des Tauchroboters sieht man dort einen orangefarbenen, kastenförmigen Gegenstand, bei dem es sich laut unabhängiger Sprengstoffexperten um einen Sprengsatz handelt. Die Mitglieder der Kommission halten das Ding für den Bestandteil einer zerbrochenen Holzpalette, der wegen eines Farbfehlers der Videokamera orange aussieht.«

Tero wurde allmählich ungeduldig, aber Toomas sprach immer weiter: »An Metallproben des Wracks wurden in drei verschiedenen Labors unwiderlegbar Spuren von Explosionen nachgewiesen. Im vierten Labor wurde eine Untersuchung mit anderen Methoden durchgeführt und nicht an Originalproben – mit negativem Ergebnis. Und auf diese Abweichung beruft sich die Kommission. Aber um die Glaubwürdigkeit der Kommission war es bereits geschehen, als man versuchte, die Unterwasserexplosionen mit chemischen Methoden zu analysieren. Wusste man nicht, dass eine solche Analysemethode kein zuverlässiges Resultat bei einem Objekt bringt, das wochenlang im Wasser gelegen hat? Das war bereits bei den Pan-Am-Ermittlungen deutlich geworden. Man muss die Struktur des Metalls untersuchen.«

»Ich weiß von diesen Dingen zu wenig«, meinte Tero, »aber ich sagte ja schon, dass ich mehr Vertrauen in die finnischen Mitglieder der Kommission habe als in ausländische Labors. Und ein Aufprall klingt noch merkwürdiger als eine Explosion. Wogegen soll das Schiff denn geprallt sein?«

»Zum Beispiel gegen ein U-Boot. Das würde vieles erklären: die Beobachtungen der Geretteten, die geheimen Tauchgänge gleich nach dem Untergang, das als streng vertraulich eingestufte Material, das sich im Besitz der Amerikaner befindet. Die Ostsee trennt den Osten vom Westen und gehört zu den am stärksten militarisierten Zonen der Welt. Dort agieren zahlreiche U-Boote verschiedener Länder, ganz besonders galt das für die Zeit, in der die *Estonia* unterging.«

»Wäre ein U-Boot nicht beschädigt worden und ebenso gesunken?«

Toomas schüttelte den Kopf. »Zu Zusammenstößen zwischen U-Booten und Schiffen kommt es ständig. Ein U-Boot ist so konstruiert, dass es starkem Druck, Tiefenbomben, Eis, Zusammenstößen mit Schiffen und anderen U-Booten standhält. Falls die *Estonia* in der Nacht ihres Untergangs eine außergewöhnlich wichtige Fracht nach Westen transportierte, ist es durchaus möglich, dass sie von einem U-Boot begleitet wurde. Die Schweden und die Amerikaner wussten, dass die Russen sehr böse waren, weil man ihre geheimsten technischen Errungenschaften in den Westen brachte.«

»Und was sollen wir jetzt als Nächstes tun?«

»Schaut euch die Kassette an und versteckt sie an einem sicheren Ort. Es muss eine Kopie davon gemacht werden, aber das ist wahrscheinlich nicht so einfach.«

»Man müsste sie auf den Computer überspielen und dann auf DVD kopieren«, schlug Tero vor.

»Wenn ihr sie kopiert habt, bringt mir eine Kopie. Und von dem Beleg müsst ihr gleich mehrere Kopien machen. Macht euch auf den Weg.«

»Die Polizei sucht nach Roni und mir«, sagte Tero. »Die Zeit wird allmählich knapp. Hoffen wir, dass etwas auf der Kassette ist, das die Polizei dazu bringt, uns zu glauben.«

»Verlass dich nicht auf die Polizei. Die finnischen Behörden helfen den Schweden immer, wenn es darum geht, in Sachen *Estonia* etwas zu verheimlichen.«

Tero glaubte Toomas nicht, wollte ihm aber nicht widersprechen, sondern stand auf.

»Kommt möglichst bald wieder und haltet mich auf dem Laufenden«, sagte Toomas.

Tero und Roni verließen das Zimmer und gingen zum Aufzug. Auf dem Gang kamen Tero die eigenen Schritte so leicht vor wie schon lange nicht mehr. Hatte Roni tatsächlich von Anfang an die Wahrheit gesagt? Hatte er den wahren Mörder bei Julia gesehen, als er zu ihr zurückgekehrt war?

Tero merkte, dass Roni auf seine Hände schaute.

»Dafür müsste man etwas besorgen, wo wir schon einmal hier sind«, sagte Roni.

Tero antwortete nicht, wusste aber, dass Roni recht hatte. Wenn sich die Wunden entzündeten, konnte er echte Probleme bekommen.

Sie traten zu einer jungen Krankenschwester in den Aufzug. Gerade als die Tür zuging, schob ein Arzt im weißen Kittel die Hand in den Spalt, und die Tür öffnete sich wieder.

Der Arzt kam in den Aufzug, Tero wich an die Wand zurück, um ihm Platz zu machen, und die Aufzugtür schloss sich. Als sich der Lift in Bewegung setzte, blickte Tero zu Boden und registrierte dabei die Sneakers und die modischen Jeans des Arztes. Auch in der Ärzteschaft waren die Kleidervorschriften offenbar nicht mehr so strikt wie früher. Tero blickte auf und stellte fest, dass der Arzt auch sonst eher untypisch wirkte: Der etwa vierzigjährige Mann hatte seine längeren blonden Haare nach hinten gekämmt. Die breiten Lippen, die kleine Nase und die leicht schrägen Augen gaben ihm das Aussehen eines schroffen, ungeduldigen Menschen. Und am linken Zeigefinger trug er einen außergewöhnlichen Ring.

»Entschuldigung«, brach die Krankenschwester die Stille und fragte den Mann: »Können Sie mir sagen, wo Station 27 ist?«

Der Arzt reagierte in keiner Weise.

»Station 27?«, wiederholte die Frau unsicher.

Erst da begriff der Mann überhaupt, dass er angesprochen wurde.

»*I'm sorry*«, sagte er. »*I don't understand.*«

»*Department twenty-seven*«, sagte die Frau leicht errötend.

Der Arzt schüttelte den Kopf. »*Sorry. I'm just a visitor.*«

Der Aufzug hielt an, und der Arzt trat mit gezwungenem Lächeln zur Seite, um die Schwester hinauszulassen. Tero und Roni folgten ihr.

Auf dem Weg zum Ausgang ging Tero auf einen freundlich wirkenden Pfleger zu. »Entschuldigen Sie bitte, aber ich habe mir an den Händen Verletzungen zugezogen und dachte, ich frage mal, ob es vielleicht möglich wäre, Reinigungsmittel für die Wunden und etwas Verbandsmaterial zu bekommen. Wir haben es ziemlich eilig, gibt es hier im Haus eine Apotheke?«

Der Mann schaute kurz auf Teros Hände. Die schmerzhaften, geröteten Wunden waren nicht mehr verpflastert.

»Das müsste wirklich gründlich gereinigt werden. Im Gebäude nebenan ist eine Apotheke. Gehen Sie außen herum am Eingang C vorbei und dann … Oder wenn Sie es eilig haben, kommen Sie doch einfach kurz mit.«

Der junge Mann machte ein paar Schritte und deutete auf eine Stahltür. »Der direkte Weg führt durch den Personaltunnel. Sie gehen die Treppe hinunter und dann geradeaus. Mit dem Lift am Ende des Ganges ins Erdgeschoss, und dort weisen Schilder den Weg.«

»Danke«, sagte Tero knapp. Er wollte nicht so viele Umstände machen, wagte es aber nicht, sich plötzlich anders zu entscheiden, da der Pfleger ihnen bereits die Stahltür aufschloss.

Sie gingen die weiß gestrichene Betontreppe hinunter und kamen in einen langen, schwach beleuchteten Gang, in dem mehrere Krankenhausbetten an der Wand entlang standen. Eine Neonröhre mit Überspannung gab ein störendes sirrendes Geräusch von sich. Andere Leute waren nicht zu sehen.

»Wir müssen herauskriegen, wer Julias Leiche gefunden hat und wann«, sagte Roni.

»Selbstverständlich. Aber von wem erfahren wir das? Jedenfalls nicht von der Polizei, denn das ist eine für die Ermittlungen relevante Information. Das wissen nicht einmal Kimmo und Sirje unbedingt.«

»Wenn der Mann, der bei Julia war, als ich zurückkam, nicht derselbe ist wie derjenige, der die Leiche fand, wenn Toomas tatsächlich recht hat …«

»Ereifere dich nicht zu sehr«, sagte Tero in dem Versuch, seine eigenen Hoffnungen zu kaschieren. »Das alles könnte auch eines von Toomas' Spielchen sein. Er will, dass wir einen anderen für Julias Mörder halten, damit wir für ihn irgendwelche Nachforschungen anstellen …«

Hinter ihnen wurde eine Tür geöffnet. Automatisch drehten sie sich um. Weit hinten sahen sie eine Gestalt im weißen Kittel den Gang betreten und in ihre Richtung kommen.

Roni senkte die Stimme. »Der schwedische Geheimdienst soll mit der Sache etwas zu tun haben? Sie sollen Julia wegen der *Estonia* umgebracht haben?«

»Ich weiß, das klingt merkwürdig. Aber was in Lausanne passiert ist, war auch merkwürdig.«

Tero hörte die Schritte in ihrem Rücken zielstrebig näher kommen. Er sagte nichts mehr und ging langsamer, um den Mann im weißen Kittel vorbeizulassen.

Gerade als dessen Schritte auf seiner Höhe waren, spürte Tero einen plötzlichen Stich im Nacken. Er registrierte gerade noch Ronis verdutzte Miene, bevor alles um ihn herum schwarz wurde.

Durch die Finsternis hindurch spürte Tero einen lähmenden, pochenden Schmerz vom Hinterkopf aus in den ganzen Körper ausstrahlen. Langsam öffnete er die Augen und begriff, dass er kurz das Bewusstsein verloren hatte. Gleich darauf sah er Roni neben sich auf dem Fußboden liegen.

Dann schob sich ein Schatten vor das Deckenlicht, und jemand beugte sich über Tero. Ein Mann im weißen Kittel. Ein Arzt, dachte Tero.

Aber der Mann schob die Hand in die Innentasche von Teros Jacke, wo sich die Kassette befand. Tero spannte mit extremer Anstrengung all seine Kraft an und packte den Mann am Handgelenk. Dieser schien von dem Widerstand überrascht zu sein. Tero erkannte ihn als den Englisch sprechenden Arzt, der kurz zuvor mit ihnen im Aufzug gewesen war. Er packte ihn auch mit der anderen Hand, winkelte die Knie an und trat mit beiden Beinen mit aller Kraft zu.

Der Mann wurde gegen eines der leeren Betten geschleudert, das scheppernd gegen die Wand stieß. Tero versuchte aufzustehen, doch der schneidende Schmerz stoppte ihn.

»Roni«, sagte er und kroch zu seinem Sohn. Mühsam kam er auf die Knie und versuchte, Roni, der auf dem Bauch lag, umzudrehen.

Plötzlich registrierte er Bewegung hinter sich. Ein heftiger Tritt traf ihn in den Rücken. Er flog auf den Bauch, die Tüte mit der Kassette wurde aus der Jackentasche geschleudert und schlitterte einige Meter auf dem Boden entlang.

Während er nach Atem rang, sah Tero den Mann im weißen Kittel an ihm vorbei zu der Kassette eilen.

Der Mann bückte sich, um sie aufzuheben, da wurde Tero von überschäumender Wut erfasst. Er rappelte sich gewaltsam auf und warf sich mit seinem ganzen Gewicht von hinten auf den Mann, worauf sie beide auf den Boden stürzten.

»Hilfe«, brüllte Tero. »Wir brauchen Hilfe!«

Der Mann schlug mit der Faust nach Tero, der den anderen trotz des schneidenden Schmerzes und des Blutgeschmacks im Mund fest umklammert hielt. Der Mann drehte ihn schnell auf den Rücken und ging über Tero auf die Knie, ohne dass dieser den Griff an den Kleidern seines Gegners lockerte.

»*You idiot*«, zischte der Mann durch die Zähne. »*I could kill you. Just like that*«, sagte er und schnippte vor Teros Gesicht mit den Fingern.

In dem Moment stürzte Roni an ihnen vorbei und bückte sich nach der Kassette, die noch immer auf dem Fußboden lag. Der Mann versetzte Tero einen heftigen Stoß und folgte Roni.

Tero rappelte sich auf und sah, dass der Mann Roni schnell einholte. Gerade als er Roni packen wollte, blieb der Junge abrupt stehen und schwenkte vor dem Mann einen Rollwagen von der Wand mitten in den Gang. Gleich darauf öffnete er neben sich eine Tür und verschwand.

Humpelnd und Blut schluckend lief Tero dem Mann nach, der die Tür aufriss und Roni folgte.

»Hilfe«, rief Tero erneut, aber es ließ sich niemand blicken. Nicht einmal Sicherheitskameras waren im Gang angebracht.

Tero erreichte die Tür und riss sie auf. Vollkommene Dunkelheit empfing ihn. Rasch schlüpfte er hinein und schloss die Tür.

Er stand im Stockfinstern und lauschte, hörte aber lediglich das Hämmern seines Herzens. Roni konnte nicht zu ihm sprechen, ohne sich zu verraten. Hatte Roni womöglich sofort, als er hereinkam, die Deckenlampe zerschlagen? Der Junge verfügte über eiserne Nerven und konnte Druck aushalten. Trotz der Situation verspürte Tero einen Schub von Stolz. Roni war ein *Survivor*. Auf ihn konnte man sich verlassen, wenn es eng wurde.

Tero tastete im Dunkel um sich herum. In einem Regal lag in Plastik verpacktes Verbandsmaterial. Er tappte weiter an der Wand entlang. Seine Hände stießen gegen kleine Kästen, die scheppernd zu Boden fielen.

In dem Moment ging im hinteren Teil des Raumes Licht an. Dort stand der Mann im weißen Kittel vor der offenen Tür eines kleineren Lagerraums, dessen Lichtschalter er gefunden hatte.

Roni stand nicht weit von ihm entfernt, mit wachsamem Blick und gespannter Haltung, in den Knien federnd. Alle Wände des Raums waren bis unter die Decke mit Regalen verkleidet, in denen Klinikbedarf aller Art lag. Mitten im Raum standen mehrere rollbare Patientenbetten.

Roni schaute den Mann herausfordernd an und breitete die Arme aus. »*Look … no cassette …*«

Und im selben Augenblick schoss er auf die Tür zu, neben der

Tero stand. Der Mann schien die Situation im Nu zu erfassen: Die Kassette konnte in einem der Regale versteckt sein, aber sie zu finden würde zu lange dauern.

Tero wollte gerade die Tür aufreißen, als der Mann Roni hinterherrannte und ihm von hinten in die Beine grätschte. Roni fiel gegen eines der hohen Regale, worauf Unmengen von Krankenhauszubehör auf ihn herabregneten. Der Angreifer packte Roni an der Jacke und schlug ihm ins Gesicht. Roni stöhnte vor Schmerzen auf und hob zur Deckung die Hände.

Mit geballten Fäusten bewegte sich Tero auf den Mann zu, aber dieser zischte rasend auf Englisch: »Bleib, wo du bist, oder dein Sohn stirbt!«

Diese Drohung stoppte Tero.

»Wo ist sie?«, fragte der Mann, aber Roni starrte ihn nur trotzig an.

Tero ergriff das Krankenhausbett, das neben ihm stand, und stieß es mit einer heftigen Bewegung in die Richtung des Mannes. Dieser ließ Roni los und versuchte, das schwere Bett, das auf ihn zurollte, abzufangen. Aber vergebens, es warf ihn gegen ein Regal und klemmte ihn ein.

»Lauf«, schrie Tero seinem Sohn zu. »Lauf!«

Dabei schmetterte er das Bett noch einmal gegen den Mann, und dieser taumelte zu Boden, nachdem er von einer Ecke des Bettes einen ordentlichen Schlag eingesteckt hatte. Etwas war aus dem Regal gefallen. Tero erkannte, was es war: antiseptisch verpackte Skalpelle.

Dazwischen lag ein Handy, auf dessen Display Tero ein Bild von sich selbst sah.

38

Tero starrte sein Bild auf dem Handy an.

»Bleib unten!«, schrie er den Mann auf Englisch an, der sich aufrappeln wollte. »Wer bist du? Warum ist hier ein Bild von mir?«

Während er das sagte, nahm er eine der auf den Boden gefallenen Packungen in die Hand und riss sie auf. Er ging neben dem Mann in die Hocke und drückte ihm das Skalpell an die Kehle.

»Antworte«, zischte er in blinder Wut auf Englisch. »Was hat das alles zu bedeuten?«

Mit zitternder Hand hielt er den dünnen Griff des Skalpells umklammert. Die Klinge ritzte die Haut, sodass Blut aus dem Hals des Mannes tropfte.

»Was ist an der Kassette so wichtig, dass ihr versucht habt, mich in Lausanne umzubringen?«

Der Mann sagte kein Wort.

»Vater …« Tero hörte hinter sich die verblüffte Stimme seines Sohnes. Roni ging zu einem der Klinikbetten und holte unter der Matratze die Kassette heraus.

»Siehst du sie?«, sagte Tero zu dem Mann. »Mehr werden du und deine Genossen von der Kassette nicht mehr sehen. Nie mehr.« Tero riss den Mann zu Boden, sodass dieser auf der Seite lag, und hielt ihm dabei weiterhin das Skalpell an die Kehle.

»Such irgendetwas, mit dem wir ihn fesseln können«, sagte er zu Roni.

Roni riss sterile Beutel auf und zog weißen Verbandsstoff von einer Rolle, den er fest um die Hand- und Fußgelenke des

Mannes wickelte. Tero durchsuchte die Taschen des Mannes und fand einen iPod, Autoschlüssel, eine Dose Kautabak und ein Portemonnaie.

»Das gibt's nicht«, sagte Tero beim Blick in das Portemonnaie. Schau hier.« Er zeigte Roni den Führerschein.

»Ein Schwede«, sagte Roni.

Tero richtete den Blick auf den am Boden liegenden Mann. »*Talar du svenska?*«

Der Mann schaute ihn mit verächtlicher Miene an.

»Der kann gefälscht sein«, sagte Tero und steckte Handy, Führerschein und Autoschlüssel ein, während Roni dem Mann mehrere Lagen Verband um Kopf und Mund wickelte.

»Gehen wir«, drängte Tero.

Sie schlossen die Tür hinter sich und gingen den Gang entlang. Tero bemerkte eine böse Schramme auf Ronis Wange.

Sie gingen die Treppe hinauf. Tero ahnte, wie erschüttert Roni war; zu erheblichem Teil sicherlich auch, weil er seinen Vater so gewalttätig gesehen hatte.

»Ich muss kurz durchatmen.« Tero lehnte sich an die Wand, seine Beine zitterten haltlos, und ihm war schwindlig, aber er versuchte, seine Schwäche vor Roni zu verbergen. Er hatte noch immer den Geschmack von Blut im Mund.

»In der Eingangshalle stand ein Wasserautomat«, sagte Roni. »Ich hole einen Becher, dann kannst du dir auch das Gesicht waschen.«

»Nein, lass mal. Es geht schon. Wir sind in einem Krankenhaus, da ist man es gewöhnt, Blut zu sehen.«

»Vater«, flüsterte Roni. »Wo sind wir hineingeraten?«

Tero versuchte, sich zusammenzureißen und Roni zu beruhigen. Er legte dem Jungen die Hand auf die Schulter und drückte ihn leicht. »Wir werden das schon überstehen.«

»Ach ja?« In Ronis Gesicht spiegelte sich die Angst.

Tero schaute seinem Sohn in die Augen und sagte ruhig: »Ich verspreche es dir.«

Im selben Moment bereute er sein Versprechen. Es war dumm,

etwas zu versprechen, was man nicht unbedingt halten konnte. Wenigstens das hätte er von seinem Vater lernen müssen.

Sie traten durch die Stahltür in die Halle und verließen die Klinik durch den Haupteingang. Draußen sog Tero die frische Luft ein, zog den Autoschlüssel des Schweden aus der Tasche und gab ihn Roni. Der Schlüssel zeigte das VW-Logo.

»Ein relativ neuer VW, wahrscheinlich ein Passat«, sagte Roni mit Blick auf den Schlüssel.

Beide sahen sich auf dem Parkplatz um.

»Allmählich fange ich an, Toomas zu glauben«, murmelte Tero.

»Es kann auch ein kleinerer VW sein. Schau du auf der rechten Seite zur Straße hin nach, ich gehe nach links«, sagte Roni mit Blick auf die Reihen der Autos und drückte die Fernbedienung der Zentralverriegelung.

Tero war keine zehn Meter gegangen, als Roni den kurzen, scharfen Pfiff ausstieß, auf den er schon als Schuljunge so stolz gewesen war.

Tero eilte zu einem roten VW Passat, bei dem Roni bereits die Fahrertür geöffnet hatte.

Tero nahm schnell hinterm Steuer Platz. Er holte tief Luft, als würde ihm das Kraft verleihen und ihm helfen, sich zu konzentrieren. Das Schlagen und das Geschlagenwerden hatte die alten Wunden aufbrechen lassen. Er hätte gern mit Roni über die Vergangenheit geredet, aber er konnte es nicht.

Er schaute kurz nach hinten – die Rückbank war leer. Dann öffnete er das Handschuhfach und entnahm ihm die Mappe der Autovermietung. Aus den Hertz-Unterlagen ging der Name des Mieters hervor, es war derselbe, der im Führerschein stand: Bengt Broman, Skördevägen 56, Stockholm.

Nachdem er den Kofferraum in Augenschein genommen hatte, setzte sich Roni auf den Beifahrersitz und zog die Tür zu. Er hielt ein schwarzes Lederetui in der Hand, aus dem er langsam und vorsichtig eine Schusswaffe herauszog. Eine Sig Sauer P226, stellte Tero fest. Ein Profi.

»Der Mann war bereit, uns umzubringen«, sagte Roni leise und schob die Waffe ins Etui zurück. »Wegen einer Kassette. Warum hatte er die Waffe nicht mitgenommen?«

»Er hat vielleicht nicht geglaubt, sie zu brauchen.«

»Oder er dachte, auch in finnischen Kliniken könnte es Metalldetektoren geben.«

Tero stand auf. »Lass die Knarre im Wagen.«

Roni schob sie ins Handschuhfach und stieg aus. Tero schloss ab, warf den Schlüssel unter den Wagen und ging im Laufschritt zu seinem eigenen Auto. Roni folgte ihm. Der Himmel sah aus, als würde es bald regnen.

Tero ließ sich hinter das Steuer des Aston Martin fallen und nahm Handy und Führerschein des Schweden aus der Tasche. Roni stieg auf der Beifahrerseite ein.

Wieder zerrissen heftige Schläge beinahe Teros Herz. Er starrte sein Bild auf dem Handydisplay an und warf einen erneuten Blick auf den Führerschein. Auf dem Passbild sah man einen ordentlich frisierten Mann, viel jünger als jetzt, der wie ein Ingenieur oder Ökonom aussah.

Bengt Broman.

Tero gab Roni das Handy und startete den Wagen. »Sieh nach, von welcher Nummer aus mein Bild an ihn geschickt worden ist. Und schreib die Nummern auf, von denen aus er angerufen worden ist und die er angerufen hat. Sind auch E-Mails drauf?«

Roni rührte sich nicht, während Tero rückwärts aus der Parkbucht fuhr.

»Hast du gehört?«

»Ich will zuerst wissen, wohin wir fahren«, sagte Roni.

»Zum Flughafen.

»Und wohin von dort aus?«

»Rate mal.«

39

»Hier sind keine Bilder«, schnaufte Kimmo frustriert. Er hatte die Rückbank von Toomas' BMW losgeschraubt und angehoben und starrte auf das staubige Blech darunter. Der Sitz selbst war ein Element aus festem Kunststoff, in dessen Innerem man nichts verstecken konnte.

»Gib nicht so leicht auf, da muss etwas sein«, sagte Sirje.

Noch einmal schob Kimmo die Hand in den Zwischenraum von Sitz und Kofferraum, auch wenn er nicht glaubte, dort etwas zu finden. Die Tatsache, dass Toomas für einen Waffenhändler arbeitete, steigerte nicht gerade sein ohnehin schon geringes Vertrauen in seinen Schwager. Aber er behielt sein Misstrauen für sich, denn er wollte Sirje nicht kränken.

Das Auto stand vor Toomas' Haus in Herttoniemenranta. Sie hatten es in Westend geholt und waren bei der Gelegenheit an Toomas' Arbeitsplatz vorbeigekommen, einem modernen, teuren Haus, in dem man sich gut und gern einen russischen Waffenhändler vorstellen konnte. Sirje hatte Toomas gegen Kimmos Willen angerufen und ihn vor dem Mann gewarnt, der ihr in der Eingangshalle des Krankenhauses aufgefallen war, von dem sie geglaubt hatte, ihn schon einmal gesehen zu haben.

Kimmo fuhr mit den Fingern unter dem Sitz entlang, sicher, dort nichts zu finden. Plötzlich fühlte er doch etwas. Und gleich darauf zog er einen braunen, verstärkten Umschlag hervor.

Er öffnete das sorgfältig zugeklebte Kuvert und entnahm ihm einen Stoß Fotos. Neugierig trat Sirje neben ihn. Gemeinsam schauten sie sich die Bilder von der Beladung der *Estonia* an.

Als Datum war am oberen rechten Bildrand der 27.9.1994 zu lesen, der Tag der letzten Abfahrt des Schiffes von Tallinn.

Plötzlich zuckte Sirje zusammen und hielt sich ein Foto dichter vor die Augen.

»Was ist?«, fragte Kimmo.

»Der Mann da.« Sie deutete auf einen Mann, der vor einem Volvo stand. »Das ist wirklich derselbe, den ich vorhin im Krankenhaus gesehen habe.«

Kimmo blieb stumm.

»Ich weiß, was du jetzt denkst«, sagte Sirje matt. »Aber …«

»Die Fantasie darf nicht mit uns durchgehen, auch wenn das, was Toomas gesagt hat, dazu anspornt.«

»Falls Julia wegen dieser Dinge sterben musste, dann ist auch Toomas in Gefahr.«

»Sirje, das ist nur ein Mann, der so ähnlich aussieht. Außerdem ist das Bild schon zehn Jahre alt.«

Kimmo fixierte die Rückbank wieder und schloss das Auto ab.

»Sehen wir uns noch die Ordner von Toomas an«, sagte Sirje.

Kimmo war einverstanden, denn er sah, dass Sirje offenbar einen Hauch von neuer Kraft bekommen hatte, da sie fähig war, ihre Gedanken auf die Rätsel rund um die *Estonia* zu lenken. Außerdem hatte das Thema mittlerweile auch sein Interesse geweckt, auch wenn das Ganze allzu unglaublich schien.

In der Wohnung gingen sie direkt ins Schlafzimmer zu dem Regal mit den *Estonia*-Ordnern. Kimmo hatte sie früher schon gesehen und sich seinen Teil gedacht. Sie lasen die sorgfältigen Beschriftungen auf den Rücken: AUSSAGEN DER GERETTETEN, VISIER, KASSETTEN, TAUCHROBOTER …

Schließlich zog Sirje einen grünen Ordner aus dem Regal und Kimmo den Abschlussbericht der internationalen Untersuchungskommission, ein etwa ein Zentimeter dickes Büchlein, das Eselsohren hatte und voller gelber Merkzettel war. Kimmo schlug den Bericht willkürlich auf Seite 61 auf, wo dargelegt wurde, wie die Kommission mit den Zeugenaussagen verfahren war. Toomas hatte einige Sätze unterstrichen:

Verschiedene Einzelheiten weichen von dem ab, was die Zeugen in Wahrheit sagten. Um Irritationen zu vermeiden, hat die Kommission in einigen Berichten Details verändert …

Bestürzt las Kimmo die Sätze noch einmal. Toomas' Behauptungen erschienen plötzlich in ganz neuem Licht. Er schlug den Bericht auf Seite 129 auf, wo es um den Zustand der Innenräume des Wracks ging. Toomas hatte folgende Stelle unterstrichen:

Das Autodeck ist nicht untersucht worden, weil die Arbeit der Taucher dort zu riskant gewesen wäre. Darum ist nicht bekannt, ob die Lkws durch die Halterungen an Ort und Stelle festgehalten werden konnten.

Auf einen danebengeklebten gelben Zettel hatte Toomas geschrieben: »Lüge. Das Autodeck wurde untersucht, s. Videoband D13, 3.12.1994, 1 h 32 min sowie Kommentar im Tauchtagebuch.«

Kimmo nahm ein eingelegtes Blatt Papier aus dem Büchlein, auf dem zentrale Kritikpunkte zu dem Bericht zusammengefasst waren: *Hätte man die Wahrheit offen und professionell herausfinden wollen, hätte man allen Geretteten eine einheitliche, systematische Fragenbatterie vorgelegt. Stattdessen benutzte man als Schlüsselzeugen einen Wachmatrosen, der seinen Bericht mehrfach veränderte, u. a. bei den kritischen Zeitangaben zum Ablauf der Ereignisse. Später gab derselbe Zeuge eine eidesstattliche Erklärung ab, in der er aussagte, ein Vertreter der estnischen Sicherheitspolizei habe ihn unter Druck gesetzt und gezwungen, die Zeitangaben in seiner Aussage zu modifizieren.*

Der Vorschlag des schwedischen Psychologen und Kommissionsmitglieds Bengt Schager, den Zeugen anzuhören, wurde von der Kommission abgelehnt. Schager trat zurück, er wollte nicht für eine Untersuchung verantwortlich sein, bei der wichtige Zeugen nicht gehört wurden.

Wollte die Kommission bestimmte Passagiere nicht anhören, weil der zentrale Inhalt ihrer Zeugenaussagen im Widerspruch zu der Gesamtaussage stand, die die Kommission vertrat? So ließ die Kommission zum Beispiel Aussagen von elf Geretteten unberücksichtigt, in denen geschildert wurde, dass gleich zu Beginn des Unglücks, noch bevor sich das Schiff stark neigte, Wasser in den Kabinentrakt unter dem Autodeck eindrang. Die Darstellung von den Geschehnissen auf Deck 1 im Abschlussbericht der Kommission widerspricht den detaillierten Zeugenaussagen. Das Eindringen des Wassers auf Deck 1 ließe sich durch ein Loch im Rumpf erklären.

Mit wachsendem Interesse griff Kimmo nach einem von Toomas' Ordnern, schlug ihn in der Mitte auf und überflog eine Fotokopie: *Es ist eine unabweisbare Tatsache, dass die schwedische Armee die* Estonia, *ein Zivilschiff, dazu benutzte, äußerst umstrittene russische Militärtechnologie zu schmuggeln, und somit die Sicherheit von Passagieren und Besatzung eklatant gefährdete.*

Die Transporte versuchte man zu verheimlichen. Vor diesem Hintergrund ist es verständlich, dass die schwedischen Streitkräfte bei allen Maßnahmen, die im Anschluss an das Unglück ergriffen wurden, eine zentrale Rolle einnahmen. Als Berater von Ministerpräsident Carl Bildt fungierte unmittelbar nach der Katastrophe u. a. ein Kommandant, der früher bei der Materialbeschaffung der Streitkräfte tätig gewesen war. Als Sprecher der schwedischen Kommissionsvertreter wurde ein Beamter des Verteidigungsministeriums eingesetzt. Die Schweden führten die Suche nach dem Visier als geheime Operation durch, bei der sogar ein Marinekommandant beteiligt war. Der Kontakt zwischen den Behörden und den Angehörigen der Opfer wurde an die Abteilung für psychologische Verteidigung im Verteidigungsministerium delegiert, die auf Medienkontrolle, psychologische Kriegsführung, Meinungsmanipulation und Propaganda spezialisiert ist. Als Nachfolger des 1997 ausgeschiedenen Sprechers wurde ein Mann aus der Rechtsabteilung des Verteidigungsministeriums benannt.

Kimmo fuhr aus seinen Gedanken auf, als Sirje sagte: »Wegen des Schicksals unseres Vaters war das hier eines der Dokumente, die Toomas am meisten interessierten.«

Sie wischte sich ein paar Tränen von der Wange und zeigte Kimmo eine Fotokopie aus einer schwedischen Tageszeitung: »Aftonbladet Extra«, 28.9.1994, Seite 17. Die Zeitung vom Tag des Unglücks, eine Sonderausgabe.

»Darüber hat Toomas immer wieder gesprochen ...«

Kimmo überflog den ganzseitigen Artikel, der von einem Mann namens Kenneth Svensson berichtete, einem Rettungssoldaten, der vom Marinestützpunkt Berga zum Unglücksort gekommen war. Der Artikel war nur wenige Stunden nach dem Untergang des Schiffes entstanden. Das Foto zeigte einen etwa dreißigjährigen Mann mit nassen Haaren. Kurz nach zwei Uhr in der Nacht war er alarmiert worden, eine Stunde später hatte sein Helikopter den Unglücksort erreicht. Er berichtete, er habe beim ersten Flug acht Menschen gerettet, die ins Krankenhaus nach Hudding gebracht worden seien.

»Was ist daran so wichtig?«, fragte Kimmo.

Sirje seufzte. »Toomas ist der Meinung, dass die ersten Berichte die zuverlässigsten sind. Aber im Abschlussbericht wird der Rettungsflug, den Kenneth Svensson schildert, überhaupt nicht erwähnt. Er hat angeblich gar nicht stattgefunden. Alle anderen Rettungsflüge hat man im Abschlussbericht in einem Schema dargestellt, einschließlich der Anzahl der Geretteten.«

Sirje fuhr mit dem Finger über die Tabelle, aus der hervorging, dass Svenssons Helikopter einen Menschen gerettet hatte.

»Eine von beiden Seiten lügt«, sagte Sirje. »Entweder log Retter Svensson am Morgen nach dem Unglück, um sich selbst zum Helden zu machen, oder aber die Untersuchungskommission lieferte fehlerhafte Informationen.«

Kimmo nahm den Ordner mit dem Zeitungsausschnitt und blätterte darin weiter. Nur wenig später stutzte er. »Immerhin blieben die Offiziellen bis zum Schluss konsequent bei ihrer Version«, meinte Kimmo angesichts eines Zeitungsartikels, der davon berichtete, wie Rettungsflieger Svensson die Tapferkeitsmedaille für seinen Einsatz beim Untergang der *Estonia* verliehen wurde. Dem Text zufolge hatte er einen Menschen gerettet.

»Toomas hat nie vergessen zu erwähnen, dass die Medaille von demselben Mann verliehen wurde, der als Chef der Streitkräfte mit dem Zoll Vereinbarungen über die geheimen Transporte getroffen hatte.«

»Und was hat das Toomas' Meinung nach alles zu bedeuten? Heißt das, dass euer Vater zusammen mit einigen anderen per Hubschrauber gerettet wurde und dass dann die ganze Gruppe verschwand?«

»Ich habe immer gedacht, das sind Hirngespinste von Toomas. Aber vielleicht hatte er doch gute Gründe für seine Ansicht.«

»Wir müssen uns jetzt auf Julia konzentrieren ...«

»Julia hat versucht, das Schicksal ihres Großvaters zu ergründen. Das hängt alles miteinander zusammen.«

Sirje wirkte nun plötzlich stark und entschlossen, was Kimmo einerseits erleichterte, ihm aber auch ein wenig Sorgen machte. Sie nahm einen anderen Ordner aus dem Regal, und Kimmo blätterte in dem weiter, in dem er bisher gelesen hatte. Es war zweifellos außergewöhnlich, dass man die geretteten Passagiere in Stockholm wie Verbrecher behandelt hatte. Im Krankenhaus wurden sie so total isoliert, dass sich die Estnische Botschaft in Stockholm veranlasst sah, dem schwedischen Außenministerium drei Tage nach dem Untergang eine diplomatische Note zu übergeben. Darin verlangten die Esten eine Erklärung für die Weigerung der schwedischen Behörden, dem estnischen Botschaftsrat Alar Streiman die Namen der geretteten und in schwedischen Krankenhäusern untergebrachten Personen zu nennen und Besuche bei ihnen zuzulassen.

In der Tat: warum nur? Man stelle sich bloß vor, nach dem Busunglück in Malaga, dem im April 2008 neun finnische Urlauber zum Opfer gefallen waren, hätten die spanischen Behörden sich geweigert, Informationen über die geretteten finnischen Businsassen herauszugeben und Besucher zu ihnen ins

Krankenhaus zu lassen. Wären die Spanier so weit gegangen, dass sich Finnland gezwungen gesehen hätte, eine diplomatische Note zu übergeben – hätte man das einfach so hingenommen, ohne eindeutige Erklärungen zu verlangen?

»Sieh dir das an«, sagte Sirje und zeigte Kimmo weitere Kopien, die sie in ihrem Ordner entdeckt hatte. »Auf der *Estonia* wurde am Abfahrtstag in Tallinn eine technische Kontrolle vorgenommen, bei der zwei Mitarbeiter der Schwedischen Seefahrtsbehörde im Rahmen einer Schulung einige Esten in die Abläufe der Kontrolltätigkeiten einführten. Alle zutage getretenen problematischen Punkte wurden in einem Protokoll festgehalten.«

Sirje deutete auf eine Tabelle. In einer Spalte waren darin von Hand zahlreiche Eintragungen vorgenommen worden. »Diese Spalte wird nur ausgefüllt, wenn das betreffende Schiff im Hafen bleiben muss, bis alle Mängel behoben sind. Laut diesem originalen Prüfungsprotokoll hier war die *Estonia* zum damaligen Zeitpunkt seeuntauglich.«

Kimmo sah zu, wie Sirje umblätterte. »Aber dieses Originalprotokoll lag dem Bericht der Kommission nicht bei. In der Anlage zum Kommissionsbericht findet sich ein anderes Protokollformular, nämlich das hier«, erklärte Sirje und wies auf die Seite, die sie aufgeschlagen hatte. »Und darauf fehlen alle kritischen Eintragungen.«

Kimmo war überrascht. Wenn im Nachhinein bekannt geworden war, dass man hier Veränderungen vorgenommen hatte, hätte die Kommission der Sache natürlich auf den Grund gehen müssen. Es war aber nichts geschehen.

»Ich weiß nicht, was ich denken soll«, seufzte Kimmo. »Warum hat Julia uns nicht erzählt, dass sie sich mit der *Estonia* beschäftigt?«

Sirje sagte, ohne ihren Mann anzuschauen: »Sie hat darüber gesprochen. Irgendwann letztes Jahr bat sie mich, ihr alles zu erzählen, was ich noch von damals weiß. Ich redete um den heißen Brei herum, als mir klar wurde, dass Toomas mit ihr gesprochen hatte. Ich wollte nicht, dass er Julia für seine wilden Theorien begeistert. Auch dir habe ich nichts davon gesagt. Ich wusste ja, was du von Toomas hältst.«

»Das heißt, dass Julia vielleicht irgendwo noch Material zur *Estonia* aufbewahrt hat. Wo könnte das sein?«

»Im Computer wahrscheinlich.«

»Die Polizei hat ihn untersucht.«

»Wie hätte die Polizei auf die Idee kommen sollen, nach solchem Material zu suchen? Außerdem konnte sie ja nichts von der Brisanz derartiger Unterlagen wissen.«

Ein Geräusch ließ Kimmo zusammenfahren. Jemand schloss die Wohnungstür auf.

»Wer ist das?«, fragte Sirje flüsternd.

Kimmo erreichte den Flur in dem Moment, in dem die schon halb offene Tür wieder geschlossen wurde.

Der Ankömmling hatte ihn bemerkt. Kimmo war mit wenigen Sätzen an der Tür und riss sie auf. Er hörte jemanden die Treppe hinunterrennen.

Besorgt schloss Kimmo die Wohnungstür wieder und kehrte ins Schlafzimmer zurück, wo Sirje erschrocken wartete.

»Wer war das?«

»Keine Ahnung. Wir nehmen ein paar Ordner mit und verschwinden von hier.«

Kimmo stapelte mehrere Ordner auf seinem Arm. Er hatte kurz überlegt, dem Eindringling zu folgen, aber dann hätte er Sirje allein lassen müssen. Allmählich sah es so aus, als wäre an den Theorien von Toomas wirklich etwas dran.

40

Schwitzend und hilflos lag Claus Steglitz in dem dunklen Abstellraum des Krankenhauses. Er hatte versucht, sich zu befreien, aber der junge Finne hatte ihn gefesselt wie ein Routinier. Die Packungen mit den Skalpellen hatten die beiden Männer ans andere Ende des Raums geworfen, bevor sie gegangen waren. Trotzdem hatte Steglitz gehofft, es würden noch verpackte Chirurgenmesser im Regal liegen.

Ein ums andere Mal hatte er gegen das Regal getreten. Verschiedene Sachen waren um ihn herum auf den Boden gefallen, aber es war nichts Scharfes oder Spitzes darunter.

Wie hatte er nur so kläglich versagen können? Es hätte so einfach sein sollen, an die Kassette zu kommen. Als er gesehen hatte, wie Airas in Toomas' Krankenzimmer die Kassette in eine Plastiktüte steckte, hatte er innerlich dem Schicksal für die günstige Wendung gedankt. Er hatte beschlossen, auf dem Gang zu warten und sich dann einfach die Tüte mit der Kassette zu schnappen. Die Männer waren aus dem Zimmer gekommen, und er war ihnen in den Aufzug gefolgt, aber dort hatte dann eine blödsinnige Krankenschwester angefangen, ihm Fragen zu stellen.

Als er den Männern schließlich in den Kellergang gefolgt war, hatte er gezögert; Sicherheitskameras waren zwar keine zu sehen gewesen, aber die Männer waren zu zweit, und er hatte seine Waffe im Wagen gelassen. Die Erfahrung hatte gezeigt, dass es in einem Land wie Finnland besser war, nicht ständig mit einer Waffe herumzulaufen, denn falls man damit erwischt wurde, zog das unschöne Ermittlungen nach sich.

Steglitz hatte beschlossen, zu handeln, denn später wäre es womöglich noch schwieriger geworden. Es hatte keinen Grund gegeben, mehr Gewalt anzuwenden, als nötig war, um an die Kassette und den Briefumschlag zu kommen. Bei Bedarf hätte man die Männer später noch zum Schweigen bringen können, mit Plan und Strategie.

Steglitz wusste, dass er einen klassischen Anfängerfehler begangen hatte: Er hatte den Gegner unterschätzt.

Plötzlich ging die Tür des Abstellraums auf. Steglitz fuhr zusammen. Er blinzelte in das vom Gang hereinscheinende Licht.

In der Tür stand eine Frau und stieß bei seinem Anblick einen erschrockenen Schrei aus.

Kurz hatte es Anschein, als würde die Frau auf dem Absatz kehrtmachen, aber zum Glück fand sie den Mut, näher zu kommen.

»Was ist denn hier passiert?«

Steglitz wartete ungeduldig, dass die Frau ihn von den Fesseln befreite.

»Alles kein Problem«, ächzte er auf Englisch. »Zwei Männer haben mich überfallen. Wahrscheinlich auf der Suche nach Medikamenten.«

»Ich rufe einen von den Sicherheitsleuten an«, sagte die Frau und tastete nach ihrem Telefon.

»Befreien Sie mich zuerst von den Fesseln. In meinen Händen zirkuliert überhaupt kein Blut mehr.«

»Die Männer können vielleicht noch geschnappt werden …«

»Nein. Binden Sie mich los, ich liege schon lange hier. Die Männer sind längst weg.«

Die Schwester nahm eine kleine Schere aus der Tasche und fing an, die Binden aufzuschneiden. »Wer sind Sie eigentlich? Wie sind Sie …«

»Ich bin Doktor Wiklöf, ein Gast vom Karolinska Institutet.«

»Ich frage nur, weil Sie keine Personalkarte an der Brusttasche tragen.«

»Die haben sie mir anscheinend auch abgenommen.«

Nachdem die Schwester die Fesseln gelöst hatte, half sie Steglitz beim Aufstehen.

»Danke«, sagte er, hob die Kautabakdose und seinen iPod auf und steckte beides ein. Alles andere hatten die Finnen mitgenommen. »Gehen wir nach oben und melden den Vorfall«, sagte er selbstsicher. »Schließen Sie den Abstellraum in der Zwischenzeit ab.«

Als sie die Eingangshalle erreichten, ließ Steglitz die Frau ein paar Schritte vorausgehen und eilte dann hinter ihrem Rücken im Laufschritt durch den Haupteingang ins Freie. Dort atmete er tief die frische Herbstluft ein und griff nach der Kautabakdose in seiner Tasche.

»Letzter Aufruf für den Finnair-Flug AY326 nach Stockholm. Gate 23.«

Tero schnaubte ungeduldig. Er hatte schon wieder die falsche Taste gedrückt, und die Suchmaschine gab eine Fehlermeldung.

»Wir müssen jetzt gehen«, sagte Roni am zweiten Computer des Internet-Points. Hinter ihnen standen andere Passagiere und warteten.

»Was gefunden?«, wollte Tero von Roni wissen, während er erneut auf den Bankbeleg blickte und betont langsam den Namen des Empfängers in das Google-Suchfeld eingab.: Z-e-n-t-e-c-h ...

»Die Straße namens Skördevägen liegt im Südosten von Stockholm«, sagte Roni mit Blick auf den Bildschirm.

»Sieh mal nach, ob du etwas über Bengt Broman findest.«

Auf Teros Bildschirm erschien eine Liste mit Links zu mehreren Unternehmen mit dem Namen Zentech Consulting. Er klickte den ersten an und gelangte zu einer Art Firmenverzeichnis.

»*Die Passagiere Tero und Roni Airas. Bitte begeben Sie sich unverzüglich zu Gate 23. Ihre Maschine ist zum Abflug bereit*«, tönte es mit Nachdruck aus den Lautsprechern.

»Bengt Bromans gibt es seitenweise. Da bräuchten wir eine

Eingrenzung.« Während er das sagte, loggte sich Tero aus. »Wir müssen los«, fügte er hinzu und entnahm dem Münzdrucker einen Stoß Papiere mit einigen Ergebnissen ihrer hastigen Internet-Recherche.

Sie eilten zum Gate, das gerade geschlossen wurde. Die Frau vom Bodenpersonal warf ihnen einen Blick zu, der alles andere als freundlich ausfiel.

Kaum hatte er den Abriss seiner Boardingcard in der Hand, nahm Tero sein Handy und tippte auf dem Weg ins Flugzeug eine Nummer ein.

»Ja?«, meldete sich Toomas am anderen Ende.

»Sagt dir der Name Bengt Broman etwas?«, fragte Tero beim Betreten der Maschine, ohne sich um den Blick der Stewardess zu kümmern.

»Broman«, wiederholte Toomas. »Nein, sagt mir nichts.«

»Er hat uns im Krankenhaus angegriffen«, sagte Tero leise im Kabinengang. »Jedenfalls stand der Name in seinem Führerschein. Kurz nachdem wir dein Zimmer verlassen hatten, hat er versucht, uns den Inhalt des Bankdepots abzunehmen.«

Tero schob sich auf seinen Sitzplatz am Fenster. »Wir sind jetzt in der Maschine nach Stockholm. Wir haben das Handy des Mannes, und darin sind Fotos von dir und mir gespeichert. Außerdem ein paar SMS, aus denen aber nichts Spezielles hervorgeht.«

»Wie sah der Mann aus?«

»Mittelgroß, bisschen komische Nase, blaue Augen. Volle Lippen …«

»Warte. Sirje hat gerade angerufen. Sie meint, sie hätte hier in der Klinik in der Eingangshalle einen Mann von einem der *Estonia*-Bilder gesehen. Kleine Nase, dicke Lippen …«

Roni stieß Tero in die Seite. Eine Stewardess stand neben ihnen.

»Bitte schalten Sie Ihr Mobiltelefon aus!«

»Ich muss Schluss machen, ich rufe dich gleich von Arlanda aus an.«

Toomas lag in seinem Bett und drückte das Telefon ans Ohr.

»Wie geht es dir?«, fragte sein Arbeitgeber mit einer warmen, empathischen Stimme, die Toomas kalte Schauer über den Rücken jagte.

»Kann ich dir irgendwie helfen?«, wollte Anatoli wissen. »Soll ich dir etwas ins Krankenhaus bringen? Ich habe mir große Sorgen gemacht, weil du mich nicht angerufen hast. In welcher Klinik liegst du?«

»Es ist alles in Ordnung ... Der Arzt kommt gerade, ich muss aufhören.«

Hastig unterbrach Toomas die Verbindung. Ihm war äußerst unangenehm zumute.

Er blickte auf die Uhr seines Handys – Tero und Roni würden bald in Stockholm-Arlanda landen. Er betete aus tiefstem Herzen, dass sie beim Beschaffen von Informationen mehr Glück hatten, als er es in den letzten Jahren gehabt hatte.

Toomas wusste, dass im Zusammenhang mit der *Estonia* unter Umständen Dinge enthüllt würden, die für seinen Vater nicht gerade schmeichelhaft waren. Trotzdem wollte er die Wahrheit wissen.

Sein Vater war eine rätselhafte Figur für ihn geblieben, ein schwieriger Mensch, der viel verlangt hatte und oft verreist gewesen war, vor allem in Toomas' früher Kindheit. Erst als Teenager hatte er die Gelegenheit erhalten, seinen Vater besser kennenzulernen, nachdem dieser sich unter dubiosen Umständen eine Verletzung zugezogen und daraufhin mehrere Monate lang zu Hause gelegen hatte. Da war Toomas nach und nach klargeworden, dass sein Vater in die Schießerei nicht zufällig hineingeraten war, sondern weil er regelmäßig in kriminellen Kreisen verkehrte.

Daher war die Erkenntnis, dass sein Vater bei seiner Arbeit auf der *Estonia* Schmiergelder für die Organisation von Schmuggelfahrten kassiert hatte, keine Überraschung für Toomas gewesen. Aber ob ein Zusammenhang zwischen den Schmiergeldern und dem Verschwinden des Vaters bestand, wusste Toomas noch immer nicht mit Sicherheit. Die Reederei Estline, das estnische Rote Kreuz und das estnische Innenministerium hatten seinen Vater allerdings als gerettet gemeldet. Das war Tatsache. Die entsprechenden Angaben waren von den schwedischen Gesundheitsbehörden dann sogar mehrfach überprüft worden, denn die Liste der Geretteten durfte schlicht und einfach keine Fehler enthalten.

Toomas und Sirje waren daraufhin von der schwedischen Botschaft angerufen worden. Man hatte ihnen die Rettung ihres Vaters bestätigt und mitgeteilt, wann er nach Hause kommen würde. Aber dann war er doch nicht in dem angekündigten Flugzeug von Stockholm nach Tallinn gesessen. Auch in den nächsten Maschinen war er nicht gewesen. Sein Name wurde von der Liste der Geretteten gestrichen, und man erklärte ihn für verschollen.

Toomas war davon überzeugt, dass sein Vater mit sieben weiteren Personen bei dem ersten Rettungsflug mitgenommen worden war – bei dem Flug, der in dem Bericht der Untersuchungskommission zensiert worden war. Auch alle anderen anfangs als Überlebende gemeldeten, später aber verschollenen Personen waren Esten gewesen – entweder Mitglieder der *Estonia*-Besatzung oder Personen, die mit dem Service an Bord zu tun hatten.

Der Bekannteste unter ihnen war Avo Piht, der zweite Kapitän der *Estonia*, der in der Nacht des Unglücks nicht im Dienst war, sondern eine private Reise nach Stockholm machte. Am Tag nach dem Untergang sendete eine Radiostation in Tallinn ein Interview, in dem ein Mitarbeiter des schwedischen Roten Kreuzes berichtete, er habe im Rettungshubschrauber mit Piht gesprochen. Zwei Tage später erklärte Bengt Erik Stenmark, der Sicherheitschef der schwedischen Seefahrtsbehörde, gegenüber der Nachrichtenagentur Reuters, die Unfallermittler hätten mit Piht geredet. Weder Stenmark noch Reuters korrigierten die Meldung, aber Stenmark musste später sein Amt niederlegen. Auch die estnische Polizei glaubte, dass Piht lebte, und ließ über Interpol nach ihm fahnden.

Das Verschwinden der Personen hätte aller Vernunft nach gründliche Nachforschungen in Gang setzen müssen, aber im Fall der *Estonia*-Passagiere folgte einfach Stille.

Um die einzelnen Informationsperlen zu einer logischen Ereigniskette zusammenfügen zu können, musste man Lücken füllen. Was sollte man zum Beispiel aus dem Umstand schließen, dass im letzten Moment noch zwei Lkws auf die *Estonia* gelassen wurden, die kurz zuvor mit Geleitschutz im Hafen von Tallinn eingetroffen waren? Später stellte man fest, dass auf der Ladeliste der Reederei ein Lkw fehlte und ein zweiter ohne jede Zusatzinformation handschriftlich nachgetragen worden war. Und Nordström & Thulin, eine Miteigentümerin der *Estonia*, hatte für den nächsten Morgen beim schwedischen Straßenbauamt Begleitfahrzeuge für einen Spezialtransport vom Hafen zum Flughafen Arlanda bestellt. Dort wiederum wartete am Abend eine leer aus Amsterdam gekommene, auf den Bermuda-Inseln registrierte Boeing 727. Der schwedischen Luftfahrtbehörde zufolge flog die Maschine am Abend nach dem Unglück mit vier nicht registrierten Passagieren an Bord nach Amsterdam zurück.

Zwei Stunden später landete auf dem Flughafen Arlanda eine zweistrahlige amerikanische Gulfstream 4, die am nächsten Morgen mit fünf nicht registrierten Passagieren nach Bangor in den USA flog. Die Leasingfirma, der das Flugzeug gehörte, weigerte sich später mitzuteilen, wer zum damaligen Zeitpunkt ihre Maschine benutzt hatte. Laut Flughafen Arlanda wurden sämtliche Kosten, die durch die Landung der Maschine in Stockholm entstanden waren, der Botschaft der Vereinigten Staaten in der schwedischen Hauptstadt in Rechnung gestellt. Später, im Jahr 2001, setzten die USA ebenfalls ein Gulfstream-Flugzeug ein, als sie zwei unter Terrorismusverdacht stehende Ägypter aus Stockholm entführten.

Toomas hatte die Angaben selbst bei der schwedischen Luftfahrtbehörde überprüft: Sie waren korrekt. War sein Vater aus Schweden ausgeflogen worden? Was hatte man mit ihm gemacht?

Falls sein Vater in die geheimen Transporte verwickelt gewesen war – ob sie nun mit dem Untergang des Schiffes zu tun hatten oder nicht –, dann hatte man verhindern wollen, dass er etwas ausplauderte. Und falls sein Vater selbst herausgefunden haben sollte, dass die geheimen Transporte tatsächlich mit dem Schiffsunglück zu tun hatten, war es verständlich, dass er sich nicht mit der Polizei auseinandersetzen wollte.

41

Tero saß in dem kleinen Saab, den sie am Flughafen Arlanda gemietet hatten, auf dem Beifahrersitz. Roni fuhr. Allmählich dämmerte der Abend am halb bewölkten Himmel über der kleinbürgerlichen Wohngegend im Südosten von Stockholm.

Die Polizei hatte von Helsinki aus angerufen, aber sie hatten nicht reagiert. Tero hielt die Unterlagen auf dem Schoß, die er nach den telefonischen Anweisungen von Toomas auf dem Flughafen Arlanda ausgedruckt hatte. Mithilfe dieser Papiere versuchte er, wenigstens irgendeine Vorstellung von seinem Kontrahenten zu entwickeln. Wenn Toomas' Behauptungen zutrafen, bestand die Gegenseite wenigstens zum Teil aus dem geheimen Nachrichten- und Sicherheitsdienst der schwedischen Armee namens *Militära Unterrättelse- och Säkerhetstjänsten,* kurz MUST, insbesondere vertreten durch eine supergeheime, direkt dem Oberbefehlshaber der Streitkräfte unterstellte Abteilung namens KSI, was so viel bedeutete wie *Kontoret för särskild inhämtning,* also Büro für Sonderermittlungen.

Über die Tätigkeit des KSI war praktisch nur bekannt, dass es die Agenten für die anspruchsvollsten Aufgaben stellte, die James Bonds des wirklichen Lebens. Die Vorstellung, dass Profis in Spionage und Gewaltanwendung hinter den Kulissen des Wohlfahrtsstaats agierten, war beunruhigend. Andererseits gehörte Schweden, das sich in der Weltöffentlichkeit gern als Herold der Freundschaft und der Solidarität oder gar als Friedenstaube gerierte, zu den größten Herstellern von hochentwickelten, tödlichen Waffensystemen.

»Die nächste Straße muss es sein«, sagte Roni und verringerte das Tempo.

Tero nickte gedankenverloren und blätterte weiter in den Unterlagen. Toomas' Behauptungen hatten abenteuerlich geklungen, aber den Papieren zufolge trafen sie zu, zumindest in Bezug auf die Supermächte. Auch Interessen der Vereinigten Staaten waren bei der *Estonia* mit im Spiel. Bei der NSA, der größten nachrichtendienstlichen Organisation der USA, gab es drei Dokumente – sieben Seiten –, die mit dem Untergang des Schiffes zu tun hatten. Sie waren als geheim eingestuft, denn ihre Veröffentlichung konnte der nationalen Sicherheit der Vereinigten Staaten ernsthaften Schaden zufügen.

Auch Toomas' Informationen über die von der FMV, der Beschaffungsbehörde der schwedischen Armee, initiierten Geheimtransporte trafen zu. So wurde eine Firma namens Exico AB damit beauftragt, das Radarsystem eines russischen Kampfflugzeugs zu besorgen. Beschafft wurden die Komponenten durch Diebstahl und mithilfe von Zahlungen großer Schmiergeldsummen an russische Kontaktleute.

Tero fuhr aus seinen Gedanken hoch, als Roni in eine stille Straße einbog, die von Einfamilienhäusern mit grünen Vorgärten gesäumt wurde.

»Skördevägen heißt die Straße«, sagte Roni. »Hier ist es.«

Teros nervöser Blick glitt über die gut gepflegten, großzügig bemessenen Grundstücke, auf denen Volvo-Geländewagen und Kombis der Marke Saab parkten. Ein groß gewachsener, dünner Junge versuchte, mit einem Basketball den Korb vor einer Garage zu treffen.

Der Kontrast zwischen den brutalen Fakten, die Tero gelesen hatte, und der bürgerlichen Idylle ringsum hätte nicht größer sein können. Er dachte an Marcus und an Anatoli Rybkin, Toomas' russischen Arbeitgeber. Traf es tatsächlich zu, dass die beiden an den Machenschaften und Geheimtransporten der FMV, die mit dem Untergang der *Estonia* zu tun hatten, beteiligt gewesen waren?

Ein schrecklicher Gedanke. War Zentech etwa eine ähnlich zwielichtige Firma wie Exico und arbeitete auf Rechnung der nachrichtendienstlichen Maschinerie des schwedischen Militärs? Aber wie konnte es möglich sein, dass der Bankbeleg aus dem Schließfach in Lausanne mit einem viel neueren Datum versehen war?

»Da ist die Nummer elf«, sagte Roni. »Die Sechsundfünfzig muss also ein Stück weiter auf der anderen Seite kommen.«

Teros Handy klingelte. Als er den Namen auf dem Display las, erschrak er.

»Jetzt muss ich mich wohl melden«, brummte er.

Helis Stimme klang merkwürdig gefühllos. »Tero, sag mir, dass das nicht stimmt ... Warum hat Roni das getan?«

»Roni ist unschuldig.«

»Ich hatte schon etwas geahnt, als er neulich zu mir kam. Und du hast es die ganze Zeit gewusst, darum bist du auch gekommen, um ihn zu holen und ...«

»Hast du nicht gehört, was ich gesagt habe? Roni ist unschuldig!«

»Und Valtteri ist der Schuldige, ja?« Helis Stimme stieg bis ins Falsett an. »Valtteri hat mir alles erzählt! Wie konntest du nur so etwas Irrsinniges, Grausames und Ungerechtes tun?!«, schrie Heli hysterisch.

Tero hielt das Telefon vom Ohr weg und schaute kurz auf Roni, der ihm zuflüsterte: »Die Polizei versucht vielleicht dein Handy zu orten. Du solltest Schluss machen.«

Das stimmte. Tero drückte das Gespräch sofort weg, obwohl es ihm wehtat. Heli hatte jedes Recht, wütend und außer sich zu sein ... Er würde ihr alles erklären müssen. Aber erst später.

»Auch wenn Toomas recht hat und ein anderer Julia umgebracht hat, bist du nicht unschuldig«, brachte Tero, aufgewühlt durch den Anruf, Roni und sich selbst in Erinnerung. »Du hast eine Körperverletzung begangen und das Opfer dann seinem Schicksal überlassen.«

»Meinst du, das weiß ich nicht?«

Sie fuhren weiter die Straße entlang und schauten auf die Hausnummern. Die Stimmung im Wagen wurde mit jeder nächstgrößeren Nummer gedrückter. Schließlich endete die Straße an einem lichten Wald aus Laubbäumen.

Roni hielt an. »Das war's. Die Adresse ist erfunden.«

»Waren auf der Karte im Internet nicht die Hausnummern zu sehen?«

»Weiß ich nicht, ich bin nicht dazu gekommen, nachzuschauen«, schnaubte Roni.

»Okay. Lass uns in Ruhe nachdenken, was wir in der Hand haben«, sagte Tero, bemüht, sie beide zu beruhigen.

»Nichts. Die Telefonnummer des Mannes ist unbekannt, alle Anrufe, die er getätigt und empfangen hat, kommen von einer unbekannten Nummer, und die SMS geben auch nichts her. Ein Bengt Broman existiert überhaupt nicht.«

»Aber das Foto von mir ist von einer identifizierbaren Nummer aus geschickt worden.«

»Deren Besitzer geheim ist.«

»Vorläufig«, sagte Tero und versuchte, zuversichtlich zu klingen. »Falls an dem, was Toomas sagt, etwas dran ist, dann weiß man beim schwedischen Militärgeheimdienst etwas über diesen ›Bengt Broman‹. Beziehungsweise bei der Firma, bei der der MUST die russische Technologie bestellt hat, bei Zentech. Aber als Erstes müssen wir uns die Kassette anschauen.«

Roni sah ihn ernst und müde an. »Vater … das ist hoffnungslos.«

In Westend, dem feinen Stadtteil von Espoo, blies der herbstliche Meerwind in die Kiefern rings um das moderne, weiß gestrichene Haus. Am Schreibtisch vor dem großen Panoramafenster saß ein kleiner, stämmiger Mann.

Anatoli Rybkin fütterte das Faxgerät mit einem Blatt Papier, auf dem ein gewöhnliches Kurvendiagramm den Verkauf einer Ware auswertete. In der Diagrammgrafik waren allerdings Informationen versteckt, die vom Empfänger des Fax' in Stockholm mithilfe eines einfachen visuellen Decodierers gelesen werden konnten.

Bei der Kommunikation mit Schweden ging Anatoli nicht das geringste Risiko ein. Der FRA, der technische Geheimdienst der Schweden, überwachte E-Mails, Telefonate, Faxe, den Verkehr von Kurzmitteilungen und Intranetmitteilungen sowie VoIP-Gespräche. Gerade erst hatte die FRA einen mehr als acht Millionen teuren Supercomputer angeschafft, der in Sachen Leistungsstärke Platz fünf auf der Welt einnahm. Damit konnten zum Beispiel verschlüsselte E-Mails geknackt werden.

Nachdem er das Fax verschickt hatte, ging Anatoli in Toomas' Büro, um dort die Arbeiten zu erledigen, die nach dem Unfall liegen geblieben waren. Wo sich Toomas aufhielt, hatte Anatoli aus Zeitgründen noch nicht herausfinden können, aber das hatte nun unverzüglich zu geschehen.

Er beantwortete Mails der dänischen und niederländischen Spediteure und nahm einige Bestellungen vor. Die EU-Länder predigten ständig Menschenrechte, Stabilität und Entwicklung und exportierten gleichzeitig für Milliarden Euro Waffen in Entwicklungsländer. Die Rüstungsindustrie stand unter der besonderen Obhut der Staatsregierungen, aber die Bürger wurden mit frommen Sprüchen abgespeist. Auf die Spitze trieb es Schweden mit seinen wichtigsten Exportgütern: Frieden, Abrüstung – und Waffen. Die blühende Rüstungsindustrie des pazifistischen Landes lebte vom Export, die strengen Ausfuhrgesetze waren nichts als Kulisse.

Anatoli hatte nie verstanden, wieso ein winziger Staat von gerade mal neun Millionen Einwohnern solche Unmengen an hochwertigen Waffen und Waffensystemen produzierte. Das Kampf-U-Boot der Gotland-Klasse, das in der Kockums-Werft in Malmö gebaut wurde, war das weltweit erste und einzige U-Boot, das mit einem Stirling-AIP-System ausgerüstet war. Es wurde sogar von den Vereinigten Staaten für Manöver im Stillen Ozean angemietet. Die Herstellung eines Kampfflugzeugs der vierten Generation war auch für die Großmächte eine Kraftanstrengung, und nur in einem Land ohne ständigen Sitz im UN-Sicherheitsrat gab es den Willen und die Kompetenz, ein solches Flugzeug zu produzieren: in Schweden.

In dem Land wurden darüber hinaus riesige Mengen traditioneller Waffen und Sprengkörper produziert. Zu den erfolgreichsten Produkten der jüngsten Zeit zählten die von Saab hergestellten ADM-401-Granaten, die von den USA im Irak verwendet wurden. Die mit einer Bazooka abgefeuerten Granaten schickten tausendeinhundert kleine spitze Nadeln auf die Reise, die für »weiche Ziele« – also für Menschen – bestimmt waren.

Seine Beziehungen zu den Insiderkreisen der schwedischen Rüstungsindustrie hatte Anatoli zu Beginn der Neunzigerjahre geknüpft. Im Lauf der Zeit hatte er gemerkt, wie sehr die Schweden bei unterschiedlichen Operationen auf fremde Hilfe angewiesen waren – ob es nun um die Beschaffung von Spionagematerial ging oder um die Lancierung von Bestechungsgeldern. Auch der konventionelle Waffenhandel lief für Anatoli inzwischen besser als je zuvor, trotzdem hätte er sich gerne zur Ruhe gesetzt. Und die Chance, sich seinen Ruhestand nun endgültig finanziell zu sichern, boten ihm – wieder einmal – die Schweden.

Im trüben Wasser glitt der Lichtkegel über den Schiffsrumpf. Ab und zu verdeckten Luftblasen die Sicht in der lautlosen Unterwasserlandschaft.

Regungslos verfolgten Tero und Roni den Weg des Lichtkegels auf dem Bildschirm, nicht das geringste Detail wollten sie übersehen. Sie hatten sich einen VHS-Recorder gekauft und ihn an den Hotelfernseher angeschlossen.

»Sind das Taucher der schwedischen Armee?«, fragte Roni.

Tero nickte langsam, ohne den Blick vom Bildschirm zu lösen. »Falls Toomas recht hat. Dem Datum nach sind das jedenfalls die ersten Taucher am Unglücksort. Die offizielle Wahrheit lautet, dass diese Tauchgänge nie stattgefunden haben.«

Das Bild wurde dunkel, aber dann erschienen mehrere Taucher, die etwas mithilfe großer Werkzeuge aufzustemmen schienen. Im Hintergrund leuchtete hell die Flamme eines Unterwasserschweißgeräts.

»Was tun die da?«

Tero sah den Tauchern noch eine Weile zu, bevor er antwortete. »Ich weiß es nicht. Ein Fachmann würde es wissen. Vielleicht versuchen sie, die Rampe zu öffnen, um etwas aus dem Autodeck herauszubekommen.«

Es war eine unglaubliche Vorstellung, dass sich gleich nach dem Unglück mehrere Taucher zielstrebig an dem Wrack zu schaffen gemacht hatten. Eine Zeit lang sah man sie noch arbeiten, dann schwenkte die Kamera. Die Beleuchtung war schwächer, man konnte kaum die dunkle Metallfläche mit den Schrammen und Abrieben erkennen. Die Kamera in den Händen des Tauchers fuhr über die Fläche, bis sie an einem verbogenen Metallteil anhielt. Dann wurde das Bild schwarz.

Roni rutschte unruhig hin und her und sah zu seinem Vater hinüber. »Was hat das zu bedeuten?«

»Keine Ahnung«, sagte Tero und nahm die Kassette aus dem Recorder. Er wollte nicht laut sagen, was er dachte: Was immer an dem Band auch wichtig sein sollte – sie hatten es gesehen, und das bedeutete Schwierigkeiten.

Roni streckte sich auf dem Bett aus, und Tero rief Toomas an. Er schilderte ihm so genau wie möglich, was auf der Kassette zu sehen war, und sagte angespannt: »Ich finde da keine Verbindung zu Julias Tod. Wir befinden uns noch immer am Punkt null. Die *Estonia* bedeutet dir viel, sehr viel sogar, aber für mich steht an erster Stelle, Ronis Unschuld zu beweisen. Wäre es nicht das Vernünftigste, die Kassette hier möglichst bald den finnischen Behörden auszuhändigen …«

»Hör auf zu spinnen!« Toomas klang beinahe höhnisch, aber er beruhigte sich sofort wieder. »Noch nicht. Hör zu, Tero … Ich will die Schweden für das zur Verantwortung ziehen, was sie meiner Patentochter angetan haben. Und für das, was sie bei der

Aufklärung des Schicksals meines Vaters unterlassen haben. Du wiederum willst, dass Roni nicht länger des Mordes verdächtigt wird. Wenn wir jetzt Kontakt zu den Behörden aufnehmen und ihnen die Kassette übergeben, verlieren wir unseren einzigen Trumpf. Die Schuldigen verschwinden von der Bildfläche, und wir kriegen sie nie. Solange wir die Kassette haben …«

»… sind uns auch Julias Mörder auf den Fersen«, beendete Tero kühl den Satz. »Ronis Leben ist in Gefahr. Meines auch. Und wie es aussieht, auch deines.«

»Du musst jetzt deine Nerven im Zaum halten. Vergiss die Hilfe der Behörden. Wir können nicht wissen, wer alles in die Intrige verwickelt ist.«

»Die Finnen bestimmt nicht. Du willst doch nicht im Ernst behaupten, amtliche finnische Stellen könnten sich darauf eingelassen haben …«

»Die Finnen haben in diesem Fall ganz nach der Pfeife der Schweden getanzt. Die Esten ebenso. Ich habe in den letzten Jahren verschiedene Dinge behauptet, die viele nicht ernst genommen haben. Nicht einmal Sirje. Aber mit der Zeit habe ich festgestellt, dass ich in vielem recht hatte. Und jetzt zeichnet sich allmählich die ganze Wahrheit ab. Wir haben keine andere Möglichkeit, als bis zum Ende weiterzumachen. Hast du was zum Schreiben?«

Tero nahm einen Stift und notierte sich die Nummer, die Toomas ihm diktierte.

»Ruf diesen Mann an«, sagte Toomas. »Er heißt Bertil Sjögren und ist Beamter beim Militärgeheimdienst. Vor ein paar Jahren habe ich schon einmal versucht, Informationen von ihm zu bekommen, allerdings vergeblich. Allein seine Telefonnummer herauszufinden, war eine Leistung. Vereinbare ein Treffen mit ihm, aber nimm die Kassette nicht mit. Und Roni auch nicht. Wenn du von dem Treffen nicht pünktlich zurück bist, soll Roni mich anrufen.«

42

Sirje saß vor der Tür des Kellerabteils und las in einem Heft, in das Zeitungsausschnitte und Fotokopien eingeklebt waren.

Vor sich hatte sie eine Meldung aus dem Boulevardblatt *Ilta-Sanomat* vom 19.12.2006.

Estonia-Komitee: Estland wusste nichts von Militärgütern

Das *Estonia*-Komitee des estnischen Parlamentes hat keine Beweise dafür gefunden, dass die estnische Regierung oder Behörden des Landes von Transporten von Militärgütern Kenntnis hatten, die mit der *Estonia* vor deren Untergang durchgeführt worden sind.

Daraus schließt das Komitee, dass der schwedische Militärgeheimdienst MUST die Operation ohne Wissen der Esten organisiert haben könnte. Das Komitee, das seit dem Frühjahr letzten Jahres die Behauptungen über Waffentransporte untersucht hat, legte heute seinen Abschlussbericht vor.

In der Pressekonferenz betonte der Vorsitzende Margus Leiwo, den Schlussfolgerungen lägen ausschließlich beweisbare Fakten zugrunde.

»Sämtliche Gerüchte sind ausgesondert worden«, sagte Leiwo.

Das estnische Parlament setzte das Komitee ein, nachdem eine schwedische Untersuchung den Transport von Radar- und Abhöranlagen auf der *Estonia* nach Schweden am 14. und am 20. September 1994, kurz vor dem Untergang des Schiffes, enthüllt hatte.

Im Sommer berichtete Erik Rossander, der ehemalige Aufklärungschef des MUST, die Transporte hätten in Kooperation mit den Esten stattgefunden.

Das Komitee nimmt in seinem Bericht auch Stellung zu den hartnäckigen Gerüchten, denen zufolge ein Teil der bei dem Unglück Verschwundenen noch am Leben sein soll.

Entsprechende Behauptungen sind in Interviews derart häufig aufgetaucht, dass das Komitee den Estnischen Staat auffordert, die Suche nach möglichen Überlebenden fortzusetzen. Als Begründung wird angegeben, die betreffenden Personen könnten über wesentliche Information zu offenen Fragen im Fall *Estonia* verfügen.

»Das heißt jedoch nicht, dass das Komitee glaubt, der zweite Kapitän der *Estonia*, Avo Piht, oder eine andere vermisste Person sei noch am Leben«, unterstrich Leiwo.

Sepp glaubt an Verschwörungstheorie

Evelyn Sepp, die stellvertretende Vorsitzende des Komitees, wird in dem Bericht mit einer abweichenden Meinung zitiert. Sie glaubt, dass der Untergang der *Estonia* gerade mit den Waffentransporten zu tun hat. Und genau deswegen würden auch Informationen zu diesem Thema zurückgehalten.

Sepp glaubt ferner, dass Kapitän Piht gerettet worden ist und jetzt »irgendwo im Westen« unter neuer Identität lebt. Über Beweise hierfür verfügt sie jedoch nicht. (STT)

Julia hatte mehrere Stellen im Text rot unterstrichen. Sirje musste gegen ihre Tränen ankämpfen.

»Alle anderen Hefte sind alt«, sagte Kimmo im Kellerabteil, in dem kistenweise Sachen von Julia aufbewahrt waren: Bastelarbeiten, Zeichnungen, Spielsachen, Kleider, aus denen sie herausgewachsen war und die weder Vater noch Mutter jetzt anfassen konnten. Wie auf eine unausgesprochene Vereinbarung hin vermieden sie es, laut über Erinnerungen zu sprechen, die ihnen durch Julias Sachen in den Sinn kamen, und konzentrierten sich ausschließlich auf die Nachforschungen.

Der oberste Karton enthielt Schulhefte, von denen eines ihre Aufmerksamkeit geweckt hatte. Seine Farben waren heller, es sah neuer aus. Sirje blätterte darin; es enthielt Kopien aus den schwedischen Zeitungen *Dagens Nyheter* und *Expressen*, aus Büchern und von Internetseiten. Julia hatte Fragezeichen an den Rand gemalt und Kommentare dazugeschrieben.

Sirje blätterte so lange weiter, bis sie bestürzt auf die Seite mit dem letzten Eintrag stieß.

Sie war mit dem Datum von Julias Todestag versehen.

»Schau mal«, flüsterte Sirje. »Informationen über eine andere Fähre … *Silja Symphony*. Julia hat in das Heft am selben Tag Einträge gemacht, an dem sie … Und das hier ist wahrscheinlich ein finnisches Autokennzeichen. HCG-557. Das Datum ist … das von morgen.«

Sirje sah Kimmo an und wiederholte verblüfft: »Hier steht das Datum von morgen!«

An der Ecke stand ein Mann im Nebel, etwas außerhalb des Lichtkreises der Straßenlampe, die Hände in die Taschen seines halblangen Mantels geschoben.

Tero drosselte das Tempo und versuchte, das Straßenschild zu lesen, aber durch die Tropfen des Nieselregens auf der Scheibe war es nicht zu entziffern. Er hielt an, sah erneut auf die andere Straßenseite und bemerkte, dass der Mann sich in Bewegung gesetzt hatte – und direkt auf das Auto zukam.

Tero umklammerte das Lenkrad. Er spürte diffus den Schatten der Gewalt, so wie als junger Polizist, wenn er zu einem Einsatz geschickt wurde, wo jeden Augenblick ein Mann mit Waffe in der ausgestreckten Hand auftauchen konnte. Er hatte nie zugegeben, dass er Angst hatte, man hatte ihn für einen harten Burschen gehalten. Das war er auch gewesen, zumindest hatte er versucht, einer zu sein. Manchmal auch zu hart. Daher war auch das in der alten Farbenfabrik passiert: der Wendepunkt seines Lebens.

Tero ließ den Blick über die Reihenhausgegend schweifen. Um diese Zeit war niemand mehr auf der Straße, aber hinter den Heckenzäunen waren erleuchtete Fenster zu erkennen.

Der Mann blieb neben dem Auto stehen und öffnete die Beifahrertür. Als er einstieg, sah Tero, dass er zwar älter als er selbst war, aber augenscheinlich in guter Verfassung. Seine etwas altmodisch geschnittenen Haare waren feucht vom Nieselregen.

»Sie haben mich angerufen?«

»Falls Sie Bertil Sjögren sind.«

»Fahren Sie los. Ich trenne das Berufliche vom Privaten und mag es nicht, wenn beides vermischt wird.«

Sjögren sprach in sehr ruhigem und sehr selbstsicherem Ton. Tero trat aufs Gas und fuhr auf der von Lichtmasten und Heckenzäunen gesäumten nassen Straße weiter. Er wollte gerade den Mund aufmachen, als Sjögren fragte: »Haben Sie das Material, von dem Sie sprachen?«

Die Frage nahm Tero als Bestätigung dafür, dass neben ihm tatsächlich der Mitarbeiter des schwedischen Militärgeheimdienstes MUST saß, mit dem er sich Toomas' Anweisungen gemäß verabredet hatte.

»Ja. Ich habe eine Kassette, auf der Taucher am Wrack der *Estonia* zu sehen sind – vor dem offiziellen Tauchgang.«

Sjögren musterte ihn aufmerksam.

Tero gab sich Mühe, seine Nervosität zu überspielen. »Außerdem habe ich das Original eines Bankbelegs, der die Bewegungen beträchtlicher Geldsummen zwischen einer Firma namens Zentech und einer Privatperson beweist. Das Material befindet sich an einem sicheren Ort. Wenn ich bis zu einer bestimmten Zeit bei meiner Vertrauensperson nichts von mir hören lasse, wird alles an die Medien weitergeleitet.«

Das Gesicht des Schweden versteinerte. »Sie bewegen sich auf gefährlichem Terrain. Sie glauben gar nicht, auf wie gefährlichem.«

»Ich muss es nicht glauben, ich weiß es. Aber wie Sie vielleicht bemerken, bin ich müde und verzweifelt. Verlassen Sie sich nicht auf meine Fähigkeit, rationale Entscheidungen zu treffen. Meinem Sohn wird der Mord an einer jungen Frau vorgeworfen, den er nicht begangen hat.«

»Was hat das mit uns zu tun?«

»Ich will, dass der schwedische Militärgeheimdienst gesteht, Julia Leivo umgebracht zu haben, um seine Verstrickung in den Fall *Estonia* zu vertuschen.«

Sjögren brach in schallendes Gelächter aus. »Sind Sie verrückt?«

»Sie wollen das Ganze also lieber in der Öffentlichkeit sehen?«

Sjögren wurde wieder ernst. »Ich habe noch nie von einer Julia Leivo gehört. Ich kann Ihnen versichern, dass der MUST nichts mit dem Mord an irgendeinem finnischen Mädchen zu tun hat. Allein der Gedanke ist, mit Verlaub, lächerlich.«

»Ach ja?« Tero versuchte, gelassen zu bleiben. »Wenn man bedenkt, wozu der MUST schon bereit gewesen ist, um die Interessen des schwedischen Staats zu verteidigen? Im Fall *Estonia* scheint es um ziemlich große Interessen gegangen zu sein. Ihr seid im Verheimlichen so weit gegangen, dass es nun keinen Weg zurück gibt. Es muss sogar getötet werden, um die Spuren zu verwischen …«

»Biegen Sie dort rechts ab«, sagte Sjögren mit einer Kopfbewegung zur nächsten Kreuzung hin. »Ich weiß nicht, wovon Sie reden, und will es auch nicht wissen. Ich kann nur wiederholen, dass wir niemanden umgebracht haben. Wenn Sie das Material an die Öffentlichkeit bringen wollen, bitte sehr. Wir werden alles abstreiten. Man wird Sie als Wirrkopf abstempeln. Von der Sorte gibt es rund um den Fall *Estonia* schon mehr als genug. Halten Sie an, ich steige hier aus.«

Kurz darauf sah Tero zu, wie Sjögren im Nebel verschwand. Er hatte das Gefühl, dass der Mann mit seiner Drohung recht hatte, und spürte, wie der Hoffnungsfunke in ihm wieder erlosch.

Im Krankenhaus Meilahti war es ruhig geworden. Die Besuchszeit war vorbei, aber Toomas hatte die Krankenschwester zu einer kleinen Verlängerung überredet, weshalb Sirje und Kimmo noch im Licht der Nachttischlampe an seinem Bett sitzen durften.

»Du hättest uns sagen können, was für ein starkes Interesse du bei Julia für die *Estonia* geweckt hattest«, sagte Sirje vorwurfsvoll, das grüne Heft in der Hand.

»Ich versuchte, sie zurückzuhalten, ihr die Nachforschungen sogar zu verbieten«, verteidigte sich Toomas. »Aber sie fixierte sich noch stärker darauf als ich. Sie hat gründliche Arbeit geleistet. Hat alle Informationen, die in Büchern und im Internet auftauchten, überprüft. Hat Kopien gemacht, E-Mails geschrieben …«

»Steht alles hier drin«, sagte Sirje und schlug das Heft auf der letzten beschriebenen Seite auf. »Aber das hier bereitet uns am meisten Kopfzerbrechen. Julia hat diesen Eintrag am Tag ihres Todes gemacht.«

Sirje zeigte Toomas die Seite. »*Silja Symphony*, das Datum von morgen und ein Kfz-Kennzeichen.«

Auf Toomas' Gesicht machte sich Bestürzung breit.

Tero lag im Hotelzimmer auf dem Bett und starrte an die Decke. Das Spiel war aus.

»Fliegen wir morgen nach Malaga?«, fragte Roni tonlos. »Wir könnten alles von uns abschütteln und ein neues Leben anfangen.«

Tero antwortete nicht. Der Gedanke war auch ihm schon gekommen, aber das würde er Roni gegenüber nicht zugeben. An der Costa del Sol gab es jede Menge Leute, die dem Arm des Gesetzes aus dem Weg gingen.

»Du hast einen Menschen verletzt und dann im Stich gelassen. Mit welchem Gewissen liegst du den Rest deines Lebens am Strand?«

Nun war Roni still.

Teros Handy klingelte. Toomas. Tero hörte sofort am Tonfall, dass etwas Außergewöhnliches passiert war.

Kimmo und Sirje hatten ein Heft von Julia gefunden, und Toomas hatte sich über dessen Inhalt den Kopf zerbrochen.

»Das klingt jetzt vielleicht seltsam«, sagte Toomas, »aber ihr müsst morgen mit der Fähre nach Helsinki kommen. Mit der *Silja Symphony*, die um 17 Uhr in Stockholm abfährt.«

»Das ist nicht dein Ernst … Sind wir nicht schon zur Genüge

vergeblich durch die Gegend gerannt«, seufzte Tero, aber Toomas ließ sich nicht irritieren.

»Ich hatte mich getäuscht. Hinter der Anatoli-Marcus-Connection muss noch etwas Aktuelleres stecken als die Dinge, die direkt mit der *Estonia* zu tun haben. Was ist der Schlüssel zu allem? Was für einen gemeinsamen Nenner haben alle Aspekte, auf die wir bislang gestoßen sind?«

Tero hörte schweigend zu.

»JAS Gripen«, sagte Toomas. »Das ist jetzt klar. Die geheimen Transporte, die für Gripen durchgeführt wurden, sind einer der Gründe für die Vertuschungen im Fall *Estonia*. Und um Gripen geht es auch jetzt.«

43

»Das zieht hier ja ganz schön«, sagte die Frau mittleren Alters, die auf dem Oberdeck der *Silja Symphony* schlotterte. Ihre beiden Kinder, ein Junge und ein Mädchen, hatten Spaß an den flatternden Haaren und spähten über die Reling.

Tero lehnte neben ihnen und schaute nervös auf die asphaltierte Fläche, wo in mehreren Spuren Autos darauf warteten, aufs Schiff fahren zu können. Tero und Roni hatten versucht, auf das Autodeck zu kommen, aber das wurde erst geöffnet, wenn mit dem Beladen begonnen wurde.

»Lehnt euch nicht so über das Geländer«, wies die Mutter ihre Kinder zurecht und wandte sich an ihren Mann. »Ich krieg langsam Angst, weil es so windig ist.«

»Ach was«, brummte der Mann, der sich für die Worte seiner Frau genierte. »Bei so einem großen Schiff macht sich der Wind überhaupt nicht bemerkbar«, sagte er und warf den umstehenden Männern verstohlene Blicke zu.

Tero blickte auf das unter einer Wolkendecke liegende Stockholm. Jenseits des Hafens ragten Wohnblocks stufenweise an einem Hang auf, und in der Ferne blinkte das rote Licht des Fernsehturms über der Stadt. Tero und Roni hatten gemeinsam entschieden, nach dem Strohhalm zu greifen, den Toomas ihnen angeboten hatte. Würde das nichts bringen, müssten sie sich in Helsinki erneut entscheiden: für die eilige Ausreise aus Finnland und anschließende Flucht – oder polizeiliche Ermittlungen, langwierige Gerichtsverfahren und möglicherweise jahrelange Haft für ein Verbrechen, das Roni nicht begangen hatte. Und Tero würde wegen Beihilfe belangt werden. Für den Rest ihres Lebens trügen sie das Stigma des Kriminellen.

Tero wurde schwindlig, wenn er daran dachte, was für Möglichkeiten seinem talentierten Sohn offengestanden hätten. Es war klar, dass sich Callaghan nicht zufällig bemüht hatte. McLaren war ehrlich an Roni interessiert.

Tero erschrak, als Roni an Deck erschien und er das Gesicht seines Sohnes sah. Roni hatte nur auf die Toilette gehen wollen, aber seine Erregung ließ vermuten, dass er etwas Wichtiges erfahren hatte.

»Ich habe Jenni angerufen«, sagte er, sobald er vor Tero stand. »Sie hat durch das, was die Polizei sagt, den Eindruck gewonnen, dass Julias Leiche um zwei Uhr nachts gefunden wurde. Ich war kurz nach zwölf dort. Alles passt zusammen. Der Mensch, den ich gesehen habe, war nicht derjenige, der sie gefunden hat.«

Tero schaute seinen Sohn an, dessen Gesicht einen geradezu herzzerreißenden Eifer verriet. »Du kannst nichts beweisen. Du kannst nur berichten, was du gesehen hast.«

»Und das glaubt mir niemand. Jedenfalls nicht mehr.« Seine Energie war mit einem Schlag verflogen.

Tero blickte wieder auf den Platz des Terminals, wo die Autos auf die Abfertigung warteten. »Sie lassen die Fahrzeuge aufs Schiff. Gehen wir.«

Mit dem Lift fuhren sie in den Bauch der Fähre hinunter und kamen dann an eine rote Metalltür. Hinter den eisernen Wänden dröhnten die Motoren. Auf einer Treppe ging es weiter nach unten in die billigste Kabinenklasse, die sich unter dem Autodeck und unter der Wasserlinie befand. Tero konnte den Gedanken an die *Estonia*-Passagiere nicht unterdrücken, die sich in der Nacht des Unglücks in solchen Kabinen befunden hatten. Mittlerweile wusste er, dass ausgerechnet die Passagiere, die unter dem Autodeck gewesen waren, gerettet wurden, weil seltsame Geräusche und Wasser auf den Gängen sie frühzeitig um ihr Leben rennen ließen. Die Untersuchungskommission aber hatte das eingetretene Wasser auf den untersten Decks schlicht nicht berücksichtigt; auch nicht die schabenden Geräusche am Schiffsboden, die auf einen Zusammenprall hindeuteten und die Reisenden ganz unten aufschrecken ließen.

Roni drückte auf die rote Halbkugel an der Wand. Mit einem Zischen glitt die Metalltür vor ihnen zur Seite. Die Fahrzeuge wurden von Matrosen durch die Bugklappe aufs Autodeck gewunken und eingewiesen. Die Passagiere stiegen aus, nahmen ihre Sachen aus dem Kofferraum und gingen zu ihren Kabinen. Die mittleren Spuren füllten sich nach und nach mit Lkws und Reisebussen. Die äußeren Spuren waren für Pkws bestimmt. Unauffällig musterte Tero die Nummernschilder.

»Okay«, sagte Roni so leise, dass es fast im Lärm unterging. »Einfache Arbeitsteilung. Du gehst nach links, ich nach rechts. Wir treffen uns auf der anderen Seite an der gleichen Stelle.«

Tero war wieder einmal stolz auf seinen Sohn, der trotz aller Erschöpfung und Frustration noch Willenskraft und Entschlossenheit aufbrachte. Er versuchte, Roni aufmunternd zuzulächeln, und machte sich auf den Weg in seine Richtung. Neben einem Skoda Kombi zankte eine Familie darüber, welche Sachen mit in die Kabine sollten und welche nicht.

Bald schon merkte Tero, dass die Aufgabe nicht schnell zu erfüllen sein würde. Die Autos standen so dicht aneinander, dass man sich zwischen ihnen bücken musste, um die Kennzeichen zu erkennen.

Allmählich verschwanden die Passagiere vom Autodeck, und es kamen keine neuen Fahrzeuge mehr herein. Die Matrosen machten sich zum Schließen der Rampe bereit.

Plötzlich merkte Tero, dass ihn ein Crewmitglied höheren Ranges interessiert beobachtete. Der bärtige Mann trug eine grellgrüne reflektierende Weste und kam mit einer Leuchtkelle in der Hand auf ihn zu. Tero versuchte, dem Blick des Mannes auszuweichen.

»Suchen Sie Ihr Auto?«

»Nicht das Auto, aber den Schlüssel.«

»Schöne Bescherung«, sagte der Mann mitfühlend. »Versuchen Sie ihn zu finden, bevor wir das Deck schließen müssen.«

»Ja, ja, ich werde ihn schon finden.«

Im selben Moment sah Tero, wie Roni sich aufgeregt zwischen den Fahrzeugen hindurchschlängelte und eilig auf ihn zukam.

»Er steht dort drüben. Ein weißer Mercedes-Lieferwagen«, keuchte er.

Sofort gingen sie in die Richtung, aus der Roni gekommen war. Kurz bevor sie den Bug des Schiffes erreicht hatten, blieb Roni stehen und deutete seinem Vater eine Richtung.

Tero sah den weißen Mercedes Vito mit verdunkelten Scheiben. Es war ein Van, kein Lieferwagen.

Vor dem Auto unterhielten sich zwei Männer und lachten dabei. Es klang, als redeten sie russisch. Das Bugtor schloss sich gerade majestätisch langsam, und rechts und links davon hantierten Männer in Overalls.

»Sie schließen jeden Moment das Autodeck«, sagte Roni mit gedämpfter Stimme. »Wir müssen näher an den Wagen herankommen.«

Er ging um einen Opel herum und direkt auf den Vito zu. Tero folgte ihm. Gerade als er die Kühlerhaube des Opels hinter sich ließ und sein Blick wieder auf den Vito fiel, fuhr er zusammen.

Zu den beiden Männern hatte sich ein dritter gesellt – und den kannte er. Es war der Mann mit den grauen Haaren, der in Lausanne versucht hatte, ihn zu töten.

Tero ging vor dem Opel in die Hocke. Was er gesehen hatte, verursachte ihm fast physischen Schmerz. Hatte der Mann ihn entdeckt und erkannt?

Mit zusammengebissenen Zähnen sah Tero zu, wie Roni sich dem Vito näherte, ohne Böses zu ahnen. Langsam ließ er den Blick über den weißen Van wandern.

Roni, schau hierher, flehte Tero innerlich und winkte, in der Hoffnung, die Aufmerksamkeit seines Sohnes erregen zu können.

Als Roni direkt vor dem Vito stand, blickte er sich um und bemerkte die Männer offenbar. Im selben Moment sah er auch Teros verzweifeltes Winken. Roni reagierte mit keiner Miene, machte aber trotzdem auf dem Absatz kehrt. Er ging auf einen Matrosen an der Rampe zu und fragte ihn etwas. Nachdem er eine Antwort erhalten hatte, ging er flott auf die Tür zu, durch die man in den Kabinentrakt kam, ohne dabei auch nur einen Blick auf Tero oder die drei Männer vor dem Vito zu werfen.

Tero schlich sich hinter die äußerste Wagenschlange und entfernte sich geduckt. Durch die Schiebetür verließ er das Autodeck und begegnete kurz darauf Ronis fragendem Blick.

»Nach oben«, sagte Tero und bedeutete Roni, vorauszugehen.

Sie eilten die Treppe hinauf, passierten Reisende, die mit Taschen und Koffern nach ihren Kabinen suchten und die Gänge füllten. Schließlich erreichten sie auf Deck 7 die belebte Promenade mit den Restaurants und Boutiquen. Tero stürzte zur Tür und hinaus ins Freie, wo der Wind an den Kleidern riss. Ein lächelndes Paar kam ihnen entgegen, Hand in Hand, leicht taumelnd im starken Wind.

Tero und Roni lehnten sich an die Reling, wo sie sehen konnten, wie unten das Wasser schäumte, während das Schiff sich aus dem Hafen schob. Nach der Slalomfahrt durch die Schären würden sie das offene Meer erreichen, und dann wäre die Wirkung des Windes erst richtig zu spüren.

»Und jetzt?«, fragte Roni. »Was hast du …«

»Der dritte Mann bei dem Vito«, sagte Tero und hielt sich an der Reling fest. »Das ist der Mann, der in Lausanne versuchte, mich zu erschießen.«

Ronis Augen weiteten sich, als er die Bedeutung der Worte erfasste.

»Wir müssen uns versteckt halten«, sagte Tero. Er war schockiert und froh zugleich. Sie waren nicht umsonst auf dem Schiff, sie hatten jetzt wenigstens theoretisch die Gelegenheit herauszufinden, was hinter allem steckte – vielleicht sogar das

Wichtigste von allem: wer Julias wirklicher Mörder war. Aber ihnen standen Männer gegenüber, die bereit waren, jeden kaltblütig zu töten, der ihnen in den Weg trat.

»Hat er dich gesehen?«, fragte Roni.

»Das weiß ich nicht. Aber falls ja, wird er unsere Kabine ausfindig machen.«

»Oder er kennt sie schon.«

»Wir brauchen eine neue Kabine. Oder wir müssen uns ein anderes Versteck suchen.«

Kaum hatte er das gesagt, klingelte sein Handy. Das Display zeigte eine lange ausländische Nummer. Tero zögerte kurz, meldete sich aber, wobei er versuchte, so zu klingen, als wäre er in Eile.

Der Anrufer war Tim Callaghan, der Talentscout von McLaren.

»Wir sind uns in Monza begegnet, erinnern Sie sich?«, fragte der Brite ernst.

Teros Herz machte einen Sprung. »Natürlich ...«

»Ich bin schockiert. Gerade habe ich von Marcus' Unfall gehört. Wissen Sie Genaueres darüber?«

Tero sammelte sich, so gut er konnte, um nichts Falsches zu sagen. Callaghan stellte präzise Fragen, und Tero antwortete, wobei er sich unablässig umsah. Zwischendurch blieb sein Blick auf Ronis Gesicht haften. Er hätte nie geglaubt, dass er irgendwann einmal mit einem Vertreter von McLaren reden und dabei ständig hoffen würde, das Telefonat wäre bald zu Ende.

»Ich habe mehrmals mit Marcus über Roni gesprochen«, sagte Callaghan. »Jetzt möchte ich auch mit Ihnen reden. Und natürlich mit Ihrem Sohn. Könnten Sie nächste Woche hierher nach Woking kommen? Zum Beispiel am Donnerstagvormittag?«

Tero überlegte eine Sekunde. »Klar.«

»Großartig. Dann unterhalten wir uns in aller Ruhe.«

Tero starrte Roni an, der genug gehört hatte, um zu erraten, worum es ging.

»Callaghan will uns nächste Woche Donnerstag treffen«, sagte Tero, ohne eine Miene zu verziehen.

Roni sah ihn einige Sekunden lang an und nickte dann. Sein untröstlicher Gesichtsausdruck wollte Tero das Herz brechen.

Toomas starrte an die Decke des Krankenzimmers und dachte an das, was Tero ihm gerade mitgeteilt hatte. Der Mann, der hinter dem Inhalt des Schließfachs in Lausanne her gewesen war, fuhr jetzt mit dem Schiff von Stockholm nach Helsinki.

Julia hatte irgendwie das Datum, die Route und das Fahrzeug erfahren, mit dem … mit dem was? Mit dem etwas oder jemand transportiert werden sollte? War das der Grund, warum man sie umgebracht hatte?

Toomas drehte sich ein wenig auf die Seite und nahm mühsam Stift und Papier vom Nachttisch. Er skizzierte ein einfaches Schema, in dem er mit Kästen und Pfeilen alle vorhandenen Informationen in einen Zusammenhang brachte: Tauchkassette – *Estonia* – MUST; Banküberweisung – Zentech – Gripen; Marcus – Anatoli …

Toomas starrte auf das Schema.

Konnte das möglich sein?

Die ganze Zeit hatte er die Antwort vor Augen gehabt, aber erst jetzt erkannte er ihre Bedeutung.

44

Tero saß mit dem Telefon am Ohr auf dem Bettrand und schaute aus dem Kabinenfenster auf die Promenade, wo es vor Passagieren wimmelte. Die Leute strömten in die Restaurants und Boutiquen, zwischen den Spielecken und den Geldspielautomaten rannten Kinder hin und her, über dem vorderen Teil der Einkaufsmeile blinkten die Leuchtreklamen von Casino und Nachtclub. Tero und Roni hatten die Kabine wechseln wollen, doch es hatte nur noch eine freie unter dem Autodeck gegeben. Angesichts der Lage war es ihnen besser erschienen, dort zu bleiben, wo sich mehr Menschen aufhielten.

Tero hörte zu, was Toomas ruhig, aber mit Nachdruck sagte. Der Este machte keine unnötigen Worte, er erklärte nur das Notwendigste. Das genügte. Tero verstand, was er meinte.

»Was hat er gesagt?«, fragte Roni von seinem Bett aus, nachdem Tero das Gespräch beendet hatte.

Tero schwieg. Er spürte eine schwere Last auf dem Brustkorb. Toomas hatte recht.

Es gab noch ein letztes Mittel, mit dem er Roni retten und die Wahrheit ans Tageslicht bringen konnte. Es barg ein gewaltiges Risiko, aber es war die einzige Chance. Sie hatten nichts mehr zu verlieren.

»Hast du gehört? Was er gesagt hat, will ich wissen.« Roni richtete sich auf dem Bett auf.

Tero schwieg weiterhin und sammelte dabei alle seine Kräfte. Er musste jetzt rational denken und handeln. Seine Gefühle musste er begraben, die Erinnerungen ebenso. Er musste tun, was unausweichlich war. Er spürte, wie sich ein leichtes Zittern in seinen Gliedern breitmachte.

»Was ist los mit dir?« Roni sah seinen Vater besorgt an. »Was hat Toomas gesagt?«

Tero stand auf und zog sich die Schuhe an.

»Wo gehst du hin?«, fragte Roni.

»Ich bin bald zurück.«

»Was …«

»Du bleibst hier.« Tero machte die Tür auf und war schon auf dem Gang, als er sich noch einmal umdrehte. Er nahm die Plastiktüte mit der Videokassette und dem Briefumschlag vom Tisch und versteckte sie unter der Matratze.

Roni schob sich ein Stück Toblerone in den Mund und trank Wasser aus der Flasche. Das Benehmen seines Vaters machte ihm Sorgen. Wo war er hingegangen? Er war nun schon eine Viertelstunde weg.

Endlich klickte das Schloss. Intuitiv spannte Roni die Muskeln an, bis er sah, dass tatsächlich sein Vater mit einer Plastiktüte aus dem Tax-free-Shop über die Schwelle trat.

»Wo warst du?«

Tero antwortete nicht, sondern nahm ein Brotmesser und einen Strang orangefarbener Nylonschnur aus der Tüte.

Roni staunte. »Was soll das? Wo hast du das her?«

»Das Messer stammt aus einem der Restaurants. Schnur gibt es auf dem Schiff überall.«

»Die ist von einem Rettungsring.«

Der Vater schaute ihm in die Augen. »Ein Rettungsring ist für Notsituationen gedacht. Jetzt haben wir eine.«

Roni war nun ernstlich besorgt. »Was hast du vor?«

»Nach dieser Schiffspassage werden wir die Männer kaum noch zu Gesicht bekommen«, sagte der Vater merkwürdig ruhig. »Jetzt haben wir unsere letzte Chance. Verstehst du?«

Roni nickte unsicher.

Im skandinavisch-provençalischen Bistro Maxime auf Deck 6 der *Silja Symphony* trat die Bedienung zu einem betont aufrecht sitzenden, grauhaarigen Mann an den Tisch und legte dem Gast die Rechnung hin.

Jonas Hellevig, der zum Abendessen eine Portion Muscheln verspeist hatte, zog sein Portemonnaie heraus. Für diese Reise hatte er sämtliche Kreditkarten daraus entfernt, damit er nicht aus Versehen mit einer von ihnen bezahlte. Das war ihm nämlich schon mal passiert. Der Seegang hatte zugenommen, und die Weingläser auf dem Tisch stießen klingend gegeneinander. Die festlich gekleideten Dinergäste lächelten über das gelegentliche Torkeln der Bedienungen.

Nykvist und Makarin hatten nach der gemeinsamen Mahlzeit einen Drink in der Panorama-Bar vorgeschlagen, aber Hellevig hatte gesagt, er wolle ordentlich ausschlafen. Morgen sei ein Tag, der ihm viel abverlange, und Alkohol beeinträchtige die Qualität seiner Nachtruhe. Obwohl er sich in ausgezeichneter Form befand, hatte er mit zunehmendem Alter gelernt, auch Schwächen einzugestehen. Ein Glas guten französischen Weißweins zum Essen genügte ihm.

Die beiden Kollegen hatten sich also ohne Hellevig in die Bar begeben. Hoffentlich konnte sich Nykvist, der Frauenheld, wenigstens an diesem Abend vom Nachtclub und von Tanzpartnerinnen fernhalten, dachte Hellevig, obwohl er wusste, dass er sich unnötig Sorgen machte. Zumal Nykvist von »Mr. Smile« begleitet wurde, dem ernsten und völlig humorlosen Sergej Makarin, der garantiert dafür sorgte, dass sein schwedischer Kompagnon auf dem Pfad der Tugend blieb.

Hellevig nahm einen Fünzigeuroschein aus dem Portemonnaie und legte ihn zu der Rechnung. Er hatte seine Partner zwar ermuntert, sich in der Bar einen Drink zu genehmigen, sich mit ihnen jedoch in einer guten halben Stunde in seiner Kabine verabredet. Er wollte noch einmal mit ihnen den Ablauf des nächsten Tages durchgehen. Hellevig wusste, dass seine Kollegen ihn für penibel hielten, aber es durfte nichts dem Zufall überlassen bleiben – schon gar nicht dieses Mal.

Nykvist und Makarin hatten keine Ahnung, wie viel für ihn auf dem Spiel stand. Er würde nicht zulassen, dass irgendein geringfügiges Detail den Plan kaputt machte, der sein Leben retten sollte.

Es waren erst wenige Wochen vergangen, seitdem er vom drohenden Konkurs der Firma erfahren hatte, und es war eine totale Überraschung für ihn gewesen. Das auf Militärelektronik spezialisierte Unternehmen in Malmö hätte eigentlich eine bombensichere Investition sein sollen. So hatte es einer der Begründer, ein alter Freund von Hellevig, formuliert – die Zukunft gehörte dem THEL-Laser. Das stimmte vielleicht auch, aber entgegen allen Erwartungen hatte der Prototyp des »Taktischen Hochenergie-Lasers« nicht funktioniert, und die Hauptinvestoren zogen sich zurück. Für die Kleinanleger bestand keine Möglichkeit mehr, die Situation noch zu retten.

Hellevig hatte in den Jahren zuvor ein kleines Vermögen ansammeln können, aber jetzt verlor er womöglich alles. Und Lisa, seine neue Lebensgefährtin, hatte einen unstillbaren, teuren Geschmack. Sie wäre entsetzt, wenn die Wohnung in Östermalm und die Villa in Vaxholm verkauft werden müssten. Noch wusste Lisa nicht, dass die Immobilien in Gefahr waren – und sie würde es auch nie erfahren. Mit dieser einen Operation würde Hellevig alles zurückbekommen, was er verloren hatte, sogar mehr als das. Viel mehr.

Er blickte kurz auf das Foto in seinem Portemonnaie. Die dunkelhaarige Frau im Sommerkleid saß mit einem Jungen und einem Mädchen auf dem Schoß im Garten eines Reihenhauses. Sie lächelte und verzog lustig die Nase. Das Bild von Agnetha und den Kindern war vor fast zehn Jahren aufgenommen worden.

Hellevig wurde immer klarer, dass er eigentlich jene vergangene Zeit wiederhaben wollte. Er wollte Agnetha zurück, und er wollte die Kinder bei sich haben. Vidar und Emilia hatten sich ihm entfremdet, nicht zuletzt durch seine geheime Tätigkeit mit den vielen Reisen. Auf einer dieser Dienstreisen war er der Amerikanerin Lisa begegnet, Kommunikationschefin einer Werbeagentur, die zwanzig Jahre jünger war als er. Sie hatten sich im Nachtclub des Hilton in Tel Aviv kennengelernt; Lisa war in der Stadt, um Kunden zu treffen, Hellevig, um bei einer auf Lasertechnologie spezialisierten Firma eine Sicherheitskartierung vorzunehmen … Hellevig trank sein Mineralwasser aus. Jetzt war nicht die Zeit für Sentimentalitäten und großes Kopfzerbrechen darüber, was er letzten Endes vom Leben erwartete. Nun musste die anstehende Operation gelingen. Danach war alles möglich.

Hellevigs Aufmerksamkeit richtete sich auf eine japanische Touristengruppe, die vor der Glaswand lautstark über den Gang zog. Zwanzig japanische Damen und Herren mittleren Alters, alle mit Eistüten in der Hand, blieben vor einem Mumin-Plakat stehen. Sie steckten die Finger in den Mund, ahmten so die Mumin-Figur nach und lachten herzlich.

Gerade als Hellevig vom Tisch aufstand, erkannte er einen Mann, der draußen an der japanischen Reisegruppe vorbeiging.

Hellevig war derart überrascht, dass er sich am Tisch abstützen musste. Hatte er richtig gesehen?

Es war der Finne, dem er in Lausanne vergebens die Videokassette hatte abnehmen wollen. Derselbe Mann, der seinem Kollegen in Helsinki entwischt war. Tero Airas. Und der befand sich jetzt auf diesem Schiff!

Wie war das möglich?

Hellevig stürzte dem Mann so schnell hinterher, dass sich alle anderen Gäste zu ihm umdrehten, weshalb er auf seinem Weg zum Ausgang des Restaurants ein wenig das Tempo drosselte.

Er konnte Airas gerade noch um eine Ecke verschwinden sehen. War die Anwesenheit des Mannes reiner Zufall? Falls ja, handelte es sich gleichzeitig um einen gewaltigen Glücksfall. Denn nun bestand vielleicht sogar noch einmal die Chance, an die Kassette heranzukommen.

Oder hatte Airas irgendwie Wind von der ganzen Sache bekommen? Nein, das schien unmöglich. Aber auf alle Fälle musste gehandelt werden. Zum Glück verschwanden auf Schiffen immer mal wieder Menschen auf mysteriöse Art …

Hellevig sah Airas die Treppe hinaufgehen. Er folgte in ausreichendem Abstand, bis der Finne auf der lebhaften Promenade zwischen den Leuten verschwand. Hellevig blieb vor der Parfümerie stehen und schaute sich um, fand Airas im Menschengewimmel aber nicht mehr. An den Wänden mit den erkerartig hervorragenden Fensterreihen fuhren gläserne Aufzüge auf und ab. Mitten auf der Promenade hatte sich eine Menschentraube gebildet, die unter lauter Diskomusik die Show einer Truppe russischer Akrobaten in glitzernden Kostümen verfolgte.

Hellevig reckte den Hals und plötzlich entdeckte er Airas wieder, als dieser sich durch das Publikum schlängelte. Nachdem er dem Gedränge entkommen war, bog der Finne am Ende der Promenade, vor dem Eingang zu Nachtclub und Casino, rechts ab.

Vorsichtig ging Hellevig die Treppe hinauf. Weiter oben sah er zwischen den Stufen die Hosenbeine von Airas. Sie erreichten Deck 10.

Als Hellevig dort ankam, war Airas weg. Hellevig spähte um die Ecke, und da sah er den Finnen den in Blautönen gehaltenen Gang entlanggehen. Er folgte dem Mann bis in eine Lobby und weiter in einen Kabinengang, der auf das Heck des Schiffes zuführte. Schließlich blieb der Finne am Ende des Ganges stehen, zog eine Schlüsselkarte aus der Tasche und betrat eine Kabine.

Kaum war die Tür zugefallen, eilte Hellevig den schmalen Gang entlang. Vor Airas' Kabine blieb er stehen und lauschte, konnte aber nichts hören. Er würde seine Kollegen holen und gemeinsam mit ihnen unauffällig hier eindringen.

Plötzlich stand ein ernst aussehender junger Mann vor ihm.

»Suchen Sie etwas?«, fragte dieser auf Englisch.

Hellevig sah ihm in die Augen. Er kam ihm irgendwie bekannt vor, der junge Mann …

Da zog der ein Brotmesser hervor. Hellevig war total überrascht, reagierte aber blitzschnell. Er packte den jungen Mann am Handgelenk und trat ihm in den Bauch. Der Angreifer stöhnte auf und ließ das Messer fallen.

Hellevig sah sich auf dem Gang nach beiden Seiten um. Es kam niemand. Er hob das Messer auf, packte den jungen Mann so, dass er ihn vor sich hatte, und drückte ihm von hinten die Messerspitze auf die Herzgegend.

»Wir gehen jetzt ein bisschen frische Luft schnappen«, zischte er. Das Messer zwischen sich und dem anderen versteckt, führte er seinen Gefangenen zur Tür nach draußen, auf der ein Schild davor warnte, sich zu weit über die Reling zu lehnen. Durch die Tür erreichten sie ein schwach beleuchtetes, menschenleeres Außendeck. Der Wind hatte weiter zugenommen, das Schaukeln brachte sie zum Schwanken, aber Hellevig hielt den jungen Mann fest im Griff. An der Reling drückte er ihm den Kopf nach unten, sodass der Jüngling die schäumenden Heckwellen im schwarzen Wasser sehen konnte.

»Du bist der Sohn von Tero Airas, stimmt's?«, fragte Hellevig auf Englisch. »Wo ist der Inhalt des Lausanner Bankschließfachs? In eurer Kabine?«

Während er sprach, drückte Hellevig den Kopf des jungen Mannes immer weiter nach unten. Roni stöhnte vor Schmerz. Hellevig drehte ihn um und presste nun den Rücken des jungen Finnen gegen das Geländer. Er drückte so lange, bis der Körper seines Gegners auf der Reling balancierte, die Beine in der Luft, der Oberkörper über dem freien Fall ins schäumende Meer. Nur Hellevigs Griff am Kragen verhinderte den Absturz.

»Wie seid ihr auf das Schiff gekommen? Du hast fünf Sekunden Zeit zu antworten, oder du fällst.«

Der junge Mann schnappte nach Luft und drehte den Kopf zur Seite.

»Ich kann dieselben Fragen auch gleich deinem Vater stellen. Eigentlich brauch ich dich gar nicht mehr.«

Roni sah unter sich die schäumende Heckwelle des Schiffes und spannte alle Muskeln an.

Plötzlich ließ der Schwede los. Schon krampfte das Gefühl des Fallens Ronis Magen zusammen, als er gleich darauf ein Zupacken spürte. Eine Hand hielt ihn fest und brachte ihn mit einem Ruck in Sicherheit.

»Bist du in Ordnung?«, fragte sein Vater heftig keuchend und mit bleichem Gesicht.

Roni sank in die Hocke und zitterte am ganzen Leib.

»Schnell«, trieb ihn der Vater an und packte den zusammengebrochenen Schweden unter den Armen. »Warum hast du nicht an die Tür geklopft, wie wir es vereinbart hatten?«

»Ich kam nicht dazu«, sagte Roni mit zitternder Stimme. »Der Typ war unglaublich schnell.«

Roni legte sich einen Arm des Mannes über die Schulter, sein Vater den anderen. Aus dem Hinterkopf des Schweden sickerte Blut. Roni sah die Erschütterung seines Vaters und dessen Versuch, sie zu verbergen. Sein Vater tat ihm leid – das Opfer der Gewalt hatte selbst Gewalt anwenden müssen, um seinen Sohn zu retten, und das schien ihm nicht leichtgefallen zu sein.

Gerade als sie den Mann durch die Tür schleiften, kam ihnen ein älteres finnisches Ehepaar entgegen und sah sie entsetzt an.

»Diese Schweden«, sagte Tero zu den beiden. »Kommen nur aufs Schiff, um zu saufen und sich zu prügeln. Wir bringen ihn zur Ersten Hilfe.«

Weitere Passagiere kamen ihnen auf dem Gang zum Glück nicht entgegen.

»Nimm ein Handtuch und versuche die Blutung zu stillen«, sagte Tero außer Atem, als sie in der Kabine angekommen waren.

Roni gehorchte, während sein Vater dem Mann Hände und Füße fesselte.

Das weiße Duschhandtuch färbte sich rot, als Roni es auf die Wunde drückte, die Teros Schlag mit der Bierflasche am Hinterkopf des Mannes hinterlassen hatte.

Tero verknotete die orangefarbene Nylonschnur und starrte den Mann an, der auf dem Boden der Kabine lag.

Mit aller Anstrengung gelang es ihm, zu Roni zu sagen: »Geh dir die Hände waschen.«

Er konnte die blutigen Hände seines Sohnes nicht sehen und auch nicht das rot gefärbte Handtuch.

Roni sah auf seine Hände und stieg über den Gefesselten hinweg, um an das Waschbecken im WC zu kommen.

Tero ballte die Fäuste. Und wenn der Mann nicht mehr zu Bewusstsein kam? Wenn er ins Koma gefallen war?

Tero merkte, dass er sich wegen des raschen Ablaufs der Ereignisse in einer Art Schockzustand befand. Er hatte sich mit Roni auf die Suche nach dem Mann aus Lausanne gemacht und ihn schließlich mit seinen Komplizen beim Essen entdeckt. Nach einiger Zeit waren die anderen beiden in die Bar gegangen, und der Grauhaarige hatte noch eine Weile alleine am Tisch gesessen und dann die Rechnung bezahlt. Daraufhin hatten sie gehandelt. Roni hatte sich in der Nähe ihrer Kabine mit dem Brotmesser versteckt, und Tero hatte den Köder gespielt. Roni hätte den Mann mit dem Messer bedrohen und an die Tür klopfen sollen, worauf sie ihn gezwungen hätten, in die Kabine zu kommen, aber anstatt eines Klopfens hatte Tero die Geräusche eines Handgemenges gehört. Er hatte die Tür geöffnet und gesehen, wie der Mann Roni vor sich her ins Freie stieß. Tero war ihnen gefolgt, und als er eine leere Bierflasche neben einer Kabinentür auf dem Gang stehen sah, nahm er sie als Waffe mit.

Roni kam aus dem WC und setzte sich aufs Bett. Tero richtete den Blick wieder auf den grauhaarigen Mann auf dem Boden und brachte sich die Tatsachen in Erinnerung: Dieser Mann hatte vorgehabt, ihn und seinen Sohn umzubringen.

Der Grauhaarige schlug die Augen so abrupt auf, dass Tero zusammenzuckte. Der Blick war aggressiv und kalt. Tero begriff, dass der Mann schon länger bei Bewusstsein war.

»Wer bist du?«, fragte Tero auf Schwedisch und beugte sich zu ihm nach unten.

Der Mann versuchte sich zu bewegen, aber die Schnur hielt ihn fest im Griff. Tero zog dem Schweden das Portemonnaie aus der Tasche und nahm es unter die Lupe. Nur Bargeld, ein schwedischer Führerschein auf den Namen Johan Andersson und ein Foto von einer dunkelhaarigen Frau mit zwei Kindern auf dem Schoß.

Tero streckte sich, um die Plastiktüte unter der Matratze hervorzuholen.

»Ist es das, was du suchst?« Er zog die Kassette und den Briefumschlag heraus. »Deswegen warst du bereit, mich umzubringen? Und meinen Sohn ebenfalls?«

Tero legte die Sachen langsam auf den Tisch und sah dem Mann dabei unverwandt in die Augen. Roni beobachtete ihn besorgt. »Und deswegen habt ihr auch Julia Leivo ermordet?«

Das Gesicht des Mannes blieb ausdruckslos, aber in den Augen flackerte ein Blick, den Tero eher für höhnisch und verächtlich als für ängstlich hielt.

»Wer bist du wirklich, Johan Andersson?«, fragte er erneut, ohne seine Wut zu verhehlen.

Der Mann sah ihm hochmütig in die Augen.

Tero beugte sich nach vorne, bis er mit seinem Gesicht fast das Gesicht des Mannes berührte. »Bist du sicher, dass du nicht reden willst?«

Der dreißigjährige Mann im lässigen, offenen Hemd stand vor der Kabinentür auf dem in Grün gehaltenen Deck 9 und klopfte an. Er hatte einen Dreitagebart, der sein Kinn betonte, trug einen goldenen Ohrring und eine Halskette.

»Merkwürdig«, sagte Martin Nykvist zu dem neben ihm stehenden Sergej Makarin. »Das ist gar nicht Hellevigs Art.«

Weil das Schiff so stark schaukelte, musste sich Nykvist an der Wand abstützen. Er schaute auf das Display seines Handys, aber es gab im Moment kein Netz. Hin und wieder erschienen ein oder zwei Balken, je nach Position des Schiffes. Er seufzte frustriert.

»Wenn er nicht in seiner Kabine ist, wo ist er dann?«, fragte Makarin auf Englisch mit russischem Akzent. Der dunkeläugige »Mr. Smile« mit dem Cordsakko sah noch ernster aus als sonst. Sein akkurat rasiertes Gesicht verriet eine Neigung zur Exaktheit. Nykvist hatte gehört, dass Makarin sich jeden Morgen mit dem Messer rasierte, ohne sich jemals zu schneiden. Von dem stark riechenden Rasierwasser benutzte der Russe allerdings eindeutig zu viel.

»Wir gehen zur Information und lassen ihn ausrufen«, sagte Nykvist.

Makarin wirkte über diesen Vorschlag ganz und gar nicht erfreut. Aber sie hatten keine Wahl. Auf Schiffen konnte alles passieren.

45

Roni beobachtete das Verhalten seines Vaters mit wachsender Sorge. Tero hatte ihm befohlen, die Hände des Mannes am Duschhahn festzubinden, während er selbst die Fußgelenke des Schweden an den Bettpfosten fesselte. Den Vorhang hatten sie zugezogen. Gestreckt lag der Mann auf dem Boden, die Schwelle zum WC unter dem Nacken. Er schien zu ahnen, was auf ihn zukam.

»Scheißkerl«, zischte er auf Englisch. Es war das erste Wort, das aus seinem Mund kam.

Roni zog den Knoten fest zu und richtete sich auf. Durch das Schaukeln des Schiffes wurde ihm übel.

»Nimm dein Handy aus der Tasche«, sagte sein Vater.

Roni tastete nach dem Gerät. Das Verhalten des Vaters war eine seltsame Mischung aus Nervosität und Entschlossenheit, er schien gar nicht mehr er selbst zu sein.

»Dieses Telefon hier hat eine Aufnahmefunktion«, sagte der Vater auf Englisch zu dem Mann. »Ich will von dir jetzt wissen, wer Julia Leivo umgebracht hat. Du sollst bezeugen, dass mein Sohn unschuldig ist.«

Ohne eine Reaktion abzuwarten, ging der Vater zum Bett, schnappte sich ein Kissen und riss den Bezug herunter. Der Mann versuchte sich wütend zu befreien.

»Vater, was hast du vor?«, fragte Roni schnell.

Ohne eine Miene zu verziehen, schob sein Vater dem Mann das Kissen unter den Nacken, legte ihm den Bezug übers Gesicht und nahm die Dusche aus der Halterung. Erst da fielen Roni die Zeitungsberichte über die Wasserfolter ein, die uralte, schon von den Jesuiten angewandte Verhörmethode, die von der CIA für die effektivste gehalten wurde. Beinahe ängstlich sah er zu, wie sich sein eigener Vater vor seinen Augen in einen fremden Menschen verwandelte. Der Mann auf dem Boden hatte aufgehört zu strampeln. Nur der weiße Kissenbezug hob und senkte sich in kurzen Abständen über den Nasenlöchern.

Der Vater legte die Hand auf den Duschhahn und sagte flüsternd zu dem Mann: »Dir ist sicherlich bekannt, dass Leute in Tests das Waterboarding durchschnittlich vierzehn Sekunden lang ausgehalten haben. Für dich ist das eine längere Zeit als für mich.«

Roni starrte seinen Vater wie paralysiert an. Der Mann lag still auf dem Boden.

Einige Sekunden lang wartete der Vater ab, dann drehte er den Hahn auf und richtete den Strahl auf den Kissenbezug. Der Mann fing an zu toben, als hätte er den Verstand verloren, und warf den Kopf heftig nach rechts und links.

»Halte sein Kinn fest«, kommandierte der Vater mit brechender Stimme. »Mit beiden Händen.«

Roni war nicht fähig, sich zu rühren. Der Kissenbezug war bereits klatschnass, und der Kopf des Mannes zuckte reflexartig und wie wild hin und her. Roni sah sich selbst im Spiegel, und der Anblick war entsetzlich. Was taten sie hier eigentlich?

»Hast du gehört?« Das Gesicht des Vaters lief rot an. »Das fügt ihm keinen Schaden zu, erzeugt aber das Gefühl, zu ertrinken. Es löst Panik aus. Nun mach schon!«

Roni zwang sich, das Kinn des Mannes festzuhalten.

In dem Moment klingelte das Handy des Opfers.

Roni sah seinen Vater an, der weiterhin Wasser auf den Kissenbezug laufen ließ. Zwischen den Klingeltönen hörte man das hysterische, stoßweiße Atmen des Mannes.

»Schalt das Telefon aus«, flüsterte der Vater. »Schnell.«

Auf dem Kabinengang hob Nykvist vor dem immer argwöhnischer werdenden Makarin die Hand und spitzte die Ohren.

Sie hatten Hellevig vergebens auf Deck ausrufen lassen. Dann waren auf dem Handy-Display zwei Feldstärkenbalken aufgetaucht, und sie hatten die Nummer ihres Kollegen gewählt.

»Aus welcher Richtung kommt es?«, fragt Nykvist.

Die Männer standen schweigend da und versuchten, den gedämpften Klingelton zu orten, aber dann war er plötzlich weg.

Teros Hände zitterten, und ihm war schlecht, aber er hielt die Dusche über das Gesicht unter dem Kopfkissenbezug.

»Ich höre sofort auf, wenn du mit uns redest«, sagte er.

Durch das Scheuern des Hinterkopfs war Blut auf den Bodenbelag aus Kunststoff geraten. Roni kauerte mit glasigem Blick neben dem Waschbecken und hielt das Kinn des Mannes fest. Das war schwer, denn der Mann zappelte und verkrampfte sich. Tero schien es unmöglich, auch nur eine Sekunde lang weiterzumachen. Er richtete den Wasserstrahl auf die Seite und zog den Kissenbezug weg. Das Gesicht des Mannes war rot angelaufen, die Augen brannten vor Entsetzen.

»Wie lautet dein richtiger Name?«, fragte Tero.

»Andersson ... Johan Andersson«, antwortete der Mann keuchend.

Tero schaute ihn an. Er glaubte nicht, dass der Name aus dem Führerschein der richtige war. Er fokussierte seine Gedanken auf Roni und Julia.

»Lüg nicht«, brüllte er und richtete das Wasser wieder auf das Gesicht des Mannes. In dessen Augen flammte Panik auf, hustend und schluckend versuchte er, den Kopf zu bewegen. Tero biss die Zähne zusammen und ließ das Wasser laufen. Der Mann zappelte immer heftiger, und Roni wandte das Gesicht ab. Tero richtete den Strahl zur Seite.

»Ich will deinen *richtigen* Namen wissen ...«

»Hellevig …«, sagte der Mann wild keuchend, sodass man ihn kaum verstehen konnte. »Jonas Hellevig …«

»Und der deines Kumpans? Der uns in Helsinki angegriffen hat?«

»Claus … Steglitz …«

Tero führte das Telefon in Ronis Hand dichter an den Mann heran und versicherte sich, dass auf dem Display *recording* stand.

»Warum wollt ihr die Kassette haben? Was ist an den Tauchgängen so wichtig?«

Hellevig keuchte. »Nichts … für Zentech …«

Der Mann verstummte und schloss die Augen.

»Augen auf«, zischte Tero und zwang sich erneut, daran zu denken, dass dieser Mann ihn in Lausanne hatte töten wollen. Wieder richtete er den Wasserstrahl auf Hellevigs Gesicht. »Was hat Zentech damit zu tun?«

Hellevig schlotterte, und sein Adamsapfel bewegte sich wild auf und ab. Das Wasser, das ihm in den Mund rann, sprudelte im Rhythmus des Schluckreflexes über die Lippen und auf den Boden. Tero ließ das Wasser weiterlaufen, bis er den Strahl wieder abrupt zur Seite richtete.

Der Mann keuchte und schluckte. »Damit die Gripen-Geschäfte zustande kamen, wurden über Zentech Schmiergelder bezahlt …«

»Ist euch Julia Leivo auf die Spur gekommen?«

»Ja … aus Versehen …«

»Wer hat sie umgebracht?«

Der Mann machte ruckartige, unregelmäßige Atemzüge. Bevor Tero etwas tun konnte, packte Roni die Dusche und richtete sie wieder auf das Gesicht des Schweden.

»Hast du sie umgebracht?«, fragte er mit Tränen in den Augen. »Antworte! Hast du Julia umgebracht?«

Tero ergriff Ronis Hand und lenkte den Strahl zur Seite. Hellevig röchelte. »Nicht ich, sondern Steglitz …«

Roni hielt Hellevig das Telefon unmittelbar an die Lippen.

»Das Ganze noch einmal: Was ist passiert, wer hat getötet und wen.«

»Das Mädchen hat unseren Wagen gesehen ...« Hellevigs Stimme war schwach und winselnd. »Wir sind ihr gefolgt ... wir sahen, dass sie sich im Wald mit jemandem traf ... sie stritten sich, wurden handgreiflich ... Das Mädchen blieb bewusstlos auf der Erde liegen ... Steglitz stellte sie ruhig ...«

»Stellte sie ruhig?«, fragte Tero.

»Würgte sie. Würgte sie immer weiter ...«

Tero richtete den Blick vom nassen Gesicht des Schweden auf das Telefondisplay. *Recording* ... Er ließ sich auf den durchtränkten Fußboden sinken, am ganzen Leib zitternd, und umklammerte das Handy. Die Tränen liefen ihm über das Gesicht, er war kurz davor, sich zu erbrechen.

46

Nykvist wich den wild umherrennenden Kindern auf dem Gang aus. Allmählich machte er sich ernsthaft Sorgen. Hellevig war nun schon seit über einer Stunde verschwunden. Er meldete sich auch nicht am Telefon. Sie hatten alle öffentlich zugänglichen Bereiche und sämtliche Gänge bereits mehrfach abgeklappert. Und zu allem Überfluss ging Nykvist der misstrauische Russe immer mehr auf die Nerven.

An die Besatzung des Schiffes konnten sie sich vorläufig nicht noch einmal wenden, nachdem sie Hellevig schon hatten ausrufen lassen. Sie durften keine übermäßige Aufmerksamkeit auf sich ziehen.

Nykvist warf einen kurzen Blick auf Makarin, der ihm nicht besonders vertraut war. Hellevig kannte den Russen besser. Gerade wegen solcher Zwischenfälle musste auf die Zusammenstellung der Teams besonders geachtet werden.

Nykvist bog um die Ecke und kam an eine Stelle, wo er schon einmal gewesen war. Man kam mit den Kabinengängen leicht durcheinander, sie müssten systematischer vorgehen.

Am Ende des Ganges standen ein Mann und eine Frau. Sie schienen vor einer Kabine auf etwas zu lauschen, das drinnen vor sich ging.

Als sie die beiden fast erreicht hatten, hörte Nykvist gedämpfte Schläge. Sie kamen aus der Kabine, vor der das Paar stand.

»Da drinnen tobt und schreit einer«, sagte die Frau auf Schwedisch.

Nykvist hielt das Ohr an die Tür.

Wieder hörte man einen Schrei.

Er erkannte die Stimme. Es war Hellevig.

Nykvist zwang sich zu einem Lächeln. »Wir haben unserem Kameraden einen kleinen Streich gespielt. Junggesellenabschied. Sie können beruhigt in Ihre Kabine gehen. Gleich kommt ein Freund von uns mit dem Schlüssel.«

Misstrauisch ging das Paar ein Stück weiter zu seiner eigenen Kabine.

Nachdem die beiden die Tür hinter sich geschlossen hatten, zog Nykvist die Waffe aus dem Holster unter der Achsel und trat so heftig gegen die Tür, dass sie aufsprang. Er fluchte, als er Hellevig klatschnass und an Händen und Füßen mit orangefarbener Schnur gefesselt auf dem Boden liegen sah.

»Gibt es noch freie Kabinen?«, fragte Tero die Frau im blauen Kostüm an der Information auf Deck 7. »In Stockholm war unter dem Autodeck noch etwas frei.«

Seine Stimme war dünn und angespannt, und er zitterte haltlos am ganzen Körper. Seine Kleider hatten große nasse Stellen, aber das war auf dem dunklen Stoff kaum zu erkennen. Er hasste sich selbst und hatte gewaltige Schuldgefühle wegen dem, was er vor den Augen seines Sohnes dem Schweden angetan hatte.

Die Frau wandte sich dem Computer zu. »Ich fürchte, die sind mittlerweile auch schon vergeben.«

Teros Gesicht war nass vor Schweiß. Er trat von einem Bein auf das andere und versuchte, das Bild von dem nach Luft ringenden, gefesselten Mann abzuwehren, das sich ihm gewaltsam aufdrängte. Etwas so Brutales und Niederträchtiges hätte nie passieren dürfen. Aber was hatte ebendieser Mann denn in Lausanne zu tun versucht? Was hatte sein Komplize Julia angetan? Der Gedanke an die Schuld des Mannes erleichterte Teros Gewissen. Der Mann wäre bereit, ihm und Roni dasselbe anzutun, daran bestand kein Zweifel.

Was der Schwede von Schmiergeldern gesagt hatte, bestätigte endgültig Toomas' neueste Theorie, über die er am Telefon gesprochen hatte. War es möglich, dass die Männer in ihrem Fahrzeug etwas dabeihatten, das mit Bestechung zu tun hatte – vielleicht sogar Bargeld? Wegen des Terrorismus wurden Überweisungen neuerdings genau beobachtet, und die vielen Schwarzgeldtransaktionen hatten die Lage zusätzlich verschärft.

Tero schaute kurz zu Roni, der sich die Mütze tief ins Gesicht gezogen hatte und einen Meter weiter neben einem gläsernen Aufzug stand.

»Leider ist auf dem ganzen Schiff tatsächlich keine einzige Kabine mehr frei.«

Tero bedankte sich und verließ den Schalter, wobei er erneut nach dem Telefon in seiner Tasche tastete, das wegen der Aufnahme unermesslich kostbar geworden war. Roni würde schon verstehen, dass es keine Kabine mehr gab. Sie mussten sich für den Rest der Fahrt einfach vor den Schweden versteckt halten.

Vor einer Bar voll ausgelassener Menschen blieb Tero stehen. Ein Stuhl schien noch frei zu sein.

»Verstecke deine Jacke unter dem Tisch, bestell dir ein Bier und fläze dich mit dem Rücken zum Gang auf einen Stuhl«, befahl er Roni. »Sie erkennen dich nicht. Und selbst wenn, können sie inmitten all der Leute nichts tun.«

»Wo gehst du hin?«

»Ich gehe zum öffentlichen Fernsprecher und rufe Toomas an. Und dann sehe ich nach, ob die Fesseln bei dem Schweden noch halten.«

»Nein, geh nicht allein in die Kabine.«

»Ich tue nichts Unüberlegtes. Den Rest der Fahrt halten wir uns dann verborgen«, flüsterte Tero. Die Kassette und der Bankbeleg befanden sich in der Plastiktüte, und die steckte in der Innentasche von Ronis Jacke. Das Portemonnaie des Schweden hatten sie in der Kabine versteckt.

Auf dem Weg zum Telefon legte sich Tero einige Sätze zurecht, mit denen er Toomas die Lage rasch schildern wollte.

Nachdem er den Esten an der Strippe hatte, sprach er leise

und schnell. Toomas hatte richtig gelegen, was die Schmiergelder betraf. Seine Versuche, genauer nachzufragen, musste Tero unterbrechen.

»Ich erzähle dir später mehr. Bitte Kimmo darum, uns am Hafen in Helsinki abzuholen.«

Tero legte auf und machte sich auf den Weg zur Kabine. Das Schiff schwankte nach wie vor stark, und er musste sich ab und zu an der Wand abstützen.

Als er den Gang erreicht hatte, in der sich seine Kabine befand, vergewisserte er sich, dass niemand in Sicht war. Dann näherte er sich mit der Schlüsselkarte in der Hand langsam der Kabinentür. Er schob die Karte ins Schloss und drückte die Klinke. In dem Moment bemerkte er die seltsamen Dellen in der Tür. Intuitiv ließ er die Klinke los, aber die Tür schwang von alleine auf.

Entsetzt blickte Tero in die Kabine. Sie war leer. Keine Spur von Hellevig.

Er fuhr herum und lief den Gang entlang in Richtung Treppe. Das Herz schlug ihm bis zum Hals, und er musste mit aller Macht gegen die aufsteigende Panik ankämpfen.

Plötzlich hörte er von vorne Schritte und gedämpfte Stimmen näher kommen. Er wich in einen Nebengang aus und rannte, bis er an den nächsten Quergang kam. Dort bog er nach links ab und ging nun langsamer, aber mit großen Schritten, öffnete die dunkle Glastür vor sich und blieb stehen. Wieder hatte er zwei Gänge vor sich. Er suchte nach Pfeilen und Wegweisern, sah aber nur endlose Reihen von Kabinennummern.

Roni saß in der Bar und sah auf dem Handy seines Vaters nach, wie spät es war. Es gab im Moment kein Netz, die Feldstärke wechselte ständig. Sein Vater war bereits besorgniserregend lange weg.

Die jungen Männer und Frauen neben ihm schienen immer mehr Spaß zu haben, je schlechter die Witze wurden.

Roni lächelte den anderen zu und versuchte sich zu beruhigen. Aber das Bild vom Gesicht des Schweden unter der Dusche wurde er einfach nicht los. Woher kannte sein Vater diese Art von Verhörmethode? Er schien genau gewusst zu haben, was er tat.

In den letzten Tagen hatte sein Vater überhaupt seltsame Züge offenbart.

Roni versuchte, die irritierenden Gedanken abzuschütteln. Die Hauptsache war das Geständnis des Schweden.

Trotzdem wuchs Ronis Unruhe von Sekunde zu Sekunde. Das Telefon mit der Aufnahme, und damit alles, was zählte, hatte sein Vater.

47

Tero bemerkte, dass er in dem Ganglabyrinth einen unnötigen Umweg gelaufen war. Er ging weiter und hatte die ganze Zeit Angst, auf Hellevig und dessen Komplizen zu treffen. Mittlerweile hatten sich die meisten Passagiere in ihre Kabinen zurückgezogen, aber es waren noch immer lautstarke Betrunkene unterwegs. Das Schiff machte sich bereit, in Mariehamn anzulegen, der Hauptstadt der Åland-Inseln.

Plötzlich erschrak Tero und verlangsamte den Schritt. Er kannte die beiden Männer, die ihm entgegenkamen – sie waren bei Hellevig auf dem Autodeck gewesen. Würden sie ihn erkennen? Hatten auch sie ein Foto von ihm auf dem Handy?

Der einzige Fluchtweg war das Pub im englischen Stil, an dem er gerade vorbeikam. Er trat in die Geräuschkulisse aus Stimmengewirr, Gelächter und der Musik eines Sängers mit Gitarre und hoffte, die beiden Männer würden ihm nicht folgen. Ob auch Hellevig in der Nähe war? Tero wagte es nicht, sich umzublicken, sondern setzte sich zu zwei Frauen, die bereits das mittlere Alter überschritten hatten. Sie schauten ihn amüsiert an.

»Hier ist doch frei?«, fragte Tero und versuchte zu lächeln.

»Aber sicher, für einen so gut aussehenden …«

»Was ist das für ein Bier, das Sie da trinken?«, wollte Tero von der Frau, die ihm am nächsten saß, wissen. »Dürfte ich mal probieren?«

Die angetrunkene Frau lachte laut auf. »Und ob du darfst. Du *musst* sogar!«

Tero nahm einen Schluck und blickte gleichzeitig kurz zur Tür. Die Männer waren nicht zu sehen.

»Danke, das schmeckt gut. Ich bin gleich zurück«, sagte er und verließ rasch den Tisch.

Er beeilte sich, in die Bar zu kommen, in der Roni wartete, und behielt auf dem Weg dorthin seine Umgebung ständig im Blick.

In der Bar saß jemand auf Ronis Stuhl, aber das war nicht Roni … Tero ließ den Blick eilig durch den Raum schweifen, doch Roni war nirgendwo zu sehen. Wo war der Junge hingegangen? Ebenfalls zur Kabine?

Tero drehte sich um und ging in die Richtung zurück, aus der er gekommen war. Rechts befand sich eine Herrentoilette, deren Tür er vorsichtig öffnete. Leere Kabinen, zwei Männer am Pissoir, keine Spur von Roni.

Teros Beunruhigung wuchs. Er kehrte noch einmal in die Bar zurück und sah sich gründlich um, aber Roni war nicht unter den Gästen. Dann eilte Tero zur Treppe und ging nach oben, wo ihre Kabine lag. Er konnte sich nicht vorstellen, dass der Junge anderswo hingegangen sein konnte.

Tatsächlich kam ihm Roni auf dem Kabinengang entgegen. Beide waren erleichtert, aber das Gefühl hielt nicht lange an.

»Der Schwede ist aus der Kabine entkommen«, flüsterte Roni.

»Ich weiß.« Tero sah seinen Sohn ernst an. »Gib mir die Kassette«, sagte er, steckte die Tüte ein und zog Roni mit sich ans Ende des Ganges. »Die Leute verschwinden in ihren Kabinen, bald ist kein Mensch mehr auf den Gängen unterwegs. Wir müssen uns verstecken. Und zwar richtig.«

»Aber wo?«

»Lass uns aufs oberste Deck gehen. Wir versuchen, in die Nähe der Kommandobrücke zu kommen, wo der Zutritt für Passagiere verboten ist. Wir können uns zum Beispiel in einem Rettungsboot verstecken.«

Als Tero die Tür nach draußen öffnete, wollte sie ihm der Wind aus den Händen reißen. Es dauerte einen Moment, bis sich ihre Augen an die spärliche Deckbeleuchtung gewöhnt hatten. Es war niemand zu sehen, der Sturm hatte die Außendecks leer gefegt. Tero und Roni gingen in Richtung Heck, um über das Achterdeck auf die andere Seite zu kommen. Durch das Schwanken des Schiffes und den Wind gerieten sie immer wieder ins Torkeln. Sie passierten getönte Panoramafenster, hinter denen ein paar Leute in sprudelnden Whirlpools saßen.

Dann war die Fensterreihe zu Ende, und sie näherten sich einer Tür. Der Gegenwind zwang Tero, sich die letzten Meter langsam vorwärtszukämpfen.

In dem Moment ging die Tür auf, und zwei Männer traten heraus. Tero versuchte, ihre Gesichter zu erkennen, aber die nächste Lampe war zu weit weg. Dennoch ergriff er schnell Ronis Arm und machte kehrt, den Blick aber über die Schulter hinweg auf die Männer gerichtet. Die beiden waren jetzt auf der Höhe der Lampe, und da erkannte Tero sie.

Es war Hellevig mit einem seiner Komplizen.

Tero wandte sich um, packte Ronis Arm noch fester und beschleunigte den Schritt. Er merkte, dass auch Roni die Männer erkannt hatte, aber er wusste nicht, ob die beiden auch ihn und Roni bemerkt hatten. Wahrscheinlich. Zwanzig, dreißig Meter weiter kam wieder eine Tür, durch die man nach drinnen gelangte – falls ihnen dort nicht der dritte Mann entgegenkam.

»Da rauf«, sagte Roni plötzlich und entwand sich Teros Griff.

Tero sah die weiß gestrichene Treppe, die mit gekreuzten Schnüren abgesperrt war, an denen ein Schild mit der Aufschrift »CREW ONLY« hing.

Roni stieg über die Absperrung hinweg und die Treppe hinauf. Tero folgte ihm und sah sich dabei um. Die Männer hatten sie erkannt und rannten.

Roni probierte die Tür am oberen Ende der Treppe. Sie war abgeschlossen. Er drehte sich um und stieg auf das Geländer, über das man auf das Dach über der Treppe klettern konnte. Tero tat es ihm gleich und sah sich um. Die Aussicht wurde von dem riesigen Schornstein dominiert, der mit dem Logo der Reederei bemalt war, einem großen Seehundkopf.

»Schnell«, rief Tero seinem Sohn zu, der bereits im starken Wind in Richtung Bug lief.

Tero blickte sich wieder um und sah, dass einer der Männer das Dach erreicht hatte und ihnen nachstieg.

Roni und Tero blieben am vorderen Rand des Daches stehen, wo man einen schwindelerregenden Blick auf das vom Sturm gepeitschte schwarze Meer, auf beide Seiten des Schiffes und durch das Glasdach sogar auf die bunte Promenade im Innern des Schiffes hatte. Dort hing mehrere Etagen weiter unten ein Trapezgestell. Tero registrierte, dass nun der zweite Mann von der anderen Seite her das Dach bestieg. Rasch analysierte er die Situation. Ein Sprung nach unten war zu riskant. Wenn sich einer von ihnen den Fuß verstauchte, wären sie leichte Beute.

Tero drehte sich zu dem Schornstein um, dessen Vorderseite als gewaltige Schrägwand vor ihnen aufragte, fast wie die Seite einer Pyramide. Eine Metallkonstruktion, die an riesige blaugraue Jalousien erinnerte, verkleidete die Schräge – wie es aussah, bot sie die Möglichkeit hinaufzuklettern. Oben war hinter dem Gitter zwischen vier schwarzen Metallstangen eine beleuchtete Wartungsebene zu erkennen. Auf dem Schornstein brannte ein großes Signallicht.

Tero sah Roni kurz an. Dieser schien ebenfalls begriffen zu haben, worin ihre einzige Chance bestand. Er rannte auf die Schrägwand zu und schwang sich auf die erste Metallplatte der Riesenjalousie. Tero zog sich ebenfalls hinauf. Wegen des hohen Seegangs fiel es ihm schwer, die Balance zu halten. Er blickte in den Spalt zwischen den Metallplatten und sah dunkle, gähnende Leere, aus der dumpf das Dröhnen der Motoren drang. Heiße, feuchte, nach Öl riechende Luft stieg auf. Sie mussten versuchen, die Wartungsebene zu erreichen. Dort gab es sicher eine innen angebrachte Leiter, über die man direkt nach unten gelangen konnte.

Tero zog sich auf die nächste Stufe hinauf und musste sogar im Sitzen aufpassen, auf der schmalen Metallplatte nicht das Gleichgewicht zu verlieren. Der Wind dort oben blies so heftig, dass ihm sogar das Atmen schwerfiel. Er musste alle Muskeln aufs Äußerste anspannen, damit er die Balance halten konnte. Mit einer Hand tastete er nach der nächsten Metallstufe über sich. Sie schien viel zu weit weg. Zu seinem Entsetzen begriff er, dass er sich aufrichten musste, um mit den Händen überhaupt die nächste Metallstufe erreichen zu können.

Im selben Moment sah er die Männer unter sich.

»Schnell!«, ertönte Ronis Stimme irgendwo im Wind.

Tero sah zu Roni hinauf, der auf der nächsten Metallebene stand.

Dann blickte er wieder nach unten, wo die Männer begonnen hatten, den Schornstein zu erklimmen. Warum schossen sie nicht? Vielleicht wollten sie keine Einschusslöcher als Beweise hinterlassen. Außerdem könnte jemand die Schüsse hören. Stürzte dagegen jemand aus großer Höhe und bei Dunkelheit ins Meer, würde es unter Umständen niemand bemerken. Schlagartig wurde Tero klar, dass sie ihren Verfolgern eine hervorragende Mordmethode nahelegten. Sie hätten doch im Innern des Schiffes bleiben sollen.

»Schau nicht nach unten, sondern zieh dich hoch! Schnell!«, rief Roni.

Tero machte einen Sprung und hielt sich am Rand der Platte fest. Er hing über dem Abgrund, nahm seine Kräfte zusammen, um ein Knie auf die Metallplatte zu bringen, trat aber immer nur ins Leere und begriff schließlich, dass seine Muskelkraft nicht ausreichte. Seinen Verfolgern würde das Klettern allerdings auch nicht leichtfallen. Und dieser Gedanke gab ihm Kraft.

Roni packte von oben Teros Handgelenk. Und Tero gelang es, mit einem Schwung und extremer Anspannung der Bauchmuskeln, doch noch ein Knie auf den Rand der Metallplatte zu schieben, sodass ihn Roni ganz nach oben ziehen konnte.

»Gut«, lobte Roni seinen keuchenden, schlotternden Vater. »Jetzt das Ganze noch einmal. Wir müssen bis zur Wartungsebene hinaufklettern.«

»Das ist zu weit …« Tero sah verzweifelt nach oben.

»Nein. Komm schon!«

Roni schwang sich bereits auf die nächste Ebene hinauf. Die Verfolger waren nur noch wenige Meter unter ihnen. Tero rappelte sich auf und ließ sich wieder mit ausgestreckten Armen ein Stück nach vorne kippen, bis seine Hände den Rand der nächsthöheren Ebene berührten. Es muss sein, sagte er sich innerlich. Es gibt keine andere Möglichkeit. Die Männer werden Roni sonst umbringen. Wieder machte er einen Sprung und zog sich auf die nächste Ebene hinauf, unterstützt von Roni, der ihn erneut am Handgelenk gepackt hatte.

Nachdem er mit Ronis Hilfe auf der Riesenjalousie einige Stufen weiter nach oben gekommen war, spürte Tero, wie seine Kräfte unweigerlich und endgültig versiegten. Je höher sie kamen, desto näher rückte die eigentliche Wand des Schornsteins, weshalb die glühende Hitze immer stärker wurde.

»Ich kann nicht mehr«, rief Tero, an beiden Händen über dem Abgrund hängend. »Bring dich in Sicherheit, Roni! Ich werde sie aufhalten …«

Roni streckte beide Hände aus und ergriff Teros Handgelenke.

»Ohne dich gehe ich nirgendwohin«, rief er und zerrte seinen Vater langsam nach oben. »Wir haben es fast geschafft, wir müssen nicht mehr klettern.«

Vollkommen erschöpft kroch Tero auf allen vieren hinter Roni über die Metallplatte. Das haltlose Zittern der Beine und der reißende Wind erschwerten das Vorankommen. Durch den hohen Seegang schwankte das Schiff derart, dass sie aufpassen und sich mit aller Kraft festhalten mussten, damit sie nicht abstürzten.

Als sie den seitlichen Rand der Schornsteinverkleidung erreichten, sah Tero sich um und erkannte, dass die Verfolger gerade die nächste Stufe erklommen. Die von einem weißen Geländer eingefasste Wartungsebene zeichnete sich zehn Meter weiter an der Seitenwand des Schornsteins ab und schien sich bis auf dessen Rückseite fortzusetzen.

»Schnell, hier kommt man besser voran«, trieb Roni seinen Vater an.

Nachdem sie heil auf der erleuchteten Ebene angekommen waren, zitterten Teros Arme und Beine wie bei Schüttelfrost, trotzdem empfand er eine riesige Erleichterung, weil er endlich wieder stabilen Boden unter den Füßen hatte. Doch schon im nächsten Augenblick erschrak er: Ein Mann mit gezückter Waffe kam um die Ecke.

»Komm hierher«, rief Roni und rannte auf der Wartungsebene zur Rückseite der Schornsteinkonstruktion.

Tero zwang sich, ihm zu folgen, und sah gleich darauf seinen Sohn am Griff einer Luke zerren, die sich aber nicht bewegen ließ.

»Da ist ein Seil«, keuchte Tero. Er reckte sich über das Geländer und sah, dass das Seil, das am unteren Rand der Wartungsebene befestigt war, bis auf das weiße Dach ganz unten reichte. Der Mann mit der Waffe kam näher.

»Zieh deine Jacke aus«, sagte Tero zu Roni, während er sich selbst die Jacke vom Leib riss.

Er schlüpfte unter dem Geländer hindurch, schlang seine Jacke um das Seil und umfasste sie mit beiden Händen. Gleichzeitig ließ er sich mit dem Rücken voran fallen und stieß sich an der Metallwand des Schornsteins ab.

»Schütz die Hände mit der Jacke und stoß dich an der Wand ab!«, rief er Roni zu, während er selbst in Fahrt kam.

An seinen Augen huschten die Metallplatten und Lichter vorbei, während er nach unten glitt. Das Seil rieb brennend an den Händen, trotz der Jacke. Er sah nach oben, wo sich Roni mit derselben Technik abseilte. Unten angekommen, ließ Tero los und fiel auf das Dach. Am liebsten wäre er einfach liegen geblieben, aber dafür war keine Zeit. Schon sprang Roni neben ihm ab.

Tero schaute nach oben und sah einen der Männer über das Geländer steigen, um ebenfalls das Seil herunterzurutschen. Tero und Roni rannten zum Rand des Daches und ließen sich aufs Deck hinab.

»Lass uns versuchen, unter Leute zu kommen«, sagte Tero außer Atem und rannte auf die nächste Tür zu. Sie erreichten eine Lobby, liefen dort durch die erstbeste Tür, hinter der eine Treppe nach oben ins dunkle, laute und überhitzte Lokal Bali führte. Der bunt dekorierte Raum war in Sitzinseln aufgeteilt, an die Decke wurden wechselnde Lichtmuster projiziert. Das ganze Etablissement war voller junger Menschen. Tero schlängelte sich hinter Roni zwischen den Leuten hindurch, vorbei an der in Neonfarben leuchtenden Theke.

»Und als Nächstes ist Miia an der Reihe«, verkündete ein DJ, der auf einer Konstruktion in Vulkanform stand. »Miia singt uns das Lied ›Die Liebe ist schneeweiß‹ …«

Tero sah sich um, während das Mädchen zum Mikrofon griff und einigen ausgelassenen jungen Leuten winkte, damit sie von ihren Schaumstoffwürfeln aufstanden und zu ihr auf die Bühne kamen. Auf einer Leinwand startete ein Video, Musik setzte ein, und am unteren Bildrand lief der Text des Liedes.

»Schau zur Tür«, sagte Roni und zog Tero am Ärmel. Am Eingang war einer der Komplizen des Schweden aufgetaucht.

Tero schob sich neben Roni zum Ausgang auf der anderen Seite des Raums. Als er sich noch einmal umdrehte, sah er auch Hellevigs zweiten Komplizen, aber die Anwesenheit der anderen Menschen gab ihm ein gewisses Gefühl von Sicherheit. Aus Versehen stieß Tero mit einigen Männern zusammen, die gerade aus dem Aufzug traten, offenbar Roma, und einer von ihnen packte ihn kräftig am Arm.

»Was rennt ihr so?«

Roni blickte sich um. Hellevigs Komplize näherte sich im Eilschritt dem Ausgang.

»Der verrückte Schwede da«, keuchte Tero im festen Griff des Mannes. »Der will uns an den Kragen.«

Auf den Gesichtern der Roma machte sich Verwunderung breit. »Euch an den Kragen? Warum?«

Tero riss sich los und sprang in den Lift. »Da musst du ihn selbst fragen …«

Mit zitterndem Finger drückte er einen Knopf, die Türen gingen zu, und Tero konnte gerade noch hören, wie die Roma etwas zu dem schwedischen Verfolger sagten. Der Aufzug setzte sich in Bewegung. Kurz darauf hielt er wieder, und Tero betrat hinter Roni die Promenade.

»Da rüber«, sagte er und eilte auf das Atlantis Palace zu, ein zweistöckiges Tanz- und Showlokal. Der große Saal war voller Menschen. Auf der überfüllten Tanzfläche zappelten Leute zur Musik von Abba. An der Decke drehte sich eine Diskokugel, verschiedenfarbige Lichtstreifen kreuzten sich ringsum im Saal.

»*Money, money, money, must be funny …*«

Tero und Roni bahnten sich einen Weg durch die Menge. Vor der Tanzfläche bogen sie rechts ab und schlängelten sich zwischen Tischen und Stühlen hindurch. Tero blickte sich um und sah zu seiner Überraschung beide Komplizen von Hellevig den Nachtclub betreten und nach allen Seiten Ausschau halten.

»*Ahaa-ahaaa, all the things I could do …*«

Tero versuchte, sich in der Menschenmenge möglichst unauffällig zu bewegen. Roni bahnte den Weg und scheute sich dabei nicht, Leute anzurempeln. Eine blonde junge Frau, die bereits ziemlich betrunken war, geriet deswegen ins Taumeln und fiel auf einen Tisch. Gläser fielen um, Getränke liefen aus, und die Frauen am Tisch sprangen kreischend auf. Tero sah erneut hinter sich und registrierte nun auch Hellevig im Saal. Die Verfolger mussten über Handy in Kontakt miteinander stehen. Einer von ihnen deutete mit der Hand in Teros Richtung.

Als Tero wieder nach vorne schaute, standen zwei junge blonde Männer neben Roni. Sie sagten etwas, das in der hämmernden Musik unterging.

Roni versuchte weiterzugehen, aber die Männer hielten ihn fest. Tero stürzte nach vorne und ergriff Ronis Arm.

»Hey, wo willst du mit ihm hin?«, rief einer der betrunkenen jungen Männer. Er kam bedrohlich auf Tero zu.

»Jetzt reicht's«, brüllte Tero.

Die Leute um sie herum beobachteten die Situation, zum Teil

neugierig, zum Teil ängstlich. Tero ging mit Roni im Schlepptau einige Stufen hinunter zur Tanzfläche. Er ließ den Blick über die Köpfe der Tanzenden im blinkenden Discolicht schweifen, fand aber keinen Fluchtweg.

Intuitiv prüfte er, ob das Handy und die Kassette noch in seiner Jacke waren. Einer der Männer kam quer über die Tanzfläche auf sie zu.

Plötzlich fiel Teros Blick auf den einen jungen Mann, der gerade auf Roni losgegangen war. Er hielt den Frauen Papierhandtücher hin, damit sie den Tisch und ihre Kleider abwischen konnten.

»He, du«, sagte Tero und war mit wenigen Sätzen wieder bei dem jungen Mann.

»Was ist?«, fragte der streitsüchtig.

Tero versetzte ihm einen Stoß, worauf der andere mit seinem vollen Körpergewicht auf den Tisch krachte. Gläser und Flaschen zersplitterten, und die Frauen sprangen erneut auf. Der blonde junge Mann rappelte sich inmitten der Scherben auf alle viere auf und sah Tero überrascht an. Dann schnappte er sich eine kaputte Flasche als Waffe, stand abrupt auf und ging auf Tero los, der aber ausweichen konnte, worauf der betrunkene Angreifer auf den Tisch nebenan stürzte und auch dort dafür sorgte, dass sich sämtliche Getränke auf die Kleider der Tischgesellschaft ergossen.

Tero fuhr herum und konnte gerade noch die Sprayflasche sehen, die ihm entgegengehalten wurde, bevor ihn das Gas aus der Düse blind machte. Seine Augen brannten, und er fuchtelte mit den Händen in der Luft herum. Er kannte das Gefühl, bei der Schulung von Wachleuten hatte er sich ihm mehr als einmal ausgesetzt.

»Roni«, rief er. »Komm her! Komm zu mir!«

Um ihn herum wurde gekreischt und geschrien, man packte ihn an den Händen und drehte ihm die Arme auf den Rücken. Tero riss sich los, ohne zu sehen, wer sein Gegner war, aber dann wurde er gewaltsam zu Boden gerissen.

»Jetzt beruhigen wir uns«, sagte eine robuste finnische Stimme in seinem Rücken.

Erleichtert lag Tero am Boden. Sein Plan schien aufzugehen.

»Den anderen auch?«, fragte eine zweite Männerstimme.

»Nicht nötig. Das hier scheint der schlimmere Randalierer zu sein.«

Tero spürte, wie die Handschellen hinter seinem Rücken zuschnappten. Der Wachmann zog ihn unsanft hoch. Tero blinzelte und versuchte durch die Tränen hindurch etwas zu sehen. Das Vorgehen der Wachleute kam ihm übertrieben vor, aber das gehörte wohl zu ihrem Job.

»Vater, bist du okay?«, hörte er Roni über die stampfende Musik hinweg rufen.

Undeutlich konnte er die Züge seines Sohnes erkennen. »Ja, alles in Ordnung.«

Der groß gewachsene Wachmann hielt ihn fest. Ein Kollege von ihm untersuchte den Zustand des blonden jungen Mannes, der noch auf dem Fußboden lag.

»Der da hat angefangen«, rief eine junge Frau über den Lärm hinweg und zeigte auf Roni.

»Aha. Dann komm mal schön mit«, sagte der Wachmann mit dem Bürstenschnitt, der Roni festhielt, und zog ihn vor die junge Frau.

»Ist das derjenige, der eure Getränke umgeschmissen hat?«

»So ein unverschämter Kerl«, sagte die Frau, die ihre blonden Haare zu einem Pferdeschwanz gebunden hatte. »Kommt einfach und stößt Jessica gegen den Tisch.«

»Die haben überhaupt die ganze Zeit gestoßen und gerempelt.«

»Dafür werden die beiden den Rest der Fahrt in der Arrestzelle verbringen dürfen«, sagte der Wachmann zu den Frauen.

Tero blickte sich um und meinte erkennen zu können, dass ein Mann mit grauen Haaren hinter ihnen herschaute, als sie abgeführt wurden.

Die Wachleute schleiften Tero und Roni die Treppe hinunter

und in den vorderen Bereich von Deck 5. Gegenüber der Sauna-und-Wellness-Abteilung mit dem Namen Bellamare betraten sie einen Personalgang, in dem sich das Büro der Wachleute befand.

»So, Uhren und Gürtel her und Taschen leeren«, befahl der Wachmann mit dem Bürstenschnitt.

»Das ist nicht nötig …«

»Ein bisschen schneller, morgen früh kriegt ihr alles zurück«, fuhr der Mann Tero über den Mund und schob seine Hand in die Innentasche von dessen Jacke, wo das Kuvert und die Kassette steckten. Tero riss sich los.

»Wir haben keine Messer bei uns«, sagte er möglichst ruhig und überzeugend, auch wenn er wusste, dass es sinnlos war. »Es ist nicht nötig, uns die Sachen abzunehmen.«

»Wer in die Zelle wandert, muss alles abgeben. In Helsinki bekommt ihr es wieder.«

»Ich kann Ihnen nicht …«

»Reiß das Maul nicht so weit auf und gib das Zeug her! Oder muss ich noch mal das Spray benutzen?«

Der dritte Wachmann, älter als die anderen beiden, trat mit einem Plastikbeutel hinzu, in den er nach und nach Teros Eigentum steckte.

»Portemonnaie, Schlüssel, Kassette, Briefumschlag«, zählte er auf. »Und Handy.«

»Dieses Telefon kann ich nicht hergeben, ich bitte darum …«, sagte Tero flehend mit Blick auf Ronis Handy.

»Du kriegst es wieder. Und jetzt Mund halten.«

Der Wachmann führte Tero in die karge Kabine hinter dem Büro, die als Zelle diente. Tero sträubte sich, aber der Mann war stark.

»Vater, ganz ruhig«, sagte Roni. »Die Jungs machen nur ihren Job.«

48

»Darf ich kurz stören?«, fragte Hellevig den großen Wachmann auf Schwedisch, der in seinem Büro saß und über den Zwischenfall im Tanzlokal einen Bericht schrieb. »Ich suche schon eine ganze Weile nach zwei finnischen Mitarbeitern unserer Firma. Und jetzt höre ich gerade, dass es zu einem unangenehmen Vorfall im Nachtclub gekommen ist …«

»Moment mal, wie sind Sie hier hereingekommen?«, unterbrach ihn der überraschte Wachmann.

»Jemand von der Besatzung hat mir freundlicherweise geöffnet, nachdem ich ihm mein Anliegen vorgetragen habe.«

»Ach ja? Wie heißen Ihre Kollegen denn?«, fragte der Wachmann unwirsch.

»Tero und Roni Airas.«

Hellevig richtete seinen Hemdkragen. Am Hinterkopf pulsierte es noch immer unangenehm, aber die Wunde blutete nicht mehr. Er hatte in der Kabine der Finnen sein Portemonnaie an sich genommen, in seiner eigenen Kabine trockene Kleider angezogen und seinen Partnern eine Erklärung geliefert: Vater und Sohn Airas hätten irgendwie herausgefunden, dass er in Lausanne gewesen war, aber natürlich habe er den beiden Finnen nichts verraten, sondern sie nur mit gezielten Lügen gefüttert. Die Operation sei nicht gefährdet, im Gegenteil: Jetzt hätten sie die Chance, den Inhalt des Schließfachs an sich zu bringen. Von dem Geständnis, das Tero Airas mit dem Handy aufgenommen hatte, erzählte Hellevig seinen Partnern nichts.

»Ihre Freunde haben im Nachtclub randaliert«, sagte der Wachmann.

»Das ist überhaupt nicht ihre Art, sie sind nicht einmal betrunken. Bestimmt liegt da ein Missverständnis vor.«

»Es gibt kein Missverständnis. Ich schreibe gerade den Bericht, wir haben jede Menge Zeugen.«

»Was passiert mit den beiden?«

»Die bleiben für den Rest der Fahrt da drin«, sagte der Wachmann und machte eine Kopfbewegung nach hinten.

Hellevig schüttelte seufzend den Kopf. »Tero Airas ist der finnische Repräsentant unserer Firma.« Hellevig reichte dem Wachmann eine mit falschem Namen versehene Visitenkarte. »Er hat ein Mobiltelefon und andere Dinge bei sich, die der Firma gehören. Ich bin gerade von meinen Geschäftspartnern in Amerika angerufen worden und benötige die Sachen dringend. Hat er sie mit in der Zelle?«

Der Wachmann warf einen kurzen Blick auf den Schrank hinter sich. »Wir nehmen den Leuten, die in Arrest kommen, grundsätzlich alle Gegenstände ab«, sagte er und fuhr zögernd fort: »Aber ich kann natürlich nichts davon herausgeben …«

»Ein schwarzes Nokia-Handy mit einem Formel-1-Rennwagen auf dem Display. Eine Videokassette, auf der die Funktionen eines unserer Firmengeräte demonstriert werden. Und weitere Dokumente in einem braunen Kuvert. Man wird mich gleich wieder von Baltimore aus anrufen, ich brauche die Sachen. *Jetzt sofort.*«

»Ich kann das Eigentum von Leuten, die in der Zelle sitzen, nicht an Dritte weitergeben. Aber vielleicht fragen Sie die Herrschaften selbst. Wenn die beiden es erlauben, kann ich die Sachen herausgeben.«

»Schon gut«, sagte Hellevig und entfernte sich rasch. Er bog um die nächste Ecke und betrat den kleinen Abstellraum, wo Nykvist und Makarin auf ihn warteten, und teilte ihnen mit, was passiert war und wie sein Plan jetzt aussah, der sofort in die Tat umgesetzt werden musste.

Nykvist klopfte energisch an die Bürotür der Wachleute. Sie wurde sogleich geöffnet.

»Vor dem Aufzug auf Deck 2 suchen zwei Kerle Streit«, sagte er aufgeregt zu dem Wachmann. »Würden Sie bitte mitkommen und die beiden beruhigen.«

Der Wachmann tastete nach seinem Funkgerät am Gürtel. »Ich darf hier nicht weg. Ich sage meinen Kollegen Bescheid …«

»Das dauert zu lange! Die haben schon die Messer gezogen, Sie wollen doch nicht, dass jemand umgebracht wird. Es kann um Sekunden gehen!«

Der verdutzte Wachmann steckte den Schlüsselbund ein und nahm den Taser in die Hand. Nachdem er die Bürotür abgeschlossen hatte, rannte er Nykvist auf dem Gang hinterher.

Hellevig und Makarin blieben vor dem Büro der Wachleute stehen. Hellevig schirmte Makarin für die wenigen Sekunden, die dieser brauchte, um das Schloss zu öffnen, ab.

Der Russe schlüpfte ins Büro und machte auch den Metallschrank mit dem Dietrich auf. Hellevig stand vor der Tür Wache und sah durch den Türspalt, wie Makarin dem Schrank einen durchsichtigen Plastikbeutel entnahm, der offensichtlich einen dicken Briefumschlag und ein Handy enthielt.

»Gerade eben waren sie noch hier«, sagte Nykvist vor dem Lift auf Deck 2 zu dem Wachmann. Aus den fensterlosen Kabinen der billigsten Kategorie drangen Musik und laute Stimmen auf den Gang. »Vielleicht prügeln sie sich inzwischen woanders.«

Der Wachmann sah ihn böse an und drehte sich wieder zum Aufzug um. Nykvist begleitete ihn ein Stück, um kein Misstrauen zu erregen.

»Hier ist niemand«, stellte der Wachmann fest.

»Wollen Sie behaupten, dass ich Gespenster sehe?«

»Ich behaupte gar nichts. Aber hier gibt es nichts weiter zu tun. Sagen Sie dem Personal Bescheid, wenn Sie irgendwo etwas sehen. Die alarmieren uns dann.«

Als der Wachmann gegangen war, machte sich Nykvist auf den Weg nach oben zu Hellevigs Kabine auf Deck 9.

Hellevig betrat mit Makarin seine Kabine und wollte gerade das Handy mit dem demütigenden Geständnis in der Tasche verschwinden lassen, als Makarin in seinem Rücken fragte: »Was ist das für ein Telefon?«

»Das gehört mir. Wieso?«

»Ich dachte, ich hätte bei dir einen Communicator gesehen.«

»Das ist mein Zweit-Handy.«

Es klopfte rhythmisch an der Tür, und Makarin ließ Nykvist herein.

Hellevig setzte sich aufs Bett und sah sich den Inhalt des Briefkuverts an.

»Nur eine Kassette und eine Banküberweisung von Zentech«, sagte er enttäuscht. »Auf der Kassette ist wahrscheinlich ein Video von Ifarsund. Marcus hat offenbar dafür gesorgt, dass er für alle schwierigen Vorhaben eine Lebensversicherung hat. Aber da muss noch etwas sein …«

Nykvist zog ein Klappmesser aus der Tasche, griff nach dem gepolsterten Umschlag und schnitt ihn auf. Er fuhr mit den Fingern in das Futter und zog tatsächlich nach wenigen Sekunden eine digitale Speicherkarte heraus.

Hellevig nahm sie ohne ein Wort an sich und las die Beschriftung: *Hellevig & Steglitz*.

In dem Moment verspürte Hellevig eine riesige Erleichterung. Seine Anstrengungen waren nicht vergebens gewesen. Marcus hatte tatsächlich genau das in Besitz gehabt, was Hellevig befürchtet hatte: Material, das ihr kriminelles Handeln enthüllte.

»Du musst die Memorycard auf der Stelle vernichten«, sagte Nykvist.

»Ich glaube, wir haben allen Grund, uns vorher anzusehen, was sie enthält.«

»Dafür bräuchten wir einen Computer. Ich schlage vor, das Ding sofort zu zerstören.«

Hellevig wusste, dass Nykvist recht hatte. Er nahm die Karte in beide Hände und brach sie in der Mitte durch.

»Und jetzt konzentrieren wir uns darauf, die Lieferung ans Ziel zu bringen«, sagte Hellevig. »Danach prüfen wir die Echtheit der Videokassette und übergeben sie Göran.«

Aus Sicherheitsgründen teilten sie den Inhalt des Bankschließfachs auf. Hellevig nahm den Überweisungsbeleg und Nykvist die Kassette.

Nachdem Nykvist und Makarin die Kabine verlassen hatten, zog Hellevig das Handy von Roni Airas aus der Tasche. Er starrte es einen Moment an, dann suchte er im Menü nach der Aufnahmefunktion.

Er drückte eine Taste und erschrak, als er seine eigene Stimme hörte. Sie war deutlich zu erkennen, und es war die Stimme eines Mannes in Panik, eines Mannes, der um sein Leben fürchtete. Hellevig schloss die Augen, während eine Lawine der Scham über ihn hinwegging.

»Das Ganze noch einmal: Was ist passiert, wer hat getötet und wen …«

Das Geräusch des Wassers aus der Dusche ließ Übelkeit in ihm aufsteigen. Seine Stimme war nur noch panisch. *»Steglitz stellte sie ruhig …«*

Schnell schaltete Hellevig das Gerät aus. Auch wenn es noch so schmerzhaft war, sich die Aufnahme anzuhören, so machte die unbestreitbare Effektivität der Wasserfolter doch Eindruck auf ihn. Kein Wunder, dass die CIA nicht auf diese Methode der Vernehmung verzichten wollte.

Er suchte nach der Funktion zum Löschen der Aufnahme. Wäre sie danach aber tatsächlich hundertprozentig getilgt? Womöglich konnte man sie wieder aus dem Speicher herausholen. Um wirklich sicher sein zu können, müsste er das ganze Telefon vernichten.

Hellevig verließ vorsichtig die Kabine und ging in Richtung

Treppe. Er empfand Hass und Wut gegenüber den beiden Finnen, die aufgetaucht waren, um seine so sorgfältig geplante Operation kaputt zu machen. Aber gleichzeitig spürte er auch einen seltsamen Neid auf Vater und Sohn. Die beiden hielten zusammen. Da war ein Mann, der sich wirklich etwas aus seinem Jungen machte.

Natürlich machte sich Hellevig ebenso etwas aus Vidar, aber hatte er jemals die Gelegenheit gehabt, intensiv mit dem Jungen zusammen zu sein? Ohne Zeitdruck?

Er musste an seinen eigenen Vater denken, den Abgeordneten der Sozialdemokratischen Partei, der so eifrig an der neuen Gesellschaft mitgebaut hatte, dass man ihn so gut wie nie daheim zu Gesicht bekommen hatte. Zu allem Überfluss hatte er sich die sozialdemokratischen Ideale vollkommen zu eigen gemacht, denen zufolge die Gesellschaft für die Erziehung der Kinder zu sorgen habe. Dementsprechend wurden die Kinder möglichst früh von ihren Eltern getrennt und in Kindergärten und Vorschulen gegeben, damit sie dort Kooperation und Gruppenverhalten lernten. Gleichzeitig bestand das Ziel dieser Bildungspolitik darin, die passenden Menschen für die sozialdemokratische Idealgesellschaft zu schaffen. So hatte es der Vater ausgedrückt. Und Hellevig hatte daran geglaubt. Auch er hatte sich sein Leben lang für seine Ideale eingesetzt, allerdings war er dabei oft von einem seltsamen Gefühl der Leere geplagt worden. Erst spät war ihm klar geworden, wie sehr er als Kind seinen Vater vermisst hatte, der so sehr mit dem Aufbau der Gesellschaft beschäftigt gewesen war. Trotzdem hatte er bei Vidar und Emilia genau dieselben Fehler gemacht, wenn auch nicht zugunsten des Aufbaus, sondern für den Schutz des schwedischen Wohlfahrtsstaates.

Doch bald würde sich alles ändern. Bald würde er viel Zeit für seine Kinder haben.

Auf Deck blies ihm heftig der Wind entgegen. Er ging zu einer dunklen Stelle an der Reling, zog, ohne einen Moment zu zögern, das Handy von Roni Airas aus der Tasche und warf es in hohem Bogen ins wogende Meer.

Eine Weile starrte er noch auf die Wassermassen, die sich jedes Mal, wenn sie gegen den Schiffsrumpf schlugen, in weißem Schaum brachen.

Das Meer durfte fortan ein weiteres Geheimnis hüten.

Tero saß in der fensterlosen Kabine, die als Arrestzelle diente, auf dem Bettrand und schaute Roni an, der an die Wand gelehnt auf dem Boden hockte. Sie hatten gemeinsam analysiert, was Toomas zu Beginn der Überfahrt am Telefon zu Tero gesagt hatte: dass er davon überzeugt war, alles müsse mit Bestechung zu tun haben. Mit Schmiergeldern, die gezahlt wurden, damit der Verkauf von schwedischen Gripen-Kampfflugzeugen zustande kam.

»Der Bankbeleg, die Zentech AB«, sagte Tero. »Dieselben Insider vom MUST, die sich um die geheimen Transporte aus Russland kümmerten, organisieren jetzt die Schmiergeldzahlungen. Mit hohem Einsatz. Mit dem höchstmöglichen sogar.«

»Sieht ganz so aus.«

Sie saßen eine Weile schweigend, bis Roni mit heiserer Stimme sagte: »Ich hätte nie geglaubt, dass mich eine Einladung von McLaren einmal so wenig interessieren könnte.«

»Diese Sache hier werden wir vorher klären. Und am Donnerstag reden wir dann mit Callaghan. Punkt.«

Roni lachte kühl. »Hör auf. Wir brauchen uns nichts vorzumachen.«

Auf einmal ärgerte sich Tero maßlos über Ronis resignierte Haltung, auch wenn er ähnlich empfand.

»Wir haben das Geständnis, das deine Unschuld beweist.«

»Du weißt selbst, dass ein Geständnis unter Zwang vor Gericht wenig Wert hat.«

»Aber es kann die Polizei dazu bringen, ein bisschen tiefer zu graben. Und mir gibt es Kraft weiterzumachen.«

Es wurde still in der Zelle, nur das Dröhnen der Motoren und das Gespräch der Wachleute vor der Türe drangen gedämpft herein. Tero ahnte, dass Roni über die Wasserfolter reden wollte, aber nicht wusste, wie er es anfangen sollte.

»Roni ... Es gibt da etwas, über das wir noch nie geredet haben.«

Tero suchte nach Worten und ließ sich dabei Zeit. »Du weißt, was mit deinem Großvater passiert ist. Du weißt, dass ich es sehr schwer hatte mit dem alkoholkranken Mann. Zu schwer, aber das begriff ich damals noch nicht. Du kannst dir nicht vorstellen, was für ein Hass in mir gegen den eigenen Vater und dessen Kumpane aufkam ... Ich machte mir Vorwürfe, weil es mir nicht gelang, ihn vom Trinken abzubringen. Einmal, in dem Jahr, in dem ich Abitur machte, kam ich von der Schule heim und hörte schon auf der Straße Männer schreien. Das Grölen kam natürlich von unserem Haus. Ich machte die Tür auf ... Da stand mein Vater mit einem Küchenmesser in der Hand inmitten einer Gruppe von Männern und drohte damit, denjenigen umzubringen, der den letzten Schluck aus der Flasche genommen hatte. Ich stürzte mich auf ihn und konnte im letzten Moment eine Bluttat verhindern. Mein Vater ließ das Messer fallen, aber ich schlug ihm ins Gesicht. Und noch einmal ... Ich konnte nicht aufhören damit. Die ganze Verbitterung, die sich über die Jahre hinweg angestaut hatte, kam aus mir heraus. Der Kopf meines Vaters prallte auf den Boden, aber wundersamerweise passierte ihm nicht viel. Im Gegensatz zu mir. Ich begriff in diesem Augenblick, dass ich mich nicht mehr unter Kontrolle hatte. Das war eine schreckliche Erkenntnis. Zwei von den Kerlen bedrohten mich. Da warf ich die ganze Bande ziemlich unsanft aus der Wohnung. Noch am selben Tag zog ich zu meinem Onkel. Ich wusste, dass uns mein Vater mit seiner Sauferei ins Verderben stürzen würde. So oder so. Danach habe ich meinen Vater nur noch wenige Male gesehen ... Im Winter darauf brach er betrunken im Schnee zusammen, schlief ein und erfror.«

Wieder kehrte Stille in der Zelle ein. Roni schien nicht zu wissen, was er sagen sollte.

»Wie du weißt, war ich früher einige Jahre lang als Polizist tätig. Und studierte nebenher Jura. Das ist wahr.« Tero rutschte unruhig hin und her. »Dann fand ich mehr Gefallen daran, mich als Unternehmer zu betätigen, und gründete eine Wachfirma. Das ist die offizielle Erklärung. Aber das ist nicht wahr, sondern eine Lüge.«

Roni sah ihn ernst und höchst aufmerksam an.

»Als Polizist war ich ein harter Bursche. Ich wurde in die OK-Sonderkommission gewählt, weil ich für verdeckte Ermittlungen glaubwürdig genug war. Und ein neues Gesicht. Viele erfahrene Kollegen waren als verdeckte Ermittler bereits verbrannt. Weißt du, was OK-Sonderkommission bedeutet?«

»Ist das eine Soko, die auf organisierte Kriminalität spezialisiert ist?«

»Auf schwerstes organisiertes Verbrechen. Und sie fährt dagegen harte Geschütze auf. Tarnkäufe von Drogen, V-Leute und so etwas. Vor einigen Jahren ist das Polizeigesetz dementsprechend modifiziert worden; es erlaubt und regelt jetzt solche Maßnahmen. Aber zu meiner Zeit bewegte man sich noch in der Grauzone.«

Tero bemerkte, wie er die Stimme senkte, aber das Reden fiel ihm überraschend leicht. Viel leichter, als er geglaubt hatte.

»Ich habe mich in eine Motorradbande einschleusen lassen, in der es Leute gab, die Heroin aus Holland schmuggelten. Die Verantwortlichen im Hintergrund waren knallharte Typen, die Drecksarbeit machten Kriecher und arme Hunde. Zwei Männer waren bereit, mir Tipps zu geben, aber es war schwer, bis zum inneren Kreis vorzudringen. Auf Anweisung des Ermittlungsleiters initiierten wir darum einen Scheinkauf. Das war damals verboten, die Polizei durfte sich nicht vorsätzlich einer kriminellen Handlung schuldig machen, auch dann nicht, wenn damit ein schweres Delikt aufgeklärt werden konnte. Aber wir bekamen so ein Ende der Schnur zu fassen und konnten das ganze Knäuel aufrollen. Als eines Abends im Herbst eine große Ladung Stoff mit der Fähre aus Deutschland kommen sollte, war ich bereits auf Tuchfühlung mit den Bossen. Wir bereiteten uns auf die Festnahme vor, auf einen großen Einsatz. Sie trafen sich dreißig Kilometer nördlich von Helsinki, im Lager einer ehemaligen Farbenfabrik in Kerava.«

Tero räusperte sich und sprach dann leise weiter: »Es kam zu einer Katastrophe. Ich wurde unmittelbar vor dem Zugriff enttarnt. Der Kumpel eines Bandenmitglieds erkannte mich. Ich hatte ihm ein halbes Jahr zuvor ein Bußgeld verpasst, und daran konnte sich der Mistkerl erinnern … Nun hatte ich nur die Wahl zwischen einer schlechten und einer noch schlechteren Alternative. Weil ich nervös wurde, riskierte ich zu viel. Es ging um Minuten. Ich versuchte, beide Männer in Schach zu halten, um den Zugriff meiner Kollegen nicht zu gefährden. Aber die beiden griffen mich an, und das endete böse. Ich wollte ihnen mit der Waffe drohen, da löste sich aus Versehen ein Schuss. Das Bandenmitglied wurde getroffen. Er kam später ins Krankenhaus, musste sich einer komplizierten Operation unterziehen … Die Lage war aussichtslos, er fiel ins Koma. Ich besuchte ihn, betete, er möge überleben … Er hieß Kimmo Leivo.«

Ronis Augen weiteten sich. »*Kimmo*?«

»Ich hätte vor Gericht gestellt werden müssen. Aber dann wären die illegalen Methoden ans Tageslicht gekommen, und der Ermittlungsleiter und die gesamte Kommission wären ebenfalls dran gewesen. Der Verletzte erholte sich dann doch langsam, und es stellte sich heraus, dass er ebenfalls kein Gerichtsverfahren wollte, denn dabei wäre mit Sicherheit noch einiges enthüllt worden. Ich schied aus dem Polizeidienst aus und brach das Studium ab. Aber dafür hielt ich den Kontakt zu Kimmo.«

Tero atmete tief durch, erleichtert, dass er endlich darüber sprach. »Ich gründete die Wachfirma. Kimmo lernte Sirje kennen und wollte solide werden. Aber mit seiner Vergangenheit fand er einfach keine Arbeit, zumal er auch schon mal kurz im Gefängnis gewesen war. Nur ich vertraute ihm.«

»Das erklärt eine Menge Dinge, über die ich mich schon oft gewundert habe«, sagte Roni. »Aber wir müssen uns jetzt auf die Gegenwart konzentrieren. Wir müssen hier irgendwie raus.«

»Es genügt nicht, nur von hier zu fliehen. Wir werden für den Rest unseres Lebens auf der Flucht sein müssen, bis ans Ende der Welt, wenn wir keinen Beweis für deine Unschuld in der Hand haben.«

Im selben Augenblick erschrak Tero über einen Gedanken, der ihm in den Kopf schoss. »Hellevig weiß, dass wir in der Zelle sitzen … Und er weiß, dass man uns die Sachen abgenommen hat …«

Roni sprang auf. »Scheiße. Daran hätten wir früher denken müssen.«

»Wir müssen etwas unternehmen. Wir haben auch weiterhin nichts zu verlieren.«

Wachmann Mattson schlürfte den letzten Schluck Cola aus der Dose und hoffte, der Rest der Nacht würde friedlich über die Bühne gehen. Er musste an das außergewöhnliche Handgemenge im Nachtclub denken. Das Gespann, das jetzt in der Zelle saß, war nicht betrunken gewesen. Weder Vater noch Sohn hatten gestammelt oder gelallt, wie es bei der Zellen-Kundschaft üblich war. Trotzdem hatten sie auf die typische Art randaliert, wie Betrunkene. Alle Zeugenaussagen sprachen gegen sie.

Mattson warf die Dose in den Abfalleimer. Vor allem der ältere Airas sah auch nicht so aus, als würde er statt Alkohol Drogen nehmen. Kaum hatte er das gedacht, sah Mattson das rote Licht über der Tür angehen. Es bedeutete, dass in der Zelle der Ruf-Knopf gedrückt wurde.

Was wollten die beiden?

Mattson ging zur Tür und spähte durch den Spion. Er sah den älteren der beiden Männer auf dem Bettrand sitzen. Der jüngere stand mitten in der Zelle. Mattson öffnete die Tür einen Spaltbreit.

»Was ist?«

»Wir würden gerne etwas sagen«, erklärte der ältere der beiden fügsam.

»Nur zu.«

»Ich möchte erzählen, was hier eigentlich los ist.«

»Ich bin ganz Ohr«, sagte Mattson. Seine Neugier war geweckt.

»Wir möchten mit dem Purser reden.«

»Antrag abgelehnt«, sagte Mattson und wollte die Tür schließen.

»Unsere Sachen müssen unbedingt in Sicherheit gebracht werden.«

»Vorschrift ist Vorschrift. Die Sachen bleiben bei uns …«

Im selben Moment konnte Mattson gerade noch wahrnehmen, wie das Bein des jüngeren Mannes ausschwang und auf seinen Unterleib zuschnellte. Er spürte einen lähmenden Schmerz explodieren und fiel auf die Knie. Der ältere Mann setzte sich sofort erstaunlich behände in Bewegung. Mattson konnte das Knie des Mannes noch sehen, bevor es seinem Gesicht einen Schlag versetzte, dem pure Finsternis folgte.

49

»Probieren wir den Nächsten«, sagte Tero leise und so ruhig wie möglich. Jeden Moment konnte jemand das Büro der Wachleute betreten. Die Wanduhr zeigte 03:22. Sie hatten den Wachmann unnötig hart angegangen, aber sie konnten sich keine Sentimentalitäten mehr leisten.

Tero stand mit einem Schlüsselbund in der Hand vor dem grauen Metallschrank. Der erste Schlüssel passte nicht, der zweite auch nicht. Roni öffnete inzwischen die Fächer, die nicht abgeschlossen waren.

Der vierte Schlüssel passte. Erleichtert nahm Tero den Plastikbeutel mit ihren Sachen aus dem Schrank. Doch gleich darauf sah er, dass etwas fehlte: der Umschlag mit der Kassette und das Handy mit Hellevigs Aussage.

»Verflucht«, flüsterte Roni. »Wir sind zu spät …«

In dem Moment ging die Tür auf, und ein zweiter Wachmann trat ein.

Der Computerbildschirm leuchtete bläulich im Dunkel der frühen Morgenstunden. Draußen hatte der Wind nachgelassen, es war vollkommen still in der Wohnung. Kimmo studierte am Bildschirm den Lageplan des Südhafens, wo die *Silja Symphony* um zehn Uhr einlaufen würde.

Er müsste eigentlich schlafen, aber er konnte nicht. Es war unmöglich. In seinem Kopf schossen zu viele Gedanken hin und her, und sie im Zaum zu halten kostete ihn alle Energie.

Er hörte ein Geräusch. War das schon die Zeitung, die durch den Briefschlitz in die Diele fiel?

Nein. Sirje kam aus dem Schlafzimmer. Schnell klickte Kimmo zurück auf die Startseite der Reederei *Tallink-Silja*. Von dort klickte er noch weiter zurück, bis er wieder bei der Zeitungsmeldung aus dem Archiv von *Helsingin Sanomat* war, die er zuvor gelesen hatte:

HS – Wirtschaft – 23.11.2007

Saab-Manager in Schmiergeldskandal erneut verhört

Stockholm. Mehrere Manager des Flugzeugherstellers Saab werden wegen geleisteter Schmiergeldzahlungen im Zusammenhang mit dem Verkauf von JAS-Gripen-Kampfflugzeugen nach Ungarn und Tschechien erneut zum Verhör geladen, berichtet die Zeitung *Dagens Nyheter* in ihrer Donnerstagsausgabe …

»Wühlst du immer noch in diesen Dingen herum?«, fragte Sirje. »Und was war das für ein Anruf? Wer ruft mitten in der Nacht an?«

»Falsch verbunden. Ein Betrunkener.«

»Ich verstehe nicht, warum du überhaupt nachts das Handy eingeschaltet lässt. Komm endlich ins Bett.«

Sirje machte wieder kehrt.

Kimmo rüttelte zornig am Drucker, um den letzten Rest Tinte zu aktivieren. Die Müdigkeit wirkte sich auf seine Motorik aus, um ein Haar hätte er das Gerät auf den Boden geworfen. Auf dem Tisch lag bereits ein Stoß Material, das er auf Toomas' Bitte hin ausgedruckt hatte.

Kimmo startete den Druckvorgang und ließ sich auf die Couch fallen, um dort in den bereits gedruckten Unterlagen zu lesen. Ganz oben lag ein Artikel aus dem Wirtschaftsmagazin *Talouselämä*:

Ermittlungen im Bestechungsfall Gripen ausgeweitet

Ein tschechischer Waffenhändler wird verdächtigt, als Mittelsmann bei Schmiergeldzahlungen fungiert zu haben, als Gripen International, die der britischen BAE Systems und der schwedischen Saab gehört, Kampfflugzeuge an die Tschechische Republik verkaufte.

Das britische Amt für Betrugsbekämpfung hat BAE, die größte mit Waffen handelnde Firma Europas, im Verdacht, über eine auf den Britischen Jungferninseln registrierte Tochterfirma fast eine Milliarde Pfund Schmiergelder in mehrere Länder, unter anderem in die Tschechische Republik, geleitet zu haben.

Ähnliche Vorwürfe untersucht das Amt für Betrugsbekämpfung im Zusammenhang mit Waffenankäufen durch Rumänien, Südafrika, Tansania, Katar und Chile. Dahingegen wird dem Verdacht, BAE habe aus schwarzen Kassen Prostituierte für Entscheidungsträger aus Saudi-Arabien bezahlt, nicht weiter nachgegangen. Ministerpräsident Tony Blair wurde stark kritisiert, nachdem die Ermittlungen unter Berufung auf nationale und internationale Sicherheitsinteressen eingestellt wurden.

Nationale und internationale Sicherheitsinteressen … Kimmo legte das Blatt aus der Hand. Konnte es sein, dass Toomas recht hatte? Ging es um Dinge von solchem Ausmaß? Hatte Julia deswegen sterben müssen?

Kimmo blieb auf der Couch sitzen. Er wollte abwarten, bis Sirje wieder eingeschlafen war. Erst dann würde er die Vorbereitungen für den Morgen treffen.

Toomas lag unruhig in seinem Bett und blickte auf die Uhr. 10:13.

Das Schiff musste bereits im Hafen sein, aber weder Tero noch Roni meldete sich am Handy.

War etwas schiefgegangen?

Toomas war sich sicher, dass es bei der ganzen Geschichte um JAS Gripen ging. Er hoffte, dass die Aufklärung des Wirrwarrs rund um das Kampfflugzeug auch Licht auf den Fall *Estonia* und das Schicksal seines Vaters werfen würde, auch wenn das eher unwahrscheinlich war … Doch selbst wenn er am Ende keine endgültige Klarheit über den Verbleib seines Vaters erhalten würde, so wollte er nichts unversucht lassen. Es gab nichts mehr, was er sonst tun konnte.

Er seufzte ungeduldig und schaute aus dem Fenster. Draußen war ein nebliger Morgen angebrochen. Toomas hätte alles dafür gegeben, das Krankenhaus zu verlassen und selbst zum Hafen zu fahren.

»… wegen eines Unfalls an der Kreuzung Hakamäentie. Hier ist vorläufig nur eine Spur befahrbar. Und nun James Blunt mit dem Stück ›Same Mistake‹ …«

Die gedämpfte Stimme aus dem Radio vermischte sich mit dem Verkehrslärm von draußen. Kimmo saß am Steuer seines Fords, den er in der Ehrenströmintie geparkt hatte, und verfolgte genau jedes Auto, das aus dem Tunnel des Olympia-Fähr-Terminals herausfuhr. Wegen des Schlafmangels hatte er Kopfschmerzen. Mit dem Fernglas las er sämtliche Nummernschilder, obwohl er wusste, dass er auf einen weißen Mercedes Vito wartete. Über dem Ufer lag dichter Nebel und erschwerte die Sicht.

Kimmo öffnete das Fenster einen Spaltbreit, um frische Luft zu bekommen. Vor Anspannung fiel ihm sogar das Atmen schwer. Seine Hand tastete nach der Waffe unter dem Sitz. Das kühle Metall der Pistole war zu einer Art Talisman für ihn geworden. Die Waffe stand für Schutz, für Erfolg – und für Rache.

Was Kimmo störte, war die Tatsache, dass sich Tero nicht am Telefon meldete. Er hätte ihn gerne noch einmal daran erinnert, die Polizei aus der Sache herauszuhalten. Kimmo genügte es, Sicherheit über die Identität von Julias Mörder zu erhalten.

Aber konnte er sich auf Tero überhaupt verlassen? Vielleicht waren dessen Worte über den schwedischen Täter nur ein Ablenkungsmanöver, um Roni zu schützen. Nein, das war undenkbar. In diesem Fall vertraute Kimmo seinem Schwager

Toomas, der ebenso unnachgiebig wie Kimmo versuchen würde, Julias wahren Mörder in die Hände zu bekommen.

Kimmo schärfte den Blick. Weit hinten in der Schlange war hinter Nebelschleiern ein weißes Fahrzeug zu erkennen. Ein Vito. Er kam in der Schlange nur langsam näher, aber dann konnte Kimmo mit dem Fernglas das Nummernschild lesen. Es war das gesuchte.

Nun ließ Kimmos Anspannung ein wenig nach. Er blickte kurz nach rechts und sah einen Kastenwagen der Polizei langsam heranfahren. Kimmo legte das Fernglas in den Schoß und rutschte auf dem Sitz nach unten.

50

Tero hörte, wie der Schlüssel ins Schloss der Zellentür geschoben wurde. Er stand auf, Roni ebenso. Das Schiff bewegte sich längst nicht mehr, und Tero blieb nichts anderes übrig, als sich darauf zu verlassen, dass Kimmo tat, was ausgemacht war.

Die Tür ging auf, und der Wachmann, dem sie Stunden zuvor die Schlüssel abgenommen hatten, trat vor sie hin. Sein Auge war stärker angeschwollen und noch blauer als zuvor.

»Raus jetzt«, befahl er barsch.

»Es tut mir leid«, sagte Tero aufrichtig zu dem Mann, aber dieser erwiderte nichts. Als sie aus der Zelle ins Büro traten, sah Tero auf dem Gang zwei Polizisten stehen. Gleichzeitig bemerkte er den zweiten Wachmann im Büro, den jungen, muskulösen. Er hielt einen Plastikbeutel in der Hand, denselben, in den bei der Festnahme ihre Sachen gesteckt worden waren.

Der Wachmann schob eine Hand in den Beutel und zog ein Portemonnaie hervor. Er warf einen Blick auf den Führerschein darin und gab Tero das Portemonnaie. Die zweite Geldbörse reichte er Roni. Dann schob er die Hand erneut in den Beutel und zog ein Handy heraus.

»Wem gehört das?«, fragte er.

Tero nahm sein Mobiltelefon in Empfang. Der Wachmann faltete den Beutel zusammen und legte ihn auf den Tisch.

»Ich frage noch einmal vor den Polizisten hier als Zeugen: Wo ist unser übriges Eigentum?« In Teros Stimme schwang eine Mischung aus Wut und Panik.

»Ich sagte bereits, dass wir der Sache nachgehen.« Der Wachmann wich Teros Blick verlegen aus.

»Es eilt!« Tero wandte sich an die beiden Polizisten. »Den Herrschaften hier sind Dinge aus unserem Besitz abhandengekommen, die für uns von unersetzbarem Wert sind …«

»Auf dem Präsidium werden wir auch darüber reden.«

»Ich bin selbst in der Sicherheitsbranche tätig. Wie kann es sein, dass die persönlichen Gegenstände von Zelleninsassen einfach so verschwinden?«, ging Tero einen der Wachleute an und konnte nicht verhindern, dass er laut wurde. Er war unmittelbar vor dem Explodieren.

»Vater, bleib ruhig!«, sagte Roni.

»Der Junge ist vernünftig«, pflichtete einer der beiden Polizisten bei und ergriff Teros Arm.

»Ich bin nüchtern«, erwiderte Tero und riss seinen Arm los.

»Hier ist der Bericht«, sagte der ältere Wachmann und reichte einem der Polizisten ein Blatt Papier. »Haben im Nachtclub randaliert, Tische umgeworfen, mindestens einen Passagier misshandelt. Und dann das hier.« Er deutete auf sein Auge. »Sind aus der Zelle geflohen. Ich hab das Bewusstsein verloren. Ich zeige die beiden an.«

»Und ich zeige euch an«, sagte Tero. »Das Verschwinden von persönlichen Gegenständen ist …«

»Nicht den Mund so weit aufreißen«, fuhr ihn einer der Polizisten an.

Die beiden Streifenbeamten nahmen Tero und Roni in die Mitte und führten sie den Gang entlang. Die Wachleute folgten in wenigen Metern Abstand.

Mittlerweile hatten die meisten Passagiere das Schiff bereits verlassen, aber es waren trotzdem noch genug Neugierige auf der Gangway, die dem Duo, das von zwei Polizisten abgeführt wurde, hinterherschauten. Tero sah, wie die Autos, die auf dem Schiff gewesen waren, langsam aus dem Tunnel des Terminals kamen. Das graue Meer verschmolz mit dem Nebel. Der Vito war nicht zu sehen, aber auch der würde dort unten irgendwann auftauchen. Tero war extrem verbittert und enttäuscht. Er hatte getan, was er konnte, mehr als das. Nun reichte seine Kraft gerade noch aus, um einen Fuß vor den anderen zu setzen. Natürlich war es sinnlos, Anzeige zu erstatten, denn die Sachen waren längst bei Hellevig. Und bald würde die Polizei auch herausfinden, was für ein Gespann sie da aus der Zelle geholt hatte …

Am Ende der Gangway, unmittelbar vor dem Terminal, bemerkte Tero, wie Roni wachsam wurde. Gleich darauf versuchte der Junge, ihn durch seinen Gesichtsausdruck auf etwas aufmerksam zu machen, aber Tero verstand nicht, was er meinte. Wieder sah Roni ihn an, noch fordernder als eben. Tero sah eine Menschenmenge vor sich. Stimmengewirr drang an sein Ohr, das Terminal war voll von Schiffspassagieren.

Jetzt begriff Tero, was Roni ihm signalisieren wollte. Der Junge hatte recht. Das hier war ihre letzte Chance.

In dem Moment rannte Roni los, geradewegs auf den Eingang zu, hinter dem das Gedränge begann. Noch bevor sich die Polizisten von der Überraschung erholt hatten, lief Tero ihm hinterher. Sie rannten an der Touristen-Information vorbei und stürzten sich skrupellos in die Menge.

»Haltet die beiden«, rief ein Polizist hinter ihnen. Tero spürte, wie ihn jemand an der Jacke packte. Er blickte sich um und sah einen Mann von der Besatzung, der am Terminaleingang gestanden hatte. Tero riss sich mit einem Ruck los. Er bahnte sich einen Weg an den verdutzten Menschen vorbei und sah ein Stück weiter vorne Roni laufen. Tero wäre fast mit den Leuten zusammengeprallt, die vor dem Sightseeing-Schalter Schlange standen und dabei den Ausgang auf der rechten Seite blockierten. Links hatte ein kräftiger Passagier im T-Shirt die Rufe des Polizisten gehört und breitete vor Roni die Arme aus. Roni wich zur Seite und rannte zwischen den Tischen von Robert's Coffee hindurch zum Ende des Terminalgebäudes, wo grüne Markisen zu erkennen waren. Tero konnte ihm mit größter Mühe folgen.

Nicht eine Sekunde wandte Kimmo den Blick von den Autos, die das Schiff verließen. Der Kastenwagen der Polizei war an ihm vorbeigerollt und hatte vor dem Terminal angehalten.

Kimmo erschrak, als sein Handy klingelte. Sirje hatte schon vorher versucht, ihn anzurufen, aber er hatte sich nicht gemeldet – aus mehreren Gründen. Jetzt stand der Name TOOMAS auf dem Display.

»Bist du im Hafen?«, fragte Toomas.

»Na klar, Mann!«

»Fahren die Autos schon von der Fähre?«

»Ja. Was willst du? Ich versuche mich hier auf das zu konzentrieren, was wir vereinbart haben.«

»Hast du etwas von Tero und Roni gehört?«

»Nein. Sie melden sich nicht.«

»Alles klar. Ich wollte mich nur versichern.«

Kaum hatte Kimmo das Gespräch beendet, wurde die hintere rechte Tür aufgerissen. Er fuhr herum und sah Roni auf den Rücksitz stürzen.

»Lass den Motor an!«

Da wurde die Beifahrertür aufgerissen, und zu Kimmos Überraschung hechtete Tero neben ihn.

»Fahr los!«, sagte Tero außer Atem. »Weg hier. Ein Stück weiter, aber so, dass man noch die Autos sehen kann, die vom Schiff kommen.«

»Wie kommt ihr ...«

»*Fahr!*«

Kimmo richtete den Blick wieder hastig auf die Autoschlange. »Ich fahre nirgendwohin, bevor ...«

»Gib Gas, verdammt noch mal!«, brüllte Roni auf dem Rücksitz. »Die Polizei ist hinter uns her.«

»Was habt ihr wieder für eine Scheiße gebaut ...« Kimmo drehte den Zündschlüssel. »Behaltet die Autos im Auge!«

»Darauf kannst du dich verlassen«, zischte Tero gequält. »Aber fahr endlich weg hier.«

Kimmo warf noch einen Blick auf die Autoschlange und fuhr los.

»Direkt vor der Kurve da vorne kannst du anhalten, von dort aus sieht man gut«, sagte Roni.

Kimmo hielt in zweiter Reihe vor den unter Bäumen geparkten Autos an und ließ den Motor laufen. »Was ist eigentlich los?«

»Hat Toomas dir nichts erzählt? Wir wissen, was am Mordabend passiert ist und wer Julia umgebracht hat«, sagte Tero, während sie alle drei auf die Autoschlange starrten. »Wir hatten das Geständnis eines Schweden als Aufnahme auf dem Handy.«

»Ihr hattet?«

»Sie haben das Telefon gestohlen. Ich erkläre dir das später. Julia wurde umgebracht, weil sie zufällig auf massive Schmiergeldzahlungen im Zusammenhang mit dem Verkauf von Gripen-Kampfflugzeugen gestoßen war.«

»Und Roni hat nichts mit ihrem Tod zu tun?«

»Nein.«

Kimmo sah nach hinten. »Du warst also nicht mit Julia auf dem Waldweg?«

»Nein, Roni war nicht dort«, sagte Tero.

»Lass Roni selbst …«

»Da ist er«, rief Roni aufgeregt. »Da, hinter dem grünen Kombi. Ein weißer Mercedes Vito.«

DRITTER TEIL

51

Hellevig umklammerte das Lenkrad und schaute auf die grün gekleideten Zollbeamten, unter deren kritischen Blicken die Fahrzeuge das Schiff verließen. Die Schlange kam nur im Schritttempo voran und geriet immer wieder ins Stocken. Aber sie hatten noch genug Zeit, um nach Lappeenranta zu kommen, der kleinen Stadt in der Nähe der russischen Grenze.

Vor Nykvist lag eine unschuldig wirkende Tüte aus dem Tax-Free-Shop des Schiffes im Fußraum. Sie enthielt eine VHS-Kassette und einen Briefumschlag.

Hellevigs Handy klingelte. Er blickte kurz auf das Display.

»Mein Sohn«, sagte er zu Nykvist und Makarin und meldete sich. »Hallo, Vidar.«

»Wo bist du?«

»Auf Dienstreise in Kopenhagen. Wie geht's dir?«

»Könnten wir zusammen mal nach einem neuen Rad gucken gehen? Wann kommst du zurück?«

»Ziemlich bald. Na klar können wir das machen. Wo ist Emilia?«

»Bei Lotta.«

»Und Mama?«

»Liegt auf der Couch.«

»Verdammt noch mal, sag ihr, sie soll endlich aufstehen«, erregte sich Hellevig und warf kurze Blicke auf die beiden Männer im Wagen, die aber so taten, als hörten sie nicht zu.

»Vidar, ich muss jetzt aufhören. Aber ich komme bald nach Hause, dann reden wir. In aller Ruhe.«

»Ja, ja …«

»Diesmal meine ich es ernst.«

Da brach die Verbindung ab. Hellevig nahm das Handy vom Ohr und seufzte. »Die Jugend von heute. Einfach aufgelegt.«

Er blickte im Rückspiegel auf Makarin, der scheinbar entspannt verfolgte, was sich draußen abspielte.

»Warum erlaubst du, dass dein Sohn sich so benimmt?«, fragte er, ohne den Blick zu heben.

Hellevig grinste gereizt. »Bei euch in Russland herrscht wahrscheinlich noch Zucht und Ordnung.«

»Ist auch besser so.«

Der Skoda vor ihnen fuhr ohne anzuhalten weiter. Hellevig erhöhte leicht die Geschwindigkeit und richtete den Blick auf die Zollbeamten, die sich miteinander unterhielten. Wenige Meter, bevor sie die Beamten erreichten, hob einer von ihnen die Hand und winkte sie durch. Hellevig trat aufs Gas, musste aber im selben Moment schon wieder abbremsen, weil ein Polizist am Rand der Spur auftauchte und ihm das Zeichen zum Anhalten gab.

»Was soll der Mist«, brummte Hellevig bei sich, ließ sich den Ärger jedoch nicht anmerken, sondern stoppte den Wagen gehorsam und ließ das Seitenfenster herunter.

»Alkoholkontrolle«, sagte der Polizist und hielt Hellevig das Mundstück eines Alkometers hin. Hellevig blies, der Polizist las den Wert ab und wünschte gute Fahrt.

Hellevig bedankte sich und gab Gas. Alle drei Männer schwiegen, während sie in den Terminaltunnel fuhren. Nach der Ausfahrt bogen sie rechts in Richtung Stadtzentrum ab. Auf der Höhe des Terminalparkplatzes setzte Hellevig den Blinker und hielt an. Steglitz kam in Lederjacke und Jeans zum Auto, eine Tasche über der Schulter, die iPod-Kopfhörer in den Ohren.

»Alles okay?«, fragte er beim Einsteigen.

»Alles in Ordnung«, antwortete Hellevig, blickte in den Rückspiegel und fädelte sich in den Verkehr in Richtung Innenstadt ein. Nykvist reichte Steglitz die Plastiktüte, und dieser sah sich sorgfältig den Inhalt an.

»Prima. Und die beiden Airas'?«

»Sind in Polizeigewahrsam. Der Junge wird des Totschlags verdächtigt, und ohne Beweise glaubt ihnen niemand ein Wort.«

Steglitz schwieg eine Weile.

Hellevig fuhr zum Südufer hinunter und fragte sich schon, ob es Steglitz dabei bewenden lassen würde, als dieser plötzlich anhob: »Sie haben es geschafft, dich in ihre Kabine zu bringen«, sagte er und strich sich die blonden Haare mit einer femininen Bewegung nach hinten. »Wie man hört, warst du klitschnass und gefesselt, als …«

»Ja. Sie haben versucht, mich zum Sprechen zu bringen. Totale Amateure.«

Steglitz schmunzelte. »Aber man darf sie nicht unterschätzen. Amateure haben manchmal besonders viel Glück … Oder was meinst du, Jonas? Ich verstehe nicht, wie sie dich überhaupt in ihre Kabine bekommen haben. Eigentlich solltest doch du der Profi sein.«

Tero duckte sich intuitiv auf seinem Sitz, obwohl er wusste, dass man ihn vom Vito aus gar nicht sehen konnte. Sein Herz hämmerte wie wild. Er und Roni hatten den Mann in der Lederjacke erkannt, der zu Hellevig in den weißen Mercedes-Van gestiegen war. Es war der Mann, der sie im Kellergang des Krankenhauses Meilahti angegriffen hatte.

Claus Steglitz, hatte Hellevig gesagt.

Kimmo hatte sich in die Schlange eingereiht, zwischen ihnen und dem Vito fuhren fünf andere Autos. Tero überlegte, ob er Kimmo sagen sollte, dass gerade Julias Mörder in den Vito eingestiegen war. Würde sich Kimmo dann noch beherrschen können? Andererseits brachte ihn der Hinweis auf den wahren Mörder vielleicht endlich dazu, Roni nicht mehr zu verdächtigen.

Auf der Höhe des Marktes sprang die Ampel auf Rot, der Vito schaffte es als letztes Fahrzeug über die Kreuzung.

»Verdammter Mist«, entfuhr es Tero.

Kimmo bremste.

»Scher aus und fahr hinterher!«, rief Roni von hinten.

»Gib Gas!«, rief auch Tero, der nun selbst die Geduld verlor. »Einer der Männer in dem Vito hat Julia umgebracht … Nun mach schon!«

Kimmo warf einen kurzen Blick auf Tero, dann handelte er. Er scherte nach links aus, überholte die Autos vor sich, kehrte an der Ampel auf die ursprüngliche Spur zurück und überquerte die Kreuzung eiskalt bei Rot.

»Wer von ihnen ist es?«, wollte er erregt wissen. »Wie sieht er aus?«

»Mit der Information könntest du jetzt sowieso nichts anfangen. Konzentriere dich aufs Fahren. Wenn du nicht dranbleibst, kriegst du ihn nie.«

»Das sind Profis«, fügte Roni von hinten hinzu. Nun sah man den Vito bereits wieder. »Langsamer! Sonst merken sie, dass sie verfolgt werden. Wenn sie es nicht schon kapiert haben.«

Kimmo drängte an der Abzweigung nach Katajanokka gewaltsam auf die langsamere Spur. Der Fahrer des Lieferwagens hinter ihnen hupte zornig.

»Das wird nichts«, sagte Tero nervös. »Entweder sie entdecken uns, oder wir verlieren sie.«

Polizeimeister Teuvo Säävälä saß im Auto und hielt in der einen Hand das Funkgerät und in der anderen den Bericht der Wachleute von der *Silja Symphony*. Sein Kollege Turunen saß neben ihm und war außer sich.

»Hast du gesagt Tero und Roni Airas?«, kam es aus dem Funkgerät.

Säävälä las noch einmal die Namen aus dem Bericht vor.

»Und sie sind euch im Hafen entwischt?«

»Die haben einen ruhigen und vernünftigen Eindruck gemacht, Mensch. Bis sie plötzlich die Beine unter den Arm genommen haben und im Gedränge verschwunden sind. Worum geht es hier eigentlich?«

»Nach Roni Airas wird gefahndet, wegen des Verdachts, Julia Leivo umgebracht zu haben.«

Turunen fluchte vor sich hin. »Warum hat uns das keiner gesagt?«

»Das haben wir zu dem Zeitpunkt noch nicht gewusst. Fahrt los und sucht sie, weitere Streifenwagen sind unterwegs.«

Auf dem Ostzubringer lichtete sich der Verkehr. Am Frachthafen Sompasaari schimmerten die bunten Container durch den Nebel.

»Sie nehmen die Ausfahrt Kulosaari«, sagte Tero, als er sah, dass sich der Vito nach der Brücke der rechten Abbiegespur näherte. Im selben Moment setzte der Fahrer tatsächlich den Blinker.

»Gut vorausgeahnt«, stellte Kimmo ruhig fest.

Kimmos kühle Gelassenheit sorgte Tero mehr, als es ein Wutanfall getan hätte. Kimmo hatte wiederholt gefragt, wer von den Männern Julias Mörder sei, aber Tero hatte sich geweigert, es zu sagen. Das ließ Kimmo offensichtlich an der ganzen Behauptung zweifeln.

Nach der Abfahrt bremste er vor der ersten Bodenschwelle auf der Kulosaarentie. »Toomas hat mir die *Estonia*-Zusammenhänge erklärt. Aber wenn diese Schweden Mitarbeiter des Militärgeheimdienstes sind, dann … Ich weiß nicht«, seufzte Kimmo gequält. »Schweden bringen keine Menschen um.«

»Der Militärgeheimdienst und die Rüstungsindustrie arbeiten mit bestimmten dubiosen Kreisen zusammen. Millionen werden an verschiedene Adressen bezahlt, damit Milliarden-Geschäfte zustande kommen. Da ist ein Menschenleben nicht viel wert, ganz egal in welchem Staat.«

Während er sprach, achtete Tero auf Kimmos Reaktion, aber dessen Miene verriet nichts. Weit vor ihnen bog der Vito in die Ståhlbergingtie ab. Auch Kimmo setzte den Blinker.

»Zu wenig Verkehr hier«, sagte Roni. »Sie werden uns entdecken. Lass den Abstand größer werden, sonst wird es zu riskant.«

Der Vito fuhr am Einkaufszentrum eine Straße namens Kyösti Kallion tie hinauf. Kimmo ließ den Abstand wachsen.

»Sie halten an«, sagte Tero plötzlich, als oben auf der Anhöhe die Bremslichter des Vito aufleuchteten. Die Schweden bogen links ab zu einem kleinen Platz zwischen mehrstöckigen Häusern aus den Sechzigerjahren, auf dem Autos geparkt waren.

»Fahr nach dem Haus da auf das Nebengrundstück«, sagte Roni schnell. »Von da aus können wir sie sehen.«

Kimmo stoppte den Wagen so, dass sie den Vito noch auf dem Platz anhalten sehen konnten. Von hinten waren sie durch hohe Birken gedeckt.

»Sie treffen sich mit jemandem«, sagte Tero leise. »Jemand wartet im Range Rover auf sie ...«

»Das ist das Auto von Toomas' Chef«, sagte Kimmo. »Anatoli Rybkin.«

»Ich rufe Toomas an.« Tero lieh sich Kimmos Handy. »Ich frage ihn nach Anatolis Nummer, die kriegt man bestimmt nicht über die Auskunft. Wir brauchen einen zweiten Wagen. Kimmo, ruf in der Firma an und frag, ob jemand gerade hier in der Gegend unterwegs ist.«

Hellevig musterte Anatoli, während der Russe im Fond des Vito die Kassette und den Bankbeleg prüfte.

»Mir gefällt das nicht«, sagte Anatoli. »Zwei finnische Amateure hätten fast alles kaputt gemacht.«

»Sie werden uns keinen Ärger mehr bereiten«, erwiderte Hellevig so überzeugend wie möglich. »Sie befinden sich in Polizeigewahrsam. Der Junge kommt wegen Totschlags ins Gefängnis, und was sein Vater über die *Estonia* und andere Dinge sagt, glaubt ihm ohne Beweise kein Mensch.«

»Du bist ein ewiger Optimist, Jonas. Die Wahrheit ist, dass sich ein paar Journalisten aus Stockholm und London intensiv mit Gripen, BAE und Saab beschäftigen. Sie greifen alles auf und folgen hartnäckig jeder Spur.«

Hellevig lachte gezwungen. »Meinst du, die beiden finnischen Trottel verstehen, was …«

»Wir haben allen Grund, sie ernst zu nehmen«, warf Steglitz mit eisigem Ton ein. »Alle, die dieser Operation gefährlich werden können, müssen ernst genommen werden. Aber jetzt haben wir keine Zeit zu debattieren. Fahren wir.«

Anatoli schob die Plastiktüte in seinen Aktenkoffer und sagte zu Makarin, der sich ans Steuer gesetzt hatte: »*Wsjo w porjadke, Sergej?*«

»*Dawai, poschli.*«

Makarin legte den Rückwärtsgang ein und fuhr auf die Kyösti Kallion tie zurück. Der Pfeil auf dem Navigator, der oberhalb des Armaturenbretts angebracht war, drehte sich. Als Fahrziel war Lappeenranta eingegeben. Die Fahrtzeit bis dorthin betrug zweieinhalb Stunden.

52

Wachmann Jani Larje saß im grauen Dienstoverall der Helsinki Security am Steuer des VW Golf und trommelte im Takt der Musik auf das Lenkrad. Der Wagen stand im Gewerbegebiet Herttoniemi am Straßenrand des Ostzubringers, rechts folgte ein Autohändler auf den anderen, links sah man in einiger Entfernung Hochspannungsmasten aus dem Nebel ragen.

Kimmos Anruf hatte ihn überrascht, aber er hatte keine Fragen stellen wollen, denn Kimmo machte eine schwere Zeit durch. Und wenn die beiden Airas' bei ihm waren, gab es noch weniger Grund zu zögern, auch wenn Kimmos Bitte seltsam geklungen hatte. Jani vertraute Ronis Fahrkünsten. Er bewunderte ihn sogar. Garantiert würde er binnen zwei Jahren in der Formel 1 mitfahren.

Kimmos Ford Mondeo, der seine besten Tage schon hinter sich hatte, fuhr an den Straßenrand. Jani stieg aus dem Golf. Die hintere Tür des Fords wurde bereits geöffnet, bevor das Fahrzeug stillstand, und Roni sprang heraus.

»Klasse, dass du kommen konntest. Kann ich die Schlüssel haben?«

Verwundert reichte Jani ihm die Schlüssel und ein Firmenhandy und warf einen Blick auf den Ford, der bereits weiterfuhr. Kimmo hob am Steuer kurz die Hand.

»Wo ist der Taser?«, fragte Roni, als er auf dem Fahrersitz Platz nahm.

»Im Handschuhfach. Den dürfte ich dir allerdings nicht geben …«

»Keine Sorge, das geht schon in Ordnung. Kommt Sami dich abholen?«

»Er ist schon unterwegs.«

Roni machte die Tür zu, und gleich darauf schoss der Golf davon.

Der weiße Mercedes Vito fuhr unter dem Einkaufszentrum hindurch, das sich über den Ostzubringer spannte, und bremste gleich danach an der belebten Kreuzung vor der roten Ampel ab. Makarin fuhr, Nykvist saß auf dem Beifahrersitz, Hellevig hatte neben Anatoli in der mittleren Sitzreihe Platz genommen und Steglitz ganz hinten. Die Stimmung war gedämpft und gespannt zugleich. Hellevig hatte nie zuvor mit Anatoli zusammengearbeitet, und unbekannte Partner waren immer ein Unsicherheitsfaktor.

Anatolis Handy klingelte. Er meldete sich, lauschte eine Weile aufmerksam und sah Hellevig düster an. »Es ist für dich.«

Hellevig nahm das Telefon.

»Hier spricht Tero Airas. Hör mir genau zu. Ich weiß, dass ihr auf dem Ostzubringer seid. Gerade habt ihr Claus Steglitz am Hafen aufgelesen und später Anatoli Rybkin in Kulosaari ...«

Hellevig hörte perplex zu und sah Anatoli an, der gar nicht erst versuchte, seinen Zorn zu verbergen.

»Ich werde euch sofort der Polizei melden, wenn ihr nicht meinen Anweisungen folgt. Erste Anweisung: Fahrt weiter nach Östersundom, bis ihr links eine Imbissbude mit dem Namen Pit Stop seht. Dort biegt ihr rechts in die Riihiladontie ein. Die Straße führt an Feldern vorbei. Fahrt sie bis ans Ende. Wir treffen uns dort.«

Hellevig pumpte alles, was er an Autorität hatte, in seine Stimme. »Tero, wenn du dich mit der Polizei in Verbindung setzt, legen wir die Beweise dafür vor, dass dein Sohn einen Menschen umgebracht hat.«

»Wir haben nichts mehr zu verlieren. Absolut nichts mehr.«

Hellevig dachte fieberhaft eine Sekunde nach. »Also gut. Wir sehen uns gleich.«

Tero beendete das Gespräch mit einem unangenehmen Gefühl. Was meinte der Schwede mit Beweisen, die auf Roni als Mörder hindeuteten?

»Was hat er gesagt?«, fragte Kimmo am Steuer des Ford.

»Er hat eingewilligt.«

»Und sonst?«

»Nichts sonst. Wieso?«, fragte Tero so ruhig wie möglich und behielt dabei den Vito im Auge, der zweihundert Meter vor ihnen fuhr.

Kimmo antwortete nicht, sondern konzentrierte sich aufs Fahren. Konstant blieb er einige Fahrzeuge hinter dem Mercedes-Van.

Tero rief Roni an, um ihn zu fragen, wo er sei. »Ich bin gerade am Kreisel vorbei. Was hat Hellevig gesagt?«

»Er hat eingewilligt. Fahr nicht zu schnell.«

»Keine Sorge. Ich erledige meinen Part.«

Mit ernster Miene nahm Tero das Telefon vom Ohr. Er blickte verstohlen auf Kimmo, dessen entschlossener Gesichtsausdruck ihn immer mehr beunruhigte. Plötzlich erinnerte er sich an seinen ersten Besuch bei Kimmo im Krankenhaus, nach der Tragödie in der alten Farbenfabrik. Es war eine kurze, kühle Begegnung gewesen, die nicht ahnen ließ, dass ihre Bekanntschaft zwanzig Jahre lang andauern würde. Ebenso genau erinnerte sich Tero an die ausführliche, intensive Begegnung, als Kimmo später zu ihm gekommen war, noch immer humpelnd, um sich als Mitarbeiter von Teros neu gegründeter Sicherheitsfirma zu bewerben. Es war eine komplizierte Situation für Tero gewesen: Kimmo hatte aufrichtig geklungen, er hatte von seiner Absicht gesprochen, zu heiraten und eine Familie zu gründen – aber gleichzeitig hatte Tero an den Ruf und die Vertrauenswürdigkeit der Firma denken müssen. Schließlich hatte er sein Gewissen entscheiden lassen, und tatsächlich hatte Kimmo der Firma nie auch nur das geringste Problem bereitet.

Jetzt aber merkte Tero, dass er Angst vor Kimmo hatte. Der Mann war müde und gepeinigt und dadurch überhaupt nicht mehr er selbst.

Roni setzte den Blinker, und der Golf von Helsinki Security verließ den Ring 3 in Richtung Östersundom. Man kam über den Ostzubringer dorthin, auf dem sein Vater fuhr, und von Norden her auf der Route, die Roni nahm.

Roni beschleunigte auf der schmalen, kurvenreichen Straße, ohne sich um die Geschwindigkeitsbeschränkungen zu kümmern. Er fuhr an großen Einfamilienhäusern vorbei und bog dann rechts in die Sotungintie ein, auf der man bis zum Ostzubringer gelangen konnte. Die Gegend verwandelte sich in eine wellige Ackerlandschaft. Bei einem großen, rot gestrichenen Lagergebäude bremste Roni und fuhr auf eine kleine asphaltierte Straße, die sonst nur von Traktoren und Mähdreschern benutzt wurde. In der Ferne sah man ein Gutshaus mit Nebengebäuden und hohen Bäumen auf dem Hof. Roni starrte es einige Sekunden lang an, dann gab er Gas und ließ die Kupplung kommen. Das Auto bog jäh in einen Feldweg ein, der zwischen Getreidefeldern in eine Senke und dann in einen lichten Wald führte.

Steine spritzten auf, als Roni weiter beschleunigte. Die Stämme der Kiefern, die an ihm vorbeihuschten, erinnerten an massive Pfeiler. Roni hatte das Gefühl, schlagartig in seine Kindheit zurückgekehrt zu sein. Er erinnerte sich noch an jeden Hügel, an jede Kurve und jeden größeren Stein, dem er ausgewichen war, als er mit acht Jahren auf dem Moped den Rausch der Geschwindigkeit genoss.

»Pit Stop«, stellte Hellevig fest, als sie sich der Kombination aus Schnellimbiss und Pizzeria näherten, die mit blau-weiß karierten Flaggen bemalt war. »Dort dann nach links«, sagte er zu Makarin.

»Nein, immer weiter geradeaus«, sagte Steglitz von hinten. »Wir fahren ohne ein einziges unnötiges Risiko bis Lappeenranta durch.«

»Bieg ab. Es ist klüger, das jetzt zu erledigen«, knurrte Anatoli.

»Das ist ein schwerer Fehler«, sagte Steglitz und schüttelte den Kopf. »Haben wir wirklich Zeit für so etwas?«

»Sie sind die Schlüsselzeugen«, erwiderte Hellevig. »Sie haben den Bankbeleg gesehen. Sie wissen, wer wir sind. Warum sollen wir dieses Risiko nicht eliminieren, jetzt, da wir die Gelegenheit dazu haben?«

»Stellen diese beiden Finnen tatsächlich eine ernsthafte Bedrohung für uns dar?«, fragte Steglitz. »Ist auf dem Schiff etwas vorgefallen, was ...«

»Ich habe bereits berichtet, was auf dem Schiff vorgefallen ist. Und dir haben sie im Krankenhaus ja auch eine ganz schöne Überraschung bereitet. Trotzdem unterschätzt du sie noch immer. Wenn der Junge ins Gefängnis kommt, gibt der Vater nicht auf, sondern sitzt uns weiter im Nacken. Allein über die Medien kann er eine Menge Schaden anrichten. Irgendwann hört ihm doch einer zu.«

Steglitz strich sich frustriert die Haare zurück. »Was wollen die beiden? Was glauben sie zu bekommen?«

»Sie versuchen einen hoffnungslosen Tauschhandel«, sagte Hellevig.

Makarin fuhr schweigend über die kurvenreiche Straße. Bald wurde sie nicht mehr von Häusern gesäumt, sondern nur noch von Feldern und Wald.

»Verdammt noch mal, Jonas«, fuhr Steglitz auf und sah nach hinten. »Wir gehen ein zu großes Risiko ein und gefährden den gesamten Transport.«

»Nein. Die Operation ist viel mehr bedroht, wenn wir jetzt nicht handeln«, gab Hellevig zurück.

Anatoli sah Hellevig scharf an. Dann sagte er leise und nachdrücklich, fast mit drohendem Unterton: »Ich verlasse mich darauf, dass du weißt, was du tust.«

Nervös schaute Tero durch die Windschutzscheibe des Fords auf die vertraute Landschaft. Kimmo fuhr schnell, aber mit ruhigen Bewegungen. Sie näherten sich einer Kreuzung.

Eine mächtige Angst drückte Tero in den Sitz. Brachte er Roni womöglich in Lebensgefahr? Aber sie waren gezwungen, etwas zu unternehmen. Die Entscheidung war getroffen, andere Möglichkeiten gab es nicht.

Bäume huschten vorbei. Tero warf einen kurzen Blick auf Kimmos unbewegtes Gesicht. Durch seinen Hass und seine Trauer und die vielen schlaflosen Nächte mussten die Nerven des Mannes auf das Äußerste gespannt sein. Tero erkannte, dass dieser Kimmo ein unberechenbarer Faktor war, den er nicht ausreichend berücksichtigt hatte.

»Wir müssen uns exakt an den Plan halten«, sagte Tero. »Sonst läuft uns die Situation aus dem Ruder.«

Kimmo nickte, sah Tero aber nicht an.

»Ich weiß, dass all das extrem anstrengend für dich ist ...«

»Du weißt gar nichts.«

Tero hielt es für das Beste, zu schweigen. Was immer er sagen würde, es würde alles nur schlimmer machen.

»Du hast Roni gedeckt und versteckt, als er verdächtigt wurde, Julia umgebracht zu haben«, sprach Kimmo in kühlem Ton weiter und griff dabei mit einer Hand nach der Pistole unter dem Sitz. »Dann hat Toomas mit seinem *Estonia*-Geschwätz angefangen, und auf einmal heißt es, es waren Schweden, die Julia getötet haben. Ist dir eigentlich klar, wie unglaubwürdig das alles klingt?«

Tero schaute auf die Pistole in Kimmos Hand.

»Die Wahrheit wird ans Licht kommen, wenn sich nur jeder von uns strikt an den Plan hält«, sagte Tero. Selbst in seinen eigenen Ohren klang das übertrieben panisch.

Der Mercedes Vito hielt auf einer von herabgefallenem Laub gefleckten Lichtung an. Hellevig öffnete die Schiebetür und stieg langsam aus. Es war niemand zu sehen, und es war vollkommen still. Die Luft roch nach Pilzen und moderndem Laub. Der Nebel war noch dichter geworden.

Hellevig betrachtete den dichten, alten Laubwald ringsum. Hier und da sah man einen durch den Wind oder das hohe Alter umgestürzten Baum, dessen Wurzelwerk in die Luft ragte. Dreißig, vierzig Meter entfernt stieg ein Felsen an, umgeben von bemoosten Findlingen.

Hellevig spürte die Blicke von Anatoli und Steglitz im Rücken. An dieser Stelle wäre ein Hinterhalt möglich, aber ein Hinterhalt war ohne Waffen nutzlos. Die Airas' konnten sich nach aller Wahrscheinlichkeit unmöglich so schnell Waffen besorgt haben. Und an die Wahrscheinlichkeiten mussten sie sich halten. Zumindest die Risiken waren danach zu kalkulieren. Nein. Vater und Sohn waren verzweifelt und wollten einen Tauschhandel.

Steglitz stieg ebenfalls aus dem Wagen und musterte Hellevig forschend. »Warum?«, fragte er mit gesenkter Stimme, damit es die anderen nicht hörten.

»Wovor hast du eigentlich Angst?«, erwiderte Hellevig ebenso leise. »Haben dich die beiden Finnen im Krankenhaus so gründlich gedemütigt?«

»Sich für eine Demütigung rächen und ein Risiko eingehen sind zwei verschiedene Dinge. Man braucht schon ein größeres Motiv, um deswegen alles aufs Spiel zu setzen. Offensichtlich hast du eines.«

»Was meinst du damit?«, fragte Hellevig.

Die Männer fixierten sich gegenseitig, ohne ein Wort zu sagen. Aus den Kopfhörern, die Steglitz um den Hals baumelten, kam gedämpfte rhythmische Musik.

»Auf dem Schiff …«, sprach Steglitz weiter und ging mit dem Gesicht ganz dicht an Hellevig heran. »Du bist gefesselt und durchnässt gefunden worden. Das klingt nach Waterboarding. Hast du geplaudert?«

Hellevig bemühte sich, seine Wut im Zaum zu halten. »Wenn du noch einmal eine Andeutung in diese Richtung machst, bringe ich dich um.«

Steglitz starrte Hellevig unverwandt an.

»Dein Urteilsvermögen lässt nach. In jeder Hinsicht«, sagte er, drehte sich um und ging langsam zum Auto zurück.

»Halt an, hier ist ein guter Platz«, sagte Tero. Er hörte selbst, wie nervös er klang.

»Bist du sicher?«, fragte Kimmo.

Tero nickte kurz.

Kimmo bremste auf dem Feldweg, und der Wagen blieb neben einer Wiese stehen. Der Vito müsste in etwa dreihundert Metern Entfernung zwei Kurven weiter warten. Jedenfalls war er vor ihnen vom Ostzubringer auf die Sotungintie abgefahren. Dort hatten sie dann nicht mehr an ihm dranbleiben können.

»Wir haben gerade angehalten«, sagte Tero zu Roni am Handy, während er aus dem Wagen stieg.

Er sah sich um. Die Gegend kannte er gut, Roni war als kleiner Junge in der nächsten Kurve einmal mit dem Moped gestürzt. Mittlerweile wuchs niedriges Gras an der Stelle, wo früher rutschiger Sand gewesen war.

Kimmo stieg ebenfalls aus und schob die Pistole in die Jackentasche.

»Sei vorsichtig«, sagte Tero zu Roni, bevor er auflegte.

»Ist er bereit?«, wollte Kimmo wissen.

Tero nickte unsicher. Er deutete hektisch auf ein dichtes Waldstück. »Geh direkt in die Richtung. Halte dich in der Nähe des Wegs und geh nicht zu tief in den Wald hinein.«

Die Erinnerungen an Ronis Kindheit, die der Ort auslöste, drangen immer stärker in Teros Bewusstsein. Als er den Blick wieder auf Kimmo richtete, sah er, dass dieser mit der Waffe auf ihn zielte und ihn anblickte wie einen wildfremden Menschen.

»Das kann nicht dein Ernst sein …«, stammelte Tero konfus.

»Sag mir, wer von ihnen Julias Mörder ist.«

Tero hatte mit dieser Frage gerechnet, er begriff, dass Kimmo nicht nachlassen würde, trotzdem gab er keine Antwort. »Du brauchst das nicht zu wissen.«

»Roni fährt in vollem Tempo auf die Lichtung zu. Willst du, dass er den Mafiosi alleine gegenübertritt? Also: Wer ist es?«

Tero sah Kimmo eher mitleidig als verängstigt an. »Du kannst dir nicht das Recht nehmen …«

»Vergeude keine Zeit, verdammt noch mal!«

Tero zögerte, aber nur kurz.

»Derjenige, der im Hafen zugestiegen ist.«

Ohne ein weiteres Wort zu sagen, ohne auch nur eine Miene zu verziehen, ging Kimmo auf den Wald zu. Tero sah ihn zwischen den Bäumen verschwinden und seufzte tief. Dann setzte er sich an das Steuer des Wagens.

53

Roni bog ein paar Zweige zur Seite und sah rechts einen Felsen aufragen. Der Nebel und der dichte Wald ließen die Umgebung düster erscheinen. Nur das gelbe Laub leuchtete in hellen Punkten.

Er horchte, aber es war absolut still, abgesehen vom Hämmern eines Spechts in der Ferne. Das Geräusch hallte wie in einem riesigen Gewölbe.

Sein Vater hatte eigentlich nicht zulassen wollen, dass Roni dabei war, wenn er mit Kimmo die Schweden traf. Aber sie brauchten einen dritten Mann, anders ging es nicht. Ronis Aufgabe war allerdings die ungefährlichste. Er sollte vom Wald aus die Situation im Auge behalten und im äußersten Notfall Hilfe holen.

Er blickte auf den Taser in seiner Hand. Er hatte so ein Ding noch nie benutzt, aber er kannte den Effekt; das Gerät war kein Spielzeug. In den USA liefen mehrere Gerichtsverfahren, weil der Verdacht bestand, dass mit solchen Tasern Menschen getötet werden konnten. Sein Vater hatte gewollt, dass er sicherheitshalber etwas bei sich trug, mit dem er sich wehren konnte.

Vorsichtig näherte sich Roni den Findlingen, hinter denen er den Vito erspäht hatte. Sein Mund wurde trocken, und seine Beine wollten ihm kaum gehorchen, es fühlte sich an, als wären plötzlich alle Kräfte aus seinem Körper gewichen. Er wusste, was das war: Todesangst. Er hatte sie verspürt, als der Schwede ihn auf dem Schiff gegen die Reling gedrückt hatte.

Da hatte ihn sein Vater gerettet. Und der würde auch jetzt wissen, wie sie aus der Situation wieder herauskämen.

Sergej Makarin lag reglos unter einer großen Fichte und schaute auf die Lichtung, wo seine Komplizen im Auto auf die Finnen warteten. Er hatte den Wagen schon verlassen, bevor sie die Lichtung erreichten. Mit der Guerilla-Erfahrung, die er bei den Speznaz-Truppen erworben hatte, war er rasch um die Lichtung herumgeschlichen und hatte festgestellt, dass ihnen niemand auflauerte. Auf Hellevigs Bitte hin hielt er sich sicherheitshalber versteckt, um die Lage aus der Entfernung im Auge zu behalten.

Die bevormundende, überhebliche Haltung von Hellevig und seinen Kumpanen ärgerte Makarin, aber er schluckte seinen Zorn. Jetzt ging es darum, den Plan nicht zu gefährden. Plötzlich zuckte er zusammen, weil er von den Findlingen her ein Geräusch hörte. Er hob den Kopf und sah einen jungen Mann von hinten, der ihn offenbar nicht bemerkt hatte.

Auf dem hintersten Sitz des Vito blickte Steglitz auf seine Taucheruhr.

»Da kommt keiner«, sagte er leise.

»Dann genießen wir eben die Pause und die Stille des Waldes«, sagte Nykvist neben ihm.

Steglitz schob sich einen Priem unter die Oberlippe.

Anatoli schaute auf den Weg. »Claus hat recht. Es dauert schon zu lange. Und wenn wir uns verspäten, ist das schlecht. Richtig schlecht.«

Im selben Moment hob Hellevig die Hand und öffnete das Fenster einen Spaltbreit.

Man hörte das gedämpfte Geräusch eines näher kommenden Fahrzeugs.

Steglitz schob seine Beretta in die Innentasche seiner Lederjacke, warf den Kopf zurück und strich sich mit beiden Händen die blonden Haare nach hinten.

»Dir ist doch klar, dass wir keine andere Möglichkeit haben, als sie ruhigzustellen«, sagte er. »Und zwar schnell.«

»Das ist mir klar«, erwiderte Hellevig. »Sehr klar.«

»Diesmal kümmerst du dich darum. Du trägst hier die Verantwortung.«

»Tu nicht so scheinheilig«, gab Hellevig zurück und stieg aus. Steglitz folgte ihm.

Ein weinroter Ford kam langsam den Feldweg entlang und hielt am Rand der Lichtung an. Von außen sah man nur den Fahrer, der den Motor abstellte, ausstieg und neben dem Wagen stehen blieb. Tero Airas.

Hellevig ging vorsichtig auf den Ford zu und schaute hinein.

»Wo ist dein Sohn?«

»Ich werde doch nicht so verrückt sein, meinen Sohn mitzubringen, damit er hier abgeknallt wird.«

Hellevig warf einen kurzen Blick auf Steglitz, der die Pistole zog und mit wenigen Sätzen bei Airas war. Er hielt ihm die Waffe an den Kopf und sagte: »Wir haben keine Zeit für Spielchen.«

Dreißig Meter weiter lag Roni am Fuß eines Felsbrockens und hörte jedes Wort. Die Schweden verhielten sich genau so, wie es zu erwarten gewesen war.

Roni beschloss, hinter den nächsten Findling zu schleichen. Er erhob sich vorsichtig auf alle viere – als sein Handgelenk umklammert wurde. Jemand packte die Hand, in der er den Taser hielt. Im selben Moment wurde ihm mit festem Griff der Mund zugehalten.

Tero sah Steglitz in die Augen. Vom Felsen her hörte man einen Aufschrei. Dann bewegte sich etwas. Entsetzt starrte Tero auf Roni, der vor ihm auftauchte, geführt von einem der Männer, die auf dem Schiff gewesen waren.

Der Mann hielt einen Taser in der Hand und sagte etwas

auf Russisch zu Toomas' Chef, der gerade aus dem Vito gestiegen war. Die Antwort, die er erhielt, war unverkennbar wütend.

»Was bildet ihr euch überhaupt ein?«, fuhr Steglitz Tero an.

Der andere Mann, der anscheinend Russe war, führte Roni zu Tero, beide mussten sich hinknien, und der Russe zog eine Pistole, die er auf Ronis Kopf richtete. Tero sah, wie sich die Augen seines Sohnes vor Entsetzen weiteten.

Tero selbst versuchte, die Fassung zu bewahren, obwohl die Kerle sie wohl jeden Moment hinrichten würden. Und das war allein seine Schuld.

»Du hättest wenigstens deinen Sohn heraushalten sollen«, sagte Hellevig.

Die Worte des Schweden schnitten Tero tiefer ins Herz, als der andere es sich vorstellen konnte.

»Ihr habt mir keine Wahl gelassen«, zwang Tero sich zu erwidern. Die Worte kamen ihm dünn und heiser aus dem Mund. Er musste Zeit gewinnen, mit allen Mitteln. Wo war Kimmo? »Ihr wolltet meinem Sohn einen Mord in die Schuhe schieben.«

»Jonas«, sagte Steglitz in Teros Rücken zu Hellevig. »Da drüben, nicht weit von hier, ist eine Grube zwischen den Bäumen.«

Die Worte des Schweden sprangen in Teros Kopf hin und her. Diese Männer handelten schnell – äußerst schnell und entschlossen.

»Ihr wollt uns kaltblütig im Wald ermorden«, sagte Tero lauter als zuvor. »So wie ihr es mit Julia Leivo getan habt.«

»Leider haben wir jetzt keine Zeit zum Plaudern«, antwortete Steglitz hinter ihm.

Tero sah, wie Roni ihn voller Panik anschaute, Zuflucht bei ihm suchte. Noch immer hielt der Russe die Waffe auf Roni gerichtet.

Tero atmete nur ganz flach, und er wagte es nicht, sich umzublicken. Warum waren die Schweden in seinem Rücken so still? Der Genickschuss konnte jeden Moment kommen. Wollten sie ihn den Tod seines eigenen Sohnes mitansehen lassen, bevor sie ihn erschossen?

In dem Moment fiel ein Schuss. Tero schrie vor Schreck auf und sah zu Roni. Aber der Junge lag nicht tot auf der Erde, sondern kniete noch immer. Dann plumpste zwischen ihnen etwas schwer zu Boden.

Der Russe lag mit offenen Augen und einem Loch im Kopf auf der Erde.

Kimmo, begriff Tero.

Roni stürzte sich auf die Waffe, die dem Russen aus der Hand geglitten war, aber Steglitz richtete sofort seine Pistole auf Roni.

Tero sprang auf und stieß Steglitz gegen die Motorhaube des Fords. Aus der Waffe des Schweden löste sich ein Schuss in die Luft.

Sofort fiel ein zweiter Schuss, neben Steglitz zersplitterte die Scheibe des Fords, und der Schwede erstarrte auf der Stelle.

»Die Waffen weg!«, brüllte Kimmo aus dem Wald. »Oder es gibt noch mehr Tote.«

Steglitz stand reglos da und schaute zu Hellevig, der die Hände erhoben hatte und sich ebenfalls nicht rührte. Er war nicht einmal dazu gekommen, seine Waffe zu ziehen. Der Chef von Toomas und der andere Schwede, der auf dem Schiff gewesen war, standen erstarrt vor dem Vito.

Tero hob die Waffe von Steglitz auf, eilte zu Hellevig und nahm diesem die Pistole ab. Rasch tastete er auch die drei anderen Männer ab, die beiden, die noch lebten, und den toten, fand aber keine weitere Waffe.

»Scheiße, Hellevig«, hörte Tero Steglitz sagen.

Kimmo kam mit vorgestreckter Pistole aus dem Wald. Er strahlte kalten Hass aus, Tero hatte Angst vor ihm und merkte, dass die anderen Männer ebenfalls Angst hatten.

Kimmo ging direkt auf Steglitz zu, ohne zu zögern, ohne etwas anderes wahrzunehmen, und drückte ihm brutal den Lauf auf die Stirn.

»Kimmo«, sagte Tero schnell.

»Du hast meine Tochter erwürgt. Mein einziges Kind. Was ist dir lieber: Soll ich dich erwürgen oder erschießen?«

»Nein«, sagte Steglitz mit blassen Lippen. »Sie haben den falschen Mann vor sich. Ich habe Ihre Tochter nicht umgebracht. Hellevig, zeig ihm die Bilder!«

Tero erschrak.

Kimmo zögerte kurz. »Welche Bilder?«

»Sie sind im Auto«, sagte Hellevig.

Tero und Roni sahen sich verblüfft an.

»Ich hole die Fotos aus dem Auto.« Hellevig hielt die Hände erhoben und näherte sich dem Vito.

»Nein«, sagte Tero. »Es kann sein, dass im Wagen noch eine Waffe liegt.«

»Geh mit ihm und pass auf!«, fuhr Kimmo Tero an und drückte Steglitz noch fester die Waffe auf die Stirn. »Wenn dein Kumpel Dummheiten macht, ergeht es dir schlecht.«

»Kimmo ...«, versuchte es Tero erneut.

»Halt den Mund! Das wird jetzt ein für allemal geklärt.«

Tero wagte es nicht, sich Kimmos Befehl zu widersetzen, und folgte Hellevig zu dem Van. Die Angst nagte an ihm. Was hatte das zu bedeuten? Gab es da doch etwas, was er nicht wusste? Er musste auf den toten Russen auf der Erde sehen. Ebenso gut hätte es Ronis Leiche sein können oder seine eigene. Die Situation war fürchterlich aus dem Ruder gelaufen.

Im Kofferraum des Vito waren Gepäckstücke und Taschen verstaut, von denen Hellevig eine herausnahm. Er zog eine blaue Plastikhülle hervor, entnahm ihr drei Computerausdrucke und hielt sie Kimmo hin.

Tero versuchte, sie an sich zu nehmen, aber Kimmo rief: »Niemand rührt sie an, bevor ich sie gesehen habe!«

Er faltete die Blätter auseinander. Über Kimmos Schulter hinweg sah Tero, dass es Infrarotaufnahmen waren. Er kniff die Augen zusammen, um besser zu sehen.

Man sah einen jungen Mann, der mit den Händen den Hals einer am Boden liegenden jungen Frau umschloss. Auf dem ersten Bild war die Frau unscharf zu erkennen, wohl weil sie sich im Moment der Aufnahme bewegt hatte. Auf dem zweiten Bild lag sie still da. Und auf dem dritten Bild sah man das erschrockene Gesicht eines jungen Mannes. Das Gesicht von Roni.

Tero sah Kimmo an, der mit glasigem Blick zurückstarrte.

»Kimmo«, sagte Tero mit trockenen Lippen. »Ich habe vorhin gelogen … Roni war auf dem Waldweg, sie hatten Streit. Aber Roni hat Julia nicht umgebracht … Julia blieb auf der Erde liegen. Die Mörder haben die Bilder gemacht. Diese Männer hier …«

»Wenn du nur still wärst, du verlogener Scheißkerl! Lass deinen Sohn für sich selbst sprechen.«

Roni war näher gekommen und hatte mindestens eines der Bilder gesehen. Tero sah ihn voller Panik an.

»Ich war wütend auf Julia«, sagte Roni unfassbar ruhig. »Sie drohte mir. Sie wollte verraten, dass ich Hormone nahm. Wir wurden beide handgreiflich. Aber ich habe sie nicht umgebracht …«

Kimmo schaute Roni unverwandt an, er war kurz davor zu explodieren. Nur eine falsche Bewegung, nur ein falsches Wort …

»Kimmo«, sagte Tero, so ruhig er konnte. »Das klingt alles furchtbar wirr. Aber du weißt selbst, dass Toomas und Julia genau diesen Männern hier auf der Spur waren. Deshalb waren diese Männer auch nicht zufällig hinter Julia her … Warum haben sie denn überhaupt Bilder von ihr bei sich?«

Tero ging ein paar Schritte auf Steglitz zu und stellte sich neben ihn. »Als Roni von Julia weggelaufen war, hat dieser Mann …«, Tero legte Steglitz die Hand auf die Schulter, »… Julia umgebracht.«

Steglitz sah die finnischen Männer der Reihe nach an. Offensichtlich versuchte er zu deuten, was sie redeten und was die Hand auf seiner Schulter zu bedeuten hatte. Er sagte auf Englisch: »Wie man auf diesen Fotos sieht …«

»Maul halten!«, fuhr Kimmo ihn auf Finnisch an, und Steglitz gehorchte, auch ohne zu verstehen.

»Der Grund dafür, dass Julia sterben musste«, sagte Tero, »liegt womöglich in diesem Auto hier. Wenn wir es durchsuchen, wissen wir, warum sie ermordet wurde. Was war wichtiger als Julias Leben? Die Gripen-Schmiergelder?«

Hellevig zeigte mit dem Finger auf Roni und sagte zu Kimmo: »Dieser Kerl hat deine Tochter umgebracht.«

Tero war mit einem Satz bei Hellevig und packte ihn am Schlafittchen. »Hör auf zu lügen! Wo ist das Handy? Sollen wir dieselbe Prozedur wie auf dem Schiff noch einmal machen?«

Kimmo schien angesichts der chaotischen Situation endgültig die Nerven zu verlieren und versetzte Steglitz einen harten Stoß. »Alle in eine Reihe, dorthin.« Mit der Waffe wies er auf den toten Russen.

Tero zerrte Hellevig neben Steglitz und zwang ihn auf die Knie. Kimmo beförderte gleichzeitig Anatoli und den dritten Schweden in die Reihe.

»Wo ist das Handy?«, fragte Tero und durchsuchte Hellevigs Taschen, obwohl es wahrscheinlich war, dass der Mann das Telefon zerstört oder zumindest die Aufnahme sofort gelöscht hatte. »Ihr habt unsere Sachen aus dem Büro der Wachleute gestohlen …«

»Warum will er dein Handy?«, wollte Steglitz von Hellevig wissen, aber Hellevig tat so, als hörte er ihn nicht.

In dem Moment begriff Tero, dass Steglitz nichts von Hellevigs Geständnis wusste.

»Ich habe das Handy ins Meer geworfen«, sagte Hellevig zu Tero.

»Ach ja?« Tero riss die Beifahrertür des Vito auf, öffnete das Handschuhfach und schleuderte den Inhalt wütend auf die Erde: Papiere, Landkarten, CDs, Schraubenzieher, Taschenlampe.

»Was tust du da?«, fragte Kimmo außer sich. »Ich glaube niemandem mehr …«

»Ich habe doch gesagt, dass der Schlüssel für den Mord an Julia in diesem Auto versteckt sein kann. Roni, nimm die Taschen heraus und durchsuche sie!«

Tero löste die Kofferraumabdeckung, die sich auf eine Querstange rollte. Roni lud die Taschen und Koffer aus.

»Ist da Blei drin?«, schnaufte er.

»Mach auf!«, befahl Tero.

»Der hier ist abgeschlossen. Frag nach der Nummer.«

»Wie kriegt man den auf?«, fragte Tero die Schweden.

»Lasst die Finger davon«, sagte Hellevig. »Ihr wisst nicht, was ihr tut. Es handelt sich um etwas, das für die nationale Sicherheit …«

»Von welchem Land sprichst du? Von Schweden oder Finnland?«, schrie Tero ihn an.

»Vom ganzen Westen …«

»*Keine Bewegung!*«

Der Befehl schallte blechern durch den Wald. Alle sahen sich erschrocken um. »*Hier ist die Polizei. Legen Sie die Waffen nieder, und heben Sie die Hände*«, befahl eine Stimme über Megafon.

Wie konnte das möglich sein?, schoss es Tero durch den Kopf. War man ihnen gefolgt? Vielleicht hatte jemand aus der Gegend die Schüsse gehört und die Polizei gerufen.

Hinter den Bäumen kamen bewaffnete Polizisten mit kugelsicheren Westen und Helmen hervor. Kimmo legte seine Waffe vor sich auf die Erde und hob langsam die Hände. Hellevig und seine Komplizen taten es ihm gleich. Tero verzog sich hinter das Auto. Er bemerkte einen Graben, der von dichtem Gras überwachsen war.

Roni sah die bewaffneten Polizisten langsam näher kommen. Er blickte auf Steglitz und registrierte, dass dieser sich leicht bewegt hatte. Dann blickte er zu Boden und begriff, was der Schwede vorhatte. Er stand bereits unmittelbar neben der Waffe, die auf der Erde lag.

In dem Moment agierte Steglitz blitzschnell.

»Vorsicht«, rief Roni und stürzte sich auf Steglitz.

Dieser hob verblüffend schnell die Pistole auf, wich Ronis Angriff mit einer flinken Drehung aus, packte den Jungen an der Kehle und hielt ihm die Pistole an die Schläfe. Alles geschah im Bruchteil einer Sekunde.

»Die Waffe weg!«, brüllte ein Polizist.

Steglitz reagierte nicht und hielt Roni weiterhin die Pistole an den Kopf.

»Keinen Schritt weiter, oder ich erschieße ihn«, rief Steglitz auf Schwedisch.

Roni versuchte, in Steglitz' starker Umklammerung Luft zu holen. Die Polizisten standen auf der Stelle, die Sekunden verrannen. Gleichzeitig wurde Roni die Situation in all ihrer Brutalität bewusst. Aus den Augenwinkeln konnte er das Auto sehen und bemerkte, dass sein Vater verschwunden war. Kimmo stand kreidebleich und vollkommen handlungsunfähig da.

»Sprechen Sie Schwedisch?«, rief Hellevig dem Polizisten mit dem Megafon zu.

»Schlecht. Reden Sie Englisch.«

»Verständigen Sie Oberinspektor Paatsama von der staatlichen Sicherheitspolizei!«

Roni erschrak. Hatte er richtig gehört?

Der Polizist sah seine Kollegen ungläubig an. Mit was für einem Verrückten hatten sie es hier zu tun?

»Sagen Sie ihm, es ginge um die Firma Zentech.«

Tero atmete unter dichten Fichtenzweigen keuchend ins Moos und hörte Hellevigs unfassbare Sätze aus zwanzig, dreißig Metern Entfernung. Er war im Graben entlanggerobbt, bis er Ronis Aufschrei gehört hatte.

»Ich verlange, dass sich niemand unserem Auto nähert und unser Gepäck anrührt, bevor Paatsama eingetroffen ist«, sagte Hellevig energisch.

Tero hob vorsichtig den Kopf und schob einen Zweig so weit zur Seite, dass er die Lichtung sehen konnte. Ein Polizist sprach in sein Funkgerät. Steglitz zwang Roni und Kimmo mit der Waffe in den Vito.

Tero war rasend vor Wut und fürchtete sich gleichzeitig zu Tode. So hilflos wie in diesem Moment hatte er sich noch nie gefühlt.

54

Auf der breiten Fensterbank standen zwei Kakteen vor der heruntergelassenen Jalousie, durch deren Schlitze man auf die Ratakatu in der Helsinkier Innenstadt blickte.

Oberinspektor Paatsama schnappte sich seinen Mantel vom Haken neben der Tür. Sein Telefon hielt er ans Ohr und lauschte dem diensthabenden Polizisten in der Zentrale. »Aber wir haben es mit einer Geiselnahme zu tun. Wir müssen …«

»Ich habe gehört, womit wir es zu tun haben.« Paatsama zog sich den Mantel über. »Ich fahre zuerst allein hin und fordere dann je nach Bedarf Verstärkung an.«

»Die Sicherheitspolizei übernimmt also die volle Verantwortung für dieses Vorgehen?«

»Selbstverständlich«, sagte Paatsama und unterbrach die Verbindung.

Er trat auf den Gang, wählte eine neue Nummer und eilte im Laufschritt zum Treppenhaus.

»Paatsama hier«, sagte er leise. »Es geht um Zentech. Ich warte vor dem Eingang im Auto auf dich, in zwei Minuten … Ja, du hast richtig gehört.«

Draußen rannte Paatsama fast zu seinem Wagen, obwohl die Last, die plötzlich auf seinen Schultern lag, alle seine Bewegungen zu bremsen schien. Aber er durfte jetzt keine Panik aufkommen lassen, ganz gleich, was da in Östersundom auch passiert sein mochte oder vor sich ging. Vielmehr musste er sich die richtige Vorgehensweise zurechtlegen. Das Problem war nur, dass es in dieser beschissenen Situation schwer zu sagen war, was man am besten tun sollte.

Er fuhr in seinem silbernen Toyota auf die Fredrikinkatu und gab sich Mühe, aufmerksam zu bleiben, trotz des Sturms, der in seinem Innern tobte. Dennoch musste er bald selbst feststellen, dass er kaum auf den Verkehr achtete. Bei Hagelstams Antiquariat bog er in die Uudenmaankatu ein und fuhr über Korkeavuorenkatu und Kasarmikatu zum Kasarmitori, dem großen Platz, wo das Oberkommando der finnischen Streitkräfte in einem prächtigen neoklassizistischen Gebäude sein Hauptquartier hatte.

Als er vor dem Eingang anhielt, kam ein etwa sechzigjähriger, betont aufrecht gehender Mann in Zivil heraus. Die kurzen Haare, das sorgfältig rasierte Kinn, die gepflegte Kleidung und die sportliche Erscheinung – all das passte perfekt zum Amt des Mannes: Jorma Railo war hoher Offizier in der nachrichtendienstlichen Abteilung des Oberkommandos. Er öffnete die Beifahrertür des Toyota und nahm neben Paatsama Platz.

Polizeiobermeister Sainio von der Streife, die wegen einer Schießerei nach Östersundom gerufen worden war, stand am Rand der Lichtung unter einer Birke und lauschte den aufgeregten Worten seines Vorgesetzten am anderen Ende der Telefonleitung.

»Was glaubt dieser Kerl von der Sicherheitspolizei eigentlich? Ist er verrückt geworden? Wie ist die Lage bei euch?«

»Der Schwede sitzt mit seinen drei Komplizen und zwei finnischen Geiseln im Auto. Angeblich darf nichts unternommen werden, ehe der Mann von der SiPo eintrifft. Sie wollten auch nicht irgendeinen haben. Es musste speziell dieser Paatsama sein. Und Paatsama hat dann auch gesagt: keine Aktion – bis er kommt. Und ich kapiere gar nichts mehr.«

»Wir können nicht einfach mit verschränkten Armen zugucken, ganz egal, was die SiPo sagt. Dem einen Mann halten sie eine Knarre an die Schläfe, und wir haben sowieso schon einen Toten. Drei Streifen sind unterwegs, und ich habe absolut nicht die Absicht, sie zurückzuholen. Wer werden das SK ›Bär‹ bitten, sich in Bereitschaft zu halten.«

Oberst Jorma Railo saß neben Paatsama im Toyota und starrte auf der Fahrt über den Ostzubringer in Richtung Östersundom vor sich hin.

Gerade hatte Paatsama ihm die schlechten Nachrichten mitgeteilt – die schlechtesten seit Langem. Die Schweden hatten Mist gebaut, und zwar richtig. Und auch noch auf finnischem Boden. Jetzt hieß es aufpassen, dass der Mistkübel nicht über den Finnen ausgeschüttet wurde.

Schweden war zuletzt im Jahr 1814 in einen bewaffneten Konflikt verwickelt gewesen, als es dem Dänischen Königreich Norwegen entriss. Danach hatten sich die Schweden mit manischer Gründlichkeit auf den nächsten Krieg vorbereitet, der aber nie zu kommen schien. Sogar gegen Russland hielt man sich in Bereitschaft, analysierte und interpretierte seine politischen Maßnahmen, spionierte es zu Land, zu Wasser und in der Luft aus, sogar im Äther und im Cyberspace.

»Hast du schon in Stockholm angerufen?«, fragte Railo. Es hatte jetzt keinen Sinn, wild zu werden, obwohl er wahrlich Lust hatte, laut loszubrüllen.

»Wann hätte ich das tun sollen?«

Railo warf einen kurzen Blick auf Paatsama, der trotz seiner vierundfünfzig Jahre fast knabenhaft wirkte mit seinen blonden Haaren und den runden Wangen. Der Eindruck wurde durch die helle Stimme komplettiert, die klang, als wäre der Stimmbruch bei ihm seinerzeit unvollendet geblieben. Die Augen verrieten allerdings, dass dieser Mann schon so einiges erlebt hatte und wusste, was er wollte.

»Ich rufe Bengtsson an«, sagte Railo und nahm das Telefon aus der Tasche.

»Ist eine GSM-Verbindung sicher genug?«

»Natürlich«, knurrte Railo. »Jetzt stell du dich nicht auch noch dumm!«

Paatsama erhöhte das Tempo auf dem langen geraden Abschnitt des Ostzubringers. Railo hielt nicht viel von der Polizei, weil man seiner Meinung nach dort Ressourcen für internen

Knatsch verschwendete, speziell bei der Sicherheitspolizei, deren Führung schon immer einen parteipolitischen Hintergrund hatte. Die SiPo wurde daher immer wieder als Handlangerin bei politischen Spielchen herangezogen, wohingegen die nachrichtendienstliche Abteilung des Oberkommandos eine rein professionelle Organisation darstellte und als solche nach wie vor eine der erfolgreichsten der westlichen Welt war. Rechnete man das Amt für die Überprüfung elektronischer Signale hinzu, verfügte die nachrichtendienstliche Abteilung des Oberkommandos über doppelt so viel Personal wie die SiPo, aber dennoch wussten Außenstehende nicht, was der finnische Militärgeheimdienst eigentlich genau tat. Während des Kalten Krieges hatte die Zusammenarbeit mit dem Westen auf persönlicher Ebene und unter absoluter Geheimhaltung stattgefunden, und angesichts der Tatsache, dass Russland nun kurz vor einem erneuten militärischen Aufschwung stand, hatte sich die Lage keinesfalls entspannt.

Railo wählte die Nummer von Bengtsson, der beim MUST in der für besondere Ermittlungen und Einsätze zuständigen Abteilung KSI arbeitete. Es meldete sich eine weibliche Stimme, die Railo nicht kannte.

»Railo aus Helsinki. Bengtsson, bitte.«

»Ulf Bengtsson ist nicht da. Kann ich ihm eine Nachricht hinterlassen?«

»Sagen Sie ihm, er soll mich anrufen. Es ist dringend.«

Tero lag noch immer unter den Fichtenzweigen und blickte unbewegt auf die Lichtung, auch wenn dort nichts geschah. Roni und Kimmo saßen im Auto der Schweden, und die Polizisten warteten.

Ein Polizist war, als sie das Auto umzingelten, dicht an Tero vorbeigekommen, und er hatte kurz überlegt, ob er sich ergeben sollte, den Gedanken dann aber verworfen. Das könnte er auch später noch tun. Jetzt wollte er sehen, ob tatsächlich der angeforderte Vertreter der Sicherheitspolizei aus Helsinki eintreffen würde.

Roni sah Steglitz an, der auf der mittleren Sitzbank des Vans die Waffe auf ihn richtete. Durch die getönten Scheiben war es im Inneren des Fahrzeugs fast dunkel.

Es fiel Roni schwer, seine Gefühle im Zaum zu halten. Dieser Mann, dieser Claus Steglitz, war also Julias Mörder? Wusste er, dass Roni das wusste?

Im Krankenhaus Meilahti hatten Roni und sein Vater diesen Steglitz blamiert und gedemütigt, jetzt sah es so aus, als würde der Schwede ihnen das heimzahlen, auf die eine oder andere Art.

Mindestens ebenso skrupellos wirkte der Mann mit dem Rollkragenpullover, Hellevig, der auf dem Schiff gewesen war und jetzt am Steuer des Vito saß, von wo aus er die Polizisten, die am gegenüberliegenden Rand der Lichtung in Deckung gegangen waren, im Auge behielt. Alle warteten offenbar auf den Vertreter der Sicherheitspolizei. Roni verstand einfach nicht, was das alles zu bedeuten hatte.

Rybkin saß auf dem Beifahrersitz und der dritte Schwede neben Kimmo auf der hinteren Bank, von wo aus er beobachtete, was hinter dem Wagen vor sich ging.

»Noch mehr Polizisten«, sagte Hellevig auf Schwedisch.

Steglitz wandte den Kopf um, aber Roni rührte sich nicht. Vor dem Seitenfenster zeichnete sich das Profil des Schweden mit der eigentümlich kleinen Nase ab.

Roni fragte sich, wo sein Vater war. Hatte ihn die Polizei im Wald geschnappt?

Der silberne Toyota hielt hinter den Polizeifahrzeugen an, die den Feldweg blockierten. Paatsama und Railo stiegen rasch aus.

»Wieso sind hier so viele Leute?«, brummte Paatsama.

Der Einsatzleiter der Polizei kam auf sie zu. Paatsama nannte seinen Namen und zeigte seinen Dienstausweis. »Wie ist die Lage?«

»Vier Mann mit zwei Geiseln in einem Fahrzeug«, sagte der

Mann, der sich mit dem Namen Sainio vorgestellt hatte. »Außerdem ein Toter.«

»Hier sollten eigentlich nicht so viele Streifen versammelt sein.«

»Polizeipräsident Keloniemi in der Zentrale war der Meinung, dass Verstärkung geholt werden sollte. Das SK ›Bär‹ ist in Bereitschaft.«

Paatsama warf einen düsteren Blick auf Railo.

»Entschuldigen Sie, aber wer sind eigentlich Sie?«, wollte Sainio von Railo wissen.

»Er ist mein Begleiter«, antwortete Paatsama. »Bleiben Sie in Stellung. Wir gehen jetzt zum Fahrzeug und verhandeln.«

Sainio schien erstaunt. »Die Männer sind bewaffnet und haben zwei Geiseln, wir können Sie da nicht hinlassen …«

»Lassen Sie das unsere Sorge sein. Es geht hier um Dinge, die mit der nationalen Sicherheit Finnlands zu tun haben«, sagte Paatsama und machte sich mit Railo auf den Weg zur Lichtung.

»Ich möchte einmal erleben, dass sich die Polizei an die definitiven Anweisungen der SiPo hält«, sagte Paatsama gereizt zu Railo.

»Du musst die Sache aus ihrer Perspektive sehen. Ich wundere mich gar nicht darüber.«

Als sie nicht mehr weit von dem Vito entfernt waren, gab Paatsama den Insassen ein Handzeichen. Die Fahrertür ging auf, und ein Mann stieg aus. Paatsama kannte ihn: Jonas Hellevig.

»Was hat das hier zu bedeuten, verdammt noch mal?«, fragte Paatsama leise, wobei er seinen Zorn nur mühsam kontrollieren konnte.

»Über den Grenzübergang Vaalimaa ist eine Lieferung aus dem Osten gekommen, die heute Abend mit dem Schiff nach Stockholm gehen soll«, antwortete Hellevig ebenso leise. »Auf die gewohnte Weise. Hallo, Jorma, wie geht es dir?«

Railo nickte leicht und blickte auf den weißen Mercedes-Van. »Was enthält die Lieferung?«

»Die Zentraleinheit der russischen Version eines MiG-35-Infrarotsuchsystems und das Empfangsmodul eines AESA-Radars mit Kodierungen.«

»In dem Auto hier?«

Hellevig nickte. »Beinahe wäre die Sache schiefgegangen. Wir haben die Information auf einen extrem kleinen Kreis beschränkt, aber der russische Begleiter hat uns betrogen.« Hellevig nickte in Richtung des Toten. »Jemand hat Makarin mehr gezahlt als wir. Er hat uns direkt in die Falle geführt. Seine Komplizen haben noch versucht, an die Ladung heranzukommen, aber wir haben in einem kurzen Feuergefecht die Oberhand gewinnen können. Die anderen Russen sind abgehauen. Ihren Maulwurf haben sie erschossen, bevor er plaudert.«

Paatsama und Railo schauten verdutzt auf den Toten. So brutal war bislang nicht gespielt worden.

»Dann sind finnische Zivilisten aufgetaucht«, fuhr Hellevig fort. »Und Polizisten. Wir waren gezwungen, die Finnen als Geiseln zu nehmen, damit wir die Fahrt fortsetzen können. Wir hatten keine andere Wahl, wie ihr sicher verstehen werdet.«

Paatsama seufzte gereizt. »Wir haben hier einen Toten. Das kann man nicht unter den Teppich kehren.«

»Alles wird sich klären. Aber wir fahren jetzt mit unserer Ladung weiter.« Hellevig schaute Railo fest in die Augen.

Railo antwortete nicht. Die Spannung zwischen den Männern wuchs von Sekunde zu Sekunde.

»Habt ihr nicht verstanden?«, fragte Hellevig. »Wenn wir hierbleiben und bekannt wird, was wir geladen haben, kommt noch viel mehr ans Tageslicht. Die Situation lässt sich nur glaubwürdig auflösen, wenn ihr behauptet, unter gar keinen Umständen das Leben der finnischen Geiseln gefährden zu wollen, und uns deshalb fahren lasst. Und ihr erlaubt niemandem, uns zu folgen. In Helsinki lassen wir die Finnen frei. Und ihr sorgt dafür, dass die übereifrige Polizei sich nicht einmischt.«

»Das gefällt mir nicht«, sagte Railo leise und trat mit Paatsama zur Seite, um sich mit ihm zu beraten.

Polizeiobermeister Sainio schaute erstaunt auf die Männer, die sich vor dem Fahrzeug unterhielten. Der grauhaarige Mann, der aus dem Vito gestiegen war, wirkte gepflegt und sah kein bisschen wie ein Krimineller aus, der leichtfertig mit der Waffe herumfuchtelt. Die SiPo-Beamten benahmen sich ihm gegenüber, als würden sie ihn kennen, worauf ja auch schon die Tatsache hingedeutet hatte, dass Paatsama namentlich angefordert worden war.

»Wer ist der Mann, mit dem Paatsama gekommen ist?«, fragte ein Kollege von Sainio.

»Keine Ahnung. Noch jemand von der SiPo, nehme ich an.«

»Mit welcher Vollmacht führen die hier Verhandlungen?«

»Weiß ich nicht. Angeblich geht es um die nationale Sicherheit. Wie es aussieht, stehen wir massiv im Revier der Sicherheitspolizei.«

Die SiPo-Männer entfernten sich von dem Vito, der Grauhaarige setzte sich wieder ans Steuer. Sainio registrierte die nervösen und ernsten Mienen bei Paatsama und seinem Kollegen, als sie von der Lichtung kamen.

»Sie können Ihre Leute abziehen«, sagte Paatsama zu Sainio. »Eine Verhandlungslösung ist nicht in Sicht. Das ist ein Fall für die Zentralkripo.«

»Wir haben hier eine Geiselnahme und einen Toten …«

»Ich habe der Zentralkripo bereits Meldung gemacht. Sie ziehen jetzt ab.«

»Ich ziehe überhaupt nicht ab, bevor ich nicht mit Keloniemi gesprochen habe«, erwiderte Sainio und griff zum Funkgerät.

Paatsama seufzte verärgert.

Von seinem Versteck aus verfolgte Tero bestürzt den Rückzug der Polizisten, die im Schutz des Waldes den Vito umstellt hatten. War es das, worauf Toomas angespielt hatte? Dass die Finnen die Schweden bei allem, was mit der *Estonia* zu tun hatte, unterstützten? Tero hätte nie geglaubt, dass Toomas' Behauptung so wörtlich zu nehmen war. Aber ging es hier nicht um die

Gripen-Schmiergelder? Die Finnen hatten doch wohl nicht auch dabei die Finger im Spiel?

Roni und Kimmo befanden sich noch immer im Vito, der sich nicht vom Fleck rührte. Der Mann von der SiPo stand mit seinem älteren Kollegen neben dem Weg.

Tero machte sich zum Handeln bereit.

Paatsama sah den Polizeifahrzeugen nach, die sich auf dem Feldweg entfernten.

»Sie werden das nicht auf sich beruhen lassen«, sagte Railo neben ihm. »Bist du sicher, du wirst die Zentralkripo überzeugen können?«

»Wir tun jetzt das, was getan werden muss. Danach kümmern wir uns um alles Weitere.«

Paatsama gab Hellevig am Steuer des Vito ein Handzeichen. Unverzüglich ließ der Schwede den Motor an und fuhr los. Er ließ das Fenster ein Stück herunter und hielt neben Paatsama und Railo an. »Danke. Fahrt uns nach und stellt sicher, dass unsere Freunde und Helfer in Uniform nicht auf die Idee kommen, uns zu behindern. Wenn ich anhalte, fahrt ihr an uns vorbei und braucht euch nicht mehr um uns zu kümmern.«

»Bei uns in Finnland geht das nicht so einfach.« Paatsama versuchte, in den Wagen hineinzuspähen, aber der Fensterspalt war zu schmal, und die verdunkelten Scheiben ließen auf der Waldlichtung keinen Einblick zu. »Wir bleiben so lange an euch dran, bis die finnischen Geiseln in unserer Obhut sind.«

Hellevigs Miene wurde ernst. »Wir haben eine Vereinbarung getroffen, und in der sind solche zusätzlichen Bedingungen nicht enthalten. Wir lassen die Männer in Helsinki frei, diese Information muss euch genügen. Kari, unser Verhältnis hat schon immer auf Vertrauen basiert. Wenn du das jetzt nicht aufbringst, kann es sein, dass du es zukünftig auch in anderen Situationen nicht aufbringen kannst. Und ich glaube nicht, dass dies den Interessen Finnlands oder Schwedens dienlich wäre.«

»Von unserer Seite aus ist die Sache klar«, sagte Railo. »Ich komme in drei Wochen nach Stockholm, dann werden wir uns sicherlich sehen.«

»Höchstwahrscheinlich.«

Hellevig schloss das Fenster und fuhr davon. Paatsama und Railo eilten zu ihrem Toyota. Der Wind, der den Nebel vertrieb, brachte vereinzelte Regentropfen mit.

55

Im selben Moment, in dem der silberne Toyota hinter den Bäumen verschwand, rannte Tero los. Er sprang über Baumstümpfe und Wurzeln und achtete nicht auf die Zweige, die ihm ins Gesicht peitschten.

Der dunkelblaue Golf stand dort, wo er stehen sollte, der Schlüssel steckte, und das Handy lag auf dem Beifahrersitz, so wie es mit Roni vereinbart worden war. Tero war so hektisch, dass er beim ersten Startversuch den Motor abwürgte und es noch einmal mit mehr Gas versuchen musste. Der mit Gras überwachsene Weg führte hinter dem Felsen in einem Bogen auf dieselbe kleine Straße, auf der Tero die Schweden bis zur Lichtung verfolgt hatte.

Paatsama fuhr hinter dem Vito her.

»Mach dich darauf gefasst, dass Keloniemi uns in null Komma nichts im Nacken sitzt«, sagte Railo.

»Ich beneide Leute wie dich. Ihr habt niemanden am Hals, weil ihr unsichtbar bleibt.«

»Wer hat dich denn gezwungen, dich in die Politik einzumischen und in die Schusslinie zu drängen?«, gab Railo zurück. »Sobald du wieder im Büro bist, schaust du in deinem Computer nach, ob die Polizei nicht doch auf eigene Faust handelt. Du trägst jetzt die Verantwortung. Ich werde Pasanen berichten, aber wir verfügen nicht über die Mittel, Keloniemi in Schach zu halten. Heutzutage lässt sich nichts mehr so einfach regeln, weil die alte Garde in Rente geht und die Grünschnäbel das Kommando übernehmen.«

Der Vito setzte den Blinker und hielt an einer Bushaltestelle an. Paatsama stoppte dahinter.

»Hellevig hat verlangt, dass wir überholen«, sagte Railo.

»Das geht nicht, verdammt noch mal, sie haben zwei Finnen im Auto, die müssen wir zuerst da rausbekommen …«

Hellevig stieg vor ihnen aus dem Wagen, schlug wütend die Tür zu und kam anmarschiert.

»Habt ihr schon vergessen, was wir ausgemacht haben?«, fragte er eisig.

»Wir begleiten euch zum Hafen und nehmen dann die Finnen mit«, sagte Paatsama.

Hellevig beugte sich düster zum offenen Fenster hinunter. »Ihr setzt euch jetzt in Bewegung und verschwindet. Und zwar schnell. Habt ihr nicht kapiert, was ich euch gesagt habe? Wir haben die Zentraleinheit der russischen Version eines MiG-35-Infrarotsuchsystems und das Empfangsmodul eines AESA-Radars im Auto, und unsere Aufgabe besteht darin, beides nach Stockholm zu bringen. Ihr werdet davon nicht einen Code nach Tikkakoski bekommen, wenn das Ganze nicht exakt so über die Bühne geht, wie wir es sagen. Jorma, bring du dem Mann hier Vernunft bei, wenn er nicht versteht, was ich sage.«

Hellevig wandte sich ab und kehrte zum Vito zurück.

»Lass sie fahren«, sagte Railo nach kurzem Schweigen. »Was sie geladen haben, sind die Kronjuwelen. Die Non-Export-Version der MiG steckt voller geheimster Elektronik. Ich frage mich, wie es ihnen gelungen ist, da ranzukommen.«

»Die Schweden verfügen über zwei Dinge: Geld und Motivation. Wenn es ihnen nicht endlich gelingt, den Gripen-Verkauf anzuleiern, fällt ihr ganzes Kartenhaus zusammen.«

Der Blinker am Vito ging an, und das Auto setzte sich mit starker Beschleunigung in Bewegung.

Paatsama blieb stehen. »Mir geht der Stil der Schweden, um es mal offen zu sagen, auf die Eier. Am schlimmsten war es damals im Zusammenhang mit der *Estonia*. Da waren wir kurz davor, die Geduld mit ihnen zu verlieren.«

»Die nehmen sich einiges heraus. Schweden ist eine ehemalige Großmacht, die haben das in den Genen. Und wir waren früher der hinterste, zurückgebliebene Winkel des schwedischen Königreiches. Das haben wir in den Genen.«

Tero nahm sofort den Fuß vom Gas, als weit vor ihm der Vito in seinem Blickfeld auftauchte. Er war von einer Bushaltestelle ausgeschert, wo noch immer ein silberner Toyota stand.

Als Tero an dem Wagen vorbeifuhr, sah er darin zwei Männer sitzen, und einen davon erkannte er: Es war der Mann, der auf der Waldlichtung mit den Schweden verhandelt hatte.

Instinktiv trat Tero auf der vom Sprühregen nassen Straße auf die Bremse. Würden ihm die Männer helfen, Roni freizubekommen? Kaum hatte er das gedacht, begriff er, wie unsinnig seine Hoffnung war, denn genau diese Männer hatten zugelassen, dass die Schweden davonfahren konnten.

Tero beschleunigte wieder und heftete den Blick auf den Vito. Roni und Kimmo waren die Geiseln von schwedischen Killern. Und deren Fahrzeug würde er um keinen Preis aus den Augen lassen.

Paatsama und Railo fuhren von der Bushaltestelle aus in Richtung Helsinki weiter, ohne auch nur den Versuch zu unternehmen, dem Vito zu folgen, der bereits großen Vorsprung hatte.

»Wie lange dauert es eigentlich noch, bis dieser verflixte Bengtsson anruft«, schimpfte Railo.

»Der MUST darf sich darauf gefasst machen, uns bei Bedarf zu unterstützen«, sagte Paatsama. »Die schwedische Sicherheitspolizei ist in solchen Dingen bloß Zuschauerin …«

Endlich klingelte Paatsamas Telefon, aber der Anrufer war nicht Bengtsson, sondern Keloniemi.

»Ich habe erfahren, dass du einer Polizeiabteilung gegenüber angeordnet hast, sich aus einer akuten Geiselnahmesituation zurückzuziehen.« Die Stimme des Polizeipräsidenten klang schroff. »Es würde mich enorm interessieren, zu hören, mit welcher Begründung.«

»Ich darf darüber nicht reden. Nur der Chef der Sicherheitspolizei spricht darüber, und das auch nur mit der obersten Polizeiführung im Ministerium. Es geht um geheime Dinge, die mit militärnachrichtendienstlicher Aufklärung zu tun haben.«

»So, so«, sagte der Polizeipräsident unsicher, aber noch immer ungehalten. »In dem Fall werde ich Pasanen anrufen. Er wird mir das bestätigen müssen.«

Paatsama beendete das Gespräch und sagte zu Railo: »Keloniemi ist geladen.«

»Von mir aus. Wir erledigen diesen Fall nach dem alten Schema. Niemand macht sich bei so etwas die Finger schmutzig.«

»Vielleicht nicht. Aber früher, zu Zeiten des Freundschaftspakts mit unserem großen Nachbarn, wusste man noch, was ›geheim‹ bedeutete.«

Als Nächstes klingelte Railos Telefon. »Hoffentlich Bengtsson«, seufzte er.

Sein Wunsch ging in Erfüllung, der Anrufer war Bengtsson, sein langjähriger Kollege vom schwedischen Militärgeheimdienst.

»Bist du unterwegs?«, fragte Railo. »Kannst du einen Moment ungestört reden?«

»Kein Problem. Ich bin hier in Stockholm in der Botschaft von Uncle Sam, um mich mit UKUSA-Leuten zu treffen.«

»Ich dachte schon, du bist mit der Renovierung deiner Sommervilla beschäftigt, weil in deinem Büro so geheimnisvoll getan worden ist.«

»Die wird langsam fertig, bald werde ich dich einladen. Die Fähre aus Helsinki fährt so dicht an unserer Schäre vorbei, dass du einfach über die Reling springen und zu unserer Sauna am Ufer schwimmen kannst.«

»Klingt gut.«

»Was gibt's Neues in Finnland?«

»Ehrlich gesagt eine Menge eigentümlicher Dinge. Gerade eben bin ich Hellevig unter ziemlich außergewöhnlichen Umständen begegnet, du hast vielleicht schon davon gehört.«

»Was hat Hellevig getan?«

»Er saß mit seinen Kollegen mitten im Wald in einem Auto. Sie hatten zwei finnische Geiseln und waren von der Polizei umzingelt. Eine Leiche lag in unmittelbarer Nähe. Sie waren dabei, eine Lieferung zum Hafen zu bringen, als irgendein Russe versuchte, etwas für sich abzuzweigen.«

»Was redest du da?«

»Keine Panik. Wir klären das ab. Die Lieferung wird den Hafen sicher erreichen. Aber ich würde gern wissen, warum man uns nicht darüber informiert hat, dass heute ein Zentech-Transport über Finnland gehen soll.«

»Mir ist nicht bekannt, dass Zentech aktuell irgendwelche Transporte am Laufen hätte.«

Railos Herzschlag setzte kurz aus.

»Was soll das heißen, es ist dir nicht bekannt?«

»Sörensen kennt die Zusammenhänge da am besten. Ich rufe ihn an und melde mich dann bei dir.«

»Tu das«, sagte Railo mit einem Anflug von Schrecken in der Stimme. »So schnell wie möglich.«

56

Hellevig fuhr im fließenden Verkehr auf dem Ostzubringer in Richtung Helsinki. Vor dem bewölkten Himmel erhoben sich Wohnblocks, die mitten auf der grünen Wiese errichtet worden waren. Der leichte Regen hatte aufgehört. Die Lüge von der MiG-Lieferung auf dem Weg von Russland nach Schweden war von den Finnen komplett geschluckt worden.

»Wir können nicht davon ausgehen, dass der alte Airas auf ein Wunder wartet«, sagte Anatoli zu Hellevig auf Russisch, damit es die finnischen Geiseln nicht verstanden.

»Wir werden bald von ihm hören, darauf kannst du dich verlassen«, antwortete Hellevig in einwandfreiem Russisch und so selbstsicher, wie er konnte. »Er wird nicht zur Polizei gehen, sondern versuchen, seinen Sohn durch Verhandeln freizubekommen. Wir müssen entscheiden, wie wir dazu stehen.«

»Unsere oberste und erste Priorität ist es, die Lieferung nach Lappeenranta zu bekommen. Jede weitere Minute Verzögerung erhöht das Risiko zu scheitern. Erst nach der Übergabe können wir die Probleme bereinigen, die ihr verursacht habt.« Anatolis Stimme war kalt und unerbittlich.

»Jetzt ist wirklich nicht der richtige Moment für Streitereien. Was machen wir mit den Finnen?«, fragte Steglitz von der mittleren Sitzreihe aus in steifem Russisch. Seine Waffe hielt er auf die jüngere Geisel gerichtet. Die ältere saß neben Nykvist auf der Rückbank.

»Wir behalten sie bis zur Übergabe als Geiseln. Für den Fall, dass finnische Uniformierte auf die Idee kommen sollten, uns noch einmal zu überraschen.«

»Nur werden wir nie nach Osten kommen, wenn wir in diese Richtung weiterfahren«, sagte Steglitz. »Bald sind wir wieder in Helsinki.«

Hellevig blickte in den Seitenspiegel. »Wir fahren gleich auf den Ring. Von dort kommen wir direkt auf die Autobahn nach Porvoo. In zweieinhalb Stunden sind wir in Lappeenranta. Nach der Übergabe müssen wir einen Unfall arrangieren, bei dem die Geiseln ums Leben kommen. Und Vater Airas ebenfalls.«

»Achtung!« Nykvists Ausruf veranlasste Hellevig dazu, auf die Bremse zu treten, bis er begriff, dass Nykvist mit seiner Warnung nicht ihn gemeint hatte, sondern Steglitz. Der ältere Finne, der auf der hintersten Bank saß, hatte Steglitz von hinten den Arm um den Hals geschlungen.

Kimmo bog dem Schweden mit Gewalt den Kopf nach hinten und schrie aus vollem Hals: »Hast du so meine Tochter umgebracht? Ja?«

»Lass ihn los, oder ich schieße«, schrie der andere Schwede Kimmo an und stieß ihm die Pistole in die Rippen.

»Von mir aus! Ist mir scheißegal. Schieß endlich, wenn es dich erleichtert!« Kimmo bog Steglitz' Kopf immer brutaler nach hinten

Plötzlich nahm der Schwede die Pistole von Kimmos Rippen und richtete sie auf Ronis Kopf. »Na gut. Wenn du nicht innerhalb einer Sekunde loslässt, bekommt dein Freund hier eine Kugel in den Kopf.«

Roni schloss voller Entsetzen die Augen und spannte all seine Muskeln an, als er den Lauf der Pistole in der Nackengrube spürte.

»Mein Freund?«, rief Kimmo rasend. »Gerade habt ihr behauptet, er hätte meine Tochter umgebracht! Nur zu, jagt ihm eine Kugel in den Kopf, wenn er der Mörder ist ...«

Krampfhaft umklammerte Roni den Sicherheitsgurt. Wo war

sein Vater? Niemand konnte ihm mehr helfen, außer seinem Vater, wie auch immer.

Plötzlich drosselte das Auto so abrupt die Geschwindigkeit, dass Roni in den Gurt geschleudert wurde.

Hellevig bremste. Hinter ihm wurde geschrien und geächzt, weil Nykvist versuchte, Steglitz aus dem Griff des Finnen zu befreien. Hellevig brachte den Wagen vor der nächsten Abbiegung in eine kleine Straße zum Stehen.

»Okay, die Lage ist unter Kontrolle«, rief Nykvist von hinten.

»Wir verschnüren die beiden zu einem Paket, aus dem sie bis zum Ende ihres Lebens garantiert nicht mehr herauskommen«, sagte Anatoli auf Russisch.

Hellevig bog ab, beschleunigte, bis er nach gut fünfzig Metern eine verlassene Baustelle erreichte und anhielt. Ohne an Härte zu sparen, fesselten sie die beiden Finnen an Händen und Füßen, klebten ihnen den Mund zu und leerten anschließend den Kofferraum. Nykvist legte die hinterste Sitzbank um, dann beförderten sie die Finnen auf die Ladefläche und stellten einen Teil des Gepäcks in den Fußraum vor der mittleren Sitzbank.

Tero beobachtete durch Zweige hindurch den Vito, der am Rand einer verlassenen Baustelle stand. Steglitz schlug gerade die Hecktür zu. Roni und Kimmo waren wie Schlachtvieh in den Laderaum des Vans geworfen worden.

Tero zog sich so weit zurück, bis er sicher war, von dem Vito aus nicht gesehen werden zu können. Er rannte zu dem Golf, den er am Straßenrand des Ostzubringers geparkt hatte, und ließ atemlos den Motor an. Sofort richtete er den Blick auf die Einmündung der kleinen Straße in etwa hundert Metern Entfernung. Dort tat sich noch nichts.

Er blickte in den Spiegel, machte eine unwirsche Wendung um hundertachtzig Grad und hielt auf der anderen Straßenseite in Gegenrichtung an, um keinen Verdacht zu erregen, wenn der Vito aus der Seitenstraße käme.

Fast im selben Moment tauchte der weiße Van auf und bog in Richtung Helsinki ab. Tero wartete, bis er das Fahrzeug im Rückspiegel nicht mehr sah, dann wendete er erneut und fuhr hinterher.

Er mochte sich nicht einmal vorstellen, wie sich Roni und Kimmo im Laderaum des Vans fühlen mussten. Die Polizei war schon da gewesen, und dann ließ sie die bewaffneten Schweden einfach fahren, mit Roni … Hatten die finnischen Behörden also ihre Zustimmung zur Entführung von Roni und Kimmo gegeben?

Dieser Gedanke jagte Tero einen kalten Schauer über den Rücken. In dem Fall waren sie wirklich allein. Konnte es sein, dass sie zu viel wussten? Dass sich alle darüber einig waren, dass man sie schlicht und einfach loswerden musste?

Tero umklammerte das Lenkrad und starrte auf die Rücklichter des Vito, die zwischen den Autos vor ihm aufschienen. An der großen Kreuzung vor dem Ostzentrum bog der Van nach rechts ab, auf den Ring 1 in westlicher Richtung. Tero hütete sich davor, zu nahe heranzufahren und ließ immer wieder andere Autos vor.

Ein gewaltiges Gefühl der Einsamkeit erfasste ihn. Er hatte niemanden außer Roni. Und Roni hatte niemanden außer ihm. Er war der Einzige, der Roni jetzt noch helfen konnte; ihm selbst würde keiner mehr helfen.

Die Schritte hallten auf der Treppe wider, als Railo im Gebäude des Oberkommandos zu seinem Büro im zweiten Stock hinaufging. Seit Bengtssons Anruf spukten schlimme Vorahnungen in seinem Kopf, und seine Nervosität hatte auf der Rückfahrt stetig zugenommen.

Wie war es möglich, dass Bengtsson nichts von der laufenden Operation wusste? Waren die Aufgaben beim KSI so hierarchisch verteilt? Eine solche Operation war alles andere als eine Kleinigkeit, darüber mussten mehrere KSI-Leute informiert sein, auch wenn jeder Transport von Material aus Russland *top secret* war.

Als Railo den Treppenabsatz erreichte, klingelte endlich sein Handy.

»Bengtsson hier.«

Der Amtskollege klang ernst. Er grüßte nicht einmal auf die gewohnte Weise.

»Und?«

»Wir sind hier ziemlich beunruhigt wegen der Geschehnisse in Finnland, von denen du erzählt hast.«

Railo hielt den Atem an. »Ihr seid beunruhigt? Inwiefern?«

»Hellevig hat schon vor einer Woche Zentech verlassen und geht seitdem eigene Wege. Bei Zentech weiß man nichts von einem Transport.«

»Verdammter Mist«, seufzte Railo. Er zog die Tür seines Büros hinter sich zu. Die Worte aus dem Telefon schienen von allen Wänden des hohen Raumes widerzuhallen. Railo suchte Halt an der Lehne seines Stuhls.

»Wir erörtern das Ganze gerade mit der Beschaffungsbehörde der Armee und mit Gripen. Kannst du mir noch etwas mehr über den Zwischenfall sagen?«

»Ich rufe dich gleich zurück. Zuerst müssen wir hier unverzüglich Maßnahmen ergreifen.«

57

Roni lag, an Händen und Füßen gefesselt und mit zugeklebtem Mund, im Kofferraum des Vito. Mit Mühe hatte er sich so weit drehen können, dass er Kimmos Kopf sah, der kreuz und quer mit Tape umwickelt war. Durch einen Spalt an der Seite der Kofferraumabdeckung drang ein wenig Licht ein.

Die Geräusche von Motor, Chassis und Reifen störten, aber Roni verstand von dem, was im Auto gesprochen wurde, immerhin so viel, dass sich die Entführer außer auf Schwedisch auch auf Russisch unterhielten. Die Männer machten einen knallharten, professionellen Eindruck. Es war nur zu offensichtlich, dass sie die Augenzeugen an einem passenden Ort loswerden wollten. Schnell und endgültig.

Roni kam das Bild von den Männern der Sicherheitspolizei in den Sinn, die sich vor dem Fahrzeug unterhalten hatten. In dem Moment war er zuversichtlich gewesen. Sein Vater hatte fliehen können, und die Polizeivertreter verhandelten über seine und Kimmos Freilassung. Aber dann hatte Roni aus dem Fenster geschaut und den seltsam lässigen Stil der Unterredung bemerkt. Schließlich hatte er entsetzt zugesehen, wie die SiPo-Vertreter davongingen. Der Schwede hatte den Wagen gestartet und war losgefahren, einer der Polizisten hatte ihm bloß noch kurz zugewinkt.

Vielleicht folgte ihnen die Polizei ja doch. Natürlich. Sie hatten die Überraschungstaktik gewählt: ließen die Männer ziehen, um dann zuzuschlagen, wenn die Verbrecher am wenigsten damit rechneten. Mit Sicherheit war es dem Vater längst gelungen, die Polizei davon zu überzeugen, wer die

Männer in Wirklichkeit waren und welche Absichten sie verfolgten.

Sogleich erschien vor Ronis innerem Auge die Videoaufnahme von den Tauchern am Wrack der *Estonia*. Konnte es sein, dass Toomas recht hatte und die finnischen Behörden damals den schwedischen Behörden beim Vertuschen von Tatsachen geholfen hatten? Wenn die Schweden brisantes militärisches Material mit einem zivilen Fährschiff transportiert hatten und auch einige Finnen über die Transporte im Bilde gewesen waren, dann hatten damals alle in derselben Tinte gesessen.

Roni blickte sich verzweifelt um und versuchte, sich jedes Detail einzuprägen. Dann traf sein Blick Kimmos düstere Augen. Roni sah weg. Er bog die Handgelenke so weit, dass er mit den Fingerspitzen den Rand des Klebebandes erreichen konnte. Es ließ sich nicht reißen, dafür war es zu stabil. Er musste das Ende finden.

Im Hauptquartier des MUST in Stockholm passierte Ulf Bengtsson die Schleuse aus zwei Stahltüren und eilte in den Bereitschaftsraum, der Tag und Nacht besetzt war.

Auf den Bildschirmen an der Wand liefen CNN, BBC, Al-Dschasira und der Nachrichtenservice des schwedischen Fernsehens. Besonders intensiv verfolgt wurde derzeit die Lage in Georgien. In dem Raum, der von Deckenspots erleuchtet wurde, standen mehrere Tischgruppen, an denen Mitarbeiter saßen. Ein großer Teil der nachrichtendienstlichen Tätigkeit des MUST befasste sich mit Gebieten, in denen schwedische Soldaten eingesetzt wurden. Für jedes Gebiet gab es einen eigenen Tisch, an dem die nachrichtendienstlichen Informationen mit Erkenntnissen aus anderen Quellen synchronisiert wurden. Die Mitarbeiter durften niemandem ihren wahren Arbeitsplatz verraten. Nicht einmal der Verteidigungsausschuss des schwedischen Parlaments erhielt Informationen vom MUST, obwohl das Parlament über den Verteidigungsetat entschied.

Bedrohliche Szenarien wurden aus vielen verschiedenen

Quellen zusammengestrickt: aus Ermittlungsberichten, Dossiers schwedischer Militärattachés, den Erkenntnissen anderer Nachrichtendienste, aus Satellitenbildern und Medienberichten. Über die Computer auf den Tischen kam man an geheime SIGINT- und HUMINT-Informationen, die auf der Signalüberwachung und auf Berichten von Agenten vor Ort basierten. Wenn man mit den Schwesterorganisationen anderer Staaten zu tun hatte, waren diese Informationen Gold wert. Vor allem das neue Tele-Überwachungsgesetz, das es den Schweden erlaubte, von einem Logenplatz aus den Datenverkehr der Russen ins Ausland zu beobachten, brachte ihnen im Tauschhandel viele interessante Informationen von beiden Seiten des Atlantiks und aus Israel.

Bengtsson ging am Afghanistan-Desk vorbei und blieb in seiner eigenen Abteilung stehen, am Desk für besondere Operationen. Von allen Abteilungen des Militärnachrichtendienstes war das KSI die geheimste, weil es an den brisantesten Einsätzen beteiligt war: Es verfolgte fremde Agenten auf schwedischem Boden, schleuste Leute in Institutionen unterschiedlichen Typs ein, die als gefährlich eingestuft wurden, beschaffte Informationen und Material mit den unorthodoxesten Methoden und stand in Kontakt zu Personen, die den größten möglichen Quellenschutz genossen. Bei Bedarf bediente sich das KSI in der Zusammenarbeit mit seinen Kooperationspartnern – wie etwa der Beschaffungsbehörde der Streitkräfte – privater Unternehmen als Kulisse.

Alle KSI-Operationen hatten ein gemeinsames Bindeglied: den Menschen. Für Bengtsson war die Technik nur ein Hilfsmittel. Viele seiner Kollegen, zum Beispiel in den USA, glaubten, es reiche aus, wenn man genügend Satelliten in Betrieb hatte und mit großer Rechnerkapazität den Datenverkehr durchforste.

Aber das genügte eben nicht. In Unruheherden und auch anderswo brauchte man Menschen, die vor Ort Beobachtungen machten und auch zwischen den Zeilen zu lesen wussten. Al-Qaida etwa verfügte nicht über moderne Ausrüstung, und ihre

Mitglieder lebten in Höhlen, weshalb die einzige Möglichkeit, Aufschluss über ihre Pläne zu erlangen, darin bestand, sich in derselben Region zu bewegen und mit Leuten der Organisation im Dialog zu stehen. Der Mensch war das wichtigste Glied in der empfindlichen Kette der nachrichtendienstlichen Aufklärung – aber er war zugleich das schwächste Glied.

Und nun hatte ein solches Glied versagt. Allem Anschein nach war Jonas Hellevig zu habgierig geworden. Über Zentech hatte er bereits ein kleines Vermögen verdient, aber offenbar war er auf ein großes aus.

Bengtsson nahm sein Handy und suchte Hellevigs Geheimnummer aus dem Notizbuch heraus. Hellevig nahm nicht ab. Er wählte eine andere Nummer, die ihn mit Hellevigs privatem Festnetzanschluss verband.

»Hallo«, sagte die weiche Stimme einer jungen Frau mit amerikanischem Akzent.

»Hi, Lisa«, sagte Bengtsson. Er hatte Hellevigs neue amerikanische Lebensgefährtin in der modernen Sommervilla der beiden in den Schären vor Stockholm kennengelernt. Hellevig hatte ihm das Haus und die Frau unbedingt zeigen wollen, wie um zu demonstrieren, wie gut er nach seinem Ausscheiden aus dem MUST über die Runden kam.

»Hier ist Ulf Bengtsson, ich weiß nicht, ob Sie sich noch an mich erinnern.«

Am anderen Ende war es still. Erinnerte sich die Frau an ihn? Seinen wirklichen Beruf kannte sie jedenfalls nicht. Hellevig hatte ihn als alten Freund vorgestellt. Und das stimmte ja auch: Sie hatten im Lauf der Jahre viele schwierige Situationen gemeinsam gemeistert, und solche Erfahrungen verbanden auf einzigartige Weise. Hellevigs Exfrau Agnetha war Bengtsson nie begegnet, aber er hatte gehört, dass die Scheidung bitter und konfliktreich gewesen war. So etwas stellte immer ein Sicherheitsrisiko dar, und darum war es gut, dass die Ehepartner möglichst wenig über die beruflichen Aufgaben des MUST-Personals wussten.

»Wir haben uns vor zwei Jahren kennengelernt, kurz nachdem Sie und Jonas die Villa gekauft haben«, sagte Bengtsson.

»Richtig. Ich erinnere mich«, sagte die Frau nun etwas befreiter.

»Ich möchte gern mit Jonas sprechen. Am Handy meldet er sich nicht. Ist er zu Hause?«

»Leider nicht.«

»Wissen Sie, wo er ist?«

»Nein. Auf irgendeiner Dienstreise, für ein paar Tage. Über seine Arbeit redet er so gut wie nicht. Anfang nächster Woche sollte er aber zurück sein. Dann fliegen wir nach Los Angeles.«

Bengtsson sagte, er rufe zu einem späteren Zeitpunkt noch einmal an.

58

Im hellen Licht der Scheinwerfer stand ein graues Kampfflugzeug in der Halle. Seine Form erinnerte an eine Pfeilspitze. Der riesige Schriftzug, der hinter dem Flugzeug an die Wand projiziert wurde, leuchtete blutrot: »JAS 39 Gripen«.

Das Kürzel JAS stand für *Jakt, Attack, Spanning* – Verfolgung, Angriff, Aufklärung. Unter dem Schriftzug war die mythologische Figur dargestellt, die Gripen seinen Namen gegeben hatte. Das Wesen trug den Kopf und die Schwingen eines Adlers und dazu den Rumpf eines Löwen.

Die achttausendfünfhundert Kilo setzten sich aus Spezialstahl, der höchstentwickelten Elektronik auf dem Planeten und aus Waffensystemen mit größter Zerstörungskraft zusammen. Der große Stolz der schwedischen Rüstungsindustrie verdichtete sich in dem Flugzeug – dessen Schicksal freilich auf der Kippe stand. Das Urteil darüber fällten die Männer, die gerade geschäftig um das Flugzeug herumliefen. Die schwedische Armee befand sich in der Umklammerung von Umstrukturierungs- und Sparmaßnahmen, die von der Regierung Reinfeldt in Gang gesetzt worden waren, und das Volumen der Exporte würde über die Zukunft von Gripen entscheiden. Es mussten ausreichend Geschäfte mit dem Ausland gelingen. Andere Möglichkeiten gab es nicht.

Stefan Wennerström beobachtete am Monitor das Vorgehen der dunkelhäutigen Ingenieure und Militärs mit großer Aufmerksamkeit. Man erzählte den Männern etwas von der Landefähigkeit auf kurzen Flugfeldern, von der Schnelligkeit der Wartungsmaßnahmen, vom Datenfluss, von Verdunklungsfähigkeit. Man musste den potenziellen Kunden die Möglichkeit geben, sich ausreichend genau mit den geheimsten Systemen der Maschine vertraut zu machen, allerdings nicht zu detailliert. Es war wichtig, eine exakte Grenze zu ziehen, und darin bestand die Aufgabe von Stefan Wennerström, dem Sicherheitschef der Flugzeugfabrik in Linköping. Im Lauf der Jahre hatte er Präsentationen der Maschine für Chilenen, Brasilianer, Thailänder, Schweizer, Norweger und unzählige andere überwacht.

In diesem Moment hatte er jedoch an Wichtigeres zu denken als an die routinemäßige Vorführung: Im Werk lief eine massive Sicherheitsoperation, von der die Besucher nicht das Geringste mitbekommen durften. Alles sollte normal aussehen.

»Das neue Radar vom Typ TMR setzt sich aus diesen schnell auswechselbaren Sender- und Empfängermodulen zusammen«, erklärte ein Gripen-Verkaufsingenieur ruhig und darauf bedacht, die englischen Wörter sorgfältig auszusprechen. Dies waren Basisinformationen, mit denen er die Zuhörer versorgte, obwohl diese, wie Wennerström wusste, sehr wohl mit den Prinzipien des TMR vertraut waren. Wennerström wusste auch, dass sich die Konkurrenten noch immer wunderten, wie es Saab und Ericsson hatte gelingen können, dieses äußerst anspruchsvolle System so viel schneller als die Mitbewerber zu entwickeln.

Ein Mitarbeiter der Sicherheitsabteilung erschien in der Tür, über der ein grünes Notausgang-Symbol leuchtete. Wennerström wechselte mit gesenkter Stimme einige Sätze mit ihm und konzentrierte sich dann wieder auf die Präsentation, die mittlerweile beim IRST angekommen war.

»Das *Infra-Red Search and Track System*«, sagte der Ingenieur. »Seine Effektivität ist gerade erst in der Slowakei getestet worden.«

Wennerström stellte fest, dass die afrikanischen Zuhörer sachlich und wortkarg waren. Der Vertreter eines mitteleuropäischen Staates hingegen hatte kürzlich angefangen, in ziemlich unhöflicher Manier laut darüber nachzudenken, dass die MiG-29 und die Su-27 schon in den Achtzigerjahren mit IRST ausgerüstet gewesen seien. Außerdem hatte er unbedingt herausposaunen müssen, welch überraschende Gemeinsamkeiten der Draken, einer der Vorgänger des Gripen, mit der Technologie der Russen aufgewiesen habe.

Das Vibrieren seines Telefons ließ Wennerström zusammenfahren. Er hatte das Handy so eingestellt, dass nur dringende Anrufe durchkamen. Nun sah er, dass es sich bei dem Anrufer um Bengtsson vom MUST handelte. Dieses Gespräch musste er unverzüglich annehmen.

Railo schlug direkt vor dem Haupteingang der Sicherheitspolizei die Tür seines Wagens zu. Da kein Parkplatz frei war, hatte er die Warnblinkanlage eingeschaltet und eilte auf den Eingang zu, als Bengtsson ihn anrief.

»Ich habe gerade mit dem Sicherheitschef von Gripen gesprochen«, sagte Bengtsson ernst. »Kannst du reden?«

»Schieß los.«

»In Linköping hat man gestern das Verschwinden eines nummerierten, nicht installierten Datenlinks bemerkt. Andere Komponenten werden gerade überprüft.«

»Willst du damit sagen, dass Hellevig etwas mit dem Diebstahl zu tun haben könnte?«

»Ich will damit nichts anderes sagen, als dass die Angelegenheit im allerengsten Kreis geklärt werden muss. Die Gleichung hat zwei unschöne Variablen: erstens Hellevig, der bei Zentech ausgestiegen ist, und zweitens die bei Gripen verschwundenen Komponenten. Ich muss mich darauf verlassen können, dass du uns bei der SiPo Hilfe verschaffst.«

»Ich tue, was ich kann, aber Wunder kann auch ich nicht vollbringen. Ich melde mich in Kürze.«

»Wir fliegen nach Helsinki.«

»Das wird kaum nötig sein.«

»Wir entscheiden selbst, was nötig ist.«

Bengtssons Stimme verriet, dass er der Kompetenz der Finnen misstraute. Railo fluchte innerlich über die Arroganz der Schweden. Er atmete tief durch und sah sich dabei um. So sah die Stadt also heute aus, am schlimmsten Tag seiner Karriere.

Gripen International verhandelte derzeit mit ausländischen Interessenten über Vertragsabschlüsse, die für das gesamte gigantische Kampfflugzeugprojekt enorm wichtig waren. Wenn aber nun die geheimsten und entscheidenden Verkaufsargumente den Feinden der potenziellen Käuferländer zugespielt würden, wäre das die totale Katastrophe. Und wenn dies ausgerechnet in Finnland passieren würde, wäre es umso schlimmer …

Railo drückte auf den Knopf über dem Schild »Zentrale« und sagte über die Sprechanlage zum Pförtner: »Railo hier. Habe einen Termin mit Paatsama. Ich musste meinen Wagen direkt vorm Eingang stehen lassen. Vielleicht könnte ihn jemand irgendwo parken.«

Weit vor sich sah Tero immer wieder den weißen Vito aufblitzen. Bei dem starken Verkehr auf der Fernstraße 6, die von Helsinki direkt nach Osten führte, war es relativ risikolos, ihm zu folgen. Nur Pausen waren problematisch, aber die schienen die Schweden nicht einlegen zu wollen.

Der Vito war von Östersundom nach Westen in Richtung Helsinki gefahren, vom Helsinkier Ring aber dann auf die Autobahn nach Porvoo, also wieder in Richtung Osten, obwohl man von Östersundom auf dem direkten Weg dort hingekommen wäre. Warum dieser merkwürdige Umweg?, hatte sich Tero gefragt, als es hinter Porvoo dann auf der Fernstraße 6 weiter nach Osten gegangen war. Er hatte Toomas angerufen und ihm berichtet, was passiert war.

Nachdem er sich vom ersten Schock erholt hatte, war es Toomas sehr schnell gelungen, den entscheidenden Punkt zu erkennen: Roni wusste etwas über die Machenschaften der Schweden. Und das konnten diese nicht ignorieren.

Der Vorschlag, den Toomas dann gemacht hatte, klang noch immer in Teros Ohren nach: *Wir haben Anatolis Nummer. Ruf ihn im Auto an und rede mit Hellevig. Das wird sie auf der Hut sein lassen. Dann überlegen sie sich garantiert, was sie tun sollen. Damit gewinnst du wenigstens Zeit. Das Wichtigste ist jetzt, Roni und Kimmo in Sicherheit zu bringen. Wie du gemerkt hast, ist von der Polizei keine Hilfe zu erwarten.*

Toomas konnte recht haben. Dennoch hielt es Tero für klüger, jeden Kontakt mit den Schweden zu vermeiden, jedenfalls vorerst. Was waren realistische Handlungsmöglichkeiten? Welche Optionen hatte er? Sich doch mit der Polizei in Verbindung zu setzen, weil er allein gegen mehrere versierte Männer nicht die geringste Chance hatte?

Das würde aber bedeuten, dass die Polizei selbst Beweise gegen die Schweden finden müsste. Und nach dem, was auf der Waldlichtung passiert war, konnte man nicht damit rechnen, dass sie sich dabei große Mühe geben würde. Im Gegenteil: Es sah so aus, als machten die finnischen Behörden mit den Schweden gemeinsame Sache, so unglaublich das auch schien.

Auf jeden Fall wollte Tero alles tun, um Roni zu retten – lieber Gefängnis als Grab. Es gab keine Alternative. Ein gnadenloser Sog zog ihn und Roni immer weiter in die Tiefe.

Den Blick auf das weiße Auto in der Ferne gerichtet, rief Tero die Auskunft an und bat darum, mit der Sicherheitspolizei verbunden zu werden. Dort verlangte er die Person, deren Namen er auf der Lichtung gehört hatte.

»Oberinspektor Paatsama kann jetzt keine Anrufe entgegennehmen«, sagte der Diensthabende in der Zentrale kurze Zeit später.

»Sagen Sie ihm, es geht um die Entführung in Östersundom.«

»Paatsama«, meldete sich jemand kurz darauf.

»Sie waren vorhin in Östersundom auf einer Waldlichtung. Dort kam es zu einer Geiselnahme. Ich war ebenfalls vor Ort.«

»Wer sind Sie?«, fragte die Stimme unwirsch.

»Ich bin Tero Airas. Mein Sohn Roni und ein weiterer Finne befinden sich als Geiseln in einem Fahrzeug, das auf der Fernstraße 6 in Richtung Kouvola fährt. Soeben passieren wir die Abfahrt Liljendahl.«

Am anderen Ende der Leitung war es still. Dann fragte Paatsama noch barscher als zuvor: »Und wo sind Sie? Woher kennen Sie die Position des Fahrzeugs?«

»Weil ich ihm folge.«

Paatsama war offenbar sprachlos.

»Ich habe gesehen, wie Sie die Entführer abziehen ließen. Wenn Sie mir nicht bei der Befreiung der Geiseln helfen, werden bald noch eine Menge anderer Leute außer mir die Frage stellen, was hier eigentlich läuft. Ich weiß von der *Estonia*, und ich weiß von Gripen. In dem Fahrzeug befindet sich außer den Geiseln auch eine wertvolle Ladung. All das wird mit Sicherheit auch die Medien interessieren.«

»Wir haben die Geiseln nicht ziehen lassen, sondern eine Taktik verfolgt, die jetzt nicht sabotiert werden darf«, sagte Paatsama. »Halten Sie an und warten Sie, wir kommen und holen Sie ab.«

»Reden Sie keinen Scheiß! Solange mein Sohn in dem Fahrzeug sitzt, folge ich ihm, notfalls bis ans Ende der Welt. Die Schweden sind im Besitz einer Videokassette über die Tauchgänge bei der *Estonia*. Und sie haben Bankdokumente, die mit Schmiergeldern zu tun haben.«

»Also gut ... Wir werden in der Nähe von Kouvola Vorkehrungen treffen. Nennen Sie mir noch Ihr Kfz-Kennzeichen.«

Tero drückte das Gespräch weg.

»Hervorragend«, sagte Paatsama und ging an Railo vorbei zu der Wand mit der finnischen Landkarte. »Die erste gute Nachricht heute. Wir kennen ihre Position.«

Er nahm eine Stecknadel, markierte die Stelle, von der er gerade erfahren hatte, und fasste für Railo den Inhalt des Telefongesprächs zusammen.

»Aber es ist ganz und gar nicht hervorragend, dass sich dadurch Bengtssons schlimme Befürchtung von einer Lieferung nach Osten bestätigt«, sagte Railo nachdenklich. »Und dass wir dabei behilflich sind. Was hat eigentlich die Aussage über die *Estonia*-Kassette zu bedeuten?«

Paatsama drehte sich um, rieb sich das Kinn und sah Railo an. »Airas scheint über einige Dinge informiert zu sein.«

»Ich rufe in Stockholm an. Bengtsson soll mit seinen Leuten nach Finnland kommen. Es ist besser, wenn sie die Sache so weit wie möglich selbst regeln. Wir halten uns raus, solange es geht.«

»Ich werde ein paar Männer zusammentrommeln«, sagte Paatsama und ging.

Railo rief Bengtsson in Stockholm an.

»Grüß dich, Ulf. Wir haben das Fahrzeug von Hellevig geortet. Er befindet sich tatsächlich auf dem Weg nach Osten und nicht nach Westen.«

»Wir sitzen schon so gut wie im Flugzeug. Spielt auf Zeit!«, sagte Bengtsson.

»Fliegt nach Utti oder nach Lappeenranta, das Auto mit der Ladung fährt auf der Fernstraße 6 in östliche Richtung. Wir machen genauere Angaben, sobald wir näher dran sind. Ein Finne, der dem Fahrzeug folgt, hat Kontakt mit uns aufgenommen. Er behauptet, sein Sohn sei als Geisel in dem Wagen, und ich habe keinen Grund, an seiner Aussage zu zweifeln. Er sagt auch, in dem Fahrzeug gäbe es Beweise für Tauchgänge bei der *Estonia* und für Schmiergelder von Gripen.«

Am anderen Ende der Leitung war es still.

»Was könnte er damit gemeint haben?«, fragte Railo.

»Wie gesagt, spielt auf Zeit. Wir kommen so schnell wie möglich.«

Railo hörte an Bengtssons abgehackten Worten, dass der Mann anfing zu rennen. »Seht zu, dass sich die Polizei möglichst fernhält.«

»Du weißt genau, dass ich da keine Befugnisse habe, weder was die Sicherheitspolizei noch was die normale Polizei betrifft. Höchstens der Zoll und die Grenze werden auf mich hören.«

»Jorma, du willst doch sicher auch nicht, dass in der Angelegenheit unnötig herumgestochert wird. Da stecken viel zu viele Leckerbissen für die Medien drin. Das weißt du.«

»Wie man's nimmt. Unser Boot hier in Finnland ist so klein, dass es keiner zum Schaukeln bringen will. Das hat man bei den *Estonia*-Ermittlungen gesehen. Die Medien haben nichts aufgegriffen, alle wussten zu schweigen. Aber keine Sorge, wir tun hier, was wir können, damit ihr euer Durcheinander klären könnt«, sagte Railo. Er hatte beschlossen, dass Angriff nun die beste Verteidigung war.

59

Hellevig fuhr konstant und hielt sich exakt an die Geschwindigkeitsbegrenzungen. Bei Kouvola war der Verkehr spärlich, dank des miserablen Wetters sah man hauptsächlich Lastwagen auf der Straße. Der Sprühregen hatte wieder eingesetzt, eine Anzeigetafel am Straßenrand zeigte neun Grad Celsius an.

Die Anspannung im Auto nahm von Minute zu Minute spürbar zu. Es war klar, dass die Geiseln ein Risiko darstellten. Und dieses Risiko würden die Empfänger der Lieferung auf keinen Fall hinnehmen.

Der Klingelton von Hellevigs Telefon brach die Stille. Unbekannte Nummer. Hellevig erwartete das Schlimmste, und als er sich meldete, wurden seine Befürchtungen bestätigt. Am anderen Ende war ein Vertreter der Kunden, die auf die Lieferung warteten: Oleg. Es war der erste Kontakt an diesem Tag.

»Wir sind bereit. Ich wollte mich nach eurem Standort erkundigen«, sagte Oleg auf Englisch mit russischem Akzent.

Hellevig konzentrierte sich darauf, seine Worte sorgfältig zu wählen. Die wesentlichen Züge der Sprachregelung hatte er mit Anatoli und Steglitz abgesprochen.

»Wir sind bald auf der Höhe von Kouvola …«

»Erst?«, wurde er scharf unterbrochen.

»Ich wollte gerade über eine kleine Verzögerung in Helsinki Mitteilung machen. Technische Probleme mit dem Fahrzeug. Wir mussten die Batterie wechseln.«

»Warum hast du das nicht früher gesagt?«

»Wir haben versucht, die verlorene Zeit unterwegs aufzuholen. Ich wollte gerade anrufen. Ich glaube nicht, dass wir es hier mit einem ernsten Problem zu tun haben. Wo treffen wir uns?«

»Sag Bescheid, wenn ihr am Motel Luumäki seid, zwanzig Kilometer vor Lappeenranta.«

»Alles klar.«

Hellevig legte das Telefon aus der Hand und erhöhte leicht die Geschwindigkeit.

»Nicht zu schnell«, sagte Anatoli. »In eine Radarfalle zu geraten ist das Letzte, was wir jetzt gebrauchen können.«

Paatsama saß im Hubschrauber der Verkehrspolizei und spähte auf die Fernstraße 6, die man durch den Regenschleier weit unten erkennen konnte. Bei ihm waren Railo und zwei weitere Beamte von der Sicherheitspolizei und dem Oberkommando der Streitkräfte. Nachdem die Verkehrspolizei ihnen ihre Hilfe zugesichert hatte, waren sie in Helsinki-Malmi gestartet. Paatsama hatte schon länger das Gefühl gehabt, dass die Verkehrspolizei die einzige Abteilung war, die noch Verständnis für die besonderen Bedürfnisse der SiPo aufbrachte.

Über seinen Kopfhörer erreichte ihn ein Anruf. Demzufolge hatte eine Zivilstreife der Verkehrspolizei den Vito mit dem Kennzeichen HCG-557 bei Kaipiainen, östlich von Kouvola, gesichtet. Paatsama bedankte sich für die Mitteilung und befahl, die Streife solle in keiner Weise eingreifen.

Im Hauptquartier der Verkehrspolizei in Helsinki-Malmi blickte der Beamte, der Paatsama über die Sichtung des Vito informiert hatte, auf den Computerbildschirm und machte dabei eine interessante Beobachtung.

»Das Kennzeichen von dem Wagen, nach dem Paatsama fahnden ließ, ist identisch mit dem aus der Anzeige, die uns heute erreicht hat … von der Geiselnahme in Östersundom. Aber über den weiteren Verlauf der Geiselnahme besitzen wir keine Informationen«, wunderte sich der Beamte gegenüber seinem Kollegen. »Und jetzt bittet Paatsama darum, dass wir uns von dem Fahrzeug fernhalten.«

»Die SiPo wird schon wissen, was sie tut«, sagte der Kollege zögernd.

Ulf Bengtsson saß auf dem Ledersitz in der engen Kabine der Cessna Citation. Das zweistrahlige Geschäftsreiseflugzeug steuerte Lappeenranta an. Railo hatte empfohlen, dort zu landen anstatt auf dem Militärflugplatz Utti.

Mit Bengtsson saßen drei seiner Kollegen vom KSI in der Maschine, erfahrene Mitarbeiter der operativen Abteilung, die schon bei anspruchsvollen Maßnahmen auf dem Balkan und in Liberia eingesetzt worden waren. Auch Stefan Wennerström war dabei, der Sicherheitschef des Gripen-Werks in Linköping. Er hatte die Maschine samt Piloten besorgt und war damit nach Arlanda gekommen.

Inzwischen waren aus Linköping weitere besorgniserregende Informationen eingetroffen. So hatte auch ein Kollege Hellevigs bei Zentech AB, der ehemalige KSI-Mitarbeiter Claus Steglitz, vor knapp einer Woche bei der Firma gekündigt. Das Schlimmste war jedoch, dass die Männer gute Beziehungen zu einem Ingenieur des Linköpinger Werks hatten, für dessen Team die Zentech russische Radartechnik besorgt hatte. Jetzt war besagter Ingenieur, ein dreiundvierzigjähriger Junggeselle, nicht am Arbeitsplatz erschienen. Auch telefonisch konnte man ihn nicht erreichen.

Es hatte immer mehr den Anschein, als würde das schlimmste Szenario Wirklichkeit werden: Hellevig, Steglitz und der Gripen-Ingenieur konnten der Verlockung nicht widerstehen, geheimste Systeme von Gripen an Russland zu verkaufen. Auf ironische Weise war die Situation bekannt, denn Gripen hatte sich für die eigene Produktentwicklung in adäquater Manier Erkenntnisse über Suchoi- und MiG-Kampfflugzeuge beschafft. Nur hatte sich die Richtung der Geld- und Warenbewegung jetzt umgekehrt.

»Ich habe bei dem Ingenieur damals selbst die Sicherheitsklassifizierung vorgenommen«, sagte Wennerström zu Bengtsson über den schmalen Gang der Flugzeugkabine hinweg. »Seine Biografie war in Ordnung. Ich kann nicht verstehen, wie jemand zu einem Betrug dieses Ausmaßes fähig sein kann.«

»Das Gleiche frage ich mich bei Hellevig und Steglitz. Beim KSI zählten sie zu den besten Männern. Dann gingen sie zu Zentech, und die Zusammenarbeit mit ihnen lief problemlos weiter. Und nun das.«

»Es ist das Geld.«

»Patriotismus bedeutet heute nichts mehr.«

»Andererseits ist es vielleicht genau umgekehrt«, sagte Wennerström. »Eventuell steckt gerade Nationalismus hinter dem Ganzen. Das nationale Selbstbewusstsein in Russland wächst ständig, und die Ölgelder werden in die Rüstung gepumpt. Ich will mir gar nicht erst vorstellen, wie viel der GRU Hellevig für die Komponenten geboten hat.«

»Millionen. Vielleicht sogar zig Millionen.«

Bengtsson hatte keine Lust zu sagen, was auf der Hand lag: Für ein paar Männer war das eine gigantische Summe, aber gegenüber dem angerichteten Schaden war sie geradezu gering. Der potenzielle Schaden konnte sogar völlig unfassbare Ausmaße annehmen. Gefährdet waren unter anderem die Verhandlungen mit Indien, die sich auf der Zielgerade befanden.

Bengtsson dachte an den Novembertag im Jahr 2002 zurück, als fünf Mitarbeiter von Ericsson Microwave Systems, jener Firma, die Gripen mit Radar- und Lenksystemen für Flugkörper belieferte, der Spionage für Russland überführt wurden. Infolge dieses Vorfalls wies die schwedische Regierung zwei russische Diplomaten aus, weil diese die Spionage organisiert hatten. Motiv der Russen war es nicht allein gewesen, Aufschluss über die technischen Lösungen von Gripen zu erhalten, sondern auch, der Agententätigkeit der Schweden in Russland etwas entgegenzusetzen.

Bengtsson kannte nur zu gut den Druck, dem das Gripen-

Projekt von Anfang an ausgesetzt war. Der Vertrag wurde 1982 geschlossen, und nach zwanzig Millionen Stunden Entwicklungs- und Konstruktionstätigkeit absolvierte der Prototyp der Maschine 1988 seinen Jungfernflug. Bei der Rückkehr vom sechsten Flug stürzte der erste Prototyp ab. Erst nach langer Unterbrechung wurden wieder Flüge gestartet, aber die zweite Maschine stürzte bei einer Flugschau ebenfalls ab, mitten in Stockholm. Von einem Exportgeschäft wagte man da gar nicht mehr zu träumen, weshalb es lange so aussah, als bliebe der schwedische Staat der einzige Kunde von Gripen International. Die Marktlage war kompliziert, aber die Technik an sich wurde überall bewundert. Ende der Neunzigerjahre gelang es endlich, die fieberhaft ersehnten Exportverträge abzuschließen.

Die bedeutendste Eigenschaft des JAS-38 Gripen war ein System, das Datenlink genannt und ursprünglich in Schweden erfunden wurde. Wegen der Nähe zur Sowjetunion waren schwedische Militärflugzeuge immer anfällig für sowjetische Störmaßnahmen gewesen. Deshalb baute man bereits in den Sechzigerjahren ein absolut geheimes, vom Boden zur Maschine funktionierendes Verbindungssystem in die Draken-Maschinen ein. Das System war so geheim, dass es versteckt im Cockpit angebracht wurde und im Funk- und Telefonverkehr nicht erwähnt werden durfte. Ebenso *top secret* war das erste von Maschine zu Maschine funktionierende System in den Viggen-Flugzeugen Anfang der Achtzigerjahre. Auf dieser Kette von Erfahrungen, der weltweit längsten in der Branche, basierte das supermoderne System des Gripen.

Einen großen Teil der operationalen Fähigkeiten der schwedischen Streitkräfte hatte man um diesen Datenlink herum konstruiert, und nun war ausgerechnet das Kernstück dieses Systems in Linköping gestohlen worden. Etwas Schlimmeres konnte man sich nicht vorstellen. Bengtsson war kein Ingenieur, aber er hatte mehr als einmal die glühende Begeisterung der Experten erlebt. Das *Tactical Information Datalink System*, kurz TIDLS, war in der Lage, mehrere Kampfflugzeuge in einer reziproken Linkschaltung zusammenzuführen. Seine Reichweite betrug fünfhundert Kilometer, und es war äußerst unanfällig gegen Störungen. Das einzige Mittel, sich in die Verbindung einzuschalten, bestand darin, eine Störmaschine in die Lücke zwischen zwei Gripen hineinfliegen zu lassen. Das System konnte von allen vier miteinander verbundenen Maschinen die Koordinaten und die Geschwindigkeit im Verband anzeigen sowie weitere Daten liefern, etwa zum aktuellen Stand der Treibstoffvorräte und der Bewaffnung. Ein visueller Kontakt zwischen den Maschinen war nicht mehr nötig, und das System verlieh dem Gripen die gleichen Eigenschaften, wie sie Kampfflugzeuge hatten, die von keinem Radar erfasst werden konnten.

Zu den taktischen Vorteilen des TIDLS gehörte auch, dass der Pilot in der jeweils besten Position den Angriff durchführte und die Daten seiner Attacke zeitgleich an die drei anderen Kampfflugzeuge übermittelt wurden. Die Maschinen konnten sich der Taktik des »stillen Angriffs« bedienen, bei der eine Maschine, die näher am Objekt dran war, die Radarbeobachtung einer anderen, in größerem Abstand zum Objekt fliegenden Maschine übernehmen und somit einen Überraschungsangriff fliegen konnte. Dank des einzigartigen Datenlink-Systems wurde ein Verband von Gripen-Maschinen praktisch zu einer kompakten Waffe, zu einer Art Superzerstörer. Darüber hinaus konnte man sämtliche Daten aus dem Cockpit in einen Simulator am Boden einspeisen und somit realistisches Schulungsmaterial der Extraklasse anbieten.

Weil der Datenlink zu den entscheidenden Trümpfen bei den Verkaufsverhandlungen zählte und weil es nun wahrscheinlich schien, dass man wegen Hellevig ausgerechnet diesen Trumpf verlieren würde, musste alles Denkbare zur Stabilisierung der Lage unternommen werden.

Bengtsson studierte die Karte von Südostfinnland, auf der er die Koordinaten des Fahrzeugs eingezeichnet hatte. Er kannte die Gegend und war schon mehrmals nach Utti geflogen, um von dort unter anderem zu einer Radar- und Funküberwachungsstation der Finnen in unmittelbarer Nähe der russischen Grenze zu fahren. Die nachrichtendienstliche Arbeit dieser Station gehörte zu den am besten gehüteten Militärgeheimnissen Finnlands.

Der Blick auf die Karte bestätigte Bengtsson die unerbittliche Wahrheit: Das Datenlink-System und die anderen Komponenten sollten höchstwahrscheinlich so schnell wie möglich über die Grenze nach Osten gebracht werden.

60

Der Beamte, der im zivilen Polizeiauto dem Mercedes Vito auf der Fernstraße 6 folgte, hörte verwundert den Befehl aus der Zentrale, den Anweisungen der SiPo sei unbedingt Folge zu leisten. Die Einsatzleitung läge bei der SiPo, und daher solle man ihr auch den Vito überlassen.

»Da wird mir wohl nichts anderes übrig bleiben«, sagte der Polizist ins Funkgerät.

»Na hör mal«, sagte der jüngere Kollege am Steuer. »Auch wenn die Leitung bei der SiPo liegt, kann sie nicht einfach bestimmen, wo wir Streife fahren. Wir haben nun mal zufällig denselben Weg, also behalten wir die Richtung bei. Es mag seltsam klingen, aber allmählich habe ich den Eindruck, dass der blaue Golf da vorne ebenfalls dem Vito folgt. Checkst du mal kurz das Kennzeichen?«

Der Kollege tippte die Nummer in den Computer. »Der Halter ist eine Sicherheitsfirma. Helsinki Security. Das Ganze wird langsam echt interessant.«

Je länger die Fahrt dauerte, umso mehr wuchs die Angst in Tero. Der Vito konnte jeden Moment anhalten oder umdrehen. Tero hatte erneut Toomas angerufen, und der hatte seinen Rat wiederholt: Ruf Anatoli an, droh ihnen, mach ihnen Druck, lass sie spüren, dass es dich gibt.

Tero holte tief Luft, dann wählte er Anatolis Nummer. Es klingelte einmal, zweimal, dreimal, viermal …

»Hallo«, sagte eine misstrauische Stimme mit russischem Akzent.

»Hier ist Tero Airas. Ich will mit Hellevig sprechen.«

Einige Sekunden verstrichen.

»Gut, dass du anrufst«, sagte Hellevig. »Tero, wir müssen miteinander reden …«

»Ich rede, du musst nur zuhören. Ich werde der Polizei alles sagen, was ich weiß, wenn du nicht sofort meinen Sohn und den anderen Finnen freilässt.« Tero gab sich Mühe, selbstsicher und entschlossen zu klingen. Er blickte in den Spiegel, von hinten näherte sich ein Krankenwagen mit Blaulicht.

»Warum sollte die Polizei dem Vater eines jungen Mannes glauben, der des Totschlags verdächtigt wird? So jemand denkt sich doch alles Mögliche aus, um die Haut seines Sprösslings zu retten.«

Tero schaute auf die Hecktür des Vito vier Fahrzeuge vor ihm. Er musste jetzt sofort etwas Überzeugendes sagen, sonst würde er seine Unsicherheit verraten. Der Krankenwagen überholte ihn mit heulender Sirene.

Hellevig hielt beim Fahren das Handy ans Ohr.

»Die Polizei muss nicht nur mir glauben, es gibt noch andere, die Bescheid wissen«, sagte Airas. Er klang aufgeregt. Den Geräuschen nach saß er im Auto. Im Hintergrund hörte Hellevig die Sirene eines Einsatzfahrzeugs.

Anatoli telefonierte mit einem anderen Handy ebenfalls. Er ließ sich von Oleg neue, genauere Anweisungen geben.

Hellevig drehte sich kurz um und sah zwischen Steglitz und Nykvist hindurch aus dem Rückfenster. Ein Krankenwagen überholte die Autos hinter ihnen und war kurz davor, auch am Vito vorbeizufahren.

Hellevig drückte das Telefon fest ans Ohr.

Airas war unmittelbar hinter ihnen!

Tero fluchte, als er begriff, was passiert war. Er hörte die Sirene des Krankenwagens über Hellevigs Telefon – also musste Hellevig sie über Teros Handy ebenso gehört haben.

»Ach, so ist das«, sagte Hellevig prompt mit spöttischem Unterton. »Sitzt du in dem Nissan oder in dem Volvo? Sicher nicht in dem Lieferwagen … Oder im Golf dahinter? Das könnte deiner sein.«

Tero wollte das Gespräch schon wegdrücken, besann sich dann aber. Er umklammerte das Lenkrad und sagte nichts, bereit, jeden Moment zu bremsen oder zu beschleunigen.

»Warte kurz«, sagte Hellevig. Man hörte einen gedämpften, schnellen Wortwechsel, dann sprach Hellevig wieder in den Apparat: »Hör mir genau zu. Wenn du deinen Sohn lebend wiedersehen willst, hältst du jetzt am Straßenrand an. Sofort. Du wirst dann weitere Anweisungen erhalten.«

»Nein«, sagte Tero schnell. »Ich will, dass die Geiseln jetzt freigelassen werden.«

»Tu, was ich dir gesagt habe.« Die Stimme klang beängstigend gefühllos. »Das Leben der beiden liegt einzig und allein in deinen Händen. Du entscheidest.«

Damit wurde die Verbindung unterbrochen.

Tero ließ die zitternde Hand mit dem Telefon sinken und schlug dann mit der Faust gegen das Lenkrad. Er behielt den Vito, der vor ihm eine Anhöhe hinauffuhr, im Blick und versuchte sich noch einmal zusammenzunehmen. Sollte Roni etwas zustoßen, weil sein Vater trotz wiederholter Aufforderung nicht anhielt, würde er sich das nie verzeihen.

Er bremste und stoppte an einer Fernbushaltestelle. Einige Autos rauschten an ihm vorbei. Mit pochendem Herzen wartete er ein paar Sekunden ab, dann fuhr er weiter. Der Vito war nun außer Sichtweite. Die Schweden hatten keine Möglichkeit herauszufinden, ob er ihnen noch folgte oder nicht.

Hellevig schaute zu Anatoli hinüber, der sein Handy in die Brusttasche steckte.

»Vierhundert Meter nach der Halle eines Holzimprägnierungsbetriebs kommt ein Wegweiser nach Savela. Dort biegen wir ab«, gab Anatoli die Anweisungen von Oleg wieder. »Hundert Meter nach der Abzweigung geht dann links eine kleine Straße ab, auf der wir so lange fahren, bis wir an eine offene Stelle mit drei hohen Kiefern kommen. Dort halten wir an und warten auf weitere Anweisungen.«

Hellevig sah in den Rückspiegel. »Airas ist nicht mehr zu sehen, er hat zumindest das Tempo gedrosselt.«

»Hauptsache, er ist bei der Übergabe nicht in der Nähe«, sagte Steglitz scharf. »Danach locken wir ihn in die Falle.«

»Und wenn er schon Kontakt mit der Polizei aufgenommen hat?«, fragte Nykvist.

»Sie hätten sicherlich nicht zugelassen, dass er so lange an uns dranhängt«, stellte Hellevig fest. »Und ich habe hundertprozentiges Vertrauen in Railo.«

»Allerdings holt der garantiert Erkundigungen in Stockholm ein «, sagte Anatoli. »Wo man ihm sagen wird, dass im Moment gar kein Zentech-Transport läuft. Und eure ehemaligen Kollegen vom MUST werden auch nicht untätig bleiben.«

»Mit Sicherheit wird man in Stockholm irgendwann auf Railos Anfrage antworten. Aber in Linköping haben sie das Fehlen der Komponenten eventuell noch nicht einmal bemerkt. Auf jeden Fall werden sie die Sache im möglichst kleinen Kreis halten.«

»Das ist alles sinnlose Spekulation. Wir konzentrieren uns jetzt auf die Übergabe«, sagte Steglitz. »Dieser Oleg ist vorsichtig. Er darf keinen Wind von irgendwelchen Problemen bekommen, vor allem darf er unter keinen Umständen die Finnen im Auto sehen.«

Anatoli sah Steglitz spöttisch an. »Glaubst du wirklich, er wittert nicht schon längst Schwierigkeiten? Denkst du, die Geschichte von dem Batteriewechsel nehmen sie uns beim GRU ab?«

»Hören wir endlich mit dem Geschwätz auf, und konzentrieren wir uns auf das Wesentliche. Deswegen sind wir schließlich hier«, knurrte Steglitz mit einem Kautabakpfriem unter der Oberlippe. »In ein paar Minuten dürfen die Finnen und die

Schweden der Fracht hinterherjagen wie sie wollen. Allerdings glaube ich nicht, dass der GRU sie so leicht wieder hergeben wird.«

Hellevig blickte erneut in den Spiegel. Airas wagte es jedenfalls nicht, ihnen in Sichtweite zu folgen.

Auf der Straße waren jede Menge russischer Fahrzeuge unterwegs. Hellevig hatte für die Operation ein Auto mit finnischem Kennzeichen gewählt, und das war die richtige Entscheidung gewesen – ein in Schweden zugelassener Wagen wäre zu sehr aufgefallen. Anatoli war bei der Beschaffung des Wagens behilflich gewesen. Er hatte auch die Lagerhalle organisiert, wo die technischen Arbeiten durchgeführt worden waren. Am letzten Abend, kurz bevor der Vito nach Stockholm gebracht werden sollte, war eine Neugierige zu der Halle vorgedrungen. Das Mädchen hatte den Wagen gesehen, und es war keine Zeit mehr gewesen, ein neues Fahrzeug umzurüsten, weshalb es nur die andere Möglichkeit gegeben hatte.

61

Tero beschleunigte wieder, nachdem vor ihm ein Holztransporter in einer leichten Kurve etwas abgebremst hatte. Die Scheibenwischer schwenkten in Intervallen über die Windschutzscheibe. Der Vito war nicht zu sehen. Tero schaltete mit pochendem Herzen einen Gang herunter, trat das Gaspedal durch und überholte den Lastwagen. Vor ihm tat sich eine lange, abwärtsführende Gerade auf. Abzweigungen hatte es länger nicht gegeben, der Vito konnte also nicht abgebogen sein.

Plötzlich sah Tero das Fahrzeug weit vorne die Straße nach rechts verlassen. Er bremste stark und fragte sich, ob man ihn von dort aus gesehen haben konnte. Auf der kleinen Nebenstraße konnte er dem Van auf keinen Fall folgen, ohne bemerkt zu werden.

Er tastete nach seinem Handy und rief Paatsama an.

»Wo bleibt ihr?« Im Hintergrund hörte man großen Lärm.

»Ich stelle hier die Fragen«, erwiderte Paatsama. »Wo sind Sie?«

»Laut Navigator vierzehn Kilometer vor Lappeenranta, an einer Abfahrt nach rechts. Kleine Straße. Nach Savela. Der Vito ist dort abgebogen. Tut endlich was!«

»Folgen Sie den Schweden immer noch?«

»Nein, ich folge meinem Sohn. Worauf wartet ihr? Oder wollt ihr gar nichts unternehmen? Ist das SK ›Bär‹ unterwegs?«

»Wir sind in Aktion. Ich sitze im Hubschrauber. Bleiben Sie, wo Sie sind, wir landen gleich und kommen dann mit dem Auto zu Ihnen.«

Hellevig fuhr langsam die immer schmalere und unebenere Straße entlang. Keiner im Auto sagte ein Wort. Es gab nichts zu sagen.

Sie erreichten eine offene, von Weiden gesäumte Stelle, an deren Rand drei hohe Kiefern standen. Regen prasselte aufs Wagendach.

»Nicht anhalten«, sagte Steglitz. Er nahm eine Maschinenpistole mit kurzem Lauf aus der Tasche vor seinen Füßen und lud sie durch. Nykvist nahm eine zweite Waffe der gleichen Art zur Hand.

»Fahr dort hinter die Bäume. Schnell!«

Hellevig trat aufs Gas. Das Auto rumpelte auf dem unasphaltierten Weg über die nassen Wurzeln. Als sie den Schutz der Kiefern erreicht hatten, bremste Hellevig und stellte den Motor ab.

Steglitz ließ den Blick über die Gegend schweifen. Nach wie vor baumelten die Kopfhörer an seinem Hals. Nykvist durchkämmte mit dem Blick die Gegend auf der anderen Wagenseite. Beide Männer hielten ihre Waffen bereit.

»Habt ihr kein Vertrauen in unsere Freunde?«, fragte Anatoli.

»Komische Bemerkung aus deinem Mund«, schnaubte Steglitz. »Ich dachte, ein Waffenhändler weiß, dass man niemandem vertrauen kann.«

»Im Gegenteil. Der internationale Waffenhandel beruht ausschließlich auf Vertrauen.«

»Aber nur, wenn es um Kontinuität geht. Das hier ist eine einmalige Angelegenheit. Sie wissen, dass sie von uns nur diese eine große Lieferung bekommen werden.«

»Jonas«, sagte Anatoli zu Hellevig. »Du hast doch Vertrauen in unsere Kontaktmänner?«

Hellevig antwortete nicht.

Steglitz schnaubte erneut. »Unser Freund Oleg hat auch seine Befehle. Er ist nur eine Spielfigur.«

In dem Moment klingelte Hellevigs Handy. Er schaltete den Lautsprecher ein.

»Fahrt weiter. Nach einigen Hundert Metern kommt ihr an eine Wiese, auf der eine Scheune steht. Dort haltet ihr an.«

Die Verbindung wurde abgebrochen.

»Genau das gefällt mir nicht«, sagte Steglitz. »Warum geben sie uns die Fahranweisungen stückweise? In einem stehenden Auto auf der Wiese sind wir perfekte Zielscheiben.«

Hellevig startete den Motor, und der Vito setzte sich in Bewegung.

Tero schaute konzentriert auf den Navigator über dem Armaturenbrett. Der Vito war auf die Straße nach Savela abgebogen, die sich in östliche Richtung schlängelte, aber nach knapp einem Kilometer endete. Danach ging es nicht weiter, falls der Navi recht hatte. Man konnte nur dieselbe Strecke wieder zurückfahren.

Aber wie weit konnte man sich auf das Gerät verlassen? Die Informationen über kleine Straßen waren manchmal mangelhaft. Was, wenn der Vito einfach verschwand?

»Dort ist es«, sagte Steglitz schroff.

Hellevig bremste. Am Ende des von Bäumen gesäumten Feldwegs ragte auf einer Wiese eine einsame graue Scheune auf. Es waren noch etwa hundert Meter bis dorthin. Hellevig sah sich kurz nach Steglitz um, der seine Maschinenpistole noch fester im Griff hatte als zuvor.

»Lass Nykvist und mich hier aussteigen.«

»Nein«, sagte Anatoli strikt. »Das wäre ein beleidigender Beweis von Misstrauen.«

Die Scheibenwischer schoben im gleichmäßigen Takt die Regentropfen zur Seite.

Auf einmal sah man Bewegung bei der Scheune. Ein grüner Toyota Land Cruiser kam dahinter hervor. Der Wagen hielt vor der Scheune an, die Fahrertür ging auf, und ein Mann stieg aus.

Hellevig hielt das Fernglas vor die Augen, obwohl die Sicht wegen des Regens schlecht war.

»Er ist es.«

Nun stieg ein zweiter Mann aus dem Toyota.

Hellevig fuhr langsam näher heran und stoppte neben Oleg, der ihnen ein Stück entgegengekommen war.

Hellevig öffnete die Tür und trat auf den lächelnden Mann zu, der etwas jünger war als er, einen kurzen, gepflegten Bart trug und einen scharfen Blick hatte.

»Gab es Probleme?«, fragte der Mann auf Russisch und gab Hellevig die Hand.

»Keine Probleme«, sagte Hellevig. Tropfen blieben an seinen Wimpern hängen.

»Anatoli, schön, dich wiederzusehen«, sagte der Russe und umarmte ihn. »Die Geschäfte laufen so gut wie eh und je?«

»Mindestens«, lachte Anatoli, während Oleg bereits Steglitz und Nykvist die Hand gab.

»Wo ist Sergej?«, fragte Oleg und wurde ernst.

Hellevig wollte schon instinktiv auf Steglitz schauen, aber das hätte diesen sofort verraten.

»Er bekam plötzlich Magenschmerzen«, sagte er. »Er ist in Kouvola beim Arzt.«

Oleg starrte ihn an. »Ich bin nicht zu Scherzen aufgelegt, Jonas. Wo ist er?«

»Wir lesen ihn auf dem Rückweg wieder auf. Falls es nicht der Blinddarm oder so etwas ist.«

»Er sollte mit uns über die Grenze kommen.«

Jetzt konnte Hellevig einen kurzen Seitenblick auf Steglitz nicht mehr vermeiden und registrierte gerade noch die mühsam unterdrückte Bestürzung auf dessen Gesicht.

»Gehört Sergej dem GRU an?«, fragte Hellevig.

Die Schweden hielten den Atem an.

»Oleg«, sagte Anatoli mit besonderer Betonung. »Ich will ehrlich zu dir sein. Wir hatten unterwegs tatsächlich ein kleines Problem.«

Oleg trat einen Schritt zurück und sah sich nach seinem Partner beim Toyota um.

»Jonas hat mir gerade erzählt, dass es keine Probleme gab.«

»Oleg, hör mir zu«, sagte Anatoli zu seinem Landsmann. »Zwei Finnen sind uns auf die Spur gekommen. Wir haben die Situation wieder im Griff, aber sie haben Sergej erschossen.«

Olegs Gesicht verdüsterte sich innerhalb einer Sekunde.

»Sind euch auf die Spur gekommen? Warum hat man uns nichts davon gesagt?«

Während er das sagte, machte Oleg langsame Schritte rückwärts zum Toyota. Hellevig wusste, das bedeutete Gefahr. Er sah Steglitz an und ahnte, dass dieser dasselbe dachte wie er: Die Waffen waren im Auto.

»Weißt du was?«, fuhr Oleg fort. »Ich glaube, du erzählst uns Scheißdreck. Ich glaube, dass zwei Schweden Sergej erschossen haben. Und, Claus, ich an deiner Stelle würde keinen weiteren Schritt auf das Auto zugehen.«

Im selben Moment stürzten Steglitz und Nykvist zum Vito. Steglitz sprang durch die offene Beifahrertür hinein, Nykvist riss die Schiebetür auf und griff nach der Maschinenpistole auf dem Boden. Kaum hatte er die Waffe in der Hand, spritzte Blut aus seinem Hals.

Der Schuss war aus dem Wald gekommen. Also doch ein Hinterhalt, fuhr es Hellevig durch den Kopf. Er stürzte auf den Vito zu, neben dem Nykvist mit der Waffe in der Hand zu Boden sank.

»Nein«, schrie Anatoli und breitete die Arme aus, wie um die Lage zu beruhigen.

Hellevig rannte einige Schritte und warf sich dann abrollend auf die Erde. Unmittelbar neben sich hörte er eine Kugel einschlagen. Er rappelte sich auf, rannte geduckt die letzten Meter zum Vito in Deckung und riss die Fahrertür auf.

Steglitz lag mit der Maschinenpistole in den Händen im Fußraum.

»Fahr, fahr, fahr!«, rief er wie ein Wahnsinniger.

Hellevig startete den Motor, und Steglitz ließ das Seitenfenster herunter, erhob sich ein Stück und schoss eine wütende Salve in den Wald. Erst da bemerkte er, dass Anatoli leblos vor der Scheune lag. Der Motor des Vito heulte beim Zurückstoßen auf.

Plötzlich ächzte Steglitz vor Schmerz, und die Waffe glitt ihm aus den Händen. Hellevig bremste und sah, dass Steglitz sich den blutenden Arm hielt. Hellevig wendete um hundertachtzig Grad. Es klirrte, als eine Kugel eines der hinteren Seitenfenster durchschlug.

In vollem Tempo raste Hellevig über den Feldweg, blickte kurz in den Rückspiegel und sah Anatoli aufstehen und ihnen mit wedelnden Armen hinterherwanken. Im selben Moment puffte aus dem Kopf des Russen eine rote Wolke, und er brach erneut zusammen. Der Land Cruiser setzte sich in Bewegung, und ehe die Bäume die Sicht verdeckten, konnte Hellevig noch erkennen, wie ein Mann aus dem Wald gerannt kam, ausgerüstet mit einem Gewehr mit Zielfernrohr und Schalldämpfer.

»Hast du noch einen Treffer abgekriegt?«, fragte Hellevig, während das Wasser einer Pfütze gegen die Windschutzscheibe spritzte. Steglitz hielt sich den blutüberströmten Arm.

Er zog eine Grimasse. »Diese Scheißkerle …«

»Du musst die Blutung stillen. Nimm deinen Gürtel zum Abbinden.«

»Konzentrier du dich aufs Fahren!« Steglitz blickte nach hinten. »Sie kommen hinterher. Und zwar schnell.«

Roni lag unter der Kofferraumabdeckung und wurde heftig hin und her geworfen. Was war passiert? Wer hatte die Schweden angegriffen? Die Polizei? Er hatte die Stimmen von Hellevig und Steglitz gehört, aber wegen des heulenden Motors kein Wort verstehen können.

Er hatte Angst. Er ahnte, dass er selbst versuchen musste, aus der Situation herauszukommen. Und je mehr Angst er hatte, umso stärker überkam ihn das Gefühl, Julia etwas furchtbar Schlimmes angetan zu haben. Er hatte es seinem Vater gegenüber nicht zugegeben, aber dieser hatte ihn auch gar nicht richtig unter Druck gesetzt.

Roni rutschte näher an Kimmo heran, der sich ebenfalls bewegte. Roni drehte sich mühsam mit dem Rücken zu Kimmo und versuchte mit den Fingern nach dessen Händen zu tasten. Seine Hände bewegten sich über das glatte Tape wie schon mehrmals zuvor. Er spannte die Finger an und begann, mit seinen kurzen Fingernägeln an dem Klebeband um Kimmos Handgelenke zu kratzen. Auch das hatte er vorher schon versucht, mehrmals, aber immer wieder aufgeben müssen.

Jetzt konnte er sich das nicht mehr leisten. Hartnäckig machte er weiter, bis er merkte, dass sich eine kleine Ecke des Tapes löste. Er versuchte es mit den Fingerspitzen zu ergreifen und mit aller Kraft daran zu reißen, aber das war schwierig.

Da hörte er, wie von hinten ein Auto näher kam.

Hellevig blickte in den Rückspiegel. Im Regen waren die dunklen Umrisse des Geländewagens zu erkennen, der sich unerbittlich näherte, obwohl Hellevig so schnell fuhr, wie er konnte.

»Jonas, verflucht, hol alles raus aus dem Wagen«, rief Steglitz.

»Wir hätten das ahnen müssen … Der GRU wollte die Lieferung ohne Zeugen.« Hellevig gab sich alle Mühe, das Auto in der Spur zu halten. Der Geländewagen mit dem russischen Nummernschild kam wie eine Walze hinter ihnen her.

»Wir müssen auf die Fernstraße kommen, bevor sie uns einholen. Das ist unsere einzige Rettung«, sagte Steglitz ächzend und schlang seinen Gürtel um den blutenden Arm. Als er ihn festgezogen hatte, griff er nach der Maschinenpistole im Fußraum.

Oleg Michailow versuchte, den Abstand zum Vito nicht größer werden zu lassen, und schaute auf den neben ihm sitzenden Dima, der gerade mit der Zentrale in Sankt Petersburg sprach.

Oleg hielt das Lenkrad fest umklammert. Der Vito fuhr schnell. Zu schnell. Vor der Fernstraße würden sie ihn nicht einholen. Und dort war das Risiko zu groß.

Sie waren gescheitert. Die Ahnung, betrogen worden zu sein,

hatte eine unkontrollierbare Kettenreaktion ausgelöst. Er hatte die Schweden unterschätzt, hatte sich von ihrer Reaktionsgeschwindigkeit überraschen lassen. Die ehemaligen Mitarbeiter des Militärgeheimdienstes hatten unter schweren Einsatzbedingungen Erfahrungen gesammelt und daher auch jetzt die Gefahr gewittert. Das war wie ein sechster Sinn. Er hätte das begreifen und abwarten müssen, bis die Umladung der Fracht erfolgt wäre. Aber hatten sie überhaupt die echte Lieferung dabei? Was war mit Sergej passiert? War er einem Schwindel auf die Spur gekommen? Oder waren die schwedischen oder finnischen Behörden hinter ihnen her?

Dima legte das Telefon aus der Hand. »Wir brechen ab.«

Michailow hatte das geahnt. Es war die einzige Möglichkeit; auch wenn die Beute enorm verlockend war, schätzte man in Moskau und Sankt Petersburg die Risiken realistisch ein. Trotzdem glich die Entscheidung einem Schlag in die Magengrube. Das Hauptquartier war jetzt über Oleg Michailows Niederlage informiert, und auf ihn wartete die Versetzung zu anderen Tätigkeiten, weit weg von Moskau und Sankt Petersburg.

62

Tero geriet allmählich in Panik. Unverwandt starrte er auf die Abzweigung, die der Vito genommen hatte, und wählte erneut Anatolis Nummer. Warum meldete sich der Russe nicht? Waren Roni und Kimmo bereits im Wald hingerichtet worden? Tero bereute es zutiefst, dem Van nicht weiter gefolgt zu sein.

Aber nein … Er wäre auf der kleinen Straße unweigerlich bemerkt worden. Plötzlich erschrak er, weil hinter den Bäumen etwas Weißes hervorschimmerte. Kurz darauf erreichte der Vito die Fernstraße. Waren Roni und Kimmo noch an Bord, oder hatte man sie im Wald zurückgelassen, lebendig oder tot? Tero startete den Motor. Er konnte nicht aufs Geratewohl in den Wald hineinfahren, er musste dem Vito folgen.

Er ließ den Van auf die Fernstraße fahren und aus dem Blickfeld verschwinden, wartete einige lange Sekunden ab und wollte gerade in dieselbe Richtung beschleunigen, als ein weiteres Auto von der kleinen Straße auf die Fernstraße fuhr – ein dunkelgrüner Toyota Land Cruiser.

Wo kam der her? Hatte er etwas mit dem Vito zu tun? Tero gab Gas. Der Land Cruiser überholte bereits einen Lastwagen, und Tero trat das Gaspedal ganz durch. In dem Geländewagen saßen drei Männer. Tero kam an eine Schlange aus Lkws und Pkws heran und versuchte, den Vito zu erspähen. Die Fahrzeuge ließen feine Wasserwolken aufsprühen, die im Scheinwerferlicht glitzerten. Tero überholte einen Pkw und drängte sich danach in eine enge Lücke.

Der Geländewagen setzte im selben Moment zum Überholen eines Tankwagens an. Tero schätzte blitzschnell die Situation ein und überholte einen Lastwagen mit Anhänger. Er schaffte es gerade so, auf die eigene Spur zurückzukommen, bevor er mit einem entgegenkommenden Lieferwagen zusammengestoßen wäre, der prompt die Lichthupe betätigte.

Es folgte ein langer gerader Straßenabschnitt, an dessen Ende Tero endlich den Vito ausmachen konnte. Der Land Cruiser mit dem russischen Nummernschild bog nach links in Richtung Mikkeli ab. Warum? Wer war das?

Tero nahm die nötigen Überholmanöver vor, um den Vito nicht aus den Augen zu verlieren. Dabei rief er Paatsama an und schilderte ihm die neue Situation.

Paatsama hörte sich an, was Airas mit aufgeregten, abgehackten Worten sagte.

»Es ist anscheinend sinnlos, dass ich Sie auffordere, sich von dem Auto fernzuhalten«, sagte er frustriert, »aber halten Sie wenigstens so viel Abstand, dass Sie auch garantiert nicht bemerkt werden.«

»Wo seid ihr? Das letzte Mal haben Sie gesagt, ihr kommt innerhalb von zehn Minuten.«

»Das stimmt auch. Bis zur Abzweigung Savela ist es noch knapp ein Kilometer …«

Wieder drückte Airas das Gespräch weg.

Paatsama blickte ernst zu Railo, der auf seinem Handy eine Nummer wählte.

»Sollten wir doch die Polizei dazuholen?«, fragte Paatsama.

»Das hier darf auf keinen Fall an die Öffentlichkeit. Das weißt du. Lieber lassen wir die Lieferung über die Grenze.«

Paatsama fragte sich, ob Railo das ernst meinte. Dieser nahm das Handy ans Ohr und sagte, während er auf die Verbindung wartete: »Die Information, dass die Komponenten in falsche Hände geraten sind, muss absolut geheim gehalten werden. Aber wenn die Polizei einbezogen wird, bleibt sie nicht geheim. Wir müssen uns auf die Kompetenz des MUST verlassen, diesen Schlamassel zu klären.«

Bengtsson nahm Railos Anruf entgegen, als er gerade auf dem Flughafen Lappeenranta zum Mietwagen lief.

»Der Vito fährt gerade an Lappeenranta vorbei«, sagte Railo. »Bald wird er die Stelle erreichen, wo es zum Grenzübergang Nuijamaa abgeht. Mal sehen, ob er dort abbiegt.«

»Wir fahren auf jeden Fall in die Richtung. Wir sehen uns.«

Bengtsson und seine Leute stiegen in den Mietwagen. Einer der Männer befestigte den Navigator, den er seiner Umhängetasche entnommen hatte, an der Windschutzscheibe. Bengtsson hatte kein gutes Gefühl.

Jonas Hellevig war einmal sein engster Mitarbeiter gewesen. In Gedanken kehrte er zum September 2000 zurück, als er nach monatelanger Aufklärungsarbeit mit zweihundert schwedischen und britischen Soldaten in drei Häuser des Dorfes Gracanica im Kosovo eingedrungen war. Sie konfiszierten automatische Waffen und Sprengstoff und nahmen Männer fest, die unter dem Verdacht standen, einen Anschlag auf die KFOR-Truppen zu planen.

Bengtsson war als Erster in eines der Häuser eingedrungen und hatte einen Raum nach dem anderen überprüft. Es waren nur kreischende Frauen und Kinder im Haus gewesen. Er hatte die letzte Zimmertür aufgerissen, aber auch dort waren keine Kämpfer versteckt gewesen. Bengtsson war jedoch eine Luke in der Decke aufgefallen, er war hinaufgeklettert und in dem dunklen, niedrigen Raum oben vorsichtig weitergeschlichen. Vier Soldaten waren ihm gefolgt. Plötzlich hatte vor ihm eine Taschenlampe aufgeleuchtet, und er hatte einen Mann mit einer Handgranate gesehen. Auf dem Boden vor dem Mann war ein ganzer Haufen Granaten, Sprengstoff verschiedener Art und automatische Waffen gelegen.

Der verzweifelte Mann hatte sie angeschrien und damit gedroht, das ganze Haus in die Luft zu sprengen, wenn die Soldaten nicht abzögen. Bengtsson und die Kollegen hinter ihm waren langsam zur Luke zurückgewichen.

Dabei hatten sie gesehen, wie hinter dem Mann eine Hand

hervorgekommen war und die Hand mit der Granate gepackt hatte. Eine zweite Hand hatte sich um den Hals des Mannes gelegt. Dann war die Taschenlampe zu Boden gefallen. In der Dunkelheit hatte man Geräusche eines Kampfes gehört. Bengtsson war hinzugerannt, hatte nach der Taschenlampe auf dem Boden gegriffen und den Lichtkegel nach vorne gerichtet. Der Mann, der gerade noch geschrien hatte, lag auf dem Boden, fest im Griff des Soldaten, der ihn von hinten angegriffen hatte. In einer Hand hielt der Soldat die Granate. Der Name des Soldaten war Hellevig.

Jetzt war aus dem mutigen Kollegen ein habgieriger Verräter geworden. Und ein gefährlicher Gegner.

Bengtsson musste sich festhalten, als sein Mitarbeiter vom Flughafengelände auf die nach Osten führende Straße bog.

Nach Osten … Allein das Wort ließ Bengtsson zusammenzucken. Die Finnen hatten Angst vor Russland und waren auf ihre Angst geradezu eifersüchtig – sie glaubten, sie hätten das Privileg darauf, und niemand sonst hätte vergleichbare Ängste, dabei fürchteten die Schweden die Russen in Wahrheit viel leidenschaftlicher.

Bengtsson hatte das Thema einmal offen mit Railo in der Sauna von dessen Sommerhaus in Mäntyharju analysiert. Sie waren zu dem Ergebnis gekommen, dass die Russland-Angst der Schweden pathologisch war. Traumatisch. Die Finnen hatten den Russen im Krieg Auge in Auge gegenübergestanden, sie kannten ihren damaligen Feind und hatten viele Jahre lang mit ihm in erzwungener Symbiose gelebt. Für Schweden war Russland mythischer und unfassbarer, und das schürte abstruse Ängste.

Das Auto nahm die Zufahrt zur Fernstraße 6, wo der Verkehr durch eine große Baustelle beeinträchtigt wurde. Bengtsson fragte sich, wie Railo zur derzeitigen Situation stand beziehungsweise was passierte, wenn es richtig eng würde. Bengtsson hatte die Erlaubnis, sehr frei zu agieren, wenn es galt, eine Katastrophe zu verhindern, aber Railos offizielle Befugnisse waren minimal. Die Zusammenarbeit mit ihm basierte einzig und allein auf inoffizieller Kollegialität und persönlichen Beziehungen, alles war also sehr diffus. Manchmal war das ein Nachteil, manchmal ein Vorteil.

Roni löste langsam und mit Mühe das zähe Isolierband von seinen Fußgelenken. Er hatte Kimmo geholfen, die Hände freizubekommen, aber dieser hatte viel länger gebraucht als Roni, um die übrigen Fesseln zu lösen.

Das Schaukeln des Fahrzeugs wurde heftiger. Roni richtete sich vorsichtig auf und drückte das Gesicht gegen den Spalt zwischen Sitzbank und Kofferraumabdeckung. Die mittlere Sitzbank war leer. Auf den Vordersitzen wurde Schwedisch geredet, was gesagt wurde, konnte Roni jedoch wegen der Fahrgeräusche aus seiner Position nicht verstehen. Er ließ sich wieder zurücksinken und bemerkte, dass Kimmo eine Klappe im Boden geöffnet hatte. Im nächsten Moment erschrak er, weil er etwas an der Hand spürte. Kimmo hielt ihm einen schweren Schraubenschlüssel hin.

»Ich habe den Wagenheber«, flüsterte ihm Kimmo ins Ohr.

Hellevig blickte in den Rückspiegel, obwohl der russische Geländewagen schon vor einiger Zeit abgebogen war. Es gab trotzdem keine Garantie dafür, dass der GRU aufgegeben hatte.

»Und jetzt?«, fragte Steglitz.

Hellevig merkte, dass Steglitz immer blasser wurde.

»Du musst ins Krankenhaus …«

»Ich komme schon klar«, unterbrach ihn Steglitz ächzend. »Was machen wir mit der Ladung?«

»Dafür findet sich ein Markt. Und wenn es in China ist.«

Hellevig glaubte selbst nicht recht, was er da sagte. Außer nach Russland hatte er lediglich Kontakte zu Amerikanern und Israelis, anderswo müsste er ganz von vorne beginnen.

»Bis dahin müssen wir ein Stückchen fahren«, schnaubte Steglitz.

»Jetzt hör endlich auf mit deinem verdammten Gewinsel«, brüllte Hellevig, aber dann fielen ihm die Geiseln im Kofferraum wieder ein, und er redete leiser weiter: »Schieb bloß nicht wieder mir die Schuld in die Schuhe. Keiner von uns wusste, dass Makarin ein Mann vom GRU war. Die Russen hätten uns in jedem Fall bei der Scheune hingerichtet. Das war ein Hinterhalt. Wir hätten ihnen die Ladung übergeben, und danach hätten sie uns zum Schweigen gebracht. Makarins Tod hat uns quasi gerettet. Und ohne mich würdest du jetzt ebenfalls tot auf der Wiese liegen.«

Steglitz starrte schweigend aus dem Fenster.

»Wir haben viele prekäre Situationen gemeinsam überstanden, und wir werden auch diese überstehen«, sagte Hellevig. »Lass uns klar denken. Dann finden wir eine vernünftige Lösung.«

Steglitz seufzte gequält. »Und die vernünftige Lösung besteht darin, dass wir die Ladung so schnell wie möglich ausladen, damit wir das Auto loswerden. Und die beiden Finnen«, fügte Steglitz leise hinzu und machte eine Kopfbewegung nach hinten.

Hellevig antwortete nicht. Er wusste, dass Steglitz recht hatte.

63

Warum meldete sich Anatoli nicht? Tero verzweifelte fast beim Blick auf den Vito, der in jeder Biegung vor dem russischen Autotransporter, den Tero unmittelbar vor sich hatte, zum Vorschein kam. Folgte er am Ende einem leeren Fahrzeug? Waren Roni und Kimmo im Wald zurückgelassen worden?

Tero schaute auf den Navigator. Der Grenzübergang Nuijamaa rückte näher. Ließ Paatsama den Vito doch über die Grenze fahren, aus welchem Grund auch immer?

Tero griff nach seinem Handy und rief den Oberinspektor erneut an. »Wo seid ihr? Warum unternehmt ihr nichts?«

»Ganz ruhig. Wir haben unsere Taktik, Sie können sich auf uns verlassen.«

»Habt ihr vor, die Schweden an die Grenze herankommen zu lassen? Ist das die ganze Zeit der Punkt?«

»Halten Sie Ihre Nerven unter Kontrolle. Wir lassen sie nirgendwo herankommen. Wir sind in dem blauen Peugeot hinter Ihnen. Halten Sie sofort an …«

Tero drückte das Gespräch weg, warf das Telefon auf den Beifahrersitz und legte die Hand auf den Schaltknüppel. Er blickte kurz in den Rückspiegel und sah weit hinter sich den Peugeot. Er glaubte kein Wort mehr von Paatsamas Beteuerungen, sondern begriff endlich, dass er seit Östersundom ein blauäugiger Dummkopf gewesen war: Was immer die Schweden auch trieben – die Finnen halfen ihnen. Sie dachten gar nicht daran, etwas für Roni oder Kimmo zu tun. Wo waren denn die Straßensperren, das SK »Bär«, die Hubschrauber?

Nirgendwo. Tero wurde bewusst, dass er allein war. Und dass er davon ausgehen musste, dass man den Vito absichtlich mitsamt den Beweisen davonfahren ließ – nach Russland, wie es den Anschein hatte.

Tero war rasend vor Wut. Falls Julias Tod etwas mit Geheimnissen des Militärnachrichtendienstes zu tun hatte, wäre es für einige – genau genommen für beängstigend viele – Seiten, auch in Finnland, ein Geschenk des Himmels, wenn der Mord Roni aufgebürdet werden könnte.

Tero war allein. Er spürte, dass Ronis Schicksal einzig in seinen Händen lag.

Er schaltete in den dritten Gang, trat das Gaspedal durch und überholte den Autotransporter. Der Abstand zum Vito wurde immer geringer. Von Sekunde zu Sekunde kam Tero näher heran. Er versuchte, Einzelheiten zu erkennen. Ins Innere konnte man wegen der abgedunkelten Scheiben nur schwer hineinschauen, aber die hinteren Sitze schienen nicht besetzt zu sein. Ja. Nur vorne saßen zwei Männer.

Teros Brust krampfte sich zusammen. Hatten sie Roni und Kimmo also tatsächlich mit den anderen Männern auf dem Waldweg zurückgelassen? Oder waren sie in den Land Cruiser umgeladen worden? Er geriet kurzzeitig in Panik und warf sich vor, die falsche Entscheidung getroffen zu haben, obwohl er wusste, dass es gar keine Alternative gegeben hatte.

Er fuhr ganz dicht an den Vito heran und schaute durch die getönte Heckscheibe in den Rückspiegel, wo er Hellevigs Augenpartie erkennen konnte. Im selben Moment sah Hellevig in den Spiegel und so Tero direkt in die Augen. Im Blick beider Männer war die gleiche Botschaft zu lesen: Dieses Duell würde ausgetragen werden bis zum bitteren Ende. Keiner von beiden war zum Aufgeben bereit.

»Das kann nicht wahr sein!«, rief Hellevig aus. »Der verrückte Finne. So eine Scheiße!«

»Geben die eigentlich nie auf?« Die Stimme von Steglitz kam

aus dem schmalen Spalt zwischen seinen blassen Lippen und klang erschöpft. »Seit wann hängt er schon an uns?«

Der Golf von Airas berührte fast die hintere Stoßstange des Vito.

»Das spielt jetzt keine Rolle mehr«, sagte Hellevig. »Entscheidend ist, was der Kerl vorhat.« Hellevig erwog anzuhalten, aber das würde nichts bringen. Er wollte nach Imatra, weil er sich dort einigermaßen auskannte. Während seiner Zeit beim MUST war er mehrmals als Gast der finnischen Funkaufklärung dort gewesen.

Jetzt legte er sich einen Notplan zurecht: Wenn Railo nicht anders an der Kandare zu halten wäre, würde Hellevig zur SIGINT-Abhörstation des finnischen Geheimdienstes fahren. Dort würde man das Problem möglichst unauffällig beseitigen.

Tero holte tief Luft und fühlte sich auf einmal vollkommen ruhig. Die Straße wurde von Weidenbüschen gesäumt, auf der rechten Seite sah man in einiger Entfernung das Ende einer Schlange von Lastwagen, die bis zur Grenze reichte. Ungefähr auf gleicher Höhe kam auf der Gegenfahrbahn ein Fahrzeug entgegen. Tero blickte kurz in den Spiegel, setzte den Blinker, schaltete in den dritten Gang und überholte den Vito. Dabei fasste er den Mercedes-Van fest ins Auge. Das entgegenkommende Fahrzeug näherte sich. Tero meinte, Steglitz neben Hellevig erkennen zu können, in seltsam schlaffer Haltung.

Er gab weiter Gas und schaffte es im letzten Moment, vor dem Vito wieder auf die rechte Spur zu kommen. Bis zu der Lkw-Schlange waren es noch zweihundert Meter, aber Tero trat kräftig auf die Bremse. Zuerst sah es aus, als würde der Vito jeden Augenblick auffahren, aber dann bremste Hellevig.

Tero bremste ebenfalls weiter und reduzierte das Tempo auf sechzig. Dann gab er plötzlich wieder Gas und schoss davon.

Teppo Vuento, der Leiter des Grenzübergangs Nuijamaa, ging mit dem Telefon am Ohr auf sein Büro zu und hörte, was der Oberinspektor der Sicherheitspolizei, der ihn überraschend angerufen hatte, sagte.

»Wir verfolgen einen Mercedes Benz Vito, Kennzeichen HCG-557«, sagte der Mann, der sich mit dem Namen Paatsama gemeldet hatte. »Er wird möglicherweise innerhalb der nächsten Viertelstunde den Grenzübergang Nuijamaa erreichen. Er muss aufgehalten werden, aber so, dass der Fahrer keinen Verdacht schöpft. Erfinden Sie ein Computerproblem oder irgendetwas. Durchsuchen Sie das Fahrzeug nicht, sondern lassen Sie es einfach warten!«

»Worum geht es?«

»Es handelt sich um etwas, das für die nationale Sicherheit von größter Bedeutung ist. Setzen Sie sich in dieser Angelegenheit direkt mit mir, und nur mit mir, in Verbindung.«

»Zuerst muss ich Sie über die SiPo anrufen und prüfen, ob Sie überhaupt derjenige sind, als der Sie sich ausgeben …«

»Ich bin in wenigen Minuten bei Ihnen und zeige Ihnen meinen Ausweis. Bei mir ist Oberst Railo von der nachrichtendienstlichen Abteilung des Oberkommandos. Wir folgen dem Mercedes und erwarten Beamte des schwedischen Militärgeheimdienstes, die aus Lappeenranta kommen. Ist das klar?«

»Ja. Wir werden das Fahrzeug aufhalten.«

Vuento war Railo mehrmals im Zusammenhang mit Beschlagnahmungen begegnet, die über die Jahre hinweg an der Grenze vorgenommen worden waren. Alles Mögliche hatten die Russen zu schmuggeln versucht, wovon sie glaubten, sie könnten im Westen ein Geschäft damit machen: technische Zeichnungen, Materialien und Komponenten aus der Rüstungs- und Raumfahrtindustrie, sogar ganze Prototypen und selbst Teile von Satelliten und Luftabwehrsystemen. Railo und seine Männer hatten bei der Identifikation der Sachen geholfen und sie dann irgendwohin transportiert – wohin, das wusste Vuento nicht.

Die Schlange der wartenden Lkws schien gar kein Ende nehmen zu wollen, aber der Grenzübergang war nun nicht mehr weit.

»Hoffentlich kommt Airas nicht vor der Grenze auf dumme Gedanken«, sagte Paatsama und hielt den Blick fest auf die Rücklichter des Vito hundert Meter vor ihnen gerichtet. Das Überholmanöver, das Airas gerade vollführt hatte, verhieß nichts Gutes. Jetzt war der Golf vor dem Vito. Der Regen wurde stärker, und Paatsama drosselte leicht das Tempo.

»Der Mann ist verzweifelt und unberechenbar«, sagte Railo. »Ich kann ihn verstehen, wenn sein Sohn in dem Van dort ist. Er soll sich nur noch ein paar Kilometer unter Kontrolle halten.«

»Und wenn ihm das nicht gelingt? Wenn er versucht, den Van vor der Grenze zu stoppen? Wir müssen uns darauf gefasst machen, jeden Moment einzugreifen.« Paatsama trat wieder etwas stärker aufs Gas. »Wo, zum Teufel, bleiben die Schweden? Können die nicht mal Auto fahren?«

64

Tero beschleunigte und ließ den Vito hinter sich zurückfallen. Sturzregen prasselte auf die Motorhaube und das Dach des Golf. Ein vorbeihuschendes Schild kündigte auf Finnisch und Russisch an, dass es noch neunzehn Kilometer bis zum Grenzübergang Nuijamaa waren. Die Lkw-Schlange auf der Wartespur wirkte durch die Geschwindigkeit wie eine Mauer, die exakt der Straße folgte.

Tero versuchte seine Gedanken zu ordnen. Wahrscheinlich würde man ihn an der Grenze festnehmen. Aber würden die finnischen Beamten die wirklichen Mörder tatsächlich entkommen lassen? Paatsama anzurufen war sinnlos, es war überhaupt sinnlos, irgendwen anzurufen, man konnte niemandem vertrauen. Niemandem außer sich selbst.

Tero bremste heftig, bis sein Wagen zum Stehen kam. Die wartenden Lastwagenfahrer starrten erstaunt auf das seltsame Manöver des VW Golf. Tero legte den Rückwärtsgang ein und lenkte das Auto blitzschnell auf eine Ausweichstelle neben den Lastwagen. Sein Herz pochte fast schmerzhaft in der Brust.

Im Seitenspiegel sah er Hellevig näher kommen und wasserpflügend vorbeirauschen. Sofort trat Tero wieder aufs Gas, der Motor heulte auf, und der Golf schoss davon.

Tero sah jetzt nur noch die weiße Hecktür des Vito, sonst nahm er nichts mehr wahr. Er schaltete in den dritten Gang und fuhr von hinten auf den Van auf. Durch die Berührung der Stoßstangen gerieten beide Wagen ins Schlingern. Der Vito musste gegenlenken, um nicht gegen die Lkw-Schlange am rechten Straßenrand zu prallen.

Der Stoß und das Schlingern waren im Kofferraum des Vito heftig zu spüren. Roni unterdrückte gerade noch einen Aufschrei und schaffte es, den Schraubenschlüssel in der Hand zu behalten, obwohl er mit dem Ellbogen schmerzhaft gegen den Radkasten schlug. Kimmo fiel der Wagenheber aus der Hand, aber das wurde vorne nicht bemerkt, denn dort wurde lautstark auf Schwedisch geflucht.

»Was war das?«, flüsterte Roni und umklammerte den Schraubenschlüssel.

Er spürte, wie das Auto beschleunigte, und hörte Hellevig und Steglitz aufgeregt diskutieren. Dann erklang draußen, in unmittelbarer Nähe, das Heulen eines Motors, und gleich darauf brachte ein heftiger Aufprall den Van erneut zum Schlingern. Diesmal fiel Roni der Schraubenschlüssel aus der Hand. Sein unwillkürlicher Aufschrei ging unter dem fluchenden Gebrüll auf den Vordersitzen unter.

Tero fuhr links neben dem Vito und sah im strömenden Regen die Lichter eines Autos auf sich zukommen. Er umklammerte das Lenkrad und betätigte die Lichthupe.

»Weich endlich aus, du Spinner!«, rief Tero, als könnte der Fahrer des entgegenkommenden Autos ihn hören.

Dann lenkte er wieder nach rechts, wodurch der Golf erneut gegen den Vito stieß. Der Van schlingerte, hielt aber die Spur und konnte die Kollision mit der Lkw-Schlange verhindern. Noch einmal lenkte Tero nach rechts. Die Funken sprühten unter der Reibung der Bleche, und es knirschte laut.

Die entgegenkommenden Scheinwerfer waren bereits ganz nah, und das Auto, zu dem sie gehörten, hupte ununterbrochen. Die Lücke vor dem Vito war zu klein und die Straße für drei Fahrzeuge nebeneinander zu schmal. Der Vito konnte wegen der Lastwagen nicht ausweichen. Ein Zusammenprall war unvermeidlich. Die Hupe ertönte, Metall knirschte. Tero drehte das Lenkrad nach rechts, der Vito gab nicht nach.

Im letzten Moment bremste das entgegenkommende Fahrzeug und wurde von der Straße geschleudert. Tero raste in hauchdünnem Abstand vorbei. Er blickte in den Spiegel und sah das andere Auto die Böschung hinabrutschen.

Tero richtete den Blick wieder nach vorne, wo bereits die Lichter des nächsten Autos auf ihn zukamen. Eine grelle Hupe ertönte, wieder drohte ein Zusammenprall.

Hellevig musste alles tun, damit sie von dem Golf nicht gegen die Lkw-Schlange gedrückt wurden. Ein entgegenkommendes Fahrzeug wich haarscharf auf die Böschung aus.

Da registrierte Hellevig Bewegung in der Lkw-Schlange.

»Pass auf«, konnte Steglitz noch rufen, als unmittelbar vor ihnen die Fahrertür eines Lkws aufging. Hellevig brachte noch den Fuß auf das Bremspedal, aber er sah, dass es zu spät war. Instinktiv hielt er sich eine Hand vors Gesicht, bevor es einen gewaltigen Schlag tat. Die Windschutzscheibe platzte und verwandelte sich in ein undurchsichtiges Mosaik, aber der Vito fuhr weiter. Hellevig versuchte, sich nach vorne zu beugen, aber der eingerastete Gurt hinderte ihn daran. Steglitz hatte seinen Gurt aufbekommen und schlug mit bloßen Fäusten gegen die Windschutzscheibe. Seine Hände bluteten und färbten das Glas rot. Schließlich schaffte er es, ein Guckloch freizubekommen.

Tero blieb neben dem Vito, obwohl weiterhin Autos auf der Spur entgegenkamen. Ewig würde er einen Zusammenprall nicht vermeiden können. Er lenkte nach rechts und erwischte den linken Kotflügel des Vito. Das entgegenkommende Auto rauschte so dicht am Golf vorbei, dass der Seitenspiegel abgerissen wurde.

Der Vito schlingerte, blieb aber auf der Fahrbahn. Tero blickte zu ihm hoch und sah das Seitenfenster des Mercedes-Vans nach unten gleiten. Hinter Hellevig tauchte geisterhaft die Gestalt von Steglitz auf, mit der Waffe in der Hand. Sein Gesicht war totenbleich, wo es nicht mit Blut beschmiert war. Hellevig schrie etwas, das Tero nicht verstand.

Tero lenkte nach links, aber das Auto gehorchte ihm nicht mehr, es hing mit der Stoßstange am Vito fest. Er trat auf die Bremse, worauf das Tempo allerdings nur unerheblich geringer wurde, denn der Vito war schwerer und hatte den stärkeren Motor. Tero sah, wie sich der Lauf der Maschinenpistole durch das Fenster direkt auf ihn richtete. Und nun hörte er auch, was Hellevig wie ein Wahnsinniger schrie: »Erschieß ihn! Erschieß ihn!«

»Jetzt«, flüsterte Roni im Kofferraum des heftig schlingernden Vito.

Er und Kimmo rollten sich auf die Knie, schoben ihre Finger in den Spalt der Kofferraumabdeckung und rissen sie mit einem Ruck ab. Roni sprang mit dem Schraubenschlüssel in der Hand auf und sah die Hinterköpfe von Hellevig und Steglitz vor sich. Durch die kaputte Windschutzscheibe konnte man die Lichter eines entgegenkommenden Fahrzeugs erkennen. Der Fahrlärm überdeckte alle anderen Geräusche. Roni schaute nach links und sah einen Golf, den er kannte.

Vater.

Roni ließ sich über die Sitzbank in den mittleren Teil des Fahrzeugs zwischen die Koffer und Taschen rollen. Kurz darauf drängte sich Kimmo mit dem Wagenheber neben ihn.

Tero trat auf die Bremse, ohne den Blick vom Seitenfenster des Vito zu wenden, aus dem er jeden Moment eine Salve erwartete.

Aber dann bewegte sich plötzlich etwas hinter Steglitz. Tero sah einen Gegenstand mit Schwung den Hinterkopf des Schweden treffen.

Hellevig beugte sich nach vorn, um etwas aufzuheben, wahrscheinlich die Waffe, und machte dabei eine abrupte Lenkbewegung. Sie brachte auch den Golf ins Schlingern.

Waren Roni und Kimmo doch noch in dem Fahrzeug?

Roni wurde zur Seite geschleudert und kippte hinter den Beifahrersitz. Hellevig drehte sich um und richtete die Waffe auf ihn. Kimmo brüllte animalisch und schlug mit dem Wagenheber nach Hellevigs Kopf. Er traf die Schläfe, und der Mann brach über dem Lenkrad zusammen. Entsetzt sah Roni das Auto nach rechts abdriften. Plötzlich verdeckte das Heck eines Geländewagens auf einem Autotransporter das gesamte Blickfeld.

Roni warf sich nach vorne, riss Hellevig zur Seite und griff nach dem Steuer. Auf der linken Spur näherte sich unaufhaltsam ein Auto. Im Bruchteil einer Sekunde traf Roni seine Entscheidung und drehte das Steuer kräftig, aber genau dosiert nach links. Knapp entkamen sie dem Aufprall mit dem Transporter und schossen noch vor dem entgegenkommenden Fahrzeug auf die linke Straßenböschung zu. Erst da sah Roni, dass der Golf sich vom vorderen Kotflügel des Vito löste.

Roni versuchte, den Vito an der Böschung entlang in den Graben zu lenken. Das Tempo verringerte sich, war aber noch hoch genug, um sie aus dem Graben herauszuschleudern. Das Auto sprang zwischen Steinen und Baumstümpfen weiter, bis es schließlich gegen den Stamm einer Kiefer prallte.

65

Entsetzt hatte Tero zugesehen, wie der Vito die Böschung hinuntergerast und gegen einen Baum geprallt war. Mit einem Schlag war es mit dem Lärm und der rasenden Geschwindigkeit vorbei, und vollkommene Stille legte sich über alles, nur gestört vom Prasseln des Regens.

Mit zitternden Händen tastete Tero nach dem Schaltknüppel des Golf, der auf der Böschung zum Stehen gekommen war, und legte den Rückwärtsgang ein. Der Motor heulte kurz auf, dann setzte der Golf sich scheppernd in Bewegung.

Tero hielt so dicht wie möglich neben dem Vito an, in einem Abstand von etwa zwanzig Metern. Ein blauer Peugeot nutzte eine Lücke in der Lkw-Schlange zum Wenden und stoppte oben an der Böschung, wobei Wasser aus einer Pfütze aufspritzte. Dahinter tauchte ein zweites Auto auf.

Tero stieg aus und blickte sich um. Bei beiden Fahrzeugen gingen die Türen auf, und entschlossen wirkende Männer mit Waffen in den Händen stiegen aus. Tero rannte humpelnd auf den qualmenden Vito zu.

»Stehen bleiben!«, brüllte jemand hinter ihm. Er rannte weiter durch den peitschenden Regen und hörte hinter sich Laufschritte. Durch das Seitenfenster des Vito war ein blutüberströmtes Gesicht zu erkennen. Roni lag mit geschlossenen Augen reglos da. Tero packte den Griff der Schiebetür, aber sie war verzogen und bewegte sich nicht.

»Halt!«, rief ein blonder, bewaffneter Mann auf der Böschung.

Tero reagierte nicht, sondern versuchte noch einmal, die Tür aufzureißen, ohne Erfolg.

»Kommen Sie hierher, mit erhobenen Händen!«, brüllte der Mann nun auf Englisch. Er stand mit gespreizten Beinen da und hielt die Pistole ausgestreckt mit beiden Händen.

»Halt's Maul und ruf einen Krankenwagen!«, brüllte Tero zurück, den Blick auf Roni geheftet, der jetzt die Augen aufgemacht hatte. Roni erkannte ihn, denn auf den Lippen des Jungen zeigte sich ein Lächeln.

»Habt ihr gehört? Wir brauchen Krankenwagen!«, rief Tero und sprang auf die Rückseite des Vito. »Und kommt näher heran, im Auto sind bewaffnete Männer!«

Er versuchte, die verbogene Heckklappe aufzuziehen, aber sie klemmte. Der blonde Bewaffnete kam angerannt und riss die Vordertür des Vito auf.

»Die Schweden sind bewusstlos«, rief der Mann Paatsama zu. »Die Finnen verletzt ... wir brauchen vier Krankenwagen.«

»Helft mir, das Seitenfenster aufzubekommen«, bat Tero und riss erneut an der Schiebetür. Zwei Männer halfen ihm. Sie zerrten die Tür so weit auf, dass Tero sich hineinzwängen konnte. Kimmo saß auf dem Boden und hielt sich die blutende Stirn, Roni hing auf der Sitzbank, das Gesicht an der Scheibe.

»Papa ...«

»Rühr dich nicht. Es kommt Hilfe.«

Tero kroch zu Roni und fasste ihn behutsam an der Schulter an.

»Ist die Polizei da?«, flüsterte Roni mühsam.

»Mach dir darüber keine Gedanken.« Mit einer Hand wischte sich Tero das Wasser aus dem Gesicht. »Hauptsache, ihr kommt wieder in Ordnung.«

»Nein, du verstehst mich nicht ...« Roni verstummte und holte dann tief Luft. »Ich habe Zeit zum Nachdenken gehabt. Ich will ein Geständnis ablegen. Dass ich Julia gegenüber Gewalt angewendet habe und deshalb schuldig bin ... auch wenn der Mord auf Steglitz' Konto geht.«

Tero strich Roni über die Haare. »Roni«, flüsterte er gerührt.

»Ich bin stolz auf dich. Mehr, als ich sein werde, wenn du dein erstes Formel-1-Rennen gewinnst …«

Er drückte Ronis blutende Hand. Ohne sich zu rühren, saßen sie dicht beieinander.

»Ich will aus dem Auto raus«, sagte Roni schließlich und machte mit schmerzhaftem Stöhnen eine Bewegung zur Tür.

»Du darfst dich nicht bewegen.«

»Ich bin okay …« Vorsichtig schob sich Roni nach draußen.

»Leg dich auf den Boden«, befahl Tero und ergriff Ronis Arm. Er sah einen Schweden auf die Fahrertür zugehen.

»Okay, okay«, sagte Roni. »Ich wollte nur sehen, ob ich gehen kann.«

Mit Teros Hilfe legte sich Roni einige Meter vom Vito entfernt auf die Erde. Auch Kimmo zwängte sich taumelnd und blutend aus dem Auto.

Bengtsson legte den Finger auf die Halsschlagader von Steglitz, dessen Oberkörper regungslos auf dem Armaturenbrett lag. Dann ging er auf die Fahrerseite zu Hellevig hinüber, ohne den Finnen Beachtung zu schenken, um die sich Paatsama kümmerte. Über Hellevigs zerschnittenes Gesicht lief Blut, aber er atmete, mit offenen Augen.

»Wo ist die Kassette?«, fragte Bengtsson.

Hellevig lachte auf, aber sein Lachen verwandelte sich sofort in ein Stöhnen vor Schmerz.

»Ich freue mich auch, dich zu sehen«, sagte Hellevig.

»Ich habe eigentlich keine Lust, mit Gewalt etwas aus dir herauszuquetschen, Jonas«, sagte Bengtsson leise. »Wir verlieren beide nur kostbare Zeit.«

»Wir haben zusammen so manch brenzlige Situation überstanden …«

»Jetzt ist nicht der Moment, um Erinnerungen auszutauschen. Und ich glaube, du kannst dir das auch nicht leisten.«

Hellevig hustete und machte dann eine Kopfbewegung zu der Plastiktüte zwischen den Sitzen.

Bengtsson zog sie hervor, sah hinein und holte den Bankbeleg und die Kassette heraus. »Was ist auf der Kassette?«

»Alles. Es ist eine Kopie des Ifarsund-Videos.«

Daran hätte Bengtsson lieber gezweifelt, aber er musste es wohl glauben.

»Marcus hat sich abgesichert«, sagte Hellevig. »In seinem Bankschließfach hatte er eine Lebensversicherung für alle wichtigen Projekte. Auch Beweise gegen euch, in Sachen *Estonia* und in Sachen Gripen-Schmiergeld.«

»Und euer Datenlink-Geschäft? Hatte Marcus auch darüber Material, mit dem er euch bei Bedarf hätte auffliegen lassen können? Da habt ihr ihn lieber vorher aus dem Weg geräumt und die Beweise an euch gebracht ...«

»Marcus war ein Verräter.«

»Ach ja?«, schmunzelte Bengtsson. »Vielleicht hatte er nur einen anderen Kunden als ihr an der Hand.«

»Der Scheißkerl wollte uns übers Ohr hauen. Den Datenlink an die Chinesen verkaufen.«

Hellevig machte eine nervöse Bewegung mit der Hand. »Ich verlasse jetzt dieses Fahrzeug, und ihr werdet keinen Finger gegen mich rühren. Sonst kommt die Wahrheit ans Licht. Ich habe das gleiche Ifarsund-Material aufbewahrt wie Marcus, von Anfang an. Ich glaube, mehrere Männer aus dem *Estonia*-Team haben das. Sicher auch du.«

Bengtsson schüttelte langsam den Kopf. »Vielleicht haben sich diejenigen Kopien gemacht, die meinten, sie könnten es für eine Erpressung benutzen. Ich nicht, bei mir ist moralisch alles im Lot.«

Hellevig grinste spöttisch und machte Anstalten, aus dem Wagen zu steigen. Am Straßenrand hatten inzwischen mehrere Krankenwagen angehalten.

»Bleib, wo du bist«, sagte Bengtsson leise.

Die Männer fixierten sich gegenseitig.

»Ulf, wie gesagt, ich gehe jetzt hier weg«, sagte Hellevig. »Wenn du mich daran hinderst, wird das Ifarsund-Video in der ganzen Welt Verbreitung finden. Ich habe einer bestimmten Person genaue Instruktionen gegeben. Und diese Person wirst du nicht finden.«

Bengtsson wusste, dass er keine Wahl hatte.

»Kannst du dich denn bewegen?«, fragte er.

»Ich denke doch. Wenn du mir ein bisschen hilfst.«

Bengtsson half Hellevig, der vor Schmerzen das Gesicht verzog, aus dem Auto.

»Wirst du es schaffen?«, fragte Bengtsson. »Du darfst den Finnen nicht in die Fänge geraten.«

»Halte sie im Zaum«, sagte Hellevig und humpelte davon, ohne sich umzublicken. Hinkend näherte er sich dem Wald.

Bengtsson hielt Paatsama, der neben ihn trat, mit einer Handbewegung auf.

»Was soll das?«, fragte Paatsama. »Warum …«

»Hellevig darf gehen.«

»Das kann nicht dein Ernst sein …«

»Das ist mein Ernst, Kari. Frag nicht, glaub mir einfach, es ist besser für uns alle.«

66

Auf den Krankenwagen am Straßenrand blinkten die Blaulichter. Der Regen hatte nachgelassen.

Tero sah zu, wie am hintersten Krankenwagen die Tür zugeschlagen wurde. Er hätte Roni gern in die Klinik begleitet, aber Paatsama hatte es ihm mit ernstem Gesicht verboten und ihn aufgefordert, zu seinem Wagen zu kommen.

Zwei Krankenwagen fuhren mit heulenden Sirenen gleichzeitig los, während Tero langsam hinter Paatsama herging. Er hegte abgrundtiefes Misstrauen gegenüber diesem Mann, er war geradezu voller Hass auf ihn.

Noch einmal blickte er auf den Vito zurück, an dem sich die Schweden zu schaffen machten. Die mittlere Bank war schon ausgebaut worden, jetzt hoben die Männer Hartschalenkoffer aus Fächern im Boden. Diese Fächer waren eigens für den Schmuggel eingebaut worden. Einer der Männer hielt eine Plastiktüte in der Hand, die Tero sofort erkannte: Darin befand sich der Inhalt des Bankschließfachs.

Paatsama setze sich ans Steuer des Peugeot und drehte sich zu Tero um, der auf den Rücksitz gesunken war. Neben ihm nahm Paatsamas älterer Kollege Platz, der auch schon auf der Lichtung von Östersundom dabei gewesen war.

Bevor Paatsama den Mund aufmachen konnte, sagte Tero: »Ihr wart bereit, meinen Sohn den Killern auszuliefern.«

Paatsamas Miene blieb kalt. »Das ist Ihre Auffassung. Apropos Killer … Die Polizei verdächtigt Ihren Sohn, Julia Leivo getötet zu haben.«

»Die ach so mächtigen Polizeikräfte unseres Landes suchen

den falschen Mann«, sagte Tero voller Wut. »Der wahre Mörder, ein Schwede namens Steglitz, liegt da unten, als Leiche.« Tero nickte in Richtung Vito.

»Wenn das stimmt, ändert das natürlich die Lage Ihres Sohnes.«

Tero legte die Hand auf den Türgriff. »Die Beweise sind in dem Fahrzeug ... Warum lasst ihr die Schweden das *Estonia*-Video mitnehmen ...«

»Ich weiß nicht, wovon Sie reden. Und Sie selbst wohl auch nicht.«

Tero beugte sich zu Paatsama vor. Er konnte sich kaum noch beherrschen. »Ich weiß genug. Sind das Leute vom MUST? KSI-Mitarbeiter?«

Paatsama warf einen kurzen Blick auf den älteren Kollegen neben Tero.

»Habt ihr vor, das alles zu vertuschen?«, fragte Tero weiter. »Sind deshalb weit und breit keine Polizisten zu sehen, obwohl es Tote und Verletzte gibt?«

Es wurde still im Wagen. Schließlich brach der ältere Mann das Schweigen.

»Ja, diese Angelegenheit wird im Geheimen geregelt.«

Die Stimme des Mannes war tief und ruhig und vollkommen nüchtern. »Sollte der Fall vor Gericht landen, wird er hinter verschlossenen Türen verhandelt, und die Prozessunterlagen werden für vierzig Jahre unter Verschluss gehalten.«

Tero hörte sich verblüfft an, was der andere unumwunden sagte. Dabei sah er ihm im gedämpften Licht des Autos fest in die Augen.

»Die zentrale Kriminalpolizei wird im Todesfall Julia Leivo weiterermitteln, und die SiPo wird ihr alles nötige Material dazu aushändigen. Sollte sich zeigen, dass der Mörder tot ist, werden die Ermittlungen eingestellt.«

Tero wartete einen Moment ab, dann sagte er: »Mein Sohn will ein Geständnis ablegen. Wegen Körperverletzung an Julia

Leivo. In deren Folge blieb Julia bewusstlos auf der Erde liegen. Steglitz brachte sie anschließend um.«

»Bei der Geschichte interessiert allein der Mörder«, sagte Paatsama. »Niemand hat ein Interesse daran, Einzelheiten aufzublähen.«

»Es geht nicht um Interessen, sondern um Moral. Mein Sohn will die Körperverletzung, die er begangen hat, gestehen. Polizei, Staatsanwalt und Gericht entscheiden dann, wie es weitergeht.«

Paatsama nickte. »Ich werde Ihren Sohn persönlich im Krankenhaus besuchen und sein Geständnis aufnehmen. Wir besprechen es dann und entscheiden über den Rest. Wäre das damit geklärt?«

»Das schon. Aber einige andere Dinge sind es nicht.«

»Was meinen Sie damit?«

»Ich habe vor, zu enthüllen, was im Fall *Estonia* verheimlicht worden ist.«

Paatsamas Lippen verzogen sich zu einem matten Lächeln. »Diverse Querdenker betreiben zu diesem Thema Homepages, schreiben Bücher, machen Eingaben im Parlament und wer weiß was alles. Das hat keinerlei Einfluss. Es ist bislang nichts ans Licht gekommen, was neu wäre. Betonung auf *neu*. Nichts hat sich geändert. Es wird sich höchstens dann etwas ändern, wenn nach dem Jahr 2070 bestimmte schwedische Dokumente freigegeben werden.«

»Wir werden ja sehen, was sich ändert und was nicht, wenn ich mit einigen Journalisten gesprochen habe.«

»Tun Sie sich keinen Zwang an. Kein einziger ernst zu nehmender Journalist in diesem Land wird sich mit den Geheimtheorien rund um die *Estonia* die Finger schmutzig machen.«

Paatsama strahlte unerschütterliche Selbstsicherheit aus, während er das sagte.

Der ältere Mann schaute Tero etwas menschlicher an und sagte: »Sie sollten begreifen, dass es wichtigere Belange gibt als die des Einzelnen.« Die Miene und die Stimme des Mannes verrieten eine Art väterliche Fürsorge, beinahe Mitgefühl. »Wir leben in einer Welt, in der die Interessen der Staaten Vorrang vor den Bedürfnissen der Individuen haben. Und bei alldem hier ist es von Anfang an um die Interessen von Staaten gegangen. Es gibt Dinge, die einfach von der Öffentlichkeit ferngehalten werden müssen. Sonst wird bedeutender Schaden angerichtet. Irgendwann wird die Wahrheit über die *Estonia* geklärt und öffentlich verhandelt werden. Aber noch ist nicht die Zeit dafür. Die Geschichte soll urteilen.«

Tero zuckte zusammen, als er merkte, dass ihm etwas an den Worten bekannt vorkam: Genau so hatte er selbst im Zusammenhang mit Ronis Verbrechen gedacht – zuerst schweigen und später irgendwann ein Urteil annehmen.

Erst jetzt begriff er, wie unerträglich und naiv sein Denken gewesen war. Es hatte keinen Deut moralisches Rückgrat beinhaltet, es war reiner Selbstbetrug gewesen. So tief war er wegen Ronis Karriere gesunken? Er spürte grenzenlose Dankbarkeit dafür, dass Roni selbst zur Vernunft gekommen war und seine Tat sühnen wollte, ohne dass sein Vater sich einmischen musste.

Der Mann sah Tero ernst in die Augen. »Ob Sie das glauben oder nicht, aber meine Kollegen und ich, wir sind patriotische Leute. Das Interesse Finnlands steht für uns über allem. Deshalb, und nur deshalb, gehen wir so vor, auch wenn es Ihnen vielleicht schwerfällt, das zu verstehen.«

Tero schloss die Augen und holte tief Luft. »Ich möchte ins Krankenhaus zu meinem Sohn. Und zu meinem Freund Kimmo.«

»Sie dürfen bald hin. Wir warten nur ab, bis die schwedischen Kollegen ihre Aufgaben erledigt haben.«

Ulf Bengtsson saß mit seinen Leuten im Auto und tippte die Seriennummern der Komponenten, die sie den Plastikkoffern entnommen hatten, in ein handtellergroßes Gerät, das die Angaben kodiert nach Stockholm schickte. Die Antworten mit Einmaldekodierung wurden von dem Gerät entschlüsselt.

Bengtsson sah aus dem Fenster auf Railo, der aus Paatsamas Wagen stieg und auf das Auto der Schweden zukam.

Daraufhin machte Bengtsson den Koffer zu, legte ihn in einen größeren Aluminiumkoffer und verschloss ihn. Railo durfte die geheimsten Komponenten des Gripen nicht zu Gesicht bekommen. Die Finnen waren gute Knechte – gewissenhaft, zuverlässig und demütig –, aber die gleichwertigen Herren, die in die wahren Geheimnisse eingeweiht werden konnten, saßen aus Stockholmer Sicht in London und Washington.

Schließlich nahm Bengtsson die VHS-Kassette aus der Plastiktüte und verstaute sie rasch in seinem Aktenkoffer. Am allerwenigsten durften die Finnen davon erfahren. Man hatte ihnen bislang über die *Estonia* nur berichtet, was unabdingbar war.

Bengtsson stieg aus dem Wagen, und einer seiner Kollegen setzte sich auf seinen Platz, um die Ladung zu bewachen. Die Lichterkette der Lastwagenschlange leuchtete im feuchten Herbstabend.

Bengtsson ging mit Railo ein Stück vom Wagen weg und sagte: »Ich bin sehr erschüttert, dass all das so viele Todesopfer gefordert hat.« Man hatte inzwischen nämlich auch die Leichen von Nykvist und Anatoli Rybkin, dem langjährigen Russland-Kontaktmann des MUST, gefunden.

»Du hast getan, was du konntest«, sagte Railo. »Niemand hätte mehr machen können. Ich bin bereit, das auch in Stockholm zu berichten, falls nötig.«

»Danke, Jorma. Ich habe deine Hilfe und dein Vertrauen immer zu schätzen gewusst. Ich weiß, dass ich, wenn es eng wird, aus Finnland verlässlicher Hilfe bekomme als von woanders.«

Railo streckte fast gerührt die Hand aus. »Ein düsterer Tag, in vielerlei Hinsicht. Aber unser gegenseitiges Vertrauen wird dadurch nur gefestigt werden.«

Bengtsson ergriff Railos Hand und sah ihm in die Augen. »Ich fliege jetzt mit der Ladung nach Stockholm zurück. Aber nächste Woche komme ich wieder nach Helsinki. Gilt deine Einladung in die Sauna noch?«

»Selbstverständlich. Dann trinken wir auf die nordische Freundschaft.«

Bengtsson lächelte herzlich.

EPILOG

Der Chef des schwedischen Militärgeheimdienstes saß in seinem streng gesicherten, abgedunkelten Büro und sah sich ein Videoband an, auf dem man Taucher an einem Schiffswrack arbeiten sah. Im Hintergrund leuchtete hell die Flamme eines Unterwasserschweißgeräts.

Nach einem Schnitt wurde eine andere Stelle gezeigt. Die Beleuchtung war schwächer, man konnte kaum die dunkle Metalloberfläche des Wracks erkennen, die tiefe Kratzer und Schrammen aufwies. Die Kamera glitt über die Fläche, bis sie vor einem verbogenen Metallteil innehielt.

Danach wurde das Bild schwarz.

»Geh noch einmal ein Stück zurück«, sagte der MUST-Chef zu seinem Mitarbeiter, der am Recorder saß.

Ulf Bengtsson spulte das Band zurück und ließ es erneut laufen.

»Wie viele Leute können theoretisch wissen, woher diese Bilder stammen?«, fragte der Chef.

»Praktisch niemand. Dies könnte jede beliebige Metallfläche sein. Absolut jede. Meinetwegen von einem schwedischen U-Boot der Gotland-Klasse«, lachte Bengtsson trocken. »Aber aufgrund dieser Aufnahmen kann tatsächlich niemand etwas Sicheres sagen.«

Ein Lächeln der Erleichterung machte sich auf dem gebräunten Gesicht des Chefs breit. »Vernichte die Kassette. Dann haben wir eine Kopie weniger.«

Der rotweiße Rennwagen stand allein auf der Rennstrecke von Jerez. Ein kräftiger Wind fegte über die leere Tribüne, Papierabfall wurde über die Fahrbahn geweht. Aus der Box hörte man das Plaudern und Lachen der Mechaniker.

Tero sah seinen Sohn an, der im roten Overall still dastand, den silbernen Helm unterm Arm. Der Wind zerzauste seine Haare. Er verharrte schon eine ganze Weile so.

Roni wirkte ausgeglichen und wie innerlich gereinigt, seit er im südkarelischen Zentralkrankenhaus von Lappeenranta Paatsama gegenüber das Geständnis abgelegt hatte, sich der Körperverletzung an Julia schuldig gemacht zu haben. Danach hatte er von dem Vorfall nichts mehr gehört, und offenbar würde er auch nie mehr etwas davon hören.

Aber das Verhältnis von Tero und Roni hatte sich unwiderruflich geändert. Roni hatte die Entscheidung für das Geständnis selbst getroffen, und es kam Tero vor, als würde Roni von nun an nur noch selbstständig Entscheidungen treffen. Das erleichterte Tero, erfüllte ihn aber auch mit Wehmut. Trotzdem hatte er seit Ronis Kindertagen zum ersten Mal wieder das Gefühl, echten Kontakt zu seinem Sohn gefunden zu haben.

Roni drehte sich langsam zu seinem Vater um und nahm den Helm in beide Hände.

»Ich habe das Gefühl, dass ich in dem Job nicht mehr weiterkomme«, sagte Roni.

»Du musst deine Entscheidung treffen«, sagte Tero. »Was immer du auch tust, ich weiß, dass die Entscheidung aus deinem Herzen kommt. Und dann ist sie richtig. Mich machst du dadurch glücklich, dass es dich gibt. Alles andere spielt keine Rolle.«

Roni sah ihn schweigend an, während der warme Wind um ihn herum über die Rennbahn fegte.

»Dir ist das Talent in die Wiege gelegt worden«, sagte Tero. »Und du hast schon als kleiner Junge immer dazugelernt. Aber außer Talent und Können braucht man noch mehr. Etwas Einzigartiges. Früher hat dir das gefehlt. Aber ich weiß, dass du es jetzt hast.«

Roni nickte langsam. Er blickte auf die Strecke und holte tief Luft. Dann setzte er den Helm auf und ging entschlossen auf das Auto zu.

Tero sah dem jungen Mann hinterher. Seinem Sohn.

ANHANG

In meinem Roman werden Dinge behandelt, die mit dem Untergang der Personenfähre *Estonia* zu tun haben. All diese Dinge – abgesehen von der Videokassette und dem Handeln der fiktiven Personen – sind nicht das Produkt meiner Fantasie, auch wenn es bisweilen den Anschein haben mag. Für die folgenden Seiten habe ich exemplarisch genauere Informationen zu einigen im Roman auftauchenden Themenbereichen zusammengestellt.

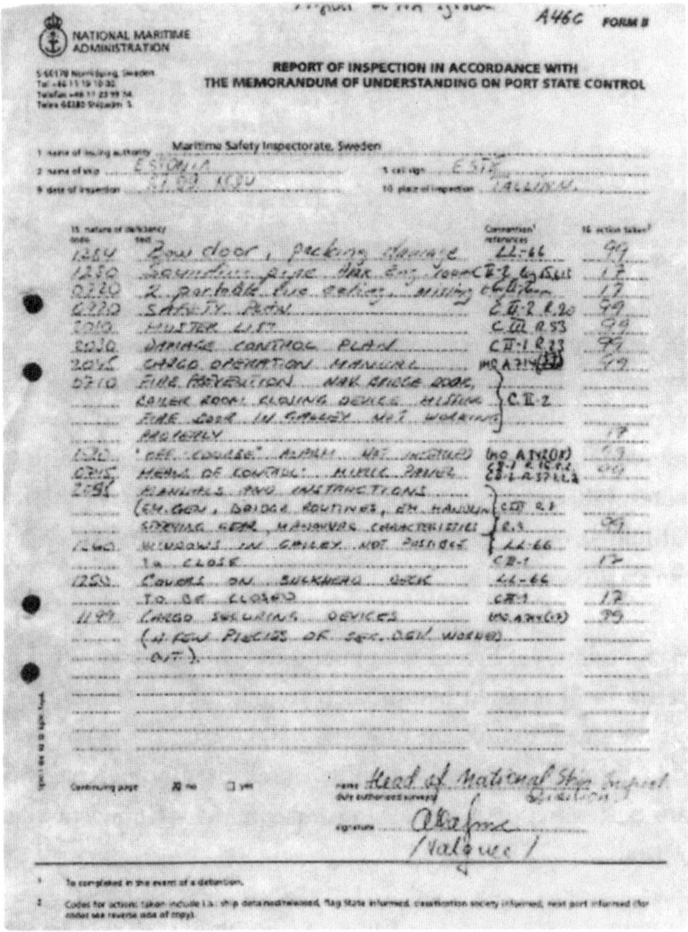

A46C FORM B

NATIONAL MARITIME ADMINISTRATION

REPORT OF INSPECTION IN ACCORDANCE WITH
THE MEMORANDUM OF UNDERSTANDING ON PORT STATE CONTROL

1 name of issuing authority: Maritime Safety Inspectorate, Sweden
2 name of ship: ESTONIA
5 call sign: ESTE
9 date of inspection: 27.09.1994
10 place of inspection: TALLINN

15 nature of deficiency code	text	Convention references	16 action taken
1284	Bow door, packing damage	LL-66	99
1250	Sounding pipe Aux. Eng. room		17
0220	2 portable fire extinguishers missing		17
	SAFETY PLAN		99
	MUSTER LIST	C III R.53	99
2030	DAMAGE CONTROL PLAN	C II-1 R.23	99
	CARGO OPERATION MANUAL		99
	FIRE PREVENTION ... BRIDGE DOOR, ... ROOM: CLOSING DEVICE MISSING, FIRE DOOR IN GALLEY NOT WORKING PROPERLY	C.II-2	17
	"OFF COURSE" ALARM NOT INSTALLED		99
	...		99
	MANUALS AND INSTRUCTIONS (EM. GEN, BRIDGE ROUTINES, EM. ... STEERING GEAR, MANOUVRE CHARACTERISTICS		99
	WINDOWS IN GALLEY NOT POSSIBLE TO CLOSE	LL-66	17
1250	COVERS ON BULKHEAD DECK TO BE CLOSED	LL-66	17
	CARGO SECURING DEVICES (A FEW PIECES OF SEC. DEV. WORNED OUT)		99

Continuing page: ☒ no ☐ yes

name: Head of National Ship Inspection
signature: /Valgur/

1 To completed in the event of a detention.
2 Codes for actions taken include i.a.: ship detained/released, flag State informed, classification society informed, next port informed (for codes see reverse side of copy).

Am 27.9.1994, also an dem Tag, an dem die *Estonia* zum letzten Mal auslief, unterwiesen zwei Inspektoren der schwedischen Seefahrtbehörde estnische Schiffsinspekteure darin, eine sogenannte Hafenstaatkontrolle (*Port State Control*) durchzuführen. Dabei wurde die *Estonia* sachgerecht kontrolliert, und alle Mängel wurden im Hafenkontrollformular dokumentiert. Bei der Überprüfung waren so schwere Schäden am Schiff festgestellt worden, dass sie in einer Spalte verzeichnet wurden, die nur ausgefüllt wird, wenn ein überprüftes Schiff den Hafen nicht verlassen darf.

Der erfahrene schwedische Kontrolleur, der die Arbeit leitete, rief daraufhin seinen Vorgesetzten Bengt-Erik Stenmark an, den Sicherheitschef der schwedischen Seefahrtbehörde *Sjöfartsverket*, um das Auslaufen der *Estonia* zu verhindern. Stenmark hielt sich jedoch gerade in Reykjavik auf und war telefonisch nicht zu erreichen.

Über den schlechten Zustand des Schiffes zum damaligen Zeitpunkt legen weitere vorhandene Dokumente Zeugnis ab.

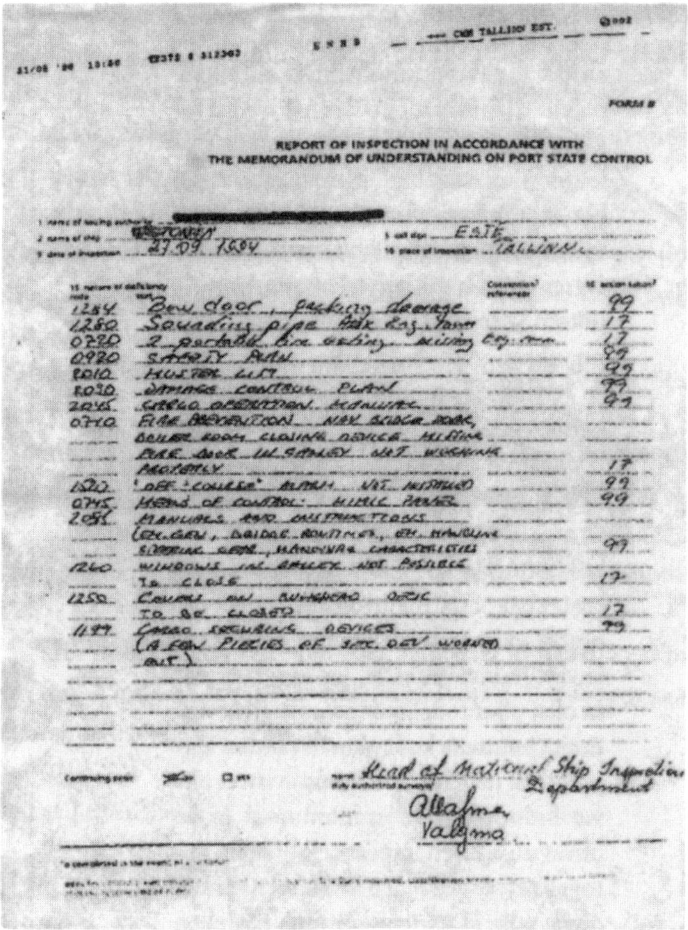

FORM B

REPORT OF INSPECTION IN ACCORDANCE WITH
THE MEMORANDUM OF UNDERSTANDING ON PORT STATE CONTROL

1 name of issuing authority [redacted]
2 name of ship [illegible]
3 date of inspection 27.09.1994
5 call sign ESTE
10 place of inspection TALLINN

15 nature of deficiency code	text	Convention references	16 action taken
1254	Bow door, packing damage		99
1280	Sounding pipe aux eng. room		17
0720	2 portable fire exting. missing eng. room		17
0920	SAFETY PLAN		99
2010	MUSTER LIST		99
2020	DAMAGE CONTROL PLAN		99
2045	CARGO OPERATION MANUAL		99
0710	FIRE PREVENTION NAV BRIDGE DOOR, BOILER ROOM CLOSING DEVICE MISSING FIRE DOOR IN GALLEY NOT WORKING PROPERLY		17
1520	'OFF COURSE' ALARM NOT INSTALLED		99
0745	MEANS OF CONTROL: [illegible]		99
2055	MANUALS AND INSTRUCTIONS (EX. GEN, BRIDGE ROUTINES, EM. HANDLING STEERING GEAR, MANOEUVRING CHARACTERISTICS		99
1260	WINDOWS IN GALLEY NOT POSSIBLE TO CLOSE		17
1250	COVERS ON BULKHEAD DECK TO BE CLOSED		17
1199	CARGO SECURING DEVICES (A FEW PIECES OF SEC. DEV. WORNED OUT)		99

Head of National Ship Inspection Department
Valgma

Dem Abschlussbericht der internationalen Untersuchungskommission liegt hingegen als Anhang ein Dokument bei (Supplement 223), auf dem die Eintragungen in der Spalte bezüglich der Seeuntauglichkeit des Schiffes fehlen. Auch andere Details auf dem Formular sind verändert worden, u.a. ist oben der Text entfernt worden, der auf die schwedische Seefahrtbehörde verweist.

Die Kommission war sich der Manipulation des Dokuments zumindest nach dem Erscheinen ihres Berichts bewusst, ergriff jedoch keinerlei Maßnahmen.

Viimeisenä päivänä Tallinnassa alusta käytettiin Viron merenkulkulaitoksen tarkastajien koulutusohjelmassa. Tälloin pidettiin Pariisin sopimuksen (Paris MOU ks. 9.1) mukainen satamatarkastusharjoitus. Tarkastajaharjoittelijat suorittivat perusteellisen satamatarkastuksen ja heitä valvoi ja opasti kaksi kokenutta Ruotsin merenkulkulaitoksen tarkastajaa. Harjoituksen yhteydessä laadittiin Pariisin sopimuksen mukainen tarkastuspöytäkirja. Pöytäkirja on tämän raportin liitejulkaisussa (Supplement 223).

Komissio on kuullut harjoitusta johtaneita tarkastajia ja he ovat kertoneet, että alus oli hyvässä kunnossa ja sitä hoidettiin hyvin. He eivät havainneet sellaisia epäkohtia, joihin olisi pitänyt puuttua tai jotka olisivat antaneet aihetta vakaviin huomautuksiin, jos kysymyksessä olisi ollut todellinen satamatarkastus. Eräitä puutteita kuitenkin havaittiin. Esimerkiksi keulavisiirin kumitiivisteet olivat kuluneet ja naarmuuntuneet ja ne olivat uusimisen tarpeessa ja eräiden autokannen vesitiiviiden luukkujen kannet olivat auki ja niiden kunnosta päätellen ainakin yksi niistä oli yleensä auki. Kuulemisessa todettiin myös, että ruotsalaiset tarkastajat olivat havainneet "välinpitämättömyyttä lastiviivasopimukseen liittyviä seikkoja kohtaan" tavattuaan aluksen päällystöä harjoituksen aikana.

Am letzten Tag in Tallinn diente das Schiff einem Schulungsprogramm für Inspekteure der estnischen Seefahrtbehörde. Es wurde eine Hafenstaatkontrolle gemäß dem Pariser Memorandum (ParisMOU, 9.1) durchgeführt. Die Auszubildenden nahmen eine gründliche Hafenstaatkontrolle vor, bei der sie von zwei erfahrenen Inspektoren der schwedischen Seefahrtbehörde beaufsichtigt wurden. Im Zusammenhang mit der Übung wurde ein Protokoll gemäß dem Pariser Memorandum erstellt. Dieses Protokoll ist in der Anlage des vorliegenden Berichts enthalten (Supplement 223).
Die Kommission hat die Inspektoren, unter deren Aufsicht die Kontrolle stattgefunden hat, angehört, und diese haben berichtet, das Schiff sei in gutem Zustand gewesen und gut gewartet worden. Sie hatten keine Mängel festgestellt, die Anlass zu ernsten Beanstandungen gegeben hätten, wenn es sich um eine echte Hafenstaatkontrolle gehandelt hätte. Einige Mängel wurden trotzdem festgestellt. So waren zum Beispiel die Dichtungsgummis am Bugvisier abgenutzt und verkratzt und hätten erneuert werden müssen, und auf dem Autodeck waren einige wasserdichte Luken geöffnet, und nach ihrem Zustand zu schließen, stand mindestens eine davon üblicherweise offen. Bei der Anhörung wurde auch festgestellt, dass die schwedischen Inspektoren »eine gewisse Gleichgültigkeit gegenüber dem Freibordabkommen« festgestellt hatten, nachdem sie während der Übung mit den Offizieren des Schiffes gesprochen hatten.

Abschlussbericht der internationalen Untersuchungskommission, S. 55 (Übersetzung aus der finnischen Version).

Das einzige Tauchmanöver zum Wrack der *Estonia*, das öffentlich bekannt gegeben wurde, fand in der Zeit vom 2. bis 5.12.1994 statt. Mit der praktischen Arbeit wurde die Firma Rockwater beauftragt, von deren Tauchern man eine lebenslange Schweigepflicht verlangte. Die schwedischen Behörden waren für die Organisation der Tauchgänge, für ihre Beaufsichtigung und für die Durchführung der konkreten Arbeiten verantwortlich.

Laut dem Abschlussbericht der Untersuchungskommission (S. 119) wurde das Wrack von Tauchern untersucht, »um herauszufinden, in welchem Zustand sich die Innenräume des Schiffes befinden und ob es möglich wäre, das ganze Wrack oder die Opfer des Unglücks zu bergen«.

In Wirklichkeit ließ man die Taucher auch noch völlig andere Untersuchungen vornehmen, die im Abschlussbericht an keiner Stelle erwähnt werden. Beispielsweise wurden die Taucher angewiesen, in ausgewählten Kabinen auf Deck 6 nach bestimmten Gegenständen zu suchen, unter anderem nach Taschen und Koffern.

Die Taucher erhielten über Ohrhörer Anweisungen von ihrem jeweiligen Tauchaufseher, der ihrerseits Anweisungen unter anderem von Polizeivertretern bekam.

Auf der Tonbandaufnahme des Tauchgangs vom 4.12.1994 (Band Nr. 15) kann man u. a. folgende Dialoge zwischen dem Aufseher J. Barwick und einem Taucher hören:

Bandabschnitt 0:24, 17.04 Uhr, Taucher erreicht Kabine 6132:

Tauchaufseher (TA): Da sind viele Taschen, oder?

Taucher (T): Eine ist da – siehst du meine Hand? (*Taucher zeigt seine Hand im Spiegel*)

TA: Aha, da ist ein Spiegel.

T: Diese Kabine ... ich muss versuchen, sie jetzt gründlich zu durchsuchen.

TA: Okay, wir untersuchen sie äußerst gründlich, weil ... äähh ... da könnte ein Koffer vorhanden sein, der dem Benutzer der Kabine gehört hat. *[undeutlicher Ausdruck, der auf einen Koffer und auf den Benutzer der Kabine hindeutet: »suitcase it could possibly have been occupants«]*

T: Okay. Roger.

TA: ... John, könntest du vielleicht nachsehen, ob an dem Koffer ein Namensschild ist.

Um 17.17 Uhr erreicht der Taucher Kabine 6134:

TA: Okay, John, wir haben das geklärt. Die Polizei will nicht, dass wir weitere Türen beschädigen, wir probieren nur, ob sie offen sind, oder halten uns an die Gänge.

Um 17.32 Uhr ist die Luxuskabine 6230 an der Reihe:

TA: Das ist eine extrem große Kabine, die Suche kann eine Weile dauern.

Der Tauchaufseher beschreibt dem Taucher, um was für eine Art von Kabine es sich handelt, wo sich das WC befindet usw.

Der Taucher sieht sich um, entdeckt den Kühlschrank, scherzt, ob da wohl ein kühles Bier drin sei, sieht sich weiter um.

T: Ich habe hier einen Diplomatenkoffer gefunden.

TA: Einen Diplomatenkoffer; hat er irgendeine Kennzeichnung?

T: Äääh ... ja, warte, ja, wir haben einen Namen ... Alexander *[Schreibweise unbekannt, Tonbandaufnahme]* Vorann.

TA: Kannst du das buchstabieren?

T: Viktor, Oskar, Romeo, Alfa, November, November.

Sie versuchen mehrere Male, das Namensschild zu lesen, und kommen zu dem Namen [Schreibweise unbekannt, Tonbandaufnahme] VORANI.

T: Okay.

Enclosure 27.411

Rockwater | Client: NMA | Band 15 | **Video Tape Log**

Location: "ESTONIA" BALTIC SEA | Video Tape No: RW/SCM1/EST/D/018

General Subject: CONDITION SURVEY OF VESSEL "ESTONIA" | Datasheet No:

Diver/Rov: J. COE J. BOWORD | Dive No: 009 | Date: 04-12-94

CCTV System: HAT MOUNTED OSPREY COLOUR CAMERA | Sheet 1 of 2

Recorder: PANASONIC AG-6200 | Original ☒ | Copy ☐ | Edit ☐ | Commentary ☒

Index (Counter)	Time	Subject
0:00	16:45	DIVER ENTERING CABIN - 6132 - NO ACCESS.
0:03	16:48	DIVER AT STAIRWELL DOOR 601 TRYING TO ACCESS.
~:06	16:51	DIVER TRYING TO OPEN DOOR 6135
0:07	16:52	DIVER ACCESSING CABIN 6134 - NO ACCESS.
0:18	17:02	DIVER TRYING ACCESS TO 6132
:20	17:05.	DIVER RETURNING TO HULL FOR TOOLS.
0:24	17:09	DIVER RE-ENTERS HULL TO ACCESS CABIN 6132
0:30	17:15	DIVER CHECKING FOR NAME ON SUITCASE - NO NAME
0:[illegible]	17:17	DIVER ENTERING CABIN 6134
0:38	17:23	DIVER CONFIRMS NO ACCESS TO STAIRWELL AT 601
~~0:39~~	~~17:24~~	~~DIVER ATTEMPTING ACCESS TO STARBOARD VIA FORWARD COMPANIONWAY.~~
0:46	17:31	BODY DISCOVERED IN FORWARD CROSS COMPANIONWAY AT 6230
0:47	17:32	DIVER ENTERS CABIN 6230
0:50	17:35	DIVER RECOVERING ATTACHÉ CASE OF ALEXANDER VORONIN
0:54	17:39	DIVER RETURNING TO HULL
~:58	17:43	DIVER 2 ENTERS VESSEL HEADING FORWARD ALONG COMPANIONWAY
05	17:50	DIVER REPORTS 1 BODY IN CABIN 6125 - FURTHER IDENTIFICATION
		REVEALS DOOR LOCKED 625 BLOCKING COMPANIONWAY, 3 BODIES UNDER.
:09	17:54	DIVER ENTERS CABIN 6124 - EMPTY
1:14	17:59	DIVER ENTERS CABIN 6121
1:15	18:00	1 BODY FOUND IN COMPANIONWAY
1:20	18:05	DIVER RETURNING TO HULL
1:24	18:07	DIVER OUTSIDE VESSEL
1:26	18:09	DIVER ENTERS CABIN 5129
1:41	18:26	DIVER ENTERING COMPANIONWAY
1:43	18:28	DIVER ENTERING CABIN 5131
1:46	18:31	DOOR TO CABIN 5132 LOCKED
1:47	18:32	1 BODY OUTSIDE CABIN 5134

Dive Supv.: J. BARWICK | Insp. Eng/Data Rec.: D CARSON | Client Rep.:

0:46	17:31	BODY DISCOVERED IN FORWARD CROSS COMPANIONWAY AT 623[illegible]
0:47	17:32	DIVER ENTERS CABIN 6230
0:50	17:35	DIVER RECOVERING ATTACHÉ CASE OF ALEXANDER VORONIN[illegible]
0:54	17:39	DIVER RETURNING TO HULL

TA: Und das war's?

T: Ich kann es nicht erkennen.

TA: Okay, ich überprüfe, ob der Name hier oben bekannt ist ...

T: Kann ich raus ... (*undeutlich*) schnell.

TA: Okay, es ist ein russischer Name, Alexander *[Schreibweise unbekannt, Tonbandaufnahme]* Voran.

Der Taucher verlässt die Kabine unverzüglich, nachdem er den Diplomatenkoffer gefunden hat.

Ein geretteter Passagier Alexander Voronin hat ausgesagt, in der Vier-Personen-Luxusaußenkabine mit der Nummer 6320 übernachtet zu haben. Eine solche Kabine gibt es auf dem Schiff nicht; die Kabine 6320 ist eine Innenkabine für zwei Personen. Stattdessen gibt es die Luxuskabine 6230 für vier Personen, in der sein Diplomatenkoffer gefunden wurde.

Die betreffende Kabine wurde jedoch laut Aussage des Pursers Andres Vihmari vom Zweiten Kapitän Avo Piht benutzt, der auf Freischicht mit dem Schiff nach Stockholm fuhr, um dort eine Lotsenprüfung abzulegen. Piht stand auf der Liste der Geretteten, wurde jedoch später für verschollen erklärt.

AFTONBLADET
Onsdag 28 september 1994

EXTRA

17

Räddaren

Kennet, 27, – en av nattens många hjältar

Han är chockad, han är ledsen, han har ont och skakar i hela kroppen.

Och han har svårt att prata och i ögonen syns tårar.

Kenneth Svensson, 27 år.

En av nattens hjältar i samband med färjekatastrofen.

Strax efter klockan två gick larmet om färjekatastrofen på helikopterbasen vid Berga örlogsskolor.

Kenneth Svensson som är ytbärgare, och är den som ska rädda människor ur havet, fick hals över huvud slänga sig i en av marinens stora helikoptrar och bege sig ut till katastrofplatsen.

Med ombord fanns läkare, sjuksystrar och medicinsk utrustning för att kunna ge offren den första hjälpen.

När besättningen kom fram till platsen där estlandsfärjan Estonia sjunkit möttes man av ett stort mörker. Och rytande storm.

Livbåtarna hade vält

Jättevågor på upp till tio meter så långt man kunde se. vindstyrkan i byarna var stundtals över 30 sekundmeter.

I vatten under helikoptrarna kämpade människor för sina liv. Många i bara nattkläderna.

Livflottar slängdes omkring bland vågorna. Många av dem hade vält och hade kölen uppåt. På dem klängde sig människor fast, många hade inte fått plats på någon räddningsbåt och flöt omkring i det kyliga vattnet.

Kenneth Svensson, som var först på plats av räddningsdykarna, firades under mycket dramatisk omständigheter ner till de nödställda.

– Jag for fram som i jojo i stormen.

– Ena sekunde var jag ner vid en människa, för att nästa sekund kastas flera meter upp i luften och åt sidan, berättar Kenneth Svensson.

Första räddingsförsöket misslyckades och han fick firas upp igen i helikoptern.

Under tiden hörde han hur folk ropade på hjälp nere i vattnet.

– Efter bara knappt en halv minut gjorde jag ett nytt försök och då gick det bättre.

– På en omkullvräkt flotte satt tre blåfrusna och apatiskt stirrande män.

Kenneth Svensson kunde knappt fästa livselen runt dem. När helikoptern började att vinscha höll de sig krampaktigt fast vid flotten.

– Jag fick bända upp händerna på dem, berättar Kenneth Svensson och rösten stockar sig. Det var hemskt.

● **Var det ett svårt val att välja vilken man skulle rädda?**

– Vi behövde aldrig välja, vi tog dem som vi såg.

Åtta människor fick Kenneth Svensson plocka upp från havet.

Sedan höll han själv på att drunkna.

Föll tillbaka i havet

När den sista personen skulle firas ombord fastnade räddningslinan i ett stag och han blev hängande under helikoptern och var nära att krossas mot undersidan i den starka blåsten.

Besättningen uppfattade situationen och kapade snabbt den vire som Kenneth Svensson var fäst vid.

Med en jätteduns föll han tillbaka i havet och gjorde sig illa i ansiktet och ena sidan av kroppen.

Under tiden hade hans egen helikopter varit tvungen att ge sig av till Huddinge sjukhuset med de skadade och han fick räddas av en annan helikopter.

Från den helikoptern hissades Olle Moberg, också han 27 år, ner. Han han lyckades fästa en ny vire runt hjälten Kenneth Svensson som så när höll på att förlora sitt eget liv i kampen för de överlevande från Estonia.

När Kenneth Svensson kom tillbaka till helikopterbasen i Berga togs han genast omhand av sjukvårdare och plåstrades om. Han fick också prata med den krisgrupp som fanns ute vid Berga.

Sven-Anders Eriksson

HJÄLTEN NÄRA DRUNKNA. *Kenneth Svensson, 27, ytbärgare från helikoperbasen i Berga var själv nära att bli omkomma när hans lina med mäste kapas, och han föll tillbaka i de iskalla havet. Han räddades av en kollega som lyckades undsätta honom med en ny livlina.* Foto ROLF PETTERSON

VÄND

Aftonbladet, S. 17, 28.9.1994

22 FÄRJEKATASTROFEN AFTONBLADET Torsdag 29 september 1994

”Jag bände upp

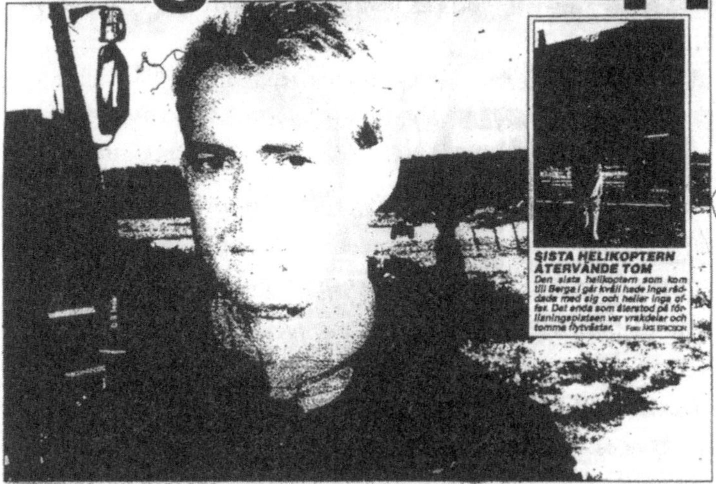

SISTA HELIKOPTERN ÅTERVÄNDE TOM *Den sista helikoptern som kom till Berga i går kväll hade inga räddade med sig och heller inga offer. Det enda som återstod på förläningsplatsen var vrakdelar och tomma flytvästar.* Foto: ÅKE ERICSON

KENNETHS LINA KAPADES *”Jag kommer aldrig att vara med om något värre än det här”, säger marinens ytbärgare Kenneth Svensson, 27. Efter att han räddat sex personer under ytterst svåra förhållanden kapades hans lina för att han under en manöver inte skulle krossas mot helikoptern. Medan de ombordvarande flögs till sjukhus väntade Kenneth i vattnet för att slutligen vinschas upp av en annan räddningshelikopter.* Foto: ROLF PETTERSSON

Marinens Kenneth räddade sex – och väntade själv i vattnet

De är unga, de är vältränade, de är tuffa.

Ändå klappade många av marinens ytbärgare ihop sedan de gjort sina heroiska insatser vid katastrofplatsen.

–Jag kommer aldrig att vara med om något värre än det här, sa Kenneth Svensson, 27, efteråt.

Han var själv nära att drunkna i de tio meter höga vågorna.

Kenneth Svensson var med som ytbärgare i en av de första Vertol-helikoptrar som gav sig iväg från Berga utanför Stockholm. Klockan var då strax efter två på natten.

Efter en timme var de framme. Det var fortfarande mörkt och det rådde full storm.

Stormen försvårade

I vindbyarna blåste det en bra bit över 30 sekundmeter.

Besättningen upptäckte genast livflottar som kastades omkring mellan vågorna. I några av dem satt människor, andra var tomma och låg upp och ned.

Kenneth Svensson firades ned mot en flotte med tre män. Stormen gjorde uppdraget svårt.

–Ena sekunden var jag nere vid flotten, i nästa sekund kastades jag flera meter upp i luften.

Efter ungefär tjugo minuters hårt arbete hade han lyckats få upp alla tre i helikoptern.

På en omkullvräkt flotte satt ytterligare tre personer, blåfrusna och apatiskt stirrande. Kenneth Svensson kunde knappt fästa räddningsselarna omkring dem.

När helikoptern började vinscha upp den första personen höll han sig krampaktigt fast i flotten.

–Jag lyckades bända upp hans händer och han kunde vinschas upp i helikoptern.

När Kenneth Svensson var på väg upp med den tredje personen fastnade räddningslinan i undersidan av helikoptern.

Linan kapades

Besättningen lyckades få ombord den skadade men själv blev Kenneth Svensson hängande under helikoptern.

För att inte krossas mot flygkroppen kapades linan och han föll tillbaka ned i det stormande havet. Helikoptern tvingades lämna Kenneth Svensson ensam i vattnet för att flyga till Huddinge sjukhus med de skadade. I helikoptern fanns nio personer, varav en var död.

Fick ligga kvar i vattnet

Hur länge Kenneth Svensson låg i vattnet vet han inte, men efter en – som han tycker – oändlighet, räddades han av en annan helikopter.

När han kom tillbaka till helikopterbasen vid Berga togs han genast om hand av sjukvårdspersonal.

Han plåstrades om, bland annat hade han fått ett stort jack på hakan.

Kenneth fick också prata med den krisgrupp som inrättats för helikopterbesättningarna.

Sven-Anders Eriksson

De som följde båten till botten dog inom en halvtimme

Det finns inga överlevande i luftfickorna på m/s Estonia.

–OM någon hamnat i en luftficka på det djupet hade vederbörande dött inom en halvtimme.

Det säger Bengt Pergel, chefläkare vid marinens navalmedicinska sektion på Berga. Ingen kommer att få veta exakt hur människorna ombord på m/s Estonia dog. Men landets främsta experter på dykning och ubåtsräddning från stora djup är överens om en sak: döden kom snabbt för dem som blev kvar ombord.

Luften blir tung

–Det är inte mer än fyra grader varmt nere på 90 meter. Luften i en ficka är mycket tjock, tung att andas och dimmig på grund av fukten. Bara luften skulle göra dig genomblöt på ett par minuter, säger Bengt Pergel.

–Sen skulle kylan snabbt göra resten.

Dessutom, på det djupet inträder en oerhört kraftig kvävebedövning.

–En vanlig människa skulle knappt veta var hon befinner sig – än mindre vad som händer, säger försvarets dyköverledare kommendörkapten Hans Kalla.

Dykarsjuka

Det går att göra fria uppstigningar utan utrustning även från mycket stora djup. Men det kräver att dykaren är synnerligen vältränad och rutinerad.

–För att klara en fri uppstigning från 90 meter får man inte vara under tryck mer än en halv minut – annars dör man av dykarsjuka under uppstigningen säger Bengt Pergel.

–Dessutom måste det finnas folk som tar emot uppe vid ytan och det var det ju inte tal om i går natt.

Svante Lidén

Aftonbladet, S. 22, 29.9.1994

In der Sonderausgabe der Zeitung *Aftonbladet* vom 28.9.1994, dem Tag des Unglücks, erscheint ein Artikel, der auf einem Interview mit dem Seenotretter Kenneth Svensson beruht. Der Artikel wird auch in der Zeitung vom nächsten Tag veröffentlicht, teils mit Ergänzungen.

In dem Text wird u. a. folgendermaßen über die Ereignisse berichtet: *Kenneth Svensson war als Seenotretter an Bord eines der ersten Vertol-Helikopter, die von Berga, außerhalb Stockholms, starteten. Da war es kurz nach zwei Uhr nachts. Eine Stunde später erreichten sie ihr Ziel.*

Die Hubschrauberbesatzung sah nur Rettungsflöße zwischen den Wellen. Auf einigen von ihnen waren Menschen, andere waren leer und schwammen mit dem Boden nach oben. Kenneth Svensson wurde zu einem Floß hinabgelassen, auf dem sich drei Männer befanden. Der Sturm erschwerte die Bergung.

»In einer Sekunde war ich unten auf dem Floß, in der nächsten Sekunde flog ich mehrere Meter weiter oben in der Luft.«

Nach etwa zwanzig Minuten harter Arbeit war es ihm gelungen, alle drei Männer in den Helikopter zu bringen.

Auf einem umgekippten Rettungsfloß saßen drei Personen, blau vor Kälte und apathisch vor sich hinstarrend. Kenneth Svensson konnte ihnen nur mit Mühe Rettungswesten anlegen.

Als der Helikopter die erste Person nach oben zog, hielt diese sich krampfhaft am Floß fest.

»Es gelang mir, der Person die Hände zu fixieren, sodass sie in den Helikopter hinaufgezogen werden konnte.«

Als Kenneth Svensson mit der dritten Person auf dem Weg nach oben war, blieb die Rettungsleine unterhalb des Helikopters hängen.

Der Besatzung gelang es, die Verletzten hereinzuholen, aber Kenneth Svensson hing außerhalb des Helikopters. Um einen Zusammenprall mit dem Rumpf des Hubschraubers zu vermeiden, wurde das Stahlseil abgetrennt, und Svensson fiel in die stürmische See. Der Helikopter musste Kenneth Svensson allein im Wasser zurücklassen, um mit den Verletzten ins Krankenhaus Hudding fliegen zu können. Es befanden sich neun Personen an Bord des Hubschraubers, von denen eine tot war.

Wie lange Kenneth Svensson im Wasser gewesen ist, weiß er nicht, aber nach einer Zeit, die ihm wie eine Ewigkeit vorgekommen war, wurde er von einem anderen Helikopter geborgen.

Das medizinische Personal versorgte ihn, als er zum Hubschrauberstützpunkt Berga zurückkam.

Im Abschlussbericht der internationalen Untersuchungskommission wird der Flug von Kenneth Svensson nicht genannt, auch die von ihm geretteten Personen und deren Transport ins Krankenhaus Hudding werden nicht erwähnt. Der zweite Flug desselben Hubschraubers hingegen kommt in dem Bericht vor.

Laut Abschlussbericht wurde besagter Helikopter um 2.30 Uhr alarmiert, startete um 4.45 Uhr, erreichte die Unglücksstelle um 5.52 Uhr und rettete einen Menschen. (Abschlussbericht der Untersuchungskommission, Tabelle 7.7: Einsatz von Helikoptern, S. 108)

Taulukko 7.7 Helikopterien toiminta.

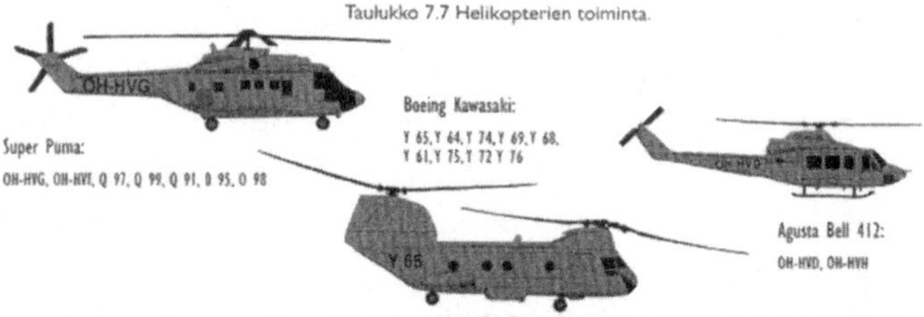

Tunnus Tyyppi	Kansallisuus Operaattori Tukikohta	Päätehtävä	Miehistö	Pintapelastajien asema	Kapasiteetti	Hälytysaika/Valmius Hälyttäjä Hälytystapa	Lähtöaika Saapunut onnettomuuspaikalle	Pelastanut Elävänä	Pelastanut Kuolleena
OH-HVG Super Puma	FIN Rajavartiolaitos Turku	Rajan valvonta ja vartiointi	Päällikkö, perämies 2 mekaanikkoa 2 pintapelastajaa (1 ensimmäisellä lennolla)	Rajavartiomiehiä	15–20	01.35, 1 h MRCC Turku Hälytys miehistön hakulaitteisiin	02.30 03.05	44	11
Q 97 Super Puma	SWE Ilmavoimat Visby	Lento- ja meripelastus	Päällikkö, perämies navigoija, mekaanikko pintapelastaja	Varusmies	15–20	02.07, 1 h ARCC Arlanda Puhelin	02.50 03.50	15	–
Y 65 Boeing Kawasaki	SWE Laivasto Berga	Sukellusvenetorjunta	Päällikkö, perämies tähystäjä, mekaanikko pintapelastaja (2 toisella lennolla)	Aktiiviupseeri	20–25	02.09, 2 h ARCC Arlanda Puhelin (hakulaitejärjestelmä rikki)	03.20 04.00	1	3
Q 99 Super Puma	SWE Ilmavoimat Ronneby	Lento- ja meripelastus	Päällikkö, perämies navigoija, mekaanikko pintapelastaja	Varusmies	15–20	02.15, 1 h ARCC Arlanda Radio	03.55 04.40	9	–
OH-HVD Agusta Bell 412	FIN Rajavartiolaitos Helsinki	Rajan valvonta ja vartiointi	Päällikkö, perämies 2 mekaanikkoa 2 pintapelastajaa	Rajavartiomiehiä	5–7	02.18, 1 h MRCC Turku Puhelin	03.30 05.32	7	14
Q 91 Super Puma	SWE Ilmavoimat Ronneby	Lento- ja meripelastus	Päällikkö, perämies navigoija, mekaanikko pintapelastaja	Varusmies	15–20	02.20 ARCC Arlanda Puhelin	03.45 05.50	6	–
Y 64 Boeing Kawasaki	SWE Laivasto Berga	Sukellusvenetorjunta	Päällikkö, perämies tähystäjä, mekaanikko pintapelastaja	Aktiiviupseeri	20–25	02.30 Helikopteridivisioonan lentotoiminnanjohtaja Puhelin	04.45 05.52	1	–
Y 74 Boeing Kawasaki	SWE Laivasto Berga	Sukellusvenetorjunta	Päällikkö, perämies tähystäjä, mekaanikko 1 tai 2 pintapelastajaa	Aktiiviupseeri	20–25	03.30 Helikopteridivisioonan lentotoiminnanjohtaja Puhelin	05.46 06.42	6	5
Y 69 Boeing Kawasaki	SWE Laivasto Berga	Sukellusvenetorjunta	Päällikkö, perämies tähystäjä, mekaanikko 2 pintapelastajaa	Aktiiviupseeri	20–25	02.47 ARCC Arlanda Puhelin	04.30 06.45	–	6
Y 68 Boeing Kawasaki	SWE Laivasto Säve	Sukellusvenetorjunta	Päällikkö, perämies, mekaanikko tähystäjä/pintapelastaja pintapelastaja, viestittäjä	Aktiiviupseeri	20–25	02.45, 1 tunti ARCC Arlanda Puhelin	03.45 06.45	6	3
0 95 Super Puma	SWE Ilmavoimat Söderhamn	Lento- ja meripelastus	Päällikkö, perämies navigoija, mekaanikko pintapelastaja	Varusmies	15–20	02.45 ARCC Arlanda Puhelin	04.10 06.45	6	3
OH-HVF Super Puma	FIN Rajavartiolaitos Turku	Rajan valvonta ja vartiointi	Päällikkö, perämies 2 mekaanikkoa 2 pintapelastajaa	Rajavartiomiehiä	15–20	03.45 Turun vartiolentueen päällikkö Puhelin	06.15 06.45	–	15

Der Journalist Drew Wilson bat unter Berufung auf das Gesetz über den Zugang zu Dokumenten der US-Regierung (*Freedom of Information Act*, FOIA) um die Information, ob sich im Besitz der *National Security Agency* Material zum Untergang der *Estonia* befand.

In der Antwort, die ihm am 20.1.2004 gegeben wurde (FOIA Case: 41799A), erklärt die *National Security Agency*, in ihrem Besitz befänden sich drei einschlägige Dokumente (sieben Seiten).

In der Antwort heißt es weiter, die besagten Dokumente seien als geheim eingestuft, da ihre Veröffentlichung der nationalen Sicherheit der Vereinigten Staaten ernsthaften Schaden zufügen könne.

Your request has been processed under the provisions of the FOIA. Three documents (7 pages) responsive to your request have been reviewed by this Agency as required by the FOIA and have been found to be currently and properly classified in accordance with Executive Order 12958, as amended.

These documents meet the criteria for classification as set forth in Subparagraphs (b), (c), (d) and (g) of Section 1.4 and remain classified SECRET as provided in Section 1.2 of Executive Order 12958, as amended.

The documents are classified because their disclosure could reasonably be expected to cause serious damage to the national security.

(Eine Kopie des Schreibens der NSA befindet sich in: Drew Wilson: *The Hole – Another look at the sinking of the Estonia ferry*, Exposure Publishing, UK 2006, S. 305.)

Die Materialbeschaffungsbehörde der schwedischen Streitkräfte FMV bestellte bei dem privaten Unternehmen Exico AB geheime russische Radartechnik und technische Dokumente in russischer Sprache. Es handelte sich um die »Nicht-Export-Version« der Radaranlage, also um ein geheimes, für die alleinige Anwendung durch die Russen bestimmtes System.

FMV

1 (15)

1995-02-02

33460-LB21937

HEMLIG

2002 -07- 1 0

EXICO AB
Snapperupsgatan 9
S-211 39 MALMÖ
SWEDEN

+46 40-11 85 80, Fax: +46 40-12 79 78

FMV:FlygES
Mats Hansson
+46 8-782 4035, Fax: +46 8-782 4801

See below

See below

See below

FMV:PROV
att: Bertil Gustavsson
Pa Box 13400
S-580 13 LINKÖPING
SWEDEN

FMV:FlygES
Mats Hansson
+46 8-782 4035, Fax: +46 8-782 4801

FCA

See below

30 days

556481-6689

1. PARTIES TO THE AGREEMENT

The following Agreement has been entered into by and between Försvarets Materielverk (the Swedish Defence Material Administration), hereinafter referred to as the Customer and EXICO AB, hereinafter referred to as the Contractor.

FÖRSVARETS MATERIELVERK (FMV)	DEFENCE MATERIEL ADMINISTRATION (FMV)
Beställningserkännande insändes utan oskäligt dröjsmål till	Order acknowledgement to be sent without delay to
Fakturaringsadress	Invoice address

FMV

1995-02-02 | 33490-LB21937 | rev A3

2. CONTRACTOR'S UNDERTAKINGS

2.1 Scope

In accordance with the terms and conditions in this Contract and, where applicable accompanying appendices the Contractor shall develop, produce and deliver

Pos

1 A Testing bed equipment for examination of aircraft electromagnetic wave scattering characteristics, the set comprising a 3-cm wavebands radar, appropriate instruments, auxiliary facilities kit for control, supervision and for radar performance data logging.
The [ ] will be used in the equipment. In hardware and software the equipment shall be of the most recent modification status (not export version).

The Contractor shall have developed and designed this Testing bed equipment so it fulfil the technical specification Appendix N1, N2, N3 and N8 to this Contract.

All packing, loading and marking is included.

The equipment can contain some previously used reconditioned units, but these units shall meet the parameters within the technical specification, have the most recent status both in hardware and software (not export version) and the warranty-period for these parts will not be less than one (1) year from the day of approved FIAT.

1.a Test equipment in connection with FAT/delivery

1.b Test equipment in connection with FIAT

2 Technical documentation in Russian language according to Appendix N5 to this Contract.

Total amount USD: [ ]

The following Agreement has been entered into by and between Försvarets Materialverk and EXICO AB...

In accordance with the terms and conditions in this Contract, where applicable accompanying appendices the Contractor shall develope, produce and deliver:

1. A testing bed equipment for examination of aircraft electromagnetic wave scattering characteristics, the set comprising a 3-cm wavelenghts radar, appropriate instruments, ancillary facilities kit for control, supervising and for radar performance data [ ] ... In hardware and software the equipment shall be of the most recent modification status (non-export version).

2. Technical documentation in Russian language according to Appendix N5 to this contract.

Bildquellen: Abschlussbericht der internationalen Untersuchungskommission, Anlagen des Berichts der deutschen Expertengruppe, Homepage der International Fact Group, *Aftonbladet*.

Ilkka Remes im dtv

»Intelligente Unterhaltung der Extraklasse.«
Jil Malin

Ewige Nacht
Thriller
ISBN 978-3-423-20939-7
Die Nachricht von einer noch nie dagewesenen Bedrohung erschüttert Europa. Für den Sicherheitsexperten Timo Nortamo beginnt ein Wettlauf mit der Zeit.

Das Hiroshima-Tor
Thriller · dtv premium
ISBN 978-3-423-24535-7 und
ISBN 978-3-423-21044-7
Timo Nortamo ermittelt gegen die geheimsten operativen Einheiten der Großmächte …

Blutglocke
Thriller · dtv premium
ISBN 978-3-423-24605-7
Der deutsche Innenminister wird ermordet. In einem Wald findet man seine Leiche, nackt und auffallend weiß …

Die Geiseln
Thriller · dtv premium
ISBN 978-3-423-24638-5
Am finnischen Unabhängigkeitstag versammelt sich die Elite des Landes im Präsidentenpalast. Da bringen schwer bewaffnete Männer die Gäste in ihre Gewalt …

Höllensturz
Thriller · dtv premium
ISBN 978-3-423-24572-2
Drei Frauen werden im äußersten Norden Finnlands ermordet aufgefunden. Die Spuren führen in den Nahen Osten …

Das Erbe des Bösen
Thriller · dtv premium
ISBN 978-3-423-24666-8
Ilkka Remes' großer Thriller über Atomwaffen- und Menschenversuche der Nazis, deren Folgen bis in die Gegenwart reichen.

Hochzeitsflug
Thriller
ISBN 978-3-423-21117-8
Ein Flugzeug verschwindet vom Radar. Das Wrack wird gefunden, doch keine Passagiere. Mit an Bord war eine junge Frau – auf dem Weg zu ihrer Hochzeit …

Tödlicher Sog
Thriller · dtv premium
ISBN 978-3-423-24760-3
Der Tod einer Schülerin. Ein geheimnisvolles Bankschließfach. Ein dunkles Geheimnis um den Untergang der Estonia …

Alle Titel übersetzt von Stefan Moster

Henning Mankell im dtv

»Groß ist die Zahl der Leser, die ganze Nächte mit Mankell verloren – bzw. gewonnen – haben.«
Martin Ebel im ›Rheinischen Merkur‹

Mörder ohne Gesicht
Roman
Übers. v. Barbara Sirges
und Paul Berf
ISBN 978-3-423-20232-9
Wallanders erster Fall

Hunde von Riga
Roman
Übers. v. Barbara Sirges
und Paul Berf
ISBN 978-3-423-20294-7
Wallanders zweiter Fall

Die weiße Löwin
Roman
Übers. v. Erik Gloßmann
ISBN 978-3-423-20150-6
Wallanders dritter Fall

Der Mann, der lächelte
Roman
Übers. v. Erik Gloßmann
ISBN 978-3-423-20590-0
Wallanders vierter Fall

Die falsche Fährte
Roman
Übers. v. Wolfgang Butt
ISBN 978-3-423-20420-0
Wallanders fünfter Fall

Die fünfte Frau
Roman
Übers. v. Wolfgang Butt
ISBN 978-3-423-20366-1
Wallanders sechster Fall

Mittsommermord
Roman
Übers. v. Wolfgang Butt
ISBN 978-3-423-20520-7
Wallanders siebter Fall

Die Brandmauer
Roman
Übers. v. Wolfgang Butt
ISBN 978-3-423-20661-7
Wallanders achter Fall

Wallanders erster Fall
und andere Erzählungen
Übers. v. Wolfgang Butt
ISBN 978-3-423-20700-3
und dtv großdruck
ISBN 978-3-423-25270-6

Die Rückkehr des Tanzlehrers
Roman
Übers. v. Wolfgang Butt
ISBN 978-3-423-21171-0

Henning Mankell im dtv

Vor dem Frost
Roman
Übers. v. Wolfgang Butt
ISBN 978-3-423-**20831**-4

Der Chronist der Winde
Roman
Übers. v. Verena Reichel
ISBN 978-3-423-**12964**-0 und
ISBN 978-3-423-**21003**-4
dtv großdruck **25242**-3

Die rote Antilope
Roman
Übers. v. Verena Reichel
ISBN 978-3-423-**13075**-2

Butterfly Blues
Ein Theaterstück
Übers. v. C. Romeder-Szevera
ISBN 978-3-423-**13290**-9

Das Auge des Leoparden
Roman
Übers. v. Paul Berf
ISBN 978-3-423-**13424**-8 und
ISBN 978-3-423-**21073**-7
dtv großdruck **25290**-4

Tea-Bag
Roman
Übers. v. Verena Reichel
ISBN 978-3-423-**13326**-5
dtv großdruck **25260**-7

Tiefe
Roman
Übers. v. Verena Reichel
ISBN 978-3-423-**20978**-6

Ich sterbe, aber die Erinnerung lebt
Mit einem Memory Book
von Christine Aguga
Übers. v. Verena Reichel u.
Katrin Hillgruber
ISBN 978-3-423-**13479**-8

Kennedys Hirn
Roman
Übers. v. Wolfgang Butt
ISBN 978-3-423-**21025**-6

Die flüsternden Seelen
Roman
Übers. v. Verena Reichel
ISBN 978-3-423-**21120**-8

Die italienischen Schuhe
Roman
Übers. v. Verena Reichel
ISBN 978-3-423-**21152**-9

Die Pyramide
Übers. v. Wolfgang Butt
ISBN 978-3-423-**25216**-4

Der Tod des Fotografen
Übers. v. Wolfgang Butt
ISBN 978-3-423-**25254**-6